W0177406

Jaume Cabré
Eine bessere Zeit

Roman
(Der Schatten des Eunuchen)

Aus dem Katalanischen von
Kirsten Brandt
und Petra Zickmann

Insel Verlag

Die Originalausgabe erschien 1996 unter dem Titel
L'ombra de l'eunuc bei Edicions Proa in Barcelona.

Die Übersetzung wurde gefördert aus Mitteln
des Institut Ramon Llull

**LLLL institut
ramon llull**
Katalanische Sprache und Kultur

Der zweite und dritte Satz wurde von Kirsten Brandt über-
setzt, der erste und vierte Satz von Petra Zickmann.

Erste Auflage 2018
© der deutschen Ausgabe
Insel Verlag Berlin 2018
© Jaume Cabré, 1996
Alle Rechte vorbehalten, insbesondere das
des öffentlichen Vortrags sowie der Übertragung durch
Rundfunk und Fernsehen, auch einzelner Teile.
Kein Teil des Werkes darf in irgendeiner Form
(durch Fotografie, Mikrofilm oder andere Verfahren)
ohne schriftliche Genehmigung des Verlages reproduziert
oder unter Verwendung elektronischer Systeme
verarbeitet, vervielfältigt oder verbreitet werden.
Satz: Satz-Offizin Hümmer GmbH, Waldbüttelbrunn
Druck: CPI – Ebner & Spiegel, Ulm
Printed in Germany
ISBN 978-3-458-17739-5

Für Margarida

Männer in deinem Alter sind Wölfe,
ihr tragt nichts als die Zeit in eurem Blick.

JOAN MARGARIT

... for we possess nothing certainly except the past.

EVELYN WAUGH

ALBAN BERG

ERSTER TEIL

Das Geheimnis des Aoristes

ERSTER SATZ

Andante (Präludium)

I

Viel später, als alles längst vorbei war, saß ich Júlias schwarzen Augen und ihrem makellosen Teint gegenüber und fragte mich, wann genau mein Leben die ersten Risse bekommen hatte. Der Gedanke überfiel mich unvermittelt, und sogleich fragte ich mich, was ihr wohl gerade durch den Kopf gehen mochte. Verstohlen sah ich sie an: Sie war in die Speisekarte vertieft und schwankte nach wie vor zwischen dem Filet und dem Entrecôte. Ein kurzer Rundblick hatte mir genügt, um festzustellen, dass das Restaurant ausgesprochen geschmacklos eingerichtet war. An welchem Punkt war die Sache aus dem Ruder gelaufen? Vielleicht schon vor vielen Jahren, an jenem regnerischen Freitag im Herbst – meine orientierungslose Phase war bereits überwunden –, als es kurz nach dem Essen läutete und mein Vater, der das sonst nie tat, aufstand und die Tür öffnete. Als hätte er Besuch erwartet. Hinterher haben wir es alle gemeinsam rekonstruiert: Er hatte auf dem Treppenabsatz gestanden und mit jemandem gesprochen, mit wem, wussten wir nicht. Im Hinausgehen hatte er noch gesagt, zu uns oder zu den Wänden, er sei gleich wieder da. Wir haben ihn nie mehr gesehen. Es regnete, und er hatte das Haus in Pantoffeln und Hemdsärmeln verlassen. In der Folgezeit sollte ich noch oft darunter leiden, dass ich nicht gemerkt hatte, wie wichtig dieses Klingeln gewesen war. Denn von den wenigen ausschlaggebenden Momenten unseres Lebens bekommen wir nichts mit, und hinterher verbringen wir den Rest unserer verzweifelten Existenz im sinnlosen Bemühen, sie wiederzuerlangen. Ich wohnte damals zu Hause, weil ich mich gerade von Gemma getrennt hatte.

Mein Leben ist voller solcher Schlüsselmomente, die mir wie Fische durch die Finger schlüpfen, derweil ich meine Zeit vor dem Fernseher vertrödele oder Kreuzworträtsel löse. Wie oft habe ich mir gewünscht, Teresas Lächeln vor dem Ritz zu vergessen. Es will mir nicht aus dem Sinn gehen und treibt mir noch heute die Tränen in die Augen. Vor der strahlend hell erleuchteten Hotelfassade hatte Teresa mir zugelächelt, und ich war wenige Schritte entfernt schwer atmend im Dunkeln stehen geblieben. Dann hatte sie sich abgewandt, immerzu lächelnd, und ich hatte dagestanden wie ein Ölgötze. Nein, daran wollte ich jetzt nicht denken. Ich musste mich konzentrieren, auf die Speisekarte und auf Júlias Entscheidung: Fleisch, aber welches, und mach schon, ich habe Hunger. Teresa jedoch, vor dem Ritz am Piccadilly, hatte nicht aufgehört zu lächeln. Schließlich schaute ich in die Karte, in der die Gerichte, schwülstig und literarisch ambitioniert, eher gepriesen statt beschrieben wurden. Und Júlia und ihre schwarzen Augen und ihre samtene Stimme üben eine Anziehungskraft auf mich aus wie ein bodenloser Brunnen, doch ich sehe mich nicht imstande, sie zu lieben, weil ich todmüde bin.

Im Grunde hatte alles vor wenigen Stunden damit angefangen, dass Júlia mich bat, mit ihr essen zu gehen, weil ich der Einzige sei, der ihr helfen könne. Nein, begonnen hatte alles morgens auf dem Friedhof während der Beerdigung. Seither bin ich am Grübeln. Ich hatte mich ein wenig abseits der Angehörigen gehalten, die von diesem unerwarteten Todesfall noch wie vor den Kopf geschlagen waren, und mich hinter einer dunklen Brille versteckt. Rovira hatte mich trotzdem entdeckt und war mir nicht mehr von der Seite gewichen. Es folgten Vertraulichkeiten, ein halbes Päckchen Camel lang. Dort auf dem Friedhof, bevor Rovira mich mit Beschlag belegte, war ich wie durch göttliche Eingebung zu der Erkenntnis gelangt, dass ich niemals den Mut aufbringen würde, die offizielle Version zu dementieren, der zufolge Bolós' Tod ein beklagenswerter, unerklärlicher Unfall gewesen war. Ich war der Einzige, der von der rätselhaften Nachricht wusste – »Ich bin's, Franklin. Sei auf der Hut, Simó, jemand ist hinter uns her« –, die er am Mittwochabend auf dem Anrufbeantworter hinterlassen hatte. Dann kam der Donnerstag mit seinen Ereignissen und am Freitag, als ich nach der Beerdigung wieder zu Hause war, der Anruf von Júlia und ihr Vorschlag, zusammen essen zu gehen.

Der angenehme Wind auf dem Friedhof hatte mich an einen anderen erinnert, an den wärmeren, doch von Angst erfüllten Wind am Berg Qurnat as-Sauda. Und ich hatte es praktisch achselzuckend hingenommen, dass ich, obwohl ich einmal so etwas wie ein Held gewesen war, jetzt hinter dunklen Brillengläsern Zuflucht suchen, den Ahnungslosen spielen und ja, ja, ein absurder, bedauerlicher Unfall sagen musste. Und bevor Marias fragender Blick mir die Fassung rauben konnte, hatte ich mich verdrückt.

Dann das Telefongespräch mit Júlia:

»Und die Bedingung wäre?«

»Dass ich das Lokal aussuchen darf«, hatte Júlia gesagt.

Ich dachte, das ist mir völlig egal. Auch ich bin allein, niedergeschlagen, verstört, habe Bolós im Kopf und Furcht im Herzen. Und ich bin ein solcher Feigling, nicht einmal Marias Blick auf dem Friedhof habe ich ausgehalten.

»Gern. Einverstanden. Wo führst du mich denn hin?«

»Verrate ich nicht. Ein sehr nettes Restaurant, eine Neueröffnung. Wir müssen uns ausführlich unterhalten, Miquel.«

»Über was denn?«

»Über alles, über Bolós. Ich muss den Artikel über ihn schreiben.«

»Welchen Artikel?«

»Hat Duran dir das nicht gesagt? Einen Nachruf, eine Hommage.«

»Lasst Bolós doch in Frieden.«

»Was ist los? Findest du das nicht gut?«

»Doch, fantastisch.« Ich gab mir ehrlich Mühe. »Ganz im Ernst.«

Ich konnte noch nie lügen, und Júlia merkte es sofort.

»Du findest es nicht gut.«

»Doch, natürlich. Aber was weißt du denn schon über Bolós?«

Jetzt war Júlia diejenige, die auf befremdliche Weise schwieg; auch sie war eine schlechte Lügnerin.

»Na ja, ich grabe mich durch die Archive und so.« Die Pause fühlte sich unbehaglich an, für sie und für mich. »Aber mir fehlen Informationen über seine Kindheit und Jugend, und du …« Sie räusperte sich. »Sag ja.« Und um mir die Zustimmung zu erleichtern: »Es ist ein sehr hübsches Lokal, die Steaks sind äußerst empfehlenswert, und du musst auf andere Gedanken kommen.«

Die Argumente waren unwiderlegbar, und ich erwiderte, perfekt, ich stehe ganz zu deiner Verfügung. Auf diese Weise würde ich nicht im Dunkeln auf dem Sofa liegen und an Teresa denken und an Bolós, an mich, an Teresa und an die Angst vor der heiseren Stimme am Telefon, die mir grässliche Strafen androhte, als wüsste sie nicht, dass die schlimmste Strafe die lebenslange Erinnerung an das vollgesogene Handtuch und die Fünfundzwanzig-Watt-Birne ist. Und an Teresa.

Júlia hatte mich um acht abgeholt und mir, statt ins Auto zu steigen, mit einem spitzbübischen Grinsen die Hand hingehalten: Sie wollte fahren. Sie wollte die Spannung steigern bis zum letzten Moment. Und da mich das Lächeln einer Frau wehrlos macht, vertraute ich ihr meine Autoschlüssel und mein Leben an, zwar ebenfalls lächelnd, doch voller Argwohn, weil ich ein katastrophaler Beifahrer bin. Außerdem weiß ich, dass Júlia eine leidenschaftliche Autofahrerin vom alten Schlag ist, die unablässig schwatzt, beidhändig gestikuliert, das Lenkrad vergisst, die Gangschaltung schrammen lässt, seufzt und ganz gelegentlich, fast widerwillig, auch mal dem Straßenverkehr ein wenig Beachtung schenkt. Ich stellte mich also innerlich darauf ein, eine Weile zu leiden, was sich dann aber doch arg lang hinziehen sollte, denn das nette Restaurant befand sich außerhalb Barcelonas. Die Ausfahrt Avinguda Meridiana war nicht allzu stark befahren, doch Júlias unangekündigte, grundlose, gleichsam poetische Spurwechsel drehten mir den Magen um. Meine tristen Gedanken jedenfalls waren wie weggeblasen, das zumindest musste man ihr zugutehalten.

»Willst du mir nicht verraten, wohin wir fahren?«

»Nein. Beschränk du dich darauf, die Rechnung zu bezahlen.«

»Wenn es dienstlich ist, lasse ich sie von Duran bezahlen.«

»Der wird nichts davon wissen wollen.«

»Das werden wir ja sehen.«

Sie legte mir die Hand aufs Knie und beließ sie dort. Ich … mit Júlia?

Energisch schoben wir uns auf der Autobahn nach Feixes zwischen die Fahrzeugkolonnen, die aus der Stadt hinauswollten. Ich muss ein ziemlich dummes Gesicht gemacht haben, verzückt von Júlias süßer Berührung, während ich auf die unterbrochene Linie starrte, auf der sie immer mit zwei Rädern entlangfuhr, um sich sicherer zu fühlen.

»Ich bin traurig.«

»Ich auch.«

»Was für ein tolles Paar wir abgeben.«

»Das Abendessen ist zu Ehren von Josep Maria.«

»Welchem Josep Maria?«

»Bolós.« Und mit einem viel geübten Wechsel der Tonlage: »Unglaublich, wie die Leute fahren! Hast du das gesehen?«

»Bolós war mein bester Freund«, erinnerte ich sie. »Wie wär's, wenn du mal in deiner Spur bleiben würdest?«

»Herrje, Miquel … Damit fang gar nicht erst an, hörst du?«

Wir schwiegen, ich betrachtete den Fluss Ripoll, der sich durch die Landschaft zog, und wünschte mir, für einen Augenblick vergessen zu können, wie Júlia mit den Verkehrsregeln umging.

»Weißt du, dass du mich geradewegs in meinen Heimatort bringst?«, sagte ich, vornehmlich, um das Schweigen zu brechen, das nun schon viereinhalb Kilometer anhielt.

»Ach, du bist gar nicht aus Barcelona?«

»Nein. Da lebe ich. Aber ich stamme aus Feixes.«

»Na, so was.«

Weitere achthundert Meter Schweigen.

»Sachen gibt's …«

Ich zwickte sie in die Wange, womit ich einen brüsken Spurwechsel verursachte.

»Ist schließlich kein Drama, nicht aus Barcelona zu sein.«

»Doch, schon. Muss hart sein.«

»Man verkraftet es recht gut.«

Sabadell blieb zu unserer Rechten zurück, und wir fuhren weiter geradeaus.

»Bist du väterlicher- oder mütterlicherseits aus Feixes?«

»Väterlicher-, großväterlicher-, großmütterlicher-, urgroßväterlicher- und urgroßmütterlicherseits. Die Wurzeln meines Vaters reichen Jahrhunderte zurück bis in die früheste Geschichte von Feixes.«

»Wow.«

»Was?«

»Wow, sage ich.«

»Wenn du wüsstest. Solltest du dich eines Tages stark genug dafür fühlen, kann ich dir den Stammbaum gerne zeigen. Wir waren eine Familie mit Vergangenheit und uns dessen auch bewusst.«

»Wart?«

»Waren.«

»Wie bei uns. Ich habe, wenn's hoch kommt, einen Opa gekannt.«

»Ich hatte bis vor ein paar Jahren noch einen Großonkel. Onkel Maurici. Ein sehr spezieller Typ.«

»Warum?«

»Darum. Er war hunderttausend Jahre alt, hatte ein Gedächtnis wie ein Elefant und war völlig durchgeknallt.« Ich warf ihr einen raschen Blick zu, um mich zu vergewissern, ob es sie interessierte, was ich erzählte. »Dieser Onkel, der war das schwarze Schaf.«

»Und er ging nach Amerika, stimmt's?«

»Nein. Alle haben ihn gehasst.«

»Du auch?«

»Nein. Ich nicht.«

Júlia schielte aus dem Augenwinkel zu mir herüber, während sie die Autobahnausfahrt nahm, ohne den Blinker zu setzen.

»Stellst du ihn mir mal vor?«, fragte sie, ohne zu merken, dass ihr Vordermann auf die Bremse trat.

»Er ist tot.« Wir bremsten, kurz bevor ich einen Herzschlag erlitt. »Fahr nicht so schnell.«

»Was?«

»Alles, was ich über meine Familie weiß, habe ich ihm zu verdanken, weil er jedes Stück Papier aufgehoben hat. Er wusste alles.«

»Alles?«

»Ja. In jeder Familie gibt es so eine wandelnde Chronik, oder nicht?«

»In meiner nicht. Ich weiß nicht, ob wir überhaupt eine Familie sind.« Nachdem sie bereits abgebogen war, sagte sie: »Ich gehe mal davon aus, das ist keine Einbahnstraße.«

»Na ja … Das Verkehrszeichen bedeutet eigentlich Durchfahrt verboten, sollte für dich aber kein Hindernis sein.«

»Mist, wo stand das?«

»Wir sind schon vorbei.« Meine Stimme war dünn und gepresst, bis ich wieder atmen konnte. »Immer mit der Ruhe, jetzt ist es ja keine Einbahnstraße mehr.«

»Weißt du, ich krieg langsam Hunger.« Vor einer roten Ampel zögerte sie, entschied sich, bewogen durch meine fieberhaften Appelle, dann aber doch anzuhalten. »Jetzt sind wir gleich da, wenn ich mich nicht noch verfahre.«

Zu diesem Zeitpunkt sagte ich ihr weder, dass Onkel Maurici das letzte Jahr seines Lebens in einer Anstalt verbracht hatte, noch, dass ich ihn trotz allem, was geschehen war, liebte und er, außer meiner Mutter, der Einzige in der Familie war, mit dem ich lange, ausführliche Gespräche geführt hatte. Ich wusste nicht, ob ich Júlia diese Dinge jemals würde erzählen können.

Ehe ich mich versah, war sie bereits im Begriff, nach Gehör einzuparken. Die Zunge zwischen die Zähne geklemmt und hochkonzentriert, versuchte sie, die Stöße gegen den Wagen vor ihr möglichst sachte zu halten, und bekam gar nicht mit, wie ich nach Luft schnappte.

»Das ist das Restaurant?«

»Hm, hm.« Seufzer der Erleichterung. »Na, was hältst du davon?«

»Du bist eine begnadete Einparkerin. Ist das das Restaurant?«

»Ja, hab ich doch schon gesagt.«

Ich zog es vor, den Mund zu halten. Beim Aussteigen zitterten mir die Knie. Noch war es hell genug, und ich konnte nicht umhin, einen Blick auf den Erdbeerbaum zu werfen, der mächtig gewachsen und sehr gut gepflegt war. Ich ging näher heran, konnte aber die Worte, die Onkel Maurici in seinem langen letzten Brief an mich gerichtet hatte, nicht hören. Die Sonnenuhr befand sich an der Kletterrosenwand, nutzlos ohne Sonne, ohne Rosenstock, und ein Windhauch, der sich zwischen den Birken verfangen hatte, bewegte sanft die Zweige. Alles schien an seinem Platz zu sein.

»Wie findest du es?« Mit weit ausgestrecktem Arm, als präsentierte sie einen frisch geangelten Barsch, wies Júlia auf das Haus. Was sollte ich darauf antworten, denn meine liebe Júlia hatte mich ausgerechnet zu meinem Elternhaus gebracht, Can Gensana, wo ich geboren wurde und aufwuchs, wo ich geweint und geträumt hatte und dem ich, als die Zeit reif war, entflohen war. Mittlerweile war es schon etliche Jahre her, dass man meine Mutter mit der Nachricht erschreckt hatte, sie müsse ausziehen, das Haus gehöre ihr nicht mehr, und wir daraufhin alle ein bisschen den Verstand verloren. Denn nicht genug damit, dass mein Vater in Pantoffeln fortgegangen war und uns mit den Schulden, den unbezahlten Rechnungen und unserem Groll zurückgelassen hatte, zu allem Überfluss sollten wir nun auch noch unsere Erinnerungen einbüßen. Da stieg Onkel Maurici aus dem zweiten Stock in die Kletterrose. Can Gensana, siebzehnhundertneunundneunzig bis neunzehnhundertfünfundneunzig. Um ein Haar hätten wir es auf zwei Jahrhunderte gebracht. Ich komme mir vor wie Martin der Humane. Hier ruht Can Gensana wegen meiner Nachlässigkeit, verwandelt in ein groteskes Restaurant, das, um die Schmach noch zu steigern, in kunstvollen Buchstaben *El Roure Vermell* heißt, Die Rote Eiche.

»Hier, die Autoschlüssel, Miquel.«

»Was?« Nur mit Mühe kehrte ich in die Gegenwart zurück und folgte Júlia. Drei Stufen, Absatz, noch zwei Stufen. Die Visa-, MasterCard- und American-Express-Aufkleber an der Scheibe der Eingangstür machten das Ganze noch peinlicher. Wie aus dem Nichts tauchte ein Mann auf, der lächelte wie ein Maître und uns in meinem Haus willkommen hieß.

»Wir haben reserviert«, sagte Júlia, als gehörte sie zur Familie.

»Nein!«, protestierte ich entsetzt.

»Doch, doch …« Geduldig, pädagogisch, mit entwaffnendem Lächeln. Und zum Maître: »Auf den Namen Miquel Gensana.«

Sie zwinkerte mir zu. Stets bedachte sie die praktischen Details. Und obwohl wir waren, wo wir waren, dachte ich einen Augenblick lang, was hindert dich eigentlich, sie zu lieben und den Dingen im Übrigen einfach ihren Lauf zu lassen. Aber das ist schwierig, wenn einem so viele Dinge durch den Kopf gehen; vor allem natürlich Teresa, aber auch dieses Gefühl der Feigheit und der Angst, das die heisere Stimme am Telefon in mir ausgelöst hatte.

»Was ist? Gefällt es dir hier nicht?«

Ich wurde einer Antwort enthoben, weil sich der Maître anschickte, uns forschen Schrittes zu unserem Platz zu geleiten. Im Slalom folgten wir ihm zwischen den noch unbesetzten Tischen hindurch – die man in meinem Wohnzimmer, meinem Esszimmer und, ach!, in der Bibliothek aufgestellt hatte, alles ging obszön ineinander über –, als mich Júlias stimulierender Atem streifte und sie mir ins Ohr flüsterte, ich habe uns eine zauberhafte Ecke reservieren lassen, Miquel, direkt neben einem herrlich plätschernden Springbrunnen.

Man hatte den ungeheuerlichen Frevel begangen, in der Bibliothek, wo immer Onkel Mauricis Klavier bei den antiquarischen Büchern von Urgroßvater Maur dem Dichter gestanden hatte, einen scheußlichen Springbrunnen zu installieren. Ich war schon drauf und dran, den Maître zu beschimpfen, wurde aber zunächst davon abgelenkt, wie er Júlia beflissen den Stuhl zurechtrückte und sich kurz vor ihr verbeugte, während er mich vollkommen übersah. Dann entfernte er sich, wahrscheinlich, um Verstärkung zu holen. Und damit war die Gelegenheit verpasst.

»Gefällt es dir hier nicht? Sag schon, Miquel!«

»Doch, sehr.«

»Weil du so ein Gesicht machst, das Fleisch ist hier ausgezeichnet.«

»Dann sollten wir es probieren.«

Und wir begannen, die Speisekarte zu studieren. Das heißt, sie studierte sie für uns beide, denn meine Aufmerksamkeit war sofort von dem Logo des Restaurants gebannt, einer üppigen Eiche, die einem alten Stich nachempfunden war. Ihr Anblick rief mir den Stammbaum der Familie Gensana in Erinnerung, den ich zu Hause auf dem Schoß von Großmutter Amèlia oder später bei Onkel Maurici in der Anstalt gesehen hatte, wo er – mit noch ruhiger Hand – auf den Platz seiner richtigen Mutter, meiner Urgroßtante Carlota, deutete, der eine sehr romantische Geschichte widerfahren war. Oder auf den von Großvater Maur dem Dichter. Oder den von Urgroßmutter Josefina … Und sein Versprechen, den Wahren und Unbekannten Stammbaum der Familie zu erstellen.

»Ganz nett, was sie auf der Karte haben, oder?«

»Doch …« Ich überflog die Gerichte. »Von allem etwas, wie ich sehe.«

»Steak.«

»Was?«

»Hier muss man Steak essen.«

Ich konnte mich nicht entsinnen, dass man bei uns irgendetwas hätte essen müssen, wie bei den Juden oder freitags in der Fastenzeit. Bei diesem Gedanken grinste ich unwillkürlich, was für Júlia nicht leicht zu interpretieren war. Sie missverstand es prompt als Widerwillen und hob streng den Finger.

»Fleisch.«

»In Ordnung. Fleisch.«

Die Karte legte den Schluss nahe, dass diese Idioten das Restaurant zu einem angesagten Lokal machen wollten, für hippe Leute wie Júlia und ihre unausstehlichen Freunde. Trotz des dämlichen Namens.

Und ich, das Opfer. Ich konnte nichts weiter tun, als die Vergangenheit vor meinem inneren Auge Revue passieren zu lassen. Und zu denken, oh, wenn doch nur alles anders gekommen wäre; könnten wir doch bloß die Folgen unserer Handlungen besser absehen, den Spielzug noch einmal wiederholen, das Replay in Zeitlupe analysieren und die Stelle ausmachen, an der wir eine falsche Entscheidung getroffen haben und die Sache anfing schiefzugehen. Womöglich wäre absolute Klarsicht eine unerträgliche Qual. Oder das Sprungbrett in den Zynismus.

»Vielleicht ist es besser, nicht über die eigene Nasenspitze hinauszuschauen.«

»Was sagst du?« Júlia starrte mich an, als hätte ich den Verstand verloren.

»Entschuldige, ich …«

»Schon gut.« Sie senkte den Blick, dann richtete sie ihn wieder auf mein Gesicht. Júlias Augen sind sehr schön. »Fühlst du dich nicht wohl?«

»Doch, bestens«, schwindelte ich, während ich mir ein unbekümmertes Lächeln abrang. Júlia betrachtete mich besorgt. Sie wollte etwas sagen, zog es dann aber vor, den Mund zu halten. Mir war es nur recht, denn ich hatte soeben im Geist den Faden aufgenommen, der zu Bolós' Tod führte, und eingesehen, dass ich unmöglich herausfinden konnte, in welchem Moment ich mich anders hätte verhalten müssen, um jetzt nicht einen Toten auf dem Gewissen zu haben und heimgesucht zu werden von Gedanken wie dem auf dem Friedhof und der trostlosen Miene Marias, Bolós' Witwe, und diesem Ekel vor mir selbst, ehe mich Rovira angesprochen und über tausend andere Dinge geredet hatte. Doch wurde ich meine Schuldgefühle nicht los, weil ich so feige war, denn ich wusste sehr wohl, woran Bolós gestorben war. Wahrscheinlich wussten das nur sein Mörder und ich. Und Blauauge könnte womöglich eine Ahnung haben. Doch ich hielt mich hinter der dunklen Brille versteckt, bis Rovira mir ein Gespräch über

Frauen aufnötigte, sein einziges Konversationsthema, seit er vor hundert Jahren die Soutane an den Nagel gehängt hatte.

»Ich nehme das Filet Mignon«, beschloss Júlia und gab es offenkundig auf, mich zu verstehen. Sie wirkte zufrieden mit ihrer Entscheidung. »Und du?«

In diesem Moment begriff ich, dass es mir in achtundvierzig Jahren nicht einmal annähernd gelungen war, mich von diesem seltsamen Gefühl der Reue zu befreien, von diesem tief verankerten, chronischen Gefühl. Das blutgetränkte Handtuch und die Fünfundzwanzig-Watt-Birne einmal beiseitegelassen. Mein Leben bestand aus lauter Etappen mit einem Anfang und einem Ende, und jedes Mal war es meine Seele gewesen, die zum Schluss draufgezahlt hatte. Und an Gott glaubte ich schon seit einer Ewigkeit nicht mehr.

»Und jetzt soll ich dir von Bolós erzählen.«

»Ja. Aber lass uns zuerst bestellen.«

»Hast du es eilig?«

»Überhaupt nicht.«

»Nur, über Bolós reden heißt über mich reden.«

»Gut. Über die Zeit, in der ihr euch am besten verstanden habt.«

Lustlos schaute ich in die Karte. Konnte ich Júlia das alles erzählen?

»Ich fühle mich so niedergeschlagen.«

Jetzt sah Júlia aus, als würde sie gleich die Geduld verlieren, und ich erschrak, denn nichts ängstigt mich so sehr wie der Zorn einer Frau.

»Suchst du dir jetzt mal langsam ein ordentliches Stück Fleisch aus?« Und tief gekränkt: »Ich fühle mich auch niedergeschlagen und reiße mich zusammen.«

»Du warst nicht mit Bolós befreundet.«

Sie legte die Karte auf den Tisch und bedachte mich mit einem kohlschwarzen Blick.

»Wirst du vielleicht imstande sein, mit mir zu essen? Mir bei diesem Artikel über deinen Freund zu helfen?«

»Ja, klar, ich …«

»Ja, klar, du …« Auf einmal war sie die Júlia von der Arbeit, zur Chefin geboren, aber auf einer niedrigeren Hierarchiestufe als ich. »Da strenge ich mich an, überlege mir ein schönes Lokal, reserviere uns einen Tisch, finde Zeit in meinem Terminkalender …«

Ich konnte ja nicht ahnen, dass es sich um eine so bedeutsame Sache handelte. Ich richtete meine Augen also aufmerksam auf die Karte, wie ein kleiner Junge, der fürchtet, vom gestrengen Blick seiner Lehrerin zermalmt zu werden. Júlia schwieg, verstimmt, wie mir schien, über meinen Mangel an Einsatzfreude.

»Ich nehme den Kabeljau.«

»Na, hör mal!« Jetzt war sie ehrlich empört. Sie sah aus wie Jeanne d'Arc. »Ich hab dir doch gesagt, dass ihre Spezialität hier das Fleisch ist!«

»Dann eben Fleisch. Ein Steak!«, sagte ich nachdrücklich und lächelte den Maître an, der wie aus dem Boden gewachsen wieder am Tisch stand, mit gezücktem Block und einer misstrauischen Grimasse, die mir ganz allein galt.

»Welches hätte der Herr denn bitte gern?«

»Keine Ahnung.« Aufs Geratewohl: »Das mit den zwei Saucen. Haben Sie schon notiert, was die Dame möchte?«

»Ja, der Herr, schon vor einer Weile.«

Diese Bemerkung fand ich unverschämt.

Die Verhandlungen waren hart. Aber es gelang uns, ein vernünftiges Menü zusammenzustellen, das vor allem Júlias Geschmack entsprach. Kaum hatte der Maître alle Sonderwünsche aufgenommen (das Fleisch noch blutig, kein Salz, den Salat à la Montpensier ohne Zwiebel) und sich verzogen mitsamt seinem Block, der mich, ich weiß auch nicht, warum, an einen Strafzettelblock erinnerte, attackierte mich Júlias Blick.

»Also, woran denkst du? Verrätst du es mir?«

»Zeit in deinem Terminkalender finden! Wie großspurig du manchmal bist!«

»Komm schon, lenk nicht ab. Was beschäftigt dich?«

Weil ich am liebsten losgeheult hätte, fing ich an zu lachen. Und durchquerte die Wüste zwischen uns, indem ich über den Tisch langte und sie in die Wange kniff. Die gescheite, resolute Júlia mit ihren kohlschwarzen Augen und Haaren und dieser zarten Haut, so jung, so beleidigend jung; meine große Unbekannte, denn wir hatten uns noch nie eingehender unterhalten. Weil es völlig undenkbar war, dass sie verstehen würde, warum ich so unschlüssig durchs Leben stolperte; weil ich zwanzig Jahre früher geboren wurde, aber unermesslich viel älter war als sie, weil mich Nostalgie und Gewissensbisse hinterrücks überfallen und verletzen konnten, und weil der Gedanke an den Tod sich wie eine feine Staubschicht über mein Gemüt gesenkt hatte. Und das hieß, dass ich nicht mehr jung war. Und einem Mädchen wie ihr das alles zu erklären, war schwierig. Wie es auch unmöglich war, ihr zu sagen, siehst du dieses Restaurant, Júlia? Es war mein Elternhaus. Hier, wo wir jetzt sitzen, befanden sich einmal die antiken Bücher eines Urgroßvaters von mir, der Dichter war. Maur Gensana, hast du mal von ihm gehört? Natürlich nicht. Wusstest du, dass uns dein geschätzter Maître mitten in die Bibliothek meiner Familie gesetzt hat? Die Bibliothek war ein magischer Ort. Und diese unsägliche Wasserfontäne, wo früher der Flügel meines Onkels stand, ist schlichtweg ein Affront gegen das bisschen guten Geschmack meiner Familie. Nein, nichts von alldem konnte ich ihr sagen, weil ich keine Lust hatte, vor Scham im Boden zu versinken. Aber irgendwie musste ich mich gegen Júlias Blick verteidigen.

»Einmal«, sagte ich in vielversprechendem Ton, »habe ich mich verliebt.«

»Ach.« Verblüfft hob sie den Kopf.

»Ja. Es war in einem Warenhaus. Ich stand auf der Rolltreppe, die nach oben ging, und sie fuhr auf der anderen nach unten. Groß, blond, wunderschön. Sie strahlte vor Schönheit, wenn du weißt, was ich meine?«

»Vage.«

»Wir sahen uns an. Sie durchbohrte mich mit ihrem Blick, und ich hielt stand. Bis wir aneinander vorbeifuhren.«

»Und dann?«

»Drehten wir uns beide um. Ihr Parfüm raubte mir die Sinne. Und wieder schaute sie mich durchdringend an.«

»Wer war das? Kenne ich sie?«

Ich nahm ein Stück Brot. Wahrscheinlich machte ich ganz verträumte Augen.

»Ich habe sie nie wieder gesehen. Es war eine Liebe, so flüchtig wie eine Sternschnuppe.«

»Warum erzählst du mir das, Miquel?«

Warum? Weil ich weder ein noch aus wusste. Weil ich im Begriff war, mit einer Frau zu Abend zu essen, in die ich ein bisschen verliebt war, von der gemunkelt wurde, dass sie mit mehreren Männern gleichzeitig ihre Spielchen trieb, und mit der ich noch nie versucht hatte, ein persönliches Gespräch zu führen. Nein, es war ausgeschlossen, dass wir im Bett landen würden. Ich habe ihr diese Liebesgeschichte nur zu Übungszwecken erzählt, weil ich sehr schüchtern bin, weil wir eben Bolós begraben hatten und weil dieser absurde Springbrunnen mitten in der Bibliothek sprudelte, wo Onkel Maurici, bevor man ihn einsperrte, viele stille Stunden damit verbracht hatte, Bücher durchzublättern, die Heiligen aufzuzählen, die er in manchen fand, in Familiendokumenten zu stöbern und Mompou oder Bach zu spielen. Oder Papierfigürchen zu falten. Ich war nervös, immerhin saß ich inkognito in meinem eigenen Haus, das sieben Generationen lang der Stammsitz der Familie Gensana gewesen war, in dem die Großväter Tons und Maurs und sämtliche Urgroßväter gelebt hatten und gestorben waren, wo mein Vater geboren, wo ich selbst geboren und groß geworden war, das Haus, das Zeuge meiner zweimaligen Flucht wurde. Und ich hielt mich in den vier Wänden auf, die den privatesten und intimsten Teil meines Lebens beherbergt hatten und voller Erinnerungen steckten.

»Gefällt dir dieses Lokal, Júlia?«

»Ja, doch.« Sie war wieder ruhiger. »Ich finde es sehr nett.«

Mein Haus war also nett. Zweihundert Jahre Familienleben, angefangen bei Antoni Gensana i Pujades, dem offiziellen Begründer der Sippe, Antoni Gensana I, dem Urahn, Ende des achtzehnten Jahrhunderts bis zum Ende des zwanzigsten, sieben Generationen Gensanas, die dieses Anwesen und die Geschichte bereichert und den Mauern ihre ehrwürdige Patina verliehen hatten, verdienten nach all den Strapazen das Attribut nett. Bemerkenswert.

»Ja, ich finde es auch nett. Weißt du, ob das mal ein Privathaus war?«

»Das glaube ich nicht. In so einem Haus kann man doch nicht leben.«

»Ach, nein?«

»Auf keinen Fall! Wenn nicht die Gespenster über dich herfallen, stürzen die Wände über dir zusammen. Und bestimmt ist es furchtbar kalt.«

Damit hatte sie recht. Und sie fügte noch hinzu:

»Wenn hier tatsächlich mal jemand gewohnt hat, müssen das äußerst seltsame, ziemlich dekadente Leute gewesen sein.«

Auch damit hatte sie recht. Ich hätte sie mit der Darlegung ihrer Vorurteile fortfahren lassen, aber sie sagte:

»Ich kenne die Eigentümer, weißt du?«

»Ach ja?« Sofort war ich auf der Hut. »Welche Eigentümer?«

»Von diesem Restaurant. Maite Segarra, die Frau von Manolo Setén, Ex-Frau, besser gesagt.«

»Ich komme gerade nicht drauf, wer das ist.«

»Der Innenarchitekt, Mann. Sag bloß, du …«

Ich zündete mir eine Zigarette an, während ich überlegte, von wem die Rede sein könnte. Und Júlia stürzte sich wie eine Elster auf das Feuerzeug von Isaac Stern.

»Wie hübsch.«

»Das ist schon alt.«

»Aber sehr hübsch. Wo hast du es her?«

»Ah, du meinst Setén, den Innenarchitekten!«

»Klar, den musst du kennen.« Sie war wieder bei ihrem Thema.

»Und wie kommt sie darauf, sich aufs Kochen zu verlegen?«

»Ihr war wohl langweilig. Pah, die macht hier bestimmt ein Schweinegeld.«

Ich vergewisserte mich, dass Júlia das Feuerzeug wieder neben das Päckchen legte.

»Nun ja, im Moment jedenfalls ist es ziemlich leer«, sagte ich, um irgendetwas zu sagen.

»Es ist noch früh. Wenn du magst, stelle ich dir Maite nachher vor.«

Ich sah Júlia zu, während sie ein Stück Brot kaute. Diese weißen Zähnchen, die ich schon so oft hätte küssen mögen. Warum konnte das Leben nicht diese Art von Wunder bewirken?

Ich wusste seit langem, dass es keine Wunder gab. Über das Leben und den Tod war ich zu wechselnden, stets vorläufigen Erkenntnissen gelangt. Beispielsweise der, dass es das Streben nach Ewigkeit ist, was den Menschen vom Tier unterscheidet, die uralte Sehnsucht nach der unerreichbaren Ewigkeit. Methoden gibt es diverse: vom Festhalten einer Figur auf einem Bild über das versessene Bemühen um Arterhaltung und die Überlieferung des eigenen Werkes bis zur durchaus feinsinnigen Erfindung der Religionen. Meiner Ansicht nach gibt es drei Formen der Verewigung, deren wir uns im Lauf der Menschheitsgeschichte bedient haben: Nachwuchs, die häufigste; Religion, die angesehenste; Kunst, die subtilste. Aber was soll aus einem sterilen Agnostiker wie mir werden? Vermutlich interessiere ich mich deshalb so lebhaft für Musik, die die einen komponieren und die anderen spielen; für die Lyrik eines unbekannten Dichters, die mir zu Herzen geht; für die Malerei, zu der ich nicht einmal im Traum fähig wäre. Vielleicht ist das der Grund, warum ich weine, wenn ich Mendelssohn höre, und mich in die Arme einer Frau stürzen muss, damit sie mir die Tränen trocknet. Und wenn ich meinen Alban Berg höre, dann gibt es niemanden auf der ganzen Welt, der mich trösten könnte. Und nur sehr wenige, die mich verstehen. Mein großer Kummer ist, dass ich weder Musiker noch Maler, noch Dichter geworden, sondern ein simpler, verfluchter Dilettant geblieben bin, mit viel Gespür zwar, aber kein Schöpfergeist. In der Schule war ich nie gut; mein Vetter Ramon rieb mir immerzu seine hervorragenden Noten unter die Nase, war schon mit vierundzwanzig Textilingenieur und half bereits seit zwei Jahren meinem Vater, die Fabrik in den Ruin zu treiben. Ich hingegen hatte mich zunächst für Naturwissenschaften entschieden und mit knapper Not die Hochschulreife geschafft, mich danach den Geisteswissenschaften zugewandt – wobei es mir weniger die sprachlichen Paradigmen und die Grundrissformen der Basiliken angetan hatten als vielmehr alles, was mit Versammlungen und dem Mai 68 und so zu tun hatte –, das Studium aber nach der Hälfte abgebrochen, weil die Revolution Vorrang hatte und Berta sehr hübsch war. Und als der Krieg zu Ende und Franco friedlich im Bett gestorben war, verliebte ich mich aufs Neue. Meine Ehe mit Gemma hielt zwei Jahre, zwei Monate, einundzwanzig Tage und dreizehn Stunden. Als ich wieder zu Hause einzog, zu meiner schweigsamen, traurigen Mutter, und mich fragte, ob ich etwas Neues anfangen sollte und wenn, dann was, stellte ich fest, dass ich siebenundzwanzig Jahre alt war und schon kein Wort mehr mit meinem Vater redete. Juan Crisóstomo Arriaga starb mit zwanzig. Ich fühlte mich wie ein Greis und konnte mich für nichts begeistern. Statt mir ein Flugticket zu kaufen und mir in Indien irgendein ausgefallenes Fieber zu holen oder mich wie ein Wilder zwischen die Schenkel williger Bekanntschaften zu stürzen, beschränkte ich mich darauf, ein Konzertabonnement für den Palau de la Música zu erstehen und das pralle Leben anderen zu überlassen, mal sehen, ob sie sich weniger dumm anstellten. Parkett, fünfte Reihe, genau in der Mitte. Und ich begann, ernsthaft zu studieren, las noch mehr und verliebte mich in die Schönheit. Jetzt, viele Jahre später, gibt es Leute, die mich für einen Weisen halten. Lächerlich, aber wahr.

»Was willst du denn über Bolós wissen?«

»Alles Mögliche. Persönliches. Geschichten aus seiner Jugend.«

»Du kanntest ihn überhaupt nicht, stimmt's?«

»Doch, natürlich. Du hast ihn mir doch selbst vorgestellt.« Verstohlen schaute sie sich um, als wollte sie von niemandem außer mir gehört werden, dann blickte sie mich fest an und fragte: »Wie fühlt es sich an, wenn ein so enger Freund stirbt?«

»Woher weißt du, dass Bolós und ich enge Freunde waren?«

»Was für ein Gefühl ist das?«

»Du weißt nicht, wie sich das anfühlt?« Ich sah sie aus dem Augenwinkel an, und sie kam mir sehr jung vor. »Dir ist noch keiner gestorben.«

»Nein. Ich habe keine Freunde.«

»Unsinn.«

»Nein, im Ernst. Nur befreundete Kollegen.« Und leiser: »Oder Liebhaber. Wie also fühlt es sich an?«

Ich musste lange überlegen. Zu lange. Als ich antwortete, mied ich ihre Augen, weil ich auch Teresa sah.

»Nichts, Júlia. Man weint einfach nur.«

2

»Ich wurde neunzehnhundertfünf in Feixes geboren, als
Kind des Bürgers und Uhrmachers Francesc Sicart und
seiner Ehefrau Carlota Gensana. Mein Vater, der eine mäßig große Erbschaft mit seinen beiden Geschwistern teilen musste, wonach sich sein Anteil auf praktisch null
belief, hatte zum Überleben nur sein Handwerk, in dem
er allerdings ausgesprochen geschickt war. Meine Mutter,
Schwester des vortrefflichen Dichters Maur II Gensana
des Göttlichen und Tochter des Abgeordneten Antoni II
Goldmund Gensana, war wohlhabender und außerdem
schön und besonnen; mein Vater hatte es schwer gehabt,
sie zu bekommen; und ich habe es schwer, mich an sie
zu erinnern.«

Dies erscheint mir ein sehr würdevoller Auftakt für diese Seiten, die ich jetzt anfange niederzuschreiben, während
du, mein lieber Miquel II Gensana der Zauderer, für einige Wochen unterwegs auf irgendeiner deiner Reisen bist.
Ich schreibe das alles für dich auf, weil ich sterben werde,
schon bald und ohne die übliche Agonie, ganz im Sinne
der Tradition aller Männer unserer Familie. Die einzige
Unwahrheit in dieser Einleitung, die ich von Rousseau
übernommen habe, bezieht sich auf den Beruf meines Vaters. Über alles andere, Miquel, magst du selbst richten,
wenn dir danach ist.

Du kamst am dreißigsten April neunzehnhundertsiebenundvierzig zur Welt. Damals zog sich bereits diese feine

Linie aus Hass durch meine Augen, eine Linie wie eine An-
gelschnur, straff und dünn, aber so stark, dass man damit,
bei geeigneter Handhabung, jemanden enthaupten könnte. Damals war ich schon Maurici Ohneland der Verfemte,
der niemals regieren wird, genau wie du. Bei deiner Geburt warst du blond und hattest blaue Augen. Meinen Finger, den ich in dein Fäustchen schob, hast du gepackt, als
hinge dein Leben davon ab. Da war ich mir sicher, dass
du gewiss nicht denselben Weg gehen wolltest wie dein
Bruder und dich deshalb so fest an mich geklammert hast.
Du warst der dritte Miquel meines Lebens. Deine Eltern
gaben deinem Bruder den Namen Miquel aus schlechtem
Gewissen. Und mit dir wiederholten sie das Ritual. Dein
Name ist wahrscheinlich der einzige Krieg, den ich in dieser Familie, in der ich nun sterben muss, gewonnen habe.
Doch damit sie dich so tauften, musste meine eine große
unermessliche Liebe den brutalsten Schmerz erleiden, den
man einer Liebe zufügen kann.

An dem Tag, an dem du geboren wurdest, duftete Can
Gensana nach feuchter Erde. Wir hatten den regnerischsten
Frühling des Jahrhunderts, wie man sich in Feixes erinnert.
Der Geruch feuchter Erde, einer der ältesten Gerüche, die
ein Garten verströmen kann, haftet mir im Gedächtnis und
ist untrennbar mit deiner Geburt verbunden. Der Garten
war eine Pracht, leuchtend, ein wenig zerzaust von dem
vielen Regen, aber alles gedieh. Dein Vater, der ein Faible
für unnütze Gesten hat, ließ einen Erdbeerbaum neben
den Hauseingang setzen. Pere wusste nicht, dass es unklug ist, das Leben eines Menschen mit dem eines Baumes
zu verknüpfen. Da ich es jedoch nicht verhindern konnte,
fand ich mich damit ab, den Baum als Teil deines Lebens
zu betrachten. Darum ging ich in derselben Nacht, in der
er gepflanzt worden war, hinaus, grub an seinem Fuß ein

Loch und verbarg darin, wie der Barbier von König Midas, das Geheimnis meiner Liebe, bevor es sich in die Wolken verflüchtigen konnte. Mag sein, dass ich aus diesem Grund jetzt den Mut habe, es dir zu offenbaren. Falls die raschelnden Blätter es dir an windigen Spätnachmittagen nicht schon zugeflüstert haben.

Die Männer der Familie haben mich immer gehasst. Mit Ausnahme deines Vaters, der in seiner Jugend mein bester Freund war. Die Frauen hingegen haben mich respektiert und verstanden, dass Mompou, Satie und Debussy viele Jahre lang mein einziges Glück gewesen sind. Wenn ich am Klavier saß, ließen sie die Tür der Bibliothek offen, nicht wie dein Großvater Ton, Antoni III der Fabrikant, möge er in der Hölle schmoren, der sie jedes Mal mit einer Grimasse zugemacht hatte.

Ich möchte nicht, dass Feldwebel Samanta das Heft von Tante Pilar findet. Ich werde es zwischen dem Bastelpapier verstecken. Und wenn du zurück bist von deiner absurden Reise wohin auch immer, um wen auch immer zu interviewen, wirst du es unter den Dokumenten in meinem Nachlass finden.

Ich weiß nicht, ob dies der richtige Zeitpunkt ist, über meinen Onkel zu sprechen, dachte Miquel.

3

Im Leben von Miquel II Gensana gibt es mehrere Wende-
punkte, die in untrennbarem Zusammenhang mit Frauen
stehen. So auch heute, da ich Júlia gegenübersitze und
von Bolós erzählen soll, denn um über Bolós zu sprechen,
muss ich über mich sprechen und mein Innerstes weiter
nach außen kehren, als ich es mir je hätte träumen lassen –
wahrscheinlich, weil ich Bolós so tief in meinem Herzen
trage wie Rovira, sooft uns die Willkür des Lebens auch
auseinandergetrieben und wieder vereint haben mag –,
während ich geduldig darauf warte, dass man uns ein paar
Oliven als Aperitif bringt. Wie langsam sie hier bei mir zu
Hause sind. Solange es noch mein Zuhause war und ich
darin wohnte, hielt ich mich am liebsten woanders auf
und tat, als hätte dieses grandiose Anwesen mit meinem Leben nichts zu tun. So erklären sich auch meine Fluchten.
Doch während ich zur Schule ging, blieb mir gar nichts anderes übrig, denn Miquels einsame Kindheit war bestimmt
vom Hin und Her zwischen Schule und Elternhaus, Onkel
Mauricis Büchern und seinen eigenen Hirngespinsten. Somit erinnerte er sich auch sehr genau an die wenigen Nächte, die er nicht in Can Gensana geschlafen hatte.

Im Bus sorgten wir für Krawall, wie es uns rechtlich
zustand, ärgerten den Fahrer und machten uns heimlich
über Pater Romaní lustig, der auf dem vordersten Sitzplatz
thronte, wo heute, zwanzig Jahre später, die Reiseleiterin-
nen sitzen, in der Hand ein Mikrofon, und verkünden,

hier rechts jetzt die Sagrada Familia, das Werk des weltberühmten Architekten Antoni Gaudí, und der Tourist mit der Hautfarbe einer gekochten Krabbe knipst die uralten Ruinen der Sagrada Familia, wahrscheinlich aus römischer Zeit, meinst du nicht auch, my darling?, doch my darling hört gar nicht hin, weil sie an ein Sahneeis denkt und nicht mehr weiß, ob es von Camy oder von Frigo war, dann sagt die Reiseleiterin, und hier in diesem Bus oder einem ähnlichen, noch klapprigeren, waren vor zwanzig Jahren Miquel II Gensana der Sinnierer und seine unzertrennlichen Freunde Rovira und Bolós zusammen mit weiteren vierzig Bengeln der zwölften Klasse des Jesuiten-Gymnasiums im Carrer de Casp unterwegs zum Exerzitienhaus von Hostalets, glücklich, weil in den nächsten drei Tagen niemand, nicht einmal der Mathelehrer, Hausaufgaben oder eine Klassenarbeit von ihnen verlangen oder sie ausschimpfen würde, wenn sie auf dem Flur zu laut gewesen waren, denn denkt daran, diese drei Tage dienen der inneren Einkehr, und die Einsichten, zu denen ihr hier gelangen mögt, können wesentlich wichtiger für euer Leben sein als sämtliche Studien, denen ihr euch in den nächsten Jahren widmen werdet. Und alle dachten, du kannst quasseln, so viel du willst, Hauptsache, drei Tage schulfrei, das ist das Einzige, was zählt. Und Pater Romaní, statt zu sagen, und hier zur Rechten Gaudí, nutzte die Fahrt, um weiter in seinem Brevier zu lesen.

Wir betraten das Exerzitienhaus durchs Hauptportal, schubsend und lärmend, während die Kecksten hinter dem Bus noch schnell die letzte Zigarette in Freiheit rauchten und vollmundig von Frauen redeten, die sie in Wahrheit nie gesehen hatten. Eine zurückhaltende, lächelnde Nonne begrüßte die beiden Priester (der andere war Pater Valero, unser Relilehrer) und zeigte ihnen was-weiß-ichwas. Kaum hatte ich die weiträumige Eingangshalle betreten, erkannte ich den Geruch dieser Art Häuser, eine Mischung aus sauberen Leintüchern, Lavendel, Schweigen, einem Hauch Bleichlauge und einem diffusen Aroma von Malzkaffee. Man brachte uns zu unseren Zimmern, der Wahnsinn, Rovira, Einzelzimmer, irre. Und Miquel setzte sich auf den einzigen Stuhl in seiner Zelle und stellte sich vor, er wäre ein Mönch. Zum Geruch des Hauses gehörte auch der dieses Zimmers, wo es roch wie daheim im zweiten Stock, dem Reich der Bediensteten, nach selten gelüfteten, sauberen, verwohnten Räumen. Und Hochwürden Michaelus Saecundus OSB betrachtete seine Umgebung: ein schmales Bett mit einer milchkaffeefarbenen, von zwei roten Streifen durchzogenen Decke, über dem Kopfende ein Kruzifix, das Kreuz seiner langen Büßernächte; ein Tisch mit einer biegsamen Klemmlampe, das Pult seiner ausgiebigen theologischen Studien; ein winziges Waschbecken, ein wurmstichiger Kleiderschrank und rote, abgenutzte Bodenfliesen, von denen die eine oder andere beim Drauftreten klackerte und mich womöglich in meiner Meditation stören würde. Ja. Er fühlte sich auf Anhieb so heimisch, als wäre er ein Leben lang dort gewesen, und bei dem Gedanken, wie schön es doch wäre, Priester zu sein, bekam er mit einem Mal Herzklopfen.

Es waren drei Tage der Besinnung unter Anleitung von Pater Romaní, der es fertigbrachte, die wahnsinnig durchdachten Meditationen von Sankt Ignatius in verdaulicher Form zu vermitteln; drei Tage Himmel, Hölle, Sünde, Großmut, Nächstenliebe, Anekdoten und Weisheiten des Evangeliums, Malzkaffee mit Milch, eine Menge Hülsenfrüchte, wenig Fleisch und gelegentlich eine Weile, in der wir uns austoben und hinter einem Ball herrennen durften. Rovira hatte keine Lust zum Fußballspielen und ging stattdessen allein unter den Zypressen spazieren. Auch Bolós spielte kaum, obwohl ich ihm andauernd in den Ohren lag, weil er lieber mit den Rauchern in der verbotenen Ecke bei den Waschräumen herumlungerte.

Als die Exerzitien vorüber waren, wusste ich, dass ich Priester werden wollte. Aus mehreren Gründen: Ich hatte meinen Weg erkannt, war erfüllt von Gelassenheit und Freude, zur Wahrheit gefunden zu haben, und fühlte mich verpflichtet, in aller Bescheidenheit anderen den rechten Weg zu weisen, die, aus Blindheit oder weil sie nicht das Privileg hatten, hier geboren zu sein, die Frohe Botschaft noch nicht vernommen hatten und vom Ich Bin Der Weg, Die Wahrheit Und Das Leben nichts ahnten. Ebenso sicher wusste ich, dass ich gleich nach meiner Priesterweihe Missionar werden und mir die schwierigste und entlegenste Mission suchen wollte, da wahre Großmut am besten mit einer ordentlichen Portion Heldentum verbunden sein sollte. Und seine Augen glänzten, und Michaelus richtete sich auf von der Erde; und als er seine Augen auftat, sah er niemand. Sie nahmen ihn bei der Hand und führten ihn gen Damaskus, und er war drei Tage nicht sehend und aß nicht und trank nicht. Etwas wie eine instinktive Scheu hinderte mich dennoch, Pater Barnades, der als unser geistliches Oberhaupt das objektive Resultat dieser drei glücklichen Tage der inneren Einkehr mit Pater Romaní überprüfen würde, in meinen Plan einzuweihen.

Ein Paar blaue Augen waren es, Augen von einem so schwindelerregenden Blau wie die Tiefen des Meeres, die Miquels felsenfesten Entschluss ins Wanken brachten, den außer ihm noch sechs Komma sieben Prozent seiner Klassenkameraden gefasst hatten, zwei Prozent weniger als im vorigen Jahr, denn die Zeiten werden immer schwieriger, und möge Gott uns schützen, aber der Tag wird kommen, an dem …

Die tiefblauen Augen gehörten einer Seejungfrau mit Beinen in der Uniform der Lestonnac-Schule, die ihre beneidenswerten Bücher immer fest an ihre keimenden Brüste drückte, entzückende Söckchen trug und mich, wie ich glaubte, sympathisch fand. Sie hieß Lídia. Und ich dachte, Herrgott, was für ein Mädchen, wo soll ich bloß den Mut hernehmen. Tagelang betete ich sie aus der Ferne an, das Herz klopfte mir bis zum Hals, und bevor es in tausend Stücke zersprang, wandte sich der Ex-Missionar Miquel an Bolós, einen großen Spezialisten.

»Nein, ich weiß wirklich nicht, wen du meinst.«

Also lauerten sie ihr auf, Bolós mit kaltem Expertenblick, und taten, als spazierten sie ganz zufällig den Carrer de Pau Claris auf und ab, ganz zufällig vor der Lestonnac, ganz zufällig um sechs Uhr nachmittags. Mein Ellenbogen in seinen Rippen:

»Da ist sie!«

»Da sind vier.«

»Die Hübscheste!«

»Sehr witzig.«

»Die mit den langen Haaren!«

»Verflucht, Gensana, zwei haben lange Haare.«

»Aber die andere ist potthässlich.«

Ehe sie sich in eine fruchtlose Erörterung der unterschiedlichen Aspekte weiblicher Schönheit verstrickten, wurde Miquel ein Fingerzeig des Schicksals zuteil.

»Die jetzt lacht. Siehst du? Sie hat mich angeschaut, stimmt's? Wie findest du sie?«

»Mmh …« Nachdenkliches Schweigen. »Tja.«

»Mmh, tja, was soll das heißen? Was hältst du von ihr?«

»Wenn ich ehrlich sein soll …«

»Natürlich! Ist sie nicht bezaubernd? Zum Sterben schön, oder?«

»Ich kann nichts Besonderes an ihr finden, Gensana.«

Miquel und Bolós sprachen drei Tage nicht miteinander. Solange unsere Freundschaft diese Wüste durchquerte, himmelte ich meine Geliebte an, folgte ihr auf Schritt und Tritt, wobei ich mich bemühte, meinen Fuß auf die Stelle zu setzen, die sie soeben mit dem ihrigen geweiht hatte, und seufzte aus tiefster Seele, während mein hehrer Traum, die Kameruner im Tschad zu Dem Weg, Der Wahrheit und Dem Leben zu bekehren, der Evidenz der Schönheit nicht standhielt und sich immer mehr verflüchtigte, obgleich ich mich jeden Tag in der Schulkapelle ernsthaft bemühte, die Flamme am Leben zu erhalten.

Ich hatte gerade mein sechstes Jahr im Gymnasium vollendet, als man in Barcelona davon sprach, die Straßenbahnen abzuschaffen, um den Autoverkehr dichter zu machen und die Luft mit dem öffentlichen Nahverkehr direkt zu verpesten. Oder vielleicht handelte es sich auch um eine späte Sühne für das schreckliche Ende Gaudís. Jedenfalls schloss ich das zwölfte Schuljahr ab, ohne in einem einzigen Fach durchzufallen. Ramió, Camós und Torres blieben sitzen, und im Vorbereitungskurs für die Universität (anderes Gebäude, wo man keinen demütigenden Schulkittel mehr tragen musste, offiziell rauchen durfte und sich dazu nicht wie Verbrecher im Klo zu verstecken brauchte, als erwachsen galt und sich der rückhaltlosen Bewunderung der unteren Klassen gewiss sein konnte) sah ich mich etwas anspruchsvolleren Mathematikaufgaben gegenüber, sodass jene tiefgründigen Augen von der Lestonnac bald an Leuchtkraft verloren, und es zweifellos idiotisch gewesen wäre, sich wegen eines Mädchens, dessen Name mir schon wieder entfallen war und das einfach zu schiefe Zähne hatte, die Pulsadern aufzuschneiden. Und wenn er, Murillo, Bolós und Rovira in die Spielhalle im Carrer Consell de Cent zum Tischfußball gingen (zu Hause erlaubten sie ihm inzwischen, einen späteren Zug zu nehmen), verschwammen die Probleme der Kameruner allmählich immer mehr, und wenn er sich zur Lösung einer mathematischen Gleichung – was nun einmal Vorrang hatte – in seinem Zimmer einschloss, waren sie vollends verschwunden.

Als wir das nächste Mal zum Exerzitienhaus fuhren, ging ich es nicht ganz so ernsthaft an, obwohl ich mir bezüglich dessen, woran ich Freude fand und was ich im Leben einmal machen wollte, aufrichtig Rechenschaft ablegte. Und ich gelangte zu einer wunderbaren Erkenntnis, denn machen, im eigentlichen Sinn machen, wollte ich überhaupt nichts im Leben. Und meine Seele Gott weihen, nun, was soll ich sagen. Es war eine Wohltat, sich von den Ketten zu befreien, die Saulus vor zweitausend Jahren gefesselt hatten, weil es auf der Welt viele blaue, schwarze, braune, honigfarbene und grüne Augen gab, so tief wie das Meer, und es war ein herrliches Gefühl, ihnen nicht aus professionellen Gründen entsagen zu müssen. Im Grunde fühlte sich Miquel der Ewige Zweifler feige, weil er dem Ruf des Herrn nicht entschlossen genug hatte folgen mögen, und in einem schwachen Moment sprach er mit Pater Romaní, zwischen zwei Lektionen in dessen Büro, und später, bei einer heimlichen Zigarette im Waschraum, auch mit Bolós.

»Wenn du berufen bist, wirst du dich niemals vor Gott verstecken können, mein Sohn. Denk an Jona.«

»Aber Pater, woher soll ich wissen, ob es Berufung ist?«

»Sei doch nicht blöd, Gensana. Die brauchen halt Priester, um den Laden am Laufen zu halten.«

»Schon gut, aber was ist, wenn ich wirklich berufen bin?«

»Der Ruf des Herrn ist nicht verpflichtend, mein Sohn. Wenn du ihn ignorierst, begehst du keine Sünde. Allerdings wirst du dich in dem Augenblick, in dem Er dich dazu aufgefordert hat, als nicht großherzig genug erwiesen haben.«

»Aber ich kann doch ein guter Mensch sein, Pater, ein guter Christ in meinem Tagewerk.«

»Die sind der Hammer, du! Romaní ist nur darauf aus, dir ein schlechtes Gewissen zu machen, weil du kein Mönch werden willst.«

»Nein, nein, niemand drängt mich zu gar nichts. Es zwingt mir auch keiner ein bestimmtes Studium auf.«

»Was würdest du denn gern studieren, mein Sohn?«

»Ich weiß es nicht, Pater.«

»Aber du hast doch nicht den blassesten Dunst, was du studieren willst!«

»Das musst gerade du sagen.«

Diese Tage der inneren Einkehr, organisiert von Pater Romaní SJ, aber geleitet von Josep Maria Bolós, Herzensfreund und Doktor im Lösen von Problemen anderer, erwiesen sich für mich als äußerst bereichernd. Doch kaum hatte Bolós mich überzeugt, dass man am besten alle Frauen der Welt lieben sollte, weinte er sich an meiner Schulter aus, weil ihm eine pechschwarze Mähne, die den Carrer de Casp entlanggeweht war, den Kopf verdreht hatte. Sie ging auf die Jesús-Maria-Schule, hieß Maria Victòria Cendra, wohnte im Carrer del Bruc, Ecke València, studierte Querflöte am Konservatorium, war sechzehneinhalb Jahre alt und fuhr in den Sommerferien nach Viladrau. Wenn Bolós ein Auge auf jemanden geworfen hatte, dann stellte er Nachforschungen an und informierte sich, das musste man

46

ihm lassen; nicht wie ich, der ich mich darauf beschränkte, von einem unbestimmten Lächeln zu träumen, das schlimmstenfalls nicht einmal mir gegolten hatte.

Das Gerücht, dass die Straßenbahnen verschwinden würden, wurde immer lauter, immerhin könne eine Zugmaschine mit Anhängern nur dreihundert Passagiere befördern, ein Autobus dagegen bis zu neunzig, und Benzin werde stets billiger sein als Strom; es war Frühling, wenn die Mädchen noch sehr viel schöner sind, weil sie kurze oder gar keine Ärmel, keine Strümpfe und knappere Röcke tragen und begehrlicher atmen, wenn die Bäume mit tausend Grüntönen die Stadt verzieren und bald der Sommer kommt und mit dem Sommer die großen Ferien und mit den Ferien die Freiheit und, ach, wie ist das Leben schön, da war Miquel mächtig überrascht und Bolós sehr sauer, als Rovira ihnen bei einem Spaziergang unter den Akazien des Carrer de la Diputació mit feierlichem Getue mitteilte, dass er beschlossen habe, Jesuit zu werden und Mitte September sein Noviziat antreten werde. Sieh mal einer an, dachte ich, und das Erste, was ich von mir gab, war: Junge, Rovira, und was ist mit den Frauen? Doch Roviras Augen schweiften über diese Frage hinweg und blickten versonnen ins Weite, auf Den Weg, Die Wahrheit und Das Leben, und während Bolós verdrossen schweigend auf seinem Kaugummi herumkaute, fühlte ich mich klein und mickrig und beneidete Rovira, den heldenhaften Rovira, weil er mutig genug war, dem Ruf des Herrn Folge zu leisten. Nicht wie andere, die nach Feixes zurückkehrten und zu Hause kein Wort verloren über den Kameraden, der Priester wurde, denn zwischen Vater und Sohn tobte in diesem Moment ein harter Kampf, weil Miquel sich weigerte, die Industrieschule zu besuchen, die jeder Gensana, der es im Leben zu etwas bringen wollte, per Dekret zu absolvieren hatte. Und fortan bröckelte die Beziehung zwischen Vater und Sohn vor sich hin. Onkel Maurici lachte still in sich hinein, hütete sich aber, etwas zu sagen, weil er wusste, dass sein Miquel, sein einziger heißgeliebter Großneffe, sich zu einer anderen Art von Studien hingezogen fühlte. In Can Gensana kehrte wieder Ruhe ein, und auch wenn der Vater weiter grollte, herrschte Frieden. Und die Mutter seufzte erleichtert auf.

Für seinen ersten Tag an der Universität band Miquel eine Krawatte um und nahm einen viel zu frühen Zug. Ich traf mich mit Bolós auf dem Platz davor, und beide taten wir so, als wären wir weder nervös noch aufgeregt. Vermutlich gingen wir deshalb auf einen Kaffee in die Bar gegenüber und schielten gelegentlich aus dem Augenwinkel auf das Gebäude der Geisteswissenschaften, als fürchteten wir, es könnte uns davonlaufen. Auch Bolós trug Krawatte. Schweigend rührten wir den Zucker um, und Bolós zog eine Pfeife hervor, was sofort meinen Neid weckte. Damit machte schließlich jeder was her.

»Ich wusste gar nicht, dass du Pfeife rauchst.«

»Gemocht habe ich es schon immer.«

»Aber die ist neu, oder?« Nicht einmal seinen besten Freund verschonte Miquel mit seiner Bosheit. Er nahm ihm die Pfeife aus der Hand und drehte und wendete sie wie ein Sachverständiger.

»Ja, schon … Irgendwann muss man ja damit anfangen.«

In ihrer Nähe stand eine Gruppe junger Leute. Viele Mädchen. Und alle lachten, als würden sie sich schon ewig kennen und als wäre es das Normalste von der Welt, auf die Universität zu gehen. Keiner der Studenten trug Krawatte.

»Wir sind die Einzigen von unserer Schule, die sich für Geisteswissenschaften eingeschrieben haben, stimmt's?«

»Ja …« Bolós war vollauf damit beschäftigt, die Pfeife anzuzünden. Die Welt verschwand hinter einer spektakulären Wolke Amsterdamer, und ihm wurde ein wenig schwindlig. Nach zwei Zügen war die Pfeife erloschen.

»Sie ist dir ausgegangen.« Oh, Miquel, wie kannst du nur so ein Unmensch sein?

»Das merke ich selber, Mann. Was hast du gesagt?«

»Dass wir die Einzigen sind, die sich für Geisteswissenschaften entschieden haben.«

»Ja. Und Rovira, nicht?«

»Nein, Mann, der wird doch Novize.«

»Stimmt ja, du hast recht. Die Einzigen.« Und nach einem energischen Zug: »Der arme Kerl, was?«

»Nicht unbedingt. Er wird schon wissen, was er tut.« Möglicherweise verfluchte sich Rovira just in diesem Augenblick, um Viertel nach acht an einem Morgen Anfang Oktober, und wiederholte nur immerzu, was zum Teufel hat mich geritten, wie konnte ich mich bloß auf diesen Zirkus einlassen, zur Hölle, was treibe ich hier, in dieser Soutane? Vielleicht empfing er aber auch gerade mit salbungsvoller Hingabe und Andacht die Heilige Kommunion und war von Glückseligkeit umflort und durchdrungen bis ins Mark. Keiner, guck dir das an, nicht einer. Keiner der Studenten in der Bar trug Krawatte.

»Alle vom sprachlichen Zweig sind bei Jura gelandet, außer mir.« Die Pfeife gab jetzt ein lästiges Geräusch von sich, aber sie qualmte.

»Und vom mathematischen habe nur ich mich für eine Geisteswissenschaft entschieden. Mann, Bolós, was blubbert denn da so?«

»Spucke. Ganz recht, du und ich, wir sind die einzigen Spinner.«

Wenn man das Recht zum Träumen hat, sollte man es

auch ausüben. Miquel Gensana war während des Kurses zur Vorbereitung auf die Universität die meiste Zeit auf einem Meer von Zweifeln gerudert. Denn die Frage war ja nicht nur, ob er Priester werden, in den Himmel kommen und als Missionar dafür sorgen sollte, dass andere in den Himmel kamen, da waren obendrein die berechtigten Zweifel in Bezug auf die restlichen Dinge des Lebens, wie zum Beispiel, alle hübschen Mädchen umarmen zu können (eigentlich alle Mädchen, denn ich wusste, dass alle hübsch waren), endlich ohne Erstickungsanfälle rauchen zu lernen und darüber nachzudenken, ob Maschinenbauingenieur, Textilingenieur, Chemiker, Arzt, Anwalt, Architekt oder sonst was. Ich neigte am ehesten zu sonst was, auch wenn es mir Angst machte. Weil ich ganz sicher wusste, dass ich kein Maschinenbauingenieur, Textilingenieur, Chemiker, Arzt, Anwalt oder Architekt werden wollte, und althergebrachte familiäre Gepflogenheiten hinderten mich, dem ironischen Rat von Onkel Maurici zu folgen – dem einzigen Familienmitglied mit zwei Studienabschlüssen – und Kfz-Elektriker zu werden. Glaub mir, Miquel, wiederholte er ständig, damit kommst du zu Geld, kaum ziehst du den Rollladen hoch, rennt dir die Kundschaft die Bude ein. Hätte ich bloß auf ihn gehört. Aber mein Onkel sagte das nur, um meine Eltern und Großmutter Amèlia zu ärgern. Im Grunde war allen klar, dass kein Gensana um ein Universitätsstudium herumkam; ob er am Ende einen Titel hatte oder ein Beruf daraus wurde, stand dabei auf einem anderen Blatt. Das erleichterte Miquel die Wahl, denn Tätigkeiten wie die eines Schriftsetzers, Tischlers oder Zugführers konnte ich unbesehen streichen, erst recht Berufe wie Schäfer oder Verkehrspolizist. Doch trotz all dieser Hilfestellungen litt Miquel den ganzen Vorbereitungskurs lang unter dem Druck, nicht zu wissen, was er anschließend tun sollte. Bis Bolós eines Tages sagte, er habe gehört, es gebe auch Geschichte als Fach.

»Heißt das, man kann das studieren? Wie Architektur?«

»Ja.« Es war ein überzeugteres Ja, ohne Pfeife. Bis zur Universität war es noch lange hin.

»Das wäre doch toll, oder? Wir sollten uns mal genauer erkundigen, findest du nicht?«

Wir erkundigten uns und holten uns Rat in der Schule. Die Priester wunderten sich, dass zwei gesunde Jungen aus guter Familie keine Anwälte oder Architekten werden wollten, aber schließlich gaben sie uns Auskunft, und Bolós und Miquel ließen sich immatrikulieren. Bolós (Josep Maria Bolós der Unverzichtbare Freund) verbrachte den ganzen Sommer damit, seinen Freund (mich) im Lateinischen, das ich seit Jahren hatte schleifen lassen, wieder auf Stand zu bringen. Die Orientierungslosen drehen sich wie Brummkreisel, heißt es, und so fanden wir uns, nach wochenlangem res, rei, fero, fers, ferre, tuli, latum und Arma virumque cano, Troiae qui primus ab oris Italiam, am ersten Tag des Semesters, erwartungsvoll und übertrieben förmlich angezogen, vor dem Gebäude der Geisteswissenschaftlichen Fakultät der Universität von Barcelona ein, um einen neuen Lebensabschnitt zu beginnen, in dem wir uns dem Studium der Geschichte der Menschheit, ihren Sprachen und ihrem Denken widmen würden, im Bestreben, sie zu reformieren, zu erneuern und zu leiten.

»Ein Haufen Weiber hier, was?«

»Ja, wurde aber auch Zeit.«

Gewohnt, auf die Jagd nach Mädchen gehen zu müssen, verunsicherte es sie ein wenig, erfüllte sie jedoch zugleich mit Hoffnung, dass es hier von Mädchen nur so wimmelte. Damit betraten sie die Welt der Erwachsenen.

»Es ist heiß.«

Als erste Maßnahme öffnete Miquel verstohlen den Kragenknopf und lockerte seine Krawatte. Bolós, der mittlerweile halbwegs mit der Pfeife zurechtkam, tat es ihm unauffällig nach.

»Was ist? Gehen wir rein?«

Um acht Uhr siebenunddreißig Minuten und zwölf Sekunden am zweiten Oktober neunzehnhundertsechsundsechzig durchschritten Gensana und Bolós, zwei unerschrockene Abiturienten des Jesuiten-Gymnasiums, die die Frechheit besessen hatten, keine Juristen werden zu wollen, bangen Herzens, einen Kloß im Hals und den Schlips in der Hosentasche, das Tor zum Tempel der Weisheit.

4

»Weißt du, dass ich in dieser Irrenanstalt entdeckt habe, was ich bin?«

»Und was bist du, Onkel?«

»Der wahrhaftige Maurici Ohneland, Chronist des Windes, Erfinder von Wirklichkeiten, Ex-Musiker, Ex-Philologe, dein Ex-Onkel.«

»Mein Onkel bist du immer noch.«

»Nein. Jetzt bin ich Chronist. Ich kann nicht so viel auf einmal sein.« Und als wollte er sich entschuldigen, steckte er das letzte Stück Schokolade in den Mund und wisperte: »Du bist wie ein Sohn für mich.«

»Danke.«

»Ich bedaure es, keine Kinder zu haben.« Der Onkel versank in seinen Erinnerungen und blieb einige endlos lange Minuten stumm, bis er schließlich mit monotoner Stimme zu reden begann: »Ich bedaure, keine zu haben. Fast so sehr, wie es mich schrecken würde, welche zu haben. Ich empfinde ein Kind als eine biologische Form der Kontinuität, ein Bollwerk gegen die Vernichtung. Es ist wie die Komposition einer Sonate oder eines Sonettes. Über dieses Thema hatte ich mit deinem Vater gesprochen, ehe wir uns entzweiten. Er sagte, ja, Maurici, Kinder zu haben bedeutet Fortdauer, doch Nachkommenschaft ist unerbittlich und der Prozess des Verschwindens unaufhaltsam. Unabänderlicher als der Tod selbst. Vielleicht hatte er ja recht, dein Vater. Wer weiß noch, was Mama Amèlias Lieblingsfarbe war?

Und dabei ist sie erst acht oder zehn Jahre tot. Oder zwanzig oder dreißig, ich weiß es nicht.«

»Fünf.«

»Was?«

»Großmutter Amèlia ist vor fünf Jahren gestorben.«

»Fünf ...« Schweigen. Fahrig tasteten die Finger nach mehr Schokolade, und als sie keine fanden, hielten sie still und hörten zu, während der Onkel sagte, und wie verrückt meine Mutter nach den roten Blüten der Kletterrose vor dem Haus war? Ja, ich erinnere mich an ihre Versessenheit, aber diese Erinnerung wird mit mir sterben. Die Kinder meiner Kinder, wenn ich welche hätte, wüssten es schon nicht mehr, und somit sterben die verstorbenen Familienmitglieder Tag für Tag ein bisschen mehr, bis sie nichts weiter als ein Name sind, der im Wind des Vergessens verweht wie ein Samenkorn. Was nützt es also, wenn wir, wie heute behauptet wird, eine Kette von Genen sind, die von einer Person zur nächsten weitergegeben wird? Diese Gene möchte ich gern mal kennenlernen. Sollen sie doch versuchen, eine Symphonie zu schreiben, die Gene, die sich seit Millionen von Jahren durch die Generationen tragen lassen. Dein Vater ..., nun ja, das mit deinem Vater ist eine ganz andere Sache, weil er schon vor tausend Jahren in Pantoffeln und bei strömendem Regen verschwunden ist, nachdem er gesagt hatte, er sei gleich wieder da. Und was ist von deinen Großeltern geblieben? (Und ich sagte, doch, doch, Onkel, ich habe eine Erinnerung an sie, an die Eltern meiner Mutter, eine verwischte Erinnerung an eine düstere Wohnung im Stadtteil Eixample von Barcelona, an Finger, die mich in die Wangen zwickten, an Bonbons hinter dem Rücken meiner Eltern und die Tantchen Mercé und Anna, die man streichelte, wodurch man die diskrete Bonbonration noch um ein Vielfaches steigerte.)

Aber die Eltern der Großeltern? Flüchtige Erwähnungen, keine einzige Fotografie. Dein Urgroßvater Giró hieß Miquel, wie du. Aber weder du noch dein Bruder wurdet nach ihm benannt, ihr habt euren Namen wegen einer geheimen Liebesgeschichte. Und deine Urgroßmutter Leonor war Tochter eines karlistischen Soldaten namens Jaume Gispert, der am Zweiten Karlistenkrieg, dem Krieg der Matiners, an der Seite eines Mitstreiters von Galcerán teilgenommen hatte, und am dritten Krieg ebenfalls. Fahnenträger des Thronanwärters soll er auch gewesen sein, und im bürgerlichen Leben war er ein ehrbarer Vergolder, der in einem zweirädrigen Karren auf einsamen Wegen durchs Land zog, um in Kirchen und Kapellen Heiligenstatuen, Christusfiguren, Gottesmütter und Altarverzierungen zu restaurieren und frisch anzumalen. Aber ich habe nie sein Gesicht gesehen, ich weiß auch nicht, wen er geheiratet hat, ob er Linkshänder war oder gern Fisch aß. Was die Familie deines Vaters angeht, hast du es besser, da die Gensanas ein Clan mit Tradition sind, seit jeher sämtliche Papiere sorgsam verwahren und in ihrem Onkel Maurici obendrein einen Offiziellen Chronisten haben. Nicht jede Familie verfügt über einen Onkel Maurici. Ob sie nun etwas davon hat oder nicht. Seitens der Gensanas gibt es so viele Dokumente, dass ich sie bis zu Antoni Gensana i Pujades, dem Stammvater der Sippe, zurückverfolgen kann. Aus der Zeit davor allerdings findet sich rein gar nichts mehr. Und alles, was ich weiß und an dich weitergebe, habe ich alten Papieren entnommen oder den Selbstgesprächen der Wände abgelauscht, oder vielleicht habe ich es auch in den Augen der Alten auf den Porträts gelesen. Manches wird mir auch Mama Amèlia, meine Adoptivmutter, erzählt haben oder Cinta, eines der Dienstmädchen des Hauses, als ich dort einzog. Man zeigte mir die Gemälde der Ahnengalerie über der Kapelle, die einzig zum Schutz der Altvorderen errichtet zu sein schien. Weißt du was, Miquel? Unsere Familie hat eine gewisse Neigung, sich mit Hilfe ihrer Konterfeis die Unsterblichkeit sichern zu wollen.

Onkel Maurici hatte recht. Die Ahnengalerie ... Als meine Mutter das Haus verkaufte, wurden mir die Bilder zugestellt, sorgsam verpackt wie kostbare Erbstücke. Ich habe sie nie ausgewickelt und nur deshalb nicht auf dem Dachboden verstaut, weil ich keinen besitze. Doch hatte ich sie mein Leben lang gesehen, und das strenge Gesicht Antoni Gensanas unter seiner Perücke und das seiner steifen Gattin Adela Caimamí waren mir durchaus präsent. Von diesen Urururgroßeltern gab es zwei Porträts, und das beste, vermutlich das beste der Sammlung, war ein Werk von Tremulles. Auch erinnere ich mich gut an die Züge ihres Erstgeborenen, Maur Gensana, an seine Frau Josefina Portabella und ihren kleinen Wasserhund, der, wie auf einem goldenen Schildchen am Rahmen zu lesen war, Bonaparte hieß. Mit dem Französischen hatten sie es wohl, diese Urururgroßeltern. Von Antoni Gensana, dem Ururgroßvater Ton, der Onkel Mauricis Annalen zufolge Antoni II Goldmund genannt wurde, existiert mehr Bildmaterial. Er hatte sein Glück Mitte des neunzehnten Jahrhunderts in den Verwicklungen der spanischen Politik gesucht, stets auf Seiten Isabellas II, und bald einen nutzlosen Ruf als parlamentarischer Redner genossen. Niemals hätte der arme Kerl es sich träumen lassen, dass der Lauf der Zeit (und die unverschämten Gene) sein strikt isabellinisches Blut mit dem eines zutiefst karlistischen Statuenvergolders und Fahnenträgers des erklärten Feindes vermischen sollte. Und dass Anfang des zwanzigsten Jahrhunderts aus dieser Verbindung ein wirrköpfiger, schwärmerischer, sensibler, fauler, spielsüchtiger, flatterhafter und der Schönheit verfallener Kerl hervorgehen würde, der Maurici Ohneland heißt, das Pech hat, den Verstand verloren zu haben, und bereits ein Dutzend abessinische Löwen aus Papier gefertigt hat, die er vor der Zerstörungswut des Feldwebels Samanta verstecken muss. Ebenso wenig hätte Antoni II Goldmund sich vorstellen können, dass dieser morganatischen Ehe Mitte des zwanzigsten Jahrhunderts ein wirrköpfiger, schwärmerischer, sensibler, fauler, flatterhafter Spross mit Namen Miquel Gensana i Giró entspringen würde, der sich um Karl VI. Graf von Montemolín und dessen Wunschträume einen Dreck schert und, wenn er im Taxi am Ehrenmal für seinen entfernten Verwandten General Prim im Parc de la Ciutadella vorbeifährt (von den Besiegten des vorigen Jahrhunderts wird es nie eine Statue geben), nicht einmal den Blick hebt, um zu sehen, wie viele Tauben ihm gerade auf den Kopf scheißen.

Von Antoni II dem Politiker ist mehr überliefert. Zuerst versetzte er halb Feixes in Aufruhr, als er eine ehemalige Tänzerin aus Paris ehelichte, deren Eltern aus Manresa stammten, Ururgroßmutter Margarida. Was ihm jedoch später verziehen werden sollte, als er sich mit General Prim anfreundete, den die Tauben seinerzeit noch respektierten. An der Seite dieses Freundes erlebte er großartige Zeiten und glorreiche Momente. Es gelang ihm, seinen Sohn Maur den Dichter, Maur II den Göttlichen, mit der Nichte des Generals zu verheiraten, Urgroßmutter Pilar. Doch war es ihm nicht vergönnt, von seiner Verwandtschaft mit Prim zu profitieren, weil Amadeus von Savoyen ein Jahr vor der ersehnten Hochzeit den spanischen Thron bestieg. Der Dichter Maur jedenfalls brachte es zu Reichtum. Obwohl seine Frau nicht zum wohlhabenden Zweig der Prims Fürsten de los Castillejos gehörte und keinen eigenen Adelstitel trug, bekamen sie doch immer ein paar Spritzer von all dem Prestige ab, das sie umgab. Trotzdem war es nicht seine Verschwägerung mit Kriegshelden, weswegen ich Urgroßvater Maur mochte, sondern die Tatsache, dass er Dichter war. Wie es aussieht, war er brennend ehrgeizig, sodass er es unweigerlich, als beinahe naturgegebener Rivale, insbesondere mit Joan Maragall aufnehmen wollte. Urgroßvater Maur blieb der Kummer erspart, seine Frau und seine Enkelin Elvira in diesem unsinnigen Bombardement von Granollers zu verlieren, denn er selbst starb noch vor dem Krieg. Von seinem Sohn, Großvater Ton, dem Mann von Großmutter Amèlia, gab es kein Gemälde, sondern ein vergilbtes Foto, das fast vollständig von seinem ausladenden Schnurrbart eingenommen wurde.

»Möge Gott ihm seine gerechte Strafe erteilen, Miquel.«

»Wie meinst du das?«

»Großvater Ton war schuld an der Unterbrechung des geheiligten Wechsels von Antonis und Maurs, denn er nannte seinen Sohn Pere.« Dem Onkel schwoll die Halsschlagader. »Aber das ist tatsächlich noch mal eine ganz andere Geschichte: der Namenskrieg.«

»Und weil er sich einen anderen Namen ausgesucht hat, verdammst du ihn in alle Ewigkeit?«

»Nein, ich verdamme ihn, weil er ein Schwein war.«

»Er war mein Großvater.«

»Und mein Adoptivvater. Aber ein Schwein. Hast du gehört?«

Und kurz bevor mein Onkel weiß und rot werden konnte und anfing, vor Zorn zu brüllen, sagte ich schnell, ja, Onkel, ein Schwein. Großvater, aber Schwein. Und diese Unstimmigkeit löste dann also den Namenskrieg aus, weshalb mein Vater Pere heißt und nicht Antoni.

»Nein, er hätte Maur heißen müssen. Und du Antoni.«

Ach ja, klar. Das war allerdings unerhört. Großvater Ton, der seinen Fehler bereute, wollte ihn wiedergutmachen und Tante Elionor auf den Namen Maura taufen, aber Großmutter Amèlia hatte sich rundweg geweigert, ihre Tochter ein Leben lang mit dem Namen eines Politikers zu belasten, und so nannten sie sie Elionor. Sie starb bald, mit fünf oder sechs Jahren, an einem Fieber. Und als das dritte Kind geboren wurde, wieder ein Mädchen, kam Großvater Ton gar nicht erst auf die Idee, es Antonia nennen zu wollen, denn Großmutter war bereits auf der Hut. Das war dann Elvira, die bei dem Bombenangriff umkam. Und Großmutter Amèlia und Großvater Ton behielten zeitlebens ein bitteres Glimmen in den Augen. Vielleicht hat Großvater Ton deshalb getan, was er getan hat. Und dabei konnten sie von Glück sagen, dass sie die Flucht ihres einzigen Sohnes nicht mehr miterleben mussten; manchmal zeigt sich der Tod von seiner ritterlichen Seite. Aber die Großmutter war eine starke Frau, wie Júlia. Nach dem Krieg überschütteten die Großeltern, die inzwischen alte Leute waren, ihre einzigen Enkel, Miquel I und Miquel II, die letzten Sprösslinge des Stammbaums, mit all der Liebe, die ihnen geblieben war. Arme Großeltern, die nicht wussten, wohin mit ihrer Liebe, nachdem ihre Töchter gestorben waren, Elionor mit fünf am Fieber und Elvira mit Anfang zwanzig im Bombenhagel. Großmutter Amèlia, die arme Frau, die sich rigoros widersetzt hatte, als sie Can Gensana verlassen sollte, die überlebte, weil sie nicht auf ihren Mann gehört hatte, und daran verzweifelte, unwissentlich ihre Schwiegermutter und eine Tochter in den Tod geschickt zu haben. Großmutter Amèlia, die Letzte der Ahnengalerie in Can Gensana. Weil Miquels Eltern es aus diesen oder jenen Gründen nie geschafft hatten, zum Fotografen zu gehen. Und als sie sich schließlich dazu aufraffen wollten, sagte mein Vater am Vorabend des geplanten Besuchs in Francinos Fotostudio, ich bin gleich wieder da, und kam nie mehr zurück. Es regnete, und er trug nur Pantoffeln.

Von einem allerdings gibt es in der Bildergalerie kein Porträt, und das bin ich, Maurici Ohneland, das Gedächtnis der Familie, der ich mit der Trauer um so viele Tote und mit so viel Schmerz tief in meinem Inneren gelebt habe, bis ich am Ende verrückt geworden bin, weil kein Kopf so viel Kummer auf einmal aushält. Ich habe kein Ölgemälde bekommen, obwohl ich meine Stiefschwestern so sehr und so aufrichtig beweint habe, als damals erst Eli und später dann Elvira starb, die mit achtzehn bildhübsch gewesen war. Aber nicht dass du denkst, Miquel, ich sei jetzt in einem Stadium der Senilität und Dekadenz, in dem ich mich nach den Toten sehne, mit denen ich bald wiedervereint sein würde. Zum einen glaube ich nicht daran, irgendjemanden wiederzusehen, weil nach dem Tod nichts mehr kommt. Und zum anderen ist es unumgänglich, von Toten zu sprechen, wenn man von einer Familie spricht, denn die Generationen entstehen durch Gebären und Sterben, und es gibt im Leben nichts Selbstverständlicheres als den Tod. Ich habe Angst vor dem Tod, Miquel. Aber ich kann mit niemandem darüber reden, nicht einmal mit Feldwebel Samanta. Die hält mich für wahnsinnig und achtet bloß darauf, dass du mir keine Schokolade mitbringst.

»Ruinierst du dir damit denn nicht die Leber?«

»Ich bin ein freier Mann, Miquel.« Er kramte in der Nachttischschublade. »Sieh mal.«

Onkel Maurici schaute mich aus dem Foto an, das immer am Fuß der Treppe gehangen hatte, neben dem seiner Mutter, Tante Carlota. Ein blutjunger Onkel Maurici, mit Kreissäge und Zigarre, in lässiger Pose, ein glücklicher

Zwanzigjähriger, dabei bin ich in diesem Alter schon gar nicht mehr so glücklich gewesen, Miquel. Aber für das Foto habe ich so getan, als wäre ich glücklich.

Ich wies auf das Bild.

»Warum haben sie es nicht in die Ahnengalerie gehängt?«

»Weil Papa Antoni fand, Mauritius non erat dignus.« Er lächelte nicht. »Schau, der Offizielle Stammbaum der Familie.«

»Was heißt der Offizielle?«

»Weil es auch einen Wahren, Unbekannten und Echten gibt. Ich habe vor, ihn für dich zu zeichnen, wenn mir die Finger nicht allzu sehr zittern.«

DER OFFIZIELLE STAMMBAUM
DER FAMILIE

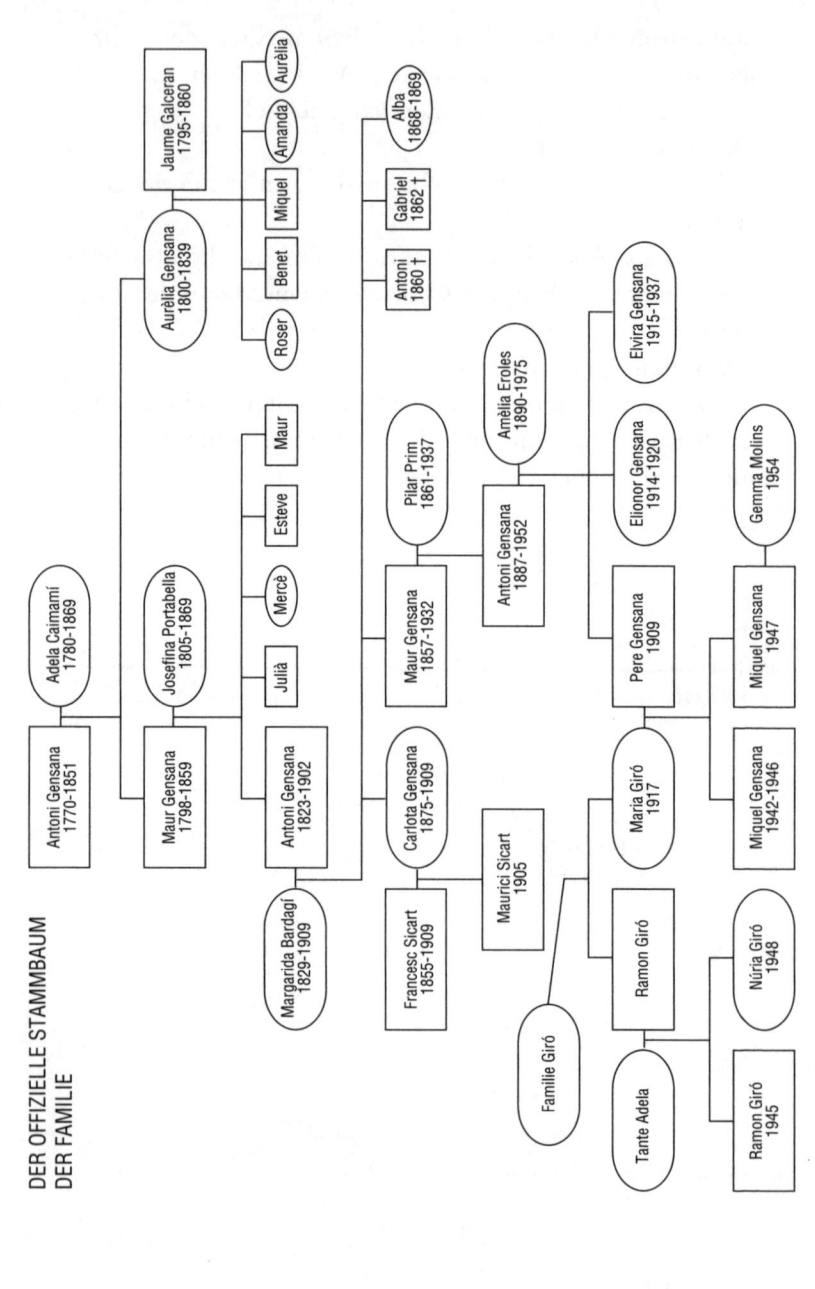

5

Der Tempel der Weisheit. Das ehrfurchtsvolle Gefühl währte etwa eine halbe Stunde, die Zeit, die Bolós und Gensana
(die Augen weit aufgerissen und den Schlips in der Tasche) damit verbrachten, Gesprächsfetzen einiger Gruppen
von Studenten aufzuschnappen, die weniger Ministranten
einer heiligen Stätte als vielmehr Orchestermusikern gli-
chen, die, der Sechzehntelläufe überdrüssig, gähnend ihre
Plätze einnahmen und sich darüber unterhielten, ob es einundzwanzig oder sechsundzwanzig Tage Urlaub gibt, sogar
Kaugummi kauten, ehe sie mit gelangweilter Miene (Celli
und Kontrabässe) das Largo-Allegro moderato der Zweiten
von Rachmaninow anstimmten. Der für Geschichte ist Fa-
schist. Und der für Kunst erst! Latein kann mir gestohlen
bleiben. Und du? Ich warte, bis eine Stelle bei der Bank frei
wird, und derweil verplempere ich meine Zeit eben hier.
Und was ist mit dem für Sprachwissenschaften? Da haben
wir nicht mal einen Professor. Klar doch, das ist nur sein
Vertreter. Hast du gesehen, heute ist Versammlung im Hörsaal elf. In welchem, elf? Um wie viel Uhr. Ich weiß es
nicht, aber vor zwölf fangen die nie an. Woher weißt du
das? Du musst den Kurs noch mal machen? Weißt du, ob
es unter den Studenten Kommunisten gibt? Kommunisten? Hast du sie noch alle? Schon mal was vom Demokratischen Syndikat gehört? Nein, was ist das? Wie bitte, ihr
wollt gleich am ersten Tag zur Vorlesung gehen? Wofür,
meint ihr wohl, sind die Bar und der Hof? Also, ich habe

vor, meine Nachmittage in der Bibliothek zu verbringen. Du Glücklicher, ich muss nachmittags arbeiten gehen, die Klassengesellschaft ist halt immer noch nicht abgeschafft. Und einen endgültigen Eindruck erhielt Miquel II Gensana der Intellektuelle, als er den ersten Hohepriester des Tempels erblickte, den ersten Professor, der zwar nicht Kaugummi kaute, aber eine abgewetzte Aktenmappe schleppte, aus der er ein paar vergilbte Notizen zog, um uns den ersten Vortrag über das Altpaläolithikum zu halten, zwanzig Minuten verspätet, zusätzlich zu diesem Unding von akademischem Viertel, das er ohnehin eingehalten hatte. Das Resultat war, dass ich glaubte, von dämlichen Träumereien für immer geheilt zu sein. Und ich lernte Berta kennen. Sie war mir schon bei der sprachwissenschaftlichen Vorlesung aufgefallen (Saussure, *langue* und *parole*, Signifikant und Signifikat), in einem feuerroten Mantel, den sie jedoch sehr selbstbewusst trug. Später im Hof sah er sie auf einer Bank sitzen und mit einer Freundin plaudern, wobei sie ihre Bücher umarmt hielt, als liebte sie sie, wieder in den roten Mantel gehüllt, und Miquel schlenderte an den beiden Mädchen vorüber (Bolós war einen Kaffee trinken gegangen), sein Herz raste, und sie (noch wusste er nicht, dass sie Berta hieß) blickte auf und lächelte ihn ein wenig scheu an. Als hätte sie darauf gewartet, dass er vorbeikäme. Er entfernte sich ein paar Schritte und wandte sich dann vorsichtig um, weil er sichergehen wollte, dass sie nicht jeden so anlächelte, sondern nur mich, mich allein. Und schon war ich verliebt.

Ja, ja, ich weiß, aber ich kann nichts dafür. Noch heute, und ich gehe schon auf die fünfzig, kann es mir passieren, dass ich mein Herz an ein zartes Stück Stoff verliere, das in der U-Bahn durch den Gang flattert. Und Schlimmeres. Damals jedoch, als Jugendlicher, verliebte ich mich in Mäd-

chen. Und das erste (Victòria von Can Molins und Lali von
den Guiteres mal außer Acht gelassen, da war ich zwölf beziehungsweise vierzehn Jahre alt, und wenn sie im Sommer
zum Spielen kamen, griffen mein Cousin Ramon und ich
ihnen unter die Röckchen, und sie kicherten empört) war
Berta. Abgesehen auch von der Lestonnac-Schülerin, meiner drei Monate langen ewigen Liebe. Und während ich
im Zug zwischen zu Hause und der Universität pendelte,
hatte ich ausreichend Zeit, an Bertas schönes Gesicht zu
denken und mir alles nur noch schwerer zu machen, weil
ich zugleich meine christlichen Überzeugungen auf den
Prüfstand gestellt hatte, denn an der Universität herrschte
keineswegs solche Klarheit wie bei den Jesuiten, hier konntest du getrost Atheist sein, das war gar kein Problem. Im Gegenteil, es war schick. Miquel war zeit seines Lebens ein
Geheimniskrämer, und es wäre mir sehr unangenehm gewesen, wenn Berta erfahren hätte, für wen und wie laut
mein unbezähmbares Herz schlug; genauso wie niemand
wissen durfte – mit Ausnahme von Bolós, denn ein bester Freund ist nun mal ein bester Freund –, dass ich auf
einem hochnotpeinlichen Anwesen lebte (für das ich mich
schämte und das mir heute fehlt) und aus einer Familie mit
Stammbaum war. Derartige Schändlichkeiten behält man
für sich, sie gehen keinen etwas an. Später sollte noch meine Weigerung hinzukommen, der Bourgeoisie anzugehö-
ren, *c'est dommage*, wo es doch viel schöner und passender
gewesen wäre, direkt in die Arbeiterklasse hineingeboren
zu sein, die einzige mit Existenzberechtigung. Es war nicht
der Moment für Geschichten von Herrenhäusern und sie-
chen Dynastien, die Zeit drängte, die Revolution war notwendig, und wenn wir uns nicht beeilten, würde Franco
noch friedlich im Bett sterben. Ich frage mich, was Freud
davon gehalten hätte.

Der Große Verliebte legte einen denkwürdigen Semesterstart hin. Er lernte viel und entwickelte für einige Fächer sogar eine gewisse Begeisterung. Zusammen mit seinem unzertrennlichen Freund Bolós – der ebenfalls ein Auge auf ein Mädchen geworfen hatte, das ihn faszinierte, weil es öffentlich verkündete, wer nicht die freie Liebe praktiziere, sei ein kleinbürgerlicher Spießer – schloss er sich einer Clique von Kommilitonen an, die sich bemühten, mehr Anhänger für das Demokratische Syndikat zu werben. Während draußen vor dem Universitätsgelände wütende Polizisten lauerten, entdeckte ich, was es heißt, Angst zu haben, und hatte es nicht leicht, meine Stimme am Zittern zu hindern, wenn ich bei den Versammlungen im überfüllten Hörsaal elf das Wort ergriff. Zu dieser Clique gehörte auch Berta, die immer schwieg, aufmerksam lauschte und die Welt mit den Augen zu verschlingen schien. Sie las Bakunin und Bücher des antifranquistischen Verlages Ruedo Ibérico, ohne dass ich gewusst hätte, von wem sie die bekam. Ich hatte mir angewöhnt, stets ein Buch in der Tasche zu haben, und begann, die Klassiker, die ich unter dem üblen Einfluss Onkel Mauricis zu lesen begonnen hatte, durch die Romane der Lateinamerikaner zu ersetzen, die gerade hoch im Kurs standen. Und betrachtete mich als ein Kind meiner Zeit und weiß noch, wie ich einmal durch den Hof stolzierte und behauptete, die Lektüre von Klassikern sei eine heuchlerische Art der Zeitverschwendung. Ich sagte es hitzig, erinnere mich aber nicht mehr, ob ich es auch so meinte. Und eines Tages trat Berta zu mir, die nicht mehr den roten Mantel, sondern einen Anorak trug, was viel praktischer war, um vor der Polizei wegzulaufen, und zog mich in eine Ecke. Ich fühlte mich wie in einem Traum. Sie jedoch, statt vertraulich zu werden und zu sagen, du gefällst mir, ich habe dich erwählt,

Liebster, worauf ich hätte sagen können, mir geht es genauso, Liebste, blieb ruckartig stehen, hob den Kopf, um mir in die Augen zu sehen, und fragte, willst du mir helfen, Miquel? Wahrscheinlich war es das erste Mal, dass ich Bolós nur eine knappe Zusammenfassung lieferte, ohne ins Detail zu gehen, denn mit einem Mal entwickelte ich eine eigene Intimsphäre. Und mein Herz hämmerte so laut, als wollte es mir aus dem Mund und auf Berta springen, die eine Handbreit kleiner war als ich und mir von unten nach oben direkt in die Augen schaute. Es tat weh. Außerdem konnte ein so grüner Junge wie ich unmöglich begreifen, dass ein Werk dann zum Klassiker wird, wenn es immer aktuell bleibt und damit zu einem Kind aller Zeiten wird.

»Ich? Ja, klar. Wobei soll ich dir denn helfen? Was immer du willst, Berta. Ich …«

Doch sie verschloss ihm den Mund mit einer unberingten Hand, die nach Kokosseife roch, und sagte, lass es mich erst einmal erklären, ich will dich ja zu nichts zwingen, und ich grinste und setzte mich mit selbstgewisser Miene auf eine Bank, um mir was auch immer anzuhören, und sie erläuterte es mir ausführlich, ohne Namen zu nennen, doch unter klaren Bedingungen für die Zusammenarbeit. Und Miquel überfiel Angst (besser: Panik), aber er fühlte sich außerstande zu sagen, bei solchen Sachen rechnest du besser nicht mit mir, Berta. Oder doch, er wollte es ja sagen, aber dann hörte er seine Lippen die Worte sprechen, verlass dich auf mich, Berta. Und sie gab mir den Schlüssel.

Miquel aß an jenem Tag allein zu Mittag, ohne Bolós, sehr aufgeregt, weil Berta sich an mich gewandt hatte, an mich, den Gesalbten, Miquel II Gensana den Auserkorenen, aber auch höchst überrascht, denn dass Berta in diese Dinge verwickelt wäre, hätte ich nie vermutet. Umso bewundernswerter, wenn eine so hübsche, zerbrechliche Frau sich dermaßen engagierte … Zudem war mir mulmig, weil ich so etwas noch nie getan hatte; vor lauter Schüchternheit hatte ich ihr nicht gesagt, dass ich, wenn ich heute Abend so lange blieb, den letzten Zug verpassen würde, und auch nicht, dass ich meinen Eltern Bescheid geben müsste und vor Angst die Hosen voll hatte. Ich sagte lediglich, verlass dich auf mich, Berta. Wie Bogart. Und nach den Linsen, die es immer mittwochs in der Bar Aribau gab, rief ich zu Hause an und sagte meiner Mutter, ich käme an diesem Abend nicht nach Hause, sie solle sich keine Sorgen machen, ich sei bei Bolós, wir müssten noch lernen, weil man uns in letzter Minute eine Klausur aufgebrummt hatte. In Latein, ja. Der Schlafanzug ist kein Problem, Mutter, für eine Nacht spielt das doch keine Rolle. Ja, natürlich, morgen Abend. Tschüss. Und dann schlug ich mich den ganzen Nachmittag in der Bibliothek von Katalonien mit Konzepten wie Basis und Überbau herum, die der Geschichtsprofessor zu überholtem Marxistengeschwätz erklärt hatte, während er den Historischen Materialismus einen leninistischen Schwindel nannte (alle suchten fieberhaft im Wörterbuch Leninismus und Materialismus, wie wir als Kinder Hure oder Hoden gesucht und nicht gefunden hatten, weil wir nur ein Schülerlexikon besaßen), aber der Philosophieprofessor meinte, selbstverständlich seien diese Konzepte weiterhin gültig und uns eine Hilfe bei der Unterscheidung der Ansichten von Marx und derer von Weber, und du sahst dich praktisch verpflichtet, eine der beiden Optionen zu wählen, denn wir lebten in einer Zeit, in der Nuancierung verboten war und Zweifel unter Strafe standen, und wer nicht für mich ist, ist gegen mich, und wie weit weg das Neue Testament war und der Brauch, es zu zitieren, obwohl ich damals noch jeden Sonntag zur Messe ging, was ich, außer vor Bolós, geheim hielt wie ein Laster. Ich aß auch wieder in der Bar Aribau zu Abend, als hätte ich es eilig, mir ein Magengeschwür zu holen, und spazierte anschließend mit all meiner Nervosität über den Passeig de Gràcia, wobei ich trotz meiner Angst dachte, was für eine schöne Stadt Barcelona doch sei, mit diesen Straßenlaternen, wie wir sie in Feixes nicht hatten, und so vielen Menschen, ein wenig still, aber voller Menschen, die Stadtpolizei mit ihren Tropenhelmen, die mich an Sir Henry Morton Stanley erinnerten, und das Programm vom Publi oder Savoy, das ich offenen Mundes bestaunte und beschloss, morgen schlage ich Bolós vor, zusammen ins Kino zu gehen. Wenn ich ein wildes Tier gewesen wäre, hätte ich die Furcht riechen können, denn Barcelona lag wie unter einer Glocke aus Misstrauen und Beklommenheit, seit vor einigen Wochen eine Studenteninvasion durch die Straßen gestürmt und ganz Eixample tagsüber von den Panzern der Grauen, den Pferden der Grauen und dem Hass der Grauen buchstäblich besetzt war und die Straßen ein Schlachtfeld waren, wo es nachts umso schlimmer wurde, weil dann aus jedem Gully vier Geheime springen und deinen Ausweis verlangen und dich ausfragen konnten, was du machst, wohin du gehst, woher du kommst und ob Marx oder Weber.

Es schlug zwölf, und Miquel ging, gemäß seinen Anweisungen, zum Passatge de Domingo. Und richtig, mitten auf der einsamen Straße stand eine schrottreife Vespa. Er probierte den Schlüssel, den Berta ihm gegeben hatte, der Roller sprang an, und ich war immer verblüffter über Bertas Fähigkeiten und liebte sie immer mehr. Ich war ein Maquis-Kämpfer und sie meine untergetauchte Geliebte. Zu schade, dass sie mich nicht in Aktion erleben konnte. Vielleicht ist es auch besser so.

Miquel Che Gensana fuhr mit der Vespa in den Carrer de València. In haargenauer Ausführung seiner Befehle bog er in den Carrer d'Urgell ab und fuhr ein erstes Mal an der Bushaltestelle vorbei, um dem unbekannten Genossen zu versichern, dass alles nach Plan lief. Beim zweiten Mal drosselte er den Motor. Ein Schatten sprang auf den Sitz hinter ihm und fasste ihn um die Taille. Er hörte ihre Stimme, Berta, mein Liebling, die ihm zuflüsterte, Dani kann nicht kommen, vierzig Fieber, der arme Kerl, aber wir ziehen es trotzdem durch. Wenn sein Herz vor lauter Panik sowieso schon wie verrückt schlug, dann geriet es jetzt vollends außer Kontrolle, mit Bertas warmem Atem im Ohr und ihrem festen Griff um seine Taille war er wunschlos glücklich. Und Berta, als hätte sie es gespürt, legte sehr zart, sehr sanft, den Kopf an Che Gensanas Rücken, der besoffen vor Glück den Carrer de Mallorca entlangfuhr, und am Passeig de Gràcia sagte sie, hinterher trinken wir im Drugstore noch ein Bier, und er nickte und wünschte sich, es wäre schon hinterher. Er nahm den Carrer de Pau Claris, und da kaum Verkehr herrschte, waren sie sofort auf der Höhe des Polizeireviers an der Via Laietana. Um das Ganze noch spannender zu machen, beschloss das automatische System der Stadtverwaltung zur Steuerung der Lichtzeichenanlagen für den Straßenverkehr die Ampel direkt vor der Dienststelle der Polizei auf Rot zu schalten, sodass sie wenige Schritte von dem Wachmann entfernt anhalten mussten, einem Bullen mit Maschinengewehr, der sie argwöhnisch beäugte. Während Miquel dachte, er würde jeden Moment in Ohnmacht fallen, hörte er das erstickte Lachen Bertas, die ihm zuraunte, so eine Scheiße aber auch, und er dachte zwei Dinge: Erstens, wenn Berta als Untergrundkämpferin im Einsatz war, drückte sie sich sehr derb aus, und zweitens, so beschämend es auch sein mochte, aber diese Frau kannte keine Angst. Und sie schmiegte sich noch enger an ihn, als wären sie ein Liebespaar, und der Polizist mit dem Maschinengewehr verlor das Interesse. Und Miquel fiel endgültig in Ohnmacht, was jetzt aber an dieser Umarmung lag. Grün. Es ist grün, verflucht, Miquel!

Auf der Höhe der Kathedrale vermisste er die Umarmung bereits. Doch sie war ganz auf die Operation konzentriert, als hätte sie nicht nur keine Angst, sondern auch kein Herz, und sagte, wir sollten uns trennen und jeder auf eigene Faust agieren. Und er, oh nein, warum? Und sie, weil wir allein sind und uns ranhalten müssen. Es ist gefährlicher so, aber effektiver.

Sie erreichten die stille Plaça de Sant Jaume, und der Roller machte einen Höllenlärm. Sie überquerten den Platz bis zum Carrer de Ferran. Lass uns hier parken, sagte sie an der Ecke Carrer Avinyó. Als wieder Ruhe eingekehrt war, hatte Miquel das Gefühl, als könnte jederzeit hinter dem nächsten Laternenpfahl ein Mannschaftswagen der Polizei auftauchen, und Berta hatte ein ähnliches Gefühl, denn sie sagte, ich glaube, wir hätten die Vespa weiter weg abstellen sollen. Miquel wimmerte, und jetzt?, und sie lachte und schlug ihm auf die Schulter, während sie ihm einen Beutel hinhielt und sagte, das war ein Witz, Mann, nachts schlafen die Bullen.

Sie teilten sich die Arbeit: Sie würde in Richtung des alten Regierungspalastes gehen und er zum Rathaus. Da sie keine Deckung hatten, mussten sie nicht nur gut, sondern auch flink sein. Sie durften weder hetzen noch trödeln. Und er dachte, du Idiot, wie konntest du nur … Doch Berta ermahnte ihn ein letztes Mal mit erhobenem Zeigefinger, wenn du irgendetwas hörst, nimm die Beine in die Hand und vergiss die Vespa. Mag sein, dass er diese Anweisung am besten verstanden hatte. In fünf Minuten wieder hier. Und schon war sie lautlos in einer dunklen Gasse verschwunden. Miquel schaute perplex auf seine Spraydose. Anderthalb Minuten, und er hatte sich nicht von der Stelle bewegt. Er dachte an Berta, bewunderte sie immer mehr, und dann gab er sich einen Ruck. Mit raschen Schritten erreichte er die Seitenmauer des Rathausgebäudes. Schnell blickte er sich nach allen Seiten um. Die Polizisten bewachten nur die Tür der Hauptfassade. Ob sie auch Runden machten? Gab es Spione in den Mauerritzen? Er hatte keine Ahnung, Kamikaze pur. Zweieinhalb Minuten, die Zeit lief mir davon und ich, unfähig loszulegen. Ich stellte mir Berta vor, die ihre perfekten Schriftzüge malte, die Zunge zwischen die Zähne geklemmt wie ein gewissenhaftes Schulmädchen bei den Hausaufgaben. Er schüttelte den Kopf, um dieses Bild zu verscheuchen. Drei Minuten, und er wie angewurzelt. Angestrengt versuchte er, sich an den ersten Satz zu erinnern, in dem es um die Forderung nach Amnestie ging. Er öffnete die Dose, der Deckel fiel ihm aus der Hand und schepperte fröhlich übers Pflaster, als zehntausend Polizisten an Fallschirmen vom Himmel kamen und aus ihren Maschinengewehren ballerten; nein, kein Einziger. Er hob den Deckel auf, fing an, die Mauer mit der Farbe der Freiheit zu besprühen, und mit einem Mal kehrte seine Energie zurück. Jetzt war er ein Held. Als Erstes ein I, dann das C. Langsam und in Schönschrift. Er brauchte nicht lange. Dann war er fertig und schaute auf die Uhr. Verdammt, Berta musste schon seit Stunden bei der Vespa sein. Eine nahe Kirchturmglocke verkündete in anklagendem Ton, dass es ein Uhr war, und er floh zum Roller, zu Berta. Am Gebäude der franquistischen Stadtverwaltung von Barcelona prangte, gut leserlich für alle, bis die Obrigkeit die Reinigung der Mauer veranlasste, ein

ICH LIEBE DICH, das sich den Tiefen meines verzagten Herzens entrungen hatte. Eine innige, sinnlose, heimliche Liebeserklärung.

Liebe Brüder in Christus,
seit langem schon möchte ich euch diesen Brief schreiben, aber der Alltag des Noviziats hat es mir nicht früher gestattet. Heute ist uns ein »freier Tag« gewährt, was eigentlich nur ein paar Stunden sind, die ich damit verbringen will, mich bei euch beiden zu melden, Bolós und Gensana, trotz der Wehmut, die mich dabei befallen könnte.

Ich weiß nicht, ob es euch interessiert, womit wir uns im Noviziat so beschäftigen. Alles reduziert (und weitet!) sich, wenn man ein Leben der Andacht und Entsagung führt (welch ein Juwel, die Entsagung!) und den Geist vorbereitet, damit wir, so Gott will, zu effizienten Ministern der Frohen Botschaft werden. Für uns ist das Noviziat nichts als eine Phase der Ausbildung in dieser wundervollen Welt des religiösen Lebens. Morgens läutet um sieben Uhr der Wecker. Wisst ihr, dass ich jeden Morgen kalt dusche? Wenn wir fertig angezogen sind, beten wir eine Stunde in unseren Zellen. Anschließend nehmen wir alle zusammen am großen Mysterium der Wandlung teil. Danach frühstücken wir, bringen unsere Zellen in Ordnung, und schon ist es Zeit für den Vormittagsunterricht in Latein und Griechisch. Vor dem Mittagsmahl dürfen wir uns eine Stunde zurückziehen, bevor wir uns zum Essen im Refektorium versammeln. Nach einem Spaziergang durch den Park des Novizenhauses und einer kurzen Siesta gehen wir wieder in den Unterrichtssaal, aber nicht, um »weltliche« Dinge zu lernen, sondern um über spirituelle Belange zu sprechen und uns vom Geist der Gesellschaft Jesu durchdringen zu lassen. An manchen Tagen haben wir viel

Zeit für alles Mögliche, dann erledigen einige von uns Instandhaltungsarbeiten, und andere geben Katechismusstunden in den umliegenden Dörfern. Hinterher haben wir noch eine Weile für uns, bis wir uns aufs Abendessen vorbereiten. Danach noch einen kleinen Spaziergang, und gegen zehn Uhr abends sind wir bereit, zu Bett zu gehen, körperlich müde, heiteren Sinnes und erfüllt von dem Drang, mit neuer Kraft unserem guten Herrn Jesus zu dienen, am folgenden Tag und immerdar.

»Spannendes Programm«, sagte Bolós und blickte auf, um zu sehen, was für ein Gesicht Gensana zog.

»Ja. Der arme Kerl.« Ich seufzte und trank einen Schluck Bier. »Und ich habe nicht das Gefühl, dass er uns verarschen will.«

»Ach was! Der meint es ernst.«

»Na gut, vielleicht ist er ja ganz glücklich so.«

»Quatsch.«

»Und warum nicht?«

»Weil es die reinste Gehirnwäsche ist, merkst du das nicht? Wo ist der Rovira hin, der sich gegen alles und jeden aufgelehnt hat?«

»So ein Leben kann auch eine Form der Auflehnung sein.«

»Schwachsinn, Gensana! Nein. Da geht es um Gehorsam und nichts anderes.«

»Das ist sicherlich bequemer, weil du nicht nachdenken und keine Entscheidungen treffen musst.«

»Für dich vielleicht, weil deine Entscheidungen immer so schwere Geburten sind.«

Diese Bemerkung von Bolós behagte mir gar nicht. Dennoch überspielte Miquel seinen Unmut mit einem Lächeln und einem weiteren Schluck Bier. Bolós wandte sich wieder dem Brief zu, den ich ein paar Stunden zuvor erhalten hatte, Roviras ersten, den wir in einer Wolke aus Würstchen- und Kaffeedunst auf der Terrasse einer Bar an der Plaça Reial lasen, und glaubt bloß nicht, meine lieben Freunde, ich würde mein altes Leben vermissen, allenfalls bewundere ich euch für eure Courage bei euren politischen Aktivitäten.

»Ich möchte nicht wissen, was du ihm erzählt hast!«, schlug ich zurück.

»Ich? Gar nichts. Zwei, drei Sachen vielleicht.«

Zwei, drei Sachen: Ich sah Bolós' enthusiastischen Brief förmlich vor mir, in dem er Rovira nicht nur von seiner Entdeckung der Liebe vorschwärmte, sondern ihm unseren täglichen Kampf gegen die Polizei schilderte und tönte, dass es beim ersten Mal noch schwerfalle, man sich aber schnell daran gewöhne, auf die Straße zu gehen und seinen Ärger laut herauszubrüllen, immer mit gespitzten Ohren, ob sich eine Polizeisirene nähert, die Transparente hinzuschmeißen und loszurennen und sich glücklich zu fühlen. Ich konnte es mir denken, weil auch ich Rovira einen Brief geschrieben hatte und jetzt zur Antwort bekam: Heute jedoch bezähme ich das meiner Jugend innewohnende Ungestüm und widme mich mit aller Kraft dem Ziel, ein guter Priester zu werden, der seinen Brüdern nützlich ist und zum Ruhme Gottes beiträgt. Warum kommt ihr mich nicht mal besuchen? Besuchszeit ist an jedem zweiten Sonntag, und es können außer der Familie auch Freunde kommen.

»Wie im Knast«, sagte ich.

»Woher willst du das wissen?«

»Vielleicht finden wir es ja bald heraus. Was meinst du, wollen wir mal hinfahren?«

»Ich finde es ein bisschen deprimierend.«

»Er wird in einer Soutane herumlaufen …«

Bolós und Gensana sahen sich an. Noch waren sie beim ersten Glas Bier. Sie prusteten los, Rovira in Soutane, das war einfach zu viel!

»Wir könnten uns das Lachen nicht verkneifen.«

»Damit sollten wir noch warten.«

Und so vertagten sie es, vorläufig jedenfalls, denn eigentlich hätten wir uns sehr gefreut, Rovira wiederzusehen, aber unser politisches Engagement vertrug sich nicht mit dieser Art von Kontakten, nein, du, das lassen wir lieber; in Ordnung, später vielleicht; wenn er noch mal davon anfängt; genau, wenn er noch mal davon anfängt.

Miquel ahnte noch nicht, dass er zwei oder drei Wochen danach durchs Zugfenster die vorüberfliegende Landschaft betrachten würde, auf dem Weg zu dieser Begegnung mit Rovira, der nicht noch mal davon angefangen hatte. Dies war der Beginn meines schlechten Gewissens, wofür ich schon damals außerordentlich empfänglich war. Jedenfalls fuhr ich, um Bolós' Spott zu entgehen, hinter seinem Rücken zu dem geliebten Bruder in Christus und dachte, dass sogar Freunde Geheimnisse voreinander haben konnten, obwohl ich immer geglaubt hatte, Bolós wisse alles von mir; alles mit Ausnahme dieser Reise zu Rovira, der fromm lächelte, bedächtiger sprach, mit weichen, rhythmischen Schritten zu gehen gelernt hatte und, als er rechts und links des Weges vom Novizenhaus zum See auf die Apfel- und Pfirsichbäume deutete, statt von der Schönheit von Himmelsgeschenken redete. Sehr mitteilsam, sehr begeistert von seinem neuen Leben, ein bisschen fülliger, gab er mir das ungute Gefühl, dass mir dieser Freund entglitten war.

»Was heißt entglitten?«

»Ich weiß nicht, Júlia. Entglitten halt. Er gehörte nicht mehr zu uns.«

»Oder ihr nicht mehr zu ihm.«

Ja, klar. Rovira, der Geistliche, der verlorene Freund, auch wenn wir uns zum Abschied innig umarmten und er tief bewegt war, als ich wieder nach Hause fuhr und ihn seinen Obsessionen überließ. Auf der Rückreise hatte ich keinen Blick für die Landschaft. Alles das hatte ich noch nicht wissen können, als wir zwei oder drei Wochen zuvor vereinbarten, in Ordnung, wenn er darauf besteht, überlegen wir uns, ob wir mal bei ihm vorbeischauen. Wie ich auch nicht wusste, dass Bolós dasselbe tun würde wie ich, nur einen Monat später. Und da wir es nicht wussten, blieben wir bei unserem Thema.

»Und wie wird er es anstellen, so ganz ohne Mädchen?«

»In seinem Brief sagt er nichts davon.«

»Ein Zeichen, dass es an ihm nagt.«

»Meinst du?«

»Klar, Mann, was denkst du denn?« Bolós' Selbstsicherheit war manchmal beleidigend, aber ich hatte keine Argumente dagegen. »Den lieben langen Tag nur unter Männern, die verzückt zum Himmel blicken. Die haben bestimmt nur Augen für die Heilige Jungfrau. Wenn überhaupt.«

»Vielleicht gibt es ja Nonnen.«

»Da gibt's doch keine Nonnen! Auf welchem Planeten lebst du eigentlich, Gensana?«

Ich lebte in Feixes, aber stets mit einem Fuß in Barcelona. Ich war innerlich in permanentem Aufruhr wegen des dringenden Wandels, den die Welt brauchte, hatte ein Foto von Che Guevara hinter der Tür meines Zimmers und das Bild der Jungfrau von Montserrat, das ewig an der Wand gehangen hatte, gegen eine stark verkleinerte Reproduktion von *Guernica* ausgetauscht (einen Schwarzweißdruck, wie ich glaubte). Ich war ein ebensolcher Traumtänzer wie Bolós, nur überspielte er es mit einer Nonchalance, die jeden aufmerksamen Beobachter verblüffte, und allein darum beneidete ich ihn.

»Hast du Berta heute gesehen?«

»Nein. Keine Ahnung, wo sie steckt. Ich habe den Eindruck, sie ist immer weniger in der Uni. Ich komme nicht an sie ran.«

»Nur nicht den Mut verlieren.«

»Auf keinen Fall. Und Rosa?«

»Rosa sagt ›als wie‹.«

»Das hast du schon mal erwähnt. Wie geht es ihr?«

»Lass uns im Alexis die Vorstellung zu fünf Duros ansehen, was hältst du davon?«

»Was läuft da?«

»*Der Kanal.* Ein polnischer Film, glaube ich, über den Einmarsch der Nazis.«

»Der ist bestimmt gut. Wer zahlt das Bier?«

»Wer kostet den Wein?«

Júlia und ich sahen den Kellner an, der wie eine Erscheinung am Tisch aufgetaucht war, eine Flasche in der Hand.

»Die Dame, nehme ich an«, versuchte ich, mich aus der Affäre zu ziehen.

Eine resolute Geste Júlias belehrte mich – und den Kellner – eines Besseren. Ich tat, als begutachtete ich die Farbe, ließ den Wein im Glas kreisen, hielt die Nase darüber und nahm einen Schluck. Dann richtete ich den Blick zur Decke, wobei ich mir meines Publikums, das jede meiner Bewegungen mit Spannung verfolgte, vollauf bewusst war. Was weiß denn ich. Ich finde jeden guten Wein gut.

»Ist er in Ordnung?« Júlia, ungeduldig.

»Ich denke schon.«

»Wie, du denkst? Schmeckt er nach Essig? Nach Korken?«

»Nein … Ich habe dir doch gesagt, du probierst ihn besser selbst.«

Júlia beendete das Thema, indem sie für einen Moment die Augen schloss. Beide Männer waren bereit, den Wein für gut zu befinden. Mir gefällt Júlias energische Art. Ich finde sie anziehend, weil sie so ganz anders ist als ich mit meiner Schüchternheit. Und sie erinnert mich an Großmutter Amèlia. Júlia hätte ohne Weiteres eine Tante von mir sein können.

»Er ist gut, aber er wird dich ein Vermögen kosten.«

»Bitte?«

»Du bist immer noch mit deinen Gedanken woanders.«

»Wenn die gnädige Frau mich kurz entschuldigen wolle.« Ich stand auf und steckte das Feuerzeug von Stern ein, das sich, seit Teresa es mir gab, noch nie in einer anderen Tasche als der meinen aufgehalten hatte. Júlia fühlte sich brüskiert, sagte aber nichts. »Ich möchte mir die Hände waschen. Weißt du, wo die Toiletten sind?«

»Die Tür dort hinten. Für Damen zumindest.«

Es war lustig, eine Fremde in deinem eigenen Haus nach dem Klo zu fragen. Ich ging also in die Richtung, in der, jedenfalls fünf Jahre zuvor, im Erdgeschoss eines gewesen war. Am Tisch ließ ich eine Frau zurück, die mich verwirrte und von der ich immer noch nicht recht wusste, wie ich ihr begegnen sollte; die mich nach Hause beordert hatte, damit ich ihr von meinem besten Freund erzählte, und meinem Redefluss, den diese vier Wände auslösten, bisher sprachlos gelauscht hatte. Und dabei hatte ich ihr gar nicht gesagt, dass Die Rote Eiche einmal mein Zuhause gewesen war.

6

Der junge Kellner zeigte mir den Gang, der zu unseren Toiletten führte. An die Tür zum früheren Erdgeschossbad hatte man rücksichtslos eine schauderhafte Metallplatte geschraubt, die einen vage an Proust erinnernden Herrn darstellte. Miquel öffnete die Tür mit leichtem Zorn. Wie diese Maite Segarra den Platz genutzt hatte! Raus mit Badewanne, Heizkörper und Schränken. Zwischenwände trennten den Bereich der Kabinen von dem der Urinale knapp neben dem Fenster, durch das er immer hatte beobachten können, ob seine Cousine Núria auf der Schaukel saß oder versuchte, ihm die Sammelbildchen zu klauen, die er als Köder ausgelegt hatte. Er pinkelte ausgiebig. Bestimmt war der Springbrunnen schuld an seinem Harndrang. Jetzt hingen neben dem Fenster ein Seifenspender und zwei Handwaschbecken. Und in der Ecke hinter der Tür gab es einen Automaten, an dem man Präservative ziehen konnte. Wie konnten wir das Haus verlieren? Warum hatte er sich nicht widersetzt? Ihm wäre es lieber gewesen, wenn es ganz allmählich dem Holzwurm, dem Vergessen, den Ratten, dem Unkraut und den Käfern zum Opfer gefallen wäre als dieser Maite Segarra und ihren Gästen, die Tag für Tag seine Intimität mit Füßen traten. Ich steckte eine Münze in den Apparat mit den Kondomen. Draußen erklang eine raue, müde Stimme mit nordafrikanischem Akzent, die irgendetwas von geschnittenen Kartoffeln rief, und ich dachte, das Leben ist voller Irrtümer, und nie ist es uns erlaubt, den Spielzug noch einmal zu wiederholen. Ein tiefsinniger Gedanke, der mir in letzter Zeit öfter kommt und sich, wenn ich mir ein bisschen Mühe gäbe, zu einer großartigen Zwangsneurose ausbauen ließe. Aber wenigstens kann ich solche Dinge noch denken, denn der arme Bolós kann nicht mal mehr das, weil er sterben musste, ohne recht zu wissen, warum. Die prächtigsten Todesanzeigen waren die seiner Parlamentskollegen und die der Mitarbeiter des Bürgermeisters. Bolós' Aufstieg war kometenhaft verlaufen, und er hätte es noch sehr weit gebracht, wäre ihm nicht der Tod dazwischengekommen. Eine herbe Überraschung.

Das Kondom in der Tasche, verließ ich das Bad. Statt zurück in die Bibliothek ging ich auf die Haustür zu, durch die mein Vater eines Tages auf Nimmerwiedersehen verschwunden war. Jetzt war ich es, der sie öffnete. Es war noch dieselbe Tür. In der Ferne, über dem Meer wahrscheinlich, Blitze und ein dumpfes Grollen. Das Wetter war schwül, in meinem Garten parkten lauter fremde Autos. Der Erdbeerbaum versteckte sich vor mir in der Dunkelheit, weil er sich schämte, mir unter diesen Umständen wiederzubegegnen, und traute sich nicht, mir zu sagen, nun ja, Miquel, sieh mal, was will man mehr, immerhin werde ich jeden Tag gegossen. Ja, ich weiß, es ist nicht wie früher, aber manchmal hat man eben keine Wahl. Miquel machte auf dem Absatz kehrt, peinlich berührt von den billigen Ausreden des Erdbeerbaums, und begab sich zurück ins Haus. Während er die argwöhnische Miene seines Freundes, des Maître, geflissentlich übersah, blieb er in der Eingangshalle stehen und blickte sich mit demselben ungläubigen Ausdruck um, mit dem vor zweiundsiebzig Jahren seine Großmutter Amèlia das Haus betreten hatte, als sie noch nicht Großmutter, nicht einmal richtig Mutter war und schon einen Adoptivsohn hatte, deinen Onkel Maurici Ohneland, den einzigen wahren Überlebenden und Offiziellen Chronisten der Familie Gensana, hoffnungslos dem Irrsinn verfallen seit dem Tag, an dem ich erkannte, dass es Leid gibt, das kein Mensch ertragen kann, ich aber trotzdem immerzu weiterlebte, und wenn ich nicht gestorben bin und jetzt die Vergangenheit der Familie aufdrösele, so ist das ganz allein deine Schuld, Miquel. Und Miquel, der im Pflegeheim von Bellesguard neben dem Sessel saß, in dem Onkel Maurici seine Erinnerungsfäden spann und einmal mehr die Porträts der Alten betrachtete, sagte, und ich würde es wieder tun, Onkel, ich würde dein Leben noch einmal retten, weil ich dich liebe. Der Onkel erstarrte und sagte, so etwas spricht man unter Männern nicht aus, Miquel. Und sollte ich eines Tages den Mut haben, dir alles zu erzählen, wirst du mich vielleicht nicht mehr lieben.

Großmutter Amèlia hätte sich niemals vorstellen können, dass diese Tür – die ihr Gatte freudestrahlend für sie aufgehalten hatte, die Tür des Hauses, das sie nach Muncunills Renovierung nun wieder bewohnen würden – einmal durch die knalligen Farben der vier namhaftesten Kreditkarten verschandelt werden sollte, ein Service für die Mitglieder der Familie. Die Kunden des Restaurants. Als Amèlia, Frau Amèlia Eroles de Gensana, das Haus zum ersten Mal betrat, stiegen ihr die Tränen in die Augen. Ihr Mann, dem die Veränderungen ja schon vertraut waren, lehnte im Türrahmen und beobachtete ihre Reaktion.

»Gefällt es dir?« Es lag so viel Jubel in seiner Stimme, dass sie ihn nicht enttäuschen mochte.

»Ja, sehr, Ton … Es ist … es ist … es sieht aus wie neu. Das muss dich einen Haufen Geld gekostet haben, Ton.«

»Ein Zeichen, dass wir es uns leisten können. Jetzt geht

es darum, es mit Leben zu füllen. Meine Eltern werden nicht vor nächster Woche einziehen.«

»Eine Woche für uns allein?«, fragte sie begeistert.

(Was bedeutete: das junge Paar; meine noch geliebten Stiefeltern; ich, das arme Waisenkind Maurici Ohneland, vor dem Verderben gerettet dank der jugendlichen Güte deiner Großeltern Amèlia, Gott segne sie, und Ton, den Gott zu ewiger Höllenqual verdammt haben möge; Pere – Pere I. Gensana der Flüchtige –, dein Vater, Miquel, der viele Jahre lang der beste Freund war, an den sich bei dir zu Hause niemand erinnern will, weil er eines Tages Angst bekam und nur noch an sich dachte; und deine Tanten Elionor und Elvira, meine Stiefschwestern. Und vier Dienstboten. Irgendwann erzähle ich dir einmal von den Hausmädchen, die ich kennengelernt habe. Weißt du, Can Gensana war schon immer viel zu groß für so wenige Leute.)

Onkel Maurici hatte eine große Begabung für die Entwicklung von Theorien und verfügte bereits über eine beachtliche Anzahl. Zu viele lange leere Nachmittage und die Zeit in der Anstalt hatten seine Intelligenz geschärft. Eine dieser Theorien, die er vom Fürsten von Lampedusa übernommen hatte (Onkel verschwieg nie seine Quellen), besagte, dass ein Haus erst ein richtiges Haus ist, großflächig, weitläufig und komplex, wenn es Raum genug bietet, um selbst vor seinen eigenen Bewohnern Geheimnisse zu haben. Und wenn es obendrein schön ist, kann es fast zum Lebenszweck werden, zum Anlass, Nachwuchs zu zeugen und darin zu leben. Das sagte ausgerechnet er, der nie Kinder hatte. Und Can Gensana gehörte für ihn in die Kategorie der richtigen Häuser, weil es so viele Geheimnisse barg, dass jeder Winkel von einem anderen Tränenkapitel wusste. Sogar ein Restaurant war daraus geworden. Dieses Haus war ein richtiges Haus, trotz einiger seiner Herren, vorwiegend Maurs, die keinen Aufwand gescheut hatten, seine Schönheit zu zerstören. Wahrscheinlich war sich keiner der Gensanas (außer Maurici) je bewusst gewesen, was für ein Anwesen sie da besaßen, sie waren einfach ihr Leben lang daran gewöhnt. Es waren vor allem die Gäste, die anlässlich einer Taufe oder eines Todesfalles, zum Tee oder aus Höflichkeit, an Sankt Mauritius oder Sankt Antonius zu Besuch kamen, die Haus und Garten bestaunten. Auch die altmodische Barockkapelle, die zu verunstalten sich der Urahne Maur (der mit dem Hündchen namens Bonaparte) unverdrossen bemüht hatte, indem er sie mit grauenvollen Figürchen und Nippsachen bestückte, fand überschwängliche Bewunderer. Doch abgesehen von der Dekoration bewahrte der Bau der Kapelle eine gewisse Noblesse. Sie war nicht besonders groß, besaß aber gute Proportionen, und alle Gensanas, die je geheiratet hatten, Männer und Frauen, waren darin getraut worden. Ohne Ausnahme. Durch drei hohe Fenster in der nördlichen Mauer mit Szenen aus dem Alten Testament flutete farbiges Licht. In der Wand gegenüber war nur die Tür zur Sakristei, von wo man auch ins Haus gelangte. Der Altar, in einem Presbyterium, das sich etwa zwei Spannen über alles andere erhob, war Zeuge des professionellen Ehrgeizes von gut zwanzig Priestern gewesen, die hier die Messe gelesen und die gesamte Palette liturgischer Handlungen vollführt hatten, wie sie bei den Bürgern von Feixes üblich waren. Kirchenbänke mit Platz für etwa dreißig Andächtige und ein Beichtstuhl (wundervoll zum Verstecksspielen) bildeten, neben dem Taufbecken und drei Ölgemälden mit Darstellungen aus dem Leben von Heiligen, die übrige Einrichtung. Draußen, in einem von Voluten bekränzten Giebel, hingen die beiden kleinen Glocken Antònia und Maura, deren Klang stets die wichtigen Ereignisse in Can Gensana verkündet hatte.

Worauf man jedoch wirklich stolz sein konnte, war das Haus: Beletage, erstes Obergeschoss und der zweite Stock für das Personal. Wie es heißt, gab es dreiundzwanzig Zimmer, einschließlich der zwölf Schlafräume und natürlich dem von Elionor. Außerdem zwei Speisezimmer, den Salon, die Galerie, Urgroßvater Maurs Bibliothek (siebentausendachthundertfünfunddreißig Bände und ein prachtvoller Flügel), die Küche, das Wäsche- und Bügelzimmer, die Waschküche und den Hof zum Trocknen. Und noch einiges mehr, das kein Besucher jemals gesehen hatte. Was jedenfalls das größte Staunen hervorrief, war der Garten. Zwei üppig bewachsene Hektar, ein Teich mit Springbrunnen und eine von weißem Jasmin überwucherte Laube, die im Juli berauschend duftete. Und die Magnolienallee, die in den stärker verwilderten Teil führte, den Kastanienhain, wo ich Gemma geküsst und sie mich zum Mann gemacht hatte und wo Generationen von kleinen Gensanas, Mädchen und Jungen, die fürchterlichsten Abenteuer mit den entsetzlichsten Ungeheuern durchgestanden hatten. Jetzt war dieser fantastische, historische Garten endlich zu einem praktischen Parkplatz für die Gäste eines nicht minder fantastischen Restaurants umfunktioniert worden. Draußen im Dunkeln hatte Miquel nicht feststellen können, wie viele Bäume man gefällt hatte, um den Parkplatz großzügiger und die Umgebung lichter zu machen.

»Onkel.«

»Was gibt's?«

»Das Haus gehört uns nicht mehr. Mein Vater ...«

»Ja, ich weiß. Was glaubst du wohl, warum ich durchgedreht bin?«

Er nahm eine blaue Palme, die er während des Gesprächs

gefaltet hatte, und begutachtete sie, als hinge sein Leben davon ab. Er sah mir in die Augen.

»Mit welchem Recht.« Er hatte nicht einmal die Kraft, ein Fragezeichen zu setzen.

»Es gehörte meinem Vater doch, oder?«

Ich verstand das Schweigen meines Onkels nicht. Es sollte mir auch erst einige Monate später möglich sein, es zu verstehen.

»Mit welchem Recht hat er das getan?« Diesmal gelang es ihm, fragend die Stimme zu heben.

»Vielleicht können wir es uns ja zurückholen«, ich hüstelte. »Der Anwalt sagt ...«

Was soll der Anwalt schon sagen, der arme Almendros, der völlig zerknirscht ist, weil er uns auffordern muss, binnen eines Monats Möbel und Erinnerungen aus dem Haus zu schaffen. Doch da ich häufig lüge, hatte Miquel die sagenhafte Frechheit, den Satz folgendermaßen zu beenden:

»... wir könnten das Berufungsverfahren gewinnen. Dann hätten wir ein paar Monate Aufschub.«

Das zweite Schweigen meines Onkels bestätigte mir, was Gemma immer gesagt hatte: dass ich ein sehr schlechter Lügner bin.

Mein Onkel nahm die Palme wieder in die Hand und fing an, sie wie eine Margarite zu entblättern, ein stummes Ja-nein-ja-nein, von dem nicht nur die Zukunft unseres Hauses abhing – denn was der Anwalt sagte, war heilig –, sondern auch die Zukunft meines Gewissens, das schon seit Jahren in einem kläglichen Zustand war.

7

Nach Coseriu hat das System nicht den formalen Charakter, den es für Hjelmslev hat. Coserius System entspricht eher Hjelmslevs Norm: Es ist der funktionale Teil der Sprache. Somit weist die systematische Definition eines Phonems im Wesentlichen auf seine Unterscheidungsmerkmale hin. Insgesamt zeigt die Auffassung von Norm bei Hjelmslev und Coseriu einen gewissen Grad der Abstraktion. Alles das aber nur, falls man zur Vorlesung gehen konnte, denn durch die graue, bedrückende Allgegenwart der Polizei fiel das Atmen immer schwerer, und Studenten, die, wie ich, anfangs ein wenig verwirrt waren, weil sie geglaubt hatten, an der Universität sei man zum Studieren, kapierten allmählich, dass es Dringenderes gab als die Differenz zwischen Coserius und Hjelmlevs System; die Rückkehr zur Demokratie, beispielsweise, oder das Recht unseres Volkes auf Selbstbestimmung oder das Ausmerzen des Faschismus und der franquistischen Strukturen oder die Revolution. Denn unter der Willkürherrschaft eines faschistischen, rechtsextremen Diktators sind objektiv die Voraussetzungen für einen korrekten revolutionären Prozess gegeben. Es liegt auf der Hand, dass Hjelmslev ohne Saussure nicht in der Lage gewesen wäre, das Problem so treffsicher bei der Wurzel zu packen, und wir würden heute nicht so seelenruhig über Glossematik plaudern. Es ist jedoch darauf hinzuweisen, dass sich die objektiven Voraussetzungen für die Revolution zwar aus den konkreten soziohistorischen Verhältnissen einer konkreten Gesellschaft ergeben, von der Elite, die im revolutionären Kampf dieser Gesellschaft das Kommando übernimmt, allerdings forciert und gelenkt werden können, bis zur Konsolidierung einer absolut gerechten Gesellschaft nach einer notwendigen und zeitlich begrenzten Periode einer Diktatur des Proletariats. Lauter Dinge, die man lernt, wenn man aufpasst, zuhört und sich anstrengt, um die neuen Informationen auch zu verarbeiten. Daraus bestand Miquel II Gensana des Wissbegierigen erstes Jahr an der Universität. Und in der diskreten Verfolgung jeder Bewegung Bertas, die sich immer mysteriöser verhielt, weil sie manchmal den ganzen Tag zu keiner einzigen Vorlesung erschien, dafür aber mittags in der Bar saß, in der Hand ein Käsebrötchen und so vertieft in ihr angeregtes Gespräch mit einem Fremden, dass sie mich gar nicht wahrnahm und ich bei mir dachte, was erzählst du ihr da, du Mistkerl, dass sie nur Augen für dich hat. Seit jener Nacht, in der sie beide, Berta und Miquel, Abaelard und Heloise, die Mauern von zwei bedeutsamen franquistischen Amtsgebäuden Barcelonas mit Protestparolen überzogen hatten, waren sie nie wieder darauf zurückgekommen. Sie hatten die Vespa wieder am Passatge de Domingo abgestellt und im Drugstore das versprochene Bier getrunken. Ich war geknickt, weil ich Berta gern gestanden hätte, dass ich den Anforderungen nicht gerecht geworden war. Doch sie gab mir keine Chance, ein Bekenntnis abzulegen, sondern redete die ganze Zeit von der Spaltung unserer Gesellschaft in Klassen und dass sie jetzt anfange, klarer zu sehen, und ihr Leben einen Sinn bekommen habe. Und Miquel sagte, ja, Berta, während er in ihrem entschlossenen Blick zu ertrinken drohte. Ihm war es egal, wie dringend die Durchführung einer konkreten Analyse der konkreten Realität war, weil es etwas viel Dringenderes gab, nämlich, Berta, ich liebe dich, ich bete dich an, ich bin verrückt nach dir, wie hypnotisiert, du bist Der Weg, Die Wahrheit und Das Leben, du gibst allem einen Sinn, und dabei schaust du einfach durch mich durch, denn in jener Nacht, nach dem Bier im Drugstore, hatte sie auf die Uhr gesehen, gesagt, ui, jetzt muss ich mich aber beeilen, und einen Schein auf den Tisch gelegt, schließlich lässt sich eine anständige Revolutionärin von keinem Mann einladen, weil das dekadent und spießig ist. Dann hatte sie das Wechselgeld eingesteckt und war gegangen, ohne ihm die Möglichkeit zu geben, sie zu begleiten, hinaus und weit weg von Miquels Leben, so nah sie einander im Angesicht der Gefahr auch gewesen sein mochten. Da es so spät keinen Zug mehr gab, hatte Miquel nicht nach Hause fahren können und in einem Hauseingang übernachtet; seine Seele hatte sich angefühlt wie gefroren, so kalt war ihm. Seither hatte Berta, wann immer sie sich im Fachbereich begegneten, ihr Abenteuer nie mehr erwähnt, und er – abgesehen davon, dass er den Unterschied zwischen einem Grundriss in Form eines lateinischen Kreuzes und einem Grundriss in Form eines griechischen Kreuzes verstehen lernte und herauszufinden versuchte, welches der geeignete Zeitpunkt für eine Revolution war – schlich umher wie ein Geist, sodass Bolós schon besorgt war. Der kreiselte immer noch um dieses winzige Mädchen aus Reus, das ein sehr sympathisches Gesicht und die sinnlichste Stimme besaß, die ich jemals gehört hatte. Ich glaube, es war vor allem diese Mezzotonlage, in die Bolós verliebt war. Ich erklärte ihm, dass wir beide in Gespenster verliebt waren. Beide waren wir nur noch Schatten unserer selbst, und dabei hatten wir erst zwei Trimester hinter uns. Das lag weder an den Schwierigkeiten des Lateinischen oder der Widerspenstigkeit des

Arabischen (in meinem Fall) oder des Griechischen (in Bolós' Fall) noch an den langen Stunden, in denen wir Seiten über Seiten historischer Fakten büffelten (die, nebenbei bemerkt, ohne die geringste revolutionäre Stringenz vermittelt wurden, ein unmissverständlicher Ausdruck der rückwärtsgewandten, faschistischen Historiografie der Professoren dieser Universität), und auch nicht an den tausend Lichtbildern von Kunstwerken, die von einem Hochgenuss zu einer quälenden Bedrohung geworden waren. Nein, nein, das war es alles nicht. Es waren ein Paar Augen und eine Stimme; mehr hatte es nicht gebraucht, um uns außer Gefecht zu setzen. Eines Abends, beim Verlassen der Bibliothek von Katalonien, auf dem Carrer de l'Hospital, stellten wir uns schließlich dieser offensichtlichen Tatsache, beschlossen, uns alles von der Seele zu reden und uns bei einem Bier oder zwei oder drei gründlich auszuweinen. Bolós und Miquel tranken sich einen denkwürdigen Rausch an, komplett mit Torkeln und Würgen. Das größte Besäufnis aller Zeiten, ein Aufschrei ihrer verzweifelten Herzen, was sie, soweit überhaupt möglich, noch fester zusammenschweißte, auch wenn sie hinterher noch genauso traurig waren wie zuvor. Seit diesem Tag sind Bolós und ich mehr als Brüder, Júlia.

Eines Tages stellte Miquel fest, dass Berta ihm nie vorgeworfen hatte, bei der Spray-Aktion nicht die nötige revolutionäre Ernsthaftigkeit gezeigt zu haben. Mehrmals war ich versucht, die Arbeit zu Ende zu bringen, allein und auf eigene Faust, konnte mich aber nie dazu aufraffen. Und die Polizei setzte ungerührt ihre Einsätze fort. Zu dieser Zeit war Barcelona eine Stadt in Grautönen, melancholisch, erstickt unter der erbarmungslosen Hand des Diktators, und auch wenn ihre Reize sich nicht verbergen ließen, war ihr Blick traurig; sie kehrte dem Meer den Rücken zu und ahnte nichts von ihrem Zauber; armes Barcelona, wo ein Polizeiwachtmeister mächtiger war als ein alteingesessener Händler vom Passeig de Gràcia. Bis Miquel Bertas Lächeln irgendwann gar nicht mehr begegnete. Er fragte Bolós und die anderen Kommilitonen, er fragte den zuständigen Gewerkschaftsvertreter, aber niemand wusste etwas. In Wahrheit war ich erst richtig beunruhigt, als sie auch zu den Prüfungen nicht erschien. Sie war spurlos verschwunden, selbst in der Pension, in der sie gewohnt hatte, sagte man ihm, sie sei vor einigen Wochen ausgezogen, man wisse nicht wohin, und plötzlich stand Miquel Marlowe Gensana ohne seine Liebe da. Bolós, der große Spezialist für die Kümmernisse anderer, sagte, mal ehrlich, wann immer du sie gesehen hast, war es von Weitem, du Fantast, die war nichts für dich, und du bist ihr total egal, kapier's doch endlich. Und ich schwieg, dachte aber an die innige Umarmung auf der Vespa, unterwegs in selbstmörderischer Graffiti-Mission, geliebte Berta, du entfleuchter Schatz meines Herzens.

Gegen Ende des dritten Trimesters war Barcelona ein Dampfdruckkessel, eine Bastion des antifranquistischen Widerstandes, naiv, aber entschieden. Und die Machthaber beobachteten verdutzt, wie sich die Brut des Bürgertums (das sich immer nur weggeduckt und im richtigen Moment gelächelt hatte) gegen die Geschichte wehrte. Und zu Beginn des zweiten Studienjahres lernten Bolós und ich Subirats kennen. Nach Berta krähte längst kein Hahn mehr, wenngleich ich sie noch gut in Erinnerung hatte, in ihrem roten Mantel, im Anorak, mit Büchern im Arm oder Sprühdosen in der Hand. Subirats, ein hochgewachsener, gestandener Kerl, der sich gern etwas rätselhaft gab und während der Vorlesungen immer vor dem Hörsaal blieb, begann mit unendlicher Geduld, sechs oder sieben Jünger um sich zu scharen, darunter Bolós und mich, und sie in die Essenz und die Geheimnisse der jüngeren Geschichte einzuweihen: Marx, Engels, Rosa Luxemburg, London, Deutschland, Menschewiken, Bolschewiken, die Aprilthesen, der Autoritätsverlust von Kerenskis Provisorischer Regierung in Moskau, die Revolution, Lenin, Trotzki, die Rote Armee, Stalin, das Winterpalais … Auch nahm er uns mit zu klandestinen Filmvorführungen, und wir sahen Sechzehnmillimeterkopien von *Oktober, Iwan der Schreckliche* und *Panzerkreuzer Potemkin*, tief bewegt, quasi als Dessert nach den üblichen Katechismuslektionen. Und wir setzten weiterhin unsere Hoffnung auf das soziale Gleichgewicht, die Notwendigkeit einer kleinen, starken, professionalisierten Partei (leninistische These) statt einer Partei der Massen (sozialdemokratische These), und die Christen für den Sozialismus, unsere Reisegefährten, die Partei, die Erfordernis einer proletarischen Avantgarde, den demokratischen Zentralismus (zu diesem Zeitpunkt waren drei der sieben Adepten bereits der Sozialistischen Partei Kataloniens PSUC beigetreten, einer von ihnen Miquel II Gensana der Katechumene, und zwar wie die ersten Christen, ohne jegliche Feierlichkeit, nur mit einem Händedruck des Anführers der revolutionären Zelle bei einer kargen Zeremonie in den Katakomben, heiliger Tarzisius, heilige Priszilla, heiliger Miquel Gensana, Kommunist christlicher Abstammung), die strengen Regeln im Untergrund, das ständige ›Denkt daran, wir scherzen nicht, das ist wie Krieg‹, die Gewerkschaft *Comissions Obreres*, pausenlose Aktivität, Unermüdlichkeit (soeben ersuchten wieder zwei um Mitgliedschaft), strikte Verschwiegenheit gegenüber allen und jedem um der Sicherheit willen und diese unbestimmte leise Furcht, genau hier, in der Mitte der Brust, nicht sehr heftig, aber hartnäckig. Die Trauer um die gefallenen Gefährten. Und diese gnadenlose Selbstkritik: Was ist passiert, warum ist es passiert, warum haben wir es nicht verhindert, warum haben wir es nicht vorausgesehen ... Und immer warst am Ende du an allem schuld, weil ein Aktivist nie die Deckung vernachlässigen darf; dasselbe schlechte Gewissen, das die Jesuiten schon vor dem Abitur in meinem Hirn installiert hatten, auf dass die Psychiater auch in zehn oder fünfzehn Jahren noch genug Patienten haben mögen. Und das Gefühl, dass alles, was aus der Sowjetunion kam, gut war, was man hier ja jetzt auch endlich merkte. Yankees, go home. Und als dann der erste Sonntag kam, an dem Bolós und ich verabredeten, nicht zur Messe zu gehen, um mal zu sehen, was geschehen würde, stellten wir tags darauf fest, dass gar nichts geschah; oder doch, etwas sehr Gutes: wir hatten eine Menge Zeit gewonnen. Und wenige Tage später hatte ich zum ersten Mal dieses Herzrasen und bekam große Angst. Es war zu Hause und in der Nacht. Großmutter Amèlia schlief schon seit Stunden, und meine Eltern waren ausgegangen, ich wusste nicht, wohin. Es stand bereits schlecht um Pere I. den Künftigen Flüchtigen und seine Fabrik, aber noch versuchte er es mit ein paar Mogeleien, unterstützt von meinem Vetter Ramon und der ehrenamtlichen Anwesenheit Onkel Mauricis. Ramon steckte mitten in den Verhandlungen für seine Eheschließung mit Lali Bros und fiel jeden Abend erschöpft ins Bett. Ich hatte seit jeher allein geschlafen, denn wenn es in Can Gensana etwas im Überfluss gab, dann waren es Zimmer, und meines war enorm, der reinste Tanzsaal. Doch ich habe es aufgegeben für einen Traum, Júlia.

Es war dunkel, ich lag im Halbschlaf, gefangen in einem Albtraum, in dem sich die Panik vor dem hysterischen Bullen, der mittags auf der Demo voller Wut auf uns eingeknüppelt hatte, mit dem Geheul der Polizeisirenen und dem Gebrüll mischte, durch das wir unsere Angst zu überwinden versuchten, denn zur Demo waren nur Bolós, Miquel und einhundertachtundneunzig weitere Deppen erschienen. (Angst zu haben ist nicht konterrevolutionär.) Und mein verzweifelter Sprung in den erstbesten offenen Hauseingang, weil ich noch viel mehr Angst davor hatte, geschnappt, in die Via Laietana gebracht und gefoltert zu werden; oh nein, nur das nicht. Miquel sah sich nicht imstande, körperliche Schmerzen auszuhalten, und auf keinen Fall hätte er es ertragen, zum Verräter zu werden; nein, nein, bitte nicht. Solche Dinge träumte er ständig, alles durcheinander, und dazu kam noch eine weitere Pein: Wegen der Protestaktionen hatte er seit Tagen nicht gelernt, keine Bibliothek betreten, keine Vorlesung besucht, es fanden nicht einmal Vorlesungen statt, und meine Zukunft als Historiker (das hast du nun davon, Historiker; schämst du dich nicht, dass dein Cousin und nicht mein Sohn die Fabrik übernimmt?) geriet ins Wanken. Um genau zu sein, wusste ich ja gar nicht, ob es meine Zukunft als Historiker war, die wankte, und nicht die als Philologe, als Philologe mit Spezialgebiet Literaturtheorie, als Geograf oder als Arabist, denn das waren in jenen bewegten Jahren die aufregendsten Impulse, die das, was mir ohnehin schon schwerfiel, noch schwerer machten: Entscheidungen fällen. Da riss mich ein ferner, naher, unregelmäßiger Trommelwirbel aus dem Schlaf, ich fuhr im Dunkeln auf, schweißgebadet, und meine Brust klang wie ein Tamburin. Ich erschrak und wusste mir keinen anderen Rat, als Ramon zu wecken, der unter der Woche bei uns zu übernachten pflegte, hey, du, Ramon, er schlief wie ein Sack. (Mein Vetter Ramon, der seine Ausbildung mit guten Noten abgeschlossen hatte, seinem Onkel zur Hand ging, Lali Bros heiraten würde, sonntags beim Fußball war und somit unmöglich einen leichten Schlaf haben konnte.)

»Was ist los?«

»Ich weiß nicht«, erwiderte Miquel ängstlich. »Fass mal hierhin.«

Er nahm Ramons Hand und legte sie sich auf die Brust. Ramon zuckte zurück, als hätte er einen elektrischen Schlag bekommen. Dann rieb er sich die Augen und legte mir die Hand wieder auf die Brust.

»Verdammt, was hat das zu bedeuten?«

»Keine Ahnung.«

»Wahnsinn! Ich hol deine Eltern.«

»Die sind nicht da.«

»Dann halt Großmutter. Onkel Maurici.«

»Die fallen tot um vor Schreck. Es wird schon wieder vergehen.«

»Scheiße! Aber was ist das, verflucht noch mal?« Trotz seines makellosen Curriculums hatte Ramon eine ziemlich ordinäre Ausdrucksweise, die seine Mutter vor Scham im Boden versinken ließ, wenn ihm vor Lali Bros eines seiner Kraftworte herausrutschte. Wieder rieb er sich die Augen, dann wurde er philosophisch:

»Verdammte Kacke ..., so ein Scheißdreck ..., was für ein verfluchter Mist aber auch! Lass mal sehen ...« Erneut legte er die Hand auf meine Brust. »Und wie fühlst du dich?«

»Ganz gut. Schiss hab ich.«

»Ich auch.«

Toller Arzt, der so seinen Patienten beruhigt. (Keine Sorge, mein Herr, neun von zehn überstehen die Operation nicht, aber es könnte ja sein, dass Sie Glück haben; hören Sie auf zu lamentieren, Mann; zu dumm nur, dass mir die Hände so zittern.) Mein Herz schlug noch mal lauter. Ramon wurde zusehends wacher.

»Das könnte Herzrasen sein, oder?«

»Messerscharf erkannt.«

»Reine Nervosität. Ganz bestimmt. Sonst wärst du schon abgekratzt.« (Wenn wir Sie nicht an den Tropf hängen, sterben Sie, noch bevor Sie im OP sind. Wie bitte? Und das sagen Sie mir so nebenbei? Von nebenbei kann gar keine Rede sein, immerhin versauen Sie mir meine schöne Statistik.)

Das Ärzteteam entschied, vorerst niemandem etwas davon zu sagen, auch nicht dem Onkel, der im zweiten Stock, der Dienstbotenetage, wohnte, in einem Zimmer, das ebenso geräumig war wie alle anderen, aber erheblich ordentlicher noch ... Doktor Ramon Giró half seinem Cousin Doktor Miquel wieder ins Bett und versorgte ihn mit hochprofessionellen ärztlichen Ratschlägen: Streck dich aus, leg dich flach auf den Rücken und entspann dich, dann sollte es gleich vorbei sein. Ergänzt durch die wissenschaftlich fundierte Diagnose: Ich wette meine Eier, dass das Nervosität ist. Ramon setzte sich auf den Holzstuhl mit den geschnitzten Blumen, auf dem Tante Carlota gesessen hatte, um vor den Augen ihres Mannes zu sterben, und Großmutter Amèlia, um über Tantchen Elionors langes Siechtum zu wachen. Warum muss das Leben immer von Schmerz begleitet sein?

Zurück in der Dunkelheit, spürte Miquel weiter den Aufruhr seines Herzen und war weit davon entfernt, sich entspannen zu können. Nach einer Weile hörte er, na, mein Junge, wie geht's?, und bekam einen Schreck.

»Na ja. Unverändert.«

»Entspann dich, Alter. Ganz ruhig, das haben wir im Griff.«

Fünf Minuten später hörte ich das leise Schnarchen meines Cousins, und mich packte die Angst, allein sterben zu müssen. Und der Neid auf Ramons Gemütsruhe. Mal ehrlich: Warum musste ich mich auch auf diesen politischen Kampf einlassen? Warum kümmerte ich mich nicht um mein eigenes Leben wie alle anderen? (Ohne eine wache Avantgarde ist die Masse nicht zu bewegen.) Warum wollte ich noch vor zwei Jahren Senegalesen bekehren und bekehrte jetzt Spießbürger? Auf wessen Geheiß brachte ich mich in Schwierigkeiten? Mein Herz war nicht zu zügeln. Ich dachte, dass ich den nächsten Morgen wahrscheinlich nicht mehr erleben würde, und nahm ein wenig traurig Abschied von mir selbst. Der Diensthabende Arzt Ramon Giró schlief wohlig schnarchend den Schlaf der Gerechten.

Miquel Gensana überlebte die Tachykardie. Besser gesagt, er gewöhnte sich daran, denn sie gehörte fortan zu seinem Alltag. Und das Leben ging weiter, der Kampf auch, wir wurden immer mehr und waren viel zahlreicher, als die da oben wollten und zugeben mochten, und der Mai achtundsechzig stand vor der Tür. Ramon heiratete, und bei der Feier in Gesellschaft zweier glücklicher Familien fehlte nur Miquel, der, unbeteiligt und von fern, mit einer gewissen Herablassung diesen dekadenten Ritualen zuschaute, die man gedankenlos befolgte, einfach weil es schon immer so gewesen war; und als der Champagner ausgeschenkt wurde, belehrte er eine Cousine, eine sehr hübsche, muntere, deren Namen er sich nicht merken konnte, in aller Ausführlichkeit darüber, wie wir uns zur Schaffung einer neuen Gesellschaft der alten Ticks entledigen müssten. Diese Cousine dürfte mich gehasst haben, denn zwei Jahre zuvor hatte ich sie bei der Taufe ihres kleinen Bruders von der Transzendenz missionarischer Tätigkeit zu überzeugen versucht.

Zu Beginn der Sechzigerjahre stieg in Spanien die Anzahl der Epileptiker in der männlichen Bevölkerung zwischen neunzehn und vierundzwanzig Jahren ohne ersichtliche Ursache eklatant an, das lässt sich statistisch belegen. Die Gesundheitsbehörden befürchteten schon, es könnte sich um eine Epidemie handeln. Tatsache ist, dass Dutzende junger Männer, die ihre Einberufung zum Wehrdienst erhalten hatten, mit einem Mal eine untadelige Krankengeschichte als Epileptiker vorweisen konnten, attestiert vom Militärhospital und erworben aufgrund von mehreren durchwachten Nächten in Kombination mit strategisch dosiertem Wodka, den sie in Rasierwasserflaschen versteckt hatten. Abgesehen davon, dass einige der Jungs damit den Grundstein für ihre Zirrhose legten, wurden viele mit der Hilfe eines klandestinen Ärztezirkels für untauglich zum Dienst am Vaterland erklärt, brauchten somit nicht einzurücken und schlossen sich dem Widerstand an. Miquel, Bolós, Xandri, August Marull ... Keiner von Miquels Kommilitonen leistete seinen Militärdienst ab; die meisten mit dem Stigma der Epilepsie behaftet; einige, weil sie unter extrem heftigen Ischiasproblemen litten oder Bettnässer waren, und ein paar wenige aus legalen Gründen, nämlich Plattfüßen oder einer verschwommenen Sicht auf das Leben, womit Miquel der Kurzsichtige Metaphysiker leicht hätte durchkommen und sich etliche Gläser Wodka sparen können. Gut möglich, dass ich die Konturen damals noch scharf gesehen habe.

Wie viele andere verließ ich den PSUC durch die linke Tür. Sie traten am selben Tag aus, Bolós und er, mit dem gleichen Bauchgrimmen, das sie verspürt hatten, als sie sonntags zum ersten Mal die Messe schwänzten, doch mit einem Gutschein für grenzenlose Träume, *l'imagination au pouvoir*, Straßenrevolten und Hoffnung in den Augen. Und so erlebte Miquel Gensana, Abkömmling einer ranzigen Sippe, deren Wurzeln Jahrhunderte zurückreichten, Schulter an Schulter mit Bolós, unter dem Arm ein Buch von Julia Kristeva, und ohne zu wissen, wie das alles für sie ausgehen würde, die unglaubliche Zersplitterung der Gruppen, die sich aus taktischen oder strategischen Gründen zu Trotzkisten, Stalinisten, Leninisten oder Maoisten erklärten, sowie schmerzliche Abschiede von früheren Kameraden, die es in andere Richtungen zog. Zum Glück waren sich die beiden einig, das machte es ihnen leichter zu glauben, dass sie nicht ganz falsch lagen. Für Miquel war es unvorstellbar, sich mit Bolós irgendwann zu zerstreiten. Wie naiv. Und diese endlose Fragmentierung, begünstigt durch die Radikalität der Forderungen, zwang die Gruppe, die sie sich ausgesucht hatten, oder von der sie ausgesucht worden waren, in die strikteste Klandestinität. In konspirativen Wohnungen in Barcelona wurde von vielen revolutionären Zellen großer Aufwand betrieben, um jungen Leuten in einer gründlichen Indoktrination (Katechismusintensivkurs) die Wahrheit in der Version Trotzkis, Maos oder Stalins zu vermitteln und ihre Seelen abzuhärten. Es ist ganz schön hart, Júlia, wenn einer – Bolós oder ich, wir sind wie Zwillinge – in einem einzigen Leben drei verschiedene Prozesse der Seelenabhärtung durchlaufen muss, zuerst den der Klosterbrüder, dann den der Partei und jetzt den der Partei. Und jeder neue Anfang erforderte eine neue Lossagung, denn es überkam sie jedes Mal wie eine göttliche Eingebung: Es wurde Licht, und man sah den Neuen Weg, die Neue Wahrheit und das Neue Leben und dankte Gott oder der Geschichte dafür, einer der wenigen Auserwählten zu sein. Und es grub sich ihnen eine neue Falte ins Gesicht, wie sie alle diejenigen trugen, die sich im Besitz der Wahrheit *tout court* wussten. Es war ergreifend, immerhin befanden sie sich mitten im Krieg, doch Miquel und Bolós traten in die Partei ein. Auf Anordnung des Zentralkomitees gab man mir den Namen Simó. Pfarrer Roca hatte mich zwar neunzehn Jahre zuvor auf den Namen Miquel Pere Jaume i Benet Gensana Giró Eroles Sort Prim Gispert Bardagí Maldonado Portabella Tersol i Caimamí getauft. Trotzdem nannten sie mich jetzt Simó. Simó, ego te baptizo in nomine sodalium, et caellulae et centralismi democratici, amen. Oh, Pater Barnades wäre vor Freude gehüpft, weil er diesen Schritt von Miquel zu Simó als lebendige Wiederkehr eines der Zwei Großen Namenswechsel im Neuen Testament empfunden hätte. Und Simó richtete sich auf von der Erde; und als er seine Augen auftat, sah er niemand. Sie nahmen ihn bei der Hand und führten ihn gen Damaskus, und er war drei Tage nicht sehend und aß nicht und trank nicht. Bis er einer der Ihren war, Genosse Simó. Miquel brauchte, auch wenn ihm das nicht bewusst war, immer eine gemeinsame Sache. Ein Netz. Nach der Taufe (Simó, Aktivist für Basisoperationen der vierten Zelle des Zentraldistrikts), meiner Bestätigung als Freiheitskämpfer an der Seite der ersten Christen von Antiochia und Ephesus und gegen die Franco-Diktatur sowie als Parteisoldat, stets zu Diensten der Partei, begann ich, zusammen mit Franklin, einem anderen aufgeregten Neuling, dem ehemaligen Bolós, mit dem dieselbe wundersame Verwandlung vorgegangen war, das eigentliche Leben im Untergrund.

Ich kam nach Hause wie jeden Tag, vielleicht ein bisschen früher, und packte eine Tasche mit ein paar Kleidungsstücken und zwei Büchern von Brecht und Jewtuschenko, verwarf Borges und Pla als der neuen Zeit nicht würdig, ging zu meiner Mutter, die allein dort saß, wo jetzt Tisch *neuf* steht, neben sich die Stehlampe, die Brille auf der Nasenspitze, ganz aufs Strümpfestopfen konzentriert, wie immer eingehüllt in den leisen Klang des Radios.

»Ich gehe, Mutter.«

»Jetzt? Kommst du zum Abendessen?«

»Nein, Mutter.«

»Wohin gehst du?«

»Ich gehe.«

»Das hast du schon gesagt. Wohin?«

Die Mutter hob den Kopf und ließ ihre Arbeit sinken (es war ausgerechnet einer meiner Strümpfe), weil ein unbekannter Ton in Miquels Stimme sie aufhorchen ließ.

»Was hast du mit dieser Tasche vor? Was ist los, mein Sohn?«

»Ich ziehe aus, Mutter.«

»Aber ...«

»Mach dir keine Sorgen, es ist alles gut.«

»Was heißt, alles ist gut?«

Sie legte ihre Handarbeit in den Korb, doch das Glasei kullerte durchs Zimmer. Miquel bückte sich, um es aufzuheben, und legte es auch in den Korb. Bis heute, über fünfundzwanzig Jahre und viele Whiskys später, erinnere ich mich an das Geräusch des über den Boden rollenden Stopfeis, Júlia. Aber er sagte ihr nicht, dass das Ei exakt an der Stelle liegen geblieben war, wo jetzt die Füße des Kellners sein Andenken schändeten, und Júlia lächelte fein, blieb aber weiter stumm und hörte zu, ohne mit dem Essen anzufangen.

»Ich habe dich etwas gefragt, Miquel.«

»Ich ziehe aus, Mutter.« Und mit einem Anflug von Hochmut: »Aus Sicherheitsgründen.«

»Aus Sicherheitsgründen?« Die Mutter (arme Mutter, die keine Ahnung von meinem Leben hatte, seit ich kein kleines Kind mehr war) nahm die Brille ab. »Wer ist hinter dir her?«

»Im Moment niemand. Aber ich möchte vermeiden, dass ihr meinetwegen Scherereien kriegt. Hab keine Angst.«

Donya Maria Giró de Gensana, meine geliebte Mutter, von der ich das Gefühl habe, dass sie die Höhepunkte unseres Lebens immer nur vom Spielfeldrand aus miterlebt hat, stand entrüstet auf. Sie umklammerte die Oberarme ihres Sohnes, als sich die schlimmste Furcht aller Mütter zu bewahrheiten drohte.

»Du hast dich doch hoffentlich nicht zu diesem politischen Kram verleiten lassen, mein Sohn?«

»Je weniger du weißt, desto besser.« (Bogart, mindestens.)

»Davor hatte dich schon dein Vater gewarnt. Wo willst du hin?«

»Das kann ich dir nicht sagen, Mutter. Du wirst ab und zu Nachricht von mir erhalten. Ehrlich, du musst dich nicht um mich sorgen.« Ich gab ihr einen Kuss auf die Stirn.

»Hast du es deinem Vater gesagt?« Letzte Hoffnung, feuchte Augen.

»Aber wie sollte ich … Papa will mich doch gar nicht verstehen.« Und um die Sache zu vereinfachen: »Sag du es ihm, Mutter. Und Großmutter auch. Ihr kannst du ja sagen, ich sei verreist.«

»Aber muss das denn sofort sein? Kannst du nicht ein bisschen warten und es dir noch mal durch den Kopf gehen lassen?«

Miquel ergriff die Reisetasche. Komm schon, Mutter, du kannst ganz beruhigt sein. Und damit verschwand er den dunklen Flur entlang. Seinem Onkel hatte er eine kurze Notiz auf den Tisch gelegt (Hey, Onkel, wenn ich wiederkomme, herrschen sicher bessere Zeiten) und auch Ramon eine hinterlassen (Tschüss, mein Junge, hab ein Auge auf meine Eltern und beschwichtige sie, es gibt keinen Grund zur Aufregung). Er schritt durch die Glastür, auf der noch keine Kreditkartenaufkleber prangten, die Stufen von Can Gensana hinunter und einem Traum entgegen, ohne das Bedürfnis, sich noch einmal nach dem Erdbeerbaum oder nach seiner Vergangenheit umzudrehen.

8

Und jetzt stand ich vor derselben Tür, durch die ich zum ersten Mal geflüchtet war, ohne einen Blick zurück, und der Maître wunderte sich über das Kommen und Gehen dieses bescheuerten Gastes, der keine fünf Minuten still auf seinem Stuhl sitzen konnte, die schmachvollen Aufkleber vor der Nase. Denn während ich von meiner Flucht erzählte, hatte mich plötzlich die Liebe zu dem Erdbeerbaum überwältigt, und ich sagte, entschuldige mich bitte, Júlia, und stand wieder auf. Draußen hatte ich das Gefühl, als hätte der Baum kein schlechtes Gewissen. Ich ging nahe an ihn heran, um zwischen seinen raunenden Blättern auf das Geheimnis meines Onkels zu horchen. Doch ich hörte nur die Zikaden und in einiger Entfernung das gleichmütige Gebrumm des Straßenverkehrs von Feixes. Ich seufzte, denn ich besaß die leidenschaftliche Vitalität eines Miquel Che Gensana nicht mehr und würde sie auch nie wieder spüren, unter anderem, weil ich meine Unschuld verloren hatte und, wie es mein Onkel Maurici ausdrückte, allenfalls noch darauf hoffen konnte, als Miquel Martin der Humane Gensana zu enden. Natürlich war ich traurig. Ich tat mir selbst leid.

»Mir tut noch mehr leid, dass meine Eltern tot sind; und meine Schwestern, Stiefschwestern. Und die anderen Miquels. Und dass dein Vater ...« Onkel Maurici rang sein Unbehagen nieder und holte tief Luft, die er zusammen mit Worten, so schön wie seine Papierfigürchen, wieder entweichen ließ: »Das ist traurig wie kaum was sonst.« Mit dem zitternden Taschentuch wischte er sich den nicht vorhandenen Schweiß von der Stirn. »Wenn das Haus tatsächlich verloren sein sollte, sind es letztlich doch nichts weiter als ein paar Steine.« Er lächelte Miquel zu, ließ die halb entblätterte Palme auf den Tisch fallen und griff nach einer anderen Figur. »Gefällt dir dieser abessinische Löwe?«

»Sehr. Irgendwann musst du mir mal zeigen, wie das geht.« Miquel bewunderte die Fähigkeit seines Onkels, mit diesen zittrigen Fingern das Papier zu solchen Formen zu falten.

»Das sagst du immer. Und diese Tänzerin?« Seine Augen glänzten. Er versuchte, über etwas anderes hinwegzutäuschen. »Dazu hat mich ein Degas inspiriert, den ich in der Nationalgalerie Jeu de Paume gesehen habe, als ich mit deinem Vater in Paris war.«

»Ich habe dir neues Papier mitgebracht, Onkel.«

»In den Zwanzigerjahren war das. Danke, mein Junge. Hier hält man anscheinend nicht viel davon, dass ich mich der Papiroflexie widme. Vor allem Samanta nicht.«

»Wer ist diese berühmte Samanta? Die kenne ich noch gar nicht.«

»Das Oberkommando der Station.«

»Die Blonde?«

»Die Blonde. Riesenbrüste, muss man zugeben … Weißt du, dass sie mich an ein Spielzeugkaninchen erinnert?«

Und dann erzählte er mir von der Reise, die zwei ledige, lebenshungrige Männer unternommen hatten, streifte flüchtig das Pariser Nachtleben (ab und zu hatte der Onkel seine prüden Anwandlungen; zumindest dachte ich das, ehe ich seine wahre Geschichte kannte) und sprang von einem Thema zum anderen, bis er bei dem Tag angelangt war, an dem er als vollberechtigtes Familienmitglied in Can

Gensana einzog, noch vor der Renovierung des Hauses und unmittelbar vor dem Krieg. Dem Ersten, den wir damals nicht den Ersten nannten, weil wir nicht glaubten, dass es je einen Zweiten geben könnte. Großvater Ton (Antoni III Gensana der Fabrikant, auch Der Hurensohn genannt) war steinreich, was keine Kritik sein soll, denn er hat schwer dafür geschuftet, und den Papa Ton der Anfangszeit kann ich schon gar nicht kritisieren, schließlich haben er und Mama Amèlia mich aus der Misere gerettet; sie sind meine Eltern, Miquel. Aber ich kann auch nicht aufhören, ihn zu hassen, weil er mich vernichtet hat.

»Erklärst du mir mal, was du eigentlich gegen Großvater Ton hast?«

Die Wände im Zimmer des Pflegeheims verstummten, um Onkel Mauricis Bekenntnis besser zu hören. Doch der schluckte hart, holte Atem und nahm seinen Erinnerungsfaden wieder auf, als hätte ich ihn nicht unterbrochen. Eines Tages stand Großvater Ton vor dem enormen Problem, das viele Geld für irgendetwas ausgeben zu müssen. Ich war schon auf der Welt, lebte aber noch mit meinen Eltern in unserem Haus und war ein glückliches Kind, das dachte, im Leben gehe alles von allein; die Erinnerung an meine Eltern ist so verblasst, dass ich manchmal glaube, ich hätte sie mir ausgedacht oder in einem Märchenbuch gefunden.

Jedenfalls teilte dein Großvater – und Adoptivvater des herausragenden Papiroflexologen Maurici Ohneland – Antoni III Gensana der Geldscheffler seinen Traum von der Umgestaltung des Hauses dem Architekten Muncunill mit, einem renommierten Künstler und versierten Handwerker, der sich mit seinem ein wenig visionären und von der Magie Gaudís beeinflussten Stil eine goldene Nase verdiente, weil in Feixes damals viel gebaut wurde. Sie führten mehrere Gespräche beim Kaffee, den sie beide sehr stark mochten, im verwilderten Garten von Can Gensana, das damals noch nicht mein Haus war. Die Idee war, das Haus umzubauen, auf die Kapelle zu verzichten, eine Etage aufzustocken, Wände zu versetzen und alles etwas rationeller aufzuteilen. Und eventuell sogar anzubauen, denn das Grundstück war mehr als groß genug. Einfallsreich war er, dieser Antoni Gensana, und der Architekt Muncunill brauchte nichts weiter als jemanden, der seiner Phantasie Flügel verlieh. Hast du ihn mal kennengelernt, Miquel? Mit seinem Schnurrbärtchen und seinen Segelohren? Außerdem war er der kleine Bruder von Pater Muncunill, dem Verfasser von *De Verbi Divini Incarnatione*, erinnerst du dich? Wie hätte ich mich daran erinnern sollen. Aber mein Onkel: Klar, ganz bestimmt, Großvater Maur besaß doch das komplette Werk von Pater Muncunill und las uns immer Ausschnitte daraus vor, damit wir ein Gefühl für den Wohlklang der lateinischen Sprache bekämen, weißt du nicht mehr? Einen Moment lang hatte mich mein Onkel mit meinem Vater verwechselt, und mit einem Mal hatte ich den Verdacht, dass er mich zwar mit Miquel anredete, in Wahrheit aber eine Reinkarnation seines geliebten – oder verhassten – Pere in mir sah.

Jetzt jedenfalls war ich zweifelsohne wieder Miquel, denn der Onkel sagte, dein Großvater Ton, Miquel, war mit seinem Vater schwer aneinandergeraten, weil der keinerlei Veränderungen an der jungfräulichen Landschaft zulassen wollte, die er in seinem so hoch gelobten Poem mit so indisputabler Kunstfertigkeit besungen habe:

Verzagt bebt die Pinie, wild
tost der Strom aller Nöte,
das Ahnenhaus, honigmild,
überwölbt von blasser Röte.

»Du hast ihn nie leiden können, den alten Maur.«

»Wie soll ich einen Dichter leiden können, der indisputabel sagt?« Indigniert kramte er in der Schachtel mit den Tieren und brachte die abessinischen Löwen mit winzigen Elefanten und gigantischen Vögeln durcheinander. »Aber im Grunde habe ich nichts gegen unseren Dichter. Er war eines meiner Opfer.«

Als sein Sohn ihn um Erlaubnis bat, das Haus zum Teil abreißen und so erweitern zu dürfen, wie es der Familie gebührte und seinem Kontostand entsprach, widersetzte sich der Poet deshalb energisch und führte als unschlagbares Argument die dreihundertneunundzwanzig Gedichte an, die er bis zu diesem Zeitpunkt dort verfasst hatte. Antoni, der gut beraten war, seine persönliche Meinung über die Dichtkunst seines Vaters für sich zu behalten, musste großes diplomatisches Geschick aufwenden und bei der Planung viele Kompromisse eingehen, sodass der entsetzte Muncunill nur noch den Kopf schütteln konnte, weil sie ihm seine besten Ideen zerschossen. Um den dickköpfigen Lyriker schließlich zu überzeugen, gab sein Sohn in drei oder vier leicht verschmerzbaren Punkten nach und erklärte sich einverstanden, den Großeltern das Frontzimmer zu überlassen. Mitgerissen von der Euphorie über seinen immer absehbareren Sieg hielt Don Antoni Gensana aus dem Stegreif eine kleine Rede, die er mit der Frage begann, was er, der vorerst letzte Spross des Hauses Gensana, sich Besseres hätte wünschen können, als die Vereinigung unseres Namens – der durch unseren Ururgroßvater Sorts bereits seit langer Zeit mit der Musik verbunden sei und sich aktuell durch schöne Reime (liebevolle Geste in Richtung seines Vaters) geadelt sehe – mit der gloriosen, zu Stein, Form und Raum gewordenen Kunst von Lluís Muncunill. Und er hoffe, man werde ihm seine Verstiegenheit nachsehen, wenn er nicht umhin könne, die in-dis-pu-ta-blen Familienbande zu erwähnen, die auf diese Weise auch zu unserem geliebten Pater Joan Muncunill geknüpft würden, dem Autor von *De vera religione*, einem Werk, das in diesem Haus stets in Ehren gehalten worden sei. Das hätte er ruhig mal früher sagen können, denn für Urgroßvater Maur war es das durchschlagende Argument und sogar seinem Misstrauen gegen junge Architekten überlegen. Erwartungsgemäß war Don Maur durch diese schönen, von Herzen kommenden Worte zu erweichen. Immerhin hatte er es fertiggebracht, sein Leben lang keinen Finger zu rühren und sich, den Kopf in den Wolken, die Augen auf dem Mond von València, der beständigen Suche nach dem noch klangvolleren, noch luftigeren Alexandriner zu widmen.

»Wir werden die Kapelle nicht anrühren. Und Zentralheizung im ganzen Haus legen. Und ich werde alle Kosten tragen, Vater.«

»Lass die Metaphern.«

»Was?«

»Weißt du, wo dein Geld herkommt?«

»Von der Fabrik.«

»Sei doch nicht so schwer von Begriff! Und wem gehört die Fabrik?«

»Dir. Aber ich leite sie. Und deshalb ist das Geld …«

»Geschwafel. Für dieses Haus bezahlt niemand anderer als ich. Das heißt die Familie mit meinem Geld.«

»Einverstanden, die Familie. Mit deinem Geld.«

Es war die letzte Feinabstimmung der Verhandlung. Alle schwiegen ehrerbietig, während der Dichter zögerte.

»Ich werde es mir überlegen«, erklärte er abschließend, um irgendetwas zu sagen. Aber alle in der Tischrunde hatten verstanden, dass es sich um eine rein rhetorische Antwort handelte. Und tatsächlich überbrachte Großvater Maur zwei Tage später seinem Sohn die frohe Botschaft, er werde den Umbau genehmigen, unter der Bedingung, dass in dem Garten, der ihn zu so viel jauchzender Poesie inspiriert habe, kein einziger Baum gefällt werden dürfe.

»Alles klar, Muncunill, wir können loslegen.«

Der Architekt zitierte sofort seinen Baumeister zu sich. Sie mussten sich ranhalten, denn die Herrschaften wollten ja möglichst schnell wieder in ihrem Haus wohnen können. Es war während Amèlias Schwangerschaft mit Elvireta. Arme Amèlia, eben erst hatte sie einen Adoptivsohn bekommen – mich, Maurici Ohneland, während Pere und Elionor noch an ihrem Rockzipfel hingen – und ohne Verluste den Namenskrieg durchlitten, und jetzt musste sie in Feixes in eine Etagenwohnung umziehen, denn, da konnte man sagen, was man wollte, bei dieser Renovierung handelte es sich weniger um einen Umbau als vielmehr um einen kompletten Neubau. Vom alten Gebäude blieb, außer dem Garten, nur die Kapelle. Was für ein Durcheinander, so ein Umzug in die Stadtwohnung, wenn du nicht mehr weißt, wo du die Leinenhemden hinhast, in die Truhe oder in die große Kiste.

Die Einweihung des Neubaus fand am dreißigsten April statt, ich weiß das Jahr nicht mehr, jedenfalls während des Ersten Weltkrieges, und wurde so opulent begangen, dass man sich in Feixes lange daran erinnerte. Nachdem er seiner fassungslosen Gattin, deiner Großmutter Amèlia, die (noch nicht mit Kreditkarten beklebte) Tür geöffnet und sie gefragt hatte, ob es ihr gefalle, und sie erwidert hatte, ja, sehr …, es …, es ist …, es sieht aus wie neu, das wird dich einen Haufen Geld gekostet haben, Ton, und er geantwortet hatte, ein Zeichen, dass wir es uns leisten können, hatte Großvater Ton den Bürgern von Feixes für einen Abend Einlass ins neue Haus gewährt, und sie waren eifrig herbeigeströmt, begierig, sich über jede Unvollkommenheit zu mokieren, den berühmten Garten endlich einmal selbst in Augenschein zu nehmen und sich über die Architektur des Hauses auszulassen, von der es hieß, sie sei sehr ungewöhnlich und wie aus einem Märchen. Obwohl es noch nicht heiß war, platzierte Antoni III der Mäzen ein Orchester am Ufer des Teiches, auf dem zum Entzücken der Damen von Feixes eine hochmütige Schwanenfamilie schwamm. Auf der Eukalyptusallee besiegelte ein unschlüssiges Paar seine Verlobung, musikalisch untermalt von Bizet oder Berlioz. Vom Zypressenhain aus hasste der Industrielle Rigau Comamala (ein Vetter der Rigaus vom Camí Fondo und Gensanas direkter Konkurrent) den Hausherrn noch ein bisschen mehr und beneidete ihn aus tiefstem Herzen und voller Galle. Und das Fest klang aus in Frieden und Harmonie.

Als der letzte Gast verabschiedet war, seufzte die Familie erleichtert auf und schickte sich an, das neue Heim endlich in Besitz zu nehmen. Zu jener Zeit bestand die Familie aus Don Antoni III dem Reichen und einer blutjungen Mama Amèlia (Amèlia I, Zarin der Damenwelt von Feixes); dem armen Maurici dem Traurigen, der bereits ab und zu lächelte und sich heimisch zu fühlen begann, auch wenn ich mich immer noch nicht damit abfinden konnte, dass meine Eltern von ihrer langen Reise zum Himmel nicht zurückkehrten; und den drei Kindern des Ehepaares: Pere, Elionor und Elvira, die erst ein halbes Jahr alt war und fernab der Feierlichkeiten im Südflügel von ihrer Kinderfrau unterhalten wurde. Und den Großeltern Gensana: Großmutter Pilar mit ihrem geheimnisschweren Blick – eines Tages erzähle ich dir einmal, was dahintersteckte –, still und tief gerührt, weil sie von ihrem neuen Zimmer aus auf einen wunderschönen Teil des Gartens schauen konnte, und Großvater Maur II der Vortreffliche, der während des Festes manch einen Unvorsichtigen mit der gnadenlos detaillierten Aufzählung von Ort und Zeit des Entstehens jedes einzelnen seiner Gedichte traktiert hatte. Und fünf Dienstboten. Die Gensanas, heiter, zufrieden und voller Vorfreude auf ihren ersten glücklichen Sommer, ahnten noch nichts von ihrem ersten tragischen Winter, der wenige Jahre später über sie hereinbrechen sollte.

Die vier Kinder, nachdem im Jahr darauf noch deine Tante Elvira, die Kleinste, hinzugekommen war, waren von dem neuen Haus und dem Garten sofort hell begeistert. Das Haus bot ungeheure Möglichkeiten, auf Entdeckungsreisen zu gehen. Sie liebten es, unter meinem Kommando, weil ich der Älteste war, die weniger vertrauten Räume zu erforschen, wie zum Beispiel die Küche oder Rosas Reich, das man über die Treppe mit dem dünnen Eisengeländer erreichte, wo sich in Körben die schmutzige Wäsche häufte und ihnen die beiden riesigen Waschbottiche vorkamen wie das Meer, das sie noch nie gesehen hatten. Und den kleinen, traulichen Innenhof, wo die Wäsche zum Trocknen aufgehängt wurde. Und hinter der weißen Tür das Bügelzimmer mit seinen Borden und Regalen zur Aufbewahrung der gebügelten Wäsche, bis Gracieta oder Maria sie auf die verschiedenen Schränke des Hauses verteilten. Die meiste Zeit verbrachten wir Kinder im ersten Stock, wo Maria uns manchmal beschäftigte und mit uns spielte. Gelegentlich durften wir uns unten im Salon aufhalten, wo das Pianola stand – und auch Vaters Sessel, in dem er nie saß, weil er ständig in der Fabrik war – und wo die Großeltern die Zeit totschlugen. Großmutter Pilar saß auf dem Sofa, strickte und hing ihren Gedanken nach, denn ihr ging eine Menge durch den Kopf, eines Tages erzähle ich dir davon, und Großvater Maur schlurfte umher, oder er setzte sich in die Bibliothek an seinen Schreibtisch neben dem Flügel, erregte sich über die unzumutbare Seichtheit der Verse eines gewissen López-Picó und stieß vage Drohungen aus, eines schönen Tages mache ich mich wieder ans Werk und lasse meine Gesänge aufs Neue erschallen! Und alles war schön, weil deine Großmutter mir versprochen hatte, dass ich meine Eltern, auch wenn ihre Reise sehr, sehr lang dauerte, irgendwann ganz sicher wiedersehen würde. (Und Miquel schluckte, denn beim Anblick eines Mannes von fünfundsiebzig Jahren, dem die Tränen in die Augen steigen, wenn er über seine Eltern spricht, muss man einfach schlucken.) Pere und ich teilten uns ein Zimmer, Elvira und Elionor hatten das nebenan, das im Lauf der Zeit das Zimmer von Miquel II Gensana dem Zauderer werden sollte.

»Warum nennst du mich so?«

»Weil du nie etwas mit Bestimmtheit sagst. Weil du dir über nichts im Klaren bist.«

»Und woher willst du das wissen, Onkel?«

»Das merkt man an der Art, wie du die Hände bewegst. Und weil du dich andauernd vor dir selber rechtfertigst.« Wieder wischte er sich den nicht vorhandenen Schweiß von der Stirn. »Warum gönnst du dir nicht ab und zu mal eine Pause?« Und Onkel Maurici war fünfundsiebzig, als er mir das sagte, und ich war erst vor kurzem zum zweiten Mal von zu Hause abgehauen, mit dreiunddreißig Jahren auf dem Gewissen.

Nach kurzem Zögern nahm mein Onkel seine Schilderung wieder auf und sagte, im obersten Stockwerk sei die geheimnisvolle Welt von Lluïsa, Cinta, Angeleta, Rosa, Maria und der anderen Maria gewesen. Und wenn das Wetter und die Erwachsenen es erlaubten und sie nicht allein gingen, durften sie hinaus in den Garten, in diese weite Welt, und das unendliche Universum erkunden, Bäume, gepflasterte Wege, Haine aus duftendem Buchs oder Zypressen, Rosenbeete und den Teich mit den Schwänen, den stummen, majestätisch über den grünen Spiegel gleitenden ewigen Fragezeichen, die die Kinder nur stolz und gleichmütig beäugten, ehe sie auf der Suche nach etwas Interessanterem den Kopf ins Wasser tauchten. (Und wie ein unbemerktes Zeichen des stufenweisen Niederganges des Hauses stellte Miquel fest, dass er nie Schwäne auf dem Teich gesehen hatte.) Und wenn Maria abgelenkt war, warf ich einen Stein und versuchte, einen der Schwäne zu treffen. Was für ein schönes Leben wir hatten, Pere, Miquel. Und Pere, der mir immer alles nachmachen wollte, warf seinen Stein in dem Moment, als Maria wieder herschaute, und bekam die gesamte Schelte ab. Bis die Fratze des Todes dieser Beschaulichkeit ein Ende setzte.

Niemand hatte damit gerechnet, dass der erste Priester, der nach der Renovierung das Haus betrat, zu einer Letzten Ölung kommen würde. Nicht einmal Großvater Maur, der mit den Paraphernalien des Todes – insbesondere in seinem Gedichtzyklus *Dämmern und Verglimmen* – sonst auf so vertrautem Fuß zu stehen pflegte:

Dunkler Gevatter, gestrenger Richter,
unterm schwarzen Gewande weißes Gebein,
in die Tränenkammer schleicht er
zu schneiden das wachsbleiche Blümelein.

Großmutter Pilar war überzeugt, dass es die göttliche Strafe für ihr Geheimnis war. Ich weiß noch gar nicht, ob ich je imstande sein werde, es dir zu erzählen, Miquel.

Jedenfalls war das Mädchen kerngesund gewesen. Doch

ein heimtückisches Fieber zehrte es aus, bis es nur noch Haut und Knochen war, und raffte das arme Ding schließlich dahin. Es war Winter; zwar schneite es nicht, dennoch hatten wir Kinder alle Frostbeulen an den Händen, da die Heizung noch recht dürftig war. Der Tod, ungerecht wie immer, holte sich Elionor, meine neue Schwester, und alle weinten bittere Tränen, außer Elvira, die noch nichts verstand. Seit jenem Tag empfand ich Hochachtung vor meinem Adoptivvater, durch dessen Seele sich fortan eine dicke, bittere Faser zog. Er wagte nie wieder, mit seiner Frau darüber zu sprechen, um ihre Verzweiflung nicht aufs Neue anzufachen. Und was habe ich ihn später gehasst, Miquel! Großmutter Amèlia, die noch nicht Großmutter war, riss sich zusammen, weinte wenig, viel zu wenig, und widmete sich vollauf ihren noch lebenden Kindern und Maurici, und manchmal kam mir der Gedanke, sie hätte Elis Tod gern gegen meinen getauscht, doch in ihren Augen las ich dergleichen nie, das sind nur Hirngespinste von mir, Miquel. Doch die arme Großmutter Amèlia konnte den traurigen Anblick nie verwinden, bis zu ihrem Tod mit fast neunzig Jahren nicht. Sie ertrug ihr Leben, und sie ertrug ihr Leid. Das fast so groß war wie das, das ihr fünfzehn Jahre später widerfahren würde, denn das Schlimmste, was einem Menschen passieren kann, Miquel, ist der Tod des eigenen Kindes, vielleicht habe ich deswegen keine. Arme Mama, nie wieder wurde sie das Bild des Jammers los, sie am Bett ihrer Tochter, und Elionor, weinerlich, matt, schwer atmend, die blauen Augen fiebrig glänzend, die in die Stille fragte, warum sie sich so schlecht fühle, Mama, es soll mir wieder gut gehen, und Donya Amèlia nahm alle Kraft zusammen, lächelte und erwiderte, bald geht es dir besser, wirst schon sehen, Eli, dann gehst du mit deinen Geschwistern nach draußen zum Spielen, und Don Antoni, der an der Tür stand und sich nicht ins Zimmer traute, schrie stumm die Wände an, Gott, wie ist so etwas möglich, wie kann ein kleines Mädchen so leiden müssen und ich mit all meinem Geld so machtlos sein. Elionor hörte für eine Weile auf zu denken, weil sie einen Hustenanfall bekam, und als sie sich wieder beruhigt hatte, sah sie ihren großen Bruder Pere und ihren Vetter Maurici mit einem wissenden Blick an, als spürte sie ihr Ende nahen. Die beiden drückten sich auf der Schwelle zu dem Zimmer herum, in das man die Kranke verlegt hatte, weil das Fieber ansteckend war, und fragten mit dünnen Stimmchen, wie geht es dir, Eli, und sie sagte, gut, schon besser, bald gehe ich wieder mit euch raus zum Spielen. Und Amèlia wäre vor Kummer am liebsten gestorben und wir anderen auch.

»Lasst ihr mich Elvireta mal sehen?«, hatte Elionor eines Tages gebeten, doch ihre Mutter, die im selben Maß abmagerte wie die Kranke, brachte sie auf andere Gedanken, indem sie ihr rasch eine spannende Geschichte vom Kaninchen Tomàs erzählte, denn Doktor Canyameres hatte jeglichen Kontakt der Kleinsten mit der Patientin untersagt. Und Donya Amèlia ließ die Phantasietränen der Geschichte mit ihren echten Tränen zusammenfließen, ohne dass das entkräftete Kind etwas davon merkte. Die Furcht im Gesicht ihrer Tochter, die sich in ihrem eigenen Schweiß aufzulösen schien, und der Fieberglanz in ihren Augen sollte sich ihr für immer einprägen. Bis die Kleine nach einer gewaltigen Fieberattacke erlosch, ohne zu wissen, dass sie starb, so sehr war sie mit ihrem Kopfweh und der absurden Geschichte beschäftigt, die die Mutter ihr über das Kaninchen Tomàs erzählte, das im Garten hauste und das wir besuchen werden, sobald du wieder gesund bist, mein Kind, mein Kind, mein Kind … Und sie blieb neben dem Bett sitzen, eine Stunde oder drei oder tausend Stunden, auf dem Stuhl mit den Blumenschnitzereien, dem Stuhl des Todes und der Trauer, hielt ihr das Händchen, das zwischen den ihren langsam erkaltete, und fühlte sich schuldig, weil nicht sie anstelle dieses kleinen Engels gestorben war, der weder die Zeit gehabt hatte, sein Leben richtig anzufangen, noch, zu begreifen, dass der Tod war, wie er war.

»Sie ist tot, Amèlia.«

Sie spürte die Hand ihres Mannes auf der Schulter, ehe sie seine Worte hörte. Erst in diesem Moment gestattete sie sich zu weinen, und ihre Tränen vermischten sich mit dem getrockneten Schweiß Elionors. An dieses Gefühl der Ohnmacht würde sie sich ihr Leben lang erinnern. Und die ganze Familie erinnert sich an dieses Siechtum, Miquel, ich spüre es noch genau hier, und dabei ist das hundert Jahre her.

»Sechzig.«

»Sechzig. Und alle weinten.« (Über Onkel Mauricis Wange rollte eine blaue Träne, welche Kraft Erinnerungen doch haben können.) »Alle. Sogar die Dienstmädchen und der Eisverkäufer mit dem Fu-Manchu-Bart. Und als sie den kalten Leichnam in einem kleinen weißen Sarg davontrugen, war es, als verwelkte das ganze Haus ein wenig, denn seit seiner Erbauung gegen Ende des achtzehnten Jahrhunderts war Eli das erste Kind, das in Can Gensana starb. Und deshalb nennen wir das Zimmer, in dem sie ihrer Krankheit erlag, Elis Zimmer, stimmt's, Miquel?« (Ja, denn als dreißig Jahre später Miquel und seine Vettern dort spielten, das gesamte Anwesen unsicher machten und den Verstecken in Haus und Garten heimlich neue Namen gaben – dunkle Hütte, grüner See, Magnolienwinkel, Kastanienhof, Schildkrötenpfad, Gespenstermansarde –, wären sie nie auf die Idee gekommen, dass dieser geräumige, helle

Raum, der nie benutzt wurde und zur hinteren Veranda hinausging, irgendwie anders heißen könnte als Elis Zimmer.)

Natürlich hätte ich mir auch niemals vorstellen können, dass die Direktion der Roten Eiche Elis Zimmer zu einem niedlichen Kontor umfunktionieren würde, wo Maite Segarra Besuch empfing, falls sie überhaupt welchen bekam. Jetzt hing ein Poster von Vasarely in leuchtenden Farben genau über der Stelle, wo einst das Bett stand, in dem Eli sich zu Tode geschwitzt hatte.

9

Wie ein vernünftig organisierter Fußballverein einen inneren Kreis hat, den der Spieler und Trainer, umgeben von einem zweiten aus Mitgliedern und Anhängern und einem dritten, der Führungsriege, so bestanden auch die zahlreichen Geheimgrüppchen im engeren oder weiteren Umfeld der Partei sowie die Partei selbst aus einem inneren Kreis, dem der Spieler und Trainer – berühmten Aktivisten, die ins Exil hatten fliehen müssen –, und einem zweiten, dem der Mitglieder und Anhänger, darunter Bolós und ich, die wir halb aus dem Untergrund agierten, keinen festen Wohnsitz hatten und gezwungen waren, uns als ungelernte Hilfskräfte zu verdingen, um unseren Lebensunterhalt zu bestreiten.

»Und der Kreis der Führungsriege?«

Die Chefs der Vereine rauchten Zigarren. Das konnten die Parteichefs sich nicht leisten, denn wer untergetaucht war, konnte nicht arbeiten, es sei denn, er hatte ein eigenes Geschäft, wie Blauauge, der einen Kiosk betrieb. In drei Monaten hatte man uns viermal die Wohnung wechseln lassen: Carrer Amílcar, Carrer Manigua, Carrer Felip II und Carrer d'Escòcia, alle im selben Viertel. Simó der Geächtete hatte die evangelische Maxime verinnerlicht, dass man mit leichtem Gepäck durchs Leben gehen sollte, beinahe nackt, wie die Kinder des Meeres: Sein Leben passte in einen uralten dunkelgrünen Stoffbeutel, den Onkel Maurici sich kurz nach dem Krieg gekauft hatte, während er sehnsüchtig auf Nachricht von seiner großen Liebe wartete. Jetzt enthielt er seine drei Unterhosen, die fünf Hemden, den Pullover, Kamm, Zahnbürste und das Buch *Le modern état capitaliste et la stratégie de la lutte armée: Group Baader-Meinhof*. Und so war er heute hier und morgen da, stets in Abhängigkeit von den strikten, knappen Befehlen, die ihnen von oben oder von Blauauge erteilt wurden.

Im Carrer Amílcar und dem Carrer d'Escòcia traf er mit dem Genossen Franklin zusammen. Ihre Augen funkelten vor Tatendrang. Simó, Xato und Natàlia wurden zum Arbeiten in eine Fabrik für Elektroteile geschickt, damit sie, die aus bürgerlichem Milieu stammten, eine Vorstellung davon bekamen, wie und in welchen mentalen, physischen, ökonomischen und intellektuellen Verhältnissen die Arbeiterklasse lebte, und sich von der Sünde, keine gebürtigen Proletarier zu sein, reinwaschen konnten. An seinem ersten Tag in der Fabrik, bekleidet mit seinem einzigen Pullover anstelle eines Mantels, betrat Simó I der Werktätige, Basisaktivist der Roten Zelle des Stadtviertels Congrés und Parteimitglied seit dem bedauerlichen Zerwürfnis mit den revisionistischen Ex-Genossen vom PSUC, die Firma Torbe Componentes mit wild klopfendem Herzen, weil ihm bewusst war, was dies für einen ungeheuren Sprung bedeutete, heraus aus seinem öden Spießbürgerleben und hinein in einen Tempel der Produktion, einer Zukunftsschmiede der Arbeiterklasse. Dem Genossen Simó wären fast die Tränen gekommen. Gern hätte er Franklin an seiner Seite gehabt, mit der Krawatte in der Tasche. Aber so ist das Leben im Untergrund nun einmal, jetzt bist du hier und im nächsten Moment schon woanders, gerade heißt du noch Miquel Gensana, und mit einem Mal bist du Genosse Simó oder der Arbeiter Ricard Montero von Torbe Componentes mit einem meisterlich gefälschten Personalausweis und auf dem Weg in die Schizophrenie wie ein x-beliebiger Theaterschauspieler.

Als Werktätiger jedoch konnte man sich psychische Probleme gar nicht leisten. Um sieben Uhr morgens mit der Arbeit anzufangen, verhinderte viele Krisen. Einen ganzen Monat lang lauter identische Spulen herzustellen, erzeugte dafür neue.

Die Begeisterung, teilzuhaben an der Arbeit in einem Tempel der Produktion (und seine Herkunft zu sühnen), währte nicht lange. Als ihm klar wurde, dass seine Arbeitskollegen in der Genossin Natàlia keine Angehörige ihrer Klasse sahen, sondern zwei Brüste und einen Hintern; dass sein Fließbandnachbar sich für seine vorsichtigen Bemerkungen zur politischen Lage, die er in der Pause oder zwischen Spule und Spule fallenließ, überhaupt nicht interessierte und seine Anwerbeversuche völlig fruchtlos waren, weil der andere nichts weiter wollte, als ein Fernsehgerät auftreiben, das billiger war als das im Laden; dass der Vorarbeiter (teils Werktätiger, teils Aufseher, ein bissiger, aber gutmütiger Kerl, der von vielen beneidet wurde), was Pünktlichkeit anging, keinen Spaß verstand und ihn drei Mal bestrafte, weil er eine halbe Stunde zu spät erschienen war (immer wenn sich eine Versammlung der Zelle am Vorabend länger als geplant hingezogen hatte), gelangte er zu dem Schluss, dass alles Scheiße und das Leben ein bisschen komplizierter war als die Handbücher vermuten ließen.

Trotz alledem lebte der Genosse Simó, der den Bürger Miquel Gensana hatte verschwinden lassen, ohne dass es, außer seiner Familie, irgendjemandem aufgefallen wäre, in einer Art institutionellen Glücks; die Lektüre von *Staat und Revolution* langweilte und ernüchterte ihn; und allmählich keimte die Befürchtung in ihm, ob wir uns nicht vielleicht doch zu Deppen machen lassen, denn während wir hier Spulen basteln, ist Llantes schon im dritten Studienjahr, hat zwei Artikel veröffentlicht und ist topfit in zeitgenössischer Geschichte. Etwas anderes wäre es, wenn die Revolution bald losginge. Dann packte mich eine Wahnsinnslust, einen Zahn zuzulegen und dafür zu sorgen, dass die politisch bewusste Avantgarde (bei den Versammlungen unserer Zelle setzten wir uns gerade mit den Aprilthesen auseinander) endlich das Ruder übernahm, die Revolution auslöste und wir alle wieder nach Hause gehen konnten. (Empfang des Partisanen mit Blumen und Küssen.) Im Grunde verzehrte ich mich nach der kleinbürgerlichen Denkweise und hatte meine liebe Not, mich zu beherrschen und damit abzufinden, dass die Realität immer langweiliger und langwieriger ist als Träume. Ohne dass ich irgendetwas dafür tun musste, schienen sämtliche Bücher, die ihren Weg in die jeweilige Wohnung gefunden hatten, in den Händen des Genossen Simó zu landen, und der verschlang, zusätzlich zur verordneten Pflichtlektüre, was immer er zu fassen bekam, Lyrik, eine Menge Lyrik und viel Geschichte, nur keine Romane, denn das war ein Genre reiner Unterhaltung und maßlos spießig.

Und wenn sie sich zu ihrem frugalen Abendmahl niederließen, Tütensuppe und ein halbes Würstchen, waren die Tischgespräche mit Natàlia und Xato immer dieselben. Gelegentlich fiel auch mal eine unvermittelte Bemerkung über gemeinsame Bekannte, wie jetzt die, dass Vila und ihr Freund sich getrennt hätten.

»Ach nee! Wieso?«

»Keine Ahnung. Oder doch. Jordi war in letzter Zeit sehr, wie soll ich sagen?, sehr revisionistisch im Alltagsbereich.«

»Aha.«

»Hast du mal 'ne Zigarette, Simó?«

»Hier.«

»Danke. Anscheinend hat er keinen Handschlag getan, die ganze Arbeit ist an ihr hängengeblieben. Was ja kein Grund ist …«

»Blödmann. Was heißt hier kein Grund? Für den Haushalt sind beide zuständig, nicht nur die Frau. Oder willst du etwa in die alten Rollenmuster zurückfallen?«

»Quatsch, Natàlia. Ich meine, nicht der einzige Grund.«

»Ach so, gesagt hast du aber ›kein‹ Grund.«

»Ich wollte ›nicht der einzige‹ sagen.«

»Entschuldigung angenommen.«

»Ich hatte dich nicht um Entschuldigung gebeten.«

»Jetzt hört aber endlich auf … Was ist denn nun mit Jordi und Vila?«

»Na ja, dazu kam wohl, dass Jordi auf der ideologischen Ebene zunehmend revisionistische Positionen eingenommen hat; er verteidigt die bürgerliche Kunst, er …«

»Die hat Lenin auch verteidigt.«

»Mann, Simó, geh du mir jetzt nicht auf die Nerven. Was wollte ich sagen?«

Xato – Wortführer der Zelle wegen seiner unerschöpflichen Fähigkeit, über alle Nachrichten der Welt im Bilde zu sein – rauchte die letzte Zigarette aus meinem Päckchen und fügte hinzu, Jordi habe sich sogar kritisch über die sowjetische Politik in der Tschechoslowakei geäußert, weißt du, verstehst du, was ich meine? Und das Ende vom Lied ist, dass Vila ihn nun verlassen hat.

»Und die Rafas?« Auch Natàlia war anscheinend auf dem Laufenden, und ich fragte mich verzweifelt, warum zum Teufel ich nie etwas mitbekam und immerzu aus allen Wolken fiel. »Sie hatte einen reichlich fragwürdigen Vortrag über Tradition als kulturellen Wert gehalten, und in der anschließenden Fragestunde hatte er selbst sie voll ins Messer rennen lassen. Zurzeit sieht es so aus, als würden sie es aufgeben. Die Paarbeziehung, meine ich.«

»Ich finde, ein Revolutionär sollte nicht heiraten.«

»Wie die Priester?«

»Ach komm!«

»Nein, er hat recht. Heiraten darf er nicht. Vögeln schon.«

»Wie die Priester.«

Aber wir vögelten nicht; wie die Priester. Natàlia war eine Kameradin, wir respektierten sie und waren ohnehin chronisch übermüdet. Und ich hatte noch nie eine nackte Frau gesehen, doch dies war ein Geheimnis, das ich strenger hütete als das meiner Lektüre von Brecht, Espriu, León Felipe und einem gewissen Pablo Neruda.

Im Allgemeinen verliefen die Abendmahlzeiten der Zelle schweigsam und kurz; auf uns allen lastete der bedrückende Verdacht, dass unsere Anwerbeversuche bei Torbe Componentes nichts waren als vergeudete Energie, und das Zentralkomitee begann bereits, sein Augenmerk auf diese spezielle Fabrik zu richten, in der es, verglichen mit den Möglichkeiten, die andere Produktionsstätten boten, nicht recht voranging. Aber wir wollten nicht eine ganze Fabrik preisgeben, und die Zelle en bloc ersuchte das Zentralkomitee, Torbe Componentes nicht dem Verderben und der Unbewusstheit anheimfallen zu lassen, und Jahwe antwortete, wenn du in der gesamten Fabrik nur fünfzig sensibilisierte Arbeiter findest, werde ich Sodom verschonen. Nach erbittertem Feilschen (fünfundvierzig, fünfunddreißig, zwanzig Gerechte …) sah Genosse Abraham schließlich ein, dass Jahwe mit seiner Geduld am Ende war und langsam die Nase voll hatte. Und dann stellte Jahwe die alles entscheidende Frage: Wie viele, mein treuer Genosse, wie viele sensibilisierte Arbeiter gibt es bei Torbe Componentes? Und Genosse Abraham musste kleinlaut zugeben: nur Lot, sein Weib und seine beiden Töchter. Lot hieß in diesem Fall Venancio Bustos, war Schlosser und hatte einen leichten Drall zum Trotzkismus, der problemlos zu korrigieren sein sollte (vor allem, weil es kein böser Wille war, sondern pure Ignoranz). Und Jahwe sagte zu Abraham: »Sag Venancio Bustos, er soll in die Partei eintreten.« Und so geschah es, und Jahwe zog sein Geld aus Torbe Componentes ab, denn Blauauges Thesen zeigten allmählich Wirkung, und während Franco zunehmend verkalkte, entwarf das Zentralkomitee auf der Grundlage einer konkreten Analyse der konkreten Realität eine gewagtere Strategie, eine Frontalattacke, um den Diktator und seine Lakaien daran zu erinnern, dass die Arbeiterklasse erwacht und bereit war, zu den Waffen zu greifen.

Blauauge war ein einzigartiger Fall von Trinom. Sein richtiger Name war Allen, doch inoffiziell nannten ihn seine Kameraden Blauauge. An seinen Namen vor dem Krieg erinnerte er sich nicht einmal mehr selbst, denn er kämpfte seit einer Ewigkeit im Untergrund, immer mit derselben spöttischen Herablassung, immer mit derselben Entschlossenheit und jetzt leicht ergrautem Haar, und immer stand für ihn die Revolution unmittelbar bevor. Als Ausbilder der Zelle von Simó und Franklin (wieder glücklich vereint), unterwies er sie in den Grundbegriffen der direkten Aktion. Er zeigte ihnen, wie man eine Maschinenpistole auseinandernimmt und wieder zusammensetzt, erläuterte ihnen die verschiedenen Sicherungssysteme, und eines Tages fuhr er mit ihnen in die Nähe der Encantats, einem Berg in den Pyrenäen, wo sie bangen Herzens ein paar Schießübungen machten. Immer tauchte er unvermittelt auf und verschwand wieder, wenn sie am wenigsten damit rechneten, und vielen galt er als der Kopf des ganzen Parteiapparates, doch das gehörte zu den Dingen, nach denen man nicht fragen konnte. Und Simó der Deklassierte, der bereits sechs Kilo abgenommen hatte, weil sie alles, was sie entbehren konnten, in die Parteikasse steckten, war glücklich. Und traurig. Er lebte in ständiger Angst, bewegte sich vorsichtig, sehnte sich nach Bertas rotem Mantel, blickte sich dauernd nach allen Seiten um, konnte mit einer Pistole umgehen und gab seiner Tachykardie Zunder, als versuchte er noch einmal, dem Militärdienst zu entrinnen.

In jenen Jahren fühlte ich mich beflügelt von der inneren Kraft eines Helden. Jeder, der Widerstand leistete, führte quasi das Leben eines Helden. Es war eine Zeit, in der auch die kleinste Geste ideologisch motiviert sein musste, so wie man uns zehn oder zwanzig Jahre zuvor eingetrichtert hatte, dass alles religiös motiviert war. Und uns allen erging es wie den Rafas oder Vila, man stritt über ideologische Themen, trennte sich wegen ideologischer Differenzen, zog aus ideologischen Gründen zu Hause aus; man schlief miteinander oder ließ es sein, auch das wegen der Ideologie.

»Ich glaube, du übertreibst ein bisschen.« Mit ihren perfekten Zähnen knabberte Júlia an einer Olive aus dem Schälchen, das man ihnen als Aperitif serviert hatte.

»Überhaupt nicht, Júlia.«

Ich nahm mir auch eine Olive. Ich fürchtete, von der Wucht meiner eigenen Worte mitgerissen zu werden und Dinge auszusprechen, die Júlia meines Erachtens nicht zu wissen brauchte, wie zum Beispiel, dass Bolós' Tod kein Unfall gewesen war, was nur ich allein wusste; nur ich und der Mörder. Und dass es mir deshalb unmöglich war, den Blick seiner Frau zu ertragen. Ich verscheuchte diesen Gedanken und schlug einen professoralen Ton an, wie Júlia ihn mochte, und sagte, weißt du, Júlia, es ist ja nicht so, dass in Barcelona damals nur Quadratschädel im Gleichschritt unterwegs gewesen wären, das wäre eine zu reduktionistische Betrachtungsweise. Allerdings ging mit dieser Ideologie auch eine besondere Gefühligkeit einher. Das Verhalten mancher Leute nahm regelrecht hysterische Züge an. Viele trugen ihr Seelenleben so offen zur Schau wie der Passeig de Gràcia seine Eingeweide, als er monatelang aufgerissen dalag, weil ein unterirdisches Parkhaus in seinem Bauch untergebracht wurde, und fragten sich, ob es im Leben immer so bestialisch zugehen würde und ob der Ort, von dem es hieß, die Menschen dort seien kultiviert, frei und glücklich, für immer ein Wunschtraum bliebe. Deshalb war Simó, Ex-Miquel, verpflichtet, Brecht zu mögen, von Jewtuschenko zu träumen, über Majakowski bedachtsam zu schweigen und Espriu und Neruda ständig auf der Zunge zu haben. Simó der Revolutionäre Leser musste sechs oder sieben Jahre lang lesen, bis er merkte, das *Zwanzig Liebesgedichte und ein Lied der Verzweiflung* oder *Semana Santa* schlichtweg gut waren. Was mich umtreibt, ist die Frage, ob das verlorene Zeit war oder nicht; Tatsache ist jedenfalls, dass eine so ungeheuerliche Evolution im Leben eines Lesers selten bis gar nicht vorkommt. Wie immer ist es schade, dass das Leben keine Wiederholung eines Spielzuges erlaubt. Bis Miquel Gensana, Ex-Simó, das alles begriffen hatte, parkte er bereits sein eigenes Auto im tausendjährigen unterirdischen Parkhaus des Passeig de Gràcia.

Im Palau de la Música von der dritten Parkettreihe aus ein Violinkonzert von Mendelssohn mit Isaac Stern an der Geige zu hören, war ein ähnlich unbeschreibliches Vergnügen wie das Original eines van Goghs, den du sonst nur aus Reproduktionen kanntest, zwei Schritt vor deinen Brillengläsern zu haben. Dieser Gedanke, der mir kam, während ich bei Torbe Componentes die zweitausendste Spule verpackte, wurde vom Genossen Simó als dekadent verworfen. Ein paar Jahre später kam er mir wieder in den Sinn und erleichterte ein bisschen den schwierigen Beginn meiner Beziehung zu Teresa.

Lange bevor es so weit war, als Simó gerade zum zweiten Mal umgezogen und Franklin erneut begegnet war (die Freude über dieses Wiedersehen war wenig revolutionär, aber unumgänglich. Beide bemühten sich so sehr, sie hinter einer brechtschen Maske aus Desinteresse und Distanziertheit zu verbergen, dass es einen grauste. Als wären sie nicht Figuren in einem Drama, als stünden sie nicht mitten auf der Bühne), verlangte die neue Leitlinie, ausgeführt und kommentiert in einem sechsundachtzig Seiten umfassenden Dokument, nach sieben Aktivisten für ein Intensivtraining in Beirut. Simó, Franklin, Xato, Cunillera und drei weitere machten sich in zwei Autos auf den Weg nach Andorra, die einen, um Butter zu kaufen, die anderen nach Puigcerdà zu der Apotheke von Llívia. Zwei Tage später fanden sie sich in Toulouse wieder zusammen, wo sie von unbekannten, aber höchst effizienten Genossen Tickets über Genf nach Beirut erhielten. Obwohl es oberste Revolutionärspflicht war, sich nicht von der kleinbürgerlichen Welt des Konsums blenden zu lassen, klopfte mein Herz heftig, als ich das von der Diktatur weit entfernte Europa betrat und mich erinnerte, dass die Menschen dort kultiviert, frei, ausgeschlafen und glücklich waren, was mir vermutlich völlig ausgereicht hätte. Doch war da diese revolutionäre Mystik, die es auf Biegen und Brechen aufrechtzuerhalten galt, also tat ich, als nähme ich Europa gar nicht wahr. Und in Beirut ging mir aufs Neue das Herz auf: ich, ein bescheidener Genosse aus dem Barceloneser Stadtteil Congrés, Seite an Seite mit renommierten Revolutionären. Ich fühlte mich unbedeutender denn je und glücklich, überglücklich, auf eine sehr eigentümliche Weise. Vor allem, weil auch der Genosse Simó, zugleich mit Miquel II Gensana dem Ewigen Lehrling, Europa und den Libanon zum ersten Mal sah und spürte, dass alles, was der Genosse Simó mit revolutionärem Eifer ablehnte, Miquel nützlich sein könnte.

Der Monat in Beirut ist mir nicht deshalb im Gedächtnis geblieben, weil ich dort im Umgang mit sechzehn verschiedenen Typen von Gewehren und Pistolen und zwei Sorten Sprengstoff ausgebildet wurde (Großmutter Amèlia hatte immer gesagt, Wissen nimmt keinen Platz weg), sondern weil ich dort erfahren habe, wie sich Angst anfühlt. Und das Gesicht der Angst kennengelernt habe, wenn sie nach deinem Herzen greift. In Beirut war das Gesicht der Angst der zerfetzte Leib eines Kindes, getötet von einer Granate, die sein sechzehnjähriger Schwager Akim mitten auf die Straße gelegt hatte, als Köder für Alí, seinen Cousin zweiten Grades, der einem Mädchen aus Schatila schöne Augen machte, obwohl er Christ war. Das Gesicht der Angst war auch eine Mauer, halb zerstört von den israelischen Bomben, und während du die Mauer entlanggingst, hörtest du das entsetzliche Tack-tack-tack-tack-tack-tack eines Maschinengewehrs, das auf dich gerichtet war, einfach so, weil an diesem Tag Honoré Bahtil auf der anderen Seite Wache schob, der seine Finger nicht stillhalten konnte, und vielleicht warst du ja ein Feind. In Beirut schmeckte die Angst nach Tod, nach sinnlosem Tod. Als ich lernte, mit Gewehren, Maschinenpistolen und zwei Sorten Sprengstoff umzugehen, kannte ich die Angst noch nicht. Damit kam ich klar. Die Angst spürte ich erst richtig außerhalb von Beirut, am Berg Qurnat as-Sauda, und dort hatte sie die Gestalt eines übermächtigen Adlers, der sich auf eine schutzlos zwischen den nackten Felsen schlummernde Eidechse stürzte. Die Eidechse war der Parteigenosse Simó von der Zelle des Congrés-Viertels in Barcelona und dem Einsatzkommando für Direktaktionen zugeteilt, und der Adler eine israelische Douglas A-4N Skyhawk auf Vergeltungsmission über einem mutmaßlich von Palästinensern kontrollierten Gebiet. Das war echte Angst; und ich stellte mir die Frage (die ich mir auch einige Jahre später stellen sollte, als ich hoch oben an der Fassade von Can Gensana in der Kletterrose hing), was, zum Teufel, hast du hier zu suchen, Miquel, du Schwachkopf, du Idiot, zielst mit deiner Kalaschnikow wie mit einem Zahnstocher auf eine Skyhawk, einen Koloss, der hinter den Bergen aufgetaucht ist und auf dich zuhält, verfluchter Narr, und du rennst in heller Panik auf die zweifelhafte Deckung zu, die dir ein nackter Felsen bieten wird, während du überlegst, mit welchen Handzeichen du dem Piloten plausibel machen könntest, dass du mit diesem Krieg nichts zu schaffen hast, verdammt noch mal, sondern nur einen kleinen Kursus absolvierst und gleich wieder weg bist. Und wieder dachte er, was hat dich bloß geritten, dich auf so was einzulassen, immer musst du da sein, wo es am schlimmsten ist, während du gemütlich in der Universität oder der Bibliothek von Katalonien sitzen und anhand der ausgezeichneten Dokumentation dort eine profunde Studie des israelisch-palästinensischen Konflikts erarbeiten könntest, du wärst im dritten Jahr Geschichte und hättest, wie der Llates, schon zwei Artikel veröffentlicht, und das hast du jetzt davon. Vielleicht hättest du sogar eine Freundin, wer weiß.

»Baissez la tête, Dieu!« Der gotteslästerliche Anschiss kam von Kamal, meinem Doktorvater auf dieser Universität der Al-Fatah, der flach an der Felswand klebte wie ein Strichmännchen. Und die Skyhawk sauste vorüber, spie ein paar

Kugeln wie Bomben, und ich spürte etwas dicht am Ohr, das Sirren des Todes, den mir Samuel Goldstein um ein Haar bereitet hätte, ein Leutnant in meinem Alter, gegen den ich nichts hatte (offiziell schon, weil er ein Handlanger des US-amerikanischen Imperialismus war), und bestimmt hatte er weder etwas gegen den Genossen Simó noch gegen Miquel Che Gensana, den er in der Eile mit einer palästinensischen Eidechse verwechselt haben musste. Das war Angst, denn in Kriegen sterben mehr Menschen einfach so als aus einem direkt mit dem Krieg verbundenen Grund. Und dieser unendlich lange schreckliche Moment am Qurnat as-Sauda, von dem ich heute noch träume, hatte sechseinhalb Sekunden gedauert. Der Mensch kommt mir manchmal vor wie ein schlecht organisiertes Tier, weil sechseinhalb Sekunden einen Riss in deinem Lächeln verursachen können und man noch fünfundzwanzig Jahre später die Narbe dieser sechseinhalb Sekunden sieht.

Die Anstandsolive lag auf dem Teller, und Júlias Augen ruhten auf mir und meinem Schweigen. Seit Jahren hatte ich nicht so viel geredet und meine eigenen Erinnerungen so sehr mit denen vermengt, die mir von meinem Onkel Maurici testamentarisch vermacht worden waren.

»Wer bekommt den lauwarmen Salat?«

»Der Herr.«

Nachdem er die Salate abgestellt hatte, wirkte der Kellner erleichtert, als hätte er ein schwerwiegendes Problem gelöst. Aber das eigentliche Problem war, dass die in der Al-Fatah-Universität erhaltene Lehre in die Praxis umgesetzt werden musste. Wie ein junger Assistenzarzt, der seine Berufstätigkeit in einem Krankenhaus beginnt, erhielt Doktor Simó, Pistole im Gürtel, Aufträge wie den Geleitschutz von Demonstrationen oder die Bewachung eines Hauses in Valldoreix, wo eine unmögliche Versammlung von Ex-Kameraden stattfand, ein paar aus der Partei und einem Grüppchen maoistischer Hohlköpfe, einer kleinen, aber höchst aktiven Schar. Ich war auf einen Baum gestiegen, von wo aus ich meiner Aufgabe nachkam, und hatte keine Angst, denn am Himmel von Valldoreix würde keine aus Collserola kommende Skyhawk erscheinen und im Tiefflug auf uns zurasen. Ein Jeep der Guardia Civil fuhr vorbei, doch zum Glück fanden die Beamten nichts Verdächtiges an ein paar Halbstarken, die in einem privaten Garten Unfug trieben.

Ich konnte nichts weiter tun, als Blauauge anzustarren und mich zu verfluchen, weil ich so ein unverbesserlicher Trottel war. Und mit meiner schweißnassen Hand die Dienstpistole zu umklammern. Mit den Halstüchern, die wir bis unter die Augen gezogen hatten, erinnerten wir vage an Wells Fargo & Co.

»Keine Bewegung! Dass sisch ja niemand rührt!«

Alle gehorchten, mehr aus Instinkt als aus irgendeinem anderen Grund.

»Flach hinlegen!«, brüllte Blauauge weiter, während er ins Chefbüro marschierte, den Alarm ausschaltete und den Filialleiter mit vorgehaltener Waffe höflich hinaus zu den anderen bugsierte.

Als hätten sie schon eine Menge solcher Filme gesehen, drückten sich alle bäuchlings auf die Fliesen. Außer einem Kunden, der sich auf den Rücken gelegt hatte.

Mit resoluter Geste teilte Blauauge das Kommando auf: Simó und Natàlia zum Kassierer, mit wütendem Blick und frenetischem Gefuchtel, los, los, los, das Geld aus der Kasse, mach schon, Cunillera und noch jemand mit den beiden Säcken zum Tresor, und Blauauge, mit seinen imposanten ein Meter neunzig mittendrin wie ein Orchesterdirigent, forderte eine Frau auf, still zu sein, und den einzigen Kunden, der andersherum lag, herrschte er an:

»Gesicht nach unten, hab isch gesagt!«

Nachdem der andere getan hatte, wie ihm geheißen, verkündete Blauauge den zwölf Personen, die sich in diesem Moment in der Sparkassenfiliale von Vallcarca befanden, sie hätten nichts zu befürchten, dies sei eine gerechte Enteignung durch die bewaffneten Streitkräfte des Volkes.

»Enteignung?«, die Nervensäge, die falsch herum gelegen hatte.

»Überfall, heißt das«, erläuterte der Genosse Simó, ein Bündel Geldscheine in der Hand und ein Würgen in der Kehle.

Und innerlich erstarrte er, weil er mit einem Bankkunden gesprochen hatte (ein Unding während einer Geldbeschaffungsaktion) und vor allem, weil es sich bei demjenigen um Costas handelte, der an derselben Fakultät studierte – Ex-Freund der Guiteres, Mitglied der Sozialistischen Partei zur Befreiung Kataloniens, PSAN, und Redakteur bei *Lluita, Avant i Combat* –, mit dem er sich bereits in der Fakultät in der Wolle gehabt hatte, immer über begriffliche Fragen. Costas erkannte ihn nicht, andernfalls hätte er es zu Protokoll gegeben. Simós Brechreiz verstärkte sich, und es kam ihm zum ersten Mal hoch. Aber er hielt durch, bis sie wieder vor der Tür waren und der Alarm, den das konterrevolutionäre Schwein von Filialleiter wieder eingeschaltet hatte, ohrenbetäubend zu schrillen begann.

In drei Minuten war die Beschlagnahme erledigt. Eine Million zweihunderttausend Peseten, hervorragend, keine Verletzten, kein Schuss, und später, schon in Josepets, spitzten sie die Ohren, ob ihnen eine Sirene folgte. Franklin, der bei laufendem Motor im Auto gewartet hatte (einem schrottreifen Dauphine, drei Stunden zuvor von ihm und

Xato in Hospitalet konfisziert), sagte, unglaublich, wie leicht es doch sei, eine Bank auszurauben. Und Simós Stimme vom Rücksitz, leicht?, ich hatte die Hosen gestrichen voll. Alle außer Blauauge kicherten nervös, als kämen sie von einem Bubenstreich im Klosterhof der Piaristen. Und als sie aus dem Wagen stiegen, das ganze Geld in Blauauges Hand, sagte dieser lediglich, das habt ihr fein gemacht, Leute, gute Arbeit. Aber wer es wagt zu kotzen, wenn wir das nächste Mal Geld holen gehen, der wird misch kennenlernen.

»Aber ...«

»Kein Aber.« Der Blick, den Blauauge Simó widmete, war hart wie Eis. »Wir sind Soldaten, Simó.«

»Aber nicht verpflichtet, keine Angst zu haben.«

»Gut Nacht, Genossen.«

Und dabei war es helllichter Tag. Es würde also weitere Raubüberfälle geben, anscheinend gehörte unsere Zelle zum Finanzsektor der Partei. Und Miquel Gensana packte wieder die Angst, weil er, wie in Beirut, von einer verirrten Kugel getroffen werden könnte, die ihm gar nicht galt; ein simpler Querschläger würde reichen.

Was Familien mit so lang zurückreichenden Wurzeln, so
viel Stammbaum und einer so umfänglichen Ahnengalerie in Wahrheit am Leben erhält, ist eine konstante Erneue-
rung durch frisches Blut von außen. Und das sage ich dir,
Miquel, der ich der einzige Spross der Gensana-Dynastie
bin, der ein echter Gensana ist und nie das Regiment geführt hat. Es mag paradox klingen, aber Familien wie unsere konnten nur fortbestehen, indem sie sich mit anderen
kreuzten und mischten. Andernfalls wären sie allmählich
erloschen, hätten erst Individuen mit vorstehendem Kie-
fer und abwesendem Blick, trägen Bewegungen, schwer-
fälligem Geist und Spuckefäden am Kinn hervorgebracht
und schließlich Ausgeburten, denen man nicht einmal
mehr Namen hätte geben können; wie diese Königsfami-
lien, denen die Reinheit ihres Blutes wichtiger war als
die unaufhaltsame Degeneration ihrer Sippe, sodass ihre
Sprösslinge gerade noch für die Regenbogenpresse, aber
nicht einmal mehr dazu taugten, auf Spielkarten abgebildet
zu werden.

»Ist der neu, dieser Löwe?«

»Ja. Es ist ein abessinischer. Siehst du, die Mähne ist
größer.«

»Irgendwann musst du mir das beibringen, Onkel.«

»Das sagst du immer.«

»Ach ja? Wenn ich nur nicht so ungeschickt wäre. Wir
sollten mit Schiffchen und Fliegern anfangen.«

»Und einem Napoleon-Hut. Hast du mir Papier mitgebracht?«

»Ja, es liegt auf dem Tisch. Das japanische.«

»Prima. Hast du auch Schokolade mitgebracht?« Die Stimme des Onkels war jetzt ein ängstliches Flüstern.

»Natürlich, du kannst dich doch auf mich verlassen, Onkel. Sie ist in der Schublade.«

»Filzt Feldwebel Samanta dich nicht, bevor sie dich reinlässt?«

»Nein. Sie ist nett zu mir. Ich glaube, sie hat nichts gemerkt. Es sei denn, du kriegst Durchfall.«

»Junger Mann, ich habe von Schokolade noch nie Bauchweh gekriegt …« Anscheinend sollte die Erklärung länger werden, aber er hatte wohl vergessen, was er danach sagen wollte. Er senkte den Kopf. »Reich mir mal den Stammbaum, sei so gut.«

Der erste Antoni Gensana, Begründer des Geschlechtes Gensana und dieses Hauses (in dem niemand mehr wohnte außer Maite Segarra und ihrem schmierigen Maître), heiratete Ende des achtzehnten Jahrhunderts die Mallorquinerin Adela Caimamí, Urururgroßmutter und Begründerin der Familie. Das Ehepaar Gensana Caimamí, die Ersten Eltern, die Crème De La Crème, Vetter und Base ersten Grades von Josep Ferran Sorts, dem illustren Bohemien, der in den Pariser Salons oder dem Taurischen Palais von Sankt Petersburg Gitarre spielte. Ich weiß es nicht hundertprozentig, Miquel, aber ich wette meinen Ruf als Offizieller Chronist, dass eben dieser Sorts in einen komplizierten, undurchsichtigen Rechtsstreit verwickelt gewesen war, der bis in die höchsten Instanzen des Barceloneser Justizwesens ging. Antoni Gensana jedenfalls ließ sich – aus mir unbekannten Gründen, weil ich nichts Schriftliches darüber gefunden habe, und wenn ich nichts gefunden habe, heißt das, dass es nichts gibt – in der Umgebung von Feixes nieder und errichtete in einem Wäldchen, das seiner Familie gehörte, das Haus, das seitdem Can Gensana heißen sollte. Dort initiierten die Stammeltern den Prozess, der nach zweihundertjähriger episch-heroischer Geschichte glorreich in einem schicken Moderestaurant gipfeln würde, mit einem Maître, der ein wunderbar angewidertes Gesicht aufzusetzen wusste, als ich andeutete, wir hätten jetzt vielleicht gern ein Flasche Weißwein. Schön kühl.

»Aber die Herrschaften …« Fragend blickte er von einem zum anderen wie ein Zuschauer beim Tennis.

»Ich habe Durst, und der Rote steigt mir zu schnell in den Kopf.«

Damit hatte der Maître den Schuldigen. Mit unverhohlener Verachtung sah er mich an und fauchte:

»Ich kann Ihnen Wasser bringen. Wissen Sie, wovon ich spreche?«

Ehe ich aufstehen und ihm die Faust voll auf die hochgezogene Braue schlagen konnte, eilte mir Júlia zu Hilfe.

»Ein Wasser mit Sprudel und noch eine Flasche Wein.« Sie sah mich streng an. »Denselben, natürlich.«

Mit einer charmanten kleinen Handbewegung verscheuchte sie den Maître, der sofort verstand. Er senkte den Kopf und setzte sich in Bewegung, und ich rächte mich, indem ich zu Júlia sagte:

»Bestimmt ist ihnen der Weiße ausgegangen.« Aus dem Augenwinkel vergewisserte ich mich, dass er es gehört hatte. Und ob er es gehört hatte, denn er biss sich auf die Zunge und schwor bei seinen Ahnen, sich von jetzt an nur noch an die Mademoiselle zu richten und diesen ungekämmten Clochard so weit wie möglich zu ignorieren. Während er durch den Saal ging, ließ er den Blick schweifen und achtete besonders auf die Vierzehn, die Dreizehn und die Acht, die höchstwahrscheinlich die Dessertkarte verlangen würden. Und alles, was er tat, geschah ohne jede Rücksicht auf die Geschichte dieses Salons, in dem er Abend für Abend die Augenbraue hochzog. Eine Geschichte, die, Onkel Mauricis Nachforschungen zufolge, ein stolzes Geäst aus Gensanas bildete, Maurs und Antonis, unter offenkundiger Missachtung des Heiligenkalenders, neben anderen anonymeren (von der Geschichte angeschmierten) Geschwistern und Urgroßeltern, die frischen Saft bedeutet hatten, damit der Familienbaum, eine große, knorrige Eiche mit hoher Krone, keine kränklichen Triebe hervorbrachte. Siehst du? Auf die Gründereltern folgten Maur I Gensana und Josefina Portobella; deren Sohn Antoni II Gensana i Portobella heiratete Margarida Bardagí. Die schweigsame, welke Pilar Prim i Prat war die duldsame Gattin des vortrefflichen Dichters Maur II Gensana i Bardagí, der es mit jedem einzelnen Mitglied des *Félibrige* aufgenommen hätte, Beinahe-Meister des *Gai Saber* (bei den Blumenspielen 1891 mit der Echten Blume und 1896 mit der Goldenen Wildrose ausgezeichnet) und Bruder der mysteriösen, wunderschönen, tragischen Carlota Ohneland Gensana, die meine leibliche Mutter ist, Miquel, meine Mutter, an die ich mich nur noch im Traum erinnern kann oder wenn ich die Daguerreotypie ansehe. (Miquel wusste, dass diese Daguerreotypie, als sein Haus noch sein Haus war, in der Ahnengalerie über der Kentia-Palme gehangen hatte, die Tante Carlota zu Ehren stetig wuchs.) Und dann Mama Amèlia, die mit ihrem Mann Antoni III dem Fabrikanten, meinem verhassten Adoptivvater, die Glanzzeiten der Textilbranche erleben durfte. Und der Baum endete mit den Kindern von Mama Amèlia, Pere I dem Flüchtigen und den beiden unbekannten Tanten Elionor und Elvira. Wir sollten diesen Baum mal vervollständigen, Miquel, denn hier fehlen deine Mutter und du und dein Bruder. Hast du Mama Amèlia in letzter Zeit gesehen?

»Großmutter lebt nicht mehr, Onkel.«

»Ach nein? Nimm ihn doch mit, und lass ihn ergänzen, Miquel. Ich würde mich freuen, wenn ihr auch drauf wärt. Wer, sagst du, ist gestorben?«

Noch während das Echo seiner Frage verklang, entstand unter seinen Händen eine unglaubliche Margarite aus Papier. Er hielt sie in seinen zittrigen Fingern und fuhr fort mit seiner ewigen Geschichte, jetzt der von Mama Amèlia, seiner Stiefmutter, der ersten Schwiegertochter, die nach fünf Generationen von Antonis und Maurs basta gesagt und den berühmten Namenskrieg ausgelöst hatte, indem sie verkündete, dass ihr Sohn, sollte sie je einen haben, weder Antoni (zu hässlich) noch Maur (zu sperrig) heißen würde. Anfangs nahmen es ihr Ehemann und ihr Schwiegervater noch mit nachsichtigem Lächeln hin. Dieses Mädchen tat schon genug, indem sie sich um den armen Maurici Sicart kümmerte, einen Cousin ihres Mannes, den Sohn der unglücklichen Carlota, den Offiziellen Chronisten der Familie, den hochtalentierten Papiroflexologen mit seinen paradoxerweise zitternden Fingern und König des Irrenhauses von Bellesguard. Als die Schwangerschaft nicht mehr zu übersehen war, erinnerte Amèlia die Männer des Hauses (die Schwiegermutter schien die Sache nicht so wichtig zu nehmen) mit der Regelmäßigkeit einer Kuckucksuhr daran, dass das Kind in ihrem Bauch, falls es ein Junge wäre, weder Maur noch Antoni heißen würde.

»Und wie willst du es nennen?«, hatte der illustre Poet sie eines Tages angeherrscht und sein Gesicht bedrohlich nah an sie herangeschoben (als er einmal zufällig den Blick von seinen Hexametern gehoben hatte).

»Das weiß ich noch nicht, aber auf keinen Fall Antoni oder Maur.«

Ihr Schwiegervater zielte nervös mit seinem Lyrikerbleistift auf sie. »Es kann nur ein Maur werden.«

»Ausgeschlossen.«

»Darf man fragen, warum?«

»Weil das kein Name für ein Kind ist.«

Damit hatte sie ihren Schwiegervater tödlich beleidigt, er beendete die Unterhaltung und verließ die Dichterstube. Die heilige Entrüstung des Don Maur II des Göttlichen war absolut angemessen, immerhin hatte er vor noch gar nicht allzu langer Zeit in sehr gefühlvollen und ungerechterweise noch nicht veröffentlichten Versen seine zarte Kindheit besungen:

Oh, ausgesätes Samenkorn, Samen von Jasmin,
in deiner Mutter sicherem Schoß
kannst du geborgen keimen,
bis ich dich sehe hell erblühn.
Und dir dein unausweichlich' Los
den Drang verleihen wird zu reimen.

Von diesem Moment an startete der Schwiegervater Maur, sichtlich besorgt, denn turnusgemäß müsste der Enkel ebenso heißen wie er, eine massive Kampagne zugunsten von Maur als Namen für das erste männliche Enkelkind. Der arme Maurici Sicart Gensana, in dessen Familiennamen die Gensanas erst hinter den Sicarts kamen und der bloß Neffe war, zählte nicht; ich habe nie gezählt für die Familie, Miquel. Urgroßvater Maur sprach mit seiner Frau, Donya Pilar, die nur traurig den Kopf schüttelte. Er sprach mit seinem Sohn, der überzeugt war, Amèlia letztlich schon noch davon abbringen zu können, dann versuchte er noch einmal, auf seine Frau einzuwirken, auf dass sie ihre ganze Überredungskunst aufwenden möge, doch von Urgroßmutter Pilar kam wieder nur ein trauriges Nein.

»Diese Sache scheint dir überhaupt nichts auszumachen!«, warf ihr der Dichter zornig vor.

»Nein.« Und sie wandte sich wieder ihrer Häkelei zu.

»Es ist aber ungeheuer wichtig!« Urgroßvater Maur stocherte mit dem Zeigefinger in der Luft herum, außer sich vor Empörung.

»Nein, Maur.« Mit einem resignierten Seufzer legte die Urgroßmutter ihre Häkelarbeit auf den Tisch und setzte die Brille ab. »Lassen wir sie gewähren. Sie hat das Recht, ihr Kind zu nennen, wie sie will. Sie ist die Mutter.«

»Und ich der Pate! Er wird Maur heißen! Das ist in-dispu-ta-bel!«

»Maur …« Sie senkte die Stimme noch mehr, weil er so am besten einzuschüchtern war.

»Was?«

»Amèlia ist die Mutter des Kindes. Soll sie doch tun, was sie will.«

»Nein! Damit spielt man nicht! Es ist ein Name unserer Familie!«

»Sie gründet gerade ihre eigene Familie.« Urgroßmutter Pilars Stimme war nur noch ein Raunen, und wenn ich schon früher geahnt hätte, lieber Miquel, was der wahre Grund für ihr Verhalten war – den ich dir niemals werde verraten können –, hätte ich sie womöglich noch mehr bewundert. Könnte sein.

»Niemals?«

»Niemals. Die Geschichte deiner Urgroßmutter Pilar ist streng vertraulich. Und zwing mich nicht, mehr zu reden als nötig. Wir waren gerade beim Namenskrieg, und du bringst mich vom Thema ab. Jedenfalls ging der Konflikt damit weiter, dass der Dichter aufgebracht zeterte, nein, Senyora, da bist du ganz und gar auf dem Holzweg! Amèlia sorgt für den Fortbestand *meiner* Familie. Der Familie Gensana!«

Einen Moment lang reduzierte sich Urgroßmutter Pilars Antwort auf ein ironisches Schmunzeln, dessen Bedeutung du niemals erfahren darfst.

»Onkel, wenn du es mir nicht sagen willst, sprich nicht ständig davon.«

»Ärgert dich das?«

»Ja.«

»Bevor ich sterbe, schreibe ich es dir auf, dann kannst du es lesen, wenn ich unter der Erde bin.«

»Abgemacht.« Miquel Ganzohr stellte den kleinen Soldaten, den Maurici aus dem Stanniolpapier der verbotenen Schokolade gebastelt hatte, auf den Nachttisch. »Urgroßvater Maur hat also zu Pilar gesagt, du bist ganz und gar auf dem Holzweg ...«

»Nein, Maur, du bist es, der sich täuscht.« Urgroßmutter Pilar seufzte, wartete, bis das Dienstmädchen (vermutlich Cinta) mit den leeren Kaffeetassen aus dem Zimmer gegangen war, und schien zum ersten Mal Interesse an dem Gespräch zu haben. Sie erhob sich, um nicht zu ihrem Mann aufblicken zu müssen. Ein paar Sekunden zögerte sie noch, als sammelte sie all die Kräfte, die ihr nach und nach abhandengekommen waren, seit man sie mit einem Dichter verheiratet hatte. Dann sah sie ihm in die Augen. »Ich hätte meinen Sohn niemals Antoni genannt.«

»Aber ...« Jetzt allerdings war Maur Gensana vollkommen perplex. »Die Erben haben seit jeher ...«

»Unsinn. Ich wollte es nicht. Und er war mein Sohn.«

»Du hast nichts gesagt.«

»Das hätte ich mich nie getraut.« Urgroßmutter Pilar behielt ihren Flüsterton bei. »Du und Großvater Tonet, ihr hättet mich bei lebendigem Leib aufgefressen. Ich hielt den Mund, wie es sich gehörte.« Und so hielt sie den Mund auch jetzt wieder.

Sie hatte Großvater Maur zum ersten Mal verblüfft. Damit hatte er nicht gerechnet. Es war doch das Natürlichste von der Welt, dass einer Antoni oder Maur hieß.

»Und auf welchen Namen hättest du Ton sonst taufen wollen?«

»Pere.«

»Pere Gensana …«, sagte Großvater Maur langsam und betont. »Klingt falsch.«

»In meinem Herzen nenne ich ihn bis heute Pere.«

»Wie bitte?« Fast das Eingeständnis eines Ehebruchs.

Urgroßvater Maurs Erstaunen währte nicht lange. Leicht angeschlagen, weil er begriffen hatte, dass auf seine Frau kein Verlass mehr war, setzte er seine Bemühungen fort. Er redete sehr ernsthaft mit seinem Sohn, beriet sich mit dem Anwalt der Familie und stattete sogar Mossen Vicenç einen Besuch ab, dem Erzpriester der Kirche, wo das Kind voraussichtlich getauft werden würde. Dann duckte er sich wie ein Raubtier, das seine Beute belauert, und wartete ab. Währenddessen hörte man überall im Haus das Lachen von Maurici Ohneland Sicart, dem Sohn von Carlota und wahren König von Bellesguard, dem verwaisten Dreikäsehoch, der so permanent fröhlich war, als wollte er sich dafür entschuldigen, dass er schon so früh Vater und Mutter verloren hatte.

Dann kam der Tag der alles entscheidenden Schlacht. Der Morgen war nebelverhangen und frostig. Es war nichts zu hören außer dem Wiehern der Pferde, die es anscheinend eilig hatten, dem Tod entgegenzupreschen. Einige Soldaten tranken heißen Tee, während sie an die in Smo-

147

lensk zurückgebliebene Geliebte dachten und sich gegen die Vorstellung wehrten, so jung zu sterben. Der dichte Nebel dämpfte die Metallgeräusche der Uniformen, und Dedushka Maur Antonowitsch wies seinen Sohn Antosha Mauritsch an, zum Standesamt zu eilen, das nur zwei Werst vom Haus entfernt lag, sobald er das Geschlecht des Kindes erkennen konnte, und schon wäre ein neuer Maur auf der Welt. Wenn es ein Junge war. Und laut Doktor Canyameres sollte es einer werden. Antoni jedoch, nervös, weil es – abgesehen von seiner eigenen – die erste Geburt war, die ihn unmittelbar betraf, und beunruhigt von großen Problemen, mit denen die Fabrik zu kämpfen hatte (Version fürs Geschichtsbuch), war kein Mann schneller Entscheidungen. Großmutter Amèlia jedenfalls meinte (glaubwürdigere Version), dass er haderte, ob es richtig wäre, sich über die Wünsche der hilflos im Bett liegenden Mutter hinwegzusetzen. Tatsache ist, dass die Dreifaltigkeit – bestehend aus der Mutter (Schreie, Wehen, Angst, Beklommenheit), der Hebamme (professionelle Kälte und Gelassenheit) und Urgroßmutter Pilar, die sich mit verschmitztem Lächeln und funkelnden Augen zum ersten Mal seit vielen Jahren für etwas engagierte – es schaffte, den Großvater geschickt abzulenken und den Vater unter Androhungen zu zwingen, das Neugeborene als Pere Miquel Maur i Antoni Gensana i Eroles einzutragen, Cousin ersten Grades von Maurici Ohneland, Sohn von Antoni und Amèlia und Enkel von Maur und Pilar väterlicherseits und von Jaume und Matilde mütterlicherseits. Und damit hatte Urgroßmutter Pilar, was den anderen entgangen war, eine langwierige Partie gewonnen. Und mit ihr alle Schwiegertöchter, die Eindringlinge in diese Familie, die seit fünf Generationen männliche Erben gehabt und aus der Namensfrage einen Casus Belli von sakraler Bedeutung gemacht hatte. Zwei Jahre lang sprach Urgroßvater Maur den neuen Erben mit krankhafter Beharrlichkeit nur mit Maur an. Bis sich eines Tages seine Schwiegertochter Amèlia vor ihm aufpflanzte und ihn daran erinnerte, ein für alle Mal, Papa!, dass ihr Sohn Pere I der Flüchtige hieß. Und Urgroßvater Maur verstummte, während Urgroßmutter Pilar in sich hineinkicherte. Meine Güte, warum ist unsere Familie nur ein solches Trauerspiel?

Miquel schwieg und schaute Júlia an, die sich noch nicht beschwert hatte, dass er so wenig über Bolós sprach. Für einen Augenblick versetzte mich die Gegenwart dieser begehrenswerten Frau in Panik, und ich dachte, es müsse wohl ihr Blick sein, der mich zum Reden animierte; seine ästhetizistische Ader ließ Miquel nicht auf die Idee kommen, es könnte womöglich am Wein liegen; aber er schwor sich, ernsthafte Anstrengungen zu unternehmen, um über einen Teil seiner Erinnerungen striktestes, in-dis-pu-ta-bels-tes Stillschweigen zu bewahren. Um nicht unrettbar im tiefen Brunnen dieser Augen zu versinken.

»Ein Trauerspiel, deine Familie?«

Und was für eines, dachte Miquel und sagte, weißt du, Júlia, die einzige Person, die ich je habe lachen hören, war mein Onkel Maurici, der sein Leben lang gemacht hatte, was er wollte, der allein lebte, mit allen Vorteilen des Junggesellendaseins und keinem der Nachteile, der Klavierspielen gelernt und Jura und Klassische Philologie studiert hatte, der nie für seinen Lebensunterhalt arbeiten musste und, als die Zeit der Tränen gekommen war, den Verstand verlor und sich so den Kummer ersparte. Zumindest war dies die offizielle Lesart, die Miquel II Gensana dem Desinformierten bekannt war und die er nun an Júlia weiterreichte. Die wunderte sich schon, warum er so viel über seine Familie redete, aber Miquel hatte nun einmal losgelegt und konnte sich nicht mehr zügeln, und obwohl sie die ersten Gäste in dem Lokal gewesen waren, stand auf ihrem Tisch immer noch die Vorspeise, während man an anderen Tischen bereits bei Kaffee und Cognac war. Der lauwarme Salat war mittlerweile eiskalt geworden.

»Sag mal, kanntest du die Leute etwa, die in diesem Haus gewohnt haben?«

»Ich?« Miquel zuckte zusammen. »Wie kommst du denn darauf?«

11

Er wusste, es war unklug. Er wusste, dass er es nicht tun sollte. Aber jeder hat das Recht, selbstauferlegte Regeln zu brechen, und deshalb verriet der Genosse Simó seinen Kameraden nicht, dass er seine Mutter besuchen ging. Er war sich selbst nicht ganz im Klaren, warum er sie sehen wollte. Mit einjähriger Verspätung erkannte er, dass er von zu Hause geflohen war, ohne dies je eingehender zu begründen. Zwar hatte er ein paar Mal angerufen, immer nachmittags, wenn es im Haus ruhig und sein Vater gewiss in der Fabrik war, und immer hatte die sanfte, furchtsame Stimme seiner Mutter geantwortet. Sie hatte es längst aufgegeben, diesem schwierigen Sohn irgendwelche Erklärungen abzuverlangen, und begnügte sich mit der Nachricht, dass er am Leben war, vernünftig aß, nicht frieren musste und nicht in Gefahr war. Die einzige von all diesen Lügen, die man halbwegs durchgehen lassen konnte, war die erste. Und wenn er auflegte, war er immer ein wenig niedergeschlagen, denn er wollte seiner Mutter das Herz nicht schwermachen; dann tröstete er sich damit, dass das, was er tat, notwendig war und schließlich von jemandem getan werden musste, und nach der Revolution werden wir uns wiedersehen, glücklich und zufrieden. Aber die Niedergeschlagenheit hielt einige Stunden an.

Keine Spur von Vaters Auto vor dem Gartentor. Der Erdbeerbaum stand getreulich Wache, und die Schatten begannen, sich bemerkbar zu machen, denn bei der winterlichen Kälte zog die Sonne es vor, sich zeitig zur Ruhe zu begeben. Dass er erschauderte, als er den Schlüssel ins Schloss schob, lag an der Kälte.

»Mutter?«

Es war gerade mal ein Jahr her, dass er von zu Hause weggegangen war, doch ihm schien es eine Ewigkeit, und ihn überwältigten, alles andere als revolutionär, Gefühle wie Heimweh und Nostalgie, Erinnerungen an eine spießbürgerliche Kindheit, und mit einem Kloß im Hals betrachtete er die dämmrige Eingangshalle und den matten Lichtstrahl, der aus dem Wohnzimmer drang.

»Mutter?«

Der Vater hob den Kopf. Er saß in dem Sessel, in dem die Mutter zu nähen pflegte, und las. Er rührte keinen Muskel, ein Zeichen, dass er völlig überrumpelt war. Ich merkte es am Zittern seines Schnurrbartes.

»Hörst du jetzt auf herumzukaspern und kommst wieder nach Hause?«

»Nein. Ich wollte Mutter besuchen.«

Der Widerstandskämpfer Simó sah vor sich eine Gestalt, die das bürgerliche Unverständnis für die Revolution verkörperte. Und Miquel sah vor sich seinen Vater, mit dem er in zwanzig Jahren vielleicht hundert Worte gewechselt hatte.

»Deine Mutter. Du willst deine Mutter sehen.«

»Ich habe nicht gewusst, dass du hier bist.«

»Du versteckst dich also vor mir.«

»Vater, fang nicht an …«

»Hör mal, du Rotzbengel, ich arbeite von morgens bis abends, um das Familienunternehmen voranzubringen.«

»Das finde ich ganz prima.«

»Du findest das überhaupt nicht prima. Du findest das schrecklich.«

Er warf ihm eine Schachtel Streichhölzer hin, die neben seinem Tabakbeutel lag.

»Hier, bitte, zünde die Fabrik an!«

»Ich weiß nicht, was das soll.«

»Das weißt du nicht? Dann werde ich es dir sagen.«

Der Vater holte Luft, um Miquels Verfehlungen aufzulisten, was der jedoch mit revolutionärer Entschiedenheit unterband.

»Ich bin gekommen, um meine Mutter zu besuchen. Nicht, um mit dir zu streiten.«

»Was treibst du überhaupt?« Schließlich faltete der Vater die Zeitung zusammen und nahm die Brille ab. Er betrachtete mich mit einer Mischung aus Abscheu und Neugierde. »Wenn sie dich erwischen, kommst du wieder angekrochen.«

»Ich komme nicht angekrochen. Ich setze mich für eine gerechte Sache ein und kann nichts dafür, wenn du das nicht verstehst.«

Der Vater lächelte müde.

»Starke Worte.«

»Wo ist meine Mutter?«

»Komm zurück, und wir vergessen alles.«

»Was denkst du dir eigentlich? Glaubst du, ich tue das zu meinem Vergnügen?«

»Was tust du denn?«

»Dies und das.«

»Du hast das Studium abgebrochen, dein Elternhaus verlassen und spielst mit der Politik herum.« Wütend streckte er ihm den Zeigefinger entgegen. »In dieser Familie sind wir gebrannte Kinder, was Politik angeht, weißt du das nicht mehr?«

»Nein. Ich muss mein Leben leben.«

»Typisch.« Sekundenlang schaute er auf die gefaltete Zeitung, um mich zu demütigen. »Formulierst bestimmt den ganzen Tag Proklamationen.«

»Ich tue, was mein Gewissen mir befiehlt. Zum Wohl der Arbeiterklasse.«

»Ammenmärchen.« Er stand auf und kam auf mich zu. »Die Arbeiterklasse, das sind die Leute, die arbeiten. Wie ich.«

»Ach, hör doch auf.«

»Du spielst Spielchen, und dabei bist du längst alt genug ...«

»Ich spiele keine Spielchen. Ich riskiere meinen Hals.«

»Deinen Hals?« Er warf die Brille auf die Zeitung. »Du bist ein Traumtänzer, der auf meine Kosten lebt.«

Von dieser Bemerkung fühlte sich Miquel so gekränkt, dass er auf dem Absatz kehrtmachte und sich erst an der Tür noch einmal umwandte, eine Spur zu theatralisch. Er hob sogar eine Braue wie ein ordinärer Maître:

»Ich bin dir nichts schuldig, Vater.«

Es waren die letzten Worte für viele Monate. Zuweilen frage ich mich, warum Vater und ich uns so fremd geworden waren und nie etwas dagegen unternommen hatten, obwohl es uns bewusst war. Miquel sagte seinem Vater nicht auf Wiedersehen, und der Vater widmete sich wieder seiner Zeitung, vermutlich innerlich bebend. Als Miquel durch die Diele ging, streckte sein Onkel den weißhaarigen Kopf aus der Bibliothek und sah ihn gespannt an.

»Junge, was gibt's?« Die Stimme nur ein Murmeln.

»Mutter ist nicht zu Hause, oder?«

»Komm rein.«

Er nötigte ihn einzutreten und küsste ihn auf die Wange, ohne um Erlaubnis zu fragen.

»Wie geht es dir, mein Kleiner?«

Er hieß ihn, sich an den Tisch zu setzen. Im Schein der

Lampe lag ein aufgeschlagener Gedichtband. Schon manches Mal habe ich gedacht, was für ein Luxus es doch ist, einen Onkel zu haben, der Foix liest und Mompou spielt. Aber heute habe ich begriffen, dass der wahre Luxus darin bestand, einen Onkel zu haben, der es fertigbringt, einem widerborstigen Neffen einen Kuss zu geben.

»Du musst verschwinden, hörst du?«

»Aber was ist denn los?«

»Wie geht es dir, mein Junge?«

»Gut. Was ist? Warum bist du so aufgebracht?«

»Gestern waren sie hier und haben nach dir gefragt.«

»Wer?«

»Zwei Männer. Bullen. Hast du was angestellt?«

»Nein. Was wollten sie?«

»Das haben sie nicht gesagt. Sie wollten wissen, wo du bist. Hast du deinen Vater gesehen?«

»Ja. Er ist mies drauf.«

»Ich bitte dich! Das wäre ich an seiner Stelle auch.«

»Verdammt noch mal, Onkel, lass gut sein.«

»Warum müsst ihr Miquels immer Kummer machen?«

In diesem Moment habe ich es nicht begriffen. Jedoch erinnerte sich Miquel an den Schauder der Wehmut, den Geruch nasser Erde, das Spiel aus Licht und Schatten im Garten, weil sich das alles, dort bei Onkel Maurici in der Bibliothek, in seiner Seele eingenistet hatte. Aber Tatsache war, dass er wegmusste, und der Augenblick zerplatzte in tausend Stücke. Miquel fühlte eine trostlose Müdigkeit, wie der Hai, der nicht aufhören darf zu schwimmen, weil er sonst stirbt. Und aus Miquels bekümmertem Herzen trat zähneknirschend Simó.

»Ich gehe. Wir sprechen uns wieder.«

»Oh, nein.« Der Onkel nahm ihn beim Arm und drückte ihn auf den Stuhl. »Warte auf deine Mutter.«

»Nein. Was, wenn sie das Haus beobachten?«

»Sagst du nicht, du hättest dir nichts zuschulden kommen lassen?«

»Ich gehe Onkel, ehrlich, es ist besser.«

»Und was sage ich deiner Mutter?«

»Nichts. Sie sollte gar nicht erfahren, dass ich hier war. Wie geht es ihr?«

»Sie ist traurig.«

Diesmal hielt der Onkel ihn nicht auf, als er sich erhob. Unter dem Vordach, in der Dunkelheit, reichte Onkel Maurici ihm die Hand. Diskret wie ein Taschenspieler steckte er ihm zwei Fünfhundertpesetenscheine zu und gab ihm einen letzten unnützen Rat:

»Mach keinen Blödsinn. Es wäre schade um dich.«

»Ich will das nicht, Onkel.«

»Wenn du es nicht willst, wirf es fort.«

Der Onkel wandte sich ab und schloss geräuschlos die Tür, ohne einen letzten Blick zum Abschied für wer weiß wie lange. Miquel vermutete, dass der Onkel ihn die rebellische Träne nicht sehen lassen wollte, die bereits seine Wange erreichte. Er hatte sie nicht verheimlichen können.

Völlig unabhängig von dieser kleinbürgerlichen, konterrevolutionären, sentimentalen Eskapade war die Parteiführung extrem nervös, weil sie glaubhafte Hinweise hatte, dass die Organisation im Bereich Sicherheit sehr zu wünschen übrigließ (im prärevolutionären Stadium ist die Sicherheit der Aktivisten oberstes Gebot, denn ohne Aktivisten – die Avantgarde der Arbeiterklasse, die den revolutionären Prozess vorantreibt – kann es keinen historischen Fortschritt geben). Als Sofortmaßnahme gegen die detektierte Unterwanderung wurden vier Zellen neue Unterkünfte zugewiesen. Bolós und ich, ich meine, Franklin und ich, landeten im Carrer

Badal und galten als freigestellte Mitglieder des militärischen Einsatzkommandos. In dieser Wohnung trafen wir auch wieder auf Xato, Cunillera und die verklärte Erinnerung an den Geruch der palästinensischen Stadtviertel im östlichen Teil von Beirut und die Brise am Qurnat as-Sauda. Und ein eigenartiges Kribbeln zwischen Seele und Magen. Miquel II Robin Hood Gensana hatte Angst.

12

Miquel bemerkte, dass sich Júlias Augen allmählich verschleierten, was wahrscheinlich am Wein lag. Ein Jammer, dass er ihr nicht zwanzig Jahre früher begegnet war, als noch alles möglich gewesen wäre. Mit Widerwillen betrachtete Júlia ihren Salat und stocherte ein wenig mit der Gabel darin herum, wie ein Chirurg, bevor er beschließt, den Bauch wieder zuzunähen, weil nichts mehr zu machen ist.

»Wir haben doch ohne Zwiebel gesagt, stimmt's?«

»Lass es gut sein.«

»Nein, so was ärgert mich.« Ihre Augen glänzten jetzt. »Erst heißt es, ja, gnädige Frau, und dann machen sie, was sie wollen.«

Júlia warf einen erbosten Blick zu dem Maître hinüber, der ihr in diesem Moment den Rücken zuwandte, weil er an Tisch *dix-sept* beschäftigt war; zu seinem Glück, denn hätte er diese Augen sehen können, wäre er zerflossen wie Butter in der Sonne.

»Zieh jetzt keine Show ab, sei so nett.«

»Aber nur weil Maite eine Freundin ist, denn sonst ...« Unschlüssig schob sie mit der Gabel den Salat beiseite, und ihre Miene heiterte sich wieder auf: »Die Leberpastete allerdings ist köstlich.«

Der Onkel erzählte, wie schwer es ihm gefallen sei, Miquels kurzen Besuch zu verschweigen; Miquel, Junge, deine Mutter lebte hundert Jahre lang in Angst und Schrecken, weil sie nichts von dir hörte.

»Du hast es ihr nicht verraten ...«

»Das musste ich dir doch schwören. Den Mund habe ich gehalten wie ein Schlitzohr. Du kannst dir nicht vorstellen, wie still es bei dir zu Hause war. Wir taten, als hätten wir vergessen, dass unser Ältester im Krieg war, und sprachen wenig von ihm, aber wenn, dann versagte uns die Stimme. Deine Mutter und ich haben in Anwesenheit deines Vaters nie von dir gesprochen, denn für ihn warst du gestorben. Für mich, der ich selten in die Fabrik ging, wurde das Haus immer mehr zur Gruft, und dabei hatte ich es einmal so sehr geliebt. Ich weiß noch genau, wie gern ich diese Jahre einfach wegradiert hätte; aber da konnte ich ja nicht wissen, was uns noch alles bevorstand. Und deine Mutter, das arme Ding, dachte unentwegt nur an dich, und Pere, der immer schweigsamer wurde, weil die Fabrik schlecht lief, war auch in Sorge um dich.«

»Mein Vater hat sich nicht um mich gesorgt.«

»Doch. Ich kenne ihn. Aber er wollte es nicht zugeben. Du warst wirklich ein ...«

»Onkel, ich habe getan, was ich tun musste, mehr gibt es nicht zu sagen.«

»Auf Kosten anderer.«

»Was man auch tut, es geht immer auf Kosten anderer.«

»Dann bist du also einer von denen, die anderen Kummer machen. Schau mal, dieses *castell*; das japanische Papier, das du mir mitgebracht hast, lässt sich sehr gut falten.«

»Ich bring dir noch mehr davon mit.«

»Das schenke ich dir. Es ist ein Dreimalsechser, ich weiß gar nicht, ob das überhaupt existiert.«

Zu diesem Zeitpunkt und nach etlichen Besuchen in der Psychiatrischen Anstalt von Bellesguard hatte Miquel II Gensana der Großneffe zwei oder drei Dutzend abessinische Löwen zu Hause und wagte es nicht, auch nur einen davon wegzuwerfen, weil es ihm seiner eigenen Vergangenheit gegenüber zu brutal erschien.

»Wenn du eins gemacht hast, existiert es jetzt.«

Als Feldwebel Samanta auf dem Flur einem alten Mann die Leviten las, also nicht ins Zimmer kommen konnte, nutzte ich die Gelegenheit und steckte die Tafel Schokolade in die Nachttischschublade. Ich wollte sie wieder schließen, doch er deckte mit gedankenverlorener Miene ein neues Päckchen Bastelpapier darüber, während seine Stimme aus einer Entfernung von vielen Jahren zu dringen schien. Er sagte, wenn je ein Mensch zum Leiden geboren war, dann meine Mutter, aber das ist alles so lange her, dass es vielleicht schon gar nicht mehr wahr ist.

»Wann wurde Tante Carlota geboren?«

»Achtzehnhundertfünfundsiebzig.« Die Antwort kam wie aus der Pistole geschossen, und einmal mehr beschlich mich der Verdacht, dass er sich manches spontan ausdachte. Dann begann er, mir zu erläutern, dass seine Mutter die jüngere Schwester von Maur II dem Göttlichen war. Sehr viel jünger, denn sie waren siebzehn Jahre auseinander; er hätte fast ihr Vater sein können. Und Onkel Maurici sagte, Großvater Maur habe seine kleine Schwester nie geliebt, denn als sie auf die Welt gekommen sei, habe er schon längst Alexandriner skandiert. Die Beziehung zwischen den Geschwistern sei vor allem von Neid geprägt gewesen. Und wahrscheinlich von der Herzensangst des Dichters, von der Miquel nicht die leiseste Ahnung hatte.

Nach Onkel Mauricis Ansicht war mein Urgroßvater Maur ein ganz normaler Dichter seiner Zeit, der, ohne rot zu werden, deklamieren konnte:

Wenn wir im Tod die Liebste lieben
und in der Liebe Leid erleiden,
bringt es uns in weitere Weiten,
liebend zu sterben oder sterbend zu lieben?

Und sich obendrein etwas darauf einbildete. Für das Folgende, das er zwar niemandem zeigte, aber auch nicht zerriss, schämte er sich dagegen:

Schwan so weiß wie Schnee
Würde auf verschwiegnem See,
gezeugt in einem Kusse sacht
zwischen Tau und stiller Nacht.

Mein Onkel fragte sich, warum Maur II Gensana, wenn es ihm doch gelang, zwischen Morgen und Nacht einen Kuss zu erspüren, er demnach also ein wahrer Dichter war, damit hinter dem Berg hielt. Seine Verse über den Tod der sterbende Liebe hingegen hatte er voller Stolz Maragall gezeigt. Nicht zu fassen. Onkel Maurici war zu dem Schluss gekommen, dass mein Urgroßvater ein Opfer der Mode geworden war. So sehr, dass er nicht einmal merkte, warum Zanné oder Maragall seinen Gedichten so wenig Beachtung schenkten. Aus Höflichkeit hatten die beiden famosen Herren sie ihm kommentarlos zurückgeschickt, oder allenfalls mit einer Notiz vom Typ, vielen Dank, dass ich diese interessanten und inspirierten Beiträge zur aktuellen Lyrik lesen durfte. Folgen Sie weiter Ihrem Weg, und lassen Sie sich nicht entmutigen. Der Mangel an Vertrauen machte sie zu Lügnern, worauf Urgroßvater Maur weiter seinem Weg der Liebe des sterbenden Todes folgte, sich nicht entmutigen ließ und die verschwiegnen Küsse der Schwäne bedauerlicherweise verwarf.

Die unmittelbare Konsequenz aus alldem war, dass die katalanische Literatur eine poetische Stimme verlor, die durchaus ihren Beitrag hätte leisten können, und die Familie Gensana ein vom Misserfolg verbittertes Familienmitglied gewann. Es sei schon komisch, philosophierte Onkel Maurici, während er ein Stückchen Schmuggelschokolade kaute, wie sich die Leute von den falschen Dingen die Laune verderben ließen: Urgroßvater Maur war ein ziemlich reicher Mann und bewohnte ein herrliches Anwesen aus dem achtzehnten Jahrhundert, das beständig mit den neuesten Bequemlichkeiten ausgestattet wurde; er war gesellschaftlich geachtet und brauchte für seinen Lebensunterhalt nicht zu arbeiten, weil seine Altvorderen für ihn mitgearbeitet hatten; die Zukunft seines Sohnes war abgesichert, denn er hatte ihm eine Fabrik geschenkt und rechnete folglich damit, dass auch seine Nachkommen für ihn arbeiten würden. Trotzdem hatte er es geschafft, einen Grund zum Unglücklichsein zu finden: Seine Gedichte lösten nirgendwo Begeisterungsstürme aus. Und so vergällte er den anderen das Leben. Sein Sohn (mein Adoptivvater), Antoni III der Fabrikant, hocherfreut über das Geschenk, ließ sich gar nicht darauf ein, und statt Hemistichien, Dekasyllabi und Jamben widmete er sich der Herstellung von Kord und dachte an Garne, Kette und Schuss, Spulen und Schiffchen, Appretur und Farbe und daran, wie er massenhaft Geld verdienen und sich mit der Rigau-Sippe (dem reichen Zweig), den Comamalas und Konsorten verbrüdern konnte. Auch er war nicht glücklich, aber zumindest scheffelte er Reichtum. Und alle mussten sie den Dichtergroßvater ertragen; und alle hatten sie zu akzeptieren, dass die Gensanas reich waren. Auch ich war als kleiner Millionär aufgewachsen, traurig, von zu vielen Toten umgeben, aber Millionär. Und dann das Desaster, als sich dein Vater davonmachte. Miquel stellte sich den Onkel als kleinen Jungen vor, mit denselben dicken Brillengläsern und diesem Fünkchen Ironie, wie er, fast ungläubig, mit spitzen Fingern die Scheine ausgab.

Doch der Onkel hätte es lieber gesehen, wenn es anders ausgegangen wäre, denn während er verstohlen die Schokolade verspeiste, die ich ihm mitgebracht hatte, sprach er noch immer mit Wehmut von seiner Mutter als der einzigen Gensana, die je fähig gewesen war, den romantischen Sinn der Existenz zu erfassen. Und das sage ich, weil es jetzt etwas mehr als hundert Jahre her ist, Miquel, hundert Jahre, dass Carlota Gensana i Bardagí mit siebzehn (als ihr erlauchter Bruder schon einen zwölfjährigen Sohn hatte, deinen Großvater Anton) am dreizehnten Oktober achtzehnhundertzweiundneunzig ja sagte (mit ihren himmelblauen Augen), nachdem Senyor Francesc Sicart offiziell um ihre Hand angehalten hatte, ein Unbekannter ohne Vorgeschichte, der wohlhabend, kein Uhrmacher und vollkommen verrückt war nach diesem transparenten Blick. Und zwanzig Jahre älter. Zwanzig Jahre. Das heißt, mein Vater bat mit seinen siebenundreißigjährigen dunklen Augen meine Mutter mit ihren siebzehn hellen Jahren, seine Frau zu werden. Die Antwort ließ nicht lange auf sich warten, denn meine Mutter brannte darauf, von zu Hause wegzukommen und den Klagen ihres Bruders zu entrinnen, des Erben, glücklosen Fabrikanten von Hexametern und rechtmäßigen Verschleuderers des Familienvermögens. Außerdem hatte sie die feurigen Vorträge ihres Vaters (Antoni II Goldmund Gensana) satt, eines ehrbaren Politikers, der sich die Arbeit mit nach Hause brachte, wie ein Künstler in seiner eigenen Welt lebte und auf die Wirklichkeit, die ihn umgab, locker verzichten konnte. Carlota sagte auch ja, weil sie sich in die zärtliche Verliebtheit des schwarzbärtigen Mannes verliebt hatte, der sich in ihrer Gegenwart schier überschlug. Sie sagte ja, um sich endlich einmal mächtig und bedeutsam zu fühlen, nachdem sie von ihrem Vater, der mehr Zeit im Parlament verbrachte als im heimischen Wohnzimmer, für unbrauchbar erklärt und von ihrem Bruder als Niete bezeichnet worden war, weil der ihr Desinteresse an seiner Poesie für einen Mangel an Sensibilität hielt, womit Frauen doch sonst so gut bestückt seien.

Wenn mein Großonkel Maurici von der Familie erzählte, stellte er sich immer entschieden auf die Seite seiner Mutter, der Treulosen, obgleich zwischen der Verlobung meiner Urgroßtante Carlota mit Schwarzbart bis zu seiner Geburt noch acht oder zehn Jahre vergehen sollten und nichts darauf schließen ließ, dass er eines Tages selbst in Can Gensana wohnen würde, adoptiert von Großmutter Amèlia, für die ich wie ein eigener Sohn war, auch wenn unser Altersunterschied nur fünfzehn Jahre betrug. Meine richtige Mutter kannte ich nur von dem Porträt auf dem ersten Treppenabsatz. (In einem Tüllkleid, himmelblau wie ihre Augen, den Blick entschlossen in die Ferne gerichtet, ein unveröffentlichtes Buch ihres Bruders in der zierlichen, durchscheinenden Hand.) Die Familie kennt meine Mutter als Tante Carlota, in die Geschichte ging sie ein als Carlota die Inniggeliebte, und außer mir und Tante Amèlia hatte sie in der Familie keine Fürsprecher, denn die Gensanas sind unfähig wie Briten, ihre Gefühle zu äußern, so überwältigend diese auch sein mögen.

»Meinst du das ernst, Onkel?«

»Ganz ernst. Vollkommen ernst. Wir sind eine wortkarge Familie.« Er hatte Schokoladeflecken an den Fingern, die er gewissenhaft abschleckte. »Hätten wir mehr miteinander gestritten, wäre die Flucht deines Vaters vielleicht zu verhindern gewesen, Miquel.«

Was wusste Miquel schon von diesen Dingen. Und seinem Onkel war es wahrscheinlich egal, wie viel Miquel wusste. Denn er fuhr fort mit der Liebesgeschichte seiner Mutter, einer dramatischen Geschichte mit dramatischem Ausgang, die darin gipfelte, dass der Sohn des Ehepaares Sicart i Gensana, Maurici Ohneland, ins Stammhaus der Familie umzog; im Alter von vier Jahren wurde ich das älteste Kind von Mama Amèlia, die mit ihrem ersten eigenen gerade schwanger war. Ihr nicht selbst geborener Sohn, ein Vierjähriger wie ein Blitz aus heiterem Himmel; eine Kalamität.

Die Sicarts hatten sich in einem ziemlich bescheidenen Haus im Zentrum von Feixes eingerichtet. Die frischvermählte, blutjunge Carlota Gensana, jetzt Senyora de Sicart, schien nichts zu vermissen, weder den weitläufigen Garten mit dem Teich und den hochmütigen Schwänen, den unerforschten Winkeln und den lauschigen Waldstücken noch die eineinhalb Dutzend Zimmer des riesigen Anwesens. Oder die prächtige zentrale Freitreppe. Oder den großzügigen Küchentrakt. Und auch nicht die liebevolle Fürsorge Lluïsas, die sie von Geburt an gekannt hatte und die siebenundvierzig Jahre später im selben Haus sterben und damit, was das Dienstalter des Personals von Can Gensana anging, alle Rekorde brechen würde. Carlota fehlte nichts von alledem, weil sie glücklich war, weil sie liebte und geliebt wurde. Ihr Francesc las ihr, der Verkörperung all seiner Träume, Tag und Nacht jeden Wunsch von den Augen ab. Ihr Zusammenleben war tatsächlich ein einzigartiges Wunder, so zerbrechlich wie eine Seifenblase. Carlota war so glücklich, dass sie wieder Klavierstunden nahm, die sie in Can Gensana aufgegeben hatte, um ihren Politikervater und ihre fügsame, stille, vergrämte Mutter zu ärgern, die, obwohl sie eine Bardagí war, zu Hause überhaupt nichts galt. (Oder höchstens, wenn sie Einfälle hatte wie die Verehelichung des Erben, der damals schon, Alexandriner skandierend, im Garten lustwandelte, mit einer Prim; nicht Prims Tochter, sondern seiner Nichte. Und als das vollbracht war, versank Donya Margarida wieder in Schweigen und sagte oder tat gar nichts mehr. Als Carlota heiratete, verfolgte sie alles mit einer geistesabwesenden Traurigkeit, wie von einem fernen Kontinent aus. Sie lachte nicht, und sie weinte nicht, jedenfalls nicht in der Öffentlichkeit.) Weder Großmutter Amèlia noch ich – und ich weiß alles über unsere Familie – haben je erfahren, dass diese Frau, die verschlossen war wie eine Auster, ein intensives, leidenschaftliches, lustvolles Doppelleben mit einem guten Freund ihres Mannes führte, einem gewissen Playà, der den großen Vorzug hatte, ledig und kein Politiker zu sein. Und während der Gatte im Parlament Ungereimtheiten brüllte, veranstalteten dieser Playà und die farblose Donya Margarida ein so glutvolles Kontrastprogramm, dass sie zu einem der heißesten Pärchen in der Geschichte der Großen Passionen wurden. Nur ist das leider nirgendwo belegt. Und darum schritt sie auch nicht ein, als sie begriff, dass ihre Tochter Carlota in Schwarzbart verliebt war, trotz der zwanzig Jahre Altersunterschied. Ihr Mann bekam von der Verlobung kaum etwas mit. Den größten Widerstand leistete Maur II der Unerbittliche, der nicht wollte, dass seine Schwester einen Mann heiratete, der noch älter war als er selbst. Nein und nochmals nein. Aber er musste sich fügen, denn die Eltern gaben der Verbindung ihren Segen. Im Grunde war Maur II Gensana der Göttliche aus purem Neid so vehement dagegen: Er beneidete Sicart um seine Liebe (oh, die inzestuöse Eifersucht des Bruders) und um die unbeirrte Erwiderung Carlotas, die mit ihren siebzehn Jahren *Das Album für die Jugend* auf dem Klavier spielen oder im Garten schaukeln und mit diesem Unsinn aufhören sollte. Dieses Verhalten des illustren Dichters (der, obschon verheiratet und mittlerweile Vater, nur die Liebe zu Anapästen kannte und es sich in seiner streng geheimen privaten Hölle bequem gemacht hatte) half Carlota letztlich bei ihrem Entschluss. Sie heiratete und blieb kinderlos. Die beiden waren trotzdem glücklich, es schien ihnen nichts auszumachen. Und als sich alle mit der Sterilität des Paares abgefunden hatten (zu viel Leidenschaft ist Sünde, und Sünde tut der Fruchtbarkeit nicht gut, so die Theorie von Pater Vicenç, dem späteren Erzpriester), kam nach über zehn Jahren Ehe, vielleicht um sie alle Lügen zu strafen, ich zur Welt, dein Onkel Maurici, den einige in böser Erinnerung haben. Und bei meiner Taufe erklärte Pater Vicenç, der inzwischen Erzpriester war und noch keine Spekulationen zu Kanonikaten anstellte, dass die Liebe, Gott sei Dank, stets Früchte trägt, und alle nickten, außer dem Neugeborenen, diesem Engelchen, so niedlich, so winzig, so Ohneland, so wehleidig, mit seinen zugepetzten Äuglein, mein süßer Schatz. Und das Ehepaar Sicart war umso glücklicher, da niemand, nicht einmal sie selbst, die zukünftigen Schicksalsschläge auch nur im Entferntesten hatte vorausahnen können.

Tante Carlota starb urplötzlich an ihrem vierunddreißigsten Geburtstag. So plötzlich, dass nicht einmal der Tod selbst darauf gefasst war. Sie war gerade damit fertig geworden, die Kleidung ihres Sohnes durchzusehen – ich war ungefähr vier, kannst du dir das vorstellen, Miquel, jetzt, da ich tausend Jahre alt bin? –, und ging die Treppe hinauf, um ihrem Mann Bescheid zu sagen, dass das Essen auf dem Tisch stand. Sonntags speisten Francesc und Carlota allein in dem kleinen hinteren Esszimmer, in aller Ruhe, und schauten sich nach siebzehn Jahren Ehe noch immer lächelnd in die Augen. Und um alles anders zu machen als gewöhnlich, tranken sie Tee statt Kaffee. Normalerweise sperrte Francesc, der mit seinen fünfundfünfzig Jahren noch perfekt in Form war, das kleine Speisezimmer mit dem goldenen Schlüssel ab, sobald das Dienstmädchen fertig gedeckt und aufgetragen hatte. Sonntag für Sonntag entkleidete er zärtlich seine Geliebte, und meistens schliefen sie miteinander. Sie erstickten ihre Schreie mit den Sofakissen und behielten das Geheimnis ihrer sonntäglichen Mittagspausen für sich, dieser Stunde, die nur ihnen beiden gehörte, ihnen ganz allein. Nicht einmal mich wollten sie dabeihaben, Miquel. Es war die Stunde ihrer großen gemeinsamen Liebe, die Stunde zweier Liebender, die einander begehrten, obwohl zwanzig Jahre zwischen ihnen lagen. Ihre Stunde.

An jenem Sonntag war Carlota hinaufgegangen, um ihren Mann zu holen, und Hand in Hand – er in sich hineinlächelnd, weil er an die Überraschung für seine Carlota dachte, den Brillantring neben der dampfenden Teekanne, die Kerze, die das Dienstmädchen in seinem Auftrag angezündet hatte, und die Fotografie, auf der Carlota so wunderschön aussah und in die Kamera blickte, als suchte sie (was er noch nicht wissen konnte) nach etwas, woran sie sich in ihrer letzten Verzweiflung klammern könnte, nach jedem noch so dünnen Strohhalm – betraten sie das kleine Esszimmer, ihr Liebesnest. Das Dienstmädchen war schon fort. Mit fast feierlicher Geste schloss Francesc die Tür und drehte den Schlüssel. Er zog seinen Hausmantel aus, wohl um ihr zu zeigen, dass er sie an diesem Sonntag wollte. Sie verstand und legte ihren Hausmantel ebenfalls ab. Er streifte ihr das feine weiße Hemd herunter und seufzte beim Anblick ihres entblößten Körpers. »Ich liebe dich«, sagte sie. Und er fühlte sich glücklich. »Sieh mal da, auf dem Tisch,

Liebling.« Mit einem Wink forderte er sie auf, sich zu setzen. Sie gehorchte und ließ sich, nackt und prachtvoll, auf dem Stuhl mit den Blumenschnitzereien nieder, als ihr Blick auf das offene Etui fiel. Das Kerzenlicht brach sich tausendfach in fröhlichem Funkeln in den Facetten des Diamanten. Tante Carlota öffnete fassungslos den Mund, und er war glücklich. »Probier ihn an.« Zahllose Reflexe begleiteten jede ihrer Bewegungen. »Oh, Francesc …« »Du brauchst nichts zu sagen … Wenn du wüsstest, wie schön du so bist, mit nichts als diesem Ring an.«

Dann war das Foto an der Reihe. Obwohl es eher ein Geschenk für ihn selbst war als für sie. Carlota betrachtete ihr Konterfei, stumm und betrübt, als ahnte sie, dass es bald mit ihr vorbei sein würde. Sie schüttelte den Kopf, wie um einen düsteren Gedanken loszuwerden, legte das Bild auf den Tisch und lächelte ihren Mann an, der, wie sie erst jetzt bemerkte, nackt und erregt vor ihr stand. Den Ring am Finger, richtete sie sich auf und wandte sich ihrem Liebsten zu, der zärtlich die Arme ausbreitete. Als sie Francesc eben berühren wollte, beide nackt, in Erwartung der Umarmung, hielt sie inne, sah ihren Mann eindringlich an, lächelte zaghaft, als bäte sie ihn um Verzeihung, und starb. Nackt und still brach sie zusammen, und Francesc brauchte lange, um zu begreifen, dass sein Glück, die Kraftquelle seines Lebens, am Boden lag, den Brillantring am Finger, doch ohne ein Funkeln in den weit aufgerissenen Augen. Onkel Francesc verlor den Verstand. Aber das, mein Junge, ist eine andere Geschichte. Und jetzt verstehst du hoffentlich, dass ich mein Leben lang in meine Mutter verliebt war, die ich nur dank dieses Fotos kenne, das ihr mein Vater an ihrem Todestag geschenkt hatte.

Zu Carlota Gensanas Beisetzung kam beinahe ganz Feixes. Weil sie eine Gensana und eine junge, hübsche Frau gewesen war und weil es ja sonst nicht viel zu verpassen gab. Und auch, weil sich Arbeiter und Fabrikanten Mitte November von den heftigen Spannungen während der Tragischen Woche noch nicht erholt hatten. Alle nahmen aber nicht teil: Niemand hatte einen von den Rigaus gesehen, weder in der Kirche noch auf dem Friedhof. Während der erzpriesterlichen Messe saß der frisch verwitwete Don Francesc Sicart in der ersten Reihe und neben ihm der schwarz gekleidete, erschütterte Maurici, der sich an seinen Beinamen Ohneland zu gewöhnen begann und noch nicht recht verstanden hatte, was geschehen war. Die Augen des Witwers waren starr auf den Sarg gerichtet, feucht vor Fassungslosigkeit, hart vor Schmerz, mit einem so festen, so durchdringenden Blick, dass seine Augäpfel dem Platzen nah zu sein schienen. Pater Vicenç sprach von Ergebenheit, ewiger Ruhe, göttlicher Güte und davon, dass wir alle eines Tages wieder mit Carlota vereint sein würden. Doch Francesc hörte nicht zu. Er war viel zu beschäftigt, den Sarg anzustieren, als könnte er auf diese Weise den endgültigen Tod seiner geliebten Carlota verhindern; der Brillant, die Kerze, die Freude, sie, die nackt auf ihn zukam, und er, der sie erwartete und, glücklich, diese glückliche Frau zu lieben, die Arme ausbreitete, damit sie darin starb.

Als die Frauen den Leichnam gewaschen und angekleidet hatten, gaben sie Francesc den Ring zurück. Und er, heiser vor Kummer, sagte, er wolle, dass der Ring mit ihr begraben würde. »Aber das ist ein herrliches Stück.« Und er erwiderte, eben darum, und sagte ihnen nicht, dass er es ihr erst Sekunden vor ihrem Tod geschenkt hatte, um ihren Geburtstag zu feiern, und auch nicht, dass diejenigen, die an ihrem Geburtstag sterben, Auserwählte Gottes sind, weil sie im Gedächtnis der anderen weiterleben. Achselzuckend hatten die Frauen den Ring wieder an den leicht steifen Finger ihrer Herrin gesteckt. »Was für ein Haufen Geld für die Würmer«, schimpfte die Keckste von ihnen. Und die anderen antworteten wie ein griechischer Chor, das kann man wohl sagen, und wiegten die Köpfe über diese Laune eines reichen Mannes.

Ich würde auch gern an meinem Geburtstag sterben, Miquel, denn dann könnte ich noch eine Weile in der Erinnerung leben. Und Miquel Gensana warf ihm einen raschen Blick zu, um sich zu vergewissern, dass er nicht scherzte.

»Wann hast du Geburtstag?«

»Am siebenundzwanzigsten Mai.«

»Das ist ein guter Tag zum Sterben.« Miquel richtete sich auf seinem Stuhl auf. »Aber vergiss nicht, dass du immer in meiner Erinnerung leben wirst.«

»Und wenn du vor mir abkratzt?«

»Tja, dann … «

Von diesem schrecklichen Tag an brachte Francesc Sicart, der fünfundfünfzig Jahre alt war, nichts mehr zuwege. Abends rauchte er eine Zigarette nach der anderen, grübelte und hing seinen Erinnerungen nach; mich, der ich am Leben war, vergaß er; stumm litt er vor sich hin, zu kraftlos, um sich um mich zu kümmern, vertraute er mich vollends den Dienstmädchen an und beunruhigte die ganze Familie Gensana, die zusehen musste, wie der kleine Neffe hauste, vernachlässigt und nur von Trauer umgeben. Großmutter Amèlia meinte, mit diesem Kind müsse etwas geschehen, doch der Hausherr Maur II Gensana der Inspirierte, der nie viel für seine Schwester Carlota übriggehabt hatte, antwortete ihr immer nur, die Zeit werde es schon richten; du wirst sehen, Amèlia; sich einzumischen, ist jedenfalls indisputabel. Und damit versenkte er sich wieder in die Komposition der großen epischen Dichtung, an der er gerade arbeitete und für die er bereits achtzig makellose, hochglanzpolierte Alexandriner verfasst hatte.

Mama Amèlia erinnerte sich noch gut, dass sie in den knapp anderthalb Jahren, die sie nach ihrer Heirat auf dem Anwesen gewohnt hatte, ehe sie es für Muncunills Renovierungsarbeiten räumen musste, nicht lockerließ und ihren Mann ständig löcherte, er solle den Witwer mit dem abwesenden Blick zur Rede stellen: »Er lässt seinen kleinen Sohn verwahrlosen. Er ist dein Cousin, Toni. Und erst vier Jahre alt.« Antoni Gensana jedoch wollte sich nicht in die Nesseln setzen, da auch seine Eltern keine Anstalten machten einzugreifen. Bis die Katastrophe eingetreten war und sich alles von selbst regelte, ohne Mama Amèlias Zutun. Von dem Unheil erfuhr man jedoch nur stückweise, als hätte jemand aufgepasst, dass nicht alles auf einmal bekannt wurde, damit der Schlag niemanden zu hart träfe. Als Erstes (es war an einem Montag frühmorgens) wurde in Can Gensana ein gut verschnürtes Paket angeliefert, adressiert an Antoni Gensana und Amèlia Eroles de Gensana, ohne Absender. Erwartungsvoll öffneten sie es. In sorgfältig beschrifteten Kuverts fanden Antonis neugierige Finger und Amèlias entsetzte Augen Bankunterlagen über das deponierte Geld, seine wenigen Aktien, die Eigentumsurkunden des Hauses und der Grundstücke, die er in l'Obac besaß. Und im letzten Umschlag das, was Amèlia so sehr fürchtete: den Brief, der die Erklärung zu dem Paket und den vielen Dokumenten enthielt. »Liebe Neffen, ich bin nicht in der Lage, auch nur einen Tag länger ohne meine Carlota zu leben. Hier habt ihr alles, was ich besitze, ordentlich sortiert, um euch Arbeit zu ersparen. Für die, die ich womöglich ab jetzt verursachen werde, bitte ich euch um Vergebung. Nur ein sehr ernsthaftes letztes Anliegen hinterlasse ich euch: Ich flehe euch an, Carlotas und meinen Sohn aufzunehmen, als wäre es euer eigener. Wenn er ein bisschen älter ist, seid so gut und erklärt ihm meine Beweggründe; ich nehme an, er wird mich verstehen und mir verzeihen. Lebt wohl.«

Als sie es mir erzählten, verstand ich es; allerdings, Miquel, habe ich ihm bis heute nicht verzeihen können. Und natürlich machten sich in Can Gensana erst einmal alle in die Hosen, nachdem sie das gelesen hatten. Antoni war außer sich, Amèlia in sich gekehrt und traurig, schließlich hatte sie es seit Monaten kommen sehen. Und die Eltern, ein wenig überfordert von den Ereignissen, schüttelten den Kopf und sagten, ich verstehe gar nichts mehr, Herr im Himmel, was für Zeiten. Im Haus von Francesc Sicart hielt sich niemand auf außer den beiden Dienstmädchen. Der Kleine war bei den Nonnen. Und vom Herrn fehlte jede Spur. Polizei, Militär, Suchaktionen, Befragungen: Sicart hatte sich in Luft aufgelöst. Eine Woche später wurde er gefunden. Er hatte eine mächtige Steineiche auf einem seiner Grundstücke unterhalb von Castellsapera gewählt. Jäger aus Mura, die der Fährte eines verwundeten Wildschweines folgten, stießen auf die Leiche. Es dauerte noch ein paar Tage, bis man die makabre Entdeckung mit dem Verschwinden von Francesc Sicart in Verbindung brachte, denn in solchen und anderen Dingen waren die Behörden nicht besonders wendig. Was Donya Pilar Prim am meisten schmerzte, war, dass die Kirche trotz der gesellschaftlichen Stellung der Gensanas nicht einen Deut nachgab und der Schwiegersohn der Familie außerhalb der Friedhofsmauern verscharrt werden musste, weil die Geistlichkeit vor der finalen Verzweiflung die Augen verschließt. Zwischen Dornengestrüpp und wie ein Hund. Als ob Hunde vor Liebe sterben könnten.

Mama Amèlia nahm mich unter ihre Fittiche, obgleich sie erst Anfang zwanzig und nur die Schwiegertochter war, der die Hausherrin noch keine Schlüsselgewalt übertragen hatte. Von diesem Moment an lebte Maurici Sicart i Gensana, Maurici Ohneland, in Can Gensana, als wäre er dort zu Hause. So weit hätte es niemals kommen dürfen.

ZWEITER SATZ

Allegretto (Scherzando)

I

Und dann geschah das Schreckliche. Das beinahe Unerträgliche. Klar: Einmal auf dem Trampolin, springst du fast unmerklich jedes Mal ein bisschen höher. Im Rückblick schaudert mich beim Gedanken daran, wie ich tun konnte, was ich tat. Und beim Gedanken, wie ich den vorhergehenden, nur wenige Zentimeter niedrigeren Sprung akzeptieren konnte, der darin bestand, mit einer Pistole bewaffnet herumzulaufen. Genau wie Bolós, Júlia. Der berühmte, vor kurzem tödlich verunglückte Abgeordnete.

Es zeugt von innerer Reife zu akzeptieren, dass das Leben keine *Replay*-Taste besitzt. Dass es ein Würfelspiel ist, bei dem man einen einzigen Wurf hat. Nun gut: Mir fehlt es an dieser Reife. Und wenn er an das Unglück zurückdachte, wurde Miquel bewusst, dass er die damaligen Ereignisse auch gut zwanzig Jahre später noch nicht verwunden hatte.

Simó und seine Wohnungs- und Zellengenossen wussten nicht genau, was passiert war, sie ahnten nur, dass es eine richtig große Sache gewesen sein musste. Und so wechselten wir – die Anweisungen Blauauges und die allgemeinen Sicherheitsrichtlinien für Notfälle befolgend – rasch die Wohnung, kauerten uns in unserem Unterschlupf zusammen und beteten, während wir auf die Detonation der Bombe warteten, zu dem Gott, an den wir nicht glaubten, dass sie niemals hochgehen möge, mein Gott, mein Gott, wann hat dieses Leben ein Ende. Und sie nahmen wie vorgesehen Kontakt zu den Verbindungsleuten und Unterstützern auf, von denen die Hälfte nicht mehr erreichbar war, was bedeutete, dass die Bullen ganze Arbeit geleistet hatten. Es hieß, ein Genosse sei ums Leben gekommen, aber es gab keine Möglichkeit herauszufinden, ob das stimmte, schließlich konnte man ja nicht gut zu einer Nachrichtenagentur gehen und sagen, könnten Sie mir freundlicherweise mitteilen, ob bei einer Hausdurchsuchung durch die Grauen ein heldenhafter Kamerad tatsächlich aus dem fünften Stock gesprungen ist, um die Genossen nicht verraten zu müssen, und der Angestellte der Agentur antwortet, einen Augenblick, ich schaue mal nach, ein Kamerad, sagten Sie? Und Simó dachte bei sich, dass es wohl wahr sein musste, und hätte sich gerne eingeredet, dem wäre nicht so, aber es war eindeutig Verrat aus den eigenen Reihen gewesen. Ich redete mit Bolós darüber. Mit Franklin. Eine ganze Nacht lang saßen wir beisammen, rauchten und tuschelten, damit die Nachbarn uns nicht hörten und damit Cunillera und Xato, die anderen beiden Mitglieder unserer provisorischen Zelle, nicht glaubten, sie hätten sich gegen sie zusammengetan; denn zwischen Bolós und Miquel herrschte eine Vertrautheit, die weit über das unter Genossen zulässige Vertrauensverhältnis hinausging, und sie pflegten eine konterrevolutionäre private Freundschaft, die das Leben im Untergrund gefährdete, aber dem seelischen Überleben ungemein zuträglich war. Und darum wälzten Franklin und Simó die ganze Nacht Fragen und nahmen jedes Fragezeichen unter die Lupe. Bis wir zu dem Schluss kamen, dass diejenigen Kontaktleute, die uns nicht im Stich gelassen hatten, genauso orientierungslos waren wie sie selbst und dass es ein wirklich harter Schlag gewesen sein musste, dass es der Gegenseite offenbar gelungen war, die Partei ihrer Spitze zu berauben und die Basis ohne Leitung und ohne Anleitung zurückzulassen. Eine echte Bombe.

»Ich glaube, wir müssen die Initiative ergreifen«, seufzte Simó um fünf Uhr morgens. Und ich war selbst ein wenig überrascht über meine Worte.

»Und wie?«, fragte der arme Bolós fünf Minuten später. »Willst du ins Gefängnis gehen und fragen, was wir tun sollen?«

»Nein. Im Gegenteil: Ich sagte ›die Initiative ergreifen‹.«

Großartig. Aber unmöglich zu verwirklichen, weil niemand wusste, wer der Verräter war. Jeder konnte es gewesen sein. Was hieß, dass sie niemandem vertrauen konnten.

»Nein. Der Verräter muss einer aus der Führungsspitze sein. Er wusste zu viel.«

»Ja, aber …«, wandte Franklin ein.

Nach diesem stichhaltigen Argument meines Genossen schwiegen wir eine weitere halbe Stunde lang. Ein halbes Päckchen Rumbo. Ohne zu einem Entschluss zu kommen.

Aber die Partei wachte über die Ihren, ungeachtet aller Schwierigkeiten. Zwei Tage lang taten wir kein Auge zu, in ständiger Erwartung, dass die Polizei die Tür eintrat und uns die schwarzen Mündungen ihrer MGs unter die Nase hielt, dann klingelte es an einem tiefgrauen Morgen an der Tür. Und jetzt? Was machen wir jetzt? Die vier sahen einander fragend an und beschlossen endlich, etwas müssten sie tun, irgendwas, weil uns vom ewigen Zusammenkauern allmählich Beine und Seele taub wurden. Also ging ich und öffnete die Tür. Dahinter stand eine Frau mit Sonnenbrille und einem nervösen Zucken um die Lippen, die behauptete, sie sei Lexikonvertreterin, Doktorin der Philosophie der Universität Princeton. Ich sagte höflich, vielen Dank, ich besitze bereits eine Enzyklopädie; aber die Doktorin der Philosophie schlüpfte durch den Türspalt, den ich nicht offen gelassen hatte, war in der Wohnung, ehe ich mich versah, und sagte, lass mich rein, Franklin; du bist doch Franklin, oder?

»Nein.«

»Xato?«

»Nein.«

»Simó?«

»Und wer bist du?«

Die Frau nahm die Brille ab, und Cunillera, der hinter einer Tür hervorgespäht hatte, erkannte in ihr eine Genossin, die er ein paar Mal bei Zusammenkünften mehrerer Zellen gesehen hatte und die, dem Dialekt nach zu schließen, aus der Provinz Castelló kam. Die valencianische Doktorin berichtete, der kleine Teil der Führungsspitze, der bei der Razzia entkommen war, habe beschlossen, mit aller Härte zu reagieren, und Kontakt zu den verhafteten Genossen aufgenommen, die nach vierzehn Tagen in den Verhörräumen an der Via Laietana nun im Männergefängnis La Model und im Frauengefängnis Wad-Ras schmorten. Es waren zweiundzwanzig. Dreiundzwanzig, wenn man den armen Mingo dazurechnete, denn es war Genosse Mingo vom Zentralkomitee gewesen, der aus Angst, jemanden zu verraten, in die Freiheit entflogen war, ein Held, Held der Partei, Held der Revolution und Held des Volkes, der arme Genosse Mingo, Xavier Caràs Hernàndez, der eine Verlobte hatte und Mitglied einer Laienspielgruppe in Hospitalet gewesen war, wir werden dich nie vergessen. Und wir werden deinen Tod rächen, das schwöre ich dir, Sankt Mingo, Genosse und Märtyrer. Das Mädchen aus Castelló, Genossin Perpinyana, berichtete uns, dass sieben unserer Anführer bei einer Sitzung des Zentralkomitees überrascht worden waren; drei weitere, die als Aufpasser fungiert hatten, hatten auf unbegreifliche Weise versagt. Die Übrigen waren in drei konspirativen Wohnungen geschnappt worden, die die Polizei eine halbe Stunde später gestürmt hatte, bevor irgendjemand begriff, was geschehen war. Und nun hat die Partei beschlossen …

»Wie habt ihr es denn geschafft, Kontakt zu den Gefangenen aufzunehmen?« (Der übereifrige Simó, wie immer naiv genug zu fragen, was man niemals fragen darf.)

Die Perpinyana lächelte, was so viel bedeutete wie sag mal, wo lebst du denn, Typ, dass du dir einbildest, ich würde dir das auf die Nase binden. Dann fuhr sie mit ihren Anweisungen fort. Und Xato, Simó, Cunillera und Franklin lauschten ihr aufmerksam wie einem Orakel, denn sie mussten sich die Anweisungen merken, die da lauteten, erstens: Ja, wir wissen zweifelsfrei, dass jemand uns verraten hat; das ist bewiesen. Zweitens, wir wissen noch nicht, wer es war. Drittens, wir sind uns fast sicher, dass der Verräter ebenfalls im Knast sitzt, denn er darf ja unter uns keinerlei Verdacht erregen.

»Ganz egal, wer es ist, er ist ein Schwein, und wenn ich ihn sehe, bringe ich ihn um.« (Cunillera.)

»Viertens: Wir sind uns beinahe sicher, dass es einer der drei Genossen ist, die während der Sitzung des Zentralkomitees Wache geschoben haben.«

»Also kennen wir schon den Namen«, fiel ihr Franklin ins Wort.

»Nein. Wir haben drei Namen, das sind zwei zu viel.«

»Aber … Klar, stimmt.«

»Fünftens, durch diesen Schlag sind zwei Drittel der Parteispitze aufgeflogen.«

»Das sollte man nicht sagen«, wandte ich tadelnd ein.

»Warum?« Die Augen der Perpinyana bohrten sich mir direkt ins Hirn.

»Um die Genossen nicht zu demoralisieren.«

»Die Wahrheit ist immer revolutionär.«

Der arme Simó war bei einem wenig revolutionären und vermutlich kleinbürgerlichen Gedanken ertappt worden. Zehn Ave-Marias.

»Alles klar? Also weiter: Sechstens: Eure Zelle, die Zelle der noch in Freiheit befindlichen Kämpfer, wurde auserwählt.«

Das alles hatte die Perpinyana fast ohne Atem zu holen hervorgerattert. Jetzt öffnete sie ihre Tasche, die sie auf dem mit Wachstuch überzogenen Tisch abgelegt hatte, holte ein Päckchen kurzer Celtas hervor und nahm sich eine Zigarette daraus. Xato und Simó fragten wie aus einem Munde: »Auserwählt wozu?«

»Ja, wozu?«, fielen Franklin und Cunillera ein.

»Kanntet ihr den Genossen Mingo?«

»Nein.«

»Wozu wurden wir auserwählt?« Das war Simó.

»Würdet ihr mich freundlicherweise ausreden lassen?« Sie zündete die Zigarette an und versteckte sich für einen Augenblick hinter dem Rauch.

»Klar doch.«

»Ich bin hier, um euch mitzuteilen, dass eure Zelle, die aus militärisch geschulten Genossen besteht und allem Anschein nach sauber ist« – hier unterbrach sie sich, um sich mit den Fingern einen Tabakkrümel von der Zunge zu picken –, »auserwählt wurde, um den Prozess voranzutreiben, der sämtliche Genossen, drinnen wie draußen, wieder mit revolutionärem Geist erfüllen soll.«

»Und was heißt das bitte sehr?«

»Was sollen wir tun?«

»Warum suchst du uns hier in der Wohnung auf, anstatt uns auf dem üblichen Weg zu kontaktieren?«

Bolós verließ die Küche und kam mit einer Pistole zurück, schwarz wie die Angst. Er legte sie neben sich auf den Tisch wie eine Warnung, und Simó (mein Gott, was für ein Trampolinspringer) hielt das für eine großartige Idee. Die Perpinyana lächelte nur, die Celtas zwischen den Lippen, die Augen wegen des Rauchs zusammengekniffen, öffnete ihre Tasche wieder und zog eine größere Pistole hervor.

»Passt bloß auf, wir verstehen keinen Spaß«, zischte sie.

Aber Franklin beharrte, wie es für Bolós typisch war: »Warum hast du uns nicht auf dem üblichen Weg kontaktiert?«

»Blauauge ist aus dem Verkehr gezogen.« Ihr Tonfall klang lustlos, ermattet von diesem permanenten kindischen Misstrauen. Und die vier Genossen erstarrten, und das Denken stockte ihnen, als wäre ihnen ein Vater gestorben. Sie schluckten, verfluchten den verdammten Verräter, der ihnen so viel Leid zugefügt hatte, etwas anderes fiel ihnen nicht ein. Die Perpinyana sah auf die Uhr, seufzte tief, drückte den Stummel der Celtas im Aschenbecher aus und sagte mit dem letzten Zigarettenrauch: »Siebtens: Noch heute Abend …«

Sie machten sich unabhängig voneinander auf den Weg zum Treffpunkt. Cunillera und Franklin, die sich zufällig an der Haltestelle des *Tramvia blau* trafen, taten, als hätten sie einander noch nie gesehen. Sicherheitshalber nahm einer von ihnen die nächste Bahn. Wie Xato, still und eigenbrötlerisch wie immer, zum Treffpunkt gekommen war, wusste kein Mensch. Und ich beschloss, den ganzen Weg zu Fuß zurückzulegen, um die Angst zu vertreiben, die mich gepackt hielt – die revolutionärste und unklügste Art, denn wie sollte man erklären, was ein junger Mann ganz allein am Tibidabo verloren hatte? Wie auch immer: Um Punkt sechs als die Nähe des Westens die Sonne erröten ließ, standen alle vier hintereinander in der Schlange zur *Talaia*, dem Propeller des Vergnügungsparks, der bei dieser Kälte einen trostlosen Anblick bot. Dem Angestellten am Eingang zur Talaia, einem jungen Mann mit kupferrotem Haar, der unermüdlich auf einem Kaugummi herumkaute, dass einem beim Anblick das Wasser im Munde zusammenlief, war die Nase beinahe abgefroren. Er bedachte uns mit einem traurigen Blick und kontrollierte dann die Tickets. Die Schlange war nicht besonders lang, denn schon am Boden stockte einem in der Kälte der Atem, und oben in der Gondel stockten einem wahrscheinlich die Gedanken.

Alle vier befolgten haarklein die Anweisungen der Perpinyana. Aber als sie in der Gondel saßen, tauchte unversehens eine fünfte Gestalt auf und setzte sich zu uns, und der kupferrote Knabe schloss die Tür und schickte uns kaugummikauend gen Himmel. Und während die Menschen kleiner und kleiner wurden, nahm der fünfte Mann den Hut ab und zeigte uns sein Gesicht: Es war Blauauge, und er kam gleich zur Sache.

»Mir ist schwindlig«, sagte ich. Ich habe Höhe immer gehasst.

»Dann setz disch ganz hinten in die Gondel, wir haben keine Zeit zu vergeuden.«

Und dort oben, mitten am Himmel, mit dem bedauernswerten Christus mit den ausgebreiteten Armen als einzigem stummen Zeugen, erklärte uns Blauauge, dass bis auf Weiteres Schluss war mit dem Kiosk und den üblichen Kontakten.

»Wir dachten, sie hätten dich erwischt«, sagte Franklin lächelnd.

»Isch sagte, wir dürfen keine Zeit vergeuden. Ihr wurdet auserwählt, Gerechtigkeit walten zu lassen. Zum Gedenken an den Genossen Mingo.« In feierlichem Tonfall. »Isch habe dem Komitee gesagt, dass ihr stolz sein werdet.« Er betrachtete uns schweigend. »Oder täusch isch misch?«

Stille, Schlucken, Angst, und ich hätte mich im fürchterlichen Geschaukel der Gondel fast übergeben.

»Zehn Jahre haben wir Seite an Seite gekämpft.« Seine Stimme kam von weit her, sie schien dem Christus mit den ausgebreiteten Armen zu gehören. »Die Partei will, dass wir uns der Genossen, die als Märtyrer gestorben sind, als würdig erweisen.«

Alle schwiegen, als sprächen wir ein stilles Totengebet zum Gedenken an Xavier Caràs Hernàndez, der in der Zeitung mit der Kurzmeldung abgehandelt worden war, ein psychisch gestörter Arbeiter bei SEAT habe Selbstmord begangen. Und der kalte Wind sagte amen, Mingo, amen.

»Ihr müsst als Gruppe handeln; es ist ganz egal, wer von eusch den Schuss abgibt, ja es ist sogar besser, wenn keiner erfährt, wer es war.« Franklin, Cunillera, Xato und Simó sahen einander an und fühlten, dass sie von nun an ein schreckliches Geheimnis verband. Und alle vier lächelten, um die entsetzliche Angst zu verbergen, die sie ergriff. Um sich Mut zu machen, zündete Franklin eine Rumbo an, und ich sagte, aus der Tiefe meiner Übelkeit heraus, in gespielt scherzhaftem Tonfall: »Und wozu soll das Ganze gut sein?«

»Er hat die Partei zerstört, er hat unsere Leben zerstört, er hat die Sache und die Revolution verraten ... und er hat Mingo auf dem Gewissen.«

»Ein Verräter ist schlimmer als ein Feind«, ließ sich Xato vernehmen, der sich ab und zu als Theoretiker gefiel.

»Außerdem müssen die Bullen erfahren, dass mit uns nischt zu scherzen ist.«

»Ihr wollt, dass die Polizei davon erfährt?« Ich war entsetzt.

»Klar doch. Die sollen seine Leische mit einer Kugel im Genick finden. Dann müssen sie die Wahrheit vertuschen. Sie können ja mal versuchen, das als Selbstmord zu verkaufen. So haben wir wieder die Initiative ergriffen. Und sie werden nie beweisen können, wer es war.«

Die Gondel machte sich langsam auf den Weg nach unten, als hätte der kupferrote Kaugummiknabe den abschließenden Tonfall von Blauauges Worten gehört. Keiner der fünf Insassen hatte auch nur einen Blick auf das wunderschöne Panorama des verängstigten Barcelona geworfen, das mit dem Rücken zum Meer dalag, Schauplatz zahlloser Dramen, wo ihre Gefährten gefangen saßen und der Verräter noch atmete. Ungerührt nutzte Blauauge die letzten Sekunden der Fahrt: »Solà, Toro oder Sevillano. Einer von den dreien ist es. Daran besteht kein Zweifel. Der Erste, der aus dem Knast entlassen wird, ist euer Mann.«

»Aber wir müssen hundertprozentig sicher sein können.«

»Macht euch darum keine Sorgen. Isch will saubere Arbeit. Irgendwann gibt eusch jemand einen Namen und eine Adresse.« Blauauge sah uns nicht an, als wären ihm seine Worte peinlich. »Nur darauf müsst ihr achten. Die Wohnung, in der ihr gerade wohnt, ist noch sischer.« Leichtes Zögern. »Und nach … nach der Aktion verteilt ihr eusch auf neue Wohnungen; das lasse ich eusch dann über die Perpinyana ausrischten.«

Jetzt, da die Gondel schon fast wieder am Boden war, fühlte ich mich sicherer.

»Auf Wiedersehen, Jungs«, sagte Blauauge, um klarzumachen, dass die Versammlung beendet war.

Ich stand auf und klopfte mir mit einem Humphrey-Bogart-Lächeln den Hosenboden ab. Der kupferrote Knabe riss die Tickets weiterer Märtyrer ab. Ich konnte die Traurigkeit in seinen Augen nicht sehen, mir schien, als wiche er unseren Blicken aus. Als ich wieder festen Boden unter den Füßen hatte, seufzte ich in Richtung Blauauge: »Das heißt also, dass wir das Genick eines Genossen einer geharnischten Kritik unterziehen sollen …«

Irgendjemand lächelte, aber Blauauge durchbohrte mich mit einem finsteren Blick.

2

»Über all das zu reden, fällt mir sehr schwer, Miquel …
denn es hat mein ganzes Leben geprägt, und alles ist so gekommen, wie es gekommen ist, weil ich bin, wie ich bin,
Miquel. Aber ich habe Jahrzehnte gebraucht, um zu akzeptieren, dass ich nicht anders sein konnte. Als ich siebzehn
oder achtzehn war oder vielleicht ein bisschen älter, habe
ich immer nur geweint. Ich kann nicht behaupten, dass
ich heute darüber lachen könnte, aber ich kann darüber reden, ohne dass mir die Augen feucht werden. Und außerdem rede ich darüber, ich kann dir davon erzählen. Ich
glaube, ich war einundzwanzig, als es mir klar wurde. Dein
Vater war, was die Frauen anging, ein echter … Wie soll ich
sagen?«

»Hurenbock.«

»Genau das wollte ich sagen«, murmelte der Onkel, der
zusammengekrümmt am Kopfende des Bettes lehnte und
mit gedankenverlorenem Blick dem Faden der Erinnerung
an all das folgte, was Miquel nie über das Privatleben seines
Vaters hätte erfahren sollen. Und der Onkel erzählte ihm,
dass sein Vater schon mit siebzehn oder achtzehn seinen
Einstand bei Madame Manyana gehabt hatte. Ich hingegen
schien es überhaupt nicht eilig zu haben. In seiner mokan-
ten Art, die er schon von klein auf hatte, nahm er mich mit
dorthin, um mir zu zeigen, dass er sich mit Frauen, Huren,
Champagner und Bettgeschichten auskannte. Du hast Madame Manyana nicht mehr erlebt, aber es war ein Luxus-

bordell, an der Straße nach Mura sehr idyllisch zwischen Bäumen gelegen, und innen war alles voller schwerer Vorhänge und Huren. Zu Zeiten meiner Eltern muss es geradezu legendär gewesen sein, aber selbst später noch machte die gesamte männliche Bevölkerung von Feixes dem Etablissement früher oder später seine Aufwartung. Für mich war der Moment mit einundzwanzig gekommen, als mich Pere I Gensana, mein Herzensfreund, voller Begeisterung dorthin verschleppte, um mich die Wonnen von Llúcia kosten zu lassen, die sich italienisch Lucia nannte, eine hübsche, sinnliche junge Frau mit dunklen Augen, schwarzem Haar und einem makellosen Körper, die einen ganzen Tross ergebener Verehrer hatte. Später erfuhr ich, dass Lucia aus Gironella stammte und die Nichte eines Pfarrers war, der es dort wild getrieben hatte. Sie besaß unübersehbar jene teuflische Schönheit, die Kindern der Sünde eigen ist.

»Setz dich gerade hin, Onkel, sonst schläft dir noch der Arm ein.«

»Nein, ich sitze ganz bequem. Und würdest du bitte die Klappe halten, jetzt rede ich. Lucia war nämlich schön, wunderschön, das muss ich zugeben.«

»Hier, Maurici, die ist ganz für dich allein.«

Ich musste schlucken: Sie war zu viel Frau für mich. Aber Pere sagte, na los, mach schon, bei dieser Frau bleibt dir das Herz stehen, und dass sie mir trüben Tasse die Augen fürs Leben öffnen und zeigen werde, was Spaß bedeutet. Das waren die Worte deines Vaters, der damals ein siebzehnjähriger Bengel war. Und Lucia hatte sich mit ihm abgesprochen, denn beide lachten, und ich glaube, sie lachten mich aus. Pere zwinkerte mir zu und ließ mich mit dieser Frau allein, der Sack, und ich war wie gelähmt. Und in diesem Moment wurde mir klar, was ich schon die ganze Zeit geahnt hatte. Miquel, es ist mir sehr peinlich, dir das zu sagen, aber das ist einer der Gründe, warum ich mich in meine Studien geflüchtet habe, in der verzweifelten Hoffnung, mich selbst zu vergessen, oder der noch verzweifelteren, mich zu ändern. Lucia zog sich vor mir aus, dann begann sie, mich zu liebkosen und mich ebenfalls auszuziehen, aber ich blieb einfach nur stocksteif stehen.

»Dein Freund hat mir schon gesagt, dass du sehr schüchtern bist.«

»Ich … Ich kann nicht …«

»Das ist egal, Maurici, Süßer, lass mich nur …«

»Ja, aber …«

Diese geistreiche Unterhaltung brachte uns auch nicht weiter. Sie zog mich zum nahe stehenden Bett, und in diesem Augenblick verstand ich, dass es nicht die arme Lucia war, vor der mir graute, sondern dass es unmöglich ist, sich jemandem zu nähern, mit ihm zu verschmelzen, ein Fleisch zu werden, wenn er dich einfach nicht interessiert, weil er dich dann unwillkürlich anwidert, so ungerecht das auch sein mag. Kaum hatte ich das erkannt, richtete ich mich auf dem Bett auf. Endlich hatte ich verstanden. Und ich sagte leise, aber entschieden: »Ich mag keine Frauen.«

Einen Moment lang war sie wie erstarrt, dann begann sie, mich mit der Hand zu erregen, um mir zu beweisen, dass das nicht stimmte.

»Siehst du?«, sagte sie nach einer Minute, zutiefst beleidigt. »Wie kannst du mit diesem Riesenständer behaupten, ich würde dir nicht gefallen?«

Dass ihre Verführungskraft versagte, kränkte Lucia, darüber hinaus aber war ihr, sozusagen stellvertretend für alle Frauen dieser Welt, unbegreiflich, wieso ein so attraktiver Bursche wie ich ihr nicht nachlief wie ein Hündchen.

»Das höre ich zum ersten Mal, Onkel.«

»Es ist das am schlechtesten gehütete Geheimnis meines Lebens.« Endlich richtete er sich im Bett auf, was Miquel beruhigte. »Außer dir – und dir erzähle ich es, weil mir inzwischen alles egal ist – haben nur drei Leute jemals davon erfahren: Und wenn es in meiner Macht stünde, Teile meines Lebens zu wiederholen, wüssten auch die es nicht.«

»Hast du es Vater erzählt?«

»Nein. Ich wusste es ja nicht einmal selbst. Niemand hatte mir jemals erklärt, was es heißt, homosexuell zu sein. Damals hieß das andersrum, man nannte uns Tunten und warme Brüder, aber nicht homosexuell, wie ihr das heute nennt, unter anderem deshalb, weil niemand darüber redete. Aber ich war es, ohne es zu wissen. Ich dachte einfach, es sei normal, Angst vor den Frauen zu haben, sich ihnen fremd zu fühlen. Also flüchtete ich mich in Vergil und Horaz: Die Familie fand das völlig normal, vor allem Großvater Maur II der Göttliche. Mehr als das: Es erschien ihm natürlich. Sie ahnten ja nicht, dass ich Zuflucht bei Vergil suchte, um mich vor den Frauen zu verstecken und die wunderschönen Gestalten der Männer zu verscheuchen, die mir gefielen. Erzähl bloß niemandem weiter, was ich dir sage, Miquel.«

»Ich liebe dich, Onkel.« Ein Engel ging vorüber. In der Stille hörten wir, wie Feldwebel Samanta einen Opa zusammenstauchte, der sich mal wieder ohne Erlaubnis eingenässt hatte. Um nicht traurig zu werden, sah Miquel in die wachen Augen seines Onkels, der zurück in den Zwanzigerjahren war.

»Der Knabe besitzt eine Künstlerseele«, sagte dein Urgroßvater Maur II eines Tages.

»Ja?«

»Ja. Wir können einen Dichter aus ihm machen.«

»Also schrieb er mich an der Universität für Philosophie

und Geisteswissenschaften ein. Ich protestierte nicht, denn es kam mir sehr gelegen, auf den Spuren der Klassiker zu wandeln. Und so entfernte ich mich eine Zeitlang von Pere, der dazu bestimmt war, seinem Vater, Großvater Ton, im Familienunternehmen zur Hand zu gehen. Und die Tatsache, dass ich stets mit Büchern unter dem Arm herumlief, machte mich zu jemand Besonderem, zu jemandem, dem man nachsieht, dass er ein wenig sonderbar ist, und während die wilden Nächte jener Jahre, in denen ausgelassen gefeiert und Charleston getanzt wurde, in Feixes wie in Barcelona stets damit endeten, dass man in irgendeinem gemieteten Bett seinen Rausch ausschlief, berauschte ich mich an anderen Dingen.«

»Na los, Maurici, komm schon, geh mit mir rein.«

»Ich warte im Salon auf dich und trinke so lange einen Tee.«

»Sei keine Schwuchtel und komm mit rauf. Du wirst dich amüsieren …«

Dein Vater hielt mir eine Standpauke: Er führte mir vor Augen, wie schädlich es für meine Gesundheit sei, mir etwas zu verkneifen, und später sei immer noch Zeit, vernünftig zu werden, mein Leben in geordnete Bahnen zu lenken, mich mit einer einzigen Frau zu begnügen und so weiter und so fort. Aber ich wollte ihm auf keinen Fall sagen, dass diese geschminkten Frauen mir Angst und Ekel einflößten. Ich konnte ihm nicht sagen, dass mein Herz höher schlug, wenn ich einen muskulösen Mann sah, der mit halbnackter Brust den Eiswagen zog oder mit Dreitagebart auf einem Baugerüst stand, die Haut von Wind und Wetter gebräunt … dass ich davon träumte, ihn nackt vor mir zu haben und zu liebkosen. Ich wusste nicht, dass das bedeutete, eine Schwuchtel zu sein, und auch nicht, dass es mich in Schwierigkeiten bringen könnte. Und doch verbarg ich es instinktiv. Bis ich schließlich beschloss, heimlich Hochwürden Vicenç zu Rate zu ziehen.

»Wieso?«

»Weil man das damals eben so machte. Hochwürden Vicenç war schon ein alter Mann, aber er stand in dem Ruf, weise und besonnen zu sein, und ich dachte, er könne mir erklären, was mit mir los war und was die beste Lösung dafür sei. Und in der Tat hatte er die Lösung für mich: Er hat mir mein restliches Leben vergällt. Und zwar gründlich.«

»Weißt du, was du bist?«

»Nein, Hochwürden. Was soll das heißen, ›was ich bin‹?«

»Weißt du, was du bist?« Seine vom Halbdunkel des Beichtstuhls verdüsterte Stimme bebte.

»Nein, Hochwürden.«

»Verderbt.«

So lautete das Urteil: lebenslänglich. Ich, Maurici Ohneland, der Verderbte, vernahm es mit Schaudern. Und ich erfuhr zu meiner Bestürzung, dass ich war wie Sodom und Gomorrha und dass Gottes Strafe mich treffen würde, es sei denn …

»Es sei denn was, Hochwürden?«

»Es sei denn, du unterdrückst diesen widernatürlichen Trieb und bringst unserem Herrgott deine Sühne dar; du musst dich für den Rest deines Lebens jeder fleischlichen Lust enthalten – und du musst zum Arzt.«

»Zum Arzt? Ich?«

»Und hundert Ave-Marias.«

Also ging ich zum Arzt, zu Doktor Canyameres. Der hörte mir aufmerksam zu, aber seine Miene verdüsterte sich rasch. Da konnte er nichts machen, gar nichts, verstehst du, Maurici, dagegen gibt es keine Medizin. Es sei denn, du bemühst dich …

»Wie denn?«

»Nun, ich … Ich will dich ja zu nichts bereden, aber warum versuchst du es nicht mal mit einer Frau. Vielleicht kämest du dann auf den Geschmack.«

»Das habe ich schon versucht.«

»Und?«

»Sie verunsichern mich. Nein. Ich fühle mich schrecklich dabei. Sie machen mir Angst. Ich komme nicht dagegen an.«

»Dem Pfarrer und Doktor Canyameres' unschätzbarer Hilfe habe ich zu verdanken, dass ich, Maurici Ohneland der Verderbte, Fürst von Sodom und Herr von Gomorrha, ein Leben lang innerlich geweint und mich wie ein Sünder gefühlt habe.«

Sechzig Jahre später lag er in seinem Bett im Altersheim, sah seinen Großneffen mit schmerzerfüllten Augen an und gestand mit gebrochener Stimme, nach dem Gespräch mit Hochwürden Vicenç und Doktor Canyameres habe er erkannt, dass er dazu verdammt sei, niemals glücklich zu sein.

»Warum hast du dich nicht widersetzt?«

»Das ist heutzutage leicht gesagt.« Er holte Luft und sah mich hinter einem Lächeln hervor an. »Ich habe mich ja widersetzt: Die hundert Ave-Marias habe ich nie gebetet.«

»Willst du dich ein bisschen ausruhen, Onkel?«

»Nein. Mit zweiundzwanzig habe ich mich verliebt.«

Die beiden schwiegen eine Zeitlang. Aus den Tiefen seiner Erinnerung stieg eine neue Beichte auf: »Er hieß Miquel. Miquel wie du, Miquel …« Einen Augenblick lang verlor er sich in seinen Erinnerungen. »Miquel Rossell. Ich habe noch nie irgendjemandem von ihm erzählt.«

»Mir musst du es auch nicht erzählen.«

»Doch, das muss ich. Du wirst schon sehen.« Er warf einen Blick zum Nachttisch hinüber: »Du willst doch sicher Schokolade, oder?«

Während er genussvoll an der Tafel knabberte, erzählte Onkel Maurici ihm, dass Miquel Rossell ein Junge in seinem Alter gewesen war, ein wenig jünger, und Weber in der Fabrik der Gensanas.

»Es hat lange gedauert, bis wir uns unsere Zuneigung füreinander eingestehen konnten. Das war schwierig, verstehst du? Unmöglich.«

»Du musst mir das nicht erzählen.«

Aber der Onkel fuhr unbeirrt mit seinem Schmerzensmonolog fort, der nun ein Liebesmonolog war, es war das erste Mal, Miquel, dass ein Mann meinen interessierten Blick mit Interesse erwiderte; Miquel Rossell saß auf der Erde, an die Wand der Fabrikhalle gelehnt, und aß kalten Braten aus seiner Frühstücksdose, völlig unbeeindruckt von den Textilflusen, von denen ich einen Hustenanfall bekam. Der Onkel erzählte, Pere und er hätten auf der Suche nach ihrem Vater bei Miquels Kollegen angehalten, der ihnen sagte, ja, Direktor Gensana sei hier vorbeigekommen und in Richtung Dampfmaschine gegangen. Und Maurici sah Miquel in die Augen, und Miquel erwiderte seinen Blick, unablässig kauend, mit einem innerlichen, aber unverhohlenen, beunruhigenden Lachen. Und bevor sie auf den Weg zur Halle mit den Schlichtmaschinen abbogen, sah Maurici sich noch einmal um und bemerkte voller Schrecken, dass dieser attraktive Bursche ihm folgte. Rasch bat er Pere, schon mal vorzugehen, er komme gleich nach.

»Wie heißt du?«

»Miquel.«

»Ich heiße Maurici.«

»Ich weiß.«

Er lachte lautlos, wie nur wenige Leute es können, Miquel. In diesem Augenblick wusste ich, dass ich ihn würde lieben können. Und von da an trafen wir uns, immer heimlich und immer unter einem Vorwand. Anfangs machten wir uns selbst etwas vor, taten so, als bemerkten wir nicht, dass wir einander gefielen. Bis Miquel eines Tages meine Hand nahm, mit der ich im Wald vom Pla del Bonaire einen Zweig abgebrochen hatte, als wir dort zum Pilzesammeln unterwegs waren, und dann standen wir eine ganze Weile voreinander und sahen uns in die Augen, dicht an dicht, zu dicht, erkundeten unsere Hemmungen und das Pochen unseres Verlangens, und es war Maurici Ohneland, der als Erster sagte, ich liebe dich, Miquel … Er lauschte dem Echo der Worte dieser süßen Erinnerung nach, und als es zwischen den Zimmerwänden verhallt war, erzählte er weiter, dass Miquel mit einem zärtlichen Kuss geantwortet hatte, und die beiden unrasierten Wangen einander streiften, und ich dachte, dass es für mich vielleicht doch einen Weg zum Glück gab, wie für andere Menschen auch; aber das war nur so, weil ich in diesem Augenblick mit aller Macht den Gedanken an die Sünde von mir schob, der mich seit einigen Jahren erstickte.

»Glaubst du, es ist in Ordnung, dass wir das tun?« Das war ich, Maurici Ohneland, der Moralist.

»Halt den Mund und nimm mich in den Arm.« Miquel war kein Mann, der sich mit Spitzfindigkeiten aufhielt. Und so umarmten wir uns, mir schwanden die Sinne, und von da an wusste ich, dass es sehr wohl einen Weg zur Lust gab, auch wenn es eine verbotene Lust war, über die ich weder mit Hochwürden Vicenç reden konnte noch mit Doktor Canyameres und auch nicht mit meinem Herzensfreund Pere I Gensana dem Flüchtigen, der sich in diesem Moment wahrscheinlich mit zwei Nutten gleichzeitig in den Laken wälzte und dachte, dass das Leben schön war und man Sünden beichtete und fertig. Das Schlimme ist, Miquel, dass diese langen Momente der Lust nichts weiter waren als winzige, vereinzelte Inseln des Glücks.

Miquel, der andere, Rossell, war sehr zärtlich und sehr behutsam. Er zeigte mir, dass ich ein Objekt der Begierde sein konnte, er zeigte mir eine Reihe von Liebkosungen, von denen ich nichts geahnt hatte, und er zeigte mir, wie man einen fremden Körper erforscht. An diesem Morgen pflückten wir keine Pilze, Miquel, wir pflückten einander und besiegelten unsere Zuneigung, vielleicht unsere Liebe, ich weiß es nicht, unter dem heiklen Deckmantel des Geheimnisses. In unserer Familie hat es viele Gensanas gegeben, die ihr Leben lang ein gewaltiges Geheimnis mit sich herumschleppten, und ich war ein weiteres Beispiel dafür. Auf jeden Fall habe ich Miquel geliebt, Miquel, bis zu seinem Tod.

Der Nachmittag verklang in der Stille der Irrenanstalt wie ein Seufzer, bis zuletzt die Schatten verschwammen.

»Onkel.«

»Ja.«

»Heiße ich Miquel nach deinem Miquel?«

»Nein. Du heißt Miquel nach deinem Bruder Miquel: Deine Mutter wollte das so. Aber dein Bruder hieß tatsächlich Miquel nach Miquel.« Der Onkel wischte sich mit seinem zerknüllten Taschentuch eine Träne ab. »Ich habe mein Recht als Pate geltend gemacht, um für immer die Erinnerung an meine Liebe zu bewahren. Aber das wussten deine Eltern nicht.«

»Wart ihr nicht mehr zusammen, als ich geboren wurde?«

»Da war er schon tot, Miquel. Miquel ist vor vielen Jahren gestorben. Sie haben ihn umgebracht.«

»Was?« Und nach einer Stille voller Schatten: »Wer?«

»Und wir sind nie zusammen gewesen, Miquel und ich.

Wir haben uns immer heimlich getroffen. Und wenn wir uns unter Leuten trafen, mussten wir verbergen, was wir einander bedeuteten. Er, der Arbeiter, und ich, der Verwandte des Fabrikbesitzers, waren gemeinsam auf der Plaça de Sant Jaume in Barcelona, als dort die Katalanische Republik ausgerufen wurde. Miquel war Feuer und Flamme und schloss sich kurz darauf den Anarchisten an. Zusammen liefen wir durch die Straßen, die voller Hoffnung waren, Miquel und ich, durften uns nicht an der Hand halten und waren doch vereint durch die Glückseligkeit eines kollektiven Traums. Und zusammen mieteten wir uns öfter in Pensionen im Hafen von Barcelona ein (immer weit weg von Feixes und seinen bösen Zungen), wo wir unsere Lektionen über die verbotenen Gesten der Zärtlichkeit lernten und nach und nach unsere unerfahrenen Körper erforschten, und in der Heimlichkeit unserer Liebe wurden wir eins, Maurici, der Student klassischer Sprachen, und Miquel, der ungelernte Weber.«

»Wer hat deinen Miquel umgebracht, Onkel?«

Großvater Maur II der Göttliche verabschiedete sich Ende neunzehnhundertzweiunddreißig vom Leben. Er, der so viel von der Dichtkunst verstand und so herzlich wenig von den Menschen um ihn herum, starb in tiefem Zwist mit der Lyrik seiner Zeit. Ein poetischer Tod. Don Maur hatte sich stets ein Ende ausgemalt, das eines Alexandriners würdig war, ein Ende, bei dem er seinen letzten Satz (er hatte drei davon in petto) im Kreise seiner untröstlichen Familie sprach, umringt von einem zweiten, weiteren Kreis sämtlicher zeitgenössischer Schriftsteller, die, betäubt von diesem schmerzlichen Verlust, nicht wussten, an wen sie nach dem Tod Maur Gensanas die Fackel der Genialität weiterreichen sollten. Aber nein: Großvater Maur starb auf der nördlichen Galerie des Hauses im Sessel, in der einen Hand die Pfeife, die andere um ein Heft geklammert. Niemand weiß, wann genau er starb, aber er starb allein und vielleicht im Bewusstsein, dass er starb und mit seinem Tod all den Antonis und Maurs und ihren Gemahlinnen, die ihm von ihren Porträts herab reglos dabei zusahen, die Ehre erwies. Nicht einmal das Hündchen Bonaparte bellte. Lluïsa, seit sechsundvierzig Jahren ununterbrochen im Dienst der Familie Gensana, fand ihn. Die arme alte Frau stieß einen leisen Seufzer aus, den niemand hörte, und lief durchs ganze Haus, bis sie schließlich mich in der Bibliothek auftrieb, wo ich mich hinter einem Band Ovid verkrochen hatte. Die Pfeife hatte von da an für alle Zeiten ihren festen Platz auf dem Arbeitstisch des Dichtergroßvaters. Und der Arbeitstisch stand für alle Zeiten im Büro. Das Heft aber, das er umklammert hielt, gelangte direkt in meine Hände, denn dein Onkel Maurici Ohneland war fast schockierter darüber, das Heft in Maurs Händen zu finden, als über seinen Tod. Großvater Maur II der Göttliche, Miquel, tat das, was alle männlichen Gensanas seit Anbeginn der Zeiten getan haben.

»Was haben sie getan, Onkel?«

»Sie sind eines plötzlichen Todes gestorben. Ein Schicksal, das uns allen droht und unweigerlich jeden von uns trifft. Und in der halbseitigen Todesanzeige in der Zeitung von Feixes und sämtlichen Tageszeitungen von Barcelona ließ Donya Pilar die *Ode an Feixes* und die *Ode an meinen Garten* abdrucken, wundervolle Verse, die beweisen, von welch unschätzbarem Wert das Werk unseres edlen, bedauerlicherweise von uns gegangenen Dichters war. Sein Erbe Antoni, mein Adoptivvater und dein Großvater, wurde automatisch zu Don Antoni III Gensana dem Fabrikanten. Ich lebte weiter zwischen Vergil, Homer und Miquel, meinen Träumen und der Angst vor der Hölle, die im Laufe der Zeit nicht mehr die Hölle Satans war, sondern die viel schlimmere Hölle der Menschen, und wir verwandten all unsere Kraft darauf, unser süßes Geheimnis zu wahren. Und dann, eine Woche nach Großvaters Tod, überbrachte uns der Notar die Nachricht, die für immer den Frieden aus dieser Familie vertrieb und die Antonis und Maurs samt Gemahlinnen in der Bildergalerie mit Entsetzen erfüllte: Denn mit der Nachricht des Notars begann jenes Unglück, das schließlich zur Flucht deines Vaters führte und damit auch dich ereilt hat.«

3

Zu meinem, zu unserem Unglück, erhielten wir sechzehn Tage nach unserem Ausflug zum Tibidabo einen Namen und eine Adresse.

»Das sind die Schlüssel für eine Villa in Valldoreix: Da gibt es weit und breit keine Nachbarn. Heute um fünf holt ihr ihn zu Hause ab und bringt ihn dorthin.« Die Perpinyana, die Ratte, sah uns nicht in die Augen. Sie sah zu Boden. »Das hier ist seine Adresse. In Valldoreix wartet ein Empfangskomitee auf ihn, das erteilt euch weitere Anweisungen.«

Wir vier Verdammten brachten keinen Ton heraus. Die Perpinyana heftete ihren Blick auf die Wand und sagte gönnerhaft: »Die Partei verspricht euch, dass nie jemand erfahren wird, wer Toro erledigt hat. Und sie dankt euch für eure revolutionäre Entschlossenheit.«

»Aber ...«

»Ich wünsche euch Glück. Viel Glück, Genossen.«

Toro. Genosse Toro. Seit fünf Jahren Kämpfer für die Sache. Magistertitel der Universität Beirut: cum laude im Fach Sprengsätze. Ideologe der jüngst erfolgten Abspaltung. Stalinistisch bis ins Mark; zu stalinistisch. Seit drei Monaten Mitglied des Zentralkomitees. Warum nur, Exgenosse Toro, warum? Wusstest du nicht, dass Mingo ein guter Mann war, dass er eine Verlobte hatte, eine Zukunft?

Es war einfach, aber furchtbar unangenehm. Der Exgenosse Toro hatte nicht damit gerechnet, dass sie so schnell reagieren würden. Vielleicht hatte er gar nicht mit einer Reaktion gerechnet. Als Simó und Xato ihn in den Wagen verfrachteten, an dessen Steuer Franklin saß, verging ihm das leichte Lächeln, mit dem er sie empfangen hatte, und seine Augen füllten sich mit Furcht. Und als sie im Wagen saßen, blitzte plötzlich eine Pistole auf, vielleicht die von Cunillera, der von allen am nervösesten war. Toro plapperte unablässig, sagte, was macht ihr da, Genossen, wo bringt ihr mich hin, was soll denn das, und die ehemaligen Genossen waren still, stumm, tot, verloren kein Wort über Mingo, wie man ihnen befohlen hatte, als ginge uns das Ganze überhaupt nichts an, ohne Hass, ich sah aus dem Fenster, um nicht in Tränen auszubrechen, verfluchte den Tag, an dem ich mich zu Bertas Graffiti hatte überreden lassen und zu allem, was danach kam, dachte, das kann nicht sein, es kann nicht sein, dass ich an der Ermordung eines Menschen beteiligt bin, und eine fremde dunkle Stimme, die klang wie Blauauge, sprach aus der Tiefe, Toro ist ein Verräterschwein und ein Mörder, der unsere Sache an den Feind verraten hat. Und so ging es weiter, den ganzen schrecklichen Weg bis nach Valldoreix lang. Drei maskierte Männer übernahmen die Aufgabe, ihn nach der ersten Lektion aus dem Lehrbuch zum Singen zu bringen. (Warum, welche Informationen hast du weitergegeben, warum, wie lange schon, warum, Toro, warum, an wen, wie lautet der Name deines Kontaktmannes, warum, Toro? Warst du von Anfang an ein Spitzel? Hä? Gehörst du zu den Bullen? Ein Arbeiter, der für die Bullen tätig ist? Was haben sie dir versprochen, hä?) Drei oder vier Stunden lang stritt er alles ab, selbst die Sachen, die unbestreitbar waren, sagte, dass sie sich irrten und dass er ein guter Freund des Genossen Mingo gewesen sei, rief, das sei alles ein Missverständnis. Aber da es bei Verhören im Untergrund nicht zimperlich zuging, knickte er bald ein und begann, dummes Zeug zu reden: Dass er es nur getan hatte, weil eine seiner Cousinen krank war und er ihr das Krankenhaus bezahlen musste; dass er nie irgendetwas Wichtiges preisgegeben hatte und gar nicht wusste, wie er da hineingeraten war. Dass er Familie hatte (wahr), die von ihm abhängig war (gelogen). Er nannte den Namen seines Kontaktmannes bei den Bullen. Sagte, er sei sich fast sicher, dass die Partei nicht unterwandert war. Unterdessen vertrieben sich Xato, Simó, Franklin und Cunillera wie im klassischen Gangsterfilm in einem rauchgeschwängerten Nebenzimmer die Zeit mit Kartenspielen und bemühten sich, an Mingo zu denken. Alle außer dem Genossen Simó, der in der Ecke saß und las, misstrauisch beäugt von den anderen, die fanden, dass es jetzt allmählich reichte mit den Büchern. Aber alle vier warteten auf Befehle, mit aufgewühltem Magen, ohne sich das eingestehen zu wollen, weil es gefährlich war, in einem solchen Augenblick Nerven zu zeigen. Außer Blauauge wusste niemand in der Partei, wer sie waren.

»Und außer der Perpinyana«, sagte Miquel II Gensana der Totschläger und blickte von seinem Buch auf. Die anderen sahen ihn an wie einen Geist, und er räusperte sich. »Entschuldigung, ich habe laut gedacht.«

»Josep Maria hat auch immer laut gedacht«, warf Júlia ein wenig schüchtern ein.

»Welcher Josep Maria?«

»Bolós.«

»Woher weißt du das?«

»Ich sagte ja schon, dass ich ihn kannte.« Auf ihrem Teller lag nur noch die Zwiebel. »Ein kleines bisschen.«

Es interessierte wirklich niemanden, aus wem das Hinrichtungskommando bestand. Außerdem würden nur zwei der vier Auserwählten das große Los ziehen, und die anderen beiden Genossen würden nie erfahren, wer von den Glücklichen den Abzug betätigt hatte. Xato, Simó, Cunillera und Franklin, Gewinner der Novemberlotterie, und der Gewinn war eine Kritik in den Nacken.

Das Verhör dauerte jetzt schon Stunden, und während sie in den Garten hinausstarrten, fragten sie sich untereinander, ob es Freiwillige gebe, und weil es keine gab, beschlossen sie zu losen. Franklin schnitt vier verschieden lange Hölzchen zurecht und gab sie an Xato weiter. Sie machten es wie mit den Strohhalmen: wer das kürzeste zog, hatte verloren. Simó wurde beinahe schlecht vor Erleichterung, als er sah, dass sein Hölzchen lang war. Cunillera … kurz. Franklin … mittel. Aber Xato hatte das kürzeste gezogen. Cunillera und Xato waren die glücklichen Gewinner einer Reise in die Karibik für zwei Personen. Nach der Hinrichtung eines ehemaligen Genossen. Und über mir tat sich der Himmel auf, weil ich nicht persönlich jemanden würde umbringen müssen, mochte dieser Mord auch noch so gerechtfertigt sein, und ich dankte dem Gott, den es nicht gab, und sah aus den Augenwinkeln, dass Bolós seinen Göttern ebenfalls dankte. Tausend Mal besser, die Leiche zu beseitigen, als Toro zur Leiche zu machen. Tausend Mal besser, warten zu müssen, als dort hineinzugehen und. Tausend Mal besser. Cunillera und Xato waren totenbleich.

Als das Empfangs- und Verhörkomitee sich diskret zurückzog, nachdem sie uns darauf hingewiesen hatten, dass in einer Stunde alle verschwunden sein müssten, und den Schlüssel legt ihr unter die Matte, standen Cunillera und Xato auf. Simó bot ihnen eine Rumbo an, als wäre es die letzte Zigarette für zwei zum Tode Verurteilte, und sie rauchten sie gierig auf, als wären sie tatsächlich in der Kapelle. Um ihnen in diesem schwierigen Augenblick beizustehen, sagte Franklin – plötzlich mutig geworden –, ruhig Blut bewahren, Genossen; er ist nur ein verräterischer Wurm, denkt an Mingo. Cunillera sah ihn hasserfüllt an, warf ihm die brennende Zigarette vor die Füße und schrie, warum gehst du nicht, Arschloch, wenn du es so klar siehst. Ich habe Mingo nicht mal gekannt. Aber Xato packte ihn am Arm und zog ihn mit sich ins Hinterzimmer.

Franklin und Simó begannen auf und ab zu gehen, als ob wir auf Neuigkeiten von der Hebamme warteten, wagten nicht, einander in die Augen zu sehen, und hatten auch keinen Blick für den regennassen Garten der Villa; wir wollten nur, dass das Ganze endlich vorüber war, und dachten bei uns, nie hätte ich geglaubt, dass es so schwierig ist, eine Pistole mit sich herumzutragen. Dann erklang ein Schuss. O Gott. Zwei. Zwei leicht gedämpfte Schüsse. Die Kritik in den Nacken des armen Toro, widerlicher Verräter an unserer Sache. Und Bolós und ich stöhnten auf und warteten auf das Babygeschrei.

Xato und Cunillera kamen zurück, die Pistolen hatten sie weggesteckt, unmöglich zu sagen, wer von beiden es gewesen war. Das Schrecklichste aller Geheimnisse kannten einzig und allein zwei heldenhafte Kameraden. Weder Bolós noch ich konnten ihnen ins Gesicht sehen, aber wir merkten, dass sie es kaum erwarten konnten, sich zu besaufen. Und Genosse Mingo konnte in Frieden ruhen.

»Ihr seid dran«, sagte Xato. Er lächelte erleichtert. Cunillera sagte nichts. Dann verschwanden die beiden im Dämmerlicht des Gartens. Erst jetzt merkte ich, dass die Tür zum Garten die ganze Zeit über offen gestanden hatte und es im Haus eiskalt war.

»Los geht's«, sagte Franklin.

Es war schlimmer. Jetzt auf einmal fand Simó, dass es schlimmer war. Was für ein Albtraum, eine Leiche beseitigen zu müssen. Zuerst, zu dem toten Toro hinzugehen, der kurz zuvor noch am Leben gewesen war, verängstigt im Wagen gesessen hatte, und jetzt dalag, blutüberströmt und still. Dann, ihn anzufassen und bis zum Auto zu schleppen, ihn verschwinden zu lassen, wie entsetzlich. Und Bolós und er (Franklin und Simó, vom Schicksal vereint seit dem Tag ihrer Erstkommunion bis hin zum Tag ihrer Ersten Exekution) standen auf, sagten nicht, vielen Dank für den Dienst, den ihr uns erwiesen habt, Genossen, und betraten wehen Herzens den Korridor zur Rechten, um die Leiche zu holen.

Eine Stehlampe mit einer Fünfundzwanzig-Watt-Funzel tauchte das Zimmer neben der Küche in schummeriges Licht. Mitten im Raum lag Toro der Verräter neben einem umgeworfenen Stuhl, die Hände auf dem Rücken gefesselt, und ein dünnes Rinnsal Blut quoll aus dem kleinen Loch, aus dem soeben sein Leben entwichen war.

»Sie haben an alles gedacht.« Franklin wies auf ein Handtuch neben Toros Kopf, und Simó lächelte traurig. Als er sich daranmachte, ihm das Handtuch um den Kopf zu wickeln, um keine Schlieren zu hinterlassen, geschah das, was niemals hätte geschehen dürfen. Franklin, der sich gerade über den armen, widerlichen Toro beugte, gefror der Schrei in der Kehle. Toro hatte mit dem Kopf geruckt, die Augen geöffnet und gestöhnt.

»Verdammte Scheiße, diese Arschlöcher!« Mein eigener Schrei drang mir tief in die Seele, dahin, wo es besonders weh tut. Ich war außer mir. »Diese gottverdammten Wichser haben ihn nicht erledigt!«

Wutentbrannt stürmte ich aus dem Zimmer, gefolgt von Franklin, brüllend vor Zorn, ganz konterrevolutionär die grundlegenden Sicherheitsregeln des Lebens im Untergrund missachtend. Dann stand ich auf der menschenleeren Straße, der arme Bolós keuchte hinter mir her, dass ihm der Atem im trüben Licht der einzigen Straßenlaterne als Wolke vor dem Mund stand, und wir hörten das sorglose Rattern eines Zuges, das Schweigen der Eichhörnchen, die schon in ihren Nestern ruhten, und von den beiden größten Arschlöchern der Welt, die ihren Job nur halb erledigt hatten, keine Spur. Natürlich konnte ich jetzt durch die einsamen, feuchten Straßen bis zum Bahnhof rennen, in den Zug nach Sant Cugat steigen und dort herausposaunen, dass Xato und Cunillera die beiden treulosen Genossen waren, die einen Verräter nur halb umgebracht und die übrige Arbeit uns überlassen hatten, sodass mein Herzensfreund Bolós und ich dem Verräter den Rest geben mussten, obwohl wir die längsten Hölzchen gezogen hatten; ja, das konnte ich tun. Oder ich konnte zu Bolós sagen, komm, lass uns verschwinden, und Toro in seinem Todeskampf und seiner Einsamkeit und die Besitzer des Hauses mit einer Leiche zurücklassen. Oder …

»Miquel, uns läuft die Zeit davon. Dreh jetzt nicht durch.«

»Aber es sind doch Arschlöcher, findest du nicht?«

»Bestimmt hatten sie noch mehr Schiss als wir.«

»Und was machen wir jetzt? Warten, bis er tot ist?«

»Nein. Das wäre schrecklich. Nein. Das kann Stunden dauern. Und es hieße, ihn leiden zu lassen.«

»Wir müssen es machen wie bei einem Tier.«

»Halt's Maul, verdammt.«

Wir schwiegen. Zündeten uns eine Zigarette an. Der Rauch mischte sich mit unseren Atemwolken. Und da drinnen lag Toro und starb. Es fiel uns sehr schwer, an Mingo zu denken. Die Rumbo schmeckte und roch nach Sägemehl. Es war die letzte Rumbo meines Lebens, aber ihre Züge halfen mir, mich zu beruhigen.

»Wir müssen es ausknobeln, Miquel.«

»Einverstanden. Brunnen gilt nicht.«

Und so spielten Miquel und Bolós Schere-Stein-Papier, in aller Unschuld, mitten auf einer fremden Straße: schnick, schnack, schnuck. Aber sie spielten darum, wer den Gnadenschuss würde abgeben müssen. Den, der dem Offizier des Trupps vorbehalten war. Schnick, schnack, schnuck: Es traf Oberleutnant Franklin, und während er erbleichte und verzweifelte, dachte Unterleutnant Simó, da habe ich aber unglaublich Schwein gehabt, ich werde mich nie mehr im Leben über irgendwas beschweren.

»Armer Josep Maria.«

»Ja.«

Und sie kehrten schweigend zurück, wissend, dass sie nun doch beide wissen würden, wer Toro getötet hatte, Bolós der Herzensfreund, und als sie das Zimmer neben der Küche betraten, starrte Toro verzweifelt auf die Tür, und einen Moment lang hofften sie, er wäre tot, aber nein, der Kerl machte die Augen auf und wieder zu und wollte etwas sagen, und meine Augen füllten sich mit Tränen, und ich sah noch die Tränen von Bolós, dann wandte ich mich ab und hörte den Schuss des Oberleutnants, einen einzigen, harten, entscheidenden Knall, und als Unterleutnant Simó sich daranmachte, Toros Gesicht zu bedecken, um ihn abzutransportieren, bemerkte er, dass Oberleutnant Franklin barmherzig genug gewesen war, ihm den Mund zu öffnen und ihm den Schuss wie ein Sterbesakrament direkt ins Hirn zu schicken.

Es war absolut widerlich. Sie packten den zweimal gerichteten Toten in den Kofferraum. Und als sie ihn im Schutze der Nacht auf der Müllkippe bei Granollers abluden, in der Hoffnung, dass er dort bald gefunden würde und die Bullen anfangen würden, sich Sorgen zu machen und zu kapieren, dass mit der Partei nicht zu spaßen ist, fühlten sie eine Leere im Herzen, armer Toro, ganz allein, ganz tot mitten im Müll.

Die Fahrt bis hin zur Werkstatt in Guinardó, wo sie die Reifen wechseln und den Wagen gründlich reinigen lassen sollten, legten sie schweigend zurück, und ich habe nie aufgehört, an jenen toten Körper zu denken, ermordet durch drei zitternde, unentschlossene Kritiken in den Nacken, stumm und steif, mit keiner anderen Gesellschaft als der Kälte, den Sternen und den Ratten. Ich kann ihn nicht vergessen, Júlia, und das tut mir weh.

4

»Feldwebel Samanta sagt, du würdest sie hintergehen.«

»Ich? Ich bekomme sie bei meinen Besuchen doch kaum zu Gesicht.«

»Sie sagt, du würdest mir heimlich Schokolade mitbringen«, beharrte der Onkel.

»Das bildet sie sich bloß ein!«, erwiderte Miquel und legte ihm zwei Tafeln Schmelzschokolade in die Nachttischschublade, unter das gelbe Japanpapier, aus dem die abessinischen Löwen gefaltet wurden.

»Das sage ich ihr auch. Aber sie ...«

»Hattest du in den letzten Tagen Bauchschmerzen?«

»Nein, gar nicht, alles normal. Der Feldwebel ist die Schlaueste in dieser Irrenanstalt.«

»Pflegeheim.«

Onkel Maurici würdigte Miquel keiner Entgegnung. Erst als die erste Tafel verputzt war, fand er den Mut weiterzuerzählen. Er nahm ein Blatt Papier, und während sein Blick in die Ferne schweifte, falteten seine Finger ganz von selbst, mit dem Geschick eines Blinden, daraus völlig überraschend einen eindrucksvollen Mandrill mit geschwollenem Hinterteil. Und als die Figur fertig war, legten die Finger sie achtlos auf dem Nachttisch ab, als wäre sie nicht weiter wichtig, weil der Onkel in diesem Augenblick nicht die Erinnerung, sondern die Wirklichkeit des Todes seines Onkels Maur II des Göttlichen durchlebte. Eine Träne tropfte aufs Bettlaken.

»Ich habe ihn umgebracht. Meinen Onkel.«

»Blödsinn!«

Aber die Träne war echt. Miquel zeigte auf den Mandrill: »Dieser Affe ist … er ist fabelhaft, Onkel.«

»Ich habe ihn getötet. Er ist gestorben, weil er das Heft gelesen hat.«

»Und was war das für ein Heft?«

»Eine Geschichte. Gedanken …«

Der Onkel zerknüllte mit verkrampften Fingern das nächste Blatt, das gerade erst die Umrisse eines Pferdes angenommen hatte, und ließ es auf den Laken liegen. Für Miquel verwandelte es sich in ein formloses Papierknäuel, und er musste an die Sklaven von Michelangelo denken, die sich unter Schmerzen aus dem Stein herausschälen und schreiend danach verlangen, Gestalt anzunehmen, zum Leben zu erwachen.

»Ich glaube, ich muss an anderer Stelle mit meiner Erzählung beginnen.«

»Wenn du nicht willst, reden wir nicht darüber. Onkel.«

»Natürlich will ich darüber reden.« Mit einer energischen Handbewegung: »Setz dich.«

Die Finger machten sich an einen neuen Mandrill: Es ist nicht gut, dass der Affe allein sei. Und der Onkel erzählte, wie überrascht die Familie gewesen war, als der Notar Tutusaus das Testament von Urgroßvater Maur II Gensana dem Göttlichen verlas. Das Testament an und für sich war ein literarisches Kleinod; zwischen den rechtlichen Fragen schweifte der Urgroßvater immer wieder ab, pries die Erlesenheit des Gartens und die Großartigkeit der Dichtung, zu der dieser *locus amoenus* ihn inspiriert hatte. Er zitierte sich selbst mit den Versen *Schatten an der Mauer des Kastanienhains / schöner als du ist allein der Schatten der Linden*, bis sein Sohn Ton gähnen musste; er hatte in der Fabrik alles stehen und liegen lassen, um hierher zu kommen, und die Woche war schlimm genug gewesen mit dem Todesfall, der Totenwache und der Beerdigung und nun dem hier; verstohlen zückte er die Uhr, um nachzusehen, ob er es noch rechtzeitig ins Büro schaffte oder vielleicht direkt in den Club gehen sollte. Aber er gefror mitten in der Bewegung, die Uhr halb aus der Westentasche heraus, als Notar Tutusaus verkündete, dass dein Urgroßvater Maur II der Göttliche angesichts besonderer, erst kürzlich bekannt gewordener Umstände sein Testament geändert habe, und diese Änderung sei rechtsgültig, bezeugt durch die Anwesenheit von und so weiter und so weiter, und alle hörten, wie dem Notar die Stimme zitterte, und alle früheren Verfügungen, die im Widerspruch zu dieser stünden, seien null und nichtig angesichts der neuen, die zusammengefasst lautete, hiermit vermache ich den gesamten Besitz der Familie, Ländereien, Gebäude, Garten und Herrenhaus sowie die Fabrik – deren Geschäftsführer Don Antoni Gensana i Eroles ist und bleiben soll –, das Grundstück am Hang von Navarcles und zu guter Letzt sämtliches zum jetzigen Zeitpunkt auf der Bank liegendes Geldvermögen meinem geschätzten Neffen Don Maurici Sicart i Gensana, Maurici Ohneland, Sohn meiner innig geliebten Schwester Carlota als einzigem Erben. Und Großvater Ton, der Sohn des Dichters, klappte den Mund auf und wieder zu wie die Goldfische im Gartenteich, der ihm nicht länger gehörte. Enterbt. Warum? Und die Fabrik? Warum? Und als ich den Blick bemerkte, den mir dein Großvater Ton zuwarf, wusste ich, dass ich von nun an einen Todfeind in meiner Nähe hatte. Aber am schlimmsten war für mich, Miquel, dass dein Vater – selbst dein Vater – mich böse ansah, weil er wohl der Ansicht war, in der Familie Gensana sei einzig und allein die männliche Linie erbberechtigt. Zwei Feinde im Haus. Und Urgroß-

mutter Pilar und Mama Amèlia saßen stumm, sprachlos, sichtlich verdattert da, denn das Ganze war einfach unbegreiflich. Doch angesichts der Blicke der Männer schwor ich
mir, niemals aus diesem Haus wegzugehen, komme, was
da wolle, weil es mir gehörte. Ein Dichter hatte es mir geschenkt.

»Nein. Es gehört mir, Maurici. Moralisch betrachtet gehört es mir.« Wütend reckte er mir seinen Zeigefinger entgegen. »Gib es mir zurück.«

Papa Tons Schnurrbart bebte. Vierzehn Tage waren vergangen, und er konnte es noch immer nicht glauben, klappte
noch immer den Mund auf und zu wie ein Goldfisch vor
lauter Fassungslosigkeit; und ich war genauso fassungslos
wie er und zugleich erfüllt von einer Heidenangst vor meiner unerwarteten Macht.

Der Onkel verstummte. Einen Moment lang sah es so
aus, als wolle er sich wieder dem Pferdekopf widmen, aber
seine Finger hielten gedankenverloren mitten in der Bewegung inne. Und mit düsterer Stimme fuhr Onkel Maurici
fort, ich habe geschworen, dieses Haus nie zu verlassen, Miquel, weil es mir gehörte. Und ich habe mir geschworen,
dass ich damit tun und lassen könne, was ich wollte, eben
weil es mir gehörte. Bis ich durchgedreht bin und ihr mich
hierhergebracht habt, um gemeinsam mit dem Feldwebel
Wache zu schieben. Damit waren fünfzig Jahre Geschichte
zusammengefasst, in denen Miquels ganzes Leben Platz fand.
Die beiden schwiegen und lauschten auf den fernen Nachhall der Grenzen der Stille.

»Warum hast du gesagt, du hättest ihn umgebracht?«

Der Onkel sah Miquel an, als wäre er soeben von einer anstrengenden Reise zurückgekehrt. Er griff nach dem Pferdekopf und begann mit nervösen Bewegungen, ihn zu entfal-
ten, bis zuletzt wieder ein gelbes Blatt Papier vor ihm lag,

durchzogen von unleserlichen, rätselhaften Linien, die kurz zuvor noch ein Pferd hatten werden wollen. Dann sagte er, dein Urgroßvater hätte das niemals lesen dürfen. Ich hatte es nicht so gründlich versteckt wie sonst. Es war meine Schuld. Später habe ich dann bemerkt, dass mein Onkel, dein Urgroßvater, es auf meinem Schreibtisch gefunden hatte. Bevor jemand von uns zurückkam, hatte er Zeit, alles zu lesen, zu verzweifeln, den Notar kommen zu lassen, das Testament zu ändern, sich mit dem Heft in der Hand in der Bildergalerie niederzulassen, noch mehr zu verzweifeln und zu sterben.

Er verstummte, als er hörte, wie Feldwebel Samanta oder einer ihrer Schergen einen Befehl bellte. Dann sah er Miquel in die Augen und sagte, ohne den Blick abzuwenden, ich habe deinen Großvater Ton angefleht – wahrscheinlich, um das Echo meines schlechten Gewissens zu dämpfen –, in meinem Haus wohnen zu bleiben: er mitsamt seiner Familie und seinem Groll. Kurz darauf wurde in Feixes gemunkelt, ich sei ein Spieler und würde beim Baccara ein Vermögen verschleudern. Und das ist als meine Erste Große Enttäuschung in die Geschichte eingegangen.

5

In den Monaten, die dem Racheakt folgten, hatten Simó und Franklin alle Hände voll zu tun: Eine mitfühlende Seele in der Partei sorgte dafür, dass die vier Helden sich nicht nur in alle Richtungen zerstreuten, sondern auch beschäftigt waren, damit sie nicht in Versuchung kamen, allzu viel nachzudenken und dieses Nachdenken ihnen schadete und sie für den bewaffneten Kampf untauglich machte. Genosse Simó nahm nach dreimaligem Wohnungswechsel an mehreren Dutzend Versammlungen neuer Zellen teil, bei denen harsche Selbstkritik an der schlechten Arbeitsweise der Partei geübt wurde und die Genossen wieder auf die ideologische Linie der Organisation zurückgebracht wurden. Er war mit Feuereifer dabei und wurde nun endlich doch zu einer Art Heidenapostel, der die Gute Nachricht der Orthodoxie predigte und eigentlich nicht mehr Simó, sondern Saulus hätte heißen müssen. Und Mingo war sein Protomärtyrer.

Es waren raue Zeiten: Das letzte revisionistische Schisma hatte die Partei sämtlicher Möglichkeiten beraubt; aber das ließ Miquel ungerührt, weil er sich im Besitz der Wahrheit wusste und einer der Gerechten war, die Gott von Lot gefordert hatte. Wie beruhigend zu wissen, dass man einer der zehn war. Währenddessen unterzeichnete Franco, sabbernd und von Sklerose geplagt, noch frenetisch nutzlose, grausame Todesurteile, denn wer mordend geboren wird, muss mordend sterben. Und das Land wartete voller Ungeduld auf einen Herzinfarkt oder einen unmöglichen Ka- mikazeakt und erinnerte sich noch an das Schweigen für Puig Antich. Zur selben Zeit grübelte Simó über die entschei- dende Frage nach, ob sich die Vorhut der Arbeiterklasse für die Zeit vor der Revolution mit den Intellektuellen und den Christen verbünden solle oder nicht. Die Revisionis- ten sagten ja, und Simó der Heidenapostel sagte nein. Die Vorhut der Arbeiterklasse musste eine unerbittliche Dikta- tur des Proletariats errichten, um endgültig die sozialisti- sche Revolution und das Reich des Kommunismus zu er- möglichen, wie Jesus gepredigt hatte. Noch heikler war die Frage, wie man sich den ehemaligen Genossen von der PSUC gegenüber verhalten sollte, den katalanischen Kom- munisten, konterrevolutionären Revisionisten, die sich mehr schlecht als recht durchschlugen und mit den verbo- tenen Parteien der Bourgeoisie paktierten. Hier gingen die Meinungen noch stärker auseinander; die neue alte Garde der Partei war der Ansicht, die PSUC sei schlimmer als die Bourgeoisie, weil sie Verräter waren. Und Miquel II Gensana, der Apostel der Orthodoxie, war mit einem Mal (an dem Tag, an dem er in der Aula elf der Universität vor einem aus fünf Zuhörern bestehenden Publikum eine Rede hielt) unendlich erschöpft und musste sich, tief in seinem Inne- ren und gegen sein schlechtes Gewissen, eingestehen, dass er nur auf die Gelegenheit wartete, Abschied von den Waf- fen zu nehmen. Wäre da nicht die Tatsache gewesen, dass Berta, die Genossin Pepa, seit dem Verrat des gottverdamm- ten Toro im Gefängnis saß. Und die alte Parteispitze, die zu acht bis zehn Jahren verurteilt worden war, versuchte, die Lage in den Griff zu bekommen, während der blutige Stuhl- gang im Körper des Diktators seine eigene Revolution machte. In der Partei geriet alles in Bewegung, die Kämp- fer waren völlig verwirrt, die einen orientierten sich nach oben, die anderen nach unten. Pinochet kehrte nach der Teilnahme an Francos Beerdigung nach Chile zurück, und Genosse Simó hatte weder Geld noch Gelegenheit, Sekt zu kaufen, wie anständige Leute es taten, und Spanien erwachte und war auf wundersame Weise schon immer für die Monarchie gewesen. Nun beschloss die Partei, wegen des Umbruchs doch wieder zur PSUC zurückzukehren, denn sie war in Auflösung begriffen. Viele der Kämpfer sagten, nun gut, das war's, und bemühten sich zu vergessen, dass sie noch wenige Wochen zuvor die revisionistischen Brüder von der PSUC verflucht hatten. Aber diejenigen, die das nicht so klar sahen, diejenigen, die sagten, nur für das Recht auf freie Wahlen hätte ich niemanden erschießen müssen, dazu hätte es weder Beirut noch die Fünfundzwanzig-Watt-Glühbirne oder das mit Toros Blut vollgesogene Handtuch gebraucht – all diese wurden aufgefordert, sich beim Projekt Equus zu melden. Und zwar mit Pistole, bitte sehr. Und ich, der ich mir nichts sehnlicher wünschte, als aufzuhören, der ich dem Krieg den Rücken kehren, nach Hause gehen und einem Veteranenverein beitreten wollte, um mich in den Schaukelstuhl zu setzen und an vergangene Schlachten zurückzudenken, sagte meine Teilnahme am Projekt Equus zu und dachte tief in meinem Herzen, du bist wie Antigone oder mehr noch wie Ödipus, unfähig, dich gegen deine Bestimmung als Revolutionär zu stellen.

Als Miquel Gensana die Pension in Madrid verließ, in der er übernachtet hatte, sah ich an der Puerta del Sol die schwarz glänzenden offenen Wagen an mir vorbeifahren, vollgepackt mit dem breiten Lachen der Rockefellers, Fabiolas und des neuen Königspaars. Die Bürgersteige waren gesäumt von Leuten mit offenen Mündern und leuchtenden Augen (nachdem sie den Tod des Ungeheuers bitter beweint hatten), weil sie nun endlich wieder eine Königsfamilie hatten. Und ich war nur zwei Schritte vom neuen König entfernt, in der einen Tasche ein Buch, in der anderen die Pistole. Ich bekam einen Lachkrampf, dann machte ich mich traurig, enttäuscht, hoffnungsvoll und verwirrt auf den Weg zur U-Bahn nach Puente Vallecas, zu dem Treffen von Equus.

Das Treffen, das Projekt, das ich mir als unerwünschte und unmögliche Wiederaufnahme unseres Kampfes für eine in immer fernere Weiten verschwindende Revolution vorgestellt hatte, erwies sich als äußerst merkwürdiger, beinahe akademischer Akt im weitläufigen Wohnzimmer einer Privatwohnung, in der es praktisch keine Möbel gab außer einem kleinen Resopaltisch und einem wackeligen Küchenstuhl für mich und einer langen Tafel, an der Blauauge und drei mir unbekannte Mitglieder des Zentralkomitees saßen. Sie dankten mir für meine Bemühungen um den revolutionären Kampf und teilten mir mit, da die Partei von nun an Teil der Katalanischen beziehungsweise in ihrem Fall der Spanischen Kommunistischen Partei sei und angesichts der Tatsache, dass ich mich weigere, mich diesem Prozess anzuschließen, sei ich mit sofortiger Wirkung sämtlicher Verpflichtungen der Partei gegenüber entbunden, wie auch die Partei jeglicher Bindung und Verpflichtung mir gegenüber. Dann ließen sie mich schwören, niemals und unter keinerlei Umständen die Geheimnisse preiszugeben, die ich als Kämpfer erfahren hatte, und niemals ehemalige Genossen zu verraten, wie auch die Partei niemals etwas über meine Aktivitäten als Kämpfer verlauten lassen werde. Ich vermute, sie meinten damit Toros Tod und mein Studium im Libanon. Heute ist das erste Mal, dass ich jemandem davon erzähle, Júlia.

Einerseits war Miquel Robin Hood II Gensana ungeheuer erleichtert bei dem Gedanken, dass er von nun an nie wieder die drückende Last der Illegalität würde tragen müssen; den ehemaligen Genossen Simó aber erfasste große Angst, ja Übelkeit, denn er hatte nicht nur todesmutig gegen die Strukturen einer diktatorischen Macht gekämpft; vor allem hatte er gegen sich gekämpft, um an all das glauben zu können, was er hatte erdulden müssen, um mit revolutionärer Begeisterung glauben zu können. Miquel und Simó sahen tief in ihre Seele hinein: »Und was fange ich jetzt mit meinem Leben an?«, platzte ich heraus und sah Blauauge an; mein Tonfall war klagend und vorwurfsvoll, denn man kann seine Gewohnheiten nicht von einem Tag auf den anderen ändern. Aber der Mann mit dem struppigen Schnurrbart und den unablässig tränenden Augen, der hier offenbar das Sagen hatte, wischte meinen Einwand mit einer federleichten Handbewegung beiseite: Das hier war keine Gesprächsrunde.

»Die Pistole bitte. Gib sie dem Genossen Pablo zurück.«

Ich tat, wie mir geheißen, ohne den Blick von Blauauge abzuwenden.

»Sag schon!«

Zum ersten Mal seit Jahren wich Blauauge einer Frage aus und sah an die Decke, während mir Genosse Pablo einen Umschlag mit einem anständigen, wenn auch keineswegs üppigen Bündel Geldscheine übergab. Es sollte mir die ersten Wochen meiner Rückkehr in die Gesellschaft derer erleichtern, die nicht aufgehört hatten zu lachen, Liebe zu machen, den Kopf in den Sand zu stecken, Doktorarbeiten zu schreiben, ins Kino zu gehen oder durch die Straßen zu spazieren, ohne ständig nach einem möglichen Verfolger in der Ferne Ausschau zu halten.

Ich verließ das Wohnzimmer der Wohnung in Puente Valecas, ohne noch einen weiteren Blick auf Blauauge oder die Frage zu wagen, welches Schicksal die Genossen erwartete, die im Gefängnis saßen, wie zum Beispiel Berta, ich meine Genossin Pepa, ohne die Runde auszufragen, wie Genosse Franklin reagiert hatte, wenn er überhaupt schon am Projekt teilgenommen hatte, ohne sie zu fragen, welches Arschloch sich den feierlichen Namen »Projekt Equus« für diese unvermeidliche Massenentlassung ausgedacht hatte, von der – wie man mir sagte – nur die Kämpfer betroffen waren, die im Rahmen der Aktivitäten oder innerhalb der Strukturen der Partei eine herausragende Tat vollbracht hatten und nicht in den Schoß der PSUC zurückgekehrt waren.

Mit dem Geld des Genossen Pablo tankte ich die Vespa auf, die mich nach Madrid gebracht hatte, und fuhr nach Barcelona zurück als Miquel II Gensana der Von Allen Erdrückenden Lasten Außer Der Erinnerung Befreite. Ich sang und lachte bei sechzig Stundenkilometern, ich weinte und warf den Verkehrspolizisten herausfordernde Blicke zu, weil mich jetzt, selbst wenn sie mich anhielten, nicht der Schreck durchzucken würde, sie könnten die Pistole in meiner Tasche oder die Angst in meinem Herzen entdecken.

Sechshundert Kilometer lang hatte Miquel Zeit, sich zu überlegen, wie er jetzt weitermachen sollte. Auf keinen Fall wollte er nach Hause zurück: Das wäre dem Eingeständnis gleichgekommen, dass er falschgelegen hatte; er würde den schweigenden, triumphierenden Blick seines Vaters ertragen müssen und vielleicht die mitleidigen Gesten von Onkel Maurici, vor allem aber würde er dem Schweigen der Mutter standhalten müssen: Und diese Vorstellung versetzte ihn wahrhaft in Panik. In Monegros angekommen, hatte er zum dritten Mal seine Meinung geändert; und erst in Fraga sagte er sich, wenn es denn sein muss ... Aber nein: Noch lagen vierhundert Kilometer vor ihm, und er machte sich auf und kam zu seinem Vater. Da er aber noch ferne von dannen war, sah ihn sein Vater, und es jammerte ihn, lief und fiel ihm um seinen Hals und küsste ihn. Der Sohn aber sprach zu ihm: Vater, ich habe gesündigt gegen den Himmel und vor dir; ich bin hinfort nicht mehr wert, dass ich dein Sohn heiße. Aber der Vater sprach zu seinen Knechten: Bringet das beste Kleid hervor und tut es ihm an, und gebet ihm einen Fingerreif an seine Hand und Schuhe an seine Füße, und bringet ein gemästet Kalb her und schlachtet's; lasset uns essen und fröhlich sein! denn dieser mein Sohn war tot und ist wieder lebendig geworden; er war verloren und ist gefunden worden. Und sie fingen an fröhlich zu sein.

»Kann ich das Fleisch bringen?«

Der Maître warf einen ungeduldigen Blick auf Miquels Salat, der nur an einer Stelle ein wenig angeknabbert war. Miquel kehrte in die Wirklichkeit zurück und betrachtete den Teller. Die Augenbraue des Maître schoss nach oben, und er sagte vorwurfsvoll: »Hat Ihnen der Salat etwa nicht geschmeckt?«

»Nein, ich habe nur ...«

Schuldbewusst legte er das Besteck auf den Teller. Júlia sah ihn verständnisvoll an und machte eine Handbewegung in Richtung Maître. Der schnipste mit den Fingern, und ein Kellner kam und räumte die Teller ab.

»Vielleicht solltest du mehr essen und weniger reden, Miquel.«

»Ich kann nicht aufhören zu reden. Ein ganzes Leben lang habe ich nicht geredet.«

Er sah, wie sie lächelte, und fragte sich, ob er ihr wirklich alles würde erklären können. In diesem Augenblick kam der Kellner mit den zweierlei Fleischsorten zurück, die es offenbar kaum erwarten konnten. Die hochgezogene Augenbraue des Maître, der hinter dem Kellner stand, fest entschlossen, sie nicht in Ruhe essen zu lassen, fragte sie, ob sie noch mehr Wein wollten, und sie sagten ja bitte, wir hätten gerne mehr Gründe, hier noch lange Zeit sitzen zu bleiben, denn schließlich kommt es auf ein Jahrhundert mehr oder weniger auch nicht an, nicht wahr, Júlia. Außerdem hast du mich ja hierhergebracht, damit ich dir von Bolós erzähle, und wie du siehst ...

Es kam genau so, wie Miquel II Gensana der Verlorene Sohn es gefürchtet hatte: Sein Cousin Ramon rief von der Fabrik aus an, um ihn zu fragen, ob er schon die Welt gerettet habe, und schloss mit einer widerlichen Lache. Núria sagte hallo, schön, dass du wieder zu Hause bist, und schwieg dann, verlor kein Wort über den triumphierenden Brief, den er ihr damals geschickt hatte, bevor er sich eilends auf den Weg in den Untergrund und zum Ruhm begab. Dann lud sie ihn ein, sie doch mal zu Hause zu besuchen und seinen neugeborenen Neffen kennenzulernen. Sein Vater betrachtete ihn spöttisch schweigend und ließ (von der Mutter instruiert) kein Wort des Vorwurfs hören, sagte sie aber alle mit seinen Augen und einem Seufzer der Zufriedenheit. Dann ging er zurück in die Fabrik, denn er musste ja schließlich arbeiten. Der Onkel sah aus der Bibliothek zu ihm hinüber, hob den Kopf von seinen Büchern und sandte eine Woge von Mitleid zu seinem Lieblingsneffen herüber, dem Miquel seines Herzens, der nach Hause zurückgekehrt war. Und ja: Das Schlimmste war das Schweigen seiner Mutter. Vielleicht, um es zu mildern, vielleicht aber auch als Akt der Reue saß Miquel den halben Nachmittag lang im Sessel neben dem seiner Mutter bei dem riesigen Radio, das sein Leben lang an der Wand direkt hinter Júlia gestanden hatte, und lauschte ihrem Schweigen, während sie unablässig Strümpfe stopfte und Hosen säumte, zu einer sanften Musik, die nicht über den Lichtkreis der Glühbirne hinausreichte. Und schweigend sagten sie zueinander, da siehst du's; Mutter; ja, Sohn, du musst mir nicht die Einzelheiten erzählen, ich bin überglücklich, dass du hier bist, heil und lebendig; ich habe an dich gedacht, Mutter, aber es war konterrevolutionär, sich dadurch vom Handeln abhalten zu lassen; das verstehe ich, nein, eigentlich verstehe ich es nicht, aber ich akzeptiere es, das Wichtigste ist, dass du wieder da bist, was hast du denn jetzt vor? Ich weiß es nicht, Mutter; ich glaube, ich will studieren, aber ich weiß nicht, was. Ihr müsst mir ein paar Tage Zeit zum Überlegen geben, ob ich weiter Geschichte studieren will oder irgendetwas anderes, Mutter. Und durch die halb geöffnete Bibliothekstür drang die gemächliche Melodie der *Música callada*, und ich verstand, dass der Onkel mich damit willkommen hieß. Mutter schaltete das Radio aus, damit ich dem Mompou ungestört lauschen konnte, biss einen Faden ab, die Brille auf der Nasenspitze, und sagte in ihrem Inneren, nimm dir so viel Zeit, wie du brauchst, mein Junge, und ignorier das Schnauben deines Vaters, denn dies ist ein wichtiger Moment in deinem Leben, verlorener Sohn.

»Dein Vater ist sehr angespannt, weil in der Fabrik nicht alles glattläuft.« Jetzt, nach zwei Stunden Schweigen, sah ihm die Mutter in die Augen und ließ die Arbeit auf ihren Schoß sinken: »Alle schließen, und er hat Angst, dass er auch wird schließen müssen.«

»Was ist los, hilft Ramon ihm nicht genug?«

»Darum geht es nicht. Es gibt eine Krise, überall auf der Welt, heißt es. Wir haben nicht genug Geld, um den Maschinenpark zu erneuern. Die Textilindustrie verschwindet, mein Junge.«

»Aber wir müssen doch alle etwas zum Anziehen haben. Das habe ich nie verstanden.«

Wenn es nur das wäre, was ich im Leben nicht verstehe ... Doch wie auch immer: Ich richtete mir ein diskretes Plätzchen im häuslichen Alltag ein und machte mich voller Eifer wieder an die Lektüre, und jetzt waren Todorov und Barthes Pflicht. Vater war den ganzen Tag außer Haus, Mutter betrachtete mich von weitem voller Ergriffenheit, und ich flanierte durch den Garten, allein, einsam, ledig, entdeckte den schwanlosen Teich und den Kastanienhain wieder, stellte Berechnungen über meine Zukunft an, meldete mich bei Freunden, die sich wunderten, dass ich noch am Leben war, mied die Seite im Telefonbuch, auf der die Nummer von Bolós verzeichnet war, und zog mich in die Bibliothek zurück, zusammen mit dem Onkel, der mir damals das Geheimnis anvertraute, das nur er und ich kannten, nämlich, dass er unwiderruflich unter dem Namen Maurici Ohneland in die Geschichte eingehen würde, und böse Zungen brachten das Gerücht auf, er verlöre allmählich den Verstand. Und er zeigte mir die Änderungen, die er im Stammbaum vornehmen wollte, und ärgerte meine Mutter, indem er ihr sagte, sie müssten langsam mal das Foto für die Bildergalerie in der nördlichen Galerie machen. Ich beschloss, Geisteswissenschaften statt Geschichte zu studieren, einfach so, weil ich drei Gedichte von Foix gelesen und festgestellt hatte, dass die Kunst ein Phänomen ist, zu dem man Zutritt bekommt, ohne um Erlaubnis bitten zu müssen, und in dem man verweilen darf, ohne sich für das zu rechtfertigen, was man tut. Ich war noch zu unerfahren, um zu wissen, dass es Kritiker gibt. Ich war noch zu jung, um zu bemerken, dass ich auf der Suche nach Rettung war.

Die Uni betrat ich durch die Hintertür; um zu vermeiden, dass sie zum Tempel wurde, fanden die Vorlesungen nicht in dem Gebäude an der Plaça de la Universitat statt, sondern in einem Konglomerat aus Gebäuden links und rechts des oberen Teils der Diagonal, das man mit etwas Phantasie und gutem Willen als Campus bezeichnen konnte. Am Ende einer Vorlesung von Ricart Salvat lernte ich Gemma kennen. Sie biss gerade in ein Croissant, und sofort fielen mir die Grübchen in ihren Wangen auf. Berta war weit weg. Und auch Teresa, so unvorstellbar das scheinen mag, war weit weg. Und da man sich nicht mehr verstellen musste, folgte Miquel Gensana der Liturgie der Zeit und ließ sich einen Bart stehen.

6

Unsere Familie ist eine prächtige Fassade mit damastge-
schmückten großen Balkonen, die bei den Leuten Bewunderung weckt. Viele Generationen lang haben sämtliche
Gensanas vor allem eines versucht: einen Skandal zu vermeiden. In den letzten zweihundert Jahren haben wir viel
Wäsche beschmutzt, aber wir haben sie immer in unserem
Waschraum gewaschen. Immer, Miquel. Erst dein Vater
hat gegen diese geheiligte Regel verstoßen. Nicht einmal
zu Zeiten deines Urgroßvaters Antoni II Chrysostomos
Gensana, der zwar in der Öffentlichkeit wunderbare Reden
schwang, aber im Privaten nichts von den Hörnern wusste,
die ihm aufgesetzt wurden, drang etwas nach außen. Und
ich, Maurici der Eigentümer, bin ein Spross dieser Sippe,
die den Skandal fürchtet wie die Pest. Deshalb lebte ich
in der Zeit, in der das Leben mich mit Reichtum über-
schüttete, meine Liebe mit Miquel Rossell nur heimlich
aus, und meine größte Angst war, jemand könne herausfinden, dass ich pervers und verderbt war und die griechischen Epheben beneidete, weil sie ihre Liebe offen und
furchtlos ausleben konnten. Dein Vater bestand nicht länger darauf, mich zu seinen Vergnügungen mitzunehmen,
aber nicht etwa deshalb, weil er etwas von meinem Verlangen ahnte, sondern weil die unerwartete Änderung im Testament des Dichters ihn tief gekränkt hatte. Vorbei war
es mit den Witzen, den Vertraulichkeiten, dem gemeinsamen Bier und den gemeinsamen Zigaretten, und Pere I der

Flüchtige war für mich nichts weiter als ein schweigender, argwöhnischer Blick. Unser Leben ging natürlich auch dann unverändert weiter, als mir alles gehörte: Abgesehen von dem Notar kannte niemand außerhalb der Familie das Geheimnis, das uns das Leben vergällte, und ich setzte weiterhin keinen Fuß in die Fabrik, widmete mich meinem Plautus und Horaz und bezog nach wie vor ein Taschengeld, das ich bedenkenlos ausgeben konnte. Ich bemühte mich, meinen Miquel für Wetten beim Hunderennen zu begeistern, und führte ihn in mehrere mehr oder weniger illegale Gruppen ein, die beim Kartenspiel hohe Summen setzten. Und ich gab ihm Geld, damit er es mit beiden Händen zum Fenster hinauswerfen konnte. Bis er mich eines Tages bei den Jackettaufschlägen packte, aber nicht, um mich zu küssen, sondern um mir zu drohen, wenn wir diesen liederlichen Lebenswandel nicht aufgäben, werde er mich verlassen. So war er, Miquel. Und ich ließ das Spielen sein. Aus Liebe.

Zu Hause fühlte ich mich einsamer als irgendwo sonst, weil ich Miquel nicht mitbringen konnte. Im Grunde genommen redete ich nur mit dem Klavier, und Großmutter Pilar und Mama Amèlia setzten sich oft still zu mir in die Bibliothek, vermutlich mit unzähligen Fragen, die sie sich nicht beantworten konnten; und sooft ich Großmutter Pilar betrachtete, kamen mir die Tränen. Das waren stille Jahre im Hause Gensana, als hätte die ganze Familie dem Chaos den Rücken gekehrt, in das die Geschichte in den Dreißigerjahren den Rest unseres Landes gestürzt hatte. Sieh mal, Miquel. Jetzt mache ich noch einen Käfig für diese Affen.

Es war meine Schuld: Miquel und ich hatten uns seit Tagen nicht sehen können, und so bat ich ihn – halb aus einer Laune heraus –, dringend zu mir zu kommen. Es war Sommer, und das Wetter lud zu einem nächtlichen Spaziergang ein. Ich hatte ihn heimlich durch das Gartentor am Kastanienhain hereingelassen. Wir liebten uns wie zwei ausgehungerte Tiere, und er wollte mich gerade nehmen, als sich plötzlich ein greller Lichtkegel auf uns richtete. Ich hörte deinen Großvater fluchen, und Miquel sprang trotz seiner sichtbaren Erregung erstaunlich elegant splitternackt über die Gartenmauer und war verschwunden. Wie er nach Hause gelangt ist, habe ich nie erfahren. Ich weiß noch genau, wie die Flüche meines Adoptivvaters zu wüsten Beschimpfungen wurden, wie er mir ins Gesicht spuckte und mich einen Perversen nannte, ein Schwein, eine Schwuchtel. Aber er hatte meinen Geliebten nicht erkannt, und das beruhigte mich bei aller Scham. Ich fühlte mich wehrlos und nackt vor dem Mann, der mich an Sohnes statt angenommen hatte und mich sowieso schon hasste, weil sein Vater alles mir überlassen hatte. Hinter ihm bemerkte ich einen Schemen, aber ich habe nie herausgefunden, ob Pere auch dort war oder ob ich mir das nur in meinem Herzen einbildete. Noch bevor ich irgendetwas erwidern konnte, ließ dein Großvater mich im Dunkeln mit meiner Verzweiflung allein. In derselben Nacht putschte ein General, der viele Jahre später an Sklerose im Bett sterben sollte, in Nordafrika gegen die gewählte Regierung. Doch ich kauerte im Kastanienhain, umklammerte verzweifelt Miquels Kleider und weinte aus anderen Gründen. Ich weinte aus Verzweiflung darüber, dass mein kostbarstes Geheimnis dem Menschen in die Hände gefallen war, der mir den größten Schaden zufügen konnte.

Am nächsten Tag war der Militärputsch eine unwiderrufliche Tatsache. Aber Großvater schloss sich mit mir – nachdem er sichergestellt hatte, dass Pere nicht zum Militär eingezogen würde – in der Bibliothek ein. In meiner Bibliothek. Mit einem Dokument in verschnörkelten Lettern und einem Befehl.

»Unterschreib das.«

»Was ist das?«

Er verlangte nichts weiter als die Übereignung der Fabrik auf Lebenszeit. Wenn ich das nicht täte, würde er in ganz Feixes verbreiten, dass ich ein widerlicher Perverser war. Und dann sagte er mir ins Gesicht, er wisse ganz genau, wer mein Spießgeselle sei. Ich sah ihm in die Augen und dachte: Er pokert.

»Du weißt nicht, wer mein Liebster ist.«

»Liebster? So nennt man das? Du Schwein! Natürlich weiß ich das!«

»Ich denke nicht dran zu unterschreiben. Tu, was du nicht lassen kannst.«

Dein Großvater Ton ging zum Telefon in der Bibliothek, wählte eine Nummer und verlangte die Redaktion von *La Veu*. Pokerte er? Rasend vor Wut dachte ich bei mir, dass er zu allem fähig sei. Und damals schämte ich mich noch für das, was ich war. Also griff ich nach dem Füller, und er hängte ein. Heute glaube ich, dass er sehr wohl pokerte, denn auch dein Großvater hätte nicht gewollt, dass es zum Skandal kam. Ich unterschrieb für Miquel; die Fabrik war mir egal. Und so bekam er die Fabrik wieder zurück, Miquel, einfach so. Und ich fühlte mich schmutzig und elend. Der Fabrik weinte ich keine Träne nach, denn Reichtum hat mich nie interessiert, auch wenn er sich ein Leben lang an meine Fersen geheftet hat. Zwei Tage später musste ich wieder weinen, als Miquel mir sagte, dass ihn die Streitereien der bürgerlichen Klasse nicht interessierten, aber dass mein Adoptivvater mir übel mitgespielt hatte und er mich eines Tages rächen werde. In diesem Augenblick brachen meine Einsamkeit und mein Elend mit voller Wucht über mich herein. Und dein Vater schwieg und mied mich. Ich bin ihm nicht böse dafür: Er war erst zweiundzwanzig, und wir waren im Krieg. Ich bin ihm nicht böse, aber das war meine Zweite Große Enttäuschung.

7

»Wo siehst du hin?«

»Nirgendwohin. Ich war in Gedanken.« Miquel musterte das riesige Steak und überlegte, an welcher Stelle er es am besten in Angriff nehmen könne.

»Du redest und redest, und dein Fleisch ist bestimmt schon ganz kalt.« Júlias tadelnder Tonfall erinnerte mich an meine Mutter. Oder an den Tonfall von Großmutter Amèlia.

»Vielleicht solltest du mal ein bisschen reden.« Es war zart, das schon, und das Messer ging hindurch wie durch Butter.

»Ich habe dich noch nie so viel auf einmal reden hören, Miquel.«

»Ich mich auch nicht.«

»Sieht aus, als würde das Restaurant dich anregen.«

Ich schwieg. Das Fleischstück, das ich abgeschnitten hatte, sah gut aus. Bevor ich es in den Mund schob, lächelte ich Júlia zu:

»Nein. Ich finde es sehr hässlich.«

»Blödsinn. Das Restaurant macht dich so gesprächig. Kanntest du die Leute, die früher hier gewohnt haben?«

»Verdammt, Júlia, nein, das habe ich dir doch schon gesagt!« Tatsächlich: Das Fleisch war kalt.

»Oder hast vielleicht du hier gewohnt?« Sie machte eine Handbewegung, eine Art anmutiges Fragezeichen, mit dem sie das Haus, seine Vergangenheit, seine ehemaligen Bewohner und die Hoffnung umriss, ich möge zu ihnen gehören. »Hm?«

»Verdammt, Mädchen …«

Miquel hieb auf den Tisch, was *tout de suite* die Aufmerksamkeit des Maître weckte. Obwohl er gerade mit den Launen von Tisch *dix-neuf* beschäftigt war (drei alleinstehende Damen, die mit an Sicherheit grenzender Wahrscheinlichkeit einem exklusiven Bridgezirkel angehörten), schoss seine Braue in die Höhe.

»Was ist denn in dich gefahren?«

Miquel lächelte entschuldigend und streckte die Hand über die Wüste des Tisches hinweg nach Júlias Hand aus, die die Gabel hielt. Einen Moment lang berührten sie sich, feierlich, aber mit Erfolg; das war seine Art, um Verzeihung zu bitten für den Schlag, für die Gewalt, für die Ungeduld, und er lächelte bitter in sich hinein, weil er sicher war, dass sie die Zärtlichkeit meiner Geste nicht erkannte.

»Was, Miquel?«

Nein, sie hatte sie nicht erkannt. Aber so war Júlia nun mal, und das gefiel mir auch an ihr. Ich seufzte.

»Das Fleisch ist kalt.«

»Soll ich sie bitten, es für dich aufzuwärmen?«

»Nein, nein. Am Ende muss ich noch Strafe dafür bezahlen, dass ich …«

»Quatsch!« Und noch während sie das sagte, war sie schon aufgestanden, hatte sich meinen Teller geschnappt und in die Hände geklatscht, und der Maître, der weit weg gewesen war, stand direkt neben ihr. Das alles in der Zeit, die ich gebraucht hatte, um den Mund aufzumachen und zu wiederholen, nicht nötig, Júlia, wirklich. Júlia ist eine fabelhafte Frau.

Während sie versuchten, mein Steak zu retten, legte sie die Hände aneinander, lächelte und bat mich weiterzuerzählen.

»Aber ich weiß gar nicht alles über Bolós.«

»Du weißt mehr als jeder andere. Mehr als seine eigene Frau.«

Ich wusste nur, dass ich mit Bolós das Großwerden geteilt hatte, die Zweifel, die Neugier auf unerreichbare Frauen, Franklin und Simó, Traum, Angst und Tränen. Armer Bolós, der sich in eine Wolke verliebt hatte wie ich. Armer Bolós, der dafür hätte sorgen können, dass die verspätete Rache mich traf und nicht ihn. Aber das hat er nicht getan, vielleicht, weil er ein besserer Freund war als ich. Von den drei unzertrennlichen Freunden war nichts mehr geblieben, aber zur Zeit der drei Musketiere, als die Welt ihnen gehörte, beschloss Rovira, Mönch zu werden, und Bolós und mir war gleichermaßen unbehaglich zumute, als wir ihn sagen hörten, ich werde Jesuit, diesen Sommer beginnt mein Noviziat. Und Miquel und Bolós wagten nicht, einander anzusehen, jetzt, da sie einen festen Platz im Tempel der Weisheit hatten, weil ihnen war, als verlören sie einen Freund, als würde er ihnen unter den Händen wegsterben, ließe sich mit siebzehn lebendig begraben, besitze die Frechheit, das zu tun, was mir schon drei Mal durch den Kopf gegangen war. Und ich getraute mich nicht, zu ihm zu sagen, geh nicht, Rovira, verdammt noch mal, und wollte ihn nicht fragen, und was ist mit den Frauen.

Am zweiundzwanzigsten September trat Rovira aus der 12 B als Novize ins Kloster ein. Wir brachten ihn zur Estació del Nord. Alles war voller Angehöriger von Rovira und den anderen Irren, die dieses Abenteuer gemeinsam mit ihm antraten. Und Gensana und Bolós hielten sich im Hintergrund, schwiegen, lächelten äußerlich, versuchten, Roviras Blick zu erhaschen, sahen zu, wie er rechts und links Küsschen verteilte und sich stark stellte, der Lump, und mit ausgestreckter Hand auf sie zukam, um sie ihnen zu schütteln, und ihrem Blick auswich, und Miquel wusste, dass er den Tränen nahe war, und konnte nichts weiter sagen, als ich hoffe, du wirst glücklich, Rovira, und der erwiderte mit herablassender Miene, danke, Gensana: Ich wünsche dir das Gleiche, wir schreiben uns, oder? Und Miquel sagte, aber klar doch, ohne zu wissen, dass er log. Und Bolós hieb Rovira auf den Rücken, und ihm fiel nichts Besseres ein, als zu sagen, danke, Rovira, dafür, dass du uns den Weg freilässt, um alle Frauen der Welt zu erobern, und Rovira lachte viel zu laut und ging, ohne uns einmal angesehen zu haben, zu seinen Eltern hinüber und umarmte sie, denn der Zug schnaubte schon ungeduldig, und scheiß auf alle Bahnhöfe und Züge und Abschiede, die einem das Herz abdrücken.

Und darum trafen sich die drei zwölf Jahre später wieder, wenige Monate nachdem Rovira die Soutane an den Nagel gehängt hatte, nach zwei Jahren Noviziat, zwei weiteren Jahren humanistischer Ausbildung und drei Jahren Philosophie und ein paar Jahren mehr Lehramtsstudium, kurz bevor er das Studium der Theologie antreten wollte, mit dem die Jesuiten ihre jahrelange Ausbildung abschließen, weil Rovira den unmöglichen Wunsch verspürte, etwas neu zu beleben, das längst zerbrochen war. Ich überlegte lange, bevor ich zusagte, und Bolós ging es sicher ähnlich, denn seit dem Projekt Equus hatten Franklin und Simó sich nicht mehr gesehen, sie waren einander aus dem Weg gegangen, vielleicht aus Scham, vielleicht aus Angst, sich bei der Wiederbegegnung der Erinnerung an Toro stellen zu müssen. Und nun schlug ihnen Rovira in aller Unschuld ein Treffen zu dritt vor, als wären zwölf Jahre nicht ein ganzes Leben; und er drängte so sehr, dass sie kamen, alle drei an die dreißig, Bolós schon mit Maria verheiratet, und ich hin und weg von den Grübchen in Gemmas Wangen. Und es war wirklich schwierig, wieder neu anzufangen, als wir drei an einem Tisch saßen, vor allem, einander wieder anzusehen, denn das Reden läuft wie geschmiert, wenn man Wein auf der Zunge spürt; aber den Blick zu halten, ist schwieriger, denn der Blick ist zu direkt, zu hart, als wären die Augen Musik.

Das Wiedersehen fand in einem abgelegenen Restaurant in der Barceloneta statt, und wir spürten nichts von der Nähe des Meeres, sondern nur die Beklommenheit eines Treffens dreier bedeutender Versager. Rovira hatte sich rasch die Uniform jener Zeit zugelegt: Bart, lange Haare, eine Ducado im Mund: genau wie Bolós und ich. Und er erzählte uns, ja, es sei eine sehr schwere Zeit gewesen, aber er habe viel gelernt, er habe gelernt, zu sich selbst zu finden, er habe gelernt, die Stille zu schätzen, das Verstreichen der Zeit, die Einsamkeit.

»Ja, Rovira, aber was ist mit den Frauen?« Bolós, zartfühlend wie immer.

Rovira dachte nach, bevor er antwortete. Als müsse er die vielen Facetten einer Frage erörtern, auf die es keine Antwort gab. Dann schüttelte er den Kopf.

»Schrecklich, das könnt ihr mir glauben. Jahrelang habe ich unter der Einsamkeit des Herzens gelitten. Ich leide immer noch.« Und dann, fast atemlos: »Es ist unmenschlich: Ohne Frau kann man nicht leben. Ich habe mich in die Madonnenfiguren in den Kapellen verliebt; ich habe stundenlang Sport getrieben, um die Versuchung zu vertreiben.«

»So ein Mist.«

»Nein, nicht Mist: Grauen. Wegen der Frauen habe ich die Soutane an den Nagel gehängt.«

»Wegen der Frauen oder wegen einer Frau?«

Zum ersten Mal sah Rovira ihnen in die Augen. Nach zwölf Jahren.

»Wegen der Frauen. Und wegen einer Frau.«

»Jetzt wird es langsam interessant«, lachte Bolós und zündete sich eine Zigarette an. (Die Pfeife war schon lange verschwunden.)

»Ich hatte mich in eine Frau verliebt. Nein: Ich bin in eine Frau verliebt ...«

»Super!«, riefen wir beide aus vollem Herzen.

»Nein, nein ... Es ist schwer zu erklären.«

»Komm schon!«, ermunterten wir ihn. »Wir waren alle schon mal verliebt.« Und dann log ich: »Das ist wunderbar.«

»Aber für mich ist es ganz schrecklich; wenn man bedenkt, dass ich bis gestern noch in der Soutane herumgelaufen bin und ... Verdammt noch mal, ich bin immer noch ein halber Priester! Da beißt die Maus keinen Faden ab.«

»Aber du kriegst auch einen Ständer wie jeder andere.«

»Das ist doch nicht das Problem, verflucht, Gensana!«

»Was ist dann das Problem?«

»Dass das Herz verrücktspielt. Das ist sehr schwer zu kontrollieren.«

»Und was ist dir passiert?«

Dass er sich in eine Katechetin aus La Verneda verliebt hatte, dass er Tag und Nacht an sie dachte, dass er die ganze Woche lang nur herumhing und auf den Samstag wartete, denn das war der Tag, an dem er nach La Verneda fuhr, um Romakinder zu bekehren, und dann dufteten die schmutzigen, verschlammten Straßen nach Rosen, weil Montserrat sie beschritt, die Verkörperung der Freude, die immer freundlich war und immer lächelte und blendend weiße Zähne hatte und Augen von einer unbestimmbaren Farbe, und an manchen Samstagen, oh Gott, schenkte sie ihm einen Spaziergang, auf dem sie (er in Soutane, sie schlicht gekleidet, aber ihr könnt mir glauben, sie ist so ein hübsches Mädchen!) wenig redeten, aber sich gegenseitig von ihren Träumen erzählten, davon, was sie machen würden und was nicht, und an der Bushaltestelle angekommen, wartete er, bis ihr Bus kam, und sie verabschiedeten sich mit einem Händedruck und sahen einander in die Augen, und sie lächelte, und eines Tages hielt er ihre Hand länger als sonst, nur eine Sekunde, ehrlich, und sie sah ihn verwundert an und stieg in den Bus, ohne sich zu verabschieden, und er weinte die ganze Woche lang, stellt euch vor, dabei hatte ich eine Prüfung über die *Soliloquia*, und ich flennte bloß rum und konnte mit niemandem drüber reden. Schrecklich. Und er weinte und weinte, weil er so unglücklich war, und als der Samstag kam, erschien es ihm völlig ausgeschlossen, dass der Bus jemals das Viertel erreichen würde, weil sein Herz so heftig klopfte, dass ihm unbegreiflich war, wie die Erde sich so ruhig weiterdrehen konnte, aber Miquel verstand das nur allzu gut, denn auch wenn er von Gemmas Grübchen besessen war, kehrte plötzlich und heftig die Erinnerung an Berta und seine heimliche Liebe zu ihr zurück, vor allem an die Zeit, als Berta Pepa war; vor allem an den Augenblick, in dem sie ihm so nah war, dass er vor Liebe förmlich verging. Und das alles hatte er Bolós nicht erzählen können, weil er zu jenen heldenhaften Zeiten schon nicht mehr Bolós gewesen war, sondern Franklin, und die Partei nicht zuließ, dass kleinbürgerliche Geschichten wie diese die Arbeit eines Genossen behinderten. Aber das Schlimmste für den armen Rovira war, dass Montserrat sich nicht mehr blicken ließ. Sie gab keinerlei Erklärung, hinterließ keinen Zettel, kein Zeichen, keine Telefonnummer, keinen Hinweis. Sie verschwand. Auf Nimmerwiedersehen.

»Und du hast sie nicht wiedergesehen?«

»Ist ja heftig, Alter. Hat jemand eine Kippe?«

»Nie wieder. Sie hat wohl geahnt, dass ich ihretwegen litt, und …«

»Sehr anständig, oder?«

»Was?«

»Sie ist ein nettes Mädchen. Wenn sie es getan hat, damit du nicht länger leiden musst …«

»Ach Scheiße, von wegen nicht mehr leiden. Jetzt leide ich.«

»Vielleicht hat sie einen Freund.«

»Nein. Ich weiß alles über ihr Leben.«

»Geh zu ihr nach Hause.«

»Ich weiß nicht, wo sie wohnt. Wir hatten eine Samstagsbeziehung; da wussten wir, dass wir uns sehen würden, und mehr brauchten wir nicht …«

»Ach, Rovira, Rovira … eine platonische Beziehung.«

»Scheiß auf die platonische Beziehung.«

Tatsächlich hatte Rovira ihretwegen beschlossen, um Entlassung zu bitten und die Soutane auszuziehen, wegen Montserrat mit dem himmlischen Lächeln, weil er unfähig war, fern von ihr glücklich zu sein. Seine Bitte überraschte seine Vorgesetzten nicht; es ging alles ganz schnell, und Rovira verließ die Gesellschaft Jesu verzweifelt, verliebt und traurig, entschlossen, durch die Straßen Barcelonas zu streifen und Montserrat, Montserrat zu rufen. Und er ließ seine Freunde innerhalb des Ordens zurück, und außerhalb des Ordens hatte er keine Freunde mehr, denn zwölf Jahre sind zwölf Jahre. Aber weil er das nicht wusste, hatte er sie in Barceloneta zusammengerufen, um seine Liebe zu beweinen und zu fragen, hat jemand meine Montserrat gesehen? Und was sollten sie dazu sagen, sie, die eine ganz andere Geschichte voller Liebeskummer und Tod erlebt hatten, Mitglieder einer anderen Organisation, in der die Liebe zwischen Genossen, die nicht verheiratet oder offiziell ein Paar waren, ebenfalls verboten war, in der Ehebruch bestraft wurde und strenge Sitten herrschten, zum Wohle des Kampfes und der Revolution, nachdem sich jeder einzelne Kämpfer einer konkreten Analyse der konkreten Realität unterzogen hatte. Ad Maiorem Dei Gloriam.

Aber Rovira bemerkte nicht, wie unbehaglich Franklin und Simó zumute war, und so klagte er ihnen weiterhin seinen Liebeskummer. Er merkte nicht, dass Bolós und ich einander seit Jahren nicht mehr das Herz ausschütteten, auch wenn sie ein Schreckliches Geheimnis teilten. Oder vielleicht gerade deshalb. Und deshalb drängte er sie, zu erzählen, was sie seit jenem Tag an der Estació del Nord erlebt hatten, als er aufbrach, um seinen Traum zu leben.

»Wir haben Leute umgebracht«, sagte ich und sah dabei Bolós zum ersten Mal offen an. Der drückte die Zigarette aus und sagte, Rauch ausstoßend: »Genau: Wir haben Leute umgebracht.«

»Ach nee, kommt schon. Wollt ihr nicht darüber reden?«

Bolós erzählte ihm seine hochinteressante Geschichte, die ich noch nicht kannte: Dass er bei einem Rechtsanwaltsbüro angefangen hatte und fest vorhatte, in die Politik zu gehen, und ich sah ihn fassungslos an und sagte, du, Bolós? Und er, halb beleidigt, was denn, warum wundert dich das so. Und ich, na ja, also, weil … ich dachte, du hättest die Nase voll davon. Red für dich selbst, entgegnete er schroff, und Rovira blieb außen vor und sah von einem zum anderen, wie bei einem Tennismatch mit neuen Regeln. Und weil das Ganze auf einen Streit hätte hinauslaufen können, lenkte ich das Gespräch wieder geschickt auf Roviras Liebesgeschichte und sagte, wir gehen alle ein bisschen verloren durchs Leben, Rovira.

»Red für dich selbst,« entgegnete Bolós kurz angebunden.

»Nun gut, du und ich, wir gehen verloren durchs Leben, Rovira. So ist das nun mal.«

Bolós trank Bier und zog es vor, mich zu ignorieren. Er nickte Rovira zu und begann zu theoretisieren, das Beste, was er tun konnte, um nicht über ihn und mich reden zu müssen. Miquel tat es ihm nach, und die drei wälzten eine Zeit lang Theorien, warum es physisch und metaphysisch unmöglich war, dass Männer und Frauen Freunde sein könnten. Weil nämlich (die Verteidigung übernahm Miquel, der Fachmann auf diesem Gebiet) dein Herz schon lange bevor du ihretwegen einen hochkriegst, dafür sorgt, dass du sie mit ganz anderen Augen siehst. Und der Gelehrte Bolós (Master in Friendship an der Yale University) fügte hinzu, eine Freundschaft zeichnet sich ja gerade dadurch aus, dass die Zuneigung selbstlos ist, dass man im Gegenzug nichts erwartet, schon gar keine sexuelle Entschädigung. Und Miquel, dem vom Bier ein wenig schummerig war, erklärte Rovira, dass die wahre, uneigennützige Liebe die Liebe zwischen Freunden war, und den Rest kannst du komplett vergessen. Und wenn ein Mann und eine Frau versuchten, Freunde zu sein, endete es immer damit, dass sie sich verliebten, auch wenn das gar nicht vorgesehen war (Herr Michael Gensana, Doktor in Freundschaft der Universität Heidelberg), weil die Leute so unglaublich blauäugig sind, Rovira. Und es ist immer der Mann, der sich verliebt. Und Bolós: Quatsch, woher denn! Oft sind die Frauen die Angeschmierten: Das sage ich dir aus Erfahrung. Das sagte er bloß, um sein Publikum zu beeindrucken.

Aber Rovira war zu niedergeschlagen, um die Untertöne zu hören, und nutzte den Moment, in dem sowohl Bolós als auch Miquel ihr Bierglas an den Mund hoben, um bescheiden, wie ein Schüler oder Lehrling, einzuwenden: »Und wenn beide sich verlieben?«

»Großartig.« Herr Doktor Michael Gensana wischte sich mit einer Papierserviette den Bierschaum vom Bart: »Das ist dann der Beginn einer wunderbaren Liebesgeschichte.«

»Na so was!« Bolós, der ewig Drängende. »Du redest doch nicht etwa von dir?«

»Doch. Ich bin mir sicher, dass Montserrat mich auch liebt. Sonst wäre sie nicht vor mir davongelaufen.«

»Weißt du was? Such nicht nach ihr.«

»Warum? Ich liebe sie.«

»Sie ist eine dumme Kuh. Es lohnt sich nicht.«

»Sie ist zu meinem Besten weggelaufen. Weil sie mich liebt. Sie ist großherzig.«

»Wenn sie dich geliebt hätte« (Bolós war ein großer Theoretiker in den Liebesangelegenheiten anderer), »hätte sie dich höchstpersönlich aus dem Kloster geholt oder wie das heißt.«

»Blödsinn! Sie hat ihre Prinzipien.«

»Und du nicht?«

»Ich bin verliebt.« Er sah sie verlegen an und nahm die Zigarette, die Miquel ihm anbot. »Auch wenn ich die Soutane an den Nagel gehängt habe, bin ich immer noch gläubig.«

»Das wird dir bald vergehen, Rovira.«

»Warum sagst du, dass Bolós ein großer Theoretiker in den Liebesangelegenheit anderer war?«

»Darum. Weil es so war, Júlia.«

Der Maître brachte mein leicht nachgedunkeltes Steak zurück und sagte mir mit seinem Blick *allez-y, monsieur lambin.*

8

Seine Augen waren gereizt vom unsichtbaren Kohlenstaub im Rauch der Lokomotive, aber dennoch wollte er das Fenster nicht schließen; die Gewohnheiten des Lebens im Untergrund waren ihm dermaßen in Fleisch und Blut übergegangen, dass er es ganz normal fand, lieber zu leiden, als aufzufallen. Als wäre es lebensgefährlich, sich zu bewegen, zu lächeln (wie die junge Frau im kastanienbraunen Kleid mit den dunkelrot geschminkten Lippen, die in Balenyà zugestiegen war und der die Ruhe ins Gesicht geschrieben stand, als sie ihrem plärrenden Baby zulächelte und sagte, gleich sind wir zu Hause, Anna, und da wartet schon der Papa, und das Kind hörte auf zu weinen, als hätte es seine Mutter verstanden) oder das Fenster zu schließen, damit der Rauch nicht hereindrang. Und so blinzelte er bloß und lenkte sich ab, indem er sich eine Geschichte über diese Mutter mit ihrer Tochter und ihrem Lächeln zurechtspann, denn obwohl der Krieg erst seit zwei Jahren vorbei war, gab es doch schon Menschen, die zu lachen wagten, wenn auch verhalten, als brächen sie damit die verordnete strikte Trauer, in die das Land seit der Niederlage versunken war. Es war möglich. Und da ihm noch viel Zeit blieb, bis der Zug in die Estació de França einfuhr, nutzte er sie für ein Nickerchen, nachdem er sich vergewissert hatte, dass alles unter Kontrolle war.

Die Polizisten, die mit Augen und Schnauzbärten wie Wiesel die Leute überwachten, die aus dem von der französischen Grenze kommenden Zug stiegen, hörten nicht, wie heftig Rossells Herz klopfte, als er an ihnen vorbeiging und sich dabei verzweifelt bemühte auszusehen, als begleitete er die lächelnde Frau mit ihrem Kind, dem kleinen Mädchen in Windeln. Und als ein weißhaariger Polizeihauptmann mit Sonnenbrille aus zwanzig Metern Entfernung Rossell misstrauisch zu beäugen begann und dieser sich schon mit zwei Kopfschüssen auf dem Bahnsteig liegen sah, einen Sekundenbruchteil bevor er sich unter den Zug warf und versuchte, über die Gleise davonzuhuschen wie eine Ratte, sah er, wie die Frau, immer noch lächelnd, ihm das Kind in die Arme drückte und sagte, hier Papa, halt Anna mal einen Moment, sie wird mir zu schwer, und sich dann bei ihm einhängte, während sie weiterging, auf den misstrauischen und leicht verwirrten Inspektor zu … Und im Vorbeigehen sagte sie mit einer kristallklaren Stimme, an die er sich für den Rest seines Lebens erinnern sollte (schade, dass dieser Rest so kurz war), heute gibt es Fisch zum Abendessen, Tonet hat uns Makrelen gebracht.

»Ja, Makrelen mag ich am liebsten.«

Schon waren sie am Inspektor vorbei, der seinen Blick in Rossells Nacken bohrte, aber gleich darauf abgelenkt war, als ein Kollege ihn mit dem Ellbogen anstieß und auf einen anderen alleinstehenden Mann zeigte, der müde den Bahnsteig entlangschlurfte und sich vermutlich den Kopf darüber zerbrach, wie er mit seinem Geld bis zur Monatsmitte über die Runden kommen sollte.

Schweigend verließen sie den Bahnhof, und als sie auf der Straße standen, umbraust vom Lärm der Taxis und Straßenbahnen, drehte sich die Frau endlich unauffällig um und spähte über Rossells Schulter.

»Wären Sie so freundlich, mir mein Kind zurückzugeben?«

Rossell kam ihrer Bitte nach, und unversehens rollten ihm zwei dicke Tränen über die Wangen, weil er nun wusste, dass er nicht allein war und dass die ganze Angst sich lohnte.

»Vielen Dank, Senyora. Das werde ich nie vergessen.«

»Ich auch nicht. Ich hatte schreckliche Angst.«

»Soll ich Sie noch irgendwohin begleiten?«

»Ich glaube, Sie verschwinden jetzt besser von hier, Senyor.« Die Frau hatte betörende Lippen. »Außerdem wohne ich ganz in der Nähe.«

Rossell erlaubte sich, das Kind in die Wange zu kneifen: »Auf Wiedersehen, Anna, meine Tochter«, hörte er sich sagen. Und zu der Frau, die er durch seine Tränen hindurch nur schemenhaft wahrnahm, sagte er zum Beweis seiner Liebe: »Seit fünf Jahren hatte ich keine Familie.« Dann lief er schnell davon, um das Gesicht der Frau nicht sehen zu müssen, und stieg in die Straßenbahn, die sich in diesem Augenblick mit einem behäbigen Ächzen in Richtung Zentrum in Bewegung setzte.

Die Straßenbahn war nicht völlig leer, aber leer genug, dass er einen Sitzplatz fand. Er schlug den Jackenkragen hoch und sah aus dem Fenster, denn so verbarg man sein Gesicht am besten vor einem möglicherweise in der Bahn sitzenden Agenten der Geheimpolizei. Wie grau dieses Barcelona des Jahres neunzehnhundertzweiundvierzig doch war … Die ganze Stadt glich einem schäbigen Kerker. Die Menschen hasteten aneinander vorbei, ohne sich anzusehen, den Kopf halb gesenkt, als frören sie, obwohl es gar nicht kalt war. Wieder kam ihm die Frau mit den roten Lippen aus dem Zug in den Sinn, und er schickte ihr in Gedanken einen Kuss. Noch eine halbe Stunde. Er rechnete nach, ja, er würde rechtzeitig zum Stelldichein mit seinem Tod kommen.

Am Arc de Triomf stieg Miquel Rossell aus der Straßenbahn und ging den Carrer de Trafalgar entlang, eine Vorsichtsmaßnahme, um zu überprüfen, ob sich am Treffpunkt etwas Verdächtiges tat. Ihm fiel nichts auf, aber er war ja auch kein Profi. Er war nur ein ungelernter Weber, der in die FAI eingetreten war und dort im ersten Jahr vollen Einsatz bewiesen hatte, der im Krieg an der Front von Huesca gekämpft hatte und mit der Zweiundzwanzigsten, einem Trupp aus Anarchisten und Kommunisten, geflohen war, der Maurici vermisste, der sich dem Maquis angeschlossen und blutenden Herzens im Frankreich Petains gelebt hatte und nun nach Barcelona geschickt worden war, um Kontakt zu den Genossen im Inland aufzunehmen. Zu Saborit, um genau zu sein. Für den er schriftliche Anweisungen dabeihatte. Verschlüsselt, aber schriftlich. Er trug sie nahe an seinem Herzen, das heftig pochte, jetzt, da er vor dem Kino Borràs angekommen war und feststellte, dass tatsächlich nichts Auffälliges um ihn herum geschah, dass alles in Ordnung war.

Die Frau an der Kasse verkaufte ihm eine Eintrittskarte, ohne mit ihrer Häkelarbeit innezuhalten. Sie würdigte ihn keines Blickes. Im dunklen Saal setzte er sich an den vereinbarten Platz. Zu seiner Linken gab Saborits Silhouette ein Grunzen von sich, als wäre er verärgert über die Verspätung, und Rossell dachte, dieser Saborit ändert sich auch nie. Er hob die Hand zur Brust, um die Papiere hervorzuholen, die ihn zu verbrennen drohten. Dann ging alles blitzschnell: Saborit wandte ihm das Gesicht zu und legte ihm etwas ums linke Handgelenk. Etwas Undefinierbares. Handschellen. Er riss sich heftig los, tat einen Satz nach hinten, in die leere Reihe hinter ihnen, und nahm die Handschellen mit, während er einen unterdrückten Fluch hörte. Im Dunkeln lief er, sich nur an dem roten Lämpchen orientierend, in Richtung Toiletten (der Weg zum Haupteingang war ja versperrt) und dachte, o nein, das heißt, dass sie Saborit erwischt haben, Scheiße, nein, und in der Toilette zögerte er nur zwei Sekunden, dann landeten die sechs Zettel mit den Anweisungen, in vier Teile zerrissen, in einer Toilettenschüssel. Er kletterte durchs Fenster, sprang auf den Carrer Jonqueres hinaus und rannte davon wie besessen, so besessen, dass er nicht bemerkte, dass er direkt auf die Polizeikaserne zulief. Aber er kam auch nicht mehr dazu, es zu bemerken, denn in diesem Augenblick traf ihn der erste Schuss in die Niere und brachte ihn zu Fall. Den zweiten, der ihn tötete, hörte er schon nicht mehr: Er lag am Boden, das linke Handgelenk von einem schmachvollen Armband geziert. Ich bin mir sicher, dass seine beiden letzten Gedanken mir galten. Und vielleicht der Frau mit den roten Lippen.

»Hier hast du ein Taschentuch, Onkel.«

»Fast vierzig Jahre ist das jetzt her, und ich muss immer noch weinen, wenn ich daran denke.« Er schnäuzte sich geräuschvoll. »Armer Miquel, irgendwo in den Pyrenäen hat er gekämpft, und ich habe mich zu Hause hinter meinen Büchern verkrochen. Zu der Zeit saß ich gerade an einer Übersetzung der *Aenaeis*, spielte wie besessen *Les adieux*, opus 81a, verstehst du?, und vermisste meinen Miquel und träumte davon, ihn in ein paar Monaten wiederzusehen. Ich kam überhaupt nicht auf den Gedanken, dass er sich den Maquisards anschließen könnte.« Wieder schnäuzte er sich. »Natürlich: Wenn man ihn kannte …« Er seufzte aus den Tiefen seiner Erinnerung heraus. »Mein Miquel konnte nur durch Verrat sterben, wie meine klassischen Helden.«

Sie schwiegen lange. Bis Miquel, der nicht geweint hatte, es nicht mehr aushielt.

»Weißt du, wer sie verraten hat?«

»Ja.«

»Wer?«

»Jemand, der durch die Ermordung meines Miquel einen Maquisard beseitigte und zugleich einen Familienskandal begrub.«

»Wer?«

»Dein Großvater Ton.«

»Ach was.«

»Ja. Er hatte viele Gründe dafür. Und Pere half ihm bei der Durchführung.«

»Mein Vater?«

»Dein Vater. Das war die Dritte Große Enttäuschung. Seit jenem Tag habe ich meinen Adoptivvater und seinen Schatten gehasst. Und ich habe beschlossen, Can Gensana aufs Spiel zu setzen.«

»Was?«

»Beim Poker.« Er wich Miquels Blick aus. »Ich weiß sehr wohl, dass ich meinem Miquel geschworen hatte, nie wieder einen Céntimo zu verwetten, um die gottverdammte Wahrheit Lügen zu strafen, dass Maurici Sicart all sein Geld verspielte.« Er schwieg einen Moment lang, dann fuhr er ruhiger fort: »Verzeihung, das ist die Wahrheit.«

»Ich glaube, ich habe dich nicht richtig verstanden.«

»Doch, das hast du. Ich setze Can Gensana. Haus und Garten.«

»Can Gensana gehört dir?«

»Ja.«

»Das glaube ich nicht.«

Comerma leerte das Glas mit dem Anisschnaps und zog genüsslich an seiner Zigarre, während Maurici der Eigentümer auf dem runden Cafétisch des Herrenclubs die Besitzurkunden ausbreitete, die auf den Namen eines gewissen

Maurici Sicart i Gensana lauteten – das Pseudonym, unter dem Maurici Ohneland üblicherweise in allen bürokratischen Angelegenheiten firmierte. Comerma strich die Papiere mit der flachen Hand glatt, und der Stein an seinem Fingerring blitzte auf, was ich als günstiges Omen deutete, und wenn es dich schockiert, dass dein Großonkel, ein gebildeter, vernünftiger Mensch, spielsüchtig war, lass dir gesagt sein, dass ich das Glücksspiel schon vor langer Zeit aufgegeben habe und jetzt nicht mal mehr mit dem Feldwebel um eine Bettflasche spielen wollte. Und Comerma sah mich an, während der Ring an seinem Finger blitzte, und zog an seiner Zigarre. Und dachte, weiß der Teufel, was dieser verfluchte Sicart im Schilde führt, ich traue ihm nicht.

»Du traust der Sache nicht, was?«

»Doch, doch, klar, aber …«

»Das Einzige, was mich interessiert, ist der Einsatz meiner Mitspieler.«

»Na ja, also ich …«

»Ich setze ein Herrenhaus, das ein Vermögen wert ist.« Jetzt akzeptierte ich die Zigarre, die ich zuvor abgelehnt hatte. »Kriegst du einen Tisch zusammen?«

»Höchstens vier.«

»Das reicht mir. Solange sie flüssig sind.«

»Gib mir eine Woche Zeit.«

»Warum hast du das Haus aufs Spiel gesetzt, wenn es doch dein Leben war?«, fragte Miquel verwundert.

»Eben«, sagte Comerma. »Warum setzt du es aufs Spiel?«

Ich lächelte nur und zog an der Zigarre, dass sie qualmte. Natürlich mochte ich das Haus: Es war mein Leben, alles, was ich hatte, denn die Fabrik war ja bereits für mich verloren. Und das Haus gehörte mir, weil ein Dichter es in einem unerwarteten Entschluss mir übereignet hatte, dem einzig wahren Gensana, dem Einzigen, der zu schätzen wusste, dass es ein Haus mit einer langen Geschichte war, mit einer Kapelle, deren Glocken zu wichtigen Familienereignissen läuteten, ein Haus mit verborgenen Winkeln, in dem ganze Generationen geboren und gestorben waren. Ein solches Haus ist unschätzbar wertvoll. Deshalb setzte ich es aufs Spiel. Nicht aus Verzweiflung; nicht, weil ich mitten in einer Partie steckte, bei der ich hoch eingestiegen war, und mir nun mulmig wurde, weil ich drei Achter auf der Hand, aber kein Geld zum Setzen mehr hatte, weil ich blindlings einen höheren Kredit wollte und deshalb zuerst das Auto meines Vaters angeboten hatte, dann alle meine Aktien bei Pearson und zu guter Letzt – als sich zu den drei Achtern zwei Zweier gesellten – obendrauf noch das Haus, gegen das Vermögen eines anderen Pechvogels wie ich. Nein, so war es ganz und gar nicht. Es war eine wohlüberlegte, kühl kalkulierte Aktion. Ich wollte denen weh tun, die mich so abschätzig behandelten, die für den Tod meines Liebsten verantwortlich waren, den mitten auf dem Carrer Jonqueres, halb gefesselt, zwei Kugeln voller Verachtung getroffen hatten. Denn als ich von Miquels Tod erfuhr, schwor ich mir zweierlei, Miquel: Erstens, sie mein Leben lang zu verachten, und zweitens, ihnen das Leid heimzuzahlen, das sie mir zugefügt hatten. Und wegen des ersten Schwurs setzte ich das Haus: Weil ich meinen Stiefvater verachtete, Antoni III Gensana den Fabrikanten, und weil ich – und das sage ich mit Tränen in den Augen – auch seinen Sohn verachtete, Pere I den Flüchtigen, meinen ehemaligen Herzensfreund, der zum Schatten seines Vaters geworden war, zu einem Duckmäuser, der nach dem Ende des Kriegs in die Falange eintrat, weil der Erhalt der Fabrik über alles ging und er bereit war, alles dafür zu opfern. Wie auch immer: Mit einer Farbflöte auf der Hand setzte ich das Haus, bereit, es zu verlieren, und stellte mir schon den Tag vor, an dem der Möbelwagen im Garten vorfahren und am Eingang halten würde. Mama Amèlia würde die Tür öffnen, und die Möbelpacker würden sie fragen, Senyora, fahren Sie alleine weg oder steigen Sie gleich mit in den Möbelwagen, und es gäbe ein großes Tohuwabohu, Antoni würde eilig aus der Fabrik herbeigerufen werden, und mit ein wenig Glück würde ihn der Schlag treffen. Und Pere würde ängstlich hinter ihm stehen und nicht wagen, mir in die Augen zu sehen. Der Plan war perfekt – bis auf den Kummer, den er Mama Amèlia bereitete. Er war perfekt, denn auf diese Weise würde ich nie wieder Papas schmutziger Erpressung ausgeliefert sein, und er würde vor vollendeten Tatsachen stehen, wenn der Möbelpacker seinen Schreibtisch auf den Laster verlud.

Um zu sehen, wie es sich anfühlte, log ich Comerma an, während ich die Besitzurkunden wieder einsammelte, zusammenfaltete und in die Tasche steckte. »Ich bin ein Spieler, Comerma.«

»Du weißt aber schon, dass Spielschulden Ehrenschulden sind.«

»Für wen hältst du mich?«

Trotzdem stellte ich für alle Fälle zu meinem Schutz noch einige Bedingungen. Ich wollte vor allem deinen Großvater Ton auf die Straße setzen. Alles andere war nebensächlich.

»Ich verstehe nicht, wie du so sicher sein kannst, dass es mein Vater und mein Großvater waren, die deinen Miquel verraten haben.«

»Das erzähle ich dir ein anderes Mal.« Er richtete sich im Bett auf. »Wenn du mir noch mehr Schokolade mitgebracht hast, rede ich weiter.«

Miquel zog eine Tafel mit achtzig Prozent Kakaoanteil hervor, eine von denen, die man damals noch in Andorra

kaufen musste. Zur Feier der Tatsache, dass er endlich eine
feste Arbeit hatte, hatte er eine Einkaufstour nach Andorra
unternommen. Sein postrevolutionäres Gewissen hatte
sich nicht geregt, und er war beladen mit Schokolade für
den Onkel, Käse für die Mutter und Schallplatten und
Landschaften für seine Erinnerung zurückgekommen.
Und so fuhr der Onkel, während er an einer Rippe knabberte, mit seiner Geschichte fort: »Wir waren zu viert:
Doktor Vilalta, ein Pianist und Pathologe aus Feixes, der
für Pik und Herz die Bibliothek seines Großvaters verpfän-
dete; ein Fabrikbesitzer aus Manresa mit einem lästigen
Tic; ein Berufsspieler aus Barcelona und ich. Ich fragte
mich gleich, welcher dieser drei Geier wohl in das Haus einziehen werde. Ein sehr nervöser Comerma machte uns miteinander bekannt, erklärte jedem, worin mein Einsatz bestand, die anderen boten ihren Teil ihrer Besitztümer, alle
erklärten sich einverstanden, Comerma sah auf die Uhr,
kassierte seine Kommission und ließ uns im Zigarrenrauch
von Vilalta und dem Mann aus Manresa allein. Der fenster-
lose, gut versteckte Raum war der illegale Treffpunkt, an
dem das sauer verdiente Vermögen derjenigen Einwoh-
ner von Feixes, die die Finger nicht vom Glücksspiel lassen
konnten, regelmäßig den Besitzer wechselte. Zwei, drei
Runden lang testeten wir die Spielweise der anderen aus,
und ich übersah, dass der Spieler aus Barcelona sich noch
keine einzige Zigarette angesteckt hatte. Dann sagte ich,
wenn sie wollten, würde ich auch noch den Garten drauf-
legen. Es wurde still, und ich erhöhte meinen Einsatz. Die
anderen tauschten verstohlene Blicke, sagten aber nichts.
Der Profispieler, wahrscheinlich ein erfahrenerer Mann als
der Arzt, steckte die Hand in die Tasche und zog statt eines
Bündels Geldscheine oder eines Schecks eine Dienstmarke
hervor.

»Polizei«, sagte er.

Ich bemerkte, dass Vilalta und der Mann aus Manresa den Blick senkten, um mich nicht ansehen zu müssen. Trau niemals einem Spieler, der nicht raucht, Miquel. Diese Lektion lernte ich zu spät. Hinterher erfuhr ich, dass Comerma, der Mistkerl, meinem Vater von meinem Vorhaben berichtet hatte und der diesen Winkelzug geplant hatte, um mich zu demütigen. Wie auch immer: Ich verabschiedete mich höflich von meinen Tischgenossen, stand auf, ließ mir Handschellen anlegen (irgendwie fühlte ich mich dadurch meinem Miquel näher) und verbrachte die nächsten sechs Tage in einer Zelle, ohne dass jemand gekommen wäre, um mich zu verhören, mich anderweitig zu behelligen oder sich auch nur für mich zu interessieren. Es war erniedrigend. Denn nach dieser Woche kam Papa Antoni und holte mich raus. Auf dem ganzen Heimweg sprach er kein Wort mit mir; es gab keine Anzeige wegen verbotenen Glücksspiels. Nichts. Sie hatten mir einfach nur die Lektion erteilt, dass man mit dem Familienerbe nicht spielt. Deshalb verkroch ich mich, sobald wir zu Hause angekommen waren und ich Mama Amèlia wortlos geküsst hatte, mit Chopin in der Bibliothek und wartete auf Papa. Sechs Préludes lang ließ er mich zappeln, dann kam er endlich mit Pere im Schlepptau. Sie schlossen die Tür, schoben den Riegel vor, und ich sah ihnen an, dass sie mich am liebsten erwürgt hätten. Ich tat so, als spiele ich seelenruhig das Prélude zu Ende, und hoffte, völlig ungerührt zu wirken. Als ich zögernd die letzte Note gespielt hatte, räusperte sich Papa Ton und holte Luft, aber ich ließ ihn gar nicht erst zu Wort kommen.

»Ich gebe euch eine Woche Zeit, aus meinem Haus zu verschwinden.«

»Du bist verrückt, mein Sohn.«

»Nenn mich nicht Sohn. Ich will, dass ihr geht.«

»Nein.«

»Das ist mein Haus.«

»Und unseres. Es gehört der Familie.« Drohend trat er auf mich zu. »Wenn wir dich hier alleine ließen, würde es in null Komma nichts sonst wem gehören.«

Ich erwiderte zynisch, da das Haus sowieso mir gehöre, könne ich damit ja wohl nach Lust und Laune verfahren. Daraufhin begann Papa Ton zu brüllen und sinnloses Zeug zu reden, wie dass er mich aufgrund geistiger Unzurechnungsfähigkeit entmündigen werde. Als er fertig war, blickte ich zu Pere hinüber, der in sicherem Abstand von uns Platz genommen hatte und uns nicht ansah, und sagte langsam und leise: »Mörder.«

»Was hast du gesagt?«

»Ich will keine Mörder im Haus. Verschwindet.«

Papa Ton lächelte, sagte, wenn du Krieg willst – den kannst du haben, und da begann ich, die Partie zu verlieren. Seit damals habe ich immer nur verloren, Miquel.

»Wenn du uns rauswirfst, lassen wir dich für verrückt erklären«, sagte er.

»Und ich zeige euch an, weil ihr ...« Ich wollte sagen, weil ihr Miquel verraten habt, aber im gleichen Augenblick wurde mir bewusst, dass man im Jahr neunzehnhundertzweiundvierzig niemanden anzeigen konnte, weil er einen Maquisard verraten hatte. Ich konnte nichts sagen.

»Nun gut, Maurici.« Jetzt setzte Papa zum Todesstoß an: »Solltest du noch einmal auch nur andeuten, dass deine Mutter das Haus verlassen muss ...«

»Sie kann bleiben.«

»Solltest du noch einmal andeuten, uns aus unserem Haus zu werfen, werde ich überall herumerzählen, dass du eine Scheißschwuchtel bist, die Fernfahrer in den Arsch fickt.«

Das hat er gesagt, Miquel: dass ich Fernfahrer in den Arsch ficke. Es stimmte, dass ich damals meinen Erfahrungshorizont erweiterte, aber immer sehr diskret und niemals mit Fernfahrern, die von ihrer Arbeit sowieso schon einen Plattarsch haben. Mit Verlaub.

»Tu quoque, Petrus?«, fragte ich wie einst Cäsar. Aber dein Vater stellte sich Papa nicht entgegen, sondern senkte den Kopf und zündete sich in gespielter Gleichgültigkeit eine Zigarette an. Das war die Vierte Große Enttäuschung. Von diesem Augenblick an konnte ich zu Hause nur noch auf Mama Amèlia zählen. Und so schwieg ich und ließ sie bei mir wohnen und begann mich mit Origami zu beschäftigen. Ich glaube, wenn meine Finger den Papierbögen eine Form zu geben versuchten, war ich so darauf konzentriert, dass ich vergaß, wie demütigend es war, das Haus mit meinem Stiefvater zu teilen. Ich versuchte nicht wieder, ihnen zu drohen, weil mich die Vorstellung, dass mein Privatleben in Feixes bekannt würde, in Panik versetzte. Und mehr als alles andere wollte ich das Andenken an Miquel Rossell tief in meinem Inneren in zärtlicher Erinnerung wahren. Und nachdem der Kater über den Spieleinsatz verflogen war, schwor ich mir, das Haus nie zu verlassen, komme, was da wolle, selbst wenn es voller Feinde war: Ich hatte es einmal riskiert, nun würde ich es niemals aufgeben, bis zum Tod.

Traurig verstummte der Onkel. Er weinte um das Haus, das seine große Liebe gewesen war wie seine beiden Mütter und Miquel Rossell; er weinte, weil er dazu verdammt war, trotz seines Schwurs fern des Hauses zu sterben. Und Miquel wäre gerne Superman gewesen. Aber dann beschloss er, dem Onkel lieber die traurigen Gedanken zu vertreiben.

»Ich verstehe immer noch nicht, wie du so sicher sein

kannst, dass es Großvater Ton war, der deinen Miquel verraten hat.«

Der Onkel lächelte müde. Dann erzählte er, dass sein Stiefvater nach dem Ende des Bürgerkriegs die Fabrik zurückbekam, die Miquel ihm weggenommen hatte. Mir war das völlig egal, ich wollte sie sowieso nicht haben, als ich sie erbte, und Papa hatte mich von einer Last befreit, als er sie mir mit seinem schäbigen Trick abluchste. Das Schlimme war, dass Papa die Unterstützung der Sieger in Anspruch nahm, um sie wieder auf Vordermann zu bringen. Dieser miese Verräter hat niemals Rechenschaft für den Tod seiner Mutter und seiner Tochter gefordert; von niemandem. Im Gegenteil, er meldete Pere bei der Falange an und hat das bei mir nur nicht gewagt, weil ich ihm so böse war und außerdem in einem Alter, in dem er mich zu nichts mehr zwingen konnte. Monatelang hatte dieser Mann seine Strategie geplant. Gegen Kriegsende, als sich abzeichnete, dass alles verloren war, hat er auf deinen Vater eingeredet, er solle desertieren. Und als es dann so weit war, hat er ihm verboten, mit der republikanischen Armee in die Diaspora zu gehen. Er sagte, es habe schon genug Tote in der Familie gegeben, und vergaß ganz bewusst, dass es Francos Flugzeuge gewesen waren, die seine Tochter und seine Mutter getötet hatten. Pere, mein Herzensfreund, holte mich, noch in Uniform, beim Sitz der Militärregierung ab, als wir gerade dabei waren, Unterlagen in Kisten zu packen und auf Lastwagen zu verladen. Er sagte mir, ich solle alles stehen und liegen lassen und mit ihm kommen. Wir verließen das Gebäude durch den Haupteingang; die beiden Kisten, die ich trug, stellte ich einfach vor dem Lastwagen ab. Wir gingen die Rambla hinauf, immer in der Furcht, jemand könne uns »Halt!« zurufen, aber die Befehlshaber waren zu beschäftigt, um sich um zwei Kerle zu kümmern, die in letzter Minute desertierten. In einem Bordell im Carrer de Sant Pau hatte Pere einen Koffer mit Zivilkleidung deponiert. Fünf Tage lang versteckten wir uns auf dem Dachboden eines Hauses in Horta bei Verwandten deiner Mutter, die uns ziemlich kühl, aber kommentarlos aufnahmen. Ich glaube, dort hat dein Vater Maria kennengelernt. Ich wartete auf die Rückkehr meines Miquels, der mir seit mehr als zwei Monaten nicht mehr geschrieben hatte. Unser Versteck in Horta bewahrte uns vor den Konzentrationslagern und dem Exil und davor, bei der Rückkehr gebrandmarkt zu werden wie Vieh. Als klar war, dass in Can Gensana keine Militäreinheit auftauchen würde, um uns zu verhaften, kehrten wir nach Hause zurück und hörten Radio, und ich war fassungslos, deinen Großvater Ton in aller Öffentlichkeit sagen zu hören, es sei höchste Zeit, dass die Franquisten kämen und die nötige Ordnung schafften. Und das, obwohl seine Mutter und seine Tochter uns noch allen frisch im Gedächtnis waren. Mama Amèlia schwieg, als habe sie verstanden, wie schwer es ist, in Würde zu leiden. Und ich verachtete Papa mehr denn je dafür, dass er den Hass auf die Mörder seiner Tochter begrub, weil er nicht wollte, dass sie seine Fabrik anrührten. Und tatsächlich rührten sie seine Fabrik nicht an, im Gegenteil: Sie strichen sie ihm neu, weil er schon wenige Monate später den Stoff für die Uniformen der Barceloneser Verkehrsbetriebe lieferte, diesen Stoff, der graubraun war wie unser Leben in den Vierzigerjahren und den man sah, wann immer man im Zug nach Barcelona fuhr. Und bald lief die Fabrik wie geschmiert, und Großvater Ton vergab den Mördern viel zu rasch und füllte sein Bankkonto. Schau mich nicht so an, Miquel. Ich finde es nicht verwerflich, Reichtümer anzuhäufen, wohl aber, dass er all die Toten zu schnell vergaß.

Und eines Tages fing Großvater Ton, der damals noch

nicht Großvater Ton war, sondern Senyor Ton Gensana, Pere und mich ab, stellte uns an der Fabrikwand auf und fragte barsch, was wir aus unserem Leben zu machen gedächten. Pere, der sich bisher mit ein paar Kursen in Textilkunde an der Industrieschule von Feixes durchgemogelt hatte, sagte in resigniertem Tonfall, wenn sein Vater wolle, könne er ihm von nun an in der Fabrik zur Hand gehen. Und von diesem Tag an ging Pere I Gensana seinem Vater in der Fabrik zur Hand.

»Und was ist mit dir, Maurici?«

»Ich weiß es nicht, Papa ... Am liebsten würde ich weiter studieren. Außerdem geht dich das nichts an.«

»Du willst dich weiter mit Latein und all diesem Kram beschäftigen?«

»Ja. Und Klavier spielen.«

Eigentlich wartete ich nur auf einen Brief von Miquel. Aber das durfte ich nicht sagen. Ich wollte nur, dass er außer Gefahr war und mich besuchen kam. Als die Deutschen in Frankreich einmarschierten, brach für mich eine Welt zusammen.

»Findest du nicht, du bist zu alt zum Nichtstun? Mit dreißig?«

»Fünfunddreißig, Papa. Und ich studiere fleißig.«

»Lass ihn studieren.« Mama Amèlias gesegnete Stimme.

»Wenn er eine Frau wäre, ginge es ja noch. Du kommst in die Fabrik.«

»Meine Ausbildung befähigt mich zu anderen Dingen im Leben.«

Papa verkniff es sich, mich Schwuchtel zu nennen, weil Mama dabei war, und sagte bloß, ah ja? Zu welchen Dingen denn?

»Studium, Forschung ...«, sagte ich, um irgendetwas zu sagen, denn eigentlich dachte ich nur an Miquel.

»Ab in die Fabrik. Gleich morgen.«

»Denk nicht mal dran. Es ist deine Fabrik. Du hast sie mir weggenommen.«

»Ich will keinen unnützen Esser im Haus.«

»Es ist mein Haus, Papa. Vergiss das nicht.« Ich lächelte. Ich glaube, das Lächeln hätte ich mir sparen können.

Mama Amèlia verhinderte, dass wir mit Zähnen und Klauen aufeinander losgingen, indem sie um des lieben Friedens willen entschied, ich solle ein paar Tage pro Woche in die Fabrik gehen und dort eine feste Aufgabe im Büro übernehmen, hätte aber ansonsten völlige Narrenfreiheit. Da der Vorschlag von Mama kam, akzeptierte ich ihn; von da an ging ich täglich für ein paar Stunden in die Fabrik, schrieb Zahlen in Bücher und kehrte um zwölf nach Hause zurück, wo ich mich in der Bibliothek einschloss und an einer Doktorarbeit schrieb, die ich aus Verachtung für alles und jeden nie beendet habe. Und ich spielte viel Chopin und fühlte mich schrecklich dekadent. Und dachte an Miquel. Bis eines Tages im Büro einer dieser unheilvollen Jäger in Trenchcoat mit einem Buch in der Hand auftauchte und nach einem gewissen Miquel Rossell fragte, ungelernter Weber.

»Und ob wir den kennen!« Papa musterte uns und wartete darauf, dass wir in sein »Und ob wir den kennen« einstimmten. »Das ist der Scheißkerl, der mir die Fabrik weggenommen hat. Ein gottverdammter Anarchist.«

»Wo ist er?« Der Kerl im Trenchcoat blätterte mit nervösen, nikotingelben Fingern in seinem Buch.

Nein, dieser Miquel Rossell war nach Kriegsende spurlos verschwunden, und ich wurde so bleich, dass ich dachte, der Polizist müsse sehen, wie mir der Kummer aus allen Poren rann. Sie warnten Großvater Ton, wenn wir etwas wüssten, seien wir als gute Spanier verpflichtet, es sofort den Behörden zu melden. Alle schwiegen, denn es war bereits das dritte Mal, dass jemand unangemeldet erschien, einen Namen nannte und den Genannten auf Nimmerwiedersehen mitnahm. Aber Großvater Ton hatte wieder leuchtende Augen.

Am Abend spielte ich zu Hause gerade Mompous *Fêtes lointaines* und weinte dabei, weil ich mir vorstellte, die ersten Takte des ersten der *Six pièces pour piano* wären der verzweifelte Schrei, mit dem ich Miquel anflehte, aus Frankreich zurückzukommen. Ich fühlte mich wie Penelope, und mein Gewebe waren die Noten. Du weißt nicht, wie schwer es ist zu warten, Miquel. Dazu braucht es fast die Stärke einer Frau. Und dann kam dein Großvater Ton in die Bibliothek und sagte, Maurici, was ist mit diesem Rossell, diesem Anarchisten. Ich wurde weiß wie die Wand. Er musste deutlicher werden: »Was läuft da zwischen diesem Rossell und dir?« Er wedelte mit einem Brief. »Ist das etwa der, der dich in den Arsch fickt, du Scheißschwuchtel? Der, der versucht hat, die ganze Familie zu ficken?«

Ich war ihm keinerlei Erklärung schuldig, und deshalb gab ich ihm auch keine. Aber als ich sah, wie Großvater Ton mit Miquels Brief vor meiner Nase herumwedelte, dem Brief, auf den ich seit Monaten wartete und den Miquel – ebenso unklug wie ungeduldig – zu mir nach Hause geschickt hatte, fühlte ich mich im tiefsten Herzen verraten. Dass er mir den Brief geöffnet überreichte, habe ich ihm nie verziehen. Miquels Brief war ein wenig unpersönlich gehalten, als hätte er geahnt, dass der Brief jemand anderem in die Finger fallen könnte. Ein Absender war nicht angegeben, aber er schrieb mir, wir könnten uns am Tag nach Dreikönig treffen, denn er habe vor zu kommen und mich zu sehen. Und am siebten Januar haben sie ihn umgebracht.

»Das muss aber nicht heißen, dass Großvater Ton daran

beteiligt war.« Unwillkürlich fühlte Miquel Gensana sich zur Verteidigung seines Großvaters berufen.

»Natürlich heißt es das. Er schleuderte mir entgegen, dass sie diesen gottverdammten Anarchisten schon erwischen würden, ehe er in meine Nähe käme, und dass er alles dafür tun werde, damit das passierte. Und ich war verzweifelt, weil ich wusste, dass ich nichts dagegen unternehmen konnte, ich konnte Miquel nicht warnen und auch seine Freunde nicht, weil ich nicht wusste, wer sie waren. In den nächsten Tagen klapperte ich die Bars ab, in denen die Anarchisten während des Bürgerkriegs verkehrt hatten, aber alles hatte sich geändert, und man konnte nicht einfach einen wild-fremden Menschen fragen, he Genosse, ich suche meinen Liebhaber, gehörst du zufällig zur FAI?, weil man an einen Spitzel geraten konnte. Es war schrecklich, Miquel. Seit da-mals muss ich immer an die arme Großmutter Pilar denken und daran, wie sehr sie ihren Sohn liebte, das Unterpfand einer unmöglichen Liebe. Hätte sie sich vorstellen können, dass ihr Sohn ein so furchtbarer Mensch werden würde?«

»Wir sind nicht verantwortlich für die Gene, die wir nicht vererbt haben«, dachte Miquel Darwin Gensana laut, wäh-rend er herzhaft in die Schokolade seines Onkels biss. »Auch wenn sie eine Weiterentwicklung unserer Gene sind.« Der Onkel betrachtete ihn schweigend, und Miquel zögerte, bevor er fortfuhr: »Sonst wäre es dem Einzelnen unmög-lich, mit sich selbst moralisch im Reinen zu sein. Ich wäre für Hitler verantwortlich.«

»Da hast du recht.« Der Onkel brach ein Stück Schoko-lade ab und sah sich nach allen Seiten um, als fürchtete er, Feldwebel Samanta könnte plötzlich unter dem Bett her-vorkommen. »Wahrscheinlich hast du recht.«

»Warum bist du nicht ausgezogen?«

»Aus meinem Haus? Nie im Leben. Und da ich nun mal

gezwungen war, Papas Anwesenheit zu ertragen, beschloss ich, dass das Haus groß genug sei, um unter seinem Dach miteinander verfeindete Menschen zu beherbergen. Ich wollte weder die Bibliothek aufgeben noch die Erinnerung an Mutter … Überdies war ich der einzig echte Gensana mit echten Gensana-Genen, auch wenn ich wusste, dass ich gleichzeitig Maurici Ohneland war. Und Pere heiratete Maria, und bald darauf wurde dein Bruder geboren und Pere erlaubte mir, ihn Miquel zu nennen. Es war der letzte Gefallen, den dein Vater mir tat.«

9

In der ersten Nacht, in der ich alleine schlief, ohne Gemma, war ich völlig aufgeschmissen. Obwohl wir nur ein Jahr, sieben Monate und zwölfeinhalb Tage zusammengelebt hatten, war es mir vorgekommen wie ein ganzes Leben. Voller Zorn umklammerte ich den Koffer mit der eilig zusammengeklaubten Wäsche und schloss möglichst geräuschlos die Tür hinter mir. Ich nahm die Treppe, um nicht im Aufzug einem Nachbarn zu begegnen, der mich fragte na, geht's in den Urlaub? Und ich würde antworten nein, ich gehe, ich ziehe aus, weil ich mich mit meiner Frau gestritten habe, und der Nachbar würde sagen, verdammt, das ging aber schnell, und Miquel würde sich genötigt fühlen, sich zu rechtfertigen, eigentlich hat die Geschichte vom ersten Tag an nicht funktioniert, es ist von Anfang an nicht so gelaufen, wie es sollte. Nicht, dass du denkst, es wäre die Hölle gewesen, nein, nein, und die Weltanschauung war auch nicht das Problem. Es war nicht so, dass ihre oder meine Familie sich eingemischt hätte oder dass ich ein Lustmolch gewesen wäre und sie ein Eisschrank. Ganz und gar nicht! Im Bett lief es einigermaßen, kein Grund zur Klage. Es gab keinen Seitensprung, ich bin zu alt für Abenteuer und – was soll ich dir sagen – mit Gemma hatte ich mehr als genug. Und Gemma? Ach wo! So, wie ich sie kenne, erscheint mir allein die Vorstellung völlig abwegig. Was sagst du? Dass der Ehemann immer der Letzte ist, der … Ja, ja. Aber ich sagte dir ja schon, das war es nicht, und sollte sie mich tatsächlich betrogen haben – meinen Segen hat sie, denn das ist nicht der Trennungsgrund. Wenn du nicht willst, erzähle ich es dir nicht. Und dann würde der Nachbar sagen, doch, doch, erzähl mal, und Miquel müsste das Erstbeste sagen, was ihm einfiel, weil es mehr als einen Grund für die Trennung gab; es war eine Fülle großer und kleiner Dinge, die … Also hätte er versucht, sie in einem treffenden Satz zusammenzufassen, und gesagt, also pass mal auf: Gemma ist eine Frau, die … ich weiß auch nicht … die will, dass ich die ganze Hausarbeit mache. Weil sie Feministin ist, sagt sie. Und der Nachbar würde sagen, das ist fantastisch, Mensch: Ich bin nämlich auch Feminist, musst du wissen. Und er würde antworten müssen, ja, was glaubst du denn? Ich ebenfalls. Aber das heißt nicht, dass ich mich gerne abrackere. Ich habe absolut kein Talent zum Kochen, so wirklich gar keins. Und ich habe auch keine Lust zu bügeln. Und der andere würde sagen, na so was, also geht es nur um den Haushalt. Tut mir leid, Junge. Wenn es ein Seitensprung gewesen wäre, der aufgeflogen ist, bliebe dir immer noch der Trost zu denken, die können mich alle mal, wenn du verstehst, was ich meine, Miquel. Und sie würden das Gespräch noch fortsetzen können, weil der Aufzug entsetzlich langsam war: Hör mal, Miquel, könntet ihr nicht versuchen, das Ganze noch zu retten? Was geht denn dich das an, verdammt! Nichts, du hast ja recht, aber es ist doch schade, dass … Siehst du nicht, was für ein verdammt hübsches Paar ihr abgebt? Und Miquel würde deutlicher werden müssen; weißt du, wir sind uns einfach jeden Tag ein bisschen mehr auf die Nerven gegangen, und irgendwann war es dann so weit, dass wir uns gegenseitig wirklich hässliche Dinge an den Kopf geworfen haben, und was gesagt ist, ist gesagt. Und der Nachbar, ein empfindsamer Mensch, der sich sonntags in seinem Arbeitszimmer einschloss und im Gedichteschreiben versuchte, würde ihm mit der flachen Hand auf den Rücken schlagen und sagen, ach, was soll's, Worte sind Wind. Und dann würde er aus dem Aufzug steigen und mir die Tür für meinen Koffer und meinen Kummer aufhalten und mir noch ein Überleg dir's gut, Junge, damit du es später nicht bereust, mit auf den Weg geben. Wo es mir doch lieber gewesen wäre, er hätte mir auf den Rücken geschlagen und gesagt, ach, was soll's, es ist vorbei, oder? Dann tob dich aus, das Leben ist kurz; soll ich dich mit einer bekannt machen, die … Aber nein.

Eigentlich bereute ich es schon im dritten Stock (Gemma und Miquel wohnten im sechsten Stock). Ich hatte mich benommen wie ein Idiot. Aber ihr Blick war so voller Zorn gewesen, als sie mir sagte, sie wolle mich nie wieder sehen, dass ich mich auf keinen Fall so weit erniedrigen wollte, umzukehren und um Verzeihung zu bitten, in der Hoffnung, sie werde das Gleiche tun. Und wenn sie es nicht tat? Das war ihr nämlich durchaus zuzutrauen. Denn wenn sie mich mit dieser Verachtung in den Augen und mit diesen strengen Grübchen ansah, die sie noch hassenswerter machten … Oh, ganz sicher war sie unfähig, um Verzeihung zu bitten.

Und so kam es, dass Miquel der Frisch Getrennte die im dritten Stock aufgekommene Reue ignorierte und weiter die Treppe hinunterging und sich nun der Überlegung zuwandte, wie seine Familie es wohl aufnehmen würde. Für Mutter würde es furchtbar sein, ganz entsetzlich. Genau wie für Großmutter Amèlia, wenn sie noch am Leben wäre. Vater würde einen Seufzer ausstoßen und zurück in die Fabrik gehen. Ramon würde mit der Zunge schnalzen und sagen, ich sag's ja, Miquel ist ein hoffnungsloser Fall, der wird immer ein Kindskopf bleiben und nie erwachsen; und dabei ist er doch schon dreißig, oder? Und mit dem

Studium ist er auch noch nicht fertig; ich hab's ja schon immer gesagt … Und ganz egal, mit wem Ramon darüber reden würde, zum Abschluss würde er immer mit mahnend erhobenem Zeigefinger sagen, zum Glück sind wenigstens keine Kinder im Spiel, weißt du, was ich meine? Nur Núria würde mich traurig ansehen und mir einen Kuss geben. Und Gemmas Familie? Die wäre hochzufrieden, endlich haben wir unsere Tochter wieder, nachdem sie diesen nichtsnutzigen Mitgiftjäger los ist, der ihr den Kopf verdreht hatte; komm zu uns, Kind, ganz ruhig, ruh dich aus, lenk dich ab und lass uns nicht mehr drüber reden. Wir kümmern uns um alles. Du bist doch nicht etwa?

Wie widerlich, dachte ich, als ich mit meinem Koffer im Erdgeschoss angelangt war. Gerade als mir bewusst wurde, dass ich diesen Hauseingang nie wiedersehen würde, entfuhr mir ein Oh nein, denn just in diesem Augenblick kam der feministische Nachbar zur Tür herein, dem ich im Aufzug nicht hatte begegnen wollen, noch dazu in der gefährlichen Gesellschaft seiner besseren Hälfte (er gehörte zu denen, die »meine bessere Hälfte« sagen) und offenbar einem kleinen Schwatz nicht abgeneigt. Kaum hatten sie ihn im Dunkeln bemerkt, schaltete sie das verdammte Licht ein, und er zeigte auf den Koffer: »Na, geht's in den Urlaub?«

»Ja, ich fahre nach … nach New York.«

»Oh, New York. Fifth Avenue, Greenwich Village, Tiffany's und so weiter und so weiter. Mensch, da bin ich aber neidisch. Für lange Zeit?«

Miquel griff nach der Haustürklinke, entschlossen, so schnell wie möglich zu verschwinden, und ich schwindelte aufs Geratewohl: »Das weiß ich noch nicht, aber es wird eine ganze Weile dauern, bis ihr mich wiederseht. Ich habe dort nämlich einen schwierigen Job zu erledigen.«

»Oh, da bin ich aber neidisch«, log die Frau gleichgültig, während sie die Post aus dem Briefkasten holte.

»Also dann tschüss, ich bin spät dran.«

»Tschüss, Junge, und gute Reise. Oh, sieh mal, ein Brief aus Puigcerdà.« Und niemand kam auf den Gedanken, dass so spät abends gar kein Flug nach New York mehr ging.

Und dann stand Miquel Gensana der Schon Ein Klein Wenig Länger Getrennte auf der Straße, mit seinem Koffer der Verzweiflung, der ihn der Flucht bezichtigte. (Ihm war nichts anderes übrig geblieben: Er hatte ausziehen müssen, weil Gemmas Eltern praktisch die ganze Wohnung bezahlt hatten und es nicht ratsam war, einen von vornherein zum Scheitern verurteilten Streit über Gebietsansprüche vom Zaun zu brechen.) Allein mitten auf der Straße in der Abenddämmerung, ohne Plan und Ziel und mit dem ernsthaften Problem, nicht zu wissen, wie man in Barcelona eine Pension findet, weil man aus Barcelona ist. Vor dem ersten Schritt tastete er seine Hosentaschen ab, um sicherzugehen, dass er die Brieftasche eingesteckt hatte. Dann ließ ich zögernd das Haus hinter mir (die Balkontür war geschlossen, die Vorhänge waren zugezogen, das Wohnzimmer lag im Dunkeln, aber vielleicht spähte Gemma mir heimlich nach) und sah auf die Uhr. Ich setzte mich in eine Bar, um mir in Ruhe eine erfolgreiche Strategie zurechtzulegen. Und dort fing alles an.

»Da ertränkt wohl jemand seinen Kummer im Glas. Oder täusche ich misch?«

Miquel wandte sich um, leicht benebelt, aber von einer verdrängten, plötzlich quicklebendig gewordenen Erinnerung gestochen. Über ihm entdeckte er ein Paar ans Lachen und Weinen gewöhnter, von roten Äderchen durchzogener Augen, die ihn neugierig musterten. Die heisere Stimme fragte: »Nischt wahr, Simó?«

Für ein paar Sekunden wusste ich nicht, wen ich vor mir hatte. Dann durchzuckte es mich wie ein Stich: »Blauauge!«, rief ich.

»Ich heiße Garcia«, stellte Blauauge hastig klar.

»Und ich Miquel«, antwortete der ehemalige Genosse Simó rasch. Und mit einer Begeisterung, die er nicht verspürte: »Was treibst du so?«

»Die näschste Runde geht auf misch.« Er wies einen Kellner an: »Für misch JB, zwei Finger breit. Ohne Eis.« Er lächelte und stieß mich in die Rippen: »Und du? Wie geht's dir?«

Wir schwiegen und lächelten einander an. Was zum Teufel kannst du nach all den Jahren zu ihm sagen, und noch dazu ausgerechnet an dem Tag, an dem du von zu Hause abgehauen bist. Blauauge räusperte sich: »Isch habe rescht, oder? Du bist doch traurig?«

Miquel nahm den neuen Whisky und trank einen schnellen Schluck. Die Flüssigkeit versengte sein Inneres und gab ihm das scheußliche Gefühl von Sodbrennen. Es ging darum, einen Grad der Benebelung zu erreichen, der es einem erlaubte, diese erste verdammte Nacht zu überstehen.

»Keine Angst, Junge, mir hat keiner deine Lebensgeschischte erzählt. Isch bin von selbst drauf gekommen.« Blauauge zauberte ein Päckchen Zigaretten aus dem Nichts hervor und bot mir eine an. Während er sie anzündete, setzte er, von einer Rauchwolke umgeben, das Verhör fort: »Was ist dein Problem?«

»Ich habe keine Probleme.«

»Frauen, was?«

Auch drei Whisky später hatten sie einander ihre Lebensgeschichten noch nicht erzählt. Und würden es auch nie tun, denn was erzählt man einem ehemaligen Kampfgenossen für die gemeinsame Sache, wenn fünf Jahre vergangen sind und es keine gemeinsame Sache mehr gibt? Außerdem trieb mich gerade etwas anderes um. Ich dachte, während ich mich betrank, an meine Mutter, überlegte, ob ich nach Hause gehen und sagen sollte, wir haben uns getrennt, Mutter: Hast du ein Eckchen für mich? Und Mutters stiller, forschender Blick würde mich wortlos fragen, halb vorwurfsvoll, halb voller Mitleid mit diesem verwöhnten Sohn, der nur durch Fehler erwachsen wurde, ein Eckchen, mein Sohn … wieso fragst du mich das, wo doch das ganze Haus voller leerer Zimmer ist, Miquel?

»Ich brauche kein Mitleid, von niemandem«, entfuhr es ihm, denn er hatte nicht die geringste Lust, sich Blauauge anzuvertrauen. So sehr er ihn auch schätzte. Und wenn er bei einem Freund unterschlüpfte?

»Ganz deiner Meinung, Junge.« Blauauge schnalzte mit der Zunge. »In dieser Hinsicht bist du ein eschter Mann: bloß den Kummer in sich hineinfressen.«

Aber bei welchem Freund? Ihm fiel keiner ein, den man um einen solchen Gefallen hätte bitten können. Offen gestanden hatte er gar keine Freunde, wie jedermann. Eine Pension: Eine Pension war die Lösung. Und dann kam mir plötzlich Bolós in den Sinn. Aber den hatte ich seit einer Ewigkeit – seit dem Tag nach den ersten Kommunalwahlen – nicht mehr gesehen. Als wären sie geschieden.

»Kennst du eine Pension hier in der Nähe?«

»Die erste Nacht ist immer hart.«

»Was ist es? Woran sieht man es mir an?«

Blauauge lächelte und sagte, das Leben verleiht einem eine gewisse Erfahrung, du bist ein grüner Junge, Simó, und isch habe schon gut und gerne fünfzig Jahre auf dem Buckel. Er fischte einen Geldschein aus der Tasche, verbot mir mit einem weiteren Stoß in die Rippen zu bezahlen und einigte sich mit dem Kellner. Und ich saß da mit meinem Koffer auf dem Boden, halb benebelt vom Whisky und halb von Gemmas Ich will dich nie wieder sehen.

»Komm mit mir.«

Und so torkelte Miquel Blauauge hinterher zu einer Pension, die dieser im Carrer Consell de Cent betrieb, und verbrachte dort, matt und von Übelkeit geplagt, die erste Nacht. Die Pension war nichts Besonderes, aber Blauauge war trotzdem stolz darauf, denn seit er den Kiosk hatte aufgeben müssen, hatte er sich mehr schlecht als recht durchgeschlagen, und obwohl er in der Partei ein hohes Tier gewesen war, war er bei ihrer Auflösung wie alle anderen auch leer ausgegangen. Er erzählte mir, dass er sich mit der Pensionswirtin zusammengetan hatte, einer gewissen Lídia; seitdem hatte er eine Arbeit und ein warmes Bett. Er könne sich nicht beklagen, sagte er einem Genossen Simó, dem es von Schritt zu Schritt schlechter ging, auf dem Weg zum Eden. Und Miquel, anstatt ihm nun seinerseits das Herz auszuschütten, fiel nichts Besseres ein, als zu fragen, was zum Teufel hat denn das mit dem Eden zu bedeuten, Blauauge?

»Garcia. So heißt die Pension. Pension Eden. Und du findest schon noch eine andere Frau, glaub mir.«

Einen Augenblick lang hatte Miquel das Gefühl, dass Blauauges Augen seine Seele durchleuchteten wie Röntgenstrahlen.

Mit fast mütterlicher Fürsorge braute Blauauge – den eisigen Blick Lídias ignorierend, die ihren Mann fragte, was das denn solle – Miquel einen starken Kaffee, zog mich aus, schleppte mich zum Klo, wo ich meine ganze Bitterkeit in die Schüssel erbrach, zwang mich, Zitronenwasser zu trinken, stellte mich unter die Dusche, rubbelte mich liebevoll trocken und steckte mich ins Bett. All dies, während Miquel weinte und sinnlose Sätze brabbelte, die in dreizehn oder vierzehn Varianten um das Thema kreisten, so eine Scheiße, alles, was ich anfasse, geht schief.

»Das würde ich nicht mal für dich tun«, hörte ich Lídia zu Blauauge sagen. »Wer ist dieser Kerl?«

»Nur ein Freund.«

»Das muss aber ein guter Freund sein.«

»Aus dem Krieg. Er hat viel durchgemacht, der Arme.«

Lídia hörte auf zu zetern.

Trotz Blauauges Aufmerksamkeit (jetzt darfst du spucken, Simó, der Krieg ist vorbei) tat ich die ganze Nacht kaum ein Auge zu, und als ich spät am nächsten Vormittag erwachte, hatte ich fürchterlichere Kopfschmerzen, als ich mir vorstellen konnte. Anfangs wusste ich gar nicht, wo ich war und was mit mir los war. Ich fühlte mich wie aus Kork, und jedes Geräusch im Eden hallte in meinem Kopf wider, als wäre mein Schädel eine Glocke. Meine Zunge war ein Lappen. Dann kehrte nach und nach das Denkvermögen in den Kork zurück, und ich rekapitulierte die Lage. Meine neue Lage. Ich überlegte gerade, was besser wäre, noch mal unter die Dusche zu gehen oder direkt vom Balkon zu springen, als Blauauges vertraute Stimme mich einlud, wieder am Leben teilzunehmen.

Es dauerte noch ganze zwei Tage, bis Miquel sich wieder wie ein Mensch benahm. Bis dahin schloss er sich ein, rauchte eine Ducado nach der anderen, um sein Gemüt zu vernebeln, und trank mehrere Liter Bier, die Blauauge mir gegen das Versprechen zugestand, nichts Stärkeres anzurühren. Und Miquel grübelte stundenlang darüber nach, wieso er nicht einfach alles rückgängig machen konnte, noch mal von vorne anfangen, aber diesmal sauber, versuchen, alles richtig zu machen – denn es ist einfach nicht fair, dass das Leben dir keine Experimente in Sachen Ethik erlaubt, sondern von Anfang an alles gilt; die Stoppuhr läuft, die Regeln sind unerbittlich. Und darauf noch ein Bier, denn das war die praktischste Methode zu verblöden. In diesen Tagen fasste er den willkürlichen, äußerst unklugen Entschluss, das Studium, das er wieder aufgenommen hatte, als er Gemma kennenlernte, nicht zu Ende zu führen, und die wurzelbetonten Verbformen können sie sich in den Arsch schieben. Er empfand das als eine Art Rache an Gemma. Als ob die das auch nur im Geringsten interessierte.

Im Eden lernte ich, dass keine Liebe bestehen kann, wo keine Liebe ist, und dennoch der Tod einer Liebe – und sei er auch noch so erwartet und ersehnt – eine unerklärliche Leere hinterlässt, das Gefühl, verstümmelt zu sein. Und da du nicht einbeinig durchs Leben hinken willst, suchst du sie eben zu ersetzen, so gut es geht. Mal durch Hass. Mal durch Traurigkeit. Und viele schaffen es dabei, ihr Gefühlsleben komplett zu ruinieren.

Nach ein paar Tagen, in denen ich mich viel übergeben und wenig gegessen hatte, hatte ich mich immer noch nicht mit Blauauge ausgesprochen oder ihm die Gründe für mein Verhalten erklärt. Ich wog ein paar Kilo weniger: Vier Drittel meines Kummers hatten sich in Form unerklärlicher Energie in jenen Winkel des Universums verflüchtigt, in dem sich die Seufzer tiefsten Seelenschmerzes sammeln. Fast hätte ich mir ein Magengeschwür geholt. Bevor Blauauge eine Erklärung von mir forderte, mich zur Eile drängte oder irgendeine Gegenleistung für seine schier unendliche Geduld verlangte, verließ ich das Eden. Miquel II Gensana dem Verkaterten, dem schon leichter zumute war, auch wenn ihn immer noch der Kummer drückte, gelang es nicht, ihnen wenigstens die Tage zu bezahlen, die … Lídia (Wo denkst du hin!) und Blauauge (Mach's gut und pass auf disch auf, wenn du verstehst, was isch meine, Simó) warfen ihn hinaus, bevor er ihnen das Geld aufdrängen konnte. Er hatte kaum Zeit, ihnen zu danken. Aber er dachte, was für ein Glück es war, dass es auf der Welt hier und da Lídias und Blauauges gab – auch wenn es manchmal ein Wörterbuch »Blauauge – Katalanisch, Katalanisch – Blauauge« brauchte, um ihn zu verstehen. Nach langem Nachdenken beschloss Miquel, erst einmal nach Can Gensana zurückzukehren, um seine Mutter zu sehen und sich zu überlegen, wie es weitergehen könne. Und zum zweiten Mal fühlte er sich wie im Gleichnis vom Verlorenen Sohn und dachte, manche Dinge ändern sich einfach nie, und ich werde nie normal sein, ein Mensch ohne Probleme mit einem ungetrübten Lächeln.

»Warum ziehst du nicht wieder bei uns ein?«

Miquel wich dem Blick seiner Mutter aus und versuchte gar nicht erst, sich vor seinem Vater, der damals praktisch in der Fabrik lebte, zu rechtfertigen. Ich verstand schon, dass Mutter verzweifelt versuchte, den zahllosen Mauern und Wänden, Fluren und Zimmern mehr Leben einzuhauchen, als sie selbst, Senyora Angeleta, die manchmal zum Nähen kam, und das Gespenst meines Vaters zu geben vermochten. Und die arme Remei, das einzige in diesem allmählich verfallenden Haus verbliebene Dienstmädchen und die Einzige, die den klobigen, grauen, langweiligen Fernsehapparat nutzte, den Don Pedro einzig und allein deshalb ins Wohnzimmer gestellt hatte, weil jeder einen hatte.

»Wie geht es dem Onkel?«

»Gut. Bleib bei uns, Junge.«

Aber ihre Augen sagten mir, ich bin einsam, dein Vater denkt nur noch an die Schulden, dein Cousin Ramon will die Fabrik verkaufen, bevor alles über uns zusammenbricht, zu miesen Bedingungen und einem miesen Preis, aber er kann einfach nicht mehr; ich bin erschöpft, das Haus wird mir allmählich zu groß, am liebsten würde ich in eine Wohnung im Zentrum von Feixes ziehen, vor kurzem war jemand da, um die Bibliothek von Urgroßvater Maur zu schätzen, es gibt eine Baufirma, die anfragt, wie viel wir für das Haus haben wollen, wir nutzen nicht mal einen fünften Teil davon, im Dachgeschoss war ich seit Jahren nicht mehr … Und Onkel Maurici will um nichts in der Welt verkaufen. Wenn ich ihn darauf anspreche, schweigt er wie ein Grab.

»Ich möchte in Barcelona leben.« Ich kam mir vor wie ein Schuft, als ich es sagte. Aber so war es nun einmal.

»Es ist gar nicht weit bis dorthin. Und gerade wird die Autobahn gebaut. Du kannst jeden Tag mit dem Auto hinfahren. Oder mit dem Zug, wie du es als Student getan hast.«

»Mutter …«

Meine Mutter schwieg eine Zeitlang, dann sagte sie, und es klang wie ein Seufzer: »Wir werden wohl das Haus verkaufen müssen. Wir müssen den Onkel dazu überreden.«

»Was sagt Vater dazu?«

»Er sagt, er hätte es schon längst verkauft. Um die Löcher zu stopfen.«

»Tut es nicht. Es ist das Einzige, was euch bleibt.«

»In einer Wohnung zu leben, ist bequemer.« Sie lächelte müde. »Hier ist es wie im Altersheim.«

»Er soll das Haus nicht verkaufen. Du bist daran gewöhnt, einen Garten zu haben. Wo würdest du denn in einer Wohnung deine Blumen unterbringen wollen?«

»In Töpfen.«

»Das glaubst du doch selbst nicht. Nun gut, Mutter, ich bleibe eine Woche, und wir können mein Zimmer für mich hergerichtet lassen. Ich komme dann ab und an zu Besuch.«

»Dein Wort in Gottes Ohr.«

Ein Seufzer, dann Stille. Neben ihr lag unbeachtet ein Schal, bestimmt für Ramons Sohn Roger. Und dann kam die große, lange hinausgeschobene Frage: »Und wie geht es dir, Miquel?«

Unmöglich, dich deiner Mutter mit dreißig plötzlich anzuvertrauen, nachdem du seit Jahren von zu Hause weg warst. Unmöglich, ihr zu erklären, warum Gemma und er sich getrennt hatten, warum er sich entschieden hatte, das Studium zu schmeißen, warum dies sein fünfter Whisky am Tag war, warum er in letzter Zeit stundenlang Gedichte schrieb, nur um sie anschließend entmutigt zu zerreißen; warum er regelmäßig Konzerte im Palau de la Música besuchte, um vor Gemma zu fliehen, und warum er zu oft in der Abgeschiedenheit seines Konzertsessels weinte, wenn er auf das Auf und Ab der Flöte und das tiefe Seufzen des Cellos lauschte. Warum er aus Angst, bei der Arbeit Gemma zu begegnen, nicht mehr unterrichten wollte, und so weiter und so fort, eine verzweifelt lange Liste. Sollte er ihr all das sagen?

»Mir geht's einigermaßen, Mutter. Aber ich muss allein sein, um nachzudenken.«

»Hier könntest du alleine sein.«

»Mutter, ich will in Barcelona leben. Allein.«

In der ersten Nacht nach der Heimkehr des Verlorenen Sohnes tat ich praktisch kein Auge zu. Ich hatte mit Mutter, dem Onkel und Remei zu Abend gegessen. Es fiel kaum ein Wort, und die beiden Frauen bewegten sich wie auf Zehenspitzen, als fürchteten sie, die Unterhaltung, die einfach nicht zustande kommen wollte, weil die anderen verstanden, wie schwer es mir fiel, über das Scheitern meiner Ehe zu reden, könne zerbrechen wie Glas. Der Onkel schwieg und starrte auf seinen Teller. Und Vater aß außerhalb, um mich nicht sehen zu müssen. So schnell, nach nicht mal zwei Jahren Ehe, sie hatten ihm ja schon immer gesagt, dass diese Frau nicht die Richtige für ihn war. Und wie sollen wir uns jetzt verhalten, wenn wir den Molins auf der Straße begegnen? Sind wir denn noch mit ihnen verwandt? Vielleicht sollte ich mal bei ihnen vorbeischauen? An dieser Stelle schaltete sich der Onkel ein, ach Maria, mach dir keine Sorgen um die Molins. Die sind doch nicht das Problem. Was heißen sollte, dass Miquel II das Problem war, der Lieblingsneffe, der einzige Neffe. Und Remei trug das Essen mit weit aufgerissenen Augen auf, wie um einen Ausgleich zu schaffen für die zukünftig gerunzelten Brauen eines zukünftigen Maître, der hier einmal ebenso geschäftig hin und her eilen würde wie sie, in völliger Unwissenheit um die Dramen, die sich zwischen diesen Wänden abgespielt hatten. Wie schrecklich ist doch die Zukunft.

»Mein Junge …« Nervöse Kügelchen aus Brotteig zwischen den Fingerspitzen. »Ist die Trennung denn wirklich endgültig?«

»Ich will nicht darüber reden, Mutter.« Und Remei stand auf und tat so, als müsste sie irgendetwas in die Küche bringen.

»Aber Junge. Wenn ich nicht für dich sorge …«

»Ich bin alt genug.« Und in schroffem Tonfall: »Danke.«

Mutter wagte es nicht, sich diesem Befehl zu widersetzen. Sie hatte Angst, den Faden zu straff zu spannen, bis er riss und der arme Miquel sie ebenfalls verließ. Und so verlief der Rest des Abendessens in Stille, nur unterbrochen vom Klappern eines nicht richtig geschlossenen Fensterladens im Wind.

»Wann kommt Vater nach Hause?«

Oben in seinem Zimmer öffnete Miquel das Fenster und zündete sich eine Zigarette an. Der Garten lag im Dunkeln, aber er konnte die Silhouette des Erdbeerbaums erahnen. Der Wind hatte die wenigen Wolken vertrieben, und eine Schar von Sternen schien mir, glücklich über meine Rückkehr, einen Willkommensgruß zuzuzwinkern. Mir wurde bewusst, dass ich seit acht Jahren nicht mehr den Kopf gehoben hatte, um den Nachthimmel zu betrachten. Genauer gesagt, seit dem Augenblick, als ich von zu Hause weggegangen war, um die Revolution zu machen, und meiner Mutter das gläserne Stopfei heruntergefallen war, mit dem sie meine Strümpfe stopfte. Mit gepackter Tasche und meinen Träumen von der Revolution war ich in den Zug gestiegen und hatte feierlich geschworen, erst wieder zurückzukommen, wenn Die Aufgabe erledigt war. Damals erfüllte mich die Freude über meine Mission mit Energie und Tatendrang, wie der Tag bewies, an dem ich bei einer Demonstration der Metallarbeitergewerkschaft mit einem Fausthieb einen Geheimpolizisten niederstreckte, der gerade einen Kampfgefährten verhaften wollte. Später stellte sich heraus, dass der Genosse ein hoher Parteikader war. Natürlich war das eine Heldentat, aber eine von Miquel völlig unbeabsichtigte: Er schlug dem Polizisten die Faust ins Gesicht, weil er einen Riesenbammel hatte und der Kerl ihm den Weg verstellte, als er wegrennen wollte. Der Kamerad nahm ebenfalls die Beine in die Hand, und zu meinem Entsetzen hörte ich in meinem Rücken Schüsse, was mir erst recht Flügel verlieh. Das Entscheidende war aber, dass ich in meinem Lebenslauf eine Heldentat zu verzeichnen hatte. Dennoch sah es schlecht für uns aus, weil die Polizei unbarmherzig Jagd auf die sogenannten Minderheitengruppierungen machte, sprich, auf uns und fünf oder sechs weitere Organisationen, die die Fackel des – nötigenfalls bewaffneten – Kampfes weitertrugen, jetzt, da die PSUC im Niedergang begriffen war und von den anderen Gruppen niemand außer ihnen selbst wusste, ob sie überhaupt noch existierten. Etwa um diese Zeit – ich lebte seit sechs oder sieben Monaten in einer konspirativen Wohnung – bekam ich die Pistole ausgehändigt. Drei Jahre meines Lebens habe ich mit der Pistole unter dem Kopfkissen geschlafen.

Aber das Leben von Miquel Che Gensana sollte noch ein wenig komplizierter werden; als wäre es mit dem Krieg nicht genug, sah ich mich auch noch mit einem Problem konfrontiert, das mir schon immer unlösbar schien: mit dem Liebeskummer. Vier oder fünf Verhaftungen hatten das Gefüge der Partei im Stadtteil El Congrés durcheinandergebracht, und die Zellen mussten sich neu organisieren. Die vierte und die fünfte fusionierten, und so kam es, dass ich Franklin Bolós wiedersah. Aber zu meiner Verwirrung wurde uns überdies ein neuer Genosse zugeteilt, der die Zelle leiten sollte: eine Genossin. Genossin Pepa. Und Miquel musste heftig schlucken und seinem Herzen befehlen, nicht so wild zu hämmern, denn er hatte sie nicht wiedergesehen, seit sie von der Universität verschwunden war, Berta, Pepa, Genossin Pepa, Berta, die schon vor langer Zeit den roten Mantel abgelegt hatte, mit dem an der Universität alles anfing, die Berta meiner Freiheitsgraffitis an den Mauern des Rathauses von Barcelona. Oh nein, und nun teilten Berta und ich eine Wohnung, oder doch fast, und sie war so energisch wie eh und je oder noch energischer, Berta, die stets das konkrete Ziel vor Augen hatte, scheinbar unfähig, sich zu verlieben oder sich vorzustellen, dass man sich in sie verlieben könne, Berta, Berta. Und Liebesbeziehungen zwischen unverheirateten Genossen waren verboten, und es war falsch und konterrevolutionär, den Kampf hinter rein persönliche, private Angelegenheiten zurückzustellen. Vor allem aber war Bertas Blick hart wie Eis, und ich wäre am liebsten dahingeschmolzen. Deshalb tat ich bei der Begrüßung, als wir allein miteinander waren, völlig ungerührt.

»Du hättest dir ruhig einen weniger ordinären Namen aussuchen können, Berta.«

»Und du bist und bleibst ein Kleinbürger, Genosse Simó.«

Ich schmolz dahin. Die Sterne am Himmel vor dem Fenster von Can Gensana zwinkerten mir noch zu, als ich schon meine erste Zigarette aufgeraucht hatte. Berta war Teil des Krieges, ja, aber sie war auch meine erste unerwiderte Liebe. Warum verliebt der Mensch sich ständig in den Falschen? In meinem Zimmer gab es keinen Aschenbecher, und da ich keine Lust hatte, unter den bohrenden Blicken meiner Mutter oder meines Onkels durchs Haus zu irren, beschloss ich, einen unter dem Tisch stehenden Schuhkarton zu benutzen. Darin waren einmal meine Hochzeitsschuhe gewesen. Was hatte ich nicht schon alles erlebt, obwohl ich doch zu nichts nutze war. Und als alles vorbei war, als Franco im Bett gestorben war, sah ich Berta nie wieder. Ich verließ die konspirativen Wohnungen, wusste ein paar Monate lang nicht wohin, wurde Opfer der Operation Equus und kehrte schließlich nach Hause zurück, wo Mutter mich mit einem Seufzer der Erleichterung empfing, während Vater kaum ein Wort mit mir wechselte; und Miquel Gensana der Krieger im Ruhestand beschloss, gemeinsam mit Bolós an die Uni zurückzukehren und das Studium wieder aufzunehmen. Vater plante bereits seine Flucht. Und ich lernte Gemma kennen. Sie hieß Gemma Molins und hatte Grübchen in den Wangen, die ihr Gesicht unglaublich süß aussehen ließen, ein Gesicht, das zum Küssen wie geschaffen schien. Sie war in unserem Jahrgang, und ich verliebte mich Hals über Kopf in sie und überließ Bolós einer

287

gewissen Maria, einer rassigen Brünetten, die überhaupt nicht mein Fall war. Gemma war freundlich, munter, zwei, drei Jahre jünger als ich, sehr fleißig und fand mich amüsant. Sie weckte in mir die vom Onkel vor langer Zeit entfachte Liebe zur Musik wieder. Es war Gemma, die mich zu meinen ersten Konzerten mitnahm, und ich verfiel dieser Leidenschaft sofort, weil ich das Bedürfnis nach berührenden Erfahrungen hatte, schließlich hatte ich erst kürzlich meine Ideale verloren und ertrug die Leere in meiner Seele nicht. Und das Leben war halbwegs bekömmlich, auch wenn ich noch manchmal nachts schwitzend und schreiend erwachte, weil Mingo und Toro mir im Traum erschienen waren, Toro und seine grauenhafte Grimasse und das Handtuch, oh, alles, wieder und wieder. Aber allmählich schwanden diese schrecklichen Träume, und meine Seele fand langsam Frieden. Manchmal musste ich an Berta denken und fragte mich, was wohl aus ihr geworden war, aus der Genossin Pepa. Ich glaube, ein paar Mal weinte ich auch. Aber das alles war gut zu ertragen, weil Gemma immer öfter bei mir war und mir zur Seite stand. Und sie führte mich wieder in die Musik ein, oh ja, und Miquel der Orientierungslose beschloss, statt Geschichte Literatur- und Sprachwissenschaft zu studieren, weil er gerade die Erfahrung machte, wie tief einen Lyrik erschüttern konnte, und während Gemma durchs Studium pflügte wie ein Bulldozer, träumte er vor sich hin, ging zu den Prüfungen und unterrichtete nachmittags ein paar Stunden an einer Schule, um sein Studium zu finanzieren. Und die Welt war allmählich ganz bekömmlich. Ich entdeckte Vinyoli und Palau i Fabre, Artaud und Rimbaud, den düsteren Góngora, der mich zu Cernuda und Guillén brachte, und Ausiàs March. Und Miquel streifte durch den aristokratischen Garten unseres verfallenden Hauses, ein Buch in der Hand, um vor dem mit Entengrütze überwu-

288

cherten schwanlosen Teich laut zu rezitieren: *Wo das Vergessen wohnt, in weiten Gärten ohne Morgenröte; wo ich nichts bin als Gedächtnis eines Steins, begraben zwischen Brennnesseln, darüber flieht der Wind vor seiner Schlaflosigkeit …* Der furchtlose Novize in der neuen Religion der Poesie sagte, im Wissen, dass niemand außer einem verirrten Buchfink ihn hören konnte, *Aus großer Lieb mein Leben ist im Zweifel* und *Wer außer einem Narren fragt, ob ich, da meine Liebste in der Ferne weilt, ein tiefes Sehnen fühle,* und ärgerte sich, weil er nicht in Gemma verliebt war wie ein Narr und es zugleich nicht schaffte, das immer schwächer werdende und doch merkwürdig mächtige Bild von Bertas rotem Mantel zu verscheuchen, ein verschwommenes Bild im Nebel, und wenn ihn das alles zu traurig stimmte, ging er zum Plattenspieler der Familie und lauschte andächtig Karl Richters Fassung des *Musikalischen Opfers* und rief zu dem Gott, an den er nicht glaubte, warum hast du mir nicht genug Talent gegeben, um Musiker oder Dichter zu sein, und ich fühlte mich wie ein Nichts, und wenn ich Gemma davon erzählte, schüttelte sie besorgt den Kopf und sagte taktvoll, aber Miquel, in deinem Alter sollte man nicht länger den Traumtänzer geben, und er entgegnete, dass er viele Jahre mit Dummheiten vergeudet habe und nun auf der Suche nach dem *temps perdu* sei. Und noch am selben Abend machte er sich daran, Proust auf Französisch zu lesen, und fühlte sich kleiner denn je zuvor bei dem Gedanken, wie es bloß möglich war, allein durch aneinandergereihte Wörter all diese Empfindungen zu wecken, und gelangte zur gleichen enthusiastischen Schlussfolgerung wie sein heiliger Namenspatron und rief im Garten eingedenk der Schwäne aus, Wer ist wie die Kunst! Und mein Gesang schmeckte nach Blasphemie.

Nach der zweiten Zigarette stellte ich fest, dass mein behelfsmäßiger Aschenbecher jede Menge Platz bot. Ich stellte mir einen Stuhl ans Fenster und dachte dabei an Gemma und daran, wie fleißig sie gewesen war. In ihren wenigen gemeinsamen Stunden hatte sie stets ein Buch in den Händen gehabt, während seine Hände damit beschäftigt waren, die ihren zu halten. So war es immer gewesen. Und eines Tages hatte er ihr angeboten, sie nach den Prüfungen mit zu sich nach Hause zu nehmen (nicht vorher, dafür war Gemma zu diszipliniert). Und sie war einverstanden. Nicht, dass ich vorhatte, sie meinen Eltern vorzustellen; ich wollte ihr das Haus und den Garten zeigen. Sie lernte dann doch meine Eltern kennen, aber ich sagte ihnen nicht, dass wir halb miteinander ausgingen, und sie ließen uns allein. Gemma war hellauf begeistert von dem herrschaftlichen Haus, und ich dämpfte ihre Begeisterung, indem ich ihr erzählte, wie feucht und düster es war und dass überall die Kälte durch die Ritzen drang. Vom Garten war sie dann vollends bezaubert, was für ein Wunder, Miquel, kaum zu glauben, dass es so etwas im zwanzigsten Jahrhundert noch gibt! Und im Hochgefühl unserer Entdeckungsreise gelangten wir bis in den hintersten Winkel des Gartens, wo die Kastanienbäume standen, und dort ergründeten sie die Lebensgeschichte und den Körper des anderen, eine köstliche Erfahrung, weil Gemma ein wirklich hinreißendes Mädchen war. Und sie war nicht mehr Jungfrau.

»Was hast du denn mit einem Mal, Miquel?«

»Gar nichts habe ich. Ich bin bloß … bloß überrascht.«

Sie hatten sich wieder angezogen, nicht wegen der Wendung, die das Gespräch genommen hatte, sondern wegen der kühlen Luft; aber sie lagen noch unter den Kastanienbäumen, an derselben Stelle, an der Onkel Maurici Ohneland unaussprechliche Dinge getrieben oder Don Pere I der Flüchtige einige seiner Bekanntschaften von Kopf bis Fuß erforscht hatte. An der Stelle, an der zahlreiche Sprösslinge der Familie Heimlichkeiten mit ihrem eigenen Körper oder dem ihrer Liebsten angestellt hatten. Als gäbe es in Can Gensana zu wenig Betten. Wenn die Kastanienbäume reden könnten …

»Na, hör mal: Ich weiß doch auch, dass du schon mit anderen Frauen zusammen warst, und es macht mir nichts aus.«

Miquel zupfte einen Grashalm aus und steckte ihn in den Mund. Lächelnd lehnte er sich an den Kastanienstamm und sagte seufzend: »Ich war noch nie mit einer Frau zusammen.«

»Nein …« Ein skeptisches, ungläubiges und ein wenig grausames Nein, ganz im Tonfall der Siebziger.

»Heute habe ich zum ersten Mal eine nackte Frau gesehen.«

»Nein!« Noch ungläubiger, noch mehr im Tonfall der Siebziger.

»Heute habe ich zum ersten Mal eine leibhaftige Möse gesehen.«

Nach dieser Grundsatzerklärung schwiegen sie eine Weile. Länger als eine Weile, den halben Nachmittag, weil es beiden an der Erfahrung mangelte, wie man sich aus einer solchen Situation herauswindet, eine schnelle Nummer, zack, und das war's. An die hunderttausend Mal hätte Miquel fast gefragt, und mit welchem Jungen hast du's schon getrieben, Gemma, und traute sich doch nicht, weil er zu viel Angst davor hatte, dass sie ihm erwidern könnte, was geht denn dich das an. Oder schlimmer noch, dass sie ihm sagte, es war nicht nur ein Junge, mein geliebter Miquel, es waren drei oder vier, und mit allen habe ich es oft getrieben, und die Vorstellung, dass sie ein Geheimnis hatte, das ich nie erfahren würde, machte mich ganz verrückt und tat mir in der Seele weh, und noch mehr schmerzte mich, dass trotz allem, was ich gelernt hatte (späte Sechziger, freie Liebe, Berkeley, Yankees, go home, Marcuse), und obwohl ich genau wusste, dass Eifersucht falsch, dekadent und kleinbürgerlich war, Miquel der Radikale Theoretiker, wenn es ihn betraf, genauso eifersüchtig war wie jedermann. Rasend eifersüchtig.

»Ich glaube einfach nicht, dass du noch nie mit einer Frau zusammen warst.«

»Und warum nicht?«

»Was hast du denn bis heute gemacht? Gewichst?«

»Also wirklich, Gemma ...«

Wie sollte ich ihr erklären, dass das Problem nicht der Schwanz war, sondern das Herz? Wie sollte ich ihr erklären, wie sehr es mich berührt hatte, sie nackt vor mir zu sehen, und dass ich sie zärtlich geliebt und mich von dieser Frau mit den wunderbaren Grübchen geliebt gefühlt hatte, die mich gebeten hatte, in sie einzudringen, nachdem wir eine Zeitlang miteinander gefummelt und ich – o mein Gott – Mühe gehabt hatte, nicht zu früh zu kommen, weil alles Warten der Welt sich auf diesen Augenblick unter den Kastanien im Garten unseres Hauses konzentrierte, diesen unglaublich bewegenden Augenblick. Und ich war zu feige zu fragen, was, wenn du schwanger wirst? Und dachte, sie würde schon wissen, was zu tun sei.

»Nicht mal im Puff bist du gewesen? Nie?«

»Nie. Und nicht, dass du jetzt glaubst, ich wäre ein seltsamer Vogel, Gemma. Ich war einfach mit anderen Dingen beschäftigt.«

Gemmas sanftes Lachen erschreckte nur den Buchfink; Miquel, halb beschämt und halb bezaubert von dieser Frau, die sich als so erfahren erwiesen hatte, störte sich nicht daran. Nur meine eigene Eifersucht störte mich oder vielleicht meine eigene Vorstellungskraft. Außerdem hatte ich ein klein wenig geschwindelt, denn obwohl ich rein technisch gesehen tatsächlich noch nie mit einer Frau zusammen gewesen war, hatte ich sehr wohl schon eine nackt gesehen und hatte sehr wohl schon … Aber in diesem Augenblick hatte ich keine Lust, von Berta zu erzählen und von dem Tag, an dem sie nach einem Treffen mit den Genossen von Zelle Nummer sechs beschlossen hatte, bei Miquel zu übernachten, weil sie sich nicht ganz wohl fühlte, und ich zu ihr sagte, du kannst mein Bett benutzen, Berta, Pepa; Genossin Pepa. Und sie dankte mir knapp und legte sich ins Bett, während ich, Genosse Simó, in der Küche für uns beide eine Tütensuppe kochte und einen Augenblick lang dachte, sieh an, als wären wir ein Ehepaar, und dann mit einem Kopfschütteln diesen kleinbürgerlichen Gedanken vertrieb.

»Oder tut es dir etwa leid, dass ich noch nie mit einer Frau zusammen war, Gemma?«

Sie nahm seine Hand und küsste sie beinahe ehrfürchtig.

»Sei kein Depp«, sagte sie. Und dann, als ob sie meine schwarzen Gedanken erriete: »Und dir braucht es nicht leidzutun, dass ich … Das ist schon lange her, und ich habe den Jungen danach nie wiedergesehen.« Nun spielte der Wind mit den Blättern der Kastanie, als lauschte er höchst interessiert unserer Unterhaltung. »Und ich werde ihn auch nie wiedersehen.«

»Das ist mir egal«, log ich. »Mit seiner Vergangenheit kann jeder tun, was er will.«

Ich fühlte mich wie ein Held. Ein Held, der am liebsten geweint hätte.

Wie auch immer: Nach dem, was unter der Kastanie geschehen war, verlor Miquel in einem seltsam zögerlichen, verspäteten Akt des Sich-Verliebens sein Herz an Gemma und dachte immer öfter an sie. Und ich verstand, wenn auch nur halb, dass das Sprichwort *Ein Haar der Frau zieht stärker als ein Ochs den Karren* nicht stimmte, denn mich hat das Haar immer weniger angezogen als ein Lächeln, ein Blick oder eine Erinnerung; und dass in dem Leben, das ich neuerdings führte, Sex mir weniger Herzschmerz bereitete als eine aus der Ferne gehegte Neigung. Aber ich war noch zu naiv, um diese Dinge richtig zu verstehen, denn Miquel II Gensana der Keusche war ja erst achtundzwanzig und damit in dem Alter, in dem der engelsgleiche Schubert, bereits an Syphilis erkrankt, seine Trios geschrieben hatte, etwa neunzig Prozent seiner Lieder (einschließlich *Die schöne Müllerin* und auch *Die Winterreise*), alle Quartette, die sieben Messen und sämtliche Symphonien mit Ausnahme der Großen.

»Ich war mir sicher, du würdest es verstehen, Miquel.«

Mit einem Löffel umrühren und warten, bis sie wieder aufkocht, dann auf kleiner Flamme köcheln lassen. Der Geruch der Suppe rief Erinnerungen an vergangene Abendessen in ihm wach, und er fühlte sich in der Küche, knapp zehn Schritte von Berta entfernt, sehr sicher. Die Tütensuppe machte ihn hungrig, und er überließ sich der kleinbürgerlichen Fantasie, man könne fast glauben, wir wären verheiratet. Und in den zehn Minuten, in denen die Suppe bei halb geschlossenem Deckel auf kleiner Flamme köcheln musste, rührte er sich nicht aus der Küche weg und lauschte auf das kleinste Geräusch aus dem Schlafzimmer. Aber Berta war wohl eingeschlafen. Während des Treffens hatte sie wirklich schlecht ausgesehen und keine einzige Zigarette geraucht, obwohl sie sonst immer … Simó füllte einen Teller mit dampfender Suppe und trug ihn ins Schlafzimmer. Dort war alles dunkel.

»Berta?«, sagte ich. »Ich meine, Pepa?«

»Mmm.«

Miquel Bocuse stellte den Teller auf den Boden und schaltete das Licht ein. Berta hatte sich bis auf ein ärmelloses T-Shirt und die Unterhosen ausgezogen. Ihre Augen waren offen, aber ich weiß nicht, ob sie mich sah. Die Laken waren schweißnass.

»Hast du Fieber?«

»Mmm.«

»Ich gehe zur Apotheke. Irgendwie müssen wir dein Fieber runterkriegen.«

Ich stolperte über den Suppenteller, fluchte leise, weil der Boden vollgekleckert war, und machte mich mit fünfundzwanzig Peseten in der Tasche auf die Suche nach einer Apotheke, die Notdienst hatte. Vom fernen Passeig Maragall wehte das Ächzen einer nächtlichen Straßenbahn herüber. Ich hatte Glück: Nach weniger als einer Viertelstunde hatte ich eine Apotheke gefunden. Dem Apotheker, der ihn um diese Uhrzeit leicht misstrauisch musterte, hätte ich beinahe gesagt, sehen Sie, ich habe kein Geld, aber meine Liebste hat Fieber und liegt im Sterben, und ich will sie retten, aber ich habe kein Geld, und sie heißt Berta, nennt sich aber Pepa, so wie ich Miquel heiße, aber Simó genannt werde wegen des Kampfes im Untergrund, wissen Sie?, ja, natürlich setzen wir unser Leben aufs Spiel, verdammt! Das ist kein Spiel. Berta ist großartig, obwohl sie so ein zierliches Persönchen ist, weiß sie, wie man Befehle erteilt, und heute habe ich sie nackt gesehen; na ja, so gut wie nackt, und deshalb bin ich ganz aufgeregt und würde um die ganze Welt reisen, um eine Dosis Chinin aufzutreiben und damit das Wechselfieber zu bekämpfen, verstehen Sie, Livingstone? Und bilden Sie sich nicht ein, ich wäre so konfus, weil ich nicht wüsste, wie ich Sie nach Kondomen fragen soll, denn ich bin zwar schon dreiundzwanzig, käme aber nie auf den

Gedanken, dass man in Situationen wie diesen stets welche parat haben sollte; bisher habe ich kaum jemals ein Kondom zu Gesicht bekommen, und außerdem läuft da nichts zwischen Berta – Pepa – und mir, ehrlich nicht. Wir sind nur Genossen.

Der Apotheker beäugte den stummen Forscher mit dem tollkühnen Tropenhelm, der soeben mitten aus dem Dschungel aufgetaucht war, weiterhin voller Misstrauen.

»Was kostet eine Schachtel Aspirin?«

»Dreiundzwanzig.«

Uff. Sie waren gerettet. Natürlich war an Kondome nicht zu denken. Aber wenigstens konnte er sich mit seiner kostbaren Ladung an Sulfonamiden zur Bekämpfung der Lepra im Lager rasch wieder in den Dschungel schlagen. Und ich hatte immer noch zwei Peseten übrig.

»Und eine Schachtel Lutschbonbons bitte.«

Zu Hause angekommen, hörte er schon im Flur ein Geräusch aus dem Schlafzimmer. Das Licht war an, und Berta, jetzt nur noch in Unterhosen (rosa Unterhosen mit einer Blume aus weißer Spitze, die er bis heute vor sich sieht), warf sich unruhig zwischen den Büchern hin und her, die auf sie heruntergefallen waren, als sie um sich schlug, Lukács bedeckte ihre eine Brust und Arnold Hauser drückte ihr auf den Magen, und ich räumte meine heimliche Bibliothek beiseite und schwöre, dass ich sie dabei nur ein paar Sekunden lang ansah, weil ich dachte, ich muss einen Arzt rufen, aber wie mache ich das, ohne Verdacht zu erregen?

»Berta, Pepa, ganz ruhig, ich bin's.«

Ich fühlte ihre Stirn, die noch immer glühte, und weil sie völlig durchgeschwitzt war, wischte ich ihr liebevoll mit einem Waschlappen über Hals und Brust, und sie, kaum bei Bewusstsein, ließ mich gewähren. Von Zeit zu Zeit riss sie den ausgetrockneten Mund auf, anscheinend hatte sie

Durst, und der völlig verängstigte Miquel trat auf dem Weg in die Küche in den Suppenteller, der immer noch auf dem Boden stand, und ich fluchte wieder und löste zwei Aspirin in einem Fingerbreit Wasser auf und brachte es der Kranken, Berta, Berta, du musst das hier nehmen, mach schon. Oh, Simó I Stanley flößt seiner vom Stich eines Skorpions tödlich verwundeten Gefährtin den Heiltrank ein, während draußen vor der Höhle schon die wilden Tiere lauern. Und Pepa, diszipliniert wie immer, trank ihn mit einer angewiderten Grimasse aus, denn niemand hat gesagt, Chinin müsse schmecken. Anschließend gab ich ihr noch einen Schluck Wasser. Als sie ausgetrunken hatte, wälzte sie sich unruhig hin und her und sagte, alles unter Kontrolle, Genosse, macht euch keine Sorgen, niemand weiß etwas. Simó wusste nicht, ob sie mit ihm sprach oder delirierte, und sie packte ihn mit weit aufgerissenen Augen bei den Handgelenken, ihr Mund war schon wieder trocken, und er hatte Mühe, ihre Lippen mit dem Waschlappen zu befeuchten, Berta, Berta, wie geht es dir, Berta, und sie hörte nicht auf, unzusammenhängende Sätze zu stammeln und sich in der Raserei des Fiebers hin und her zu werfen, und sagte immer wieder, mir ist heiß, mir ist heiß, und noch bevor Simó es verhindern konnte, zog Genossin Pepa, Leiterin der Zelle, verantwortlich für Agitation und Propaganda im Stadtteilkomitee, Kämpferin der ersten Stunde, strikte Veteranin der reinen Lehre der Partei, vor einem völlig überrumpelten Miquel Le Voyeur die Unterhose aus, weil ihr heiß war. Es half nichts. Also begann sie, nicht vorhandene Kleidungsstücke abzustreifen, und für ein paar Sekunden vergaß Miquel, dass seine Genossin krank war, und ließ seine andächtigen Blicke von oben bis unten und von unten bis oben über sie schweifen, erkundete jeden Winkel dieses zarten kleinen und doch so energiegeladenen Körpers, und seine heimliche Liebe wuchs. Ich weiß nicht, ob es an den Aspirin oder etwas anderem lag, jedenfalls wurde Pepa zu meiner Erleichterung nach einer Viertelstunde ruhiger, und ihre Atmung normalisierte sich. Sie schlug die Augen auf und lächelte, ich glaube, weil sie merkte, dass ich sie ängstlich beobachtete.

»Was war los mit mir?«, fragte sie wie jemand, der sich erkundigt, ob es geregnet hat, während er schlief.

»Du hast Fieber. Es geht dir nicht gut.«

»Nein. Ich bin Epileptikerin. Es ist nicht das erste Mal, dass ich einen solchen Fieberschub habe.«

»Aber …«

»Keine Sorge, Simó, das Fieber kommt nicht zurück.«

»Hör mal, ich glaube …«

»Danke, Simó.«

Sie drehte sich im Bett um, nackt, ohne sich ihrer Nacktheit bewusst zu sein, unendlich erschöpft oder vielleicht einfach nur müde, allerorten immer die gleichen Erklärungen wiederholen zu müssen, und Miquel setzte sich aufs Bett und sagte, meinst du nicht, wir sollten zum Arzt gehen, Berta, Pepa?

»Ja. Wenn die Revolution vorbei ist.«

Wenn die Revolution vorbei ist. Arme Berta, verantwortlich für das Stadtteilkomitee, Pepa meines Herzens, die ich von ferne liebe und die nackt vor mir liegt, ohne dass ich sie berühren darf, könnte ich mich nur aufraffen, hätte ich dich schon längst gepackt und in Windeseile zum Arzt geschleppt, sehen Sie nur, Doktor, eine revolutionäre epileptische Forscherin; bitte sorgen Sie dafür, dass sie wieder so wird wie vor der Revolution. Aber das alles tat Miquel nicht, und deshalb ging es der armen Berta jetzt schlecht, Scheiße, Mist, verdammt, warum merken wir nicht rechtzeitig, worauf es ankommt, sondern erst, wenn es zu spät ist? Das Beschissene am Leben ist, dass es nur in eine Richtung verläuft. Außerdem existieren – ich weiß auch nicht warum – die Frauen meines Lebens in meinem Kopf weiter, und Berta ist eine von ihnen, zwar meilenweit von Teresa entfernt, aber eine von ihnen, und das weiß ich ganz genau, jetzt, da ich Júlia gegenübersitze, du bist jetzt so alt, wie Berta damals war, als sie sich im Bett aufsetzte und sagte, du musst mir helfen, Simó, und Miquel fragte, was soll ich tun, Pepa? Den Gedanken, dass Berta halb nackt war, hatte er fast vergessen. Halb nackt? Woher denn! Völlig nackt.

»Ich muss unter die Dusche, diesen ganzen Dreck abwaschen.«

Mit einer Hand berührte sie ihre Brüste, eine Geste, die absolut nichts Laszives an sich hatte, Sancta Berta in pectore insudato. Sancta Iosepha.

»Aber du musst mir dabei helfen, alleine schaffe ich es nicht.«

Simó der Revolutionär, der schon bald darauf mit der Pistole unter dem Kopfkissen schlafen sollte, den sie wenige Monate später aus den normalen Zellen herausholen und in die Gruppe für die Direkte Aktion stecken würden, war völlig überfordert mit der Nähe der nackten Berta, aber zugleich fand ich es ganz wunderbar, es verursachte mir ein angenehmes Kitzeln in der linken Seite meiner Seele. Wahrscheinlich habe ich Talent zum Masochisten. Sancta Iosepha sah mir in die Augen und sagte, traust du dir das zu, Simó, Miquel?

»Klar doch. Aber meinst du nicht, wir sollten zum Arzt gehen?«

»Halt die Klappe und hilf mir.«

Ich half ihr auf und brachte sie, als Krücke und Heiliger Christophorus dienend, ins Bad. Auf der Türschwelle trat

Miquel der Grapscher zum dritten Mal in den Suppenteller.

»Was war das?« Die Genossin (immer mehr Pepa und immer weniger Berta) war, wenn auch nackt, allmählich wieder Herrin der Lage.

»Nichts. Ein leerer Teller.« Ich sagte das, als wäre es gängige revolutionäre Praxis, die Suppenteller vor der Schlafzimmertür abzustellen.

Miquel badete die Genossin, seifte sie ein und stützte sie liebevoll, spülte die Seife ab und fragte sie tausend Mal, ob es ihr gut gehe, wurde selbst klitschnass und rubbelte sie mit dem Handtuch ab, als wäre sie seine kleine Tochter und nicht eine geheimnisvolle zierliche Frau mit fantastischen Brüsten, runden Hüften und exotischem schwarzem Schamhaar, und sie ließ sich widerstandslos umsorgen (Sancta Berta), ohne dass es ihr peinlich war. Als ich ihr, noch ganz verwirrt, das Haar trocknete, schlang sie das Handtuch fest um sich, als wäre es mit ihrer aus Schwäche geborenen Nacktheit nun vorbei, und sagte, Miquel, ich bin dir sehr dankbar für alles, was du für mich getan hast, ich werde es nie vergessen. Und mein Herz schlug, als wollte es zerspringen. Ich brachte ein Bogart-mäßiges Lächeln zustande und sagte im Hinausgehen, du weißt ja, Berta, ich bin da, wann immer du mich brauchst, und weinte innerlich wie ein Narr, und irgendwann einmal kam mir der Gedanke, dass dies der Beginn einer wunderbaren, aber unmöglichen Freundschaft war, weil sie eine Frau war und ich ein Mann, und wenn der Sex dazwischenfunkt, wird es schwierig mit der Freundschaft, und zwischen Männern und Frauen funkt immer der Sex dazwischen. O großer Theoretiker des Konzepts von Freundschaft, Miquel Sigmundfreud, der mit wundem Herzens in die Küche zurückkehrte und eine weitere Tütensuppe aufriss, um sie mit den Überresten der ersten zu mischen, mit den Gedanken einzig und allein bei diesem bezaubernden Körper, der nun wieder unerreichbar war, ein Objekt der Sehnsucht, und was soll ich denn jetzt tun. Erst jetzt wurde ihm bewusst, dass er schon eine ganze Weile erregt war, und er begann zu masturbieren, frustriert und traurig, während er zusah, wie das Wasser aufkochte; beim ersten Geräusch, das er aus dem Bad hörte, ließ er es wieder bleiben, denn sich einen runterzuholen war nicht besonders revolutionär. Aber das Verlangen blieb, und darum sagte ich der unglaublichen Gemma, als sie mir unter den Kastanien in unserem Garten ihre Mysterien zeigte und dieses bezaubernde Lachen ausstieß, das ihre Grübchen noch vertiefte, dass ich noch nie mit einer Frau zusammen gewesen sei und auch noch nie eine gesehen habe. Ihr Lachen hatte mich verletzt, und ich bemühte mich, sämtliche Eifersucht dieser Welt zu unterdrücken. Dann verkündete ich feierlich: »Ich bin sehr froh, dass du die Erste warst.«

Der Kuss, den sie in diesem Augenblick unter den Kastanien im Garten von Can Gensana tauschten, war wahrscheinlich der süßeste ihrer ganzen gemeinsamen Zeit. Zusammen machten sie die Erfahrung ihrer ersten freien Wahlen, ich musste fast dreißig werden, Gemma, bevor wir das erste Mal wählen durften, und wir begingen diesen Akt mit liturgischer Andacht. Wenige Monate zuvor hatten wir geheiratet; die Hochzeit war von der müden Freude meiner Familie und dem expliziten Misstrauen von Gemmas Familie begleitet gewesen, die in mir einen Mitgiftjäger ohne Zukunft sah. Was die Mitgift betraf, täuschten sie sich, denn ich war auf der Jagd nach Gemmas Grübchen und nicht nach dem Bankkonto der Familie; aber was meine Zukunft anbelangte, hatten sie voll ins Schwarze getroffen.

An der Uni, die immer dröger wurde, weil sich dort immer mehr Studenten tummelten, die sich für nichts interes-

sierten oder sich innerhalb kürzester Zeit den Jugendverei-
nigungen der institutionellen Parteien anschlossen, blieb
Miquel nur noch, weil die Geisteswissenschaftliche Fakultät inzwischen in den Altbau gezogen war und er so durch
den Kreuzgang flanieren konnte. Von Zeit zu Zeit musste
er an Toro denken, und es tat ihm leid, dass all die Energie,
die sie darauf verwendet hatten, sich in Gefahr zu begeben,
im Knast zu sitzen oder zu sterben, nun in politische Parteien floss, die reiner Selbstzweck zu sein schienen und deren oberstes Ziel war, sich selbst zu erhalten. Denn sobald
der Mensch die Möglichkeit hat, Macht auszuüben, schlägt
sein Herz höher, und mit einer Reihe geschickter moralischer Volten wirft er seine Träume über Bord und angelt
nur noch nach der Macht. Schrecklich, aber wahr, Gemma.

»Du lebst immer noch in den Wolken. Du bist immer
noch ein Traumtänzer. Wir haben jetzt wieder eine Demokratie.«

»Ich bin ja auch froh, dass wir jetzt wählen dürfen. Aber
ich habe für größere Ideale gekämpft.«

»Eines Tages musst du mir mal von deinen Jahren im Untergrund erzählen.«

»Ja.«

Es war schwer zu sagen, was ihn störte. Zwar wurde darüber debattiert, was besser sei, Reformen oder Neuanfang.
Aber diese Debatte wurde in den Parteien geführt, nicht
auf der Straße. Und wie immer setzte sich die Besonnen-
heit durch, die Träume entschwanden, und alles, wofür
Berta, Franklin, Simó, Toro der Verräter, Blauauge, Mingo
der Protomärtyrer und Tausende anderer Genossen gekämpft
hatten, erwies sich als fast kindische Illusion.

Einmal, es war einige Monate nach ihrer Hochzeit, saß
Miquel in der mittlerweile fast vollständig eingerichteten
Wohnung in Guinardó und hörte *Quatuor pour la Fin du*

Temps, als ihm, tief berührt von der messianischen Klang-
fülle des zweiten Satzes, plötzlich in den Sinn kam, dass
es auf der Welt zahllose, jedermann zugängliche Erfahrungen von Schönheit gibt und er sich diese wie ein Mönch
eine Zeitlang selbst versagt hatte, indem er die dekadente
kleinbürgerliche Ästhetik verdammte. Und er dachte, wie
beschränkt der Mensch doch ist, dass er nicht alle seine Interessen unter einen Hut bringt. In diesem Augenblick zerriss das Läuten des Telefons seine Gedanken.

»Gensana, ich bin's, Rovira.«

»Mensch, alter Junge, was treibst du so«, sagte Miquel ohne große Begeisterung.

»Dies und das.«

»Aha. Und wie geht's?«

»So lala. Hör mal, störe ich dich?«

»Nein, gar nicht. Was gibt's Neues?«

»Eigentlich nichts.«

»Ah.«

»Hör mal, ich hätte Lust, mich mal wieder mit dir zu treffen. Und mit Bolós.«

O nein. Ich habe immer die krankhafte Neigung gehegt – auch damals schon –, mich in Vergangenem zu suhlen.
Da fehlte mir gerade noch, dass Rovira mich dazu bewegen wollte, alte Erlebnisse wieder auszukramen. Nein. Kam
nicht infrage.

»Uff, ich habe gerade furchtbar viel um die Ohren.«

»Egal. Ich richte mich ganz nach dir.«

»Also dann … Hast du schon mit Bolós gesprochen?«

»Ja.«

»Und was sagt der.«

»Dass du sagen sollst, wann es dir am besten passt.«

Typisch Bolós, mir die Verantwortung zu überlassen. Nein:
Das war ungerecht, denn im großen schrecklichen Moment

hatte er die Pistole im Mund von Toro Judas dem Verräter abgedrückt und war nicht auf den Gedanken gekommen zu sagen, tu du es, Simó, ich habe gerade furchtbar viel um die Ohren.

»Ah. Na, dann lass mich mal nachsehen. Nächste Woche vielleicht, da habe ich eventuell eine Lücke im Kalender.«

Typisch Gensana: beim geringsten Druck nachgeben, weil ich unfähig bin, zu streiten und mich den Interessen anderer zu widersetzen; weil ich sehr geschickt darin bin, mich den Forderungen meiner Mitmenschen zu unterwerfen, was so weit geht, dass ich log, als ich sagte, ich hätte eventuell eine Lücke im Kalender, denn wenn Miquel Gensana eines hatte, dann Lücken im Kalender, schließlich tat er den ganzen Tag nichts anderes, als die Wurzeln des literarischen Jugendstils, Chrétien de Troyes, Jordi de Sant Jordi und den Baron von Maldà zu studieren. Und unter Gemmas kundiger Anleitung Musik zu hören und Konzerte zu besuchen und Privatunterricht in Latein zu nehmen und zu lesen und sich hartnäckig zu weigern, einen Fernseher anzuschaffen, auch wenn er damit Gemmas Eltern kränkte, die ihnen das Gerät schenken wollten und seine hartnäckige Weigerung nicht verstanden. Noch dazu, wo es ein Farbfernseher ist, verdammt. Auf jeden Fall hatte er viele leere Stunden. Gemma zog ein Gesicht, aber er traf sich trotzdem, wenn auch widerwillig, mit seinen Freunden zum Ausgehen.

Ein kalter Wind fegte über die menschenleere Mole de l'Escullera und zwang sie, den Anorakkragen hochzuschlagen. Nur die Wellen durchbrachen die Stille, bis Bolós nach der dritten Zigarette maulte, wer denn die geniale Idee gehabt habe, sich hier zu treffen, der Ort sei ja wie geschaffen zum Reden. Der nächste zusammenhängende Satz fiel dann schon im gemütlichen Mief einer namenlosen Kneipe am

Passeig Marítim mit Blick aufs Meer. Hinter dem unvermeidlichen Glas Bier verkrochen, erklärte Rovira, er müsse einfach mit jemandem reden, sonst würde er platzen, und wir seien seine privaten Beichtväter und er bitte uns, ihn anzuhören, und ich nippte an meinem Bier, um mein Unbehagen zu verbergen.

»Du hast immer noch dieses Mädchen im Kopf.«

»Ich habe immer noch Montserrat im Kopf, und das wird auch für immer so bleiben. Durch sie habe ich eine völlig neue Dimension der Hingabe entdeckt. Und meine existenzielle Krise rührt daher, dass ich mich nicht verwirklichen kann, weil sie, der entscheidende Teil der Selbstverwirklichung, aus meinem Leben verschwunden ist. Aber eben nicht aus meinem Kopf.«

»Irgendwann wird sie schon verschwinden.« Gensana nahm seinen ersten tiefen Schluck.

»Nicht Montserrat. Sie hat so eine Art, einem hartnäckig im Gedächtnis hängenzubleiben, dass man nicht in Frieden leben kann.«

»Nein, Rovira, du bist ein Mann wie alle anderen. Montserrat wird dir aus dem Kopf gehen.« Herr Doktor Bolós.

Miquel Gensana sah zum Strand hinüber. Die Wellen waren grau, so grau wie die drei Freunde, und es tat ihm in der Seele weh, wie eine dieser vergänglichen Wellen zu sein, geschaffen allein vom heranwehenden Wind. Er sah Rovira an, und zum ersten Mal fühlte er mit ihm mit.

»Und wenn sie nicht verschwindet, wirst du lernen müssen, mit dem Gedanken an sie zu leben.«

»Eher sterbe ich.«

»Dann stirb.«

Sie schwiegen. Natürlich hätte er das nicht sagen dürfen, aber es regte ihn auf, dass Rovira so tat, als wäre er der Einzige, der Probleme hatte. Wenn er jetzt auf einmal von Berta anfinge! Wenn er anfinge zu erzählen, wie es ihm bisher in der Liebe ergangen war ... Und zum Glück wusste Miquel in diesem Moment noch nichts von der Geschichte, die ihn für den Rest seines Lebens zeichnen würde und die noch nicht einmal ansatzweise begonnen hatte, weil er noch nichts von der Existenz Teresas oder ihrer Geige ahnte.

Zwei Gläser Bier später strömten Tränen aus Roviras leicht vernebelten Augen. Bolós und Gensana, den Herzensfreunden, die einander schon seit Jahren nicht mehr das Herz ausschütteten, waren Roviras Tränen sehr unangenehm, denn für ihren Freund war in seinen Klosterjahren die Zeit stehengeblieben, und nun kam er zurück und forderte eine Freundschaft ein, die für die anderen beiden schon tief unter den Schwielen der Zeit verborgen lag. Wenn sie alle drei wenigstens Frauen wären ... Aber da das nun mal nicht der Fall war, war es gut, ein Glas Bier in der Hand zu halten. Man konnte es ansehen, um ihn nicht ansehen zu müssen und sich zu betrinken, als Rovira ihnen mit brüchiger Stimme gestand, dass er, um Montserrat aus dem Kopf zu bekommen, eine Woche lang von einer Nutte zur nächsten gezogen war, er, der zuvor noch nie eine Frau gehabt hatte und von dem Bild von Montserrats jungfräulicher Reinheit besessen war.

»Und?« Herr Doktor Bolós, der Gesprächigere von beiden.

»Ich bin auf den Geschmack gekommen. Ein paar von denen sehen verdammt gut aus. Und wenn du die Augen deines Herzens verschließt und dir vorstellst, es wäre die Frau, die du liebst – wie beim Brecht'schen Theater, versteht ihr? –, und ... Es ist, als wärst du Teil einer Aufführung auf der Bühne des Lebens, und dir ist vollkommen bewusst, dass du spielst, aber du machst trotzdem mit, weil du eigentlich das Unmögliche suchst. Ich weiß nicht, ob ihr versteht, was ich meine. Aber es funktioniert. Und hinterher ...«

»Was?«

»Na ja: Hinterher weint man trotzdem. Aber man hatte eine gute Zeit. Gib mir eine Ducado.«

»Vögelst du viel?«

»Ja. Ich will alles Versäumte nachholen.«

»Erzähl mir nicht, als Mönch hättest du nicht ab und zu mal über die Stränge geschlagen.«

Rovira bedachte ihn mit einem majestätischen Blick und sagte feierlich: »Das wäre mir nie eingefallen. Als ich den Orden verließ, war ich genauso jungfräulich wie bei meinem Eintritt.«

»Aber man hört doch immer wieder, dass ...«

»Lügen. Jetzt vögele ich, um euch einzuholen.«

»Glaub mal nicht ...«, entfuhr es Gensana.

»Was willst du damit sagen?«

»Nichts.«

»Er meint, dass bei ihm auch Flaute herrscht, Rovira, verdammt!«

»Na hör mal, Mann, das ...«

»Ist egal. Wenn du dich erst mal ausgetobt hast, beruhigst du dich wieder. Dir wird es auch noch vergehen, Rovira.«

»Ich weiß nicht. Ich bin durch langes Nachdenken allmählich zu der Überzeugung gelangt, dass es die Biologie ist, die uns zum Menschen macht.« Er riss die Augen auf, besessen vom Nachhall seiner eigenen Worte. Mit seinem Bart, dem langen Haar und dem sehr langen, bierfeuchten Schnauzer erinnerte er ein wenig an Rasputin. »Und dass daher alle Liebesbekundungen eine physische Komponente besitzen sollten, die sie innerhalb der korrekten Parameter kontextualisiert.«

»Was hast du gesagt?«, fragte der Herr Doktor.

»Er meint, lasst uns ficken, der Untergang der Welt ist nah«, stellte Gensana klar und versenkte sich in den verschwommenen Grund seines Glases.

»Ich meine«, schaltete sich Rovira ein, »dass ich die Absicht habe, mir sämtliche Frauen von Barcelona vorzunehmen, weil das die einzige Möglichkeit ist, Montserrat zu vergessen.« Jetzt sprühte sein Blick Funken. »Und wenn ich dann noch Zeit habe, mache ich einen Magister in Latein.«

Sie schwiegen, als bräuchten alle drei eine Pause. Miquel betrachtete wieder die Wellen auf der anderen Seite des Boulevards; sie erschienen ihm grauer denn je. Er hatte das Bedürfnis zu schreien, zu sagen *où sont les neiges des antain*, wünschte sich, das Gefühl unheilbarer Unzufriedenheit mit seinen beiden unzufriedenen Freunden teilen zu können, die trotz ihres Alters wie er immer noch an der Kreuzung der Unentschlossenen standen und mal in die eine, mal in die andere Richtung zuckten. Aber er wagte es nicht, entschied sich stattdessen, auf Distanz zu gehen: »Am Ende muss jeder selber wissen, was er aus seinem Leben machen will.«

Diese dumme Bemerkung brachte ihnen weitere fünf Minuten Schweigen ein. Bolós bestellte noch eine Runde; nacheinander gingen alle pinkeln und konnten dabei feststellen, wie heftig der im Bier schlummernde Alkohol sie erwischt hatte.

Als alle wieder saßen (hinter den Fensterscheiben wogten die Wellen vor sich hin), begann Bolós zu reden, und sein Tonfall war Miquel ganz neu. Er erklärte ihnen, dass er mit seinen dreißig Jahren immer noch nicht genau wisse, wohin, aber endlich eine Arbeit gefunden habe, die ihm die Augen …

»Als was arbeitest du?«

»Als Rechtsanwaltsgehilfe.«

»Aber du hast doch gar nicht …«

»Nein, habe ich nicht. Ich habe viereinhalb Semester Geschichte studiert und besitze nicht die geringste Begabung für die Juristerei, dafür aber Allgemeinbildung. Und wie ich bereits sagte: Mir gehen allmählich die Augen auf.«

»Inwiefern?« Das war Miquel. Wenn schon, denn schon.

»Insofern, als ich mich weiterhin dem Kampf für die Sache verpflichtet fühle.«

»Welche Sache?« Roviras Stimme kam aus der Ferne seines Kummers.

»Die Politik.«

Gensana bedachte ihn mit einem verstohlenen Blick. Wie meinte er das? Wollte er etwa wieder … Nein, Franklin, das nicht. Siehst du nicht, dass wir diese Zeit begraben müssen, um den Tod vergessen zu können, und …

»Und was heißt Politik?«, fragte Rovira nach einem weiteren Schluck Bier.

»Ich beabsichtige, für die ersten demokratischen Kommunalwahlen zu kandidieren.«

»Ach du Scheiße.«

»Für welche Partei?«

»Die Sozialisten.«

»Aber Bolós … du …«

»Findest du das schlimm, Gensana?«

»Schlimm nicht. Aber wir haben doch für …«

»Und momentan sind wir erstarrt. Da ist es doch besser, sich irgendwie vorwärtszubewegen. Auch wenn es zu langsam ist. Aber ich will nicht stillhalten.«

»Das muss neunundsiebzig gewesen sein«, rechnete Júlia auf einem Blatt nach, das sie aus dem Nichts hervorgekramt hatte.

»Ich weiß es nicht, ich weiß nicht, ob ich alles in der richtigen Reihenfolge erzähle. Aber so war es; ich fühlte mich tatsächlich wie eine graue Meereswoge, und Bolós ging es bestimmt genauso«, und die Worte des Herrn Doktor gingen Gensana durch und durch wie flüssiges Blei. Er hatte schon oft das Gleiche gedacht, hatte sich aber nie dazu durchringen können, sich im Rahmen einer vorgegebenen Ordnung auf die kleinbürgerlichen Projekte parlamentarischer Tätigkeit einzulassen.

»Du bist ein Revisionist, Bolós.«

»Und du bist verstockt. Dann bleib halt tatenlos sitzen, du wirst ja sehen, ob du dann eine Daseinsberechtigung hast.«

»Soll die Politik dir etwa eine Daseinsberechtigung verleihen?«

»Sie soll mich retten.«

»Meine Rettung ist das Ficken, Bolós.« Grigori Jefimowitsch Rovirov Rasputin mit Bierschaum am Schnurrbart.

»Du Glückspilz.«

»Und ich … ich versuche, wieder bei null anzufangen.« Das hatte Gensana eigentlich nicht sagen wollen, aber etwas trieb ihn dazu. Und nun wusste er nicht, wie er es ausdrücken sollte: »Ich habe es versucht mit der politischen Betätigung, und das hat mir gereicht.«

»Warum?«

»Ich will jetzt nicht darüber reden, Rovira.«

»Und was willst du dann tun?« Franklins Tonfall klang leicht vorwurfsvoll.

»Ich weiß es nicht. Aber ich lese Gedichte.«

»Ich frage dich, was du tun willst.«

»Genau das: Ich lese Gedichte. Ich gehe mit Gemma in Konzerte und lerne immer mehr über Musik.«

»Das ist gut, Mann.« Rovira, die gute Seele. »Das kann nie schaden. Aber was willst du tun?«

»Du dekadenter Ästhetiker.« Doktor Franklins Tonfall klang nach Schluss jetzt, lass uns das Gespräch beenden und gute Nacht. Aber Gensana glaubte dem Tonfall nicht; er hörte ein Fünkchen Angst heraus, vielleicht auch Neid.

»Er hat dich beneidet«, bestätigte Júlia, während sie ihr Glas Wein austrank und die Flasche kritisch beäugte.

»Ich wäre gerne Künstler.«

»Was für ein Künstler?«

»Ich weiß es nicht. Ich bin noch auf der Suche. Das Schlimme ist, dass ich nichts kann. Ich kann kein Instrument spielen, ich kann nicht komponieren, ich kann nicht schreiben. Aber Kunstwerke bereichern mein Leben. Die Kunst ist ...«

»Es kostet so viel Mühe, die Demokratie aufzubauen und du ... bist ein Traumtänzer.«

Es war Neid. Bolós war neidisch auf ihn. Er hingegen war deprimiert, weil er einen merkwürdigen Weg einschlug, einen ungeahnten Weg, für den seine Fähigkeiten nicht ausreichten. Miquel II Gensana der Träumer irrte sich immer in der Wahl seiner Träume. Unerreichbare Frauen wie Teresa, wie Gemma, wie Berta und die Erinnerung an diese Frauen ... Und nun saß Miquel Júlia gegenüber und hatte Tränen in den Augen, diese Tränen, die ins Herz hineinfließen, auch wenn das besonders weh tut; denn obwohl ich ihr mein Herz ausschütte, kennen wir uns nicht gut genug, als dass ich ihr meine inneren Tränen zeigen könnte. Ich glaube, es ist das erste Mal, dass ich aufrichtig um Gemma weine. Was sie wohl macht, mit wem mag sie zusammenleben, mit wem vögelt sie, und ist sie glücklich? Berta kann ich das nicht mehr fragen, aber Gemma würde ich diese Fragen gerne stellen.

Plötzlich merkte ich, dass der zum Aschenbecher umfunktionierte Schuhkarton bis zum Rand voll war; ich hatte keine Zigaretten mehr, und die treuen Sterne waren am Himmel in Richtung Westen gewandert und hatten meine Ratlosigkeit mitgenommen. Jenseits des Gartens von Can Gensana, wahrscheinlich vom Flussufer her, hörte ich ein Käuzchen schreien.

Leise verließ Miquel Gensana das Zimmer – ich weiß nicht, ob von der Hoffnung getrieben, in einem Haus, in dem niemand rauchte, eine Zigarette zu finden – und ging in die Bildergalerie. So viel Kummer, so viel Verwirrung, und dabei ahnte er noch nicht, dass er bald Teresa begegnen würde.

10

Antoni III Gensana der Verräter erfuhr nie, warum sein Dichtervater ihn enterbte. Er erfuhr nie die Hintergründe dessen, was seinen Hass auf mich schürte, einen Hass, der sich für alle Zeiten bei uns einnistete.

»Und du kennst die Hintergründe, Onkel?«

Mein Onkel beugte sich über die Brüstung. Der Nachmittag war so mild, dass sie beschlossen hatten, sich auf der Veranda des Heims in die Sonne zu setzen. Die Finger des Onkels zuckten unruhig, als vermissten sie ein Blatt Japanpapier, um es in ein Seepferdchen zu verwandeln.

»Die Literatur ist schuld daran, dass dein Großvater begann, mich zu hassen.«

Miquel hatte oft gedacht, dass Onkel Maurici weniger verrückt war, als er offiziell zu sein vorgab; aber an diesem Nachmittag überlegte er, ob er nicht vielleicht wirklich irre war. Deshalb ließ er die Stille sanft verstreichen.

»In der Geschichtsschreibung ist der Fall unter dem Namen ›Die Geschichte von Großmutter Pilar‹ bekannt«, sagte der Onkel, nachdem der halbe Nachmittag verstrichen war. »Und diese Geschichte ist die Ursache für meinen Kummer und meinen ganzen Wahn.«

Miquel wagte nicht zu widersprechen; der Onkel ließ ihm auch gar keine Zeit dazu, sondern hub an, als mein Miquel erfuhr, dass mein Adoptivvater mir mit einer schäbigen Erpressung die Fabrik weggenommen hatte, schwor er mir, mich zu rächen. Es war das einzige Mal, dass wir stritten. Ich wollte keine Scherereien; wenn in meinen Sternen geschrieben stand, dass ich wieder Ohneland sein solle, hatte ich das bereits akzeptiert, und damit war es gut, Miquel; aber Miquel wollte dafür sorgen, dass alles wieder in Ordnung kam, so, wie es sich seiner Meinung nach gehörte.

»Ich schwöre dir, Maurici: Die Fabrik wird wieder dir gehören.«

»Zunächst konnte er sein Versprechen nicht halten, weil er an die Front geschickt wurde. Aber ein paar Monate später kehrte er als strahlender Held zurück, marschierte mit leuchtenden Augen, ein Tuch um den Hals geschlungen, an der Spitze eines Trupps Anarchisten in die Fabrik ein und verkündete meinem Adoptivvater, ab sofort sei der Betrieb Volkseigentum, und wenn er wolle, dürfe er gerne am Webstuhl arbeiten. Deinen Großvater hätte vor Wut fast der Schlag ereilt. Und so groß war seine Wut, dass die Todesfälle, die die Familie kurze Zeit später trafen, ihn weniger schmerzten als seine Frau; denn als er sah, dass es schlecht für ihn und die Seinen stand, schickte er seine Mutter – deine Urgroßmutter Pilar – und seine Tochter Elvira weit weg von Feixes und dem dort herrschenden Aufruhr. Er schickte seine Mutter und seine Tochter in den Tod, als hätte er es eilig, sie wieder mit Elionor zu vereinen, seinem armen Töchterlein, das vor undenklichen Zeiten am Fieber gestorben war. Die arme Mama Amèlia hatte Elis Tod nie verwunden, ihre Seele war für immer zerbrochen. Einmal, viele Jahre zuvor, hatte sie mir gestanden, das Grausamste am Fiebertod ihrer kleinen Eli an der Pforte zum neuen Jahrhundert sei, dass sich im Lauf der Jahre – ihrem eisernen Widerstand zum Trotz – allmählich, Schicht um Schicht, eine Patina leiser Traurigkeit über ihr Leid legte und die Resignation ihr die kleine Eli beinahe unmerklich entrückte, sodass sie nach zehn, fünfzehn Jahren nicht mehr um sie weinte. Da wusste sie, dass Eli jetzt erst richtig tot war, weil es ihr nicht einmal mehr leidtat; und das erschien ihrem Mutterherz entsetzlich ungerecht. Zu Papa Ton verlor sie darüber kein Wort, um ihm dieses Leid zu ersparen; außerdem hatte er schon vor langer Zeit Zuflucht in der Fabrik gefunden, und sein Kummer hatte sich zwischen endlosen Stoffbahnen verflüchtigt. Allerdings machte Papa nicht etwa Francos Jagdbomber für die neuen Toten verantwortlich, sondern die FAI und meinen Miquel. Dabei wusste er damals noch nicht, dass der anarchistische Offizier der Mann war, den er in der Dunkelheit aus unserem Liebeshain unter den Kastanien vertrieben hatte. Der Lauf der Geschichte wird von individuellen Abneigungen und Vorlieben bestimmt.«

»Das sehe ich anders, Onkel.«

»Weil du Marxist bist.«

»Ich weiß nicht mehr, was ich bin.«

»Wenn du die Welt betrachtest, bleibt dir gar nichts anderes übrig, als für alle Zeiten Marxist zu sein.« Er nahm den Faden der Geschichte wieder auf: »Mein Miquel sah das auch anders als ich, obwohl er Anarchist war. Er sagte, das sei eine reaktionäre Geschichtsauffassung. Aber was verstand er schon davon, er war ja nur ein ungelernter Weber.

Und als jemand aus dem Rathaus von Granollers anrief und nach den Angehörigen der beiden toten Frauen fragte, überlebte ich den Stich, den es meinem Herzen versetzte, nur, indem ich Mama Amèlias Tränen, ihren unendlichen Schmerz und das dumpfe Schweigen von Papa Ton ignorierte, der ganz gewiss an den lange zurückliegenden Tod seiner anderen kleinen Tochter dachte und ihn mit dem Tod seiner geliebten Elvira verglich, die kurz vor der Verlobung mit einem Sohn der Familie Arumí gestanden hatte …«

»Siehst du: Du hast Großvater Ton doch geliebt.«

»Schwachsinn. Aber ja, er hat gelitten.«

Und während ich meine Adoptiveltern nach Granollers kutschierte, stand ich einen Moment lang kurz davor, die Bombe des Vorwurfs platzen zu lassen, warum musstest du sie auch nach Granollers schicken, Ton, und verfluchte das Schicksal, das mit seinem widerlich schrillen, kapriziösen Hermaphroditenlachen so viel Leid über uns brachte. Ich musste mich ungeheuer zusammenreißen, um durch die Tränen hindurch die Schlaglöcher auf der Landstraße zu erkennen. Und als die Friedhofsstille sich im Haus ausbreitete, ertrug ich es kaum, mit anzusehen, wie Mama Amèlia mit einem Kloß im Hals die Sachen ihrer Schwiegermutter ausräumte und wie ihre Tränen strömten wie Regen, als sie das Gleiche mit den Sachen ihrer Tochter tat. Denn es war bereits das zweite Mal in ihrem Leben, dass die arme Amèlia die Sachen einer toten Tochter wegräumen und entscheiden musste, was damit geschehen solle. Sie hätte den Verstand verlieren sollen, nicht ich. Aber Mama Amèlia war immer eine sehr starke Frau, genau wie ihre Schwiegermutter, Großmutter Pilar, Donya Pilar Prim de Gensana die Verschwiegene, die ihr Geheimnis so überaus gut zu wahren wusste. Und damit wären wir schon bei der Geschichte deiner Urgroßmutter Pilar, die bisher nur durch ihre aufsehenerregende Einmischung in den Namenskrieg in die Annalen eingegangen ist. Damals erwachte Pilar Prim de Gensana aus dem mysteriösen Dämmerzustand, in den sie nach ihrer Hochzeit mit einem Dichter gesunken war, um ihrer Schwiegertochter, der seligen Amèlia, beizustehen und einem völlig verdatterten Maur II Gensana dem Vorzüglichen mitzuteilen, dass sie diese Sache mit den

Maurs und Antonis für kompletten Stuss hielt. Dann verstummte sie wieder für alle Zeiten, den gedankenverlorenen Blick auf ihr stilles Geheimnis gerichtet.

In die Heirat mit Großvater Maur hatte sie vor allem eingestimmt, weil es von ihr erwartet wurde; als ihre Mutter sie über die Entscheidung ihres Vaters informierte, hatte sie kaum protestiert. Abgesehen davon, dass sie keine Alternative sah (der Mann, der ihre Hoffnungen und Träume geweckt hatte, war ohne weitere Erklärung nach Havanna verschwunden), verspürte sie auch eine leise Neugier, wie es sich wohl an der Seite eines Dichter aus reichem Hause leben mochte. Und als ihre Neugier befriedigt war (nach zweieinhalb Monaten Ehe, in denen sie die feurigen Reden ihres Schwiegervaters Antoni II Gensana Chrysostomos, die dramatischen Deklamationen ihres Gatten Maur II Gensana des Göttlichen und die Belehrungen ihrer Schwiegermutter ertragen hatte und sich zu ewiger Dankbarkeit für die sechs Sonette verpflichtet sah, die sie inspiriert hatte und die ihr gewidmet waren), stellte sie fest, dass sie sich geirrt hatte und das Leben in diesem Haus beinahe unerträglich war, und suchte wieder die Nähe eines gewissen Pere Rigau, der kleinlaut aus Kuba zurückgekehrt war, nachdem sein Versuch, dort eine Reederei aufzubauen, krachend gescheitert war. Pere Rigau war ein Spross des armen Zweigs der Familie Rigau, ein Cousin der reichen, hochnäsigen Rigaus vom Dampfkraftwerk, einer der reichsten Familien von Feixes. Um Rigaus Stolz und seine Ersparnisse war es schlecht bestellt, als er nach zwei Jahren wiederkam; nun musste er überdies zu seinem Entsetzen feststellen, dass das Mädchen, das er vor seinem karibischen Abenteuer umworben hatte, bereits vergeben war und er mit siebenundzwanzig Jahren vor dem Nichts stand. Er beschloss, in verschiedenen übel beleumdeten Etablissements

Trost zu suchen, doch minderte das seinen Kummer nicht und verstärkte seine Unruhe. Als treuester Kunde von Madame Manyana war er fest entschlossen, sich sämtliche Frauen des Bordells vorzunehmen (wie ein gewöhnlicher Rovira, dachte Miquel), und setzte diesen Entschluss mit einem Eifer in die Tat um, der ihm einen baldigen Infarkt beschert hätte, hätte ihn nicht glücklicherweise ein unerträglicher Juckreiz in der Leistengegend von dieser Methode des Vergessens Abstand nehmen lassen und dazu bewogen, sein Leben ernsthaft in ruhigere Bahnen zu lenken. Er wählte eine neue Taktik: Wenige Wochen später begann er, der ältesten Tochter der Colomers (der Baumwoll-Colomers, wohlgemerkt, die am Camí Fondo wohnten) den Hof zu machen, wobei er sorgfältig darauf achtete, dass jeder in Feixes und ganz besonders Pilar Prim davon erfuhr, und war bald verlobt. Bei der − mit großer Freude seitens der armen Rigaus und einer gewissen Skepsis seitens der Colomers begangenen − Hochzeit waren Pere Rigaus Lungen bereits vom Stigma seines Todes gezeichnet, ohne dass er es wusste. Und als das Schicksal sah, dass die beiden ehemals Liebenden, Pilar und Pere, anderweitig verheiratet waren, stieß es seine widerliche Lache aus und machte sich ans Werk.

Ein paar Monate lang geschah nichts. Das Leben der Ehepaare Gensana und Rigau verlief scheinbar unkompliziert. Bis Pere Rigau und Pilar de Gensana sich schließlich eingestanden, dass sie nur deshalb so überaus eifrige Kirchgänger waren, weil sie während der Messe heimlich Blicke tauschten und mit diesen flüchtigen, immer wieder unterbrochenen Blicken zu erkunden versuchten, ob der andere dasselbe empfand wie man selbst. Eines Tages schließlich sprühten aus der Reibung dieser Blicke im Dämmerlicht des Kirchenschiffs so viele Funken, dass sie nach dem Gottesdienst unter den Augen der jeweiligen Ehegatten die erste Unvorsichtigkeit begingen: Pilar lud das Ehepaar Rigau zum Kaffee ein. Von nun an lief alles wie von selbst. Die erste offizielle Begegnung führte zur ersten heimlichen Begegnung, als nämlich beide Ehepaare nach Kaffee und Kuchen am Gartenteich entlangspazierten und Don Maur mit der (wie Pilar fand) hässlichen, langweiligen Senyora Rigau vor zwei gleichgültigen Schwänen stehen blieb und aus dem Stegreif ein Sonett und eine Sextine über den irisierenden Widerschein des Abendlichts auf dem Teich von Can Gensana zum Besten gab. Senyora Rigau – eine intelligente, sensible Dame, wie Don Maur fand – nickte beglückt mit geschlossenen Augen. Es war der einzige Moment, in dem sie miteinander alleine waren.

»Ich kann es immer noch nicht fassen.«

»Was?«

»Dass du verheiratet bist. Dass ich verheiratet bin.«

»*Glitzerndes Erzittern heller Farben / Unbeständigkeit der bebenden Gewässer …*«

»Du bist fortgegangen, ohne etwas zu sagen.«

»Ich musste es versuchen. Verzeih mir, Pilar.«

»Du hast alles kaputt gemacht.«

»Nein.«

»*Bewohner dieses Teichs in dunkler Nacht / die ihr in diesen Wassern eure Heimat findet.* Mit diesem Bild meine ich die Schwäne.«

»Sehr hübsch. Wie nennen Sie sie noch mal?«

»Bewohner dieses Teichs, die ihr in diesen Wassern eure Heimat findet. Das soll heißen, dass sie im Teich ihr Heim haben, ihre Behausung.«

»Klar. Weil sie darin wohnen, nicht wahr?« Tiefer Seufzer von Senyora Rigau. »Wie wunderbar ist doch die Poesie!«

»Du hast mich nie gefragt, was ich davon halte.«

»Ich habe dir einen Brief aus Havanna geschickt.«

»Immer dieselbe Ausrede. Du hast mir weh getan.«

»Ich habe es für dich getan. Um dir etwas bieten zu können …«

»Du hättest mich fragen können, ob ich das überhaupt will.«

»… *plaudernd mit dem Abendhauch.* Das ist das Sonett. Und jetzt kommt die Sextine, Natàlia. Natürlich nur, wenn ich Sie nicht zu sehr ermüde.«

»Wie können Sie nur so etwas sagen! Ich bin ergriffen. Ich bin noch nie einem leibhaftigen Dichter begegnet. Oh!«

»Nun gut. Die Sextine lautet folgendermaßen:«

»Wann können wir uns treffen, um ungestört miteinander zu reden?«

»Niemals. Es ist zu spät. Du hast für uns beide entschieden.«

»Pilar … Ich will es dir in aller Ruhe erklären, ohne flüstern zu müssen.«

»Niemals.«

»Pilar, Liebste …«

»Nächste Woche ist mein Mann verreist.«

Gesagt, getan. Seit der ersten heimlichen Begegnung war die Liebe nicht mehr aufzuhalten. In den ersten Tagen erging sich Pere in Entschuldigungen und bat an die tausend Mal um Verzeihung. Die folgenden Tage waren von schier endlosen Phasen des Schweigens erfüllt, unterbrochen von dem Geständnis, ja, es stimmt, ich habe immer an dich denken müssen, Pere, Pilar. Bei der dritten Stufe der Begegnungen kam es dann schon zu ersten schüchternen, aber anregenden körperlichen Kontakten (Küsse, Berührungen, Seufzer und lange, lange Stille). Die nächste

Phase war geprägt von der Eifersucht auf den jeweiligen Gatten des anderen (allein der Gedanke, dass er das Bett mit dir teilt …) und Tränen ihrerseits, weil die Situation fast unerträglich war. Bis sie schließlich beschlossen, ein Liebespaar zu werden, und ihren Seelenfrieden wiederfanden. Von einem selbstmörderischen Impuls getrieben, begann Urgroßmutter Pilar, ein Tagebuch zu führen, in dem sie – damit du, Miquel, ich und ein paar andere wenige traurige Auserwählte es erfahren sollten – sämtliche Details einer Affäre schilderte, als deren Folge du nun mit offenem Mund, einem Gesichtsausdruck wie ein toter Fisch und dem Schatten eines Zweifels auf dem Herzen vor mir stehst. Und Onkel Maurici zog das berühmte schwarz eingebundene Heft mit einem ungeduldigen Ruck unter dem Stuhl hervor, als habe er schon die ganze Zeit auf diesen Moment gewartet. Ohne ein weiteres Wort übergab er es Miquel.

Miquel schlug es auf der ersten Seite auf. Großmutter Pilars Handschrift war ordentlich und dichtgedrängt und wirkte auf eine schwer definierbare Weise kraftvoll und nicht sehr feminin, eine Schrift, die wenig zu seiner vagen Vorstellung von der verhärmten Frau passte, die sie laut den Erzählungen der Familie gewesen war. Er begann, es im Stehen zu lesen, während der Onkel ungeduldig auf seine Reaktion wartete.

20. März 1886

Mit bebender Hand mache ich mich daran, diese heimlichen Zeilen zu schreiben, die niemand außer mir jemals zu Gesicht bekommen und wieder und wieder lesen darf. Warum ich es tue, weiß ich nicht. Sicherlich nicht aus Lust an der Gefahr, sondern weil ich die unglücklichste aller Frauen wäre, täte ich es nicht. Mein Leben ist todtraurig, weil mir der Zugang zu allem verwehrt ist, was mir Liebe, Glück und Frieden schenken könnte. *Mein Liebster und ich haben beschlossen, die Schranke niederzureißen, die andere zwischen uns errichtet haben. Aber wir haben auch beschlossen, dass niemand, weder in unseren Familien noch in Feixes, je davon erfahren darf. Unsere Liebe ist tief und darum geheim. Es ist eine unmögliche Liebe und darum tief. Mein Gott! Wie sehr ich unter dieser Situation leide! Viele Tage lang habe ich gezweifelt, ob ich den Schritt wagen sollte oder, besser gesagt, ob ich wagen sollte, den begonnenen Schritt zu Ende zu gehen. So sehr es mich auch drängte, mich Hochwürden Vicenç anzuvertrauen, habe ich es dann schließlich doch nicht getan. Zwar ist er seit meiner Hochzeit mein Beichtvater, aber er ist kein sehr gewandter Priester. Er ist zu jung und unerfahren, und ich habe schon bemerkt, dass er nicht weiß, was im Herzen einer Frau vor sich geht. Ganz gewiss hätte er mich nicht verstanden, er hätte mich verurteilt, vor allem aber hätte er mir befohlen, diesen Wahnsinn ein für alle Mal zu beenden. Ich bin keine gebildete Frau, aber ich besitze ein wenig Verstand, und der sagt mir, dass es unmöglich ist, sich dem Drängen des Herzens zu widersetzen, wenn es so stark ist. Nach stundenlangen Gesprächen mit meinem Liebsten bin ich zu der Überzeugung gelangt, dass eine so große Liebe nicht Sünde sein kann; dass eine so tiefe Zuneigung gehegt und gepflegt werden muss. Ja, es stimmt: Wir beide haben uns geirrt; wir hätten einander heiraten sollen. Wir haben einen Fehler gemacht, und nun bezahlen wir dafür, auch wenn es nicht unsere Schuld war. Ich rede viel mit meinem Liebsten darüber, sehr viel. Aber noch mehr denke ich darüber nach, wenn ich ganz alleine durch den Garten flaniere oder in meinem Zimmer sitze, während mein Ehemann unterwegs ist. Manchmal ist das Schwierigste – nachdem ich einmal die Schwierigkeit der Lage akzeptiert habe –, seine Gefühle für sich behalten zu müssen, zu wissen, dass viele Tage, zu viele Tage, vergehen können, bevor ich ihn sehen und ihm mein Herz ausschütten kann. Darum*

habe ich beschlossen, mein Leid diesen intimen Seiten anzuver-
trauen. Nicht einmal mein Liebster weiß davon. Es ist ganz allein
mein Geheimnis. Heute hat mein Liebster mich geküsst, wie es
niemand zuvor je getan hat. Hätte er gewollt, so hätte ich mich
ihm ganz und gar hingegeben. Ich dürste nach Liebe. Als ich zu
Hause ankam, bei dem wunderschönen Haus, in dem ich lebe,
und dort meinen Mann in seinem Arbeitszimmer sitzen und ru-
hig und gelassen in einem der Bücher aus seiner Bibliothek lesen
sah …, da war mir unendlich traurig zumute, und ich dachte, dass
ich eine böse, verdorbene Frau bin.

»Darf ich das mit nach Hause nehmen, Onkel?«

»Kommt nicht in Frage. Das ist meins.« Er seufzte und
sah aus dem Fenster. »Du kannst es hier lesen; ich habe alle
Zeit der Welt.«

Die ersten Seiten des Tagebuchs waren angefüllt mit Ab-
sichtserklärungen und Zweifeln, vor allem aber mit dem
ständigen Drang, sich für Taten zu rechtfertigen, die Urgroßmutter Pilar in ihrer rigiden Moral verdammenswert
erscheinen mussten

»Wie sehr muss sie gelitten haben, die arme Frau.«

»Natürlich.« Der Onkel nahm das Heft und ließ den
Blick über die Buchstaben gleiten, ohne sie zu erfassen: »Als
ich das hier das erste Mal gelesen habe, konnte ich mich
vollständig mit ihr identifizieren: Tante Pilar hat dieselbe
heimliche Liebesgeschichte erlebt wie ich mit Miquel.
Es war, als verschmölzen wir durch die Macht der Worte
in unserem Schmerz zu einem einzigen Menschen.«

»Urgroßmutter konnte gut schreiben.«

»Weißt du noch, wie sie aussah?«

»Onkel. Als ich geboren bin, war sie schon zehn Jahre
tot.«

»Ach ja?« Einen Moment lang zögerte er verwirrt. »Na,

ich vermute, dann erinnerst du dich an ihr Porträt in der Galerie.«

Oh ja, Miquel wusste noch, wie die Urgroßmutter auf dem Bild aussah, das er sein Leben lang gesehen hatte: eine schlanke, zurückhaltend wirkende Frau mit einem verträumten Blick, von dem er nun wusste, dass er überdies rebellisch gewesen war: das hartnäckige, rebellische Schweigen der Urgroßmutter hatte einen tieferen Grund. Auf dem Bild war sie Mitte zwanzig, musste also schon jenes Doppelleben geführt haben, das ihr anfangs so schwer gefallen war. Darum hatte der arme Maler (Rafel Colàs aus Manresa) so große Mühe gehabt, das Rätselhafte in diesem Blick wiederzugeben. In ihren jungen Jahren hatte Urgroßmutter Pilar dunkles Haar gehabt, aber ihre Augen, das wusste er nun, waren hell gewesen, tief, geheimnisvoll, rätselhaft, traurig, rebellisch und außergewöhnlich.

4. Mai 1886

Ich habe viel geweint. Heute habe ich viel geweint. Und mein Mann ist seit Tagen besorgt über meine Traurigkeit, die er sich nicht erklären kann. Ich sehe, dass er nicht wagt, mich nach dem Grund zu fragen, und sich stattdessen ganz seinen Versen widmet, vielleicht aus Angst zu erfahren, was wirklich mit mir los ist. Heute habe ich vor Freude und vor Kummer geweint. Vor Kummer darüber, dass ich meine Liebe im Verborgenen leben muss. Vor Freude darüber, dass ich endgültig beschlossen habe, nicht länger über meine Lage nachzugrübeln. Ich akzeptiere sie. Liebe kann nicht Sünde sein. Und wenn die Umstände verlangen, dass ich meine Liebe nur heimlich leben kann, dann sei es so. Aber niemand soll mich dafür verurteilen, denn ich weiß, dass das, was ich tue, richtig ist. Ich habe mich noch nicht dazu überwinden können, zur Beichte zu gehen. Vielleicht werde ich es nie tun. Ich weiß es nicht. Auf jeden Fall bestärken mich die Überlegungen meines Liebsten: Er ist der felsenfesten Überzeugung, dass wir nicht sündigen; dass ich nichts zu beichten habe; dass die Priester, wenn sie davon wüssten, mich mit ihren absurden Regeln, die keine Rücksicht auf das menschliche Herz nehmen, nur durcheinanderbringen würden. Ich glaube, er hat mich fast überzeugt. Aber ... Wie kann ich so zum Abendmahl gehen? Kann ich sicher sein, nicht in Sünde zu leben? Ich könnte immer noch irgendwo beichten gehen, wo niemand mich kennt. Der Gedanke an die Sünde macht mich ganz verrückt. Die Vorstellung, meinen Liebsten zu verlieren, auch. O Gott, wie bin ich unglücklich!

30. Mai 1886

Heute hat mir mein Mann, um meinen Kummer und mein Leid zu lindern und in meinem Herzen noch ein Fünkchen Freude zu entfachen, einen prächtigen Flügel geschenkt. Sie haben ihn in der Bibliothek aufgestellt, und ich habe noch viel, viel mehr geweint, weil ich es ihm so übel danke. Mein Mann meint, ich solle vielleicht einen Arzt aufsuchen. Ach, wenn er wüsste, dass es für mein Übel keine Medizin gibt!

»Klingt das nicht, als müsse es aufregend gewesen sein, mit dieser Frau zusammenzuleben, Miquel? Nun, ich habe dreißig Jahre an ihrer Seite gelebt und niemals auch nur das kleinste bisschen Leidenschaft erahnt, und wenn es dir nichts ausmacht, lass uns reingehen, mir wird nämlich langsam kalt.«

»Es ist Februar, Onkel.«

»Bist du in Eile?«

»Überhaupt nicht. Darf man drinnen rauchen?«

»Probier es einfach aus. Wenn jemand losbrüllt, darf man nicht.«

In Can Gensana hatte man die Neigung der neuen Schwiegertochter, unter irgendeinem Vorwand das Haus zu verlassen, vom ersten Augenblick an fraglos hingenommen. Sie überwachte gern persönlich die täglichen Einkäufe und begleitete Rosa oft bei ihren Besorgungen. Außerdem nahm sie ihre Besuchspflichten sehr ernst und fand immer einen Moment, um bei ihren Freundinnen vorbeizusehen oder sogar ihre Mutter zu besuchen, die am anderen Ende der Stadt wohnte. Aber für ihre heimlichen Treffen gingen die beiden Liebenden ganz besonders klug und einfallsreich vor. Miquel erinnerten sie an seine gefährlichen Treffen im Untergrund, bei denen er sich so vorsichtig bewegt hatte wie ein gejagtes Tier. (Um Punkt drei einmal vor dem Busbahnhof auf und ab gehen. Auf jede verdächtige Bewegung achten. Eine halbe Stunde später das Ganze wiederholen. Erster Blickkontakt mit dem Überbringer der Nachricht. Zwanzig Minuten später erneut vorbeigehen. Treffen eine Dreiviertelstunde später in der Bar Campeón im Carrer Pau Claris. Zehn Minuten Zeit zum Reden, kein überflüssiges Wort, Austausch der Information, dem Genossen viel Glück wünschen. Du gehst zuerst, ich warte noch ein paar Minuten. Nimm nicht die U-Bahn.) Manchmal waren es kurze Begegnungen: Sie ging im Garten spazieren und näherte sich wie unabsichtlich dem Kastanienhain. Dort legte sie ihr Ohr ans Holztor und wartete, bis hinter der Mauer das Rasseln von Peres Kutsche zu hören war. Dann riss sie das Gartentor auf und stieg in die von ihm gelenkte Kutsche, und Pere ließ das Pferd langsam die einsame Landstraße zum Haus der Boadas einschlagen und kehrte um, lange bevor sie das Haus erreicht hatten. Sie nutzten jede Minute, jede Sekunde ihrer Begegnung, um sich gegenseitig ihrer Liebe zu versichern, um sie neu zu besiegeln, um sich zu sagen, dass sie keine Pläne schmieden durften, denn das war unmöglich. Vor allem aber, um sich neu zu verabreden, immer an einem anderen Ort, nie zweimal hintereinander auf die gleiche Weise. Bis Pere eines Tages an die Schlüssel zu einem einsamen Zimmer in einem halb verlassenen Haus gelangte. Es gehörte einer alten, völlig verarmten Frau, die schwerhörig war und sich nur für die paar Münzen interessierte, die der fremde Herr ihr jedes Mal für ihre absolute Verschwiegenheit bezahlte. Und dort ging es dann richtig los, Miquel. Oh, sieht ganz so aus, als dürfte man hier tatsächlich nicht rauchen, da kommt sie schon herangerauscht wie eine Furie.

»Tut mir leid.«

»Macht nichts. Jetzt wissen wir wenigstens Bescheid.« Rasch versteckte er die Schokolade wieder, die er gerade hervorgeholt hatte. »Hast du gesehen, was mein Feldwebel für einen Vorbau hat?«

22. Juni 1886

Heute habe ich ihm beigewohnt, und es ist mir gar nicht peinlich, das aufzuschreiben. Zu berichten, was zwischen mir und meinem Ehemann geschieht, wäre mir hingegen äußerst unangenehm. Oder besser gesagt, wie wenig zwischen mir und meinem Ehemann geschieht. Er ist weiß Gott kein leidenschaftlicher Mann, nimmt alles, wie es ist, und auch sein Herz verlangt nach wenig, wohl weil es ganz und gar von der Dichtkunst erfüllt ist. Er beobachtet mich von ferne, weil ich traurig bin. Das ist alles. Vermutlich fragt er sich manchmal, woher meine Traurigkeit kommt, aber sucht die Antwort lieber in seinen Versen. Zwar sind wir unseren ehelichen Pflichten nachgekommen, aber nur sehr selten und wie nebenbei und, wie ich glaube, von seiner Seite aus nur, um einen Stammhalter zu zeugen, der sich allerdings bislang nicht einstellen

will. Doktor Canyameres meint, dass ich höchstwahrscheinlich un-
fruchtbar sei; aber während das meinem Mann Sorgen bereitet, ist
es mir gleichgültig. Und es ist mir lieber, dass er sich mir nur selten
nähert, denn es fällt mir immer schwerer, mich zu verstellen, und
eines Tages wird er sich fragen, warum ich ihm gegenüber so kalt
bin. Er liebt mich nicht; ich liebe ihn nicht. Aber eben diese Gleich-
gültigkeit macht, dass mein Zusammenleben mit ihm nicht die
Hölle ist, jedenfalls noch nicht.

Doch ich wollte nicht über meinen Mann sprechen, sondern
über meinen Liebsten. Heute haben wir einander beigewohnt.
Heute habe ich in seinen starken, treuen, liebevollen Armen gele-
gen. Heute habe ich meinen Kopf an eine Brust lehnen dürfen, die
fast zu eng ist für das Herz, das darin schlägt. Heute habe ich ihm
gestattet, meinen Körper zu erkunden, und unendliche Lust dabei
empfunden, mich von ihm betrachten zu lassen. Und er hat mir
gesagt, dass ich die Verkörperung der Schönheit sei, und hat sich
von mir betrachten lassen und … Es gibt Dinge, die man nicht
einmal seinem Tagebuch anvertrauen kann. Ich fühlte mich wie
die glücklichste und selbstbewussteste Frau der Welt. Ich habe mei-
nen Liebsten in mir gespürt, und das hat mich ganz zur Frau ge-
macht. Wie ist es möglich, dass die schönen Worte, die mein Mann
mir in unserer Verlobungszeit sagte, mich nie so haben erschauern
lassen wie die Worte, die mein Liebster mir sagt? Ich bin glücklich,
weil unser Geheimnis immer intensiver wird. Sagte ich gerade ›Ich
bin glücklich‹? Ja, das habe ich geschrieben. Aber wie unglücklich
bin ich zugleich! In vier Tagen treffen wir uns am selben Ort und
ich werde ihn bitten, mich wieder zu besitzen. Ich bin glücklich.
Man ruft nach mir. Jetzt, in der Abenddämmerung, da die Schat-
ten alle Gegenstände in Can Gensana gleich machen, fühle ich
mich auf den langen Fluren sicher. Gleich muss ich losgehen und
nachsehen, was man von mir will. Ich muss noch Anweisungen
für das morgige Abendessen erteilen: Mein Mann hat meinen Liebs-
ten und seine lästige Ehefrau eingeladen. Der Vorschlag kam von

ihm, und ich habe nicht widersprochen, denn auch wenn mir bei dem Gedanken graut, irgendetwas könne uns verraten, berauscht mich doch zugleich allein die Vorstellung, ihn in meiner Nähe zu haben, ihn ansehen zu können. Draußen singt eine Nachtigall. Und die Kanarienvögel in der Galerie zwitschern unablässig, als bräche der Tag an.

Ich habe eine Zeitlang am Klavier gesessen, vielleicht kann ich mich ja morgen dazu aufraffen, etwas vorzuspielen. Aber meine Finger gleiten nicht mehr mit der gleichen Leichtigkeit über die Tasten wie zu der Zeit vor meiner Hochzeit. Das muss der Liebeskummer sein.

»Sie schrieb wirklich gut, finde ich.«

»Die Geschichte ist oft ungerecht«, sagte der Onkel mit rauer Stimme: »Es wird nie irgendwo geschrieben stehen, dass diese stille Frau größere schriftstellerische Begabung besaß als ihr Ehemann.«

»Warum ziehst du den Mantel an?«

»Wir gehen wieder aus, dort kannst du in Ruhe rauchen.«

»Aber Onkel, das ist doch ganz egal.«

»Raus hier. Und nimm das Heft mit.«

Das Abendessen muss, dem minutiösen Bericht Urgroßmutter Pilars zufolge, eine denkwürdige Angelegenheit gewesen sein. Sie bekam nicht mit, worüber geredet wurde, bekleckerte sich zweimal, erteilte den Dienstboten die Anweisungen zum falschen Zeitpunkt (Wein nachzuschenken, obwohl das Glas noch voll war, den Nachtisch vor dem Fleischgericht aufzutragen) und wagte nicht, ihren Liebsten mehr als nur flüchtig anzusehen, aus Angst, Natàlia, die dumme Pute, mit der er verheiratet war, könne merken, wie aufgewühlt sie war. Er hingegen, ein Mann von Welt, verstand es perfekt, sich zu verstellen, lachte, bestand darauf, die letzte Komposition von Maur II dem Reimer von Feixes anzuhören, und war sehr aufmerksam gegenüber ihren Schwiegereltern, und jeder war ganz hingerissen von seinem Savoir-faire.

»Was war los mit dir, Kind?«

»Mit mir? Wieso?«

Don Maur Gensana hatte die Hosenträger abgestreift und den gestärkten Kragen ausgezogen, der ihn so einzwängte. Bevor er die Bartbinde anlegte, war er an Pilars Frisiertisch getreten und hatte ihr diese Frage gestellt. Sie, voller Angst, dass auf diese Frage eine Anschuldigung folgen könne, lächelte das Spiegelbild ihres Mannes an.

»Warum fragst du das?«

»Ich hatte den Eindruck, dass du mit deinen Gedanken ganz woanders warst.« Er reckte ihr einen gestrengen Zeigefinger entgegen: »Sieh mal, Pilar. Wenn dir die Leute, die ich einlade, nicht passen …«, er machte eine Pause, um dem, was nun folgte, Nachdruck zu verleihen, »dann musst du dich eben ein bisschen bemühen. Du bist ja schließlich kein Kind mehr.«

»Aber ich habe doch nur …«

»Schluss jetzt. Im Hinausgehen hat Senyor Rigau zu mir gesagt, dass dir vielleicht unwohl sei.«

»Das hat er gesagt?«, fragte Großmutter nervös.

»Ja. Findest du es so erstaunlich, dass es auf dieser Welt noch wohlerzogene Leute gibt?«

Um nicht antworten zu müssen, wischte sich Donya Pilar mit einem Wattebausch das Gesicht ab und bemühte sich, den Eindruck zu erwecken, als sei ihr dieser sympathische Rigau mit seiner reizenden Gattin vollkommen gleichgültig. Auch das hatte das bedauernswerte Geschöpf seinem Tagebuch anvertraut. Und in der Tat, stellte Miquel fest, mit mehr literarischem Talent als ihr berühmter Gatte.

30. Dezember 1886

Ich bin nicht unfruchtbar. O mein Gott, jetzt weiß ich nicht mehr, was ich tun soll. Ich erwarte ein Kind von meinem Liebsten und bin entsetzt, aber zugleich verspüre ich nicht nur keine Reue, nein, ich bin voller Stolz. Haben sich meine Ansichten so sehr verändert? Bin ich so sehr von den liberalen Ideen meines Liebsten beeinflusst? Ich weiß es nicht, aber der Gedanke an die Hölle flößt mir nicht mehr die gleiche Todesangst ein wie noch vor wenigen Jahren. Er sagt, dass ich nach und nach frei werde. Trotzdem denke ich noch oft an die ewigen Flammen.

Ich bin schwanger von meinem Liebsten. Nicht von meinem Mann, denn wir haben schon lange nicht mehr … Nun, ich weiß es einfach. Heute hat Doktor Canyameres meine Vermutung bestätigt. Ich habe ihn gebeten, das Ganze vorerst streng geheim zu halten, da ich diejenige sein wolle, die meinem Mann die gute Nachricht überbringt.

»Gibt es irgendein Problem, Senyora Gensana?«

»Nein.«

»Aber Ihr Mann wartet schon sehnsüchtig auf eine solche Nachricht.«

»Ja. Aber ich bitte Sie trotzdem.«

»Im Gegenteil, ich glaube, Sie sollten es ihn so schnell wie möglich wissen lassen.«

Ich musste ihn an seine ärztliche Schweigepflicht erinnern, da ich aus Gründen, die ihn nichts angingen, noch ein paar Tage warten wolle, bevor ich meinem Mann die Nachricht überbrächte.

»Doktor Canyameres war eine Nervensäge und ein Idiot«, sagte der Onkel, während er in die kalte Dämmerung hinaussah. »Ich habe ihn kennengelernt, als er alt war wie Methusalem, und da war er immer noch der gleiche Idiot.«

10. Januar 1887

Der Besuch beim Arzt liegt nun schon zehn Tage zurück, und ich habe es ihm immer noch nicht gesagt.

11. Januar 1887

Mein Liebster und ich hatten ein langes, ruhiges Gespräch über das Kind, das ich in mir trage. Er ist außer sich vor Freude, sagt, er hätte nichts dagegen, mit mir von heute auf morgen nach Amerika zu verschwinden … Einen Moment lang haben wir diese Möglichkeit erwogen, aber ich habe nicht den Mut dazu. Ich will niemanden verletzen, lieber leide ich selbst ein wenig, akzeptiere die Beschränkungen meiner unangenehmen Lage und warte auf bessere Zeiten. Aber er bedrängt mich heftig, sagt, es sei der einzige Ausweg. Ich weiß nicht …
Eben gerade, nachdem ich diese Zeilen niedergeschrieben hatte, habe ich lange, lange dagesessen und nachgedacht, mir vorgestellt, was aus mir würde, wenn wir das täten, was mein Liebster will. Es wäre schwierig, ja, aber wie glücklich könnten wir sein, er und ich ganz allein auf einem Schiff in Richtung Zukunft. Ich habe mich gezwungen, an meinen Mann zu denken und sogar an die Ehefrau meines Liebsten. Und dabei habe ich etwas festgestellt, was mich sehr erschreckt: Bei dem Gedanken an ein Schiff, an eine neue fremde Welt, habe ich bemerkt, dass ich weder meinen Mann vermissen würde noch meine Eltern oder die Familie meines Mannes, nicht das große Haus, in dem ich lebe, und nicht das bequeme Leben, das ich führe. Nicht ohne Angst musste ich mir eingestehen,

dass ich nichts vermissen würde außer das Lachen von Carlota.
Und mein Klavier. Da kam ich mir entsetzlich egoistisch vor. Aber
die Stärke meiner Liebe macht das alles erträglich.

12. Januar 1887

Ich weiß nicht, was ich tun soll, ich bin völlig ratlos. Bald wird mei-
ne Schwangerschaft sichtbar sein. Ich habe eine Entscheidung ge-
troffen, die mir entsetzlich schwerfällt, aber ich will nicht, dass das
Kind, das ich in mir trage, die Folgen meiner Unentschlossenheit
erleiden muss. Ich habe meinem Liebsten nichts davon gesagt, weil
ich nicht das Recht habe, ihm weh zu tun. Im Augenblick will ich,
dass mein Ehemann denkt, das Kind sei seines. So habe ich ein
paar Tage länger Zeit, um in Ruhe nachzudenken.

Pere ist traurig, aber von Tag zu Tag fester davon überzeugt,
dass wir zusammen durchbrennen müssen. Ich auch. Aber es er-
schreckt mich, dass ich so gut wie nichts vermissen werde.

13. Januar 1887

Ich glaube, wir haben den Schicksalsschlag gerade noch einmal ab-
wenden können. Mein Gatte und ich haben einander beigewohnt,
und jetzt wird es mir nicht mehr schwerfallen, ihm die Neuigkei-
ten zu übermitteln. Natürlich nur, wenn dieser unverschämte Dok-
tor Canyameres mir nicht zuvorkommt. Ich bin mir nicht sicher, ob
ich das Richtige tue. Ganz und gar nicht. Wenn wir tatenlos ab-
warten, wird unser Kind als ein Gensana aufwachsen und nie er-
fahren, wer wirklich sein Vater ist. Und diese Ungerechtigkeit
macht mich wütend. Pere und ich müssen mutiger sein und der
Wirklichkeit ins Auge sehen: Das wird von Tag zu Tag schwieri-
ger. Wahrscheinlich werden wir uns dann doch dazu entschließen
durchzubrennen.

Ich würde so gerne jemanden um Rat fragen, aber ich weiß nicht, wen. Wenn Carlota doch nur nicht ein Kind wäre! Dann könnte ich sie ins Vertrauen ziehen. Sie hat angefangen, Klavierunterricht zu nehmen, und stellt sich sehr geschickt an. Ich glaube, es wäre nicht anständig, einen Fluchtversuch zu wagen.

17. Januar 1887

Ich habe keine Angst mehr zu fliehen. Es ist keine Flucht. Es ist eine Reise in unsere Zukunft.

17. Februar 1887

Heute hat mein Ehemann ein Gedicht auf mein Kind verfasst. Gestern Abend vor dem Zubettgehen habe ich ihm gesagt, dass ich schwanger bin. Anfangs hat er mich gar nicht verstanden, der Arme (als wäre das etwas ganz und gar Undenkbares), aber dann hat er sich allmählich an den Gedanken gewöhnt. Und zuletzt hatte ich sogar den Eindruck, dass er sich freute. Als ich heute Morgen aufstand, kam er gleich strahlend angelaufen und zeigte mir zufrieden sein Gedicht. Es ist hübsch, aber es macht mich trotzdem traurig, weil es auf seiner Unkenntnis der Wahrheit beruht. Mich überlief ein Schauder, als er mir die Zeilen vorlas »du Blut von meinem Blute / Frucht eines üppigen Baumes ...« Mein armer Mann, wenn er die Wahrheit wüsste! ... Mein armer Mann, dessen Kummer mir keinen Kummer bereitet.

28. Februar 1887

Ich bin zutiefst verwirrt. Seit mir ständig übel ist und ich mich häufig übergeben muss, verhält sich mein Mann mir gegenüber merkwürdig gleichgültig und distanziert, als ob ihn alles, was mit mir passiert, nichts anginge. Als ob er etwas ahnte. Oder ist es vielleicht nur ein weiterer Beweis für seine Wesenskälte? Ich habe

mit meinem Liebsten darüber gesprochen, und er sagt, dass es bes-
ser so ist, dass ich auf diese Weise weniger Schuldgefühle haben
werde und mich umso freier fühlen kann, wenn mein Mann sich
schon so früh von »seinem« Sohn lossagt. Ich habe aber große
Angst, dass diese Gleichgültigkeit von seinem Verdacht herrührt.
Das wäre schrecklich. Wir müssen von hier verschwinden, bevor
sich sein Verdacht erhärtet.

Soll heißen, mein Sohn, dass Urgroßvater Maur II Gensana der Göttliche zu diesem Zeitpunkt noch nicht wusste, dass er in Wirklichkeit Maur II der Gehörnte oder Ochsenkopf war, der letzte biologische Gensana der Hauptlinie und passive Ursache für die Entstehung einer neuen Linie von Gensanas durch seinen Sohn Antoni III Gensana der Bastard oder das Kind der Liebe, ein illegitimer, unreiner Zweig ohne jede genetische Verbindung zu den vorherigen Gensanas.

»Also bin ich gar kein Gensana, sondern ein Rigau.«

»Bedauerst du das?«

»Nein. Wenn es stimmt …« Der Gedanke war ihm unangenehm, ihm, Miquel dem Progressiven, aber er zog ihn gewaltsam mit der Zange hervor: »Wenn es stimmt … bin ich froh, dass es so ist, denn wäre ich tatsächlich der Urenkel von Großvater Maur, wäre ich ein anderer.«

»Ja. Und dein Vater und dein Großvater auch. Ihr alle wäret andere. Ich hingegen wäre der, der ich bin.«

»Das heißt also, dass du der einzige noch lebende echte Gensana bist.«

»Ja. Maurici Ohneland der Rechtmäßige, Sohn von Carlota, Sohn Einer Anderen Großen Liebe. Aber das hat mir auch nicht besonders viel genutzt.«

»Jetzt gehe ich wirklich eine rauchen. Warum sind die beiden nicht miteinander durchgebrannt, Onkel?«

Als sie im dritten Monat war, vereinbarten sie den Zeitpunkt für die Flucht. Im Spätfrühling sollte es so weit sein. Pere unternahm einen kurzen Abstecher zu einem Anwalt seines Vertrauens und legte alle seine Angelegenheiten in dessen Hände. Außerdem erneuerte er seine Kontakte zu den Kaufleuten auf Kuba, die er während seines Aufenthalts dort kennengelernt hatte. Er bereitete den Fluchtplan vor, so gut er konnte, und erläuterte ihn Urgroßmutter Pilar in allen Einzelheiten. Er sagte ihr sogar, wo er alle Unterlagen für ihr neues Leben und die Schiffstickets aufbewahrte, die sie in den sicheren Hafen bringen würden. Nur eine Kleinigkeit bedachte der arme Pere Rigau nicht, nämlich, dass der Tod keine Fragen stellt. Vierzehn Tage vor dem vereinbarten Datum, als Donya Pilar schon unzählige Male den Brief formuliert hatte, in dem stand, lieber Maur, ich tue das nicht, um dich zu kränken, sondern um das Glück zu erlangen, das mir an deiner Seite versagt ist, ich weiß nicht, ob du mir verzeihen kannst, aber ich verzeihe dir deine Gleichgültigkeit, versuche, nicht allzu hart über mich zu urteilen und mach dir keine Sorgen um mein Kind, es ist mein Kind und das des Mannes, mit dem ich von nun an leben werde, nicht deines, und versuche ja nicht, es zurückzuholen, denn sein Vater und ich werden unser Leben daransetzen, es zu behalten; und als Donya Pilar die Flüchtige ihren Koffer gepackt und in der hintersten Ecke ihres Schranks versteckt hatte, tauchte Pere zu einem Treffen nicht auf. Zwei, drei Tage lang hörte sie nichts von ihm. Dann schickte sie in ihrer Verzweiflung ein Dienstmädchen, wahrscheinlich Fina, zu den Rigaus, um sie zum Nachmittagskaffee einzuladen, und das Dienstmädchen kam zurück und sagte, die Dame habe ihr erklärt, ihr Mann liege mit hohem Fieber im Bett. Dann ging alles blitzschnell. An dem Tag, an dem von der Bischofskirche her die Totenglocken läuteten, lernte Donya Pilar die Unglückselige, was absolute Einsamkeit bedeutet, weil sie nicht an der Seite ihres Liebsten weilen konnte, ihm nicht beistehen, ihn nicht ins Leichentuch hüllen und keine Totenwache bei ihm halten konnte, vor allem aber, weil sie nicht um ihn weinen durfte. Alle ihre Hoffnungen, die an einem zum Zerreißen gespannten Faden gehangen hatten, hatte der Tod zerstört. Alle. Und bei allem Elend konnte sie noch von Glück sagen, dass die beiden Liebenden noch niemanden von ihrer Entscheidung in Kenntnis gesetzt hatten. Von diesem Tag an verstummte Donya Pilar und lebte nur noch für das Kind, das sie im Leibe trug. Anfangs fürchtete sie noch, Natàlia könne irgendwann einmal die Unterlagen ihres Liebsten und die Pläne für die unmittelbar bevorstehende Flucht mit einer Unbekannten entdecken; aber als die Tage vergingen und von der Witwe außer der üblichen Totenklage kein Geschrei zu hören war, dachte sie nicht weiter daran. Und um das Kind ihrer Liebe großziehen zu können, machte sie aus ihm durch ihr Schweigen einen Gensana, den Sohn des Dichters. Und schwieg. Und in den Tiefen ihres Herzens nannte sie ihren Sohn immer Pere, das heißt, Großvater Ton hieß im Herzen deiner Urgroßmutter immer Pere. Urgroßmutter Pilar ist das einsamste Geschöpf, das ich je kennengelernt habe; aber sie hat alle getäuscht, weil sie ihre Einsamkeit in Schweigen verwandelte, vielleicht auch in zahllose Stunden am Klavier.

»Deshalb hat sie auch das Heft nicht vernichtet.«

»Was?« Miquels Bemerkung hatte Onkel Maurici überrascht. »Ja, klar. Deshalb.« Und wie um eine seltsame Verlegenheit zu kaschieren, fügte er mit einem Anflug von Stolz hinzu: »Sieh mal, hier steht was über mich.«

11. November 1914

Der arme Maurici, Carlotas Sohn und Frucht einer großen Liebe, ist der einzige wahre Gensana, der von der Familie noch übrig ist. Da helfen keine Ahnenbilder und keine Vorwürfe. Die anderen Gensanas sind, wenn sie sich auch noch so viel darauf einbilden, Gensanas zu sein, in Wirklichkeit Rigaus, Nachkommen meines geliebten Pere, der ihnen seine Saat hinterlassen hat, aber nicht seinen Namen vererben konnte. Mein Sohn Pere, den alle Tonet nennen, ist der Sohn von Pere Rigau und hat seine Augen. Mein Enkel Pere ist der Enkel von Pere Rigau. Und er sieht ihm ähnlich. Ohne es zu wollen, habe ich den Lauf der Dinge dermaßen grundlegend verändert, dass es viel besser ist, wenn nie jemand erfährt, wie durcheinander alles ist.

27. August 1932

Mein Mann ist tot. Er ist gestorben, weil er dieses Heft gelesen hat. Ich weiß, dass er seit Jahren danach gesucht hat, weil er ahnte, dass ein Geheimnis zwischen uns stand. Und fast fünfzig Jahre später, als ich glaubte, sein Eifer sei erloschen, hat er es entdeckt. Armer Maur. Ich habe ihn nie geliebt. Ich habe ihn respektiert, aber nicht geliebt. Und ich kann nicht sagen, dass ich ihm untreu gewesen wäre.

20. September 1932

Maurici hat das Heft gefunden; ich erkenne es an seinem Blick. Und ich weiß, dass er schweigen wird.

Das sind die letzten Worte in diesem Heft. Es folgen noch viele leere Seiten, die vergeblich darauf warten, dass jemand ihnen Form und Leben einhaucht, indem er sie mit den

Worten einer Geschichte füllt oder mit kundigen Händen zu den Geschöpfen eines fantastischen Zoos faltet. Was für ein Jammer, dass Urgroßmutter Pilar ihr Heft nicht mit dem Satz beenden konnte, mein Urenkel Miquel ist der Urenkel von Pere Rigau, und er sieht ihm ähnlich, weil sie zehn Jahre vor deiner Geburt bei der Bombardierung von Granollers ums Leben kam, ihre Arme um ihre Enkelin Elvira geschlungen, die die Enkelin von Pere Rigau war und ihm ähnlich sah.

Auf dem Weg zurück ins Zimmer weinte der Onkel und hielt das Heft mit beiden Händen fest umklammert. Er wandte sich um und sagte anklagend: »Und da soll noch mal jemand behaupten, die Literatur habe keine Macht.« Er zeigte mir ein neues zusammengefaltetes Blatt: »Sieh mal, wie sich der Stammbaum unserer Familie verändert hat.«

Mit zitternden Fingern entfaltete er das Papier und zeigte mir den Zweiten Stammbaum der Familie, den Wahren, Unbekannten und Echten.

»Onkel …«

»Was?« Er wirkte abweisend, während er sorgfältig den Zweiten Stammbaum zusammenfaltete.

»Ich werde für ein paar Wochen verreist sein.«

»Der gehört eingerahmt, Miquel.« Dann kehrte er in die Wirklichkeit zurück: »Kommst du mich denn nicht mehr besuchen?«

»Aber natürlich. Wenn ich wieder zurück bin.«

»Wo fährst du hin?«

»Zu einem Interview. Das ist mein neuer Job.«

»Aber mich interviewst du doch auch.«

»Das ist nicht das Gleiche, Onkel. Ich werde mit einem Schriftsteller sprechen.«

»Ich bin auch Schriftsteller. Mit wem triffst du dich?«

»Mit einem Autor namens Amis.«

»Der ist doch schon alt.«

»Nein. Eine neue britische Schriftstellergeneration.«

»Ah, dann ist es ein anderer. Vielleicht der Sohn. Oder ein Neffe.« Und dann, als hätte ich seine Pläne durcheinandergebracht: »Wirst du lange fort sein?«

»Höchstens zwei Wochen. Darf ich das Heft von Großmutter mitnehmen?«

»Nein. Lass dir nicht zu lange Zeit, ich will sterben.«

WAHRER, UNBEKANNTER
UND ECHTER
STAMMBAUM DER FAMILIE

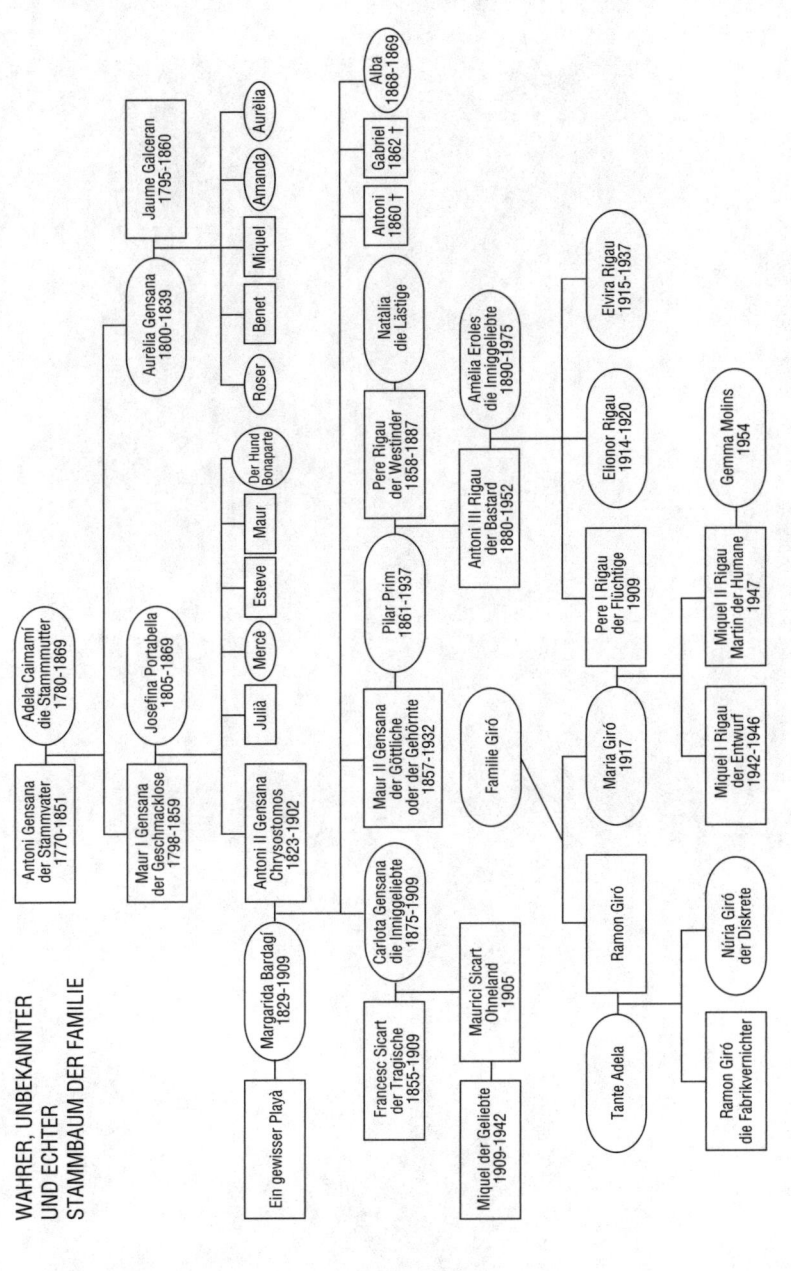

Und alles geschah so, wie es geschrieben stand. Eines Tages, es war ein regnerischer Freitagnachmittag im Herbst, klingelte es nach dem Mittagessen an der Tür. Vater ging hin, was er sonst nie tat, und machte auf. Als hätte er auf dieses Klingeln gewartet. Vielleicht auch nicht; jedenfalls ging er zur Tür. Später habe ich das alles mit meiner verzweifelten Mutter und dem Onkel rekonstruiert, der auffällig nervös war.

Halb vor mich hin dösend, las ich Borges und war immer noch damit beschäftigt, die Wunden meiner Trennung von Gemma zu lecken. Im Haus herrschte nachmittägliche Stille, nur unterbrochen vom Ticken der Uhr in der Eingangshalle und ab und zu dem geheimnisvollen Knarzen jahrhundertealten Holzes. Aus der Küche drang das gedämpfte Rumoren von Remei, und Mutter saß – wie immer, wenn in der Familie etwas Entscheidendes geschah – im Sessel, stopfte oder strickte, umhüllt von der leisen Musik aus ihrem Radio, genau hier, an der Wand hinter Júlia.

»Draußen ist es sicher bitterkalt.«

Vater, der zerstreut in der Zeitung blätterte, antwortete nicht, sondern sah auf die Uhr. Als ob das eine Antwort wäre, fuhr Mutter fort: »Gehst du heute gar nicht in die Fabrik?« Und als er weiter schwieg: »Hm, Pere?«

»Vielleicht ja. Später.« Pause, umblättern. »Warum?«

»Nur so. Ich habe dich um diese Uhrzeit schon lange nicht mehr so ruhig erlebt.«

Vater vertiefte sich in einen Zeitungsartikel. Miquel vernahm das alles wie eine Hintergrundmusik zum Zauber des *Aleph* und bemühte sich, nicht an Gemma zu denken. Und in diesem Augenblick klingelte es an der Tür.

»Ich gehe schon.«

Vater legte die Zeitung mit der Seite der internationalen Nachrichten nach oben auf den Tisch, darauf die Brille, und schlurfte in Pantoffeln in die Eingangshalle.

»Sieh mal, wie es schüttet«, sagte Mutter zu mir, aus ihrer Musik auftauchend.

Bei der späteren Rekonstruktion der Ereignisse fiel uns ein, dass wir nach dem Sieh mal, wie es schüttet, hörten, wie Vater an der Tür mit jemandem redete, dann sagte, ich bin gleich wieder da, und Mutter fragte, bei diesem Regen?, und Miquel blätterte um, weil er mit seinen Gedanken woanders war. Einige Minuten später, vielleicht fünf oder zehn, stand Mutter auf, um in die Küche zu gehen, und bemerkte, dass die Haustür offen stand und der Regen trotz des Vordachs auf die Fliesen in der Eingangshalle spritzte.

»Pere?«

Dann rief sie, leicht verwundert, nach mir. Miquel steckte die Nase vor die Tür. Dort stand Vaters Wagen und ließ ungerührt den Regen über sich ergehen. Von Vater oder sonst wem keine Spur. Also rief ich Vater? und suchte im Schutz des großen Regenschirms den ganzen Garten ab; von einer seltsamen, ein wenig literarischen Befürchtung getrieben, lief ich zum Teich, aber darin schwamm kein Toter. Wir suchten das ganze Haus ab und trafen uns anschließend im Salon, wo Mutter verblüfft feststellte, dass die Brille ihres Mannes seelenruhig auf der Zeitung lag; dann sah sie mich an. Da begann ich, mir Sorgen zu machen, weil ich bemerkte, wie Mutter die Wände ansah, als müssten die die Antwort wissen.

»Wo ist der Onkel?«

»Ich weiß es nicht. Er ist nach dem Mittagessen wegge-gangen.«

»Weißt du etwas darüber, dass Vater irgendwo hingehen wollte, wo …«

»Nein.«

Mutter rief bei der Handelskammer an, aber dort hatte man Senyor Gensana seit Tagen nicht gesehen; wer denn nach ihm frage. In der Fabrik wusste man auch nichts von ihm; er hat bloß gesagt, dass er heute Nachmittag nicht kommt, Senyora Gensana. Und wir dachten beide, dass wir vielleicht bei der Polizei anrufen sollten, wagten aber nicht, es laut auszusprechen, um den anderen nicht zu erschre-cken und auch ein wenig aus der Furcht, sich lächerlich zu machen.

Als Onkel Maurici zurückkam, dämmerte es bereits, und der Regen hatte seit einer Stunde aufgehört. Schweigend hörte er sich Mutters Befürchtungen an, schüttelte ein paar inexistente Tropfen von seinem Regenmantel und ließ sich ohne ein Wort im Sessel nieder.

»Zu dir hat er auch nichts gesagt, Maurici?«

»Nein. Du weißt doch, dass …« Er beendete den Satz nicht, um Mutter nicht weh zu tun; sonst hätte er gesagt, du weißt doch, dass wir kaum miteinander reden, er und ich. Und da fingen wir an, die Tatsachen zu rekonstruieren. Dem Onkel zitterten die Hände, als er uns fragte, und du, wo bist du gewesen, und wieso ist niemand rausgegangen, um nachzusehen, mit wem er da redet, und was hast du zu der Zeit getan, und woher wisst ihr denn, dass er überhaupt mit jemandem geredet hat, und habt ihr die Stimme dieser Person nicht gehört? Dann schloss er sich in sein Zimmer ein, vielleicht, um über dieses geheimnisvolle Verschwin-den nachzugrübeln, wer weiß.

Nach Mitternacht, als klar war, dass die ganze Sache seltsam und völlig unerklärlich war, rief Mutter dann doch die Polizei an. Er war in Pantoffeln, in Hemdsärmeln und ohne Brille in den Regen hinausgelaufen und mitten im Garten verschwunden, wie vom Erdboden verschluckt.

Die nächsten Tage und Wochen waren sehr merkwürdig. Über Can Gensana breitete sich Stille aus, und sämtliche Bemühungen der Polizei erwiesen sich als vollkommen fruchtlos. Mutter wartete Nacht um Nacht schweigend auf einen Anruf, auf ein Hallo, ich bin in Brasilien, macht euch keine Sorgen, mir geht's gut; oder auf eine wundersame Stimme von jenseits des Grabes, die zu ihr sprach, es ist sehr heiß in der Hölle. Aber nichts kam. Unterdessen durchstreifte Onkel Maurici sämtliche Winkel des zweiten Stocks, schloss sich stundenlang in der Bibliothek ein und spielte unaufhörlich an Urgroßmutter Pilars Klavier eine Nocturne nach der anderen, Chopin und Mompou, die wortlosen Romanzen von Mendelssohn und Schumann, als diene ihm dies als Ausflucht, um nicht mit den übrigen Hausbewohnern reden zu müssen. Die Polizei verhörte ihn, wie uns alle, zwei, drei Mal, und nach jedem Verhör war er zutiefst verstört und zitterte sichtbar, der arme Onkel Maurici, der nicht verstand, wie derjenige, der sein Herzensfreund und Herzensfeind gewesen war, der Cousin, mit dem er zeit seines Lebens unter einem Dach gelebt hatte, sich so plötzlich in einen skrupellosen Flüchtigen verwandeln konnte, in einen Feigling, der ohne Vorankündigung das Handtuch warf. Es gibt Dinge im Leben, die tut man einfach nicht, Pere der Flüchtige. Damals war der Onkel für mich noch ein großer Unbekannter, ein liebenswürdiger Schatten, der im Hause lebte, sich von uns durchfüttern ließ und versuchte, so wenig wie möglich aufzufallen, Herrscher über die Bibliothek und das Klavier, dessen

Deckel er mit einem munteren Zoo aus Papier bevölkerte, das er zu Figuren faltete, wo er ging und stand, jemand, der immer ein Stück Schokolade im Mund hatte, nie da war, wenn es um wichtige Entscheidungen ging, und zu Kindern stets freundlich war. In den Jahren, die Ramon und seine Schwester in Can Gensana verbrachten, den Jahren von Miquels Kindheit, war der Onkel der einzige Erwachsene, der bereit war, seine Zeit mit ihren kindlichen Fantasien zu vergeuden.

Alles erschien plötzlich in einem anderen Licht, als sich nach ein paar Tagen der Ratlosigkeit herausstellte, dass die Sekretärin der Vertriebsabteilung der Fabrik am selben Tag verschwunden war wie Don Pere. Das war Salz in Mutters Wunde, nun war sie nicht mehr verwirrt, sondern zutiefst gedemütigt. Die Gensanas legten sich ein dickes Fell zu und taten, als hörten sie nicht, was in ganz Feixes über den Nichtsnutz Pere Gensana geredet wurde, der in Paris mit einer französischen Nutte, in Frankfurt im Rotlichtviertel und in Mailand in Begleitung zweier wasserstoffblonder, schrill lachender Frauen gesehen worden war, die mit ihm aus einem Pornokino kamen. Und das alles innerhalb einer Woche. Die Polizei kam offiziell, wenn auch hinter vorgehaltener Hand, zu dem Schluss, dass Don Pere Gensana aller Wahrscheinlichkeit nach mit der ebenfalls verschwundenen Sekretärin auf Nimmerwiedersehen nach Südamerika durchgebrannt war.

Eines Tages – Remei hatte Kaffee gemacht und war dann einkaufen gegangen – saßen Mutter und Sohn schweigend beim Frühstück in der Küche. Er bemühte sich, nicht an Gemma zu denken, sie, sich Pere aus dem Kopf zu schlagen.

»Vater ist ein Dreckskerl.«

Miquel, der gerade einen Schluck Milchkaffee trank,

spürte, wie seine Mutter erstarrte und sich anspannte, und stellte die Tasse behutsam auf den Unterteller zurück.

»Verurteile deinen Vater nicht, Miquel.« Und dann, mit rauer Stimme: »Verurteile niemanden, in dessen Haut du nicht steckst.«

»Aber er hat uns verletzt. Er hat dich verletzt.«

»Ja.«

»Und das lässt du dir seelenruhig gefallen.«

»Nein. Aber ich will nicht, dass du ihn verurteilst.«

Es war schwierig, einen Mann nicht zu verurteilen, der sich angesichts der drohenden Pleite seiner Fabrik entschieden hatte, über Monate hinweg systematisch mehr als zehn Millionen Peseten beiseitezuschaffen, zu schweigen, sich mit Mariona Crespi abzusprechen (Hatten sie schon vorher ein Verhältnis gehabt? War sie seit Jahren seine Geliebte? Hatte Vater Geliebte?), zu schweigen, seinen Neffen Ramon – der voraussichtlich die Fabrik übernehmen würde – zu täuschen und Hals über Kopf vor den Schockwellen zu fliehen, die der Zusammenbruch des von seinem Vater, Großvater Ton III dem Bastard, gegründeten Unternehmens verursachen würde. Fühlte er sich für diesen Zusammenbruch verantwortlich? Oder konnte er sich noch glücklich schätzen, zehn Jahre lang dem Sturm getrotzt zu haben, während in der gleichen Zeit siebenundzwanzig Fabriken allein in Feixes hatten schließen müssen?

»Ich weiß nicht, warum ich ihn nicht verurteilen darf.«

»Du hast dein Leben gelebt, du hast deine Fehler begangen. Oder etwa nicht?«

Ich zog es vor, einen Schluck Milchkaffee zu trinken, anstatt zu antworten, ja, Mutter, ziemlich viele.

»Und von der Fabrik hast du nie etwas wissen wollen.«

Es war das erste Mal, dass aus dem Munde meiner Mutter eine Anschuldigung kam. Bisher hatte sie den romantischen Unfug ihres Sohnes immer geduldet, aber jetzt musste er sich endlich einmal die Leviten lesen lassen.

»Was für ein Glück, dass es Ramon gibt.«

»Ich bin nicht verpflichtet ...«

»Ich weiß. Aber du hast dich nie um die Angelegenheiten des Hauses gekümmert. Also beschwer dich nicht.«

Dazu konnte ich nichts mehr sagen. Und Mutter verschwieg ihm in einer edelmütigen Geste die Schwierigkeiten, in denen Ramon steckte: dass er die Fabrik auflösen und zu einem Schleuderpreis verkaufen musste, dass er sich mit dem Konkurs und der Ungeduld der Gläubiger konfrontiert sah und in endlosen Gesprächen mit der Mutter und dem Onkel, der immer verängstigter wirkte, die Möglichkeit beriet, Ländereien zu verkaufen, um die ungeduldigsten Gläubiger zu bezahlen. Bis ihnen zuletzt, als sie nach monatelangem Kopfzerbrechen alle zufriedengestellt hatten, nichts weiter blieb als das Haus, in dem sie lebten, und der Garten, der es umgab. Die ganze Herrlichkeit der Gensanas, all der Maurs und Antonis, war unwiderruflich dahin. Doch damit nicht genug: Nachdem er sich eine Zeitlang nicht gemeldet hatte, tauchte Ramon eines Tages wieder auf und gestand ihnen niedergeschlagen, dass er eine dringliche Forderung nicht begleichen könne. Mutter sah den Onkel von der Seite an und flüsterte: »Belaste das Haus, Ramon. Das Grundstück ist viel wert.«

»Das kann ich nicht.«

»Warum nicht?«

»Weil das Haus schon belastet ist. Und verpfändet.« Er schlug die Hände vors Gesicht und sagte: »Onkel Pere hat es heimlich getan.«

Überrascht sprang der Onkel auf, er war kreidebleich.

Ungläubig starrte er Ramon an. Er sagte, nein, das nicht; dann sah er Maria an und sank stumm in den Sessel zurück. Mutter fragte leise: »Was heißt das, verpfändet?«

»Sie werden es euch wegnehmen, Tante.«

Der nächste Tag, der Tag, an dem sie Onkel Maurici aus Can Gensana abholten, war ungewöhnlich kalt für den Spätherbst. Es war lange vor dem Frühstück, als die Sonne noch überlegte, ob sie bei dieser Kälte überhaupt herauskommen solle, und alle bis auf Remei, die schon in der Küche werkelte, lagen noch im Bett. Da hörte ich vom Bett aus ein Lachen und einen Fensterladen, der gegen die Wand schlug, konnte mir aber keinen Reim darauf machen. Remei erzählte später, sie habe sich gerade einen Kaffee gekocht und dabei auch gleich die große Kaffeekanne für die Herrschaften vorbereitet, als sie das Klappern hörte und dachte, wohl ein Fensterladen, mit dem der Wind spielt. Und kurz darauf sah sie aus dem Küchenfenster in den Garten hinaus und dachte, es geht ja gar kein Wind. Dann lenkte der Kaffeeduft sie ab. Und auf einmal überschlugen sich die Ereignisse. Als sie bemerkte, was los war, und mit ihrem Geschrei das ganze restliche Haus weckte, war Onkel Maurici schon auf den Fenstersims im zweiten Stock geklettert und klammerte sich mit aller Kraft am Rosenstock fest (an den Kletterrosen mit dem dicken Stamm, der neben der Haustür entsprang, sich stolz über die ganze rechte Hausseite erstreckte und im Frühsommer Dutzende duftender roter Rosen hervorbrachte: der Rosenstock, den Mutter zur Geburt von Miquel I gepflanzt hatte, den er viele Jahre überlebte). Offenbar hatte er sich in den Kopf gesetzt, am Rosenstock in den Garten hinunterzuklettern, und dabei die Dornen vergessen (Onkel Maurici dachte anscheinend nicht an Schubert), und nun stieß er jedes Mal, wenn er sich

an einem Röslein, Röslein, Röslein rot stach, einen Schmerzensschrei aus, begleitet von einem seltsamen, beinahe teuf-
lischen Lachen. Wenige Minuten später standen Mutter,
Remei und Miquel in Nachthemd und Pantoffeln verschla-
fen und zitternd vor der Hauswand und sahen voller Entsetzen zu, wie der Onkel im Pyjama schreiend und zersto-
chen am Rosenstock hing und nach unten starrte, als wolle
er die Sprunghöhe berechnen (oh nein, Onkel, du wirst dir
auf dem Gartenboden alle Knochen brechen, nein), und
niemand wusste, was man tun solle, und Miquel rannte ins
Haus zurück, schreiend wie damals am Qurnat as-Sauda,
wies Mutter und Remei an, Matratzen, bringt Matratzen!
und ruft die Null Zweiundneunzig an!, stürmte die Haupt-
treppe hinauf, drei Stufen auf einmal nehmend, während
das Eichenholz des Geländers unter seiner Hand dahinglitt,
und rief, nein, Onkel, mach keinen Scheiß, verdammt, und
am Zimmer des Onkels angekommen, drückte er die Klinke herunter und knallte mit dem Gesicht gegen die Tür,
weil diese nicht aufging. Einige Sekunden lang hatte er
das Gefühl, nun sei alles verloren, aber dann riss er sich zusammen und rief, Onkel, du verdammter Idiot, spring
nicht, warte. Und unten vor dem Haus stand die Mutter,
entsetzt, die Augen voller ungeweinter Tränen, was hast
du, Maurici, bist du traurig? Warum? Was fehlt dir, was
tut dir weh? Und der Onkel brüllte, hatte wie durch ein
Wunder einen festen, dornenlosen Ast erwischt und sagte,
ich komme jetzt runter, Miquel, ich komme jetzt runter,
und die Mutter rief, Miquel, Miquel? Miquel, er ruft nach
dir! Und das alles wenige Wochen nachdem sich Pere I Gensana der Flüchtige aus dem Staub gemacht hatte. Und hätten Miquels Mutter oder die anderen gewusst, warum der
Onkel sagte, Miquel, ich komme jetzt runter, hätten sie ihn
vielleicht ungehindert in den Frieden springen lassen, weil

es furchtbar schwer, ja schier unmöglich ist, in einer Hölle zu leben wie der Hölle von Onkel Maurici, von deren Existenz nur er allein wusste und von der Mutter und ich nichts ahnten. Unterdessen versuchte Miquel, der vom Anrennen gegen die Tür schon blaue Flecken an einer Schulter hatte, es mit der anderen Schulter, biss vor Schmerz die Zähne zusammen und knurrte, ruft Ramon, Ramon soll kommen, und dann gab die Tür mit einem Krachen nach, das an zersplitternde Knochen erinnerte, und Remeis Geschrei drang bis in den hintersten Winkel des Hauses, bis zur Ahnengalerie, und die Kentia-Palme, die unter Carlotas Porträt stand, zitterte vor Aufregung, als litte die arme Carlota um ihren Sohn, der gerade den Verstand verlor. Wie auch immer, die Tür gab nach, und Miquel lehnte sich aus dem Fenster. Der Onkel befand sich außerhalb seiner Reichweite. Miquel seufzte tief und spähte hinab in den Garten, um zu sehen, ob dort schon unzählige Matratzen lägen oder Streifenwagen stünden.

»Onkel.« Er streckte den Arm aus, um ihm zu helfen. Es war kalt.

»Keine Bewegung, sonst springe ich.«

Miquel erwog, ihn nach dem Warum zu fragen, aber das erschien ihm lächerlich.

»Ich halte ganz still. Aber du streck den Arm aus, mal sehen, ob du mich erreichen kannst.«

»Warum sollte ich dich erreichen?«

»Weil … Weil wir so gemeinsam hinuntersteigen können.«

»Das ist eine gute Idee.« Er schrie auf: »Die Scheißrosen stechen!« Dann fluchte er, was man vom Onkel gar nicht kannte.

Miquel entdeckte viele kleine Blutspritzer auf dem Pyjama des Onkels, und ihm brach trotz der Kälte der

Angstschweiß aus. Er sah, dass seine Mutter und Remei gerade mal eine Matratze aus dem Haus geschleppt hatten, und dachte, das bringt nichts, ganz egal, wie viele Matratzen sie da hinlegen, und die Polizei ist immer noch nicht da.

»Halt ganz still.«

»In Ordnung, aber komm du zu mir. Die Sicht von hier ist fantastisch. Ich kann den Teich und die Schwäne sehen.«

»Es gibt schon lange keine Schwäne mehr.«

»Ich sehe sie aber.«

»Ah ja? Dann will ich sie auch sehen.«

Er stieg aufs Fensterbrett, und seine Mutter, die gerade aus dem Haus kam, wo sie wohl wieder die Polizei angerufen hatte, erstarrte, nein, nein, Miquel, du wirst dir den Hals brechen, und der Gedanke zerriss ihr das Herz, das würde sie nicht ertragen, und fast hätte sie gesagt, lass ihn, Miquel, soll er sich doch umbringen, wenn er will; siehst du nicht, dass er den Verstand verloren hat? Außerdem ist er schon alt, und du bist noch jung. Aber das sagte sie nicht, sie sagte nur, nein, nein, nein ... Und auch Remei war außer sich vor Angst, lief hin und her, schleppte eifrig Kissen, Sofasitze und kleine Matratzen herbei und dachte ebenfalls, er ist verrückt geworden; und niemand wusste, dass der Onkel keineswegs verrückt geworden war, sondern sich die Traurigkeit dermaßen in ihm angestaut hatte, dass sie sämtliche Poren verstopfte, durch die er ungehindert hätte denken können; es war nichts weiter als Traurigkeit, weil er erkannt hatte, dass es kein Zurück gab, dass alles, was du im Leben getan hast, unwiderruflich ist und du von Glück sagen kannst, wenn dir wenigstens die Möglichkeit zur Reue bleibt. Und Miquel hatte sich schon am ersten Rosenzweig gestochen, und er dachte sehr wohl an das Röslein auf der Heiden.

»Gemütlich hat man's hier, Onkel.«

»Ja. Siehst du die Schwäne?«

»Ja, natürlich«, sagte er, die Nase an die Hauswand gedrückt. »Wie hübsch sie sind.«

»Ich liebe dich, Miquel.«

Miquel wusste noch nicht, warum der Onkel das sagte, und schenkte ihm keine Beachtung. Stattdessen dachte er wieder, was er schon am Qurnat as-Sauda gedacht hatte, als dieser Druse mit den irren Augen, der lauter schrie als das Krachen der Mörsergranaten, die schwarze Mündung der Kalaschnikow auf ihn richtete, o mein Gott, wer hat mir aufgetragen, mich hier einzumischen, du bist ein gottverdammter Idiot, Scheiße, jetzt hängst du an einem Rosenstock fünf Meter senkrecht über der Stelle, an der du dein Gehirn verspritzen wirst, wenn du abrutschst. Herrje, ich hänge direkt über der Kante einer Stufe der Eingangstreppe, verdammt, und mache mich zum Deppen bei dem Versuch, die Welt zu retten, zu retten, was nicht zu retten ist. Miquel, du dämlicher Idiot.

»Bleiben wir hier ein Weilchen, Onkel?«

»Ja. Autsch, jetzt habe ich mich gestochen!« Und der Onkel machte eine ruckartige Bewegung, die eines der Hosenbeine seines Pyjamas zerfetzte und eine feine, wie mit einem Bleistift gezogene Linie, nur in Rot, auf seiner schneeweißen Hüfte hinterließ. »Ich glaube, ich springe. Kommst du mit, Miquel?«

Polizisten, Krankenwagen, Blaulicht, der Onkel; alles versank auf dem Weg in die Notaufnahme im Nebel. Zwei Tage später wurde der Onkel, scheinbar ruhig, in das Sanatorium von Bellesguard eingeliefert. Von da an besuchte Miquel den Onkel regelmäßig. Von da an lernte ich den Onkel und das Innenleben der Familie kennen, das die ganze Familie mit aller Gewalt geheim zu halten trachtete. Und ich fand heraus, dass Onkel Maurici keineswegs verrückt war, sondern sich einfach nur an zu vieles erinnerte.

»Mutters Anruf erreichte mich in Oxford an dem Nachmittag, an dem ich gerade meine Arbeit mit Martin Amis abgeschlossen hatte.«

»Das war dein erstes Interview, nicht wahr?«

»Ja. Das erste. Heute würde ich es ganz anders machen.« Miquel hob eine Hand, um zu verhindern, dass Júlia seinen Gedankenstrom unterbrach. »Am Schrecklichsten war für mich, dass der Onkel schon in der Leichenhalle lag, als ich im Sanatorium ankam.« Eine schweigsame Samanta händigte ihm eine Mappe mit nutzlosem Krimskrams des Onkels aus. Mit einem stummen Schmerzensschrei nahm er zur Kenntnis, dass sämtliche abessinischen Löwen im Papierkorb gelandet waren. In der Mappe lag das schwarz eingebundene Heft von Großmutter Pilar. Und ich war nicht dabei gewesen, als der Onkel starb. Er starb allein, ohne seinen Miquel, ohne mich, ohne sein Haus. Ich glaube nicht, dass ich mir das jemals verzeihen kann. Unser erzwungener Auszug aus Can Gensana lag zwei Monate zurück. Meine Mutter und ich waren übergangsweise in einer Wohnung in Feixes untergekommen, und ich hatte meine ersten Aufträge für die *Revista* erledigt. Den Job hatte ich Bolós zu verdanken. Er war auf dem besten Wege, Karriere bei den Sozialisten zu machen und meine wenig alltagstaugliche Lebensanschauung hinter sich zu lassen. Aber noch waren wir Freunde; noch dachte er an mich und fand eine Arbeit für mich, der arme Bolós.«

»Also hat er dich zur *Revista* gebracht?«

»Ja. Er war einer ihrer Gründer.«

Das hatte Júlia nicht gewusst. Sie warf einen verstohlenen Blick auf meinen Teller, auf dem immer noch ein riesiges Stück Fleisch lag.

»Das heißt, du bist neunzehnhundertachtzig zur *Revista* gekommen.«

»Ja. In dem Jahr, in dem sie den Onkel eingeliefert haben und er gestorben ist. In dem Jahr, in dem wir das Haus verloren.«

»Weißt du was, Miquel?«

»Nein.«

»Bei allem, was du mir erzählst, stelle ich mir vor, es wäre in diesem Haus passiert.«

»Das hier ist ein Restaurant.«

»Du verstehst mich schon.«

»Nein. Ich verstehe dich nicht.«

»Das hier war doch dein Elternhaus, oder?«

»Ich sagte doch schon, dass es das nicht war, Júlia.«

Und um sein Unbehagen über die Lüge zu zerstreuen, fing Miquel an, von Gemma zu erzählen, weil für mich die Trennung von Gemma nie lang genug zurück lag und mein Dasein auf dieser Erde mir immer noch wie ein Provisorium erschien. Das verstärkte meinen Hang zur Melancholie, und Widrigkeiten machten mich nicht etwa wütend, sondern traurig. Mutter begann anzudeuten, dass es immer einen Neuanfang gebe, und beharrte, wenn ich zum Abendessen mal zu Hause war, sanft aber unnachgiebig darauf, ich solle mir eine Frau suchen und eine Familie gründen, ich solle bedenken, dass sich das Leben, wie die Erde, immer weiterdrehte … Und Miquel schwieg oder lenkte das Gespräch auf andere Themen, fragte nach dem Onkel, wann werden wir ihn endlich ganz normal besuchen können, und Mutter senkte den Blick und bemühte sich, nicht zu denken, warum bloß musste der andere Miquel sterben, wenn dieser Miquel, mein Sohn, offenbar so gar keine Lust hat zu leben? Und um dem Haus und dem Blick meiner Mutter zu entfliehen, stürzte ich mich in das Leben, das Gemma mich gelehrt und auf das der Onkel mich schon früher vorbereitet hatte, als er mir beiläufig, aber mit leuchtenden Augen von Mendelssohn und Ausiàs March erzählte. In den nächsten Monaten tauchte ich ein wenig geisterhaft bei sämtlichen Vernissagen und in allen Konzertsälen auf, wo ich mich in jede Art von Musik versenkte, die dazu angetan war, meine Unruhe zu betäuben. Aber ich hatte nicht mit dem Geist von Gemma gerechnet, denn ich erkannte sie im Lachen, in den Gesten und den Blicken aller Frauen wieder, die die Bilder betrachteten oder die Konzerte besuchten. Ich war vollauf damit beschäftigt, so zu tun, als würde ich die Leute kennen, die mich grüßten, und wisse bloß nicht, woher, unbekannte Gesichter anzulächeln, die mich scheinbar sehr wohl kannten und vielleicht verwundert waren, mich nicht zusammen mit Gemma zu sehen; der jungen Frau hinterherspähen, die im Palau de la Música hinter einer Säule verschwunden war, weil ich mir eingebildet hatte, es wäre Gemma; Whisky zu trinken und mich zu fragen, ob ich die erste zufällige Begegnung mit Gemma in Würde überstehen werde; Schubert und Skrjabin, Messiaen und Lutoslawski zu hören und dabei zu denken, wie gut es doch diejenigen haben, die Schönheit zu erschaffen verstehen, denn ihrer ist das Reich der Glückseligkeit.

»Was hast du all die Jahre getrieben, Gensana? Hier, nimm dir eine.«

»Dies und das. Ich war weg. Nein danke, ich versuche gerade aufzuhören.«

»Auf Reisen?«

»Nein, hier und dort, heute hier und morgen fort.«

»Hast du ihn jemals zuvor live erlebt?«

»Wen? Stern?«

»Ja.«

»Nein.«

Und wenn Gemma einen Kerl dabeihatte? Wäre ich eifersüchtig? Ich würde sagen, hallo Gemma, was machst du so, und sie würde sagen, hi Miquel, das hier ist Ricky, er ist Amerikaner. Bestimmt würde mir das weh tun.

»Alle sagen, dass er einfach großartig ist. Bei den Zugaben spielt er immer *El cant dels ocells*.« Sachverständiger Rippenstoß: »Als Hommage an Casals, verstehst du?«

Ich dachte, das ist mir völlig egal, und lächelte bloß. Ich hielt Ausschau nach Gemma, um ihr aus dem Weg gehen zu können. Es überraschte mich, wie sehr mich diese Trennung schmerzte. Sosehr ich auch im Zorn gegangen war; sosehr ich auch meine Frau, die blöde Zicke, verflucht hatte, als ich die Wohnung verließ – jetzt vermisste ich sie schmerzlich, weil jede zu Ende gegangene Liebe eine Leere hinterlässt, selbst wenn man noch so erpicht darauf war, sie zu Ende zu bringen. Und die Leere gibt dir das Gefühl, unvollständig zu sein, sosehr du dich auch bemühst, deine Gedanken zu ordnen und eine logische Rechtfertigung für den Bruch zu finden. Und trotz der Sache mit Vater ging mir Gemma Tag und Nacht im Kopf herum, denn im Grunde sind wir Kinder unserer Obsessionen, und dass ich nach Gemma nicht mehr derselbe bin, zeigt sich am deutlichsten daran, dass ich seither Miquel II Gensana der Verstümmelte bin, und da Miquel ein Gedächtnis besaß wie der Onkel, vermisste er nach der Trennung von Gemma alles, was ihm an ihr einzigartig erschienen war. Und die Welt war ein weiterer Ozean, in dem Miquel als Schiffbrüchiger der Liebe trieb, und das tat weh, und ich glaube, die Zukunft bedeutet mir gar nichts, Júlia. Dann kündigte die Glocke an, dass Isaac Stern jetzt die Bühne betreten werde, mit seinem Lächeln, seinem Bauch und seiner Guarneri del Gesú.

Ich war auf der Vernissage, um ein Interview mit Vidal-Fornells zu vereinbaren, falls ich an ihn herankam, hieß das, denn er war von einer Traube hingerissener Damen umringt. Da hörte ich hinter mir eine Stimme, hej Gensana, altes Arschloch, drehte mich lächelnd um und dachte, endlich jemand, den ich kenne, und dann gefror mein Lächeln, weil ich keine Ahnung hatte, wer dieser untersetzte junge Blödmann war, der mich Arschloch nannte. Und noch bevor ich etwas sagen konnte, erzählte er mir etwas vom Rimski-Trio, und mich überkam eine Traurigkeit, die etwas Literarisches hatte, weil mir bewusst war, dass ich traurig wurde und mir das gefiel, und ich erklärte meinem Gegenüber, es tue mir leid, dass er von Musikern, die sich bemühten, Kunst zu machen, redete, als ginge es um eine Sportveranstaltung. Bei ihm klang das, als wären sie Rennpferde, und ich würde nicht …

»In gewisser Weise sind sie das«, unterbrach mich der Fremde, ein Glas Whisky in der Hand, mit einem zutiefst gleichgültigen Seitenblick auf eines der Bilder von Vidal-Fornells.

»Es sind Musiker«, sagte ich, als verkünde ich die Frohe Botschaft.

»Es sind Interpreten, die Karriere machen wollen.« Er trank einen Schluck. »Dazu müssen sie an die Startposition gehen und auf den Schuss warten.«

»Die Kunst steht über Wettbewerb und Rivalitäten.«

»Die Kunst vielleicht, aber das menschliche Herz …«

Das Gespräch gefiel mir ganz und gar nicht, und deshalb bestellte ich mir zur Verteidigung ebenfalls einen Whisky, den ersten von einem guten Hundert. An diesem Abend trank ich so viel, dass ich nicht mit Teresa reden konnte. Um mein Gegenüber zu warnen, nahm ich einen endlos langen, herausfordernden Schluck, weil ich es satthatte, immer die idealistischste und am wenigsten zu verwirklichende Haltung zu vertreten, und nicht gewillt war, den Apostel der Reinheit der Kunst zu geben. Aber es machte mich wütend, wenn jemand von Musikern redete, als wären sie Rennpferde. Verstohlen sah Miquel nach allen Seiten, immer noch, herrje, immer noch in der Hoffnung und Furcht, zufällig auf Gemma zu treffen.

»Jedermann zahlt seinem Herzen einen Preis, glaub mir, Gensana.« Ein Schluck. »Den reinen Künstler gibt es nicht. Oder hältst du Vidal-Fornells etwa für einen reinen Künstler?«

»Na ja ...«

»Jetzt sag ich dir mal was«, beharrte der Unbekannte, der sich so großzügig erboten hatte, ihm die Augen für die Wirklichkeit zu öffnen: »Vidal-Fornells malt gut und besitzt unleugbar eine gewisse Originalität.«

»Für mich ist Originalität ...«

»Halt den Mund und lass mich ausreden, Gensana.«

Ich hätte ihm gerne erklärt, dass für mich Originalität bestenfalls schmückendes Beiwerk und keineswegs wesentlich war. Aber so blieb ihm nichts anderes übrig, als die Schultern zu zucken, während der Unbekannte (verdammt, woher kenne ich ihn bloß?) fortfuhr, ihn zu belehren.

»Technik, Sensibilität et cetera – alles vorhanden.«

»Et cetera.« Und wenn Gemma nun tatsächlich hier aufkreuzte und in Streitlaune war? Mehr als einmal hatte er geträumt, sie würde ihm nachlaufen und ihm befehlen, komm, Miquel, lass uns wieder zusammenziehen, und er würde statt einer Antwort in Tränen ausbrechen. Jedes Mal war er von seinem eigenen Geheul aufgewacht. Warum dachte er immer noch an sie?

»Ja: et cetera. Du verstehst mich schon.« Jetzt deutete er auf den Künstler, der mit vor Whisky und Lobreden leuchtenden Augen die Damen, die grünen Säulen und den prächtigen Pfeifenstrauch in der Ecke anlächelte, der genauso aussah wie der, den die Mutter in der Bibliothek von Can Gensana stehen hatte. »Aber du musst wissen, Freund Gensana, dass für Vidal-Fornells nichts zählt als Lobhudeleien und Glückwünsche. Er will gar nicht wissen, ob sie ehrlich oder geheuchelt sind oder ob der, der sie ausspricht, etwas von der Sache versteht oder rein zufällig hier ist. Und fast genauso wichtig sind ihm die Berechnungen, wie viele Käufer ihm die Vernissage und die Ausstellung wohl einbringen werden. Manchmal beklagt er sich auch, dass der vom Galeristen festgelegte Preis zu hoch oder zu niedrig sei.« Triumphierender Blick: »An die Kunst denkt er jedenfalls nicht, das kannst du mir glauben.«

»Beim Malen hat er aber daran gedacht«, wandte Miquel ein, der sich einen Moment lang eingebildet hatte, an der Frau, die mit dem Rücken zu ihm stand, eine Handbewegung gesehen zu haben, von der er bis eben geglaubt hatte, dass nur Gemma sie machte.

»Das glaubst du doch selbst nicht. Da war er in Gedanken schon bei dem heutigen Tag.«

»Ich weiß nicht. Ich finde, das ist eine sehr zynische Einstellung.«

»Oh … Ich denke mir das nicht aus. Das sind Dinge, die einen das Leben lehrt.«

Und dann kam der Unbekannte (Schule? Uni? Partei? Krieg? Woher kam ihm das Gesicht dieses Zynikers so bekannt vor?) auf die Musik zu sprechen und sagte, nimm zum Beispiel das Rimski-Trio.

»Kenne ich nicht.«

»Dann solltest du es kennenlernen, Gensana.« Das war ein Befehl.

Jetzt erging er sich in Berechnungen über die sportlichen Chancen dieses Trios. Und über die Probleme, die sie hatten, vor allem die beiden Moliners.

»Und die Geigerin hat keinen Makel?«

»Na, hör mal, das ist Teresa Planella.«

»Aha.«

»Nächsten Dienstag, Gensana. Da kannst du sie live erleben. Und viele Grüße von Gemma übrigens.«

»Hör mal, entschuldige die Frage, aber … Wie heißt du noch mal? Woher kennen wir uns?«

Aber der Bekannte hatte sich schon abgewandt, stand nun auf der Suche nach einem neuen Drink und einer Kleinigkeit zu essen am Büfett und hatte praktisch ohne Atempause eine Diskussion über die Zukunft staatlicher Kunstschulen mit einer wunderschönen Frau begonnen, die bis eben noch die Bilder mit den Augen verschlungen hatte, als ob sie sie tatsächlich interessierten. Ich ging, ganz alleine, weil ich sonst niemanden kannte. Grüße von Gemma, hatte er mir gesagt? Und da erwachte ich: »Von Gemma?«

Ich kehrte um, lief die Straße zurück, betrat die Galerie. Der Unbekannte war nicht mehr da. Und ich dachte nicht mehr an das Gespräch, das ich eigentlich mit Vidal-Fornells hatte führen wollen.

Ja: Es war das Schicksal mit seinem atemlosen, schrillen Lachen, das machte, dass ich das Programm von Casa Elizalde entdeckte und dort das Konzert sah, sodass sich mir unerwartet die Bresche zu den außergewöhnlichsten, glücklichsten und traurigsten Momenten meines gesamten

Lebens auftat. Brahms, Schubert und Schostakowitsch, gespielt vom unbekannten Rimski-Trio. Und ein gewaltiges Stück meiner Zukunft in den Händen des schalen Glücks.

Dem Andenken eines Engels

DRITTER SATZ

Allegro (Cadenza)

I

»Ich wurde neunzehnhundertfünf in Feixes geboren, als
Kind des Bürgers und Uhrmachers Francesc Sicart und seiner Ehefrau Carlota Gensana. Mein Vater, der eine mäßig
große Erbschaft mit seinen beiden Geschwistern teilen musste, wonach sich sein Anteil auf praktisch null belief, hatte
zum Überleben nur sein Handwerk, in dem er allerdings
ausgesprochen geschickt war. Meine Mutter, Schwester des
vortrefflichen Dichters Maur II Gensana des Göttlichen
und Tochter des Abgeordneten Antoni II Goldmund Gensana, war wohlhabender und außerdem schön und besonnen; mein Vater hatte es schwer gehabt, sie zu bekommen;
und ich habe es schwer, mich an sie zu erinnern.«

Dies erscheint mir ein sehr würdevoller Auftakt für diese Seiten, die ich jetzt anfange niederzuschreiben, während
du, mein lieber Miquel II Gensana der Zauderer, für einige Wochen unterwegs auf irgendeiner deiner Reisen bist.
Ich schreibe das alles für dich auf, weil ich sterben werde,
schon bald und ohne die übliche Agonie, ganz im Sinne
der Tradition aller Männer unserer Familie. Die einzige Unwahrheit in dieser Einleitung, die ich von Rousseau übernommen habe, bezieht sich auf den Beruf meines Vaters.
Über alles andere, Miquel, magst du selbst richten, wenn dir
danach ist.

Du kamst am dreißigsten April neunzehnhundertsiebenundvierzig zur Welt. Damals zog sich bereits diese feine
Linie aus Hass durch meine Augen, eine Linie wie eine An-

gelschnur, straff und dünn, aber so stark, dass man damit, bei geeigneter Handhabung, jemanden enthaupten könnte. Damals war ich schon Maurici Ohneland der Verfemte, der niemals regieren wird, genau wie du. Bei deiner Geburt warst du blond und hattest blaue Augen. Meinen Finger, den ich in dein Fäustchen schob, hast du gepackt, als hinge dein Leben davon ab. Da war ich mir sicher, dass du gewiss nicht denselben Weg gehen wolltest wie dein Bruder und dich deshalb so fest an mich geklammert hast. Du warst der dritte Miquel meines Lebens. Deine Eltern gaben deinem Bruder den Namen Miquel aus schlechtem Gewissen. Und mit dir wiederholten sie das Ritual. Dein Name ist wahrscheinlich der einzige Krieg, den ich in dieser Familie, in der ich nun sterben muss, gewonnen habe. Doch damit sie dich so tauften, musste meine eine große unermessliche Liebe den brutalsten Schmerz erleiden, den man einer Liebe zufügen kann.

An dem Tag, an dem du geboren wurdest, duftete Can Gensana nach feuchter Erde. Wir hatten den regnerischsten Frühling des Jahrhunderts, wie man sich in Feixes erinnert. Der Geruch feuchter Erde, einer der ältesten Gerüche, die ein Garten verströmen kann, haftet mir im Gedächtnis und ist untrennbar mit deiner Geburt verbunden. Der Garten war eine Pracht, leuchtend, ein wenig zerzaust von dem vielen Regen, aber alles gedieh. Dein Vater, der ein Faible für unnütze Gesten hat, ließ einen Erdbeerbaum neben den Hauseingang setzen. Pere wusste nicht, dass es unklug ist, das Leben eines Menschen mit dem eines Baumes zu verknüpfen. Da ich es jedoch nicht verhindern konnte, fand ich mich damit ab, den Baum als Teil deines Lebens zu betrachten. Darum ging ich in derselben Nacht, in der er gepflanzt worden war, hinaus, grub an seinem Fuß ein Loch und verbarg darin, wie der Barbier von König Midas, das Geheimnis meiner Liebe, bevor es sich in die Wolken verflüchtigen konnte. Mag sein, dass ich aus diesem Grund jetzt den Mut habe, es dir zu offenbaren. Falls die raschelnden Blätter es dir an windigen Spätnachmittagen nicht schon zugeflüstert haben.

Die Männer der Familie haben mich immer gehasst. Mit Ausnahme deines Vaters, der in seiner Jugend mein bester Freund war. Die Frauen hingegen haben mich respektiert und verstanden, dass Mompou, Satie und Debussy viele Jahre lang mein einziges Glück gewesen sind. Wenn ich am Klavier saß, ließen sie die Tür der Bibliothek offen, nicht wie dein Großvater Ton, Antoni III der Fabrikant, möge er in der Hölle schmoren, der sie jedes Mal mit einer Grimasse zugemacht hatte.

Ich möchte nicht, dass Feldwebel Samanta das Heft von Tante Pilar findet. Ich werde es zwischen dem Bastelpapier verstecken. Und wenn du zurück bist von deiner absurden Reise wohin auch immer, um wen auch immer zu interviewen, wirst du es unter den Dokumenten in meinem Nachlass finden. Und Miquel dachte, ja, vielleicht kann ich die ganze Geschichte des Onkels erzählen.

Ich stelle mir vor, wie ich, Maurici Ohneland, der Taugenichts, der die Familie aus ihrem Haus vertrieben hat, für alle Zeiten in der Gruft der Gensanas ruhe, wo ich hingehöre, weil in den letzten Jahren kein einziger echter Gensana mehr dort begraben wurde. Und auf dem Friedhof wird neben dem gelangweilten Pfarrer mein geliebter Miquel II Gensana stehen, Ohrenzeuge der Großen Geschichte der Familie und Hüter ihrer Geheimnisse. Und außer ihm höchstwahrscheinlich niemand, mit Ausnahme deiner Mutter, die sehr traurig sein wird. Und vielleicht wird sich Feldwebel Samanta dazu herablassen, ein paar Minuten ihrer Zeit zu opfern, wenn im Altersheim gerade nicht viel zu tun ist. Möglicherweise sehen auch Ramon und Núria vorbei, in der Hoffnung, dass für sie ein Krumen vom Erbe abfällt, als ob sie nicht wüssten, dass Maurici Ohneland nichts weiter hinterlässt als Kummer und Schmerz: kein Stückchen Land, nicht einmal die Wand eines Hauses, keinen Gegenstand, der nicht in diese drei Kisten passte, die dir gehören sollen, meinem Einzigen Erben. Requiescat in pace, Mauritius. Der Pfarrer wird ein Kreuz in die Luft zeichnen und sich seufzend fragen, wer wohl dieser arme Teufel ist, zu dessen Beerdigung nur zwei Leute und ein Feldwebel erschienen sind. Und eine Stimme aus dem Grab wird ihm antworten, ich bin es, Maurici Ohneland Sicart i Gensana, Sohn von Francesc und Carlota, die den Liebestod gestorben sind, und danach Sohn von Antoni I Rigau i Prim dem Bastard, fälschlicherweise bekannt unter dem Namen Antoni III Gensana i Prim der Fabrikant, den Gott auf alle Zeiten verdammen möge, und von Mama Amèlia, gesegnet sei ihr sanfter Blick.

»Wer sind die Angehörigen?«, fragte der Pfarrer geistesabwesend.

Ich sah mich um, wie um ihm zu verstehen zu geben, sind Sie bescheuert, oder was? Dann fragte ich, was wollen Sie, weil meine Mutter wie betäubt schien. Es war nicht zu übersehen, dass wir die Angehörigen waren, denn Ramon und Núria hielten sich ein paar Schritte im Hintergrund, und der Feldwebel stand fast an der Straßenecke, wo sie Wache hielt, sich aber vielleicht auch nur wunderte, wieso dieser Irre in einer so vornehmen Gruft beigesetzt wurde; offensichtlich war Vater vor seiner Flucht nicht auf den Gedanken gekommen, sie zu verhökern. Und hinter dem Feldwebel stand ein Komitee aus steinalten Einwohnern von Feixes, alte Bekannte des Onkels: ein knappes Dutzend, dabei hatte der Onkel vermutet, dass gar niemand kommen würde.

Miquel sprach im Namen aller die Abschiedsworte und im Stillen ein persönliches Gebet, das lautete, Ruhe in Frieden, Onkel Maurici, mein einziger und bester Onkel: Du hast mich gelehrt, ein Fagott von einer Oboe zu unterscheiden, hast für mich Theorien von der Überlegenheit Wagners über Brahms entworfen und mit Argumenten untermauert, die mich damals schon nicht überzeugt haben und mir heute schlichtweg lächerlich erscheinen. Du hast mir erzählt, wer Plutarch war und warum Plotin nicht gleich Platon ist und beide doch viele Jahrhunderte darauf bei Foix zu dem Einen verschmolzen. Und später hast du mich dann die Magie des Ablativus Absolutus gelehrt und das Geheimnis des Aoristes. Und nun denke ich, dass du für dich allein genommen eine ganze Universität warst und ich ihr einziger Student, der dein Wissen nicht zu nutzen wusste, weil ich in meinen Krieg gezogen bin und Torheit und Vernunft nicht in Einklang zu bringen vermochte. Manchmal glaube ich aber, dass ich doch von deinem Wissen profitiert habe, dann nämlich, wenn ich merke, dass ich tief in meinem Inneren Dinge weiß, von denen ich nicht weiß, wann ich sie gelernt habe, sicherlich in dem Moment, in dem du mir das Präludium Nummer sieben von Chopin vorgespielt und dann gesagt hast, und jetzt achte darauf, wie man Musik über Musik machen kann, und zu den Variationen von Mompou übergegangen bist. Du warst ein unmöglicher Onkel. Und jetzt, nachdem du irre geworden und gestorben bist, hinterlässt du mir als Testament und Nachlass dieses schwarz eingebundene Heft, das ich lesen werde, sobald ich wieder zu Hause bin. Amen.

»Wenn Sie dann die Güte hätten …«, professionelles Lächeln, »ich glaube, hier findet gleich die nächste Beerdigung statt.«

Das Jahr neunzehnhundertvierzig war schmutzig braun mit Einsprengseln von Grau und Stille. Die Männer trugen noch Hüte, aber nicht die festlichen, fröhlichen Zylinder, sondern graue Filzhüte mit schwarzem Band, passend zu den schwarzen Nähten der Strümpfe der Frauen. Und alle trugen schwarzen Trauerflor am linken Jacken- oder Mantelärmel, der ständig an die Nähe des Todes erinnerte. Im Jahr neunzehnhundertvierzig hielten die Leute den Kopf gesenkt, und die Freuden der Liebe wurden sorgfältig hinter dicken Hauswänden versteckt, wo Fünfundzwanzig-Watt-Birnen ihr trübes Licht auf die mit Brotkrumen übersäten Wachstuchdecken des Esszimmertisches warfen. Das ganze Land war ein gewaltiges Wachstuch mit verblichenem Blumenmuster, trübe beleuchtet von einer matten Funzel. Die Einzigen, die satt wurden, waren die Tauben von Barcelona, die unter den Dächern der Häuser im Eixample nisteten und gleichgültig über die unheilvoll hallenden Schritte der Männer im dunklen Trenchcoat hinwegflogen, die mit Hass in den Augen Jagd auf Kommunisten, Freimaurer, Separatisten und Juden machten. Und wir waren alle Juden, Separatisten, Freimaurer, Kommunisten und Rote, Miquel. Und auf der Plaça Vella in Feixes war es genau das Gleiche, nur in klein. Denn uns alle drückte die Last des Kummers. Und die wenigen, die die Stimme erhoben, waren entweder diejenigen, die die Stiefel trugen und zutraten, oder diejenigen, die sich lächelnd aufs Hühnerauge treten ließen und noch das andere Hühnerauge hinhielten.

Und dann kam – nach dem offenen Krieg zwischen meinem Stiefvater und mir, von dem ich dir ja schon berichtet habe, nach dem Tag, an dem sich mich demütigten, weil ich aus Rache das Haus aufs Spiel gesetzt hatte – die Fünfte Große Enttäuschung. Die Enttäuschungen dieser Geschichte hat mir alle dein Vater beschert, Miquel, der mein Freund war, bis er Enttäuschung auf Enttäuschung häufte. Dein Großvater hat mich nie enttäuscht, weil er sich immer so verhielt, wie ich es erwartete. Ich habe sechs Enttäuschungen, wie Dvořák und Beethoven neun Symphonien haben, Mahler sechs und Mendelssohn fünf; aber mein Fall ähnelt mehr dem Fall von Schubert: Zählen dessen Entwürfe für eine Symphonie in D-Dur mit? Ist die siebte Symphonie eigentlich die achte? Heißt sie deshalb »die Unvollendete«? Ist die Gmunden-Gasteiner Symphonie identisch mit der achten, soll heißen, mit Symphonie Nummer neun in C-Dur, bekannt als »die Große Enttäuschung«? Ich meine, »die Große Symphonie«? Und ich sage, dass mein Fall dem von Schubert ähnelt, weil die Historiker mir Sechs Große Enttäuschungen zuschreiben, sich dagegen aber einwenden ließe, dass die Vierte und Fünfte Symphonie, ich meine, Enttäuschung, ein und dieselbe sind. Als Autobiograf erlaube ich mir, sie voneinander zu unterscheiden. Die Vierte begann mit der Geschichte im Club und die Fünfte an dem Tag, an dem dein Großvater mich nach der Geschichte im Club wieder unter Druck setzte. Ich saß vormittags in der Bibliothek, in die Lektüre von Ovid vertieft, und war gerade bei *Posse pati volui, nec me temptasse negabo:/ vicit Amor* angelangt, als sich ein maschinenbeschriebenes Blatt Papier über diese schöne Geschichte legte und ich die Stimme deines Großvaters sagen hörte, unterschreib hier. Um jeden Zweifel auszuräumen, tippte ein Finger auf die entsprechende Stelle.

»Nein. Was ist das?«

»Unterschreiben, habe ich gesagt.«

»Was ist das?«

»Dein freiwilliger Verzicht auf dieses Haus.«

»Was?« Ich konnte es nicht fassen, Miquel. »Hast du den Verstand verloren?«

»Nun gut: Wenn du es nicht freiwillig tust«, jetzt nahm er mir gegenüber Platz, »dann eben gezwungenermaßen durch ein ärztliches Gutachten, das dich für verschwenderisch und spielsüchtig erklärt.« Wieder pochte er mit dem Finger auf das Papier: »Hier unterschreiben.«

Ich nahm das Blatt in die Hand, als wollte ich es durchlesen, und zerriss es, ohne das schändliche Schriftstück auch nur eines Blickes zu würdigen.

»Scheißschwuchtel.«

»Was hast du gesagt?«

»Scheißschwuchtel.«

»Papa …«

»Nenn mich nie wieder Papa. Es sei denn, du unterschreibst, wie ich dir sage.«

Können zwei Menschen einander schlimmer befehden? Ja, natürlich: Sie können sich gegenseitig umbringen. Aber ich glaube, der Hass zwischen uns war dermaßen unverhohlen und die Verachtung so tief, dass wir uns gar nicht umbringen mussten. Danach ging alles ganz schnell; schon zwei Tage später nahmen sie mir alles weg. Mit einem ärztlichen Attest.

Ich nahm deinen Vater beiseite und sagte, Pere, du musst mir helfen. Aber er war in letzter Zeit immer distanzierter, und ich glaube, er begann, getrieben von seinem Vater, mich zu verachten. Als ich ihm erzählte, was sie mir angetan hatten, errötete er, denn noch war er fähig, sich zu schämen. Aber er wollte sich nicht mit seinem Vater anlegen; er war schwach, mein Freund Pere, und es kränkte mich zutiefst, dass er nicht einmal um unserer alten Freundschaft willen einen Finger rührte. Das war die Fünfte Große Symphonie. Im Laufe der Jahre habe ich gelernt, dass es stärkere und schwächere Menschen gibt und dass man von niemandem mehr verlangen darf, als er geben kann, will man nicht enttäuscht werden. Das habe ich zu spät gelernt. Aber wenigstens habe ich ihn am Schwanenteich zum Großen Eid bewegen können, der da lautete, schwöre mir, Pere Gensana, dass ich in diesem Haus bleiben kann, bis ich sterbe, wenn du es einmal geerbt hast, und dass du es nie verkaufen wirst, sondern es an deine zukünftigen Kinder weitergibst, auf dass es immer in den Händen unserer Familie bleibe.

»Ich schwöre es, Maurici.«

2

Ich fasste einen egoistischen Entschluss. Aber wann sind menschliche Entschlüsse nicht egoistisch? Im Laufe meines Lebens ist mir klar geworden, dass das Leben der ständige Versuch ist, sich zu retten, und dass man beim verzweifelten Zappeln, um dem Tod zu entrinnen, seinem vertrauensseligen Nebenmann – oder einem geliebten Menschen – leicht einen Hieb versetzt. Es sind die verzweifelten Zuckungen des untergehenden Nichtschwimmers, der wild mit den Armen rudert, um an der vergifteten Luft zu bleiben, die ihn am Leben erhält. Ja, Miquel war ein Egoist; aber was wäre ihm zu Hause anderes übrig geblieben, als einzugehen? Deshalb nahm er sich ein Herz und sagte zum zweiten Mal in der Geschichte zu seiner Mutter, ich gehe, Mutter; ich habe in Barcelona eine Wohnung gefunden. Und er wusste, dass er sie alleine ließ in ihrem Schmerz über die schändliche Flucht ihres Ehemanns, und nachdem Onkel Maurici kürzlich verstorben war und nun in der prächtigen Gruft ruhte, die der Flüchtige ihm als Erbe hinterlassen hatte.

»Immer gehst du von zuhause weg, Miquel.«

Das Schlimmste waren nicht Mutters Worte, sondern der Blick, der diese Worte begleitete: ein Blick, der sagte, Miquel, mein geliebter Sohn, auf den ich all meine Hoffnung auf ein wenig Glück gesetzt hatte, du wirst meine biologische Linie nicht fortführen, weil du niemals Kinder haben wirst, weil du unfähig bist, die Verantwortung für eine Familie zu übernehmen, und das sage ich nicht, weil deine Ehe mit Gemma gescheitert ist, sondern weil ich dich kenne, Miquel: Du wirst nie in der Lage sein, die Familie fortzuführen, und durch deine Unfruchtbarkeit werden wir alle ein bisschen mehr sterben. Und ich weiß nicht, warum, aber das schmerzt mich sehr, mein Sohn. So, wie es mich geschmerzt hat, dass du dich niemals für den Familienbetrieb interessiert und dich von deinem Vater abgewendet hast, der überglücklich gewesen wäre, dich an seiner Seite zu haben. Vielleicht wäre er nicht weggegangen, vielleicht hättet ihr gemeinsam die Pleite abwenden können; vielleicht hätte dein Vater es nicht gewagt, sich bis über beide Ohren zu verschulden, weil er sich vor dir geschämt hätte. Aber du hast uns im Stich gelassen, als du gegen meinen Willen, gegen unser aller Willen, auf die Straße gehen musstest, um deinen Krieg gegen Franco zu führen. Gegen meinen Willen, mein Sohn, auch wenn es mich glücklich machte zu sehen, dass du solche Ideale hattest. Und das kann man nicht von jedem behaupten; ich bilde mir ein, gesehen zu haben, dass auch dein Onkel Maurici sich über deinen Kampfesmut freute. Und manchmal überkommt mich der schreckliche Gedanke, Miquel, was passiert wäre, wenn Miquel nicht gestorben wäre; er hätte vielleicht gewusst, wie man deinem Vater hätte helfen können; er hätte mir vielleicht Enkel geschenkt und dafür gesorgt, dass wir noch einige Generationen fortbestehen. Vielleicht ist das ein sehr ungerechter Gedanke, denn der einzige Miquel, der jetzt vor mir steht und mir sagt, dass er auszieht, ist der lebendige Miquel, der Miquel, der mich zur Verzweiflung treibt.

Miquel fiel es sehr schwer, einem Blick standzuhalten, in dem so viele Argumente und so viele seelische Wunden lagen. Und so küsste er sie nur, weil er noch nicht gelernt hatte, den Menschen zu sagen, dass er sie liebte; vielleicht habe ich das nie gelernt. Ich sagte ihr nicht, dass ich sie liebte, wie an dem Tag, an dem ich vor dem Ritz Teresa ganz nahe war. Ich sagte Mutter also nicht, dass ich sie liebte. Miquel beschränkte sich darauf, Mutter, die nun ganz alleine mit Remei zurückbleiben würde, von Herzen zu bedauern und ihr zu versprechen, dass er sie jede Woche besuchen werde – aber jetzt, da er eine Arbeit gefunden hatte, die ihm gefiel, jetzt, da er aufgehört hatte zu rauchen und ein neues Leben anfangen wollte, müsse er alleine leben. Er konnte ihr auch nicht sagen, dass er sich in den letzten Monaten nicht etwa in seinem Elternhaus verkrochen hatte, um die Wunden seines Herzens zu lecken, sondern weil er eine Unterkunft weit weg von Gemma brauchte; die physische Gewissheit, dass er ihr nicht an der nächsten Ecke über den Weg laufen und sein Herz vor Schreck stehenbleiben würde, während es noch schwankte zwischen ich liebe sie noch immer und sie ist eine dumme Nuss. Und nun hatte sein Vater mit seiner unerwarteten, theatralischen Flucht alles komplizierter gemacht. Und der Onkel hatte nicht weniger theatralisch reagiert, was die ganze Sache für seine Mutter noch schmerzlicher machte. Am Nachmittag vor dem Umzug, als meine Koffer gepackt waren und ordentlich aufgereiht in meinem Zimmer standen, stahl ich mich aus dem Haus und ging zum Friedhof von Feixes, um für einen Moment meiner Toten zu gedenken, als zöge ich nicht nach Barcelona, sondern träte eine Reise ohne Wiederkehr in die Urwälder am Ende der Welt und der Geschichte an. Wie auch immer: Ich tat es. Ich suchte heimlich unsere Familiengruft auf und wunderte mich, dort nicht das Grab meines Vaters zu finden, als ob er endgültig gestorben wäre, als er von zu Hause weglief. Stattdessen fand Miquel das Grab seines kürzlich verstorbenen Onkels. Aber womit er nicht gerechnet hatte, das war, zum ersten Mal bewusst auf sein eigenes Grab zu treffen: An der linken Wand der kleinen Kapelle fanden sich die Grabsteine der Gensanas, die als kleine Kinder im Zustand der Unschuld gestorben waren, und da lag neben Tante Eli mein Grab, das Grab mit der Inschrift Miquel Gensana i Giró, 1942-1946, und mein Herz setzte einen Schlag lang aus, weil mir zum ersten Mal bewusst wurde, dass ich tatsächlich einen Bruder gehabt hatte, der gestorben war, um meine Bekanntschaft zu vermeiden, und mir den Namen hinterlassen hatte, den ihm Onkel Maurici bei der Taufe verliehen hatte. Und wieder einmal kam mir zu Bewusstsein, dass das Leben eine Ungerechtigkeit ist, die so viele Jahre dauert wie das Leben selbst, denn ich hatte meinem unbekannten Bruder den Platz gestohlen, und es erschien mir sehr grausam, dass unsere Eltern ihn aus dem Gedächtnis der Lebenden tilgten, indem sie ihm seinen Namen raubten und ihn mir gaben, sodass er fortan nur noch auf diesem kalten Grabstein weiterlebte, mein armer Bruder, den ich nie kennengelernt habe. Er war der Entwurf, Miquel I der Pionier, und ich der unvollendete Text. Und Miquel II Gensana der Usurpator empfand bodenlose Trauer.

Am Abend wartete ich geduldig, bis Mutter zu Bett gegangen war, dann stattete ich der Bildergalerie einen letzten Besuch ab, weil ich wusste, dass ich den Winkeln dieses Hauses für immer den Rücken kehrte. Und ich drehte eine nächtliche Runde durch den geliebten Garten, wo ich mit dem Geist meines Bruders Miquel und den Freunden gespielt hatte, die meine Eltern anschleppten, weil es sie ein wenig ängstigte, zu einer Familie zu gehören, die historisch betrachtet wenig zu hemmungsloser Vermehrung neigte, und weil ich ihnen leidtat, ein einsames, verlorenes Einzelkind in einem übergroßen Haus. Im Morgengrauen ging ich, allein und ohne mich noch einmal umzusehen.

Die Wohnung im Stadtteil Guinardó war klein und sonnig. Nirgendwo ein Aschenbecher: Durch die Fenster sollte reine Stadtluft hereindringen, ein neues Leben. In diesem Augenblick erschien mir das als eine Verheißung der Zukunft, als Zeichen für den Neubeginn von null an, und dieses Gefühl ließ keinen Raum für Heimweh nach dem großen, weitläufigen Haus, das viele Menschen nur zu gerne besessen hätten, das wir aber im Begriff waren zu verlieren. Wie immer, wenn er eine Entscheidung traf, überlegte Miquel, ob es nicht ein kapitaler Fehler gewesen war, seine Mutter zu verlassen. Aber er beschloss, für ein Leben allein die Gewissensbisse in Kauf zu nehmen.

»Tausend Mäuse für einmal Blasen, Süßer.«

»Was meinst du mit Mäusen? Peseten oder Fünfpesetenstücke?«

»Du hältst dich wohl für besonders witzig, was? Zweitausend.«

»Nein.«

»Ich mach's dir im Auto. Das geht ruck, zuck.«

»Nein.«

Miquel fuhr an. Die Erinnerung ließ ihn immer noch erzittern. Er hatte sich auf die Jagd begeben, nachdem er sich eine Woche lang für seine dämliche Einsamkeit selbst bedauert hatte, nachdem er sieben Tage lang in der Wohnung in Guinardó gehockt hatte und sich nicht hatte aufraffen können, die Bücher in die Regale zu räumen, nachdem er vergeblich nach dem Conrad gesucht hatte, der ganz bestimmt unten in dieser Kiste lag, nachdem er seine Tatenlosigkeit verflucht, Whisky getrunken und sich überlegt hatte, was sein Vater wohl in Brasilien trieb, was der Onkel im Grab machte und was seine Mutter ganz allein mit Remei denken mochte.

»Französisch kostet tausend. Das volle Programm fünftausend, Griechisch aber zehntausend.«

Er roch ihren schlechten Atem und winkte ihr nur zum Abschied, bevor er losfuhr. Warum suchte er noch weiter? Was erhoffte er sich? Den Winterschlussverkauf? Die verwunschene Prinzessin? Gemma, die ihm sagte, Blasen kostet dreitausend, und verzeih mir, Miquel, ich bin zu weit gegangen, wollen wir es noch einmal miteinander versuchen?

Er konnte seinen Eltern in ihrem Unglück nicht helfen. Er konnte sich nicht auf die Suche nach seinem Vater im Dschungel begeben und ihm sagen, geh zurück zu deiner Frau. Und er konnte seiner Mutter nicht sagen, weine nicht, Mama, nach siebzig, achtzig Jahren ist das Leben vorbei. Niemand wird hundertundzwanzig, Mutter, also mach dir keine Sorgen. Wäre er bei ihr in Can Gensana geblieben, wären die Wunden seines Kummers nie verheilt, und er konnte sich jetzt nicht den Luxus erlauben, zu verzweifeln. Und eines Tages sah sich die Bank die Papiere an, die sie auf dem Tisch liegen hatte, und fand die Hypothek von Can Gensana; und die Bank sagte, sieh mal an, das ist in Feixes, und dieses Herrenhaus ist ein Vermögen wert. Und dann eröffnete sie mit einem Fingerschnipsen das Verfahren gegen Can Gensana. Und gewann es.

»Sie werfen mich raus, Sohn. Innerhalb eines Monats muss ich ausziehen.«

»Komm nach Barcelona. Ich habe ein Zimmer, das ...«

»Nein. Du willst alleine leben. Und ich will Remei nicht im Stich lassen.«

»Dann mieten wir dir eine Wohnung in Feixes. Ich kümmere mich darum, Mutter.«

»Wie schrecklich, all dieser Papierkram.«

Almendros, ein alter Schulkamerad und Rechtsanwalt mit besten Verbindungen in Feixes, übernahm die Sache, denn er hatte im richtigen Moment studiert, anstatt sich auf fragwürdige politische Abenteuer einzulassen, er hatte geheiratet, als auf der Straße Pflastersteine flogen, er hatte für andere gearbeitet und vor zwei Jahren eine eigene Kanzlei in Feixes eröffnet, mit der er nun ein Vermögen machte, er wählte die Konservativen, ging ins Sonnenstudio und erwog, ob es sich wohl lohnte, in die Partei einzutreten.

»Einmal Blasen kostet dreitausend.«

»Und warum ist das so teuer?«

»Ich mache einen unvergleichlichen Job.« Sie steckte den Kopf durch das Seitenfenster. Aufreizendes Parfüm, blaue Augen und Grübchen wie Gemma.

»Na gut. Steig ein.«

Die ganze Fahrt bis zum Hotel hatte sie ihre Hand in seinem Schritt; hör mal, Mädchen, ich muss fahren, und sie stieß ein leises Lachen aus, das ihn an Bertas Lachen erinnerte, und es kam ihm vor, als wäre diese geheimnisvolle Frau eine Zusammenfassung aller seiner Frauen.

»Wie heißt du?«

»Michèle.«

»Ma belle.«

»Was?«

»Und was machst du so? Beruflich, meine ich.«

»Bist du bescheuert, oder was?«

»Dann hör auf, mich zu befummeln, bis wir …«

»Gefällt dir mein Angebot etwa nicht, Süßer?«

»Dieses Angebot dürfte euch interessieren. Sie, meine Dame« – hier wies Almendros mit einer eleganten Handbewegung auf Mutter – »sind nicht länger Eigentümerin dieses Hauses, weil die Bank die Hypothek übernommen hat. Deshalb müssen Sie jetzt zugreifen.«

»Ich könnte ja auch sterben.« Es war das erste Mal – und möge Gott mir verzeihen, wenn ich lüge –, dass Mutter eine Ironie an den Tag legte, wie ich sie eigentlich vom Onkel kannte. Dafür liebte ich sie noch ein kleines bisschen mehr. Almendros erfasste sie nicht. Leicht beunruhigt erwiderte er: »Ja natürlich. Wenn Sie mir die Bemerkung gestatten.«

»Aber eine Bank … Was wollen die denn mit dem Haus anfangen? Eine Filiale eröffnen?« Das war Miquel, der versuchte, in die knallharte Erwachsenenwelt der Wirtschaft einzusteigen.

»Warum nicht?« Ungeduldiges Pochen auf die gläserne Tischplatte. »Aber vermutlich verkaufen sie es an Dritte.«

»Das heißt also, sie werden mit unserem Haus Geschäfte machen.«

»Es ist nicht mehr euer Haus, Gensana, wenn du mir die Bemerkung gestattest.«

Miquel verkniff es sich, seinem alten Klassenkameraden zu sagen, dass das nicht stimmte, dass die Erinnerungen, alles, was sie dort erlebt hatten, und so weiter und so fort. Stattdessen zündete er sich eine Zigarette an.

»Hattest du nicht aufgehört?«, blaffte ihn seine Mutter an, die selbst in dieser ausweglosen Lage noch die Mutter spielen musste. Miquel tat, als hätte er es nicht gehört: »Könnten die das Haus in Wohnungen unterteilen?«

»Ich weiß es nicht.« Almendros klang gleichgültig.

»Könnte man das untersagen?«

»Nein, Senyora. Das könnte nur die Stadtverwaltung tun. Aber soweit ich weiß, wurde das Gebiet nicht neu eingestuft.«

»Und was heißt das?«

Almendros wirkte leicht gereizt, dass man uns wirklich alles erklären musste: »Dass man daraus in der Tat Wohnungen machen könnte.«

Sie schwiegen. Unermessliche Trauer über zwei Jahrhunderte Can Gensana. Aber Vater hatte ihnen keine andere Wahl gelassen. Unermessliche Trauer.

»Hast du es eilig?«

»Nicht, wenn es nicht länger als eine Stunde dauert.«

Sie war attraktiv, hochgewachsen, hatte einen hoheitsvollen Blick und eine süße, samtige Stimme, und Miquel fragte sich, warum ein solches Mädchen auf den Strich gehen musste.

»Ziehst du dich aus?«

»Du zuerst.«

Nun umhüllte ihn ihr Parfum. Es war … Vielleicht konnte er ja die Augen schließen und sich einbilden, dass das Leben einzig und allein aus diesem anonymen Hotelzimmer bestand, in dem eine wundervolle Frau ihn auszog und dann vor ihm niederkniete, um seinen Penis zu liebkosen, und er zerwühlte ihr Haar, stöhnte und sah ihr zu, wie sie ihn sachte in den Mund nahm, oh mein Gott, und Dinge tat, oh mein Gott. Er hielt inne und bat sie, sich auszuziehen, und sie sagte, Französisch oder komplett, kannst du dich mal entscheiden, Süßer.

»Ist doch egal, Kleine. Hör mal auf, so …«

»Nein: Ich will hinterher keinen Ärger haben. Komplett kostet fünfzehntausend.«

Miquels Penis, den die kommerziellen Aspekte der Angelegenheit wenig interessierten, senkte sich traurig.

»Blasen, komplett, alles. Ich will alles.«

»Zwanzigtausend, und du wirst zufrieden sein,« sagte sie mit dieser rauchigen Stimme, die ihn bezauberte.

»Einverstanden. Zieh dich aus.«

Michèle la Belle streifte die Bluse ab. Sie trug keinen BH. Ich umfasste ihre Brüste, wie ich es bei Gemma getan hatte, und fühlte mich einen Moment lang weniger allein. Sollten sie das Haus dann wirklich in Wohnungen unterteilen, hätte deine Mutter ein Vorkaufsrecht.

»Ja, mein Junge. Das ist die beste Lösung.«

Ich hatte den Eindruck, dass dies das Ende einer Epoche war, eine enge Trichteröffnung, durch die sich fünf oder sechs Generationen drängten, Politiker, Fabrikanten, Dichter, Liebhaber, Egoisten und Altruisten, die alle in diesem Haus gelebt hatten, um das nun Dutzende Käufer warben, die darauf brannten, es in Wohnungen zu unterteilen, und sich auf die Bank stürzen würden, sobald diese das erste Angebot abgab: Es war das begehrteste Grundstück von ganz Feixes. Can Gensana mit seinen Gärten, ein unendlich wertvolles Grundstück, das dennoch nicht ausreichen würde, um die Schulden des Flüchtigen zu begleichen, und dessen Verlust uns zwang, wieder bei null anzufangen und alles zu vergessen. Alles, auch den Slip, Michèle.

Michèle lächelte schelmisch, baute sich vor Miquel auf, sagte, du hast es so gewollt, streifte den Slip ab und präsentierte ein Glied, das sich stolz zu regen begann.

»He! Was zum …«

Michèle umfasste das Glied und rieb es an Miquels Hüfte, damit es sich noch mehr versteifte.

»Komm, lass uns spielen.«

»Aber … Nein, ich …«

»Erzähl mir nicht, du hättest es nicht gewusst …«

Die leichten Schläge von Michèles Penis an Miquels Hüfte rührten an seinen Stolz. Die Brüste, die Zuflucht; Bertas Lachen, die Grübchen, die feminine Frische des Parfüms … Alles zerstört durch den steifen Penis, der nicht bereit war, ohne Weiteres aufzugeben.

»Zieh dich an.«

»Entschuldige mal, Süßer: Was macht das schon für einen Unterschied?«

»Zieh dich an.«

»Das Einzige, was zählt, ist doch, dass man Spaß hat, nicht wahr, mein Hübscher?«

Und Michèles samtige Stimme in ihrer Eitelkeit klang ihm nun wie triefender Hohn. Zwanzigtausend für das komplette Programm, zwanzigtausend für die komplette Überraschung. Als Michèles aufreizendes Parfüm durch die Tür verschwunden war, fühlte Miquel sich einsam. Entsetzlich einsam.

»Michèle!«

Michèle hatte die Tür noch nicht ganz hinter sich geschlossen. Mit einem heimlichen triumphierenden Lächeln kam sie zurück und baute sich vor ihrem Kunden auf, um ihn ihre Macht spüren zu lassen. Miquels Hand zitterte, als er sie zum Zeichen seiner Niederlage nach Michèle ausstreckte: »Gib mir bitte eine Zigarette.«

Und die Jahre häuften Jahre auf mein Leben, und ich lernte, mit der offenen Wunde zu leben und die Erinnerung an Gemma in eine spöttische Grimasse zu verwandeln. Tejeros Putschversuch überraschte mich beim Mittagessen mit Bolós. Wir hatten gerade fertig gegessen, er hatte mir erklärt, wie er es anstellen wollte, sich einen Posten in der Kommunalpolitik zu sichern und eine lange öffentliche Karriere anzutreten, und ich hatte ihm gestanden, dass ich mich ausgeglichener fühlte und mir die Arbeit bei der *Revista* gefiel und mein neuer Lebensabschnitt als Interviewer (unfruchtbarer Zeuge der Kreativität anderer) begonnen hatte, als Tejeros uns mitten ins Gespräch platzte, Bolós, nun wirst du dich wohl wieder Franklin nennen müssen, verdammter Mist. Als Simó das Ohr ans Transistorradio presste, hörte er nicht etwa, dass Barça wieder mal verloren hatte, sondern dass das Parlament in Madrid von einem dreifachen

Kordon aus Polizisten umstellt war und es in Valencia übel aussah, und ihn überkam das dunkle Gefühl, dass wir nun wieder von vorne beginnen mussten, bei null anfangen, wie ich es so oft habe tun müssen, weil das Leben ein fortwährender Beginn bei null ist. Und Genosse Franklin sagte ihm, er müsse zur Parteizentrale, um in Erfahrung zu bringen, was er tun solle: die Zahnbürste einpacken und überlegen, wie man nach Perpignan kam, oder sich im Naturpark von El Montnegre i el Corredor der Guerilla anschließen. Simó ging zu Fuß zurück nach Hause und weinte still, während er überlegte, ob ein Satz Wäsche und zwei Bücher in die Sporttasche passten, mit der man am unauffälligsten über die Grenze kam, und die Götter fragte, warum er nicht in Schweden geboren sein konnte.

Doch dann kehrte wieder Ruhe ein und breitete sich aus wie ein kleiner Nebel, und Genosse Simó holte die Sporttasche unter dem Bett hervor und räumte die Wäsche wieder in den Schrank. Wenn man es genau bedachte, gab es in Stockholm nicht dieses wunderbare mediterrane Licht; aber sie machten einem die Entscheidung weiß Gott nicht leicht. Deshalb überlegte er auch nicht zweimal, als Rovira, der auch sechs oder sieben Jahre später sein Trauma nicht verwunden hatte und noch immer um seine unmögliche Liebe zu der jungfräulichen Montserrat weinte, ihn um ein Treffen bat (um sieben an der Plaça Reial, die allmählich in Mode kam, und ohne Bolós, den Rationalisten). Es gibt immer einen, dem es noch dreckiger geht. Eine dunkelgraue Taube lief um ihren Tisch herum und pickte Krumen auf.

»Es macht mich zwar fertig, aber mindestens drei Tage pro Woche schlafe ich nicht allein.«

»Da hast du sicher eine Menge Spaß«, sagte ich neidvoll. Ich fand Selbstausbeutung schon immer reizvoll, auch wenn ich sie nie persönlich praktiziert habe.

»Ich beneide jeden, der monogam lebt.«

»Wieso? Es ist doch viel amüsanter, immer mal was Neues auszuprobieren.«

»Überhaupt nicht.« Rovira zwirbelte wie besessen seine Schnurrbartspitzen, »Nur am Anfang ist es klasse.« Er nahm einen tiefen Schluck Bier und sah ihn traurig an: »Nein. Nicht mal am Anfang, wenn man es nur macht, um sich Montserrat aus dem Kopf zu schlagen.«

»Hör doch auf mit dem Quatsch: Es macht Spaß, Frauen aufzureißen. Selbst wenn man es tut, um zu vergessen.«

»Nein. Am Ende hasst du dich und die Frau, die du benutzt hast, um Augenwischerei zu betreiben.«

»Ich finde den Anfang eines Abenteuers immer erregend.«

»Du bist Theoretiker.«

»Du hast mal gesagt, du wolltest tausend Frauen vögeln.«

»Das werde ich auch tun: aber mit Tränen in den Augen.«

»Und warum lässt du es dann nicht einfach bleiben?«

»Weil ich es tun muss. Sonst taucht dieser Geist auf.«

»Der Geist von Montserrat?«

»Ja.«

»Du hast sie ja nicht mehr alle.«

»Ja. Deshalb bumse ich in der Gegend herum. Du etwa nicht?«

Miquel II der Keusche ertränkte die Antwort in dem gewaltigen Bierkrug. Michèle, *ma belle*. Rovira sah zu, wie ein großspuriger Täuberich angeflogen kam und die dunkelgraue Taube – die, wie sich jetzt erwies, eine weibliche Taube war – bedrängte, und lächelte.

»Weißt du was, Miquel? Oft, wenn ich mich an eine Frau heranmache …«

»Wenn du in Betracht ziehst, dich mit einer Genossin auf

sexuelle Handlungen einzulassen.« Miquel zwinkerte ihm zu: »So hätte man das vor fünf Jahren gesagt.«

»Meine Fresse, was für ein Schwachsinn.«

Beide zündeten sich eine ihrer beständigen Zigaretten an, und Rovira beschloss, den Spott zu ignorieren, weil er berichten wollte, wie das war, wenn einem bei Beginn eines Liebesabenteuers ein Blick in die Augen der Frau genügte, um festzustellen, dass schon im Augenblick der Begegnung das Ende beschlossene Sache war. Und es ist nicht schlimm, Miquel, weil beide es wissen: Wir wissen beide, dass sie mit mir nach Hause kommen wird, dass sie Bewunderung für meine Büchersammlung heucheln wird, dass sie mich fragen wird, ob ich alleine lebe, dass es sie beruhigen wird, keinerlei Anzeichen für das Vorhandensein einer anderen Frau zu finden, und dass sie mich um einen Drink bitten wird, den sie dann nicht anrührt. Und dann vögeln wir, Miquel, aber das hat etwas Mechanisches an sich …«

»Weil ihr Hemmungen habt?«

»Nein. Aus Erschöpfung. Aus Bequemlichkeit. Fest steht jedenfalls, dass weder sie noch ich an einem Wiedersehen interessiert sind. Es sind One-Night-Stands, die keinerlei Erinnerung hinterlassen.«

»Aber es geht dir doch ganz gut dabei.«

»Nein: Es macht einen fertig. Danach musst du dir die Nächste suchen. Du musst anfangen, jemanden zu verführen, musst die Augen offen halten, ob jemand dich verführen will … Und dabei verpasst du, was das Leben noch zu bieten hat, weil du den ganzen Tag damit beschäftigt bist, dich zu fragen, ob du in der Nacht jemanden fürs Bett haben wirst oder nicht. Irgendwann treibst du es dann mehrmals hintereinander mit der Gleichen: zwei Nächte, drei … Bis einer von euch beiden bemerkt, dass ihr Gefahr lauft, in eine Art vorehelicher Routine zu verfallen. Oder schlimmer noch, du merkst, dass du dich in sie verlieben könntest; und dann sagt sie dir, dass sie einen Mann hat und ein süßes kleines Töchterlein und dass es ihr echt leidtut. Und dann … Ich weiß nicht, wie ich es sagen soll, aber es ist alles sehr traurig.«

Was Rovira sagen wollte, war Folgendes: Wenn das geschah, verschwand die Frau aus seinem Leben, und er war wieder allein und kickte wie in der Werbung eine Dose über das feucht glänzende Pflaster einer frisch abgespritzten Straße.

»Aber ich verstehe nicht, warum du gegen die Promiskuität predigst, die du selbst praktizierst.«

»Weil sie wahnsinnig anstrengend ist. Du treibst es jeden Tag an einem anderen Ort. Mit einer anderen Frau.«

»Das sagtest du bereits.«

»Selbst wenn du schnell bist, ist sie dir schon entglitten, bis du weißt, was ihr gefällt. Und du fängst wieder von vorne an. Das ist frustrierend. Eine echt anstrengende Existenz.«

»Ich wiederhole: Das sagtest du bereits, Rovira.«

»Es laugt dich aus, weil du im kompletten Chaos lebst. In materiellem und spirituellem Chaos: dein Leben, deine Zeitplanung, dein Tagesablauf, deine Seele – alles gerät durcheinander. Und weil in deinem Leben ein Eckchen fehlt, in das du dich regelmäßig, wenn auch sporadisch, zurückziehen kannst, um wieder zu dir zu finden.«

Sie schwiegen. Der Täuberich umkreiste immer noch die Taube, die sich recht spröde zeigte. Das Gurren begleitete sie eine Weile, während sie ihre Krüge leerten. Dann versuchte sich Miquel an einem Fazit: »Das heißt also, die Lösung für dich wäre, monogam zu leben.«

»Ja, aber das kann ich nicht.«

»Warum nicht?«

»Weil ich nur Montserrat heiraten würde.«

»Vergiss sie. Du weißt nicht einmal, wo sie ist.«

»Ich werde es herausfinden. Und in der Zwischenzeit ...«

»Warum ziehst du dich nicht zurück, um ein bisschen nachzudenken? Ins Kloster von Montserrat, nach Poblet, in eine abgelegene Einsiedelei oder einen Bauernhof ...«

»Ich kann nicht aufhören. Ficken ist meine Selbstverwirklichung.«

»Und an den Tagen, an denen du kein Glück hattest und alleine nach Hause gehst?«

»Hole ich mir einen runter.«

Schockiert stoben Taube und Täuberich auf, begleitet vom halben Schwarm der Tauben, die auf der Plaça Reial nach Krumen pickten und alles vollschissen. Miquel war unendlich erschöpft; er hatte einen dicken Kopf von Roviras Gejammer und schwor sich, in den nächsten tausend Jahren kein Wort mehr mit ihm zu wechseln. Und zum Zeichen, dass dieser Entschluss eine entscheidende Wende in seinem Leben darstellte, rasierte er sich den Bart ab, sobald er zu Hause war.

»Du hattest einen Vollbart?« Júlia stoppte den Maître, der uns gerade die Dessertkarte bringen wollte, mit einer herrischen Geste.

»Wir hatten alle einen Vollbart.«

»Auch Josep Maria?«

»Der auch. Ich habe bestimmt noch irgendwo ein Foto davon.«

»Das würde ich gerne sehen.«

Erst jetzt akzeptierte sie die Karte. Ich freute mich so sehr darüber, wie sie den Maître in die Schranken gewiesen hatte, dass ich ihn spöttisch anlächelte. Wohl um sich zu rächen, blieb er in unserer Nähe, und als er hörte, wie ich Júlia gestand, dass ich keine Ahnung hätte, was eine Mousse sei, stand er sofort wieder bei uns, um die Bestellung aufzunehmen und sich ins Gespräch einzumischen.

»Natürlich habe ich das Wort schon mal gehört, aber …«

»Also, Josep Maria war bei so was …«

»Ja, der war ein Gourmet. Ich weiß gerade mal, dass Mousse ein Nachtisch ist.«

Und der Maître zog seine verächtliche Augenbraue noch ein Stück höher – ein Wunder, dass das überhaupt möglich war – und sagte mit giftiger Höflichkeit: »Vielleicht wünschen der Herr lieber einen Orangensaft; was das ist, wissen Sie doch, oder?«

3

Ich bin ein Sonderfall, mein Sohn, weil ich als zweite Generation den zweiten Teil des Axioms hätte befolgen müssen, das besagt, dass die erste Generation das Vermögen erschafft, die zweite es vermehrt und die dritte es in Whisky vertrinkt. Aber als Maurici Ohneland bin ich der Geschichte keinerlei Rechenschaft schuldig, sondern durfte sie mein Leben lang aus jedem Blickwinkel studieren, der mir interessant erschien. Und da ich immer gemacht habe, was ich wollte, muss ich meinem Vater Francesc Sicart danken, der aus Liebe zu seiner geliebten Carlota starb, an die ich keinerlei Erinnerung habe, weil für mich zu viele Jahre vergangen sind und Mama Amèlias Nähe machte, dass die Sehnsucht nach ihr ohne Schmerz war. Damit meine ich, dass ich von meinem Vater die grausame Fähigkeit geerbt habe, aus Liebe zu sterben. Und keine Fabrik – auch wenn das nicht ganz stimmt. Doch darüber bin ich froh, denn so ist mir das Unglück deines Vaters erspart geblieben, der mit ansehen musste, wie die Fabrik eben darum verloren ging, weil die Ölkrise keine Rücksicht auf Axiome nahm, die behaupten, die zweite Generation sei für die Mehrung des Vermögens zuständig. Allerdings trifft es zu, dass du, die dritte Generation, sich einen Dreck um die Fabrik und die Schulden schert und … Gut gemacht, mein Sohn. Manchmal denke ich, dass du mehr mein Sohn bist als Peres Sohn, weil Pere dich nie gelehrt hat, wie man Klöppelspitze herstellt, welcher Typ Weberschiffchen der gängigste ist und was Monsieur Jacquard genau erfunden hat; nicht, wie man Fäden anhand ihrer Struktur, Dehnbarkeit und Dicke unterscheidet, und auch nichts über die Farbstoffe und ihre Geheimnisse. Er hat dich nichts dergleichen lehren können, denn als er es hätte tun können, bist du in deinen Krieg gezogen, und als du zurückkamst, war es zu spät, du hattest zu oft getötet. Hast du getötet, Miquel? Also habe ich dich mir geschnappt und dir beigebracht, woran man eine barocke und eine klassische Sonate erkennt, was der Unterschied zwischen der Nocturne von John Field und der von Chopin ist und warum Quevedo ebenso ein Künstler ist wie De Chirico. Und darauf bin ich stolz. Ich habe aus dir einen perfekten Nichtsnutz gemacht, mein Sohn, Miquel II Gensana Ohneland.

Ich weiß, wenn ich dir alles erzählt habe, wirst du mich hassen. Aber ich will diese Gelegenheit nicht ungenutzt verstreichen lassen.

Du bist der zweite Miquel in der Familie, der dritte Miquel meines Herzens. Deshalb habe ich dich unter meine Fittiche genommen und dir Kipling vorgelesen, während wir im Kastanienhain spazieren gingen oder am Teich saßen und die letzte Schwanenfamilie beobachteten, die dort lebte. Du hast dich nie gelangweilt: Immer schienst du mit deinen großen, hellen Augen noch mehr Geschichten zu verlangen. Deshalb gebe ich sie dir jetzt alle, jetzt, da mir alles egal ist.

Der Tod deines Großvaters Ton – er starb zu der Zeit, als der eucharistische Weltkongress in Barcelona stattfand –, machte mich sehr froh, möge Gott mir verzeihen. Und dadurch kühlte mein Verhältnis zu deinem Vater vollends ab. Am Tag, an dem dein Großvater starb, hatte er sämtliche Abteilungsleiter zusammengerufen. Er starb in seinem Büro, wo er so viele Stunden seines Lebens verbracht hatte, umgeben von Buchhaltern mit Augenschirmen und stillen Sekretärinnen, und in das das Klappern der Webstühle so gedämpft drang, als käme es aus einer anderen Welt. An diesem Glückstag hielt er seinen Angestellten gerade eine Standpauke über die mangelnde Produktivität. Er hob einen Finger, um zu sagen, ich habe Sie schon oft genug gewarnt, meine Herren, und starb. Ich hege die leise Hoffnung, dass meine Wenigkeit eine seiner Todesursachen war.

Ich wollte nicht zu Papas Beerdigung gehen, wenn man mir dort nicht erlaubte, auf sein Grab zu spucken. Darum hatte ich meine erste große Auseinandersetzung mit deinem Vater, Miquel. Das ist verständlich, und ich nehme es ihm nicht übel. Mama Amèlia hingegen wurde nicht wütend, sondern traurig. Und ich machte mir weiterhin nichts aus der Fabrik, genau wie du es später auch getan hast. Denn in unserer Familie hat es immer Träumer gegeben, wie meine Mutter Carlota, Großvater Maur II den Göttlichen oder Antoni II Chrysostomos. Oder wie dich und mich. Und daneben gab es diejenigen, die fest mit beiden Beinen auf dem Boden standen, wie dein Großvater Ton oder dein Vater.

Ich muss dir gestehen, dass ich ein paar Tage später dann doch noch zur Familiengruft gegangen bin und auf das Grab desjenigen gespuckt habe, der nie mein Vater sein wollte. Und auch wenn dich das schockiert, erzähle ich es dir, weil ich will, dass du alles aufschreibst, was ich dir jemals erzählt habe, mein Sohn, Miquel, alles, was ich dir bisher gesagt habe und noch sagen werde, bis ich sterbe. Ich bitte dich darum: Denn so kann ich dem Tod ein Schnippchen schlagen, bestehe weiter in den Worten, die ich dir sage und die du eines Tages aufschreiben wirst. Denn ich bin einer von denen, die glauben, dass es wirksame Methoden gibt, um ihn zu ermöglichen: *le dur désir de durer.*

4

Adagio in Es-Dur, op. 148 D 897
»Notturno«   Franz Schubert
Dauer: ca. 10'30"

Klaviertrio e-Moll, op. 67   Dmitri Schostakowitsch
Andante
Allegro con brio
Largo
Allegretto
Dauer: ca. 23'

ZWEITER TEIL

Trio Nr. 1, H-Dur, op. 8   Johannes Brahms
Allegro con brio
Scherzo. Allegro molto
Adagio
Allegro
Dauer: ca. 40'

Rimski-Trio
Geige: Maria Teresa Planella
Cello: Joan Moliner
Klavier: Sergi Moliner

Es war ein gutes Programm. Schwer auszuführen. Er setzte sich in die erste Reihe zwischen Leute, die vermutlich Angehörige der Interpreten waren, und war empört, dass der Saal halb leer war. Das Trio von Schostakowitsch ist schwierig. Noch fünf Minuten, und immer noch kamen Leute herein, ohne Eile, lachend, schwatzend und ohne diese quasireligiöse Ehrerbietigkeit, die er sich selbst auferlegte, sobald er einen Tempel der Musik betrat. Miquel Gensana betrat immer irgendwelche Tempel. Nur zu gerne wäre er einer der Zeremonienmeister gewesen, ein Cello zwischen den Knien oder beseelt genug, diese Musik komponiert zu haben. Aber er musste sich damit begnügen, in der ersten Reihe zu sitzen und begierig zu lauschen. Er segnete Gemma, an die er immer seltener dachte, und Onkel Maurici dafür, dass sie einen Musikbesessenen aus ihm gemacht hatten, und verfluchte sie zugleich dafür, weil es an ihm nagte, dass er sich mit der ersten Reihe begnügen musste.

Er drehte sich um, um zu sehen, ob … Nein: kein einziges bekanntes Gesicht. Vor ihm wartete das Klavier mit offenem Maul, und vor den Stühlen standen die Notenständer mit den Partituren. Noch drei Minuten, wenn sie pünktlich anfingen. Hüsteln. Ein verloren wirkender Herr mit Schnauzbart setzte sich neben Miquel und begann, das Programm zu studieren. Dies war das erste Mal, dass er Armand sah. Hüsteln. Laute Bemerkungen. Wieder drehte Miquel sich um: Der Saal war praktisch voll.

Als irgendjemand im Verborgenen die Lichter löschte, wurde es still. Nun war nur noch die Bühne erleuchtet. Die drei Musiker traten auf, raschen Schrittes, kraftvoll. Miquel hatte sie direkt vor sich. Hochgewachsen, jung, mächtige Götter, der Cellist voweg, behutsam sein Instrument tragend, der Pianist ein Schritt hinter ihm und zuletzt Teresa mit ihrer Geige. Sofort fielen mir ihre Augen auf, die

bei ihrer Verbeugung unsichtbar wurden, und ihr Dekolle-
té, das dabei sichtbar wurde. Drei Musiker, drei Menschen,
die in meinen Augen das Glück für sich gepachtet hatten.
Alle drei lächelten mit – wie ich später erfuhr, fingierter –
Selbstsicherheit. Mit schnellen Bewegungen nahmen sie
Platz, als hätten sie es eilig, fertig zu werden und eine Pizza
essen zu gehen, rückten die Stühle zurecht, holten tief Luft,
und der Pianist gab seinen Gefährten ein diskretes A, das
die Geige aufnahm. Dann das Cello. Schließlich waren alle
gestimmt. Die Violinistin war sehr hübsch. Der Cellist blinzelte schüchtern ins Publikum, sie setzte die Geige unter ihr
Lächeln, und dann tauschten sie Blicke, elektrische, intensive,
glänzende Blicke. Die Stille wurde ätherisch, und Schubert
trat auf. Zuerst die beiden Arpeggiotakte des Klaviers:

Und gleich darauf, aus der Tiefe des Lebens aufsteigend,
das Es des Cellos und das G der Geige, beide pianissimo

bis zum B der Geige, das sich zum C hin steigert, vom süßen, hohen Ton des Cellos unterbrochen wird und nach
dem D wieder leiser wird und das ganze Thema aufnimmt

und mit dem Beginn der Phrase zusammentrifft wie am
Anfang des »Notturno«, aber viel erwachsener, mit mehr
Persönlichkeit, sodass man denkt, Gott, wie ist so viel
Schönheit nur möglich. Zu dieser Zeit (Dauer: annähernd
55 Sekunden) hatte ich mich schon in Teresa verliebt. Für
alle Zeiten. Und die Pizzicati waren die Orchesterklänge
zu unserer Hochzeit, ein Gefühl unerklärlichen Glücks,
beschworen durch eine verzauberte Geige. Und ich fragte
mich entrüstet, was diese beiden Idioten, der mit dem Cel-

lo und der mit dem Klavier, so nahe bei meiner Geliebten zu suchen hatte. Noch dazu sah Moliner, der mit dem Cello, sie beim Übergang zu E-Dur mit wilder Eindringlichkeit an, und sie gab ihm einen tiefen, leuchtenden Blick zurück. Und Miquel Othello Gensana musterte verächtlich die beiden jungen Männer, die seine Violinistin mit Blicken verschlangen und eine Terz weiter vor einhundertfünfzig Zuschauern eine zutiefst intime Affäre mit ihr eingingen. Und Miquel war nicht nur eifersüchtig, sondern ungeheuer neidisch auf Schubert, der zu so Großem fähig war, und auf die drei Auserwählten, weil er die Musik nicht zum Ausdruck bringen konnte wie sie. Und während das Trio fortfuhr, fragte er sich, wie so häufig in letzter Zeit, ob das kleine Stückchen Leben, das er bisher gelebt hatte, etwas wert war, ob es zu etwas nutze gewesen war, ob es ihn gerettet hatte, ihn rechtfertigte. Er kam sich erbärmlich vor.

Schubert war sehr kurz. Zu kurz. Zehn Minuten Glückseligkeit. Aber für mich eine direkte Reise in die Tiefen der menschlichen Natur, ohne Umwege, wie es mir immer mit der Musik erging, eher als mit der Malerei und der Lyrik. Der hauchzarte Schlussakkord mit einer Pirouette des Klaviers, die ihm nichts von seiner Feierlichkeit nahm, lud zu respektvoller Stille ein, verlangte nach einem beinahe religiösen Gedenken an die Töne, die im Saal verhallten, aber in den Ohren und der Erinnerung der Anwesenden fortklangen, die Wände, Vorhänge und die Deckenverkleidung durchtränkten ... Miquel hätte sich ein paar Sekunden mehr gewünscht, um seiner Seele Zeit zu geben, sich mit einem tiefen Seufzer bewusst zu werden, dass er einen Glücksmoment erlebte. Aber die Zuschauer kannten keine Gnade, brachen in frenetischen Applaus aus und zerschmetterten die verzauberte Stimmung, die Schubert in ihm erzeugt hatte. Vielleicht applaudierten sie gerade deshalb so heftig, weil ihnen zu Bewusstsein gekommen war, wie ergriffen sie waren, und sie diese Ergriffenheit durch den Applaus zu bändigen hofften. Miquel klatschte nicht. Das Gesicht in die Fäuste gestützt, saß er da und sah zu, wie die drei Musiker lächelten und grüßten. Ihm fiel auf, wie weiß die Zähne der Violinistin waren, und wieder einmal stellte er fest, wie wunderschön sie war.

Stille. Die unmöglichen Harmonien der Geige zu Beginn des Trios von Schostakowitsch. Der Geige? Das Cello spielte sie! Und ich hatte immer gedacht, dass es die Geige sei! Das ist das Schöne daran, wenn man die Musiker spielen sieht: Es ist, wie wenn man den Pergamonaltar im Pergamonmuseum sieht statt auf einem Dia. Und wäre ich Schostakowitsch, dann wäre das, als befände ich mich auf der Insel von Pergamon und wäre Eumenes höchstpersönlich. Wie sanft und hart zugleich waren doch diese Harmonien. Und in der Ferne wachten die tiefen Töne des Klaviers. Sieh nur, jetzt nimmt das Klavier das Thema auf, und die Streicher treten diskret in den Hintergrund. Und Miquel lauschte mit unermüdlicher Aufmerksamkeit dem Allegro, dem wunderschönen Largo – noch eine Wiederentdeckung – und dem Allegretto am Schluss. Gesegnet sei Schostakowitsch.

Als das Publikum die Musiker genügend beweihräuchert hatte und die Pause begann, blieb Miquel an seinem Platz in der ersten Reihe sitzen, die Ellbogen auf die Sessellehnen gestützt, das Gesicht zwischen den Fäusten. In Gedanken versunken, mit abwesendem Blick, fragte er sich, was sie jetzt wohl tut? Vielleicht benetzt sie sich Gesicht und Hals mit kaltem Wasser und legt ein wenig Parfüm auf. Ob sie sich schminkt? Vor den beiden anderen? Oder hat jeder seine eigene Garderobe? Vielleicht verstanden die drei Musiker sich nicht, bestanden zwischen ihnen Spannungen, Abneigung oder gar Hass. Miquel wollte nicht daran denken, dass Musiker häufig spielen, weil es ihre Arbeit ist, und Schönheit erschaffen, während ihre Seele weint oder im schlimmsten Falle gähnt. Vielleicht waren die Musiker, glückliche Engel in ständigem Kontakt mit der Schönheit, genervt, und der Cellist beschimpfte in der Garderobe Teresa Planella, jetzt hast du schon zum dritten Mal zu spät eingesetzt, das kotzt mich echt an, und Teresa Planella entgegnete, leck mich am Arsch, während der Pianist seine Zigarette zu Ende rauchte, aufstand, sich die Manschetten zurechtzupfte und sagte, Leute, es geht weiter. Vielleicht hatten sie aber auch in der Pause nach den Schönheiten von Schubert und Schostakowitsch und vor denen von Brahms, weil sie noch keinen Agenten hatten, verhandeln müssen, ob sie jetzt gleich den versprochenen Scheck kassierten oder noch eine Woche warten müssten, und Teresa hatte gesagt, seht ihr? Das haben wir jetzt davon, dass wir so gutgläubig sind, wir sind echt zu nichts zu gebrauchen, Jungs, und der Impresario sagte, ach, ich wollte es euch vorhin schon sagen, aber ich habe euch nirgendwo gefunden, und der Cellist sagte, irgendwie haben wir das alles schlecht organisiert, und zeigte auf den Impresario, aber das, was Sie hier mit uns machen, ist eine Schweinerei: Wollen Sie etwa, dass wir zum zweiten Teil nicht rausgehen?, und der Pianist rauchte seine Zigarette zu Ende, stand auf, zupfte seine Manschetten zurecht und sagte, Leute, es ist so weit.

Und Miquel, der sich nicht einmal gerührt hatte, um Atem zu holen, sah zu, wie die drei Musiker lächelnd und mit leuchtenden Augen auf die Bühne traten, und als sie grüßten, erschienen sie ihm wieder wie Götter, unendlich weit entfernt von Problemen wie dem Datum auf einem Scheck, und er wartete, bis sie sich gesetzt, die Stühle zurechtgerückt und die Notenständer richtig eingestellt hatten und Teresa Planella mit einem bezaubernden Blick um ein A gebeten hatte und mit dem Ritus des Stimmens begann. Ich hielt den Atem an, Geige und Cello verharrten reglos, den Bogen gesenkt, den Blick in die Unendlichkeit gerichtet, konzentriert, und der Pianist, der leicht zusammengekrümmt über den Tasten saß, schloss die Augen, ließ fünf köstliche Sekunden verstreichen, in denen Miquel sich vage an das nun Folgende erinnerte, und dann stimmte das Klavier ausdrucksvoll das wohlbekannte, so typisch Brahms'sche

an und sogleich verfolgte das Cello das Klavier

Und an diesem magischen Punkt schloss Teresa sich dem Cello an.

Und alle drei nahmen den Dialog wieder auf, den Brahms eines Tages festgelegt hatte und der hundert Jahre später immer gleich und doch immer anders wiederholt wird, weil das Leben dessen, der spricht, ein anderes ist als das Leben dessen, der zuhört.

Als das Konzert zu Ende war, wagte Miquel nicht, die (von Freunden umringten) Musiker aufzusuchen, zu lächeln, zu der (von Verehrern wie Schmeißfliegen umschwirrten) Violinistin hinzugehen, noch breiter zu lächeln und zu sagen, hallo, ich heiße Miquel II Gensana der Verwirrte und habe mich soeben unsterblich in dich verliebt. Aber er wartete, bis sie herauskamen, grüßte sie einzeln und beglückwünschte sie. Sie bemerkte seine Ergebenheit nicht einmal, schenkte ihm drei Sekunden ihrer Aufmerksamkeit und ein kurzes unverbindliches Lächeln, während sie sich umsah, offenbar auf der Suche nach jemandem – wie sich erwies, nach dem Schnauzbärtigen, der neben mir gesessen hatte. Noch nie war ich dem Glück so nah gewesen, ohne es zu wissen.

5

Du wurdest an einem 30. April geboren, und ich hielt dich für den Erlöser und ließ zu, dass deine Mutter, einer verständlichen Gefühlsregung folgend, dich auf den Namen deines Bruders taufte, des armen Miquel, dessen Leben nur so kurz gewährt hatte, Miquel Gensana der Kurzlebige, der an Hirnhautentzündung starb. Manchmal frage ich mich, wie die Wände unseres Hauses so viel Tod und so viel Leid und so wenig Freude ertragen können, denn mir scheint, dass es in Can Gensana nur selten ungetrübtes Glück gab. Und du warst dazu verdammt, ein einsames Kind in einem Haus zu sein, das zu groß war für so wenig Lärm. Zum Glück gab es Núria und Ramon ... Da die Familie deiner Mutter aus Barcelona war, kamen sie gern zu uns nach Feixes, das ihnen wie die Dschungelwildnis erschien. Der Bruder deiner Mutter lud seine Kinder für den ganzen Sommer bei uns ab, und ihr Geschrei war himmlischer Segen für das Haus, für deine Eltern, für die Großeltern, für Remei und Angeleta und für mich, weil es in solchen Momenten schien, als wären wir eine ganz normale Familie. Trotz Großvater Tons Verrat. Obwohl wir einander in den Fluren auswichen und uns bei Tisch nicht ansahen; obwohl Mama Amèlia unter dem Hass zwischen Stiefvater und Stiefsohn litt. Und ich fühlte mich mehr Ohneland denn je, weil ich derjenige war, der alle Geheimnisse der Familie kannte, und wusste, dass ich der einzig legitime Gensana war. Ja, ja, lach nicht: Ich weiß wohl, dass das nur von relativer Bedeutung ist. Aber für mich war es von dem Moment an bedeutsam, in dem dein Großvater Ton mich verbannte und abschrieb, weil ich eine Schwuchtel war und mich mit Latein beschäftigte statt mit Tuch. Und mein Bedürfnis nach Rache, das mich manchmal zu ersticken drohte, verleitete mich dazu, Fehler zu begehen, wie dieses eine Mal, als ich beschloss, das Haus beim Pokern zu setzen. Ich weiß, dass du das nie verstehen wirst, schließlich habe ich dir immer erzählt, wie sehr ich dieses Haus liebe. Aber manchmal handelt der Mensch, um mit sich im Reinen zu sein, um sich vor sich selbst zu rechtfertigen gegen das, was er am meisten liebt, als wäre die Katharsis das Vorspiel zur Glückseligkeit. Oder als wären uns Lust und Glück verboten. Gewiss sind wir deshalb, aus diesem unbestimmten Masochismus heraus, vom Katholizismus durchdrungen bis ins Mark. Natürlich könntest du mich fragen, was ich mit dem Konzept der Sünde zu tun habe. Aber du musst bedenken, mein Erbe, dass Hochwürden Vicenç mir mit seiner ewigen Verdammnis für immer das typisch katholische Schuldbewusstsein ausgetrieben hat. Zwar ging ich weiterhin zur Messe und tat, was von einem erwartet wurde, noch dazu, wenn man Präsident des Künstlerzirkels war, wie ich im Jahre siebenundvierzig. Aber ich hatte kein Schuldbewusstsein mehr, wie es die Kirche von uns verlangt, weil ich sonst den Verstand verloren hätte. Ein Liebhaber aus Valencia, mit dem ich ein paar denkwürdige Wochen verbrachte, sagte einmal, die Sünden im Bett findet der Herrgott nett. Der Herrgott fand sie sicherlich nett, aber Hochwürden Vicenç war nicht amüsiert. Und ich lernte, mein Gewissen abzuschotten. Um zu überleben. Ich verlange nicht von dir, dass du das gutheißt, und auch nicht, dass du alles verstehst, was ich im Leben getan habe. Ich bitte dich nur, mich anzuhören und dich,

wenn du dieses Heft durchgelesen hast, ein wenig zu bemühen, mich nicht zu hassen. Bedenke, dass ich all dies hier
noch nie jemandem habe erzählen können.

6

»Maria Teresa Planella bitte.«

»Wen darf ich melden?«

Da geht es schon los. Wen darf ich melden; wer will sich in ihr Leben drängen; wer ist zu blöd, um zu kapieren, dass du nichts zu melden hast, Kamerad, wenn eine Männerstimme ans Telefon geht und fragt, wen darf ich melden.

»Miquel Gensana.«

»...«

»Nein, sie kennt mich nicht.«

»Hören Sie, sie kann gerade nicht ans Telefon. Wären Sie so freundlich, eine Nachricht zu hinterlassen?«

Aber klar doch, Männerstimme! Du kannst ihr ausrichten, mir sei gerade klar geworden, dass ich nun endlich etwas angehen muss, was mich schon seit zwei Monaten umtreibt, seit ich sie zum ersten Mal gesehen und gehört habe. Du kannst ihr ausrichten, ich sei so unsterblich in sie verliebt, dass ich machtlos dagegen bin; und nein, Stimme, es ist nicht, wie du denkst: Ich habe ernsthafte Absichten. Demnächst werde ich sechsunddreißig, und du wirst verstehen, dass man in diesem Alter mit gewissen Dingen nicht mehr spielt. Und ich will nichts weiter, als dieser Frau gegenüberzustehen und es ihr zu sagen. Sicher wird sie mich verstehen; sicher wird sie meine Liebe nicht erwidern.

»Ja ... Es geht um ein Interview.«

»Aha. Und was für eine Art Interview?«

»Für die *Revista*.«

»Wie bitte?«

»Für die Zeitschrift *Revista*.«

»Und wie war noch mal Ihr Name?«

Vielleicht steht mir kein Urteil darüber zu, aber ich fand den Namen *Revista* für eine Zeitschrift schon immer ausgesprochen dämlich. Das habe ich Duran sogar ins Gesicht gesagt, als er mich einstellte; aber er bedachte mich nur mit einem Blick, der sagte, dieser Idiot glaubt wohl, nur weil er ein Freund von Bolós ist, kann er mir auf den Sack gehen, dann vergaß er mich und wandte sich wieder seiner Arbeit zu. Also arbeitete ich, wie das ganze Team, weiterhin bei der Zeitschrift namens *Revista*. Zuerst als Korrektor und nach ein paar Monaten als Redakteur. Ich teilte mir mit Lali einen Tisch am Fenster zu einem Innenhof, aus dem ein Dutzend Essensanregungen und der hartnäckige Husten eines alten Menschen zu mir hereinwehten, der offenbar in einem ähnlichen Zimmer gefangen war wie ich.

»*Revista*. Das ist der Name eines Kulturmagazins: Kunst, Kino, Musik, Literatur und so weiter.«

»Aha, *Revista*. Ja, ja. Klar, die *Revista*.«

Eben. Was hatte ich denn gesagt, verdammt noch mal?

»Genau.«

»Das ist doch die mit dem braunen Cover, oder?«

»Magenta.«

»Genau. Ein Interview, sagten Sie?«

Mein Gott, was für ein Typ. Der war sicher höllisch eifersüchtig. Eine gewaltige Hürde, die man überwinden musste, um an die Planella heranzugelangen.

»Ja. Für eine neue Rubrik namens ›Hinterfragt‹, wissen Sie? Dort sollen Namen wie Moravia, Steiner, Magris, Claret, Bassani, Victòria dels Àngels und Richter vertreten sein, um nur ein paar zu nennen.« Ich war selbst am meisten erstaunt über mein Improvisationstalent. »Nur um Ihnen eine

Vorstellung von dem zu vermitteln, was wir vorhaben; aber am liebsten würde der Chefredakteur mit Teresa Planella anfangen.«

Offenbar hatte die Liste der Namen, die mir einfach so herausgerutscht waren, Eindruck gemacht, denn jetzt klang er weniger abweisend.

»Wer ist Steiner?«

Ich erklärte es ihm in einer Readers-Digest-Fassung, weil ich nicht wollte, dass wir vom Thema abkamen. Mit Zähnen und Klauen hangelte ich mich zum Kernpunkt des Gesprächs zurück und zählte noch einmal die Liste der Namen auf, die Planella Gesellschaft leisten sollten. Wieder klang die Stimme interessiert: »Könnten Sie mir noch mal sagen, wie Sie heißen?«

Miquel II der Schwindler, der Improvisator, der Wundersamerweise zum Interviewer einer nicht vorhandenen Rubrik Gewordene Redakteur der Zeitschrift *Revista* Gensana. Zu Ihren Diensten.

»Duran, ich habe eine Idee.«

»Mhm.«

»Duran: ein Interview mit der Planella.«

»Wir machen keine Interviews mehr. Mit wem, sagst du?«

»Teresa Planella«, sagte Miquel beiläufig in einem Ton, der sagte, wer die Planella nicht kennt, kann gleich einpacken.

»Kenn ich nicht.«

»Verdammt, Duran, die Violinistin! Du, die spielt jetzt gerade in Warschau unter Kubelík das Konzert von Saint-Saëns! Das dritte.«

Im ersten Moment bedachte ihn Duran mit einem bösen Blick, weil er ihn bei dem gestört hatte, was er gerade tat, aber dann interessierte es ihn doch.

»Du verstehst was von Musik.«

»Na ja, wie man's nimmt, ein bisschen was.«

»Verstehst du nun was davon oder nicht?«

Ich bin weder Schubert noch Perlman. Nur ein trauriger Dilettant mit einem festen Platz im Palau de la Música Catalana und etwa dreißig Konzerten im Jahr, vorzugsweise Kammerkonzerte. Weißt du, Duran, warum für mich die Kammermusik das Essenzielle ist? Streichquartett, Klaviertrio, Quintett. Das ist in der Musik, was die Lyrik in der Literatur ist: das Essenzielle ohne Handlung, die Grundlage, der Kern.

»Wie ich sagte: ein bisschen was.«

»Dann solltest du vielleicht mit dem Übersetzen anfangen ... Kannst du Englisch?«

»Oui.«

»Ich hätte da ein paar Artikel, die ...«

»Aber Duran, ich rede hier von einer ganz neuen Rubrik: einem Interview mit einer wichtigen Persönlichkeit aus dem Kulturleben. Ein Interview pro Ausgabe. Aber nur ausgewählte Leute.«

»Ach ja? Wie zum Beispiel?«

»Na, zum Beispiel Moravia, Steiner, Magris, Claret, Bassani, Victòria dels Àngels und Richter.«

»Wer ist Steiner?«

»Gefällt dir die Idee? Die Rubrik könnte ›Hinterfragt‹ heißen.«

»Dafür haben wir kein Geld.«

»Die Planella hat sich schon mit einem Interview einverstanden erklärt.« Ein Fehler. Mangelndes psychologisches Geschick von Miquel.

»Sieh mal einer an. Das heißt also, du planst auf eigene Faust und stellst mich dann vor vollendete Tatsachen, was, Gensana?«

»Mensch, verdammt, Duran!« Was sag ich bloß? »Ich kann dir ja wohl schlecht ein Projekt präsentieren, das aus nichts weiter als guten Absichten besteht. Deshalb habe ich erst mal ein Interview festgemacht, bevor ich zu dir kam. Eines, das nichts kostet, weil sie hier lebt.«

»Und dann kommen Moravia, Bassani und Co.«

»Man könnte mal mehr, mal weniger berühmte Leute nehmen. Aber das würde uns ein gewisses Prestige verleihen.«

»Die Idee ist nicht schlecht. Und die Planella ist für den Anfang auch nicht schlecht ... Und was glaubst du, wer diese Rubrik übernehmen könnte?«

Duran hatte diese fiesen Anwandlungen. Aber seine Bemerkung bedeutete, dass er die Sache ernsthaft in Erwägung zog. Miquel verteidigte verbissen seine Idee, vor allem, weil ihm bei der Vorstellung speiübel wurde, irgendjemand anderes aus der Redaktion könne das Interview mit der Planella übernehmen.

»Ich wäre genau der richtige Mann dafür.«

»Nein. Dich will ich für die Musik.«

»Die Planella ist Musik. Sie ist Violinistin. Verstehst du? Geige, Paganini, Notenlinien, do, re, mi ...«

Ihm nach dem Mund zu reden machte die Sache schlimmer.

»Du übernimmst die Musik und damit basta.«

»Ich kann beides übernehmen.«

»Du?«

»Zum gleichen Gehalt.«

»Einverstanden.«

Miquel hatte es ja schon gesagt: Duran war ein Arschloch. Aber immerhin verließ er das Büro des Chefredakteurs mit dem glorreichen Auftrag, die neue Rubrik mit den Interviews zu entwerfen, die natürlich nicht ›Hinterfragt‹ heißen würde, weil das für eine Rubrik mit Interviews zu offensichtlich war. Sein dringendes Bedürfnis, Kontakt mit der Planella aufzunehmen, kam ihn allmählich teuer zu stehen, weil er sich gerade das Doppelte an Arbeit für exakt das gleiche Gehalt eingehandelt hatte.

Sie hatte rosmarinhonigfarbene Augen und glattes, kräftiges schwarzes Haar. Die weißen, schönen Zähne lenkten die Aufmerksamkeit von den zu dünnen, aber sehr eindrucksvollen Lippen ab.

»Ich bestelle mir einen Tee. Und Sie?«

Und ihre Lippen bewegten sich so anmutig; genauso anmutig, wie sie sich überhaupt bewegte, als wäre das Leben nur eine Fortsetzung der Bühne oder, besser gesagt, ihrer Geige. Einige feine Altersfältchen um die Mundwinkel verliehen ihrem Gesicht eine gewisse Bestimmtheit. Miquel brauchte ein paar Sekunden, bis er herausbrachte, er wolle auch einen Tee, wie sie; mit Milch, wie sie. Mit ihr und für sie wollte er den Rest seines Lebens zubringen. Ihr Begleiter wollte nichts, sah bloß auf die Uhr und trommelte mit den Fingern auf die Tischplatte: »Und wie haben Sie das Interview geplant?«

Miquel sah diesen lästigen Typen an, der mit einer brüsken Handbewegung meine heiligen Papiere ergriff und einen raschen Blick darauf warf. Hornochse, Rüpel. Dann legte er sie wieder zurück, und Miquel meinte einen Blickkontakt zu erhaschen, mit dem er Teresa sagte, das könne ein gutes Interview werden, und sie ihm antwortete, in Ordnung, sie werde sich völlig darauf einlassen. All dies ohne ein einziges Wort. Mein Gott, wie gut sie sich verstanden, dieses Paar. Der Kerl stand auf, küsste sie flüchtig auf den Mund, ja, auf Teresas Mund, und winkte mir nachlässig zum Abschied. Kaum hatte er sich abgewandt, schien er schon ganz mit seinen eigenen Angelegenheiten beschäftigt. Und mir gegenüber saß Teresa Planella und unsere Zukunft.

»Kontrolliert der alles, was Sie tun?«, fragte ich und zeigte in die Richtung, in die der Kerl verschwunden war.

Das war ein katastrophaler, grauenhafter, völlig verkorkster Anfang. Und Miquel wünschte sich nichts sehnlicher, als zurückspulen und noch einmal von vorne anfangen zu können.

»Gehört das jetzt schon zum Interview?«

Eine ordentliche Ohrfeige. Die Mundwinkel verzogen sich wachsam, und ich fühlte mich klein, ganz klein, und wusste nicht, wie ich das Ganze wieder in Ordnung bringen könnte. Der Kellner mit den beiden Tees war gewissermaßen meine Rettung, denn er half mir, meine Verwirrung zu verbergen und mich auf den ersten Teil des Gesprächs mit der Antwort auf diese Frage zu konzentrieren, mit der sie schon zum Flug ansetzte.

»Ich weiß es nicht. Ich habe die Musik nie als Flucht aus dem Alltag empfunden.«

»Als was dann?«

»Als das, was sie ist: eine Art zu leben.«

Ein Art zu leben. Mich packte aller Neid dieser Welt. Weil ich kein Mensch wie Teresa war, der irgendeinem dahergelaufenen Deppen erzählen konnte, dass die Musik eine Art zu leben war und fertig. Dann sprach Teresa Planella über das gewaltige Repertoire der Romantik: Sie nannte Beethoven, Mendelssohn und Tschaikowski als wichtige Referenzpunkte für Solisten, hob aber die Bedeutung des Konzerts von Schumann hervor, bedauerte, dass Schubert kein Konzert geschrieben hatte, erwähnte erstaunlicherweise keines von Mozarts fünf Konzerten und sprach hingebungsvoll über das Doppelkonzert für zwei Violinen von

Bach. Sie hatte es mit Marco Fiori in Torroella und Barcelona gespielt und redete darüber in einer Weise, die mich vermuten ließ, dass sie eher diesen Fiori in Erinnerung behalten hatte als die Musik in d-Moll von Bach. Dann zündete sie sich eine Zigarette an, und ich wünschte, ich wäre der Filter der Camel, um in der Nähe dieser Zähne zu sein. Unterdessen war sie bei Wieniawski, Vieuxtemps, Saint-Saëns, Max Bruch, Elgar und Sibelius angelangt.

»Sie haben aber ein ausgesprochen breites Repertoire.«

»Ich beschäftige mich ja auch den ganzen Tag damit. Zurzeit bin ich mitten im zweiten Konzert von Bartók und denen von Martinů. Und ich will Alban Berg ganz genau kennenlernen. Und ich spiele im Trio, weil ich die Kammermusik niemals aufgeben will.«

»Ich beneide Sie.«

»Die Musik hat den großen Vorteil, dass sie unerschöpflich ist. Wie die Kunst.«

Sie erzählte mir, dass sie ihr Repertoire über die Engagements hinaus erweitere und das Armand für sie ...

»Armand?«

»Ja doch ...« Und sie nickte in Richtung des abwesenden Kerls mit Schnauzbart, als müsse jedermann wissen, dass Armand Armand war.

Liebhaber? Agent? Ehemann? Im Augenblick lästiger Kerl. Jedenfalls hatte Armand für sie das Konzert von Saint-Saëns mit Daniel Barenboim und den Pariser Symphonikern arrangiert, möglicherweise sogar mit Aufnahme.

»Das ist doch fantastisch, oder?«, freute sich Miquel.

»Ja. Aber das eigentlich Fantastische ist, dass es diese Musik überhaupt gibt.«

»Ich beneide Sie.«

»Das sagen Sie jetzt schon zum zweiten Mal.«

»Dann muss es wohl stimmen.« Um meine Verlegenheit

zu überdecken, trank ich einen Schluck. Am liebsten hätte ich mir eine ihrer Camel genommen, wagte aber nicht, sie anzuschnorren. Ich bin mir sicher, dass meine Augen vor Begeisterung leuchteten. »Und die Kammermusik? Spielen Sie nur im Trio?«

Eine halbe Stunde lang schwebte ich wie auf Wolken. Meinen Fragenkatalog hatte ich längst vergessen. Stattdessen ließ ich mich von dem leiten, was Teresa sagte, und stellte fest, dass auf diese Weise am besten ein lebendiges Interview zustande kam. Und ich machte mir Notizen, weil ich nicht darauf vertraute, dass das Tonband die Nuancen erfasste, die ich in dem entdeckte, was sie mir über Messiaen erzählte.

»Das Trio von Schostakowitsch, das Sie in Casa Elizalde gespielt haben, hat mir sehr gut gefallen.«

»Waren Sie dort?«

In der ersten Reihe, und sie hatte es nicht einmal bemerkt! Hals über Kopf verliebt, und sie erinnerte sich nicht einmal an mich … Und Miquel hatte sich eingebildet, dass sie nur für ihn spielte.

»Zur Vorbereitung des Interviews.« Das klang entschuldigend, aber der Planella gefiel es. Sie gestand ihm sogar, dass schon lange niemand mehr ein Interview mit ihr geführt hatte, das so … ich weiß nicht, wie ich es sagen soll. Und sein Herz hat einen Sprung, armer Miquel der Herzleidende.

Wie alt bist du, ist Armand dein Liebhaber, gehst du mit den Moliners ins Bett, findest du mich nicht völlig abstoßend, wärst du fähig, an mich zu denken, bist du glücklich.

»Treten Sie viel im Ausland auf?«

»Ich stecke mitten im Räderwerk der Konzerte und kann nie Nein sagen. Außerdem glaube ich nicht an Glenn Goulds Mystik; ich liebe Liveauftritte. Aufzeichnungen gegenüber bin ich eher misstrauisch, wie Celibidache, allerdings weniger extrem als er.«

Das hatte sich wie ein Glaubensbekenntnis angehört, und nun lächelte sie schüchtern, wie um sich dafür zu entschuldigen, dass sie von zwei großen Meistern gesprochen hatte, als wolle sie sich mit ihnen vergleichen.

»Lernen Sie immer noch dazu?«

»Aber natürlich! Ungeheuer viel. Über Musik. Und über die Geige auch. Es gibt immer noch so viele, die weit besser sind als ich …«

»Wollen Sie etwa die Number one werden?«

Zweiter Fehler im Interview. Einen Augenblick lang hörte ich mich an, als spräche ich über ein Grand-Slam-Turnier, und das gefiel der Planella nicht. Miquel entschied, sich aus der Affäre zu ziehen, indem er noch tiefer ins Fettnäpfchen trat: »Darf ich mir eine von Ihnen nehmen?«

Eine elegante Handbewegung, die »ja« bedeuten sollte. Dann zog Teresa ein abgenutztes Benzinfeuerzeug hervor. Ich betrachtete es neugierig, aber verstohlen.

»Ein Geschenk von Isaac Stern.«

»Mannomann!« Einen Augenblick lang bewunderte ich es still, dann gab ich es der Planella zurück.

Hast du Kinder, warst du jemals verheiratet oder fest gebunden. Kontrolliert Armand dein Leben tatsächlich so stark, wie es aussieht. Merkst du eigentlich, dass ich dich hoffnungslos verehre.

»Sie verstehen so viel von Musik – haben Sie jemals daran gedacht, selbst zu komponieren?«

Sie sah mir mit ihren rosmarinhonigfarbenen Augen in die Augen. Wahrscheinlich war dies die erste Frage, mit der ich an eine verborgene Sehnsucht der Planella rührte. Was bedeutete, dass dieses Interview bisher alles andere als außergewöhnlich gewesen war.

424

»Und Sie … hatten Sie nie das Gefühl zu versagen?« Die Planella ging zum Gegenangriff über, und zum ersten Mal nahm sie mich richtig wahr. Diese Gelegenheit wollte ich mir nicht entgehen lassen: »Doch. In vielerlei Hinsicht. Ich würde gerne so viel von Musik verstehen wie Sie, ich wünschte, ich könnte schreiben wie die Engel und malen wie die Götter. Und das Einzige, was ich bislang geschafft habe, ist, jemandem Fragen stellen zu dürfen, der keinerlei Grund hat, sich als Versager zu fühlen, weil er alles hat.«

»Stimmt nicht.«

Bist du niedergeschlagen? Willst du, dass ich … Gibt dir Armand nicht genug?

»Jemand, der so viel von Musik versteht wie Sie, kann einfach nicht unglücklich sein.«

»Die Leute haben eine falsche Vorstellung von Künstlern.«

»Ist der Interpret ein Künstler?«, rutschte ihm heraus, obwohl diese Frage das Gespräch von der persönlichen Welt wegführte, in die er eingetreten war.

»Selbstverständlich. Und der Zuhörer auch.«

»Das würde bedeuten, dass ich ebenfalls ein Künstler bin.«

»Klar doch. In dem Moment, in dem Sie Musik hören, vollenden Sie den Zyklus, der im Geist des Komponisten seinen Anfang nahm.«

»Danke. Aber das macht mich nicht glücklich.«

»Aber Glück hängt doch nicht …«

In diesem Augenblick wurde Teresa Planella offenbar bewusst, dass sie drauf und dran war, in die Falle zu tappen. Sie verstummte so abrupt, dass es sie selbst verwirrte, und bedachte Miquel mit einem Blick, in dem er Respekt zu lesen glaubte. Ein paar Sekunden lang fiel ihr nichts Besseres ein, als an ihrem Tee zu nippen und mit dem Feuerzeug von Stern zu spielen. Miquel kam ihr zu Hilfe: »Woher kennen Sie Stern?«

»Ich war während eines Kurses an der Juilliard seine Meisterschülerin.«

»Und wie war er?«

»Sehr … sehr menschlich.« Unvermutet hatte Teresa das Aufnahmegerät, das Interview, mich und den Tee mit einem Mal vergessen, öffnete den Schutzwall, der sie umgab. »Es ist sehr schwierig, andere Menschen von außen zu beurteilen. Aber ich würde sagen, dass Isaac Stern ein guter Mensch ist. Er ist mein Meister. Er hat mir gezeigt, was Leben heißt.«

»Wie meinen Sie das?« Eine Liebesbeziehung zwischen dem alten Meister und der jungen Schülerin? … *Tu quoque*, Stern?

Anstatt zu protestieren, zu sagen, na hör mal, mein Lieber, du hast kein Recht, mich das zu fragen, das ist viel zu persönlich, saß Teresa Planella, die mittlerweile weltweit bekannte und von den großen Meistern der Geigenkunst geschätzte und überdies wunderschöne Violinistin, einen Augenblick lang mit offenem Mund da.

»Er hat mich gelehrt, dass für einen Musiker die Musik das Wichtigste ist … Sehen Sie mich nicht so an. Ich habe nicht verstanden, was er damit meint, bis der Kurs zu Ende war.« Sie senkte die Stimme, um ihm etwas Persönliches anzuvertrauen, das sie, ihrem Tonfall nach zu schließen, nicht oft erzählte: »Ich glaube, ich bin eine seiner Lieblingsschülerinnen. Auch heute noch, sechs oder sieben Jahre nach dem Kurs. An Weihnachten haben wir uns in Frankfurt gesehen. Er kam zu meinem Konzert, und mir hat der Bogen gezittert. Und hinterher hat er mir gesagt, dass …« Die Planella riss sich zusammen. »Hören Sie mal, das hat aber nichts mit dem Interview zu tun. Schreiben Sie es nicht auf.«

»Überlassen Sie die Entscheidung mir.« Und damit sie sich nicht länger den Kopf darüber zerbrach: »Kann man so gut sein, wenn man so jung ist?«

»Ich bin weder so gut noch so jung.« Aber ihr Alter verriet sie ihm nicht.

Das Interview dauerte eine gute Stunde. Miquel merkte, dass Teresa Planella begann, sich ihm anzuvertrauen, und kam sich einen Augenblick lang vor wie ihr Analytiker. Aber trotz aller Fehler, die er beim Interview gemacht hatte, hatte die Planella unübersehbar Spaß an der Sache. Und so wagte er am Ende jener Stunde, ihr mit einem Blick in ihre honigfarbenen Augen die Frage zu stellen, die ihm seit Beginn des Interviews auf den Lippen brannte und die er aus Scham unendlich lange aufgeschoben hatte: »Sind Sie glücklich?«

Teresa Planella blickte ihm auf den Grund seiner Seele, wischte sich die Lippen mit einer Serviette ab und schaltete den Kassettenrekorder aus. Dabei streifte ihre Hand ganz leicht die Hand von Miquel Gensana.

7

Amouroux, Armengol, Arrufat, Ayats, Ballester, Batallé, Carreras, Codina, Colomer, Comerma, Escayola, Ferrer, Gensana, Gómez Farré, Marcet Nebot, Marcet Rius, Marcet Soler, Pujol, Puig, Ramió, Reguant. So ließen sich die bedeutendsten Familien von Feixes zusammenfassen, deren Söhne die letzte Klasse der Volksschule besuchten und die nun für ihre Sprösslinge den besten Platz in der weiterführenden Schule suchten.

Alle diese Sprösslinge waren wie du, Miquel, im Jahr neunzehnhundertsiebenundvierzig geboren. Mitte der Fünfzigerjahre wurde ein kleines von mir verfasstes Traktat (ich nannte es seinerzeit *Tractatus*) über Carner, Riba und Foix veröffentlicht, und Maurici Ohneland war auf dem besten Wege, sich in den verborgenen intellektuellen Kreisen des Landes ein gewisses Prestige zu erwerben. Mein Herz war noch immer gebrochen vom großen Verrat meines falschen Vaters, und mein einziger Akt der Rebellion bestand darin, mich in die Musik zu flüchten. Manchmal ging ich auch zum Grab meines Adoptivvaters, um ihn zu verfluchen, und danach ging es mir besser. Und alle biblischen Flüche, die denjenigen treffen, der auf das Grab seines Vaters spuckt, trafen mich und meine Nachkommen bis ins siebte Glied. Bedenke, wie unglücklich ich bin, weil ich abgesehen vom Grab meiner Mutter Carlota nicht weiß, wo die Gräber meiner Lieben sind, weder das meines Vaters noch das meines Geliebten. Meinen Vater haben sie dazu verdammt, den Tod außerhalb der Friedhofsmauern zu leben, weil er den Mut hatte, im letzten Moment feige zu sein, und beschloss, aus Liebe zu sterben. Und die Gensanas haben sich nie um seine sterblichen Überreste gekümmert. Als der Friedhof neu gestaltet wurde, verschwand sein Grab. Und mein Miquel starb, als sein Hirn an die Wände eines Textilgeschäfts im Carrer de les Jonqueres spritzte, und seine Knochen stapeln sich mit denen Dutzender anderer anonymer Unglücksseliger, die am Camp de la Bota erschossen wurden, in einem Massengrab, das ich nie gefunden habe. Wie ein gewöhnlicher Mozart. Und es war mir sehr angenehm, dass die Codinas, Marcets, Puigs und Reguants mich für einen waschechten Gelehrten hielten, denn so hatte ich freien Zutritt zu den intellektuellen Zirkeln der Stadt. Das war das Einzige, was mir noch geblieben war. Damals wäre es für mich einer Katastrophe gleichgekommen, wenn die Leute erfahren hätten, dass Maurici Sicart i Gensana in Wirklichkeit Maurici Ohneland und Maurici Ohneliebe war, einziger Erbe eines Vermögens, auf das zu verzichten sein Adoptivvater ihn mit der Drohung gezwungen hatte, überall herumzuerzählen, dass er nicht heiratete, weil er immer noch einer großen Liebe hinterhertrauerte, und dass diese Liebe Miquel hieß und dass er nicht zu den Nutten ging wie jeder gute Mann, weil er ein schlechter Mann war. Ich fraß mein Unglück still in mich hinein und lachte, als dein Großvater Ton starb. Und meine Fünfte Große Symphonie war, dass dein Vater, der alles wieder in Ordnung hätte bringen können, nichts dergleichen unternahm. Er behielt einfach alles für sich und fragte mich nicht einmal, ob ich in der Fabrik arbeiten wolle, die für ein paar Monate mir gehört hatte. Ich erfuhr nie, ob Pere von der Erpressung seines Vaters wusste, denn über diese Dinge haben wir nie miteinander geredet. Wir waren wirklich gute Freunde gewesen, doch seit jener Zeit, seit dem Jahr, in dem Miquel II geboren wurde, trennte uns eine unsichtbare Linie; und das alles erzähle ich dir, damit du weißt, dass zwischen Freunden manchmal so etwas passiert, dass man einander in einer Weise fremd wird, wie man es nie für möglich gehalten hätte. Hoffentlich passiert dir das nie, Miquel II, Klassenkamerad der Comermas, Ayats und Ballesters, der du in Watte gepackt aufwuchsest und schon früh zum Opfer des Wunsches deiner Eltern wurdest, dir die bestmögliche Bildung angedeihen zu lassen, wobei sie übersahen, dass du diese schon von mir bekamst – völlig kostenlos und überdies mit Liebe. Deshalb setzte Pere Gensana unseren Spaziergängen durch den Kastanienhain und die Bildergalerie, auf denen ich dich in die Geheimnisse des Lebens einweihte, schon bald ein Ende, indem er sich trotz des leisen Widerspruchs seiner Frau für eine unbequeme, aber traditionsreiche Option unter den zahlreichen Möglichkeiten entschied, die den wohlhabenden Familien von Feixes (Amouroux, Armengol, Arrufat, Ayats, Ballester, Batallé, Carreras, Codina, Colomer, Comerma, Escayola, Ferrer, Gensana, Gómez Farré, Marcet Nebot, Marcet Rius, Marcet Soler, Pujol, Puig, Ramió und Reguant) offenstanden: Er steckte dich in eine Schule in Barcelona, die angesehener war als die angesehenen Schulen in Feixes. Einige der Familien schickten ihre Kinder in weit entfernte Internate, was das Prestige der Familie noch erhöhte. Die Gensanas hingegen hatten den Mittelweg gewählt: Halbpension bei den Jesuiten im Carrer Casp in Barcelona. Ich weiß nicht, wie erfolgreich der Bildungsweg derjenigen Sprösslinge verlief, die die Industrie von Feixes am Leben erhalten sollten, aber in Anbetracht des derzeitigen Zustands dieser Industrie lässt sich vermuten, dass ihre Erziehung ein absoluter Reinfall war.

»Ich finde das jedenfalls übertrieben«, sagte Júlia und betrachtete die Mousse, die der Kellner vor sie hingestellt hatte.

»Was findest du übertrieben?«

»Die Krise der Textilindustrie. Nach allem, was ich gehört habe, war es nicht die Schuld der Fabrikbesitzer.«

Onkel Maurici war ein romantischer Geschichtsschreiber. Außerdem gab es Dinge, die er nicht wissen konnte. Es stimmt, dass ich meinen Schulabschluss bei den Jesuiten machte: Dort lernte ich Bolós und Rovira und andere Klassenkameraden wie Masferrer und Coll kennen. Und meine Weisheit wuchs bis zu dem Tag, an dem ich die Universität betrat und alles kam, wie es kam. Aber Puig, Ramió, Ferrer, Ayats, Ballester, Carreras, die Codina-Zwillinge, den kleinen Colomer und Reguant traf es noch ein wenig härter; denn auch wenn der Onkel sich rühmte, gut informiert zu sein, waren alle, die er erwähnte, jünger als Miquel, und ihr Leben verlief ein wenig anders. Es stimmt, dass sie nicht wussten, wohin mit dem Geld, es stimmt, dass sie es zu nichts bringen mussten und deshalb nicht gezwungen waren, die Ausbildung zu beenden, die alle auf Drängen ihrer Väter begonnen hatten. Es stimmt, dass die meisten von ihnen einfach nur in den Tag hinein lebten. Und außer denen, die wie ich in den Krieg zogen, und denen, die mit vollen Taschen irgendwelche Initiationsreisen antraten, versanken ausnahmslos alle anderen in Komplexen, weil sie kein großes Abenteuer erlebt hatten, das sie vor der Namenlosigkeit bewahrte. Und so ergaben sie sich dem Whisky oder dem Gin, taten eifrig und geschickt so, als schrieben sie Gedichte oder verstünden etwas von Innendekoration, und luden ihre Freunde ab und zu auf einen Joint ein. Und ihren jüngeren Brüdern erging es noch schlechter, weil sie zu der Generation gehörten, die Heroin ausprobierte und sich die

Verheißung ewigen Glücks in die Venen schoss; diejenigen von ihnen, die noch am Leben sind, sind allesamt Wracks. Die Intelligentesten meines Alters haben sich dem Abenteuersport verschrieben. Sie leben gesund, umringt von Glasvitrinen voller Pokale und Erinnerungen. Miquel II Gensana der Leser Der Erinnerungen Des Onkels ist einer von denen, die irgendwo mittendrin stehengeblieben sind, halb dem Alkohol verfallen, mit Erinnerungen, die zu Geheimnissen geworden sind, und einem Bruchteil meines Lebens − auch wenn es nur zehn Minuten sind −, den ich am liebsten streichen würde. Und so bin ich gezwungen zu akzeptieren, dass Leben bedeutet zu lernen, diesen ungewollten Bruchteil mit allen seinen Folgen bis zum Tod mit mir herumzuschleppen.

»Und Josep Maria?«

»Welcher Josep Maria?«

»Bolós.«

»Bei dem ist das anders gelaufen. Bolós war aus Barcelona.«

»Und wenn schon. Das war doch sicher überall …«

»Bolós gehörte zu denen, die ihre Rettung in der Politik suchten.«

»Red keinen Schwachsinn.« Ihre Stimme war voller Groll. »Bolós hat sich nicht gerettet. Er ist tot.«

»Lass mich mal von der Mousse probieren, Júlia.«

Das Einzige, woran ich noch Freude hatte, war die Jagd. Das Einzige, woran ich noch Freude hatte, war, ihr aufzulauern, sie zu verfolgen, etwas über ihr Leben zu erfahren, ihre Kunst zu verstehen, so viel Schönheit verwundert und bewundernd zu betrachten und alles andere (*Revista* und die Welt, die sich weiterdrehte) absolut zweitrangig zu finden. Vor dem drohenden Herzinfarkt bewahrte mich nur, dass ich mit Teresa vereinbart hatte, ihr zwei Exemplare der Zeitschrift mit dem Interview vorbeizubringen.

»Ich sehe auf Fotos immer grässlich aus.«

»Überhaupt nicht!« Miquel war empört.

»Was für ein Gesicht ich ziehe.«

»Du bist wunderschön.«

Das kam aus ganzem Herzen, und sie merkte es. Sie schwieg eine Zeitlang und bestellte noch einen Kaffee. Dann zündete sie ihre erste Zigarette an, und wieder wäre ich gerne der Filter gewesen, der ihre Lippen berührt. Schweigend blätterte sie in der Zeitschrift, und Miquel wartete ängstlich und ungeduldig auf ihr Urteil. Aber als sie das Interview überflogen hatte, klappte sie einfach nur die Zeitschrift zu und lächelte.

»Wen wirst du als Nächstes interviewen?« Unwillkürlich war auch Teresa zum Du übergegangen.

»Wahrscheinlich Lluís Claret. Und wenn nicht, George Steiner. Wie fandest du es?«

»Wer ist Steiner?«

»Ein Literaturkritiker. Er hat auch Romane geschrieben. Und wenn nicht ihn, dann Magris. Hat es dir gefallen?«

»Ich werde es mir zu Hause noch mal in Ruhe durchlesen.« Der nächste Schritt bestand darin, den Kaffee zu bezahlen, zu lächeln, ihr die Hand zu schütteln, die Visitenkarte zu überreichen, die er nicht hatte und sich unbedingt demnächst einmal würde machen lassen müssen, auf Wiedersehen zu sagen und wegzugehen, ohne sich noch einmal umzusehen. Aber anstatt der Stimme der Vernunft zu folgen, bestellte Miquel sich ebenfalls noch einen Kaffee und wagte es, in dem Moment, in dem sie sich eine weitere von vielen Zigaretten anzündete, einen unmöglichen Wunsch zu äußern: »Ich fände es ganz wunderbar, dir einmal zu Hause bei der Arbeit zuzusehen.«

»Das ist total uninteressant. Das Entscheidende ist der Auftritt, das Konzert.«

»Ich weiß schon, warum ich dich darum bitte. Um andere Seiten der Künstlerin zu entdecken.«

»Andere Seiten? Ich habe eine Schwäche für Likörpralinen.« Sie lächelte, und ich wusste nicht, was ihr bei diesem Lächeln durch den Kopf ging. »Aber das Interview ist doch schon beendet!«

Ich antwortete nicht, weil ich mir damit eine zu große Blöße gegeben hätte. Nach einer Weile sagte sie dann, es hätte ihr gefallen, dass ich sie nicht gebeten hatte, das Interview in ihrem Arbeitszimmer zwischen all ihren Sachen zu führen, wie alle es taten.

»Du willst nicht, dass ich zu dir nach Hause komme.« Ich nahm es sportlich. Die Sache war gelaufen, das war's. Gute Nacht, Miquel Gensana; geh einen anderen Weg. *Au revoir, mon espoir.*

»Gehen wir. Es ist nicht weit.«

Sie stand auf, und mein Herz lief ihr nach, ohne einen Gedanken daran zu verschwenden, wer denn jetzt den Kaffee bezahlen würde, während er mit weit aufgerissenen Augen so tat, als wäre das alles das Normalste der Welt, und erst zur Besinnung kam, als er sah, wie sie ein paar Münzen auf den Tisch legte.

»Lass nur, ich zahle schon.«

»Das nächste Mal«, sagte sie.

Manchmal trifft man im Leben auf Oasen reinen Glücks. Sie tauchen unerwartet auf, sind schwach und vom Verfall bedroht, doch in den wenigen Sekunden ihrer Existenz können sie die gesamte Existenz eines Menschen rechtfertigen. So überbordend glücklich fühlte sich Miquel, als er Teresa, immer einen halben Schritt hinter ihr, zu ihrer Wohnung folgte, wo sicherlich schon der Kerl mit dem albernen Schnauzbart in Pantoffeln auf sie wartete, der, sobald er mich in ihrer Begleitung erblickte, eine Miene aufsetzen würde, die fragte, wer zum Teufel ist diese Schmeißfliege, die dich umschwirrt.

Teresa lebte im Eixample in einer großzügigen, geschmackvoll eingerichteten Wohnung mit gedämpftem Licht und hohen Decken, die über ein vollkommen schallisoliertes Musikzimmer verfügte. Darin standen ein kleiner Flügel, ein Schrank voller Geigen, eine Hi-Fi-Anlage, ein breiter Schreibtisch, auf dem mit Anmerkungen versehene Partituren lagen, und ein Bücherregal, das – wie ich auf den ersten Blick erkannte – voller Gedichtbände war. Und keine Spur von dem Kerl mit dem albernen Schnauzbart, dessen Blick fragte, und wer ist diese Schmeißfliege, die dich umschwirrt. Miquel II Gensana der Betreter von Tempeln seufzte ehrfürchtig.

»Und?«, fragte sie, als sie mein Schweigen bemerkte.

»Sehr hübsch. Es freut mich sehr, dass ich deine Wohnung sehen darf, jetzt, da ich dich ein kleines bisschen kenne.«

»Du kennst mich überhaupt nicht.« Mit einer weit ausholenden Geste umfasste sie den Raum.

»Wenn ich nicht auf Reisen bin, verbringe ich meine ganze Zeit hier.«

Miquel trat an den Tisch und warf einen verstohlenen Blick auf die dort liegenden Partituren. Dann sah er sie fragend an. Sie wirkte verunsichert.

»Das Konzert von Berg. Ich lese es gerade. Irgendwann einmal würde ich gerne ...«

»Und?«

»Es ist höllisch schwer.«

Sie sah, wie ich verwundert in einer dicken Partitur blätterte.

»Nein: Das ist die Orchesterfassung. Der Violinauszug ist hier.«

Der Auszug war beim dritten Satz aufgeschlagen. Ganz oben auf der Seite stand Allegro ♩ = 69, ma sempre rubato, frei wie eine Kadenz.

»Kennst du es?«

»Ja.«

»Was ist los mit dir?«

»Es ist nichts. Dummes Zeug. Es ist nur ... Nein, ich dachte ... Es ist, als hätte ich bisher geglaubt, dass diese Konzerte nur auf Schallplatte existieren.«

»Wie meinst du das?«

»Die Partitur zu sehen, ist, als würde man ein Gemälde im Original betrachten.« Miquel ließ ein wenig beschämt seinen Blick im Zimmer herumschweifen, als vermisse er etwas. »Und dein Mitbewohner?«

»Ich habe Durst. Möchtest du etwas trinken? Bier? Wasser?«

»Ein Bier bitte. Spielst du auch Klavier?«

Aber Teresa hörte mich nicht, weil sie das Zimmer schon verlassen hatte und dieses gründlich isoliert war. Miquel allerdings interpretierte ihr Schweigen als höfliche Antwort auf eine unpassende Frage. Er nahm den Violinauszug des Konzerts von Alban Berg in die Hand. Als sie mit zwei Gläsern zurückkam und sah, dass ich das Konzert betrachtete, erklärte sie mir, dass Alban Berg es vier Monate vor seinem Tod fertiggestellt hatte und dass ihm wohl trotz seiner Krankheit nicht bewusst gewesen war, dass er sterben würde, dass es aber trotzdem als sein eigenes Requiem galt, auch wenn er es als Requiem für jemand anderen gedacht hatte, nämlich für Manon Gropius. Und der Einschluss hier, siehst du?, C, Dis, F, die Aufnahme dieses Themas von Bach ist immer eine Anspielung auf den Tod. Sie nahm eine Geige aus dem Schrank und spielte das Thema des Bachchorals mit geschlossenen Augen, als müsse sie mich angesichts der Musik ausblenden, aber nach einer Weile verstand Miquel Gensana, dass zum ersten Mal in seinem Leben Teresa Planella nur für ihn allein gespielt hatte, so wie viele Frauen beim Liebesakt die Augen schließen. Und während das Thema von Bach erklang, vernahm ich im Hintergrund die Fagott- und Oboenstimmen, die es begleiteten. Dann setzte Teresa den Bogen ab und öffnete die Augen, in denen ein Fünkchen Hoffnung glomm: »Kannst du Klavier spielen?«

»Mein Gott …«

»Heißt das jetzt ja oder nein?«

»Wenn ich Klavier spielen könnte, wäre ich ein glücklicher Mann.«

»Ich glaube, du vermischst da Dinge, die nicht zusammengehören.«

»Ach, komm schon: Mit deiner Geige und deiner Musik kannst du unmöglich traurig sein.«

Einen Augenblick lang wusste Teresa nicht, ob Miquel das ernst meinte. Mit offenem Mund sah sie den Mann mit den traurigen Augen an und versuchte, den Spott in seiner Stimme zu entdecken. Aber da war keiner. Sie stellte die Geige in den Schrank zurück und trank einen Schluck von dem Orangensaft, den sie sich eingeschenkt hatte. Dann zeigte sie auf die Partitur: »Das Konzert wurde 1936 in Barcelona uraufgeführt. Da war Berg schon tot.«

»Was für ein ...« Ich wusste nicht, was ich sagen sollte: »Das war knapp, was?«

»Anton Webern hätte die Uraufführung leiten müssen, aber der war noch zu erschüttert vom Tod seines Freundes und ... Langweilt dich das?«

»Um Himmels willen, Teresa, erzähl weiter!«

Sie stand auf, um ihre Verlegenheit zu überspielen. Wahrscheinlich bemerkte sie, dass dieser Mann die Augen zu weit aufriss, wenn er sie ansah, und das verunsicherte sie.

»Wann wirst du mit dem Stück fertig sein?«

»Bestimmt nicht vor Ende des Winters. Ich habe noch andere Sachen, die ... Hast du Lust, nächsten Samstag zu einem Konzert des Trios zu kommen?«

Miquel Gensana klappte die Kinnlade herunter. Es war unmöglich, aber diese Frau, diese Göttin, wies ihn nicht ab, hielt ihn nicht für eine Ameise. Er setzte an, um zu sagen, ja doch, ja, wo und wann, ich werde in der ersten Reihe sitzen und euch anbeten. Dich anbeten. Dann schluckte er und klappte den Mund wieder zu. Und machte ihn wieder auf und stieß hervor: »Und dieser Mann, der hier nicht wohnt?«

»Welcher Mann?«

»Der mit dem Schnauzbart.«

»Ach so, Armand ...« Sie stieß ein kleines Lachen aus,

das tausenderlei bedeuten konnte. »Der ist bloß mein Manager.« Sie sah ihm in die Augen. »*Opus 100* von Schubert. Kommst du zum Konzert?«

9

Du bist von mir weggegangen, Miquel, weil ihr jungen Leute eure Eltern nicht zu schätzen wisst. Nicht einmal eure geistigen Eltern. Erst wenn sie tot sind, schätzt ihr sie. Aber das wird dir nicht passieren, denn das, was ich dir erzählen will, wird dich dazu bringen, mich zu verfluchen. Ganz gleich, was du für mich oder gegen mich empfindest, verbrenne niemals dieses Heft: Es ist das Einzige, was mich mit der Erinnerung verbindet. Jetzt muss ich dir von dem Tag erzählen, an dem die Sechste Und Letzte Große Symphonie meines Verzeichnisses stattfand. Genauer gesagt, von der Nacht. Es war eine sehr kalte, ja eisige Nacht. Ich kehrte gut gelaunt von der Uraufführung eines Werkes von Bartra nach Hause zurück, und da es sehr spät war, versuchte ich, beim Betreten des Hauses so leise wie möglich zu sein. Ich tastete mich bis zum Knauf des Geländers vor und stieg die Treppe nach Gefühl und so bedächtig hinauf, wie es mein Alter erforderte. Auf der zweiten oder dritten Stufe angekommen, erspähte ich einen Lichtschein, der aus der Bibliothek kam. Ich kehrte um. Tatsächlich: Unter der Tür drang ein dünner Lichtstreifen hervor. Um diese Uhrzeit? Hatte sich Miquel vielleicht wieder aufs Lesen besonnen, anstatt ständig an Gemma zu denken? Doch dann bot sich mir ein Anblick, mit dem ich niemals gerechnet hätte: An meinem Schreibtisch saß zusammengekrümmt mein Cousin, dein Vater, und schluchzte lautlos in sich hinein. Einige Sekunden lang zögerte ich, was besser wäre: leise die Tür

443

zu schließen und ihn mir am nächsten Tag ganz genau anzusehen oder den Stier bei den Hörnern zu packen und zu
sagen, he, Pere, was hast du, verdammt noch mal? Das Verhältnis zwischen Pere und mir war seit Jahren eher kühl, vor
allem seit der Vierten Großen Symphonie. Und da ich nicht
wusste, was ich tun sollte, ließ ich mich von meiner Intui-
tion leiten: »He, Pere, was hast du, verdammt?«

Offenbar hatte er mich nicht gehört, denn er blieb einfach zusammengekrümmt sitzen und weinte weiter. Ganz
gleich, was geschehen war: Es hat mich immer berührt, wenn
Männer weinen, und diese Tränen ließen mich für einen
Augenblick vergessen, was uns entzweite. Ich berührte ihn
sanft an der Schulter und fragte, he, Pere, alter Junge, was
hast du?

Don Pere I Gensana der Flüchtige schrak zusammen und
hob den Kopf. Mühsam unterdrückte er den letzten Schluch-
zer und suchte nach einem Taschentuch. Mein plötzliches
Erscheinen hatte ihn erschreckt. Vielleicht auch gestört.

»Es ist nichts.«

»Von wegen, nichts.« Ich setzte mich in den Sessel vor
dem Schreibtisch, meinen Lesesessel. Um irgendetwas zu
tun, stopfte ich mir eine meiner Pfeifen, die auf dem Tisch
lagen. »Wenn du es mir nicht erzählen willst, dann eben
nicht. Aber wenn ich dir helfen kann …«

»Du kannst mir nicht helfen.«

»Wie heißt sie?«

»Ach, wenn es doch nur eine Herzensangelegenheit
wäre.«

»Aha … Es ist also etwas Ernstes.«

»Ich bin ruiniert. Ich kann den Maschinenpark nicht erneuern und kann nicht mit Lozano konkurrieren.«

»Das sagst du schon seit einiger Zeit.«

»Aber jetzt ist das Limit erreicht.«

»Was hast du vor?«

»Ich haue ab.«

»Du bist ein Drecksack.«

»Ja. Und du wirst mir dabei helfen, dass mich niemand findet.«

»Nie im Leben.«

»Doch, das wirst du. Im Namen unserer alten Freundschaft.«

»Du hast vielleicht Nerven, Pere. Und was heißt überhaupt, du haust ab?«

»Dass ich abhaue.«

»Allein?«

»Das ist meine einzige Rettung. Ich habe einen Schlupfwinkel gefunden und …«

»Allein?«

»Ja. Nein.«

»Mit wem?«

»Mit Mariona.«

»Der kleinen Blonden vom Vertrieb?«

»Ja.«

»Und Maria?«

»Die tut mir leid, aber …«

»Und dein Sohn …«

»Der ist mir scheißegal. Er ist schon groß, und er hat mir nie helfen wollen.«

Hasse mich nicht, Miquel, aber das waren die Worte deines Vaters.

»Hör zu, Pere, ich werde dir auch nicht helfen.«

»Oh doch, das wirst du.«

»Leck mich am Arsch, Pere.«

Und damit begann die Sechste Große Enttäuschung. Pere hob den Kopf – seine Augen waren schon trocken –, setzte die Brille auf und musterte mich mit einem Blick, der kalt und hart wie ein ungeschliffener Diamant war und mich an den Blick seines Vaters, meines gottverdammten Adoptivvaters, erinnerte. Mir ging vieles durch den Kopf, und ich hörte, wie es von Sant Esprit zwei Uhr morgens schlug.

»Ich sagte, oh doch, du wirst mir helfen.«

»Willst du mich etwa erpressen wie dein Vater?«

Er bestätigte es mir nicht. Er sah mich nur an, und seine Augen sagten, oh ja, jetzt, da alles verloren ist, wäre ich durchaus in der Lage zu verbreiten, dass der Präsident auf Lebenszeit des Kulturvereins eine elende Schwuchtel ist und so weiter. Und weil ich seinen Blick verstand, kam ich ihm aus Schwäche zuvor und verhinderte dadurch, dass dein Vater so tief sank. Mitten in der Nacht sagte ich mit rauer Stimme, ich werde dir helfen, Pere. Im Namen unserer alten Freundschaft. Dein Vater hat mich also nicht erpresst, das habe ich ganz alleine zustande gebracht.

»Danke, Maurici.«

»Unter einer Bedingung.«

»Und die wäre?«

»Dass du deinen Großen Eid hältst.«

Ich musste ihn daran erinnern, dass er mir vor Jahren feierlich geschworen hatte, dir das Haus zu überschreiben, damit es erhalten bliebe, was auch immer geschah. Ich bemerkte nicht, dass er eine halbe Sekunde zögerte, bevor er es mir versprach. Wenige Tage später erfuhr ich, dass Can Gensana, als er den Großen Eid erneuerte, schon längst verpfändet war. Deshalb klingen mir, während ich das alles für dich aufschreibe, noch immer die Worte von Pere I dem Eidbrüchigen im Ohr. Er sagte, ich schwöre es dir, Maurici, um unserer alten Freundschaft willen. Ich schwöre dir, Miquel, das hat dein Vater gesagt.

Und von diesem Augenblick an hat dein Onkel Maurici

der Getäuschte vieles getan, was nicht sehr ehrenhaft war, Miquel. Haben wir uns nicht oft gefragt, mit wem dein Vater an jenem Nachmittag sprach, an dem er verschwand? Nun, das war ich. Ich habe euch alle getäuscht und die Polizei ebenfalls. Ich habe unter falschem Namen die Tickets gebucht. Ich habe ihm geholfen, mithilfe falscher Papiere seine Vorbereitungen zu treffen, und ich habe geschwiegen und geschwiegen und schweigend zugesehen, wie deine Mutter verzweifelte. Und wie du verstummtest. Ich vermute, deshalb ist mir das Gehirn explodiert. Manchmal denke ich, dass ich schon immer verrückt war. Dann wieder weiß ich nicht, ob mein Wahnsinn in diesen Tagen der Feigheit begann oder ob die Sechste Große Symphonie und der Meineid der Grund sind. Wenn ich überhaupt verrückt bin.

Und alles kam so, wie es geschrieben stand. Nach einer Woche bürokratischer und logistischer Vorbereitungen diente ich ihm als schweigender Chauffeur. Nach einer grässlichen Woche, weil ich wusste, dass ich von diesem Tag an Maria nicht mehr würde in die Augen sehen können. Auf dem Weg zum Flughafen beschimpfte ich die beiden unablässig, während Pere I der Schamlose seine Pantoffeln gegen richtiges Schuhwerk tauschte und die restlichen Kleidungsstücke anzog, die er bereitgelegt hatte. Obwohl Mariona schweigend dabeisaß, sagte ich, sprich mit Maria.

»Nein.«

»Schreib ihr.«

»Mal sehen.«

Was so viel hieß wie Nein. Er war fast so feige wie ich, dein Vater, Miquel. Und er ließ mich schwören, nie im Leben irgendetwas von dem zu erzählen, was ich dir jetzt gerade erzähle, und seinen zukünftigen Aufenthaltsort für alle Zeiten geheim zu halten. Und ich schwor es ihm, weil er mir geschworen hatte. Dann waren wir am Parkplatz des Flughafens angekommen.

»Na los, hilf mir.«

»Nein. Seht zu, dass ihr alleine klarkommt. Ihr braucht mich nicht.«

Pere I Gensana der Drecksack klopfte mir freundschaftlich auf die Schulter, was er seit einer Ewigkeit nicht mehr getan hatte.

»Ich werde nie vergessen, was du alles für mich getan hast«, sagte er.

»Ich auch nicht.«

Zwei, drei, vier Sekunden Schweigen, während deren ich all die Jahre Revue passieren ließ, die wir uns kannten. Und mir kam der schreckliche Gedanke, dass am gesamten Unglück, das in der letzten Zeit über die Familie hereingebrochen war, die heimliche, leidenschaftliche Affäre zwischen Urgroßmutter Pilar und Pere Rigau dem Westinder schuld war. Oder genauer gesagt, die schlechte Idee, ein Tagebuch über diese Leidenschaft zu führen. Ich glaube, es war diese Idee, die mich wahnsinnig machte.

»Auf Wiedersehen und danke für alles, Maurici. Und verzeih, dass ich dir so übel mitgespielt habe. Ich hatte keine andere …«

»Hau einfach ab.«

Ohne zu zögern und ohne zurückzusehen – wie es sich gehört –, mit einer energischen Geste wie Feldwebel Samanta, wenn sie mir das Pflaster abreißt, stieg Pere aus dem Wagen. Ich wandte nicht den Kopf und sagte nichts, damit Mariona nicht sah, dass ich weinte. Santarem 1012. São Paulo, Brasilien.

IO

Seit ein paar Wochen verkehrte Miquel regelmäßig in Teresas Dunstkreis. Seine Arbeitskollegen bemerkten, dass er zerstreuter war als sonst, und Júlia, die einen Riecher für diese Dinge hatte, ließ dem einen oder anderen gegenüber die Bemerkung fallen, dass Gensana wohl verliebt sei. Genau genommen war ich nicht verliebt: Ich war verloren, gefesselt, kurz davor, mir die Pulsadern aufzuschneiden. Ein Psychiater hätte von krankhafter Abhängigkeit gesprochen. Ich nannte es einfach nur auf Wolke sieben schweben. Ich hörte mir wieder das Rimski-Trio an, empfand eine sinnlose Eifersucht auf die beiden Moliners, Teresa machte uns miteinander bekannt, und dann gingen Miquel und Teresa zusammen Abendessen. Sie erzählte ihm, dass sie im nächsten Monat zwei Konzerte in Paris habe, und ich fragte, darf ich mitkommen?

»Und deine Arbeit?«

»Darf ich bitte, bitte mitkommen?« Und dann, wie ein kleiner Junge: »Ich werde auch ganz leise sein.«

»Armand begleitet mich schon.« Sie lächelte.

»Armand? Der mit dem Schnauzbart?«

»Der mit dem Schnauzbart.« Sie lächelte mich an: »Was ist los mit dir, Miquel?«

»Ich nehme an, ich bin eifersüchtig auf ...«

Ganz schlecht. Um eifersüchtig zu sein, überdies zu Recht, hätten einige Dinge geschehen sein müssen, die zwischen Teresa und mir nie geschehen waren. Ich lächelte, um zu zeigen, dass ich das Thema wechseln wollte.

»Eifersüchtig worauf?« Nun war ihr Interesse erwacht. »Was ist los mit dir?«

»Entschuldige bitte: Das wollte ich nicht sagen. Du hast dein Leben.«

»Und du deines.«

Glatt gelogen. Zu diesem Zeitpunkt war Miquel Gensana ein einsamer Mensch, der den ganzen Tag las, Musik hörte und Ausstellungen besuchte, dessen Empfänglichkeit für künstlerische Schönheit von Tag zu Tag ebenso wuchs wie seine Verletzlichkeit und dessen Mutter allmählich verlosch. Sonst hatte er niemanden, es sei denn, man zählte seinen Vater mit. Noch dazu arbeitete er bei der Zeitschrift *Revista,* wo seine Aufgabe darin bestand, die Kunst anderer zu loben. Und das machte mich zum Großen Neider.

»Du hast mir gesagt ... Ach, ist egal.«

»Nein, sag schon.«

»Du hast mir gesagt, Armand wäre nur dein Manager.«

Wieder lächelte Teresa. Den Schweißtropfen auf ihrer Oberlippe bemerkte Miquel nicht. Unablässig lächelnd sah sie mir in die Augen: »Armand war für ... nun ja, für ziemlich lange Zeit mein Lebensgefährte.«

Verdammt. Was dachtest du denn, du dämlicher beschissener Liebhaber: dass diese Frau ihre Jungfräulichkeit nur für dich bewahrt hätte? Nein, Gemma, mir ist es auch egal, dass du schon mit zwanzigtausend Typen zusammen warst, ehrlich.

»Entschuldige ... Es steht mir überhaupt nicht zu, eine Erklärung von dir zu fordern, Teresa ...«

»Danke.«

In diesem Augenblick nahm jemand am Nebentisch

Platz, und wir fühlten uns ein wenig schutzlos, taten aber so, als bemerkten wir es nicht.

»Seid ihr schon lange getrennt?«

»Sagtest du nicht eben gerade, es stünde dir überhaupt nicht zu …«

»Ja, ja. Entschuldige, Teresa. Es ist nur so, dass … Egal, ich habe nichts gesagt.«

»Fünf Monate.«

»Ah.«

»Ja. Wir haben die Beziehung beendet. Aber er bleibt weiterhin mein Manager.«

»Warum?«

»Weil er sehr gut ist.«

Es war schweißtreibende Arbeit, dieser Frau, die ihn mit einem ununterbrochenen Lächeln, aber ein wenig distanziert ansah, Informationen zu entlocken. Also beschloss ich, ihr alles aus meinem Leben zu erzählen, was man erzählen konnte. Manchmal denke ich immer noch, dass man durch Erzählen sein Inneres reinigt. Das Problem ist, wenn es viele Toros gibt, die dich zwingen, einige Szenen zu verschweigen.

»Mir hast du sie nicht verschwiegen.« Júlia rief nach dem Kellner, dann lächelte sie mich an. »Oder?«

»Vielleicht, weil ich dich liebe.«

»Oder weil du völlig verzweifelt bist.«

Verdammt, Júlia.

Wir bestellten Kaffee, und Miquel führte eine äußerst ergiebige Diskussion über Armagnac und Cognac mit einem Maître, der über die Ignoranz des Monsieur von Tisch *dixhuit* empört war. Schließlich brachten sie ihm einen Torres 5. Und Miquel erzählte Teresa von Gemma, von der Arbeit, von seinem Leben. Und sie lauschte ihm sehr aufmerksam. Dann brachte er sie nach Hause, träumte von ihr, sie sahen sich wieder, und nach vier oder fünf Tagen stellten sie mitten auf der Plaça de Catalunya fest, ohne ein Wort zu wechseln, dass sie ein Paar waren. Und er bat sie, ihr beim Arbeiten zusehen zu dürfen, aber sie gestand es ihm selbst jetzt nicht zu. Dafür bot sie ihm an, sie nach Paris zu begleiten.

»Und Armand?«

»Was hast du bloß immer mit Armand?«

Das Problem war, dass er einfach zu alt war, um es zu verstehen. Sie war eine junge Frau, war ganz anders erzogen als er, hatte mehr Erfahrung mit Beziehungen und viele kleine Rückschläge erlebt, die ihr geholfen hatten, sich ein dickes Fell zuzulegen und sich abzuschotten; und wenn sie sagte, Armand war mein Lebensgefährte, aber jetzt ist er nur mein Manager, log sie höchstwahrscheinlich nicht nur nicht, sondern der berufliche Kontakt mit Armand berührte sie tatsächlich emotional in keiner Weise. Genau das Gegenteil dessen, wie es Miquel erging. Und so fuhr Miquel mit Teresa und Armand nach Paris, nachdem er sich für Duran ein eher dürftiges Alibi zurechtgelegt hatte: In Paris würde er Lluís Claret interviewen, und die Zeitschrift und er würden sich die Reisekosten teilen, aber das würde bedeuten, dass er eine Woche lang nicht in der Redaktion auftauchte.

»Das ist schon ziemlich dreist, nach Paris zu fahren, nur um mit Claret zu reden.«

»Der ist doch nie zu Hause.«

»In Ordnung, Gensana …« Finstere Miene. »Und die Fotos?«

»Die mache ich selbst.«

»Kommt nicht in Frage! Davon verstehst du nichts.«

Das war das letzte Wort. Nun hieß es improvisieren: Paris war ein Foto wert.

»Nein, nein: Ich meinte, dass ich einen Fotografen zur Hand habe.«

»Wer ist es?«

»Ein gewisser Armand. Ausgezeichneter Mann.«

»Armand und wie weiter?«

»Armand Armand. Kennst du ihn nicht?

»Nein.«

»Er ist gut. Mach dir keine Sorgen.«

»Wenn es um dich geht, muss ich mir immer Sorgen machen, Gensana.«

Und ich. Ich muss mir um mich auch immer Sorgen machen, aber ich ertrage mich. Aber das sagte ich Duran nicht, denn in diesem Augenblick bekundete er mit einem herablassenden Handwedeln sein Einverständnis und konzentrierte sich wieder auf seine Arbeit, um mir zu bedeuten, dass das Gespräch beendet war. Duran, der immer so tat, als würde man ihm einen Zahn ausreißen, wenn man ihn um etwas bat, der letztendlich aber nachgab, weil er, nachdem er Miquel Gensana ein paar Jahre lang hatte arbeiten sehen, zu dem Schluss gelangt war, dass er der Beste war. Der Beste darin, sich für die Arbeit anderer bewundern zu lassen. Und so reiste ich nach Paris in Begleitung des ausgezeichneten Fotografen Armand Armand, Exliebhaber meiner geliebten Teresa, der ich immer noch nicht gesagt hatte, dass ich sie liebte.

Claret war sehr freundlich; ich war nicht bei der Sache, und so wurde mein Interview mit ihm nicht weiter bemerkenswert. Aber in den drei Stunden, die wir miteinander verbrachten, lernte ich viel über Musik. Und danach hatte er Lust, die Planella anzuhören, weil er sie anscheinend nicht mehr gesehen hatte, seit sie ein kleines Mädchen mit Zöpfen gewesen war.

Teresa spielte das Konzert Nummer drei von Saint-Saëns. In Paris. Teresa war in der Lage, Arenski oder Tschaikowski in Sankt Petersburg zu spielen und als Russin durchzugehen. Saint-Saëns in Paris, jawohl. Und sie machte es wunderbar. Selbst Barenboims Miene wurde weich, wenn er sie mit reglosem Taktstock und leuchtenden Augen ansah, und ich war der eifersüchtigste Mann der Welt, rettungslos eifersüchtig, weil jeder diese Frau bewunderte, jeder sie begehrte, und ich nicht mehr als ein Putzlumpen war oder höchstens ein Vorhang ihres Schlafzimmers. An Claret bemerkte ich den gleichen Blick, so gut er es auch zu verbergen versuchte.

»Kennst du sie persönlich?«, fragte er mich, als ich nach dem Konzert sagte, ich wolle zu ihr hingehen und sie begrüßen.

Ich bin der Mann ihres Lebens, aber das weiß sie noch nicht.

»Wie man's nimmt … Ich hab sie interviewt und …«

»Klar, stimmt ja …« Er zeigte auf die Tür der Garderobe, vor der wir mittlerweile angekommen waren. »Sie ist sehr gut. Und sie kann noch besser werden.«

Teresa war schwer beeindruckt, dass Claret sich dazu herabließ. Sie sah mich dankbar an, und mir war klar, dass Paris einen Claret wert war, wenn Teresa einen so freundlich empfing. Ich war glücklich. Mir fehlte nur noch ein klein bisschen Mut, um ihr zu sagen, Teresa, Liebste, ich liebe dich wahnsinnig, du bist das Licht meines Lebens, du bist der Weg, die Wahrheit und das Leben, geh nicht fort, verlass mich nicht, denn du und ich, wir haben doch noch gar nicht angefangen zu leben. Aber es ist ja unmöglich, dass du mich liebst. Und während Armand Armand mit seinen Anspielungen auf Teresas vollen Terminkalender und ihre nächsten Auftritte nervte und Claret, Teresa, Barenboim und eine sehr attraktive junge Frau versuchten, über Musik zu reden, fiel mir plötzlich zu meinem Schrecken etwas ein: »Die Fotos!«

Sie sahen mich an, und ich wurde puterrot.

»Ich muss ein paar Fotos machen.«

Barenboim zeigte mit der billigen Zigarre auf mich, auf der er die ganze Zeit herumgekaut hatte: »Ich will keine Fotos.«

Miquel blickte beunruhigt von ihm zu Claret: »Sie sind für das Interview, das ich mit …« Und er deutete schüchtern auf den Cellisten.

Die Verhandlungen mit Armand Armand, *photographe de la Grande Écurie du Roi*, waren ein Kinderspiel; Miquel erinnerte ihn daran, wie gut die Fotos geworden waren, die er für ein Programmheft der Planella gemacht hatte, und drückte ihm lächelnd die Kamera in die Hand: nichts Besonderes, vier oder fünf Fotos mit dem Cello.

»Das habe ich gar nicht hier.«

»Dann sehen Sie halt nachdenklich aus dem Fenster.«

»Hat jemand zufällig Likörpralinen?« Mein Herz war zerrissen zwischen dem Auftrag, mit guten Fotos von Claret nach Barcelona zurückzukehren, und dem Gebot, in die nächste Patisserie zu rennen. Es klopfte heftig wie damals in Zeiten des Kriegs.

Nach einer Stunde – der Moët war noch kühl und Teresas köstliche Lippen schlossen sich um die vierte oder fünfte Praline – vertieften sich Claret, Barenboim und sie mit beleidigender Leichtigkeit in die Analyse des Konzerts von Alban Berg, das Barenboim und Teresa im Spätsommer gemeinsam aufführen würden, und Miquel erfuhr, dass dieses Konzert nicht nur das Requiem für Berg und die Beschreibung des Leidens, des Todes und der Verklärung von Manon Gropius war, sondern auch ein wahrhaftes Buch der Frauen.

»Fantastisch. Die sind mit Cognac, oder?«, fragte Teresa.

»Mit Armagnac«, berichtigte jemand, als würde er die Zukunft kennen.

Miquel hatte nicht gewusst, dass die Kärntner Volksweise ein Verweis auf Mizzi, eine von Bergs ersten Affären, und ihr gemeinsames Kind war. Und dass Hanna durch die immer wiederkehrende Verwendung der Zahl zehn in seinem Werk präsent war, und dass Berg darüber hinaus verheiratet war, und ich dachte, was für ein großartiges Buch der Frauen Berg geschrieben hatte mit seiner Frau, der fernen Tochter, Mizzi, Hanna, Manon, Berta, Gemma und Teresa, und wie kann es sein, dass die Widmung dieses Werks nur lautet zum Gedenken eines Engels und nicht allen Engeln seines Lebens gewidmet ist. Aber ich fühlte mich sehr solidarisch mit Alban Berg dem Göttlichen und war zutiefst empört, weil er – während ich vergeblich gegen die Mauer der Unfruchtbarkeit anrannte – einen Weg gefunden hatte, Leid in Kunst zu verwandeln.

»Das Thema erinnert an das von *Tod und Verklärung* von Strauss.«

Ich weiß nicht mehr, wer das sagte. Vielleicht war ich es. Barenboim warf einen raschen Blick auf die attraktive, schweigende junge Frau, die neben ihm stand und ihn anschmachtete, und versprach uns ein Abendessen im Procope nach der ersten Aufführung des Konzerts von Berg. Und da das im September sein würde, würde es Austern geben.

»Ich liebe Austern!«, rief die Planella. Und ich wäre gerne eine Perle gewesen.

Und Miquel erinnerte sich genau daran, wie er beim Betreten des Hotels dachte, wenn es nur diese Nacht sein könnte, Teresa, als Armand Armand ihm den Weg vertrat und ihm die Kamera zurückgab.

»Ich nehme an, du wirst sie entwickeln lassen, oder?«

»Natürlich. Danke.« Miquel zeigte auf die Kamera: »Sag mal, wie heißt du eigentlich mit Nachnamen?«

»Poch«, antwortete Armand Armand.

»Aha.«

»Und?« Júlia spielte mit ihrer Kaffeetasse.

»Was und?«

»Du und Teresa?«

Sie wollte wissen, ob wir uns geliebt hatten. Júlia wollte wissen, ob in Paris und so weiter. Einen Moment lang wusste Miquel nicht, was er sagen sollte, trank einen Schluck Armagnac Torres 5 und dachte daran, wie Teresa ihm angeboten hatte, sie eine halbe Stunde später auf ihrem Zimmer zu besuchen, und wie er völlig verwirrt gewesen war, weil er nicht geglaubt hatte, dass dies jemals passieren würde, und wie er gesagt hatte, ja, klar doch, Teresa, und genau eine halbe Stunde später vor ihr gestanden hatte und sie sich geliebt hatten, oh ja, sehr, und wie er von dieser außergewöhnlichen Frau so durchdrungen gewesen war, dass er ganz vergaß, ihr zu sagen, dass er sie liebte, und das, obwohl ich nie jemanden so unermesslich geliebt habe wie Teresa.

»Was soll ich sagen … mit mir und Teresa … wie es eben so ist.«

II

Ich weiß nicht recht, lieber Miquel, aber es ist schwierig, über die Taten anderer zu urteilen. Weil man immer dazu neigt, sich selbst ins beste Licht zu rücken. In dieser Hinsicht war deine Mutter vorbildlich: Ich habe nie gehört, dass sie ein böses Wort über die Flucht deines Vaters verloren hätte. Sie war gekränkt, sie fühlte sich gedemütigt, aber sie hat ihn nie kritisiert, soviel ich weiß, nicht einmal vor dir. Aber ich kann ihrem löblichen Beispiel nicht folgen, denn auch wenn Pere viele Jahre lang mein bester Freund war, ist er doch für die Sechs Großen Enttäuschungen verantwortlich. Indem ich den Verstand verlor, ist es mir gelungen, eine Art Schweigen zu bewahren, das man als edelmütiges Verhalten deuten könnte. Aber das ist es nicht: Ich schulde deinem Vater sechsfache Rache, und deshalb werde ich dir jetzt ein paar Dinge erzählen, von denen ich nicht will, dass sie in Vergessenheit geraten. Ich weiß, dass ihr beide nie ein besonders gutes Verhältnis hattet, Pere und du. Dass er nie verstanden hat, warum auch du geflohen bist, ohne ihm auch nur einen Grund zu nennen. Eine Familie von Flüchtigen! Und er hat es nie verwunden, dass du ihm in der Fabrik nicht zur Seite gestanden hast und er auf seinen Neffen Ramon vertrauen musste. All das erklärt, wenn du willst, die allmähliche Entfremdung zwischen euch beiden.

Sieh mal: Deine Eltern redeten schon lange nicht mehr miteinander, hatten sich praktisch nichts mehr zu sagen.

Deine Mutter ahnte, woran das lag, wagte aber nicht, etwas dagegen zu unternehmen, wenn ich auch nicht verstehe, warum, denn sie war eine sehr tapfere Frau. Wie auch immer: Dein Vater hatte schon lange ein Verhältnis mit Mariona und hatte auch zuvor schon zwei, drei Affären gehabt. Als er mit ihr durchbrannte, war sie schwanger. Du hast einen Bruder in Brasilien, Miquel.

Und eines Tages, als Miquel gerade zum wiederholten Male diese Zeilen seines Onkels las, starb die Mutter. Allein in ihrer Wohnung in Feixes. Ohne ihre Miquels. Denn auch sie hatte, wie der Onkel, ihre Miquels gehabt, das Original und die Kopie, den Entwurf und die endgültige Fassung. Sie starb ohne ihre Miquels, ohne den, der einmal ihr Ehemann gewesen war, ohne ihr Haus und ohne den Onkel, der so gerne von den Toten erzählte.

Miquel traf ihr Tod bitter, weil er sicher war, dass er seiner Mutter in ihrem ganzen Leben kein einziges Mal Freude gemacht hatte; und sie hatte sich nie darüber beklagt, weil sie stark war, wie alle Frauen. Und er konnte sich nicht verzeihen, dass sie alleine gestorben war, nur mit der Erinnerung an das, was sie verloren hatte. Während er über den Friedhof ging, dachte Miquel, ich habe auch schon angefangen, meine Toten zu zählen, Onkel, und bin zu dem Schluss gekommen, dass ich nicht verstehe, warum es das Leben gibt, wenn mit dem Tod alles verloren geht; und ich kam mir vor wie eine dieser jungen Frauen aus der Redaktion, die alles daran setzten, sich nicht zu verlieben, um nicht erleben zu müssen, wie der Zauber schwand. Vielleicht war dies der Moment, in dem er beschloss, dass er das Leben, das er nun einmal lebte, nur würde ertragen können, wenn er der entsetzlichen Unausweichlichkeit des Todes gelassen entgegensah. Nun gut: Außerdem war er verliebt. Arme Mutter, sie hat nie erfahren, dass ich verliebt war.

12

»Ich warte schon seit zwei Stunden.«

»Meinetwegen kannst du warten, bis du verfaulst.«

»Ich muss weg, Júlia, verdammt, das habe ich dir doch schon gesagt.«

Der Plastikbecher mit dem letzten Rest Kaffee flog in den Papierkorb.

»Wenn keiner drangeht, kann ich mir noch kein Telefonat aus den Fingern saugen.«

»Wir hatten ausgemacht, dass du dort anrufst.«

»Ich habe getan, was ich konnte.«

»Eben nicht.« Wütend schlug Miquel auf den Tisch. »Du darfst es niemals so weit kommen lassen, dass der Kunde die Initiative ergreifen muss.«

»Ach, was soll's.«

»Nein! Das ist entscheidend. Wenn er nicht sieht, wie wichtig das Ganze ist, vergisst er es.« Er tippte sich mit zwei Fingerspitzen an die Stirn: »Hast du das kapiert?«

Júlia griff nach den Papieren, die sie immer mit sich herumtrug, wenn sie von einem Tisch zum anderen ging, und verzog sich, umgeben vom Läuten der Telefone, sichtlich eingeschnappt in ihre Ecke. Sie schmollte. Was sollte Miquel jetzt tun? Sich bei ihr entschuldigen? Sie zum Teufel jagen? Er sah sich suchend nach seinen Zigaretten um, griff zum Hörer und wählte eine interne Nummer: die Zwölf.

»Ja, bitte?«

»Hallo. Komm schon, stell dich nicht so an.«

»Du kannst mich mal kreuzweise.«

Sie legte auf. Miquel seufzte. Und jetzt? Sollte er das Ganze vergessen? An Teresa denken? Oder an die Musikrezension, die bis zehn Uhr am nächsten Morgen fertig sein musste? An die traurige Tatsache, dass er zu spät zu dem Konzert gekommen war, das er bis zehn Uhr am nächsten Morgen rezensieren musste? Oder war es vielleicht das Beste, zu Júlias Tisch hinüberzugehen und sie vor aller Augen für ihre Unverschämtheit zu ohrfeigen? Schließlich begnügte er sich damit, eine Schublade aufzuziehen und nach Zigaretten zu suchen. Da er sich den Schreibtisch mit Lali teilte, wusste er nie, wo seine Sachen waren. Er fand die Zigaretten nicht und dachte, na gut, umso besser. Aber in der Zwischenzeit hing der Kontakt, der ihnen helfen würde, mit Lawrence Durrell in Verbindung zu treten, von einem einzigen Anruf ab, der anscheinend nie erfolgen würde. In diesem Augenblick klingelte das Telefon.

»Für dich, Miquel.«

»Wer ist es?«

»Das hat er mir nicht gesagt.«

»Ich habe dir doch schon tausendmal gesagt ...«

»Ich weiß, aber ich hatte keine Zeit ...« Stille. Mittlerweile war jedem in der Redaktion klar, dass Miquel Gensana, der Star unter den Kulturjournalisten, heute mies gelaunt war. Lalis Stimme fragte mürrisch: »Stelle ich ihn dir nun durch oder nicht?«

»Ja, natürlich ... Ja, bitte?«

»Hallo, alter Freund. Hier spricht Bolós.«

»Hej, wie geht's.« Es gelang ihm nicht, Begeisterung in seine Stimme zu legen. »Wie läuft's mit der Politik.« Nicht einmal fragend die Stimme zu heben brachte er fertig.

»Gut. Wir können uns nicht beklagen. In Gedanken sind wir schon bei den Nationalwahlen.«

»Immer denkt ihr nur an die Wahlen.«

»Mach dich nicht lustig, okay? Gehen wir zusammen essen?«

Mittagessen im Ca l'Agut auf Rechnung des frischgebackenen Abgeordneten; das war ein guter Deal. Für einen Moment vergaß Miquel Durrell. Aber die Unterhaltung plätscherte ziellos dahin, und Miquel wusste nicht, was Bolós eigentlich wollte, denn dass er etwas Bestimmtes wollte, dessen war er sich sicher. Dennoch erging sich Bolós bis zum Kaffee in Lobreden auf den Ruhm und die gewissenhafte Arbeit seines Freundes. Ich bin darauf genauso stolz wie du, Miquel.

»Ich bin aber gar nicht stolz darauf.«

»Warum?«

»Uff. Das ist schwer zu …« Er sah ihm ins Gesicht: »Weißt du was? Ich wäre gerne der interviewte Dichter, der besprochene Romanautor, der kritisierte Musiker. Stattdessen muss ich mich damit zufriedengeben, von außen zuzusehen.«

»Die eigentlich tiefgründige intellektuelle Arbeit leistest doch aber du«, gab Bolós zu bedenken und fügte dann kategorisch hinzu: »Der Künstler bringt nur Gefühle zum Ausdruck.«

Was konnte er da noch sagen, wenn der hochgeschätzte Franklin ein Alleswisser in Sachen Kunst war?

»Ganz so ist es nicht, Bolós. Der Kritiker mag ein gebildeter Mensch sein; meinetwegen sogar ein weiser Mann.« Er sah ihn verzweifelt an. »Aber er ist nicht kreativ.«

»Das ist doch Haarspalterei. Du machst auch Kunst.«

»Ich nicht, Bolós.«

»Du schreibst fantastisch. Und du bringst uns normalen Sterblichen die Kunst näher.«

Da er seit einem Monat auf Alkohol verzichtete, um abzuspecken, prostete ihm Bolós mit dem vollen Wasserglas zu. Miquel antwortete mit einem Lächeln und hob seinerseits das Weinglas: »Wenn der Kritiker sich umsieht, erblickt er den Schatten eines Eunuchen.«

»Was?«

»Wer wollte Kritiker sein, wenn er Schriftsteller sein könnte?«

»Nun ja ...«

»Das hat Steiner gesagt.«

»Wer ist Steiner?«

»Ein Kritiker. Ein großer Kritiker. Irgendwann einmal würde ich ihn gerne interviewen.«

»Also ich ... ich verstehe ja nichts davon, aber ...« Er leerte das Wasserglas in einem Zug.

»Warum hast du mich eingeladen?«

»Ich mache mir Sorgen um Rovira.«

Also waren die drei Freunde in gewisser Weise wieder vereint. Wie zehn Jahre später auf dem Friedhof, Júlia. Bolós erzählte mir, dass Rovira auf der Suche nach der idealen Montserrat von Tag zu Tag mehr abdrehte und dass er sich schon ein paar Mal einen üblen Tripper eingefangen hatte, aber nicht auf Sex verzichten wollte. Wenn er so weitermacht, kriegt er noch Aids.

»Ach, komm schon, schließlich ist er erwachsen.« Miquel leerte sein Glas. »Wann hast du zuletzt mit ihm gesprochen?«

»Gestern Abend. Er hat mich bis zum frühen Morgen vollgequatscht. Kann von nichts anderem reden.«

»Und wie läuft's für ihn bei der Arbeit?«

»Gut. Aber ich glaube, sie interessiert ihn nicht wirklich: Sie hat keine Vagina.«

»Glaubst du, diese Montserrat ...« Miquel schüttelte den Kopf, um einen absurden Gedanken loszuwerden. »Nein, nichts ...«

»Was wolltest du sagen?«

»Nichts, nichts.«

»Doch, sag schon, es interessiert mich. Immerhin ist Rovira mein Freund, und es geht ihm echt dreckig.«

»Nein, ich dachte nur, dass …« Miquel hob den Kopf: »Er ist auch mein Freund.«

»Das weiß ich doch.« Bolós schnipste mit den Fingern, um ihn zum Weiterreden aufzufordern, und ein Kellner trat hinter einer Säule hervor. »Was wolltest du sagen?«

»Wünschen die Herren …«

»Nein danke. Ich …«

»Noch ein Schlückchen Wein?«

»Nein, nein, wirklich nicht. Es ist alles in Ordnung.«

Frustriert zog sich der Kellner zurück. Bolós schnipste erneut, um Miquel eine Antwort zu entlocken. Sofort streckte der Kellner wieder den Kopf hinter der Säule hervor, bremste sich aber gerade noch rechtzeitig.

»Ich denke schon seit einiger Zeit, dass diese berühmte Montserrat nie existiert hat.«

»Na so was! Willst du damit sagen, dass Rovira spinnt?«

»Keine Ahnung …«

»Wer ist die denn?«

Ich drehte mich um. Júlia kam mit einem Blatt Papier in der Hand auf mich zugestürmt. Sie wirkte ernst und sah mir nicht in die Augen.

»Hallo. Gerade kam ein Anruf aus Marseille. Durrell will mit dir sprechen.« Womit sie sagen wollte, siehst du, du alte Nervensäge, wenn ich etwas mache, dann mache ich es richtig.

»Bolós, ein Freund von mir. Júlia, eine Arbeitskollegin.«

»Sehr erfreut.«

Noch bevor Miquel fragen konnte, woher sie denn wusste, dass er hier war, hatte Júlia schon kehrtgemacht und ging hoch aufgerichtet davon, um zu zeigen, dass sie immer noch wütend auf ihn war.

»Die sieht aber gut aus, was?«

»Hör mal, Bolós, ich muss dich allein lassen.« Er wedelte mit dem Blatt, das Júlia ihm gebracht hatte, um sich für seine plötzliche Eile zu entschuldigen. »Ich versuche gerade …« Ich senkte die Stimme, um das Geheimnis zu wahren und die Nachricht noch bedeutender klingen zu lassen, »… Lawrence Durrell zu erwischen.«

»Wow.«

»Drück mir die Daumen.«

Bolós rührte sich nicht. Er schien leicht irritiert über das plötzliche Ende dieses Mittagessens. Mit der Kaffeetasse wies er auf Miquel und sagte, während er sich mit der Serviette den Mund abwischte: »Wie heißt die Kleine, die gerade hier war?«

»Júlia.«

»Sie sieht fantastisch aus, Miquel. Wo hast du sie aufgetrieben?«

Die Kontaktaufnahme war erfolgreich. Sehr erfolgreich. Fünf Minuten später waren Reise und Interview unter Dach und Fach.

»Siehst du?« Júlia saß im Büro und spielte nicht länger die beleidigte Leberwurst. Es freute mich zu sehen, dass sie sich für meine Projekte interessierte. Ich zwinkerte ihr zu und ging zu meinem Tisch, an dem Lali saß, die ein offenbar dringendes Gespräch angenommen hatte.

»Entschuldige bitte, Lali. Ich müsste eigentlich schon weg sein.« Und in den Hörer: »Ja, bitte?«

»Miquel? Bist du das?«

»Teresa.« Ich dämpfte die Stimme. Meine Eile, meine schlechte Laune, alles war wie weggeblasen, Teresa. Júlia sah von ihrem Platz aus zu mir herüber, und ich glaubte in ihren Augen, denen einfach nichts entging, eine leichte Verachtung zu lesen. »Was gibt es?«

Es war das erste Mal, dass Teresa ihn bei der Arbeit anrief. Bei der Arbeit und überhaupt. Als rechnete sie schon fest auf ihn. Als hätte alles – die Tatsache, dass ich drei oder vier ihrer Konzerte besucht hatte, dass ich sie nach Paris begleitet und ihr dort mit einem seligen Lächeln gelauscht hatte, wie sie Saint-Saëns spielte, die Tatsache, dass Barenboim und Claret sie dank meiner Beihilfe hatten bewundern können, und die Nacht im Hotel – als hätte all dies dazu beigetragen, dass allmählich Gestalt annahm, was mir unausweichlich schien.

»Was hast du heute noch vor?«

Eine Menge Arbeit hatte er heute noch vor: das *Avignon-Quintett* zu Ende lesen, seine Aufzeichnungen zum *Quartett* noch einmal durchgehen und vervollständigen, seinen Entwurf zu dem Interview mit Durrell überarbeiten, Kontakt zu Magris knüpfen, das Buch von ihm lesen, das er auf dem Tisch liegen hatte, und sich erste Gedanken über das Gespräch mit ihm machen, das komplex zu werden versprach. Er hatte Duran nämlich versprochen, die Reise zu Interviews mit beiden zu nutzen. Es war Wahnsinn.

»Gar nichts. Ich habe frei. Wieso?«

»Ich würde gerne den Nachmittag mit dir verbringen.«

Ich würde gerne den Rest meines Lebens mit dir verbringen, Teresa, Liebste. Es war wissenschaftlich beweisbar und durch Daten zu belegen, dass Miquel Gensana in diesem Augenblick der glücklichste Mann der Welt war, wie er da an seinem Tisch stand, an dem Lali saß, und Júlia den Rücken zuwandte, die ihn sicherlich mit Blicken durchbohrte, während sie so tat, als wäre sie mit den Illustrationen für Seite drei beschäftigt.

»Wann immer du willst.«

»Soll ich dich abholen?«

»Weißt du, wo es ist?«

»Ja.«

»Wenn du willst, kann ich …«

»Ich hole dich ab.«

Sie legte auf. Und ich stand für ein paar Minuten da wie zur Salzsäule erstarrt, den Hörer in der Hand, bis Lali ihn mir wortlos abnahm, um selbst ein Telefonat zu führen. Ich drehte mich um. Der beste Beweis dafür, dass Júlia mich beobachtet hatte, war die Tatsache, dass sie in dem Augenblick, in dem ich mich umdrehte, völlig in ihre Arbeit vertieft war. Miquel sammelte seine Papiere zusammen, die Fotokopien über Durrell und Magris, sagte, *au revoir, je m'en vais à la gloire*, warf sich den Schal schwungvoll um den Hals und ging hinaus auf den Gang, um dort auf seine Liebste zu warten. In diesem Augenblick stürmte Duran herein, geschäftig wie immer.

»Hast du nicht gesagt, der Fotograf hieße Armand Armand?«

Geliebte Teresa, ich möchte deinen Schatten küssen, immer an deiner Seite sein, niemals die *Novelletten* meines Schicksals hören müssen, dich nackt sehen, dich umarmen, hören, dass du mich liebst, bis in alle Ewigkeit Liebe mit dir machen und deine Stimme oder die deiner Geige hören. Das ist das Glück.

Noch hatte Miquel nicht den Mut, Teresa diese Selbstverständlichkeiten zu gestehen. Sie redeten über ihre Projekte, und sie fragte ihn sogar um Rat, ob sie in Valencia ein bestimmtes Dacapo spielen solle (er riet ihr dazu), dann bat sie ihn, sie nach Hause zu begleiten, weil sie ihm zeigen wollte, welche Fortschritte sie beim Konzert von Alban Berg gemacht hatte. Denn Teresa war einsam. Sie, der die

Welt zu Füßen lag, war einsam; trotz der Musik war sie einsam. Sie tranken Limonade, er hörte sich an, wie sie vorangekommen war, und blätterte die Noten für sie um, obwohl sie den ersten Satz schon beinahe auswendig kannte. Und für ihn klang es fast, als hörte er Heifetz spielen, mein Gott, wie kann eine Frau mit paarundzwanzig so viel Gespür für die Musik besitzen.

»Wie alt bist du, Teresa?«

»Zweiunddreißig.«

»Ich bin siebenunddreißig.«

»Das wusste ich schon.«

»Ich habe es dir nie gesagt.«

»Wie fandest du es?«

»Ich habe das Gefühl, du bist sehr sicher. Man merkt, dass du das Werk verinnerlicht hast.«

»Wenn ich es spiele, berührt es mich wie ein Requiem.«

Wenn ich sie berühre, spüre ich, wie mir das Leben durch die Adern strömt. Aber ich berühre sie nur ganz leicht, mit den Fingerspitzen, respektvoll, streife ihre Hand mit meiner Hand, streiche zögerlich über ihre Wange … Und wenn ich ein wenig Mut fassen kann, sage ich ihr jetzt auf der Stelle, dass ich sie liebe. Und am unfassbarsten erschien mir, dass wir in Paris bereits eine Nacht miteinander verbracht hatten. Es war, als wären wir füreinander immer noch unberührt. Was sicher daran lag, dass ich mit Teresa einen stetigen Neuanfang erlebte.

»Ich muss dir etwas sagen, Teresa.«

Teresa legte die Geige in den Schrank und drehte sich um. Sie sah ihn fragend an, und Miquel geriet ins Schleudern: »Also …«

Nun gut: Er war in seinem Beruf einigermaßen angesehen. Er war nicht allzu alt, kleidete sich gut, wusste, wie man sich benimmt und was sich gehört. Warum also, Miquel der Stumme, bringst du einen so einfachen Satz nicht über die Lippen? Weil Miquel zu übertriebener Bewunderung für andere Menschen neigte, die so weit gehen konnte, dass er völlig von ihnen geblendet war. Und diese große Bewunderung machte ihn klein. Das ist jedenfalls eine meiner Theorien über meine angeborene Begabung, vor einem Paar schöner Augen zu erstarren.

»Ich … Ich bin sehr froh, mit dir befreundet zu sein.«

Teresa trat auf mich zu. Was ich ihr gesagt hatte, gefiel ihr. Sie legte mir beide Hände in den Nacken, zog mich langsam zu sich heran und gab mir einen Kuss, den ich, o Gott, bis heute nicht vergessen habe, Júlia.

Júlia trank ihren Kaffee aus, und ich erkannte an der Bewegung ihrer Lippen, dass sie mehr wollte. Ich schnipste nach dem Maître, doch stattdessen erschien ein Kellner, dem ich mit einer Geste zu verstehen gab, dass wir noch zwei Kaffee wollten.

»Nein, ich nicht, ich …«

»Wir haben alle Zeit der Welt, meine Liebe.« Ich sagte dem Kellner, ja, noch zwei, dann erkannte ich, dass Júlia nicht mehr Kaffee wollte, sondern mehr von Miquels Geschichten.

»Hör nicht auf. Erzähl mir mehr. Erzähl mir alles.«

»Mehr weiß ich nicht über Bolós. Ich habe dir ja gesagt, dass er mein Herzensfreund war, aber viele Winkel seiner Seele vor mir verbarg.«

»Den Winkel mit den Frauen.«

»Und den Winkel mit der Politik, denn ich war ja ein Spießer, wie er immer sagte.«

»Oder ein Eskapist.«

»Danke, Júlia. Beleidigen kann ich mich selber.«

Sie lachte verlegen, und ich stimmte ein. Auch wenn Júlias Gesicht mich zu sehr an die Arbeit erinnerte, lachten wir, und ich dachte, dass sie eine wunderhübsche, intelligente, wenn auch ein bisschen zu eigenwillige Frau war und ich auf eine gewisse Weise seit Jahren das Gefühl hatte, dass sie ein Stück weit mir gehörte; vielleicht, weil sie, als sie neu in die Redaktion kam, mir für meinen Aufgabenbereich zugeteilt wurde und ich ihr alles zeigen musste. Deshalb war Miquels Tonfall freundlich und ein wenig väterlich, als er sagte: »Das ist alles, was ich dir über Bolós erzählen kann.«

»Das genügt.«

»Aber ich habe dir fast nichts von ihm erzählt. Ich habe nur von mir gesprochen.«

»Ich sagte, das genügt mir.« Sie seufzte, ein wenig müde: »Es ist mehr als genug für den Artikel.«

»Ich glaube, das, was ich dir erzählt habe, kannst du in dem Artikel nicht verwenden.«

»Das ist egal. Ich wollte ihn auch besser kennenlernen.«

»Vermisst du ihn?«

»Wir waren Freunde, das habe ich dir ja schon gesagt.«

»Freunde? Ich wusste gar nicht, dass ihr euch regelmäßig gesehen habt.«

»Nun ja, was soll ich sagen?«

Einen Moment lang zögerte Miquel, ob er es ihr sagen solle oder nicht. Er kratzte mit dem Fingernagel an seiner Untertasse herum, als wollte er dort eine kleine, nicht vorhandene Kruste entfernen. Er wusste nicht, ob es klug war, ihr zu sagen, hör mal, Júlia: Bolós ist nicht gestorben. Er wurde ermordet.

Fast hätte er es gesagt, hielt sich dann aber gerade noch rechtzeitig zurück. All die Angst, die seit fünf Tagen auf ihm lastete, brach plötzlich wie ein Regenguss über ihn herein. Den ersten Anruf hatte er vor fünf Tagen erhalten. Er war auf seinem Anrufbeantworter gespeichert. Die Stimme von

Bolós, ein wenig wirr, ohne dass er gewusst hätte, warum, sagte eindringlich und leise, als bemühe er sich, dass ihn sonst niemand hörte: »Ich bin's, Franklin. Sei auf der Hut, Simó, jemand ist hinter uns her. Hinter dir und mir. Es geht um Leben und Tod. Ruf mich an, hörst du? Ruf mich an. Wenn du mich hörst, geh ans Telefon, Simó.« Aber Simó konnte nicht ans Telefon gehen, weil er in diesem Augenblick bei der *Revista* mit Signore Bassani telefonierte, der ihm mitteilte, dass er das Exemplar der Zeitschrift *Revista* erhalten habe, in dem ihr Gespräch abgedruckt war, und dass er sehr erfreut sei zu sehen, wie gut Miquel sein Werk kannte, und Miquel dachte, sieh mal an, das müsste Duran hören, und Bassani bat um weitere zwei oder drei Exemplare und den französischen Originaltext des Interviews, zur Hölle, Signore Bassani, Sie ahnen ja nicht, wie sehr ich damit beschäftigt bin, einen Termin für das Interview mit András Schiff zu finden, diese Musiker sind reiselustiger als die Schwalben und wir kommen einfach nicht zusammen und sind kurz davor, die Sache hinzuschmeißen oder das Interview in Berlin zu machen, wo er zwei Tage frei hat. Und wenn ich das Duran vorschlage, wird er sagen, was bildest du dir ein, Gensana, du spinnst wohl. Für wie blöd hältst du mich eigentlich? Such dir einen anderen, die Welt ist voller Musiker. Interviewe einfach Serrat, verdammt, oder Carreras, kapiert? Irgendetwas in der Art würde er sicherlich sagen. Ja, Signore Bassani, den französischen Text, *ça y est*. Deshalb hatte Miquel den Angstschrei seines Herzensfreunds Franklin Bolós nicht hören können. Nach einem äußerst anstrengenden Nachmittag war es ihm gelungen, Duran die Zusage zu entlocken, ja, er könne mit Schiff in Berlin sprechen, aber um den Fotografen müsse ich mich wie immer selber kümmern, und außerdem wolle er ein Foto von uns beiden vor dem Brandenburger Tor, von Unter den

Linden oder vom Tiergarten aus, das ist mir egal, schade, dass die Mauer nicht mehr steht. Und komm mir nicht mit einem Foto von der Philharmonie, die kennt hier kein Mensch. Selbst der unaufmerksamste Leser soll sehen, dass wir hier bei der Zeitschrift klotzen und nicht kleckern. Ja, Senyor Duran. Das Brandenburger Tor. Und als er nach Hause kam, setzte er sich, nachdem er ausgiebig gepinkelt hatte, mit einem frischen Bier aufs Sofa, legte Couperin auf und gab sich seinen Gedanken an Teresa und ihr halbes Lachen hin; der in London wiedergefundenen Teresa, die ihm am meisten weh tat, mein Gott. Dann bemerkte er, dass der Anrufbeantworter blinkte, eine Nachricht. Er schaltete ihn ein und hörte, ich bin's, Franklin. Sei auf der Hut, Simó, jemand ist hinter uns her. Hinter dir und mir. Es geht um Leben und Tod. Ruf mich an, hörst du? Ruf mich an. Wenn du mich hörst, geh ans Telefon, Simó. Und dann Stille, ein Seufzen, und das Klicken des Hörers, der auf die Gabel gelegt wurde. Es war eindeutig die Stimme von Bolós. Der Anruf lag zwei Stunden zurück.

»Bolós?«

»Ja.«

»Ich bin's, Gensana.«

»Scheiße, Gensana, verdammt.« Erleichterung am anderen Ende der Leitung. »Pass bloß auf, hörst du?«

»Könntest du mir mal verraten, was los ist?«

Kurzes Zögern. Ich stellte mir vor, wie Bolós sich vergewisserte, dass niemand im Haus ihn hörte. Mit gedämpfter Stimme fuhr er fort: »Wir müssen uns treffen. Sofort.«

Dazu hatte ich überhaupt keine Lust, jetzt, da ich mir gerade ein Bier eingeschenkt hatte. Und alles wegen Franklins Verfolgungswahn.

»Meinst du wirklich?«

»Simó, ich schwöre dir, das ist kein Scherz. In einer Stunde an der Talaia.«

Er hängte auf. Er hängte auf! Bolós führte sich auf wie in einem Roman! Bolós machte einen auf Orson Welles! Ein Gespräch in der Talaia auf dem Tibidabo, als wäre es der Prater in Wien. Wie in alten Zeiten! Ich musste lachen. Aber anstatt unter die Dusche zu gehen, zog ich mir resigniert die Schuhe an, trank mein Bier aus und stürzte mich wieder in den lästigen Feierabendverkehr.

Exakt eine Stunde später stand Miquel vor der Talaia. Der kupferrote Knabe war nicht kupferrot und kaute auch nicht Kaugummi. Er war ein dunkelhaariges, schweigsames Mädchen, und die Schlange derer, die darauf warteten, dass ihnen in der Gondel übel wurde, war nicht allzu lang. Miquel dachte, es werde ihm nicht schwerfallen, Bolós zu überreden, dass sie für ein vertrauliches Gespräch nicht riskieren mussten, dass er sich übergab, sondern dass sie sich stattdessen ungestört und mit einem Schokoladeneis in der Hand in einem der Metallstühle auf der Aussichtsplattform unterhalten konnten. Nach einer halben Stunde vergeblichen Wartens begann er, den verdammten Bolós und seine Unpünktlichkeit zu verfluchen. Als er eine Stunde gewartet hatte, gingen ihm seltsame Gedanken durch den Kopf, die er aber nicht zu Ende dachte. Um zehn Uhr abends, als es praktisch dunkel war, beschloss er, ihn anzurufen und zu fragen, was zur Hölle mit ihm los war. Und eine merkwürdige Vorahnung ließ ihn sagen, hallo, Maria, ich bin's, Gensana.

»Hallo. Möchtest du mit Josep Maria sprechen?«

»Ja. Wie geht es euch?«

»Gut. Hör mal, er ist gerade nicht da. Und wie geht es dir?«

»Gut, alles in Ordnung. Wann kommt er zurück?«

»Ich weiß es nicht. Er hat gesagt, er ginge nur kurz weg, aber er ist noch nicht wieder da.«

»Weißt du, wo er hinwollte?«

»Nein.« Nun klang sie alarmiert: »Warum?«

»Nur so. Um zu wissen, ob … ob … Weißt du was? Ich rufe ihn einfach morgen an.«

»Wie du willst.«

»Ist wirklich nicht eilig. Ciao und Küsse.«

»Tschüss, Miquel.«

Als der Vergnügungspark schloss, das dunkelhaarige Mädchen seine Tasche nahm und sich mit den Kollegen traf, als Miquel spürte, wie sich in seinem leeren Magen der Hunger regte, war von Bolós und seiner Angst immer noch nichts zu sehen. Miquel überlegte, ob er seinen ehemaligen Freund, diesen Idioten, endgültig verfluchen oder in die Spätvorstellung des Casablanca gehen sollte. Schließlich ging er zurück nach Hause, weil ihm einfiel, dass er besser noch eine Gliederung für das Interview erstellen und die Schallplatten, die er von Schiff besaß, noch einmal durchgehen sollte. Doch zu Hause angekommen, waren die zwei, drei Ideen, die er zu Schiff hatte, wie weggefegt, denn eine zweite Nachricht wartete auf ihn.

»Jetzt bist du dran, Genosse Simó.« Das war die zweite Nachricht, weiter nichts. Und die heisere Stimme war ihm völlig unbekannt. Was sollte das heißen, »jetzt«? Er zündete eine Zigarette an und ging auf den Balkon. »Jetzt.« Sollte das etwa bedeuten, dass Bolós schon … Er sah auf die Uhr: Um diese Zeit konnte er Maria nicht mehr anrufen und ihr sagen, hallo, meine Liebe, ist Josep Maria schon wieder zurück? Gesund und munter? Ah, er ist nicht zurück? Na, dann hat ihn wohl jemand umgelegt, mach dir keine Sorgen, so was passiert im Krieg. Miquel ging zurück ins Wohnzimmer. Einen Moment lang hatte er gedacht, dass er draußen auf dem Balkon eine zu einfache Zielscheibe bot für jeden, der … Nein: Ausgeschlossen, dass jemand mitten im Jahr neunzehnhundertfünfundneunzig noch daran dachte … Jedenfalls konnte er nicht zur Polizei gehen, denn entweder handelte es sich um einen Scherz oder es war ernst. Wenn es ernst war, dann würde der mörderische Irre den Bullen erklären, dass er nur versucht hatte, den Mord an seinem Bruder, Cousin, Neffen, Vater, Großvater zu rächen, den eine geharnischte Kritik in den Nacken getötet hatte. Und Kommissar Molina würde sich zu mir umdrehen und sagen, Senyor Gensana, sind Sie ein Mörder? Und ich müsste sagen, rein technisch gesehen, nein, aber … jetzt, da Sie es sagen: Ich habe mir nie überlegt, dass man es Mord nennen könnte; ich habe es immer als den Tod eines Verräters betrachtet. Und seither waren meine Gewissensbisse mein ständiger Begleiter, sodass ich heutzutage ich bin plus meine Reue über einen unvermeidlichen Tod. Ich habe den Abzug nicht gedrückt, Kommissar, aber ich habe mit einem schmutzigen Handtuch das Blut aufgewischt, das auf den Boden floss, und wenn es Sie interessiert, Herr Kommissar, ich hatte damals nicht das Gefühl, eine Sünde zu begehen. Jetzt ist das anders: Jetzt lässt es mir keine ruhige Minute, und ich sage mir unablässig, dass meine Taten mich für den Rest meines Lebens begleiten werden. Meine Taten und meine Unterlassungen. Und wenn man kein unbewusstes Leben führen will, muss man die Last seiner Vergangenheit akzeptieren lernen. Und Kommissar Molina würde sich verwundert den Schnurrbart zwirbeln und, um seine Ratlosigkeit zu überspielen, mit der Miene eines Soziologen oder eines psychoanalytisch geschulten Historikers mit dem Finger auf mich zeigen, ein Lächeln aufsetzen wie aus einem amerikanischen Fernsehfilm und sagen, ich will Ihnen mal was sagen, Mike:

Sie, die Sie eine sorgfältige, tiefgreifende und Ihren geistigen Fähigkeiten entsprechende christliche Erziehung erfahren haben, sagen mir, Sie seien fähig gewesen, jemanden zu töten? Sie, der Sie für die Welt der Kunst empfänglich sind, wollen mir sagen, Sie hätten eine Pistole genommen und abgedrückt? Und ich würde sagen, nein, Kommissar Molina, nein, so war es nicht. Und er würde sagen: Aha, und wie war es dann? Und weil ich ein Schwächling bin, würde ich weinen und schreien und zu guter Letzt lügen und sagen: Bolós! Es war Franklin, der geschossen hat, weil Xato und Cunillera, die beiden Riesenarschlöcher, ihn halb am Leben gelassen hatten! Und damit hätte ich in meiner Angst schon drei Kameraden verraten und wäre zu einem weiteren Verräter geworden, den man einer Kritik in den Nacken unterziehen muss. Oder ins Herz: meine Kritik bitte mitten ins Herz, Genossen. Zielt genau auf mein Herz: Es hat nie richtig funktioniert und schlägt oft zu wild und unkontrollierbar, Genossen.

Er konnte also nicht zur Polizei gehen und ein Geständnis ablegen. Genauso wenig konnte er nachts um eins bei Bolós zu Hause anrufen. Ohne richtig zu wissen, was er tat, ging er im Telefonbuch die Seiten der Notaufnahmen aller Krankenhäuser durch, getraute sich aber nicht ... Und was wenn?

Wenn der Mörder tatsächlich existierte, würde er mit mir ein leichtes Spiel haben, denn ich beschloss, mich nicht zu verstecken, als ich um halb vier morgens auf die Straße trat. War es der unrasierte Taxifahrer? Der Mann, der vor Ca l'Engràcia Fisch aus einem museumsreifen Deux Chevaux lud? Ich dachte, wenn du schießen musst, dann schieß. Und stieg ins Auto. Als ich den Schlüssel im Zündschloss drehte, biss ich die Zähne zusammen. Die Explosion würde alles zerstören, und ich würde mich wie Carrero Blanco auf dem Balkon meines Hauses wiederfinden, aber in kleinen Fetzen. Stattdessen sprang der Wagen mit seinem üblichen ruhigen Schnurren an, und ich dachte, wie grauenhaft, darauf zu warten, dass jemand … Und dann dachte ich an den armen Bolós. Ich fuhr zu seinem Haus, aber die Garage war verschlossen, sodass ich nicht sehen konnte, ob sein Wagen darin stand. Also fuhr ich einfach nur von Font d'en Fargues, wo er wohnte, bis zum Fuß der Talaia am Tibidabo langsam die Strecke ab, von der ich glaubte, dass er sie genommen hatte, ständig in der Erwartung, hinter der nächsten Ecke das rotweiße Absperrband einer Polizeikontrolle und den Wagen von Bolós zu entdecken, löcherig wie ein Schweizer Käse. Zu viele Filme. Als ich in die Landstraße von Arrabassada einbog, kam mir der Gedanke, dass das Ganze vielleicht ein geschmackloser Scherz von Xato oder Cunillera sein könne, und zur Feier dieser Vorstellung zündete er sich eine Zigarette an. Da sah er das Blaulicht hinter der Kurve. Ein Auto, zwei Autos, ein Polizist, der die wenigen Autos, die auf der Arrabassada unterwegs waren, weiterwinkte. Ein Streifenwagen, zwei Streifenwagen. Vielleicht war Kommissar Molina da und erteilte Anweisungen. Und aus dem Wenigen, was ich im Vorbeifahren erkennen konnte, sah ich, dass etwas den Abhang hinuntergestürzt war, und dachte, verdammter Mörder, verdammter Mörder, und meine Hände am Lenkrad zitterten so sehr, dass ich mitten in der Paella-Kurve am Straßenrand anhalten musste, und mein Herz raste wieder wie in alten Zeiten. Nach einer Viertelstunde auf seinem Beobachtungsposten kehrte Miquel nach Hause zurück, das Herz voller Ungewissheit, und wartete darauf, in irgendeiner Zeitung die Nachricht zu lesen, obwohl das innerhalb dieser kurzen Zeit gar nicht möglich war, oder auf den Anruf eines Freundes, der sagte, du kennst doch Bolós, oder? Stell dir vor …

Er schlief nicht. Er wagte es nicht, Maria anzurufen. Und um neun Uhr morgens, als er theoretisch hätte anfangen müssen, das Interview mit András Schiff vorzubereiten, rief Pep Comes von der *Revista* an und sagte, hallo, Gensana. Du kennst doch Bolós, oder? Stell dir vor …

Beim Frühstückstee, nach einer grässlichen Nacht, bestätigte Antoni Bassas in den Radionachrichten, dass der Abgeordnete des katalanischen Parlaments Josep Maria Bolós in den frühen Morgenstunden auf der Landstraße von Arrabassada bei einem tragischen Autounfall ums Leben gekommen war. Und Miquels Tränen mischten sich mit dem Tee, denn jetzt weinte er um Bolós, den Freund, der ihn unzählige Jahre begleitet hatte, mal aus der Ferne, mal aus der Nähe, aber nie aufgehört hatte, sein Freund zu sein, und wenn er nicht deshalb weinte, dann, weil man unter den Tränen andere heftige Gefühlsregungen verbergen konnte, wie das Wissen, dass mir das gleiche Schicksal drohte, wenn die Stimme der zweiten Nachricht real und nicht bloß geträumt war. Sie haben ihn umgebracht, und ich kann der Polizei nichts darüber sagen. Bolós, mein Freund.

Auf dem Friedhof versteckte ich mich hinter einer Sonnenbrille, und obwohl ich offiziell Bolós' Herzensfreund war, überließ ich meinen Platz den neuen Freunden, den neuen Gefährten der neuen Partei, den Würdenträgern, die einem Politiker die letzte Ehre erweisen wollten, der in der Zukunft noch so viel Zukunft gehabt hätte. Und ganz hinten stand Maria, schwieg und verlangte keine Erklärung von mir, warum ich genau in dem Augenblick angerufen hatte, als Bolós starb. Und wenn der Unfall tatsächlich ein Unfall gewesen war? Aber nein; ich konnte meine Brille nicht absetzen, weil ich sicher war, dass es kein Unfall gewesen war –

was wahrscheinlich nur der arme Franklin und ich wussten. Und der Mörder natürlich. Und seltsamerweise verspürte ich keinerlei Angst, trotz der heiseren Stimme, die gedroht hatte, jetzt bist du dran, Genosse Simó. Die Luft, die vom Meer herkam, war warm. Von der Stelle aus, an der Miquel die Trauerfeier verfolgte, konnte man kaum etwas von den Reden der offiziellen Freunde des Abgeordneten verstehen, und meine Rede lautete nur, Bolós, warum bist du gestorben, du warst doch noch gar nicht an der Reihe, Franklin. Da spürte ich plötzlich eine Präsenz in meinem Nacken und drehte mich um. Doch nicht die ungeheure Weite des Meeres, das sich bis zum Fuße des Montjuïc erstreckte, nahm meine Aufmerksamkeit gefangen, sondern der anachronistische Vollbart und die tränenverschleierten Augen, die geradeaus starrten. In einem Augenblick wie diesem war mir Roviras Anwesenheit lästig, und so zog ich bloß eine Grimasse, die bedeuten sollte, hallo, sprich mich nicht an, verschwinde, wir sehen uns ein anderes Mal.

»In Ordnung«, sagte Rovira. Er packte mich am Arm und führte mich fort, auf einen Weg, der bergan führte, mit Grabnischen zur Rechten und dem ungeheuren Meer zur Linken, und fing an, von der tragischen Unvermeidlichkeit von Verkehrsunfällen und der Bedeutung der Freundschaft zu schwadronieren.

»Ich will alleine sein, Rovira.«

»Der arme Bolós ist allein, einsam wie ein Stein.«

Er musterte mich verstohlen, um zu überprüfen, ob das Zitat des Liedermachers Raimon bei mir angekommen war. Rovira, immer um fünfundzwanzig Jahre zu spät. Ich empfand eine gewisse Zärtlichkeit für diesen Mann mit dem Vollbart und dem dunklen Parka, der allein war, einsam wie ein Stein. Und ich beschloss, ihm nicht das Geheimnis des Todes unseres Freundes anzuvertrauen; das Geheimnis, das ich am Morgen erfahren hatte, als sich die heisere Stimme, die mir allmählich vertraut wurde, um halb sechs wieder mit meinem Anrufbeantworter in Verbindung setzte und ich aufwachte und im Halbschlaf ihren Monolog unterbrach. Die heisere Stimme hatte offenbar auch nichts gegen einen Plausch mit mir einzuwenden, selbst wenn ich erst halb wach war.

»Weißt du, was ich getan habe, Senyor Simó Gensana?«

»Nein. Was?«

»Ich habe Karten gezogen und den von euch liquidiert, der die höhere Karte hatte. Du hattest eine Karo acht und Franklin Bolós den Pik Bube.«

Zum ersten Mal in meinem Leben griff ich zu so früher Stunde nach einer Zigarette und rauchte sie schweigend, während die Stimme meine Verblüffung respektierte.

»Bist du jetzt wacher?«

»Wer bist du?«

Die heisere Stimme sprach weiter, als hätte es die lange Stille zwischen uns beiden nie gegeben: »Tatsächlich war ich vorher drauf und dran, dich umzulegen.«

Jetzt hatte ich wirklich Angst.

»Hörst du mich?«

»J-ja. Wer bist du. Warum tust du das?«

»Weißt du, warum ich dich nicht umgebracht habe?«

Ich schwieg.

»Weil du im entscheidenden Moment nicht an der richtigen Stelle standest. Und da bin ich auf die Idee mit den Karten gekommen.«

»Ich gehe zur Polizei.«

»Mach doch.«

»Du machst mir keine Angst.«

»Sieh mal, Simó: Ich bin kein Irrer. Ich habe mich gerächt und Punkt. Du weißt ja, dass der Tod deines Freundes kein Unfall war. Deshalb erzähle ich es dir. Glaub nicht, es würde mir besonders Spaß machen, mit dir zu plaudern.«

»Aber Bolós, Franklin ...« Miquel sah sich um, aber keines der Bücher an der Wand kam ihm zu Hilfe. »Er hat niemanden getötet!«

»Ach nein?«

»Nein. Ich war derjenige, welcher ...«

Die heisere Stimme brach in ein Lachen aus und legte plötzlich mitten im Lachen auf. Miquel ging nicht zurück ins Bett. Er saß ein paar Stunden lang da, starrte die Wand an und weinte um seinen Franklin Bolós, der am gleichen Tag am Montjuïc beerdigt werden würde.

Als ich wieder zuhause war und endlich die Sonnenbrille absetzen konnte, fand ich die dritte Nachricht auf dem Anrufbeantworter: »Miquel, wir müssen uns unbedingt sehen. Lad mich morgen zum Abendessen ein, egal, was ist. Wir müssen über Josep Maria Bolós reden. Ich hole dich um acht Uhr ab. Wenn du nicht kannst ... Aber du kannst doch, oder?«

Und Miquel dachte, dass er konnte, dass er nichts vorhatte, weil er nie etwas vorhatte. Er würde höchstens nicht können, wenn ihn jemand vor Freitagabend acht Uhr umbrachte. Júlia: Was wollte sie bloß über Bolós wissen? Was wusste Júlia bereits?

Miquel sah Júlia lächelnd an. Er kratzte immer noch mit dem Fingernagel auf der Untertasse herum. Es gibt Dinge, die kann man einer Frau nicht sagen. Wie er ihr auch nicht sagen konnte, dass sie in einem Restaurant zu Abend aßen, das einmal sein Elternhaus gewesen war. Deshalb wiederholte Miquel nur seine Bemerkung: »Ich wusste gar nicht, dass ihr euch regelmäßig gesehen habt, Bolós und du.«

Júlia sah mich aus den Tiefen ihres Lebens hinaus an, und da fiel Saulus wieder vom Pferd, wieder auf dieselbe Seite, aber diesmal so albern, dass er mit den Zähnen auf den Asphalt der Straße nach Damaskus aufschlug und in seiner Verwirrung nein sagte.

»Oh ja, das haben wir«, widersprach sie mir. »Dein Bolós und ich, wir waren ein Paar.«

Miquel klappte ungläubig den Mund auf wie Thomas und fühlte sich versucht, den Finger, nein die Hand bis zum Ellbogen, in die Wunde zu stecken.

»Seit wann?«

»Seit dem Tag, an dem du uns miteinander bekannt gemacht hast.« Lächelte Júlia etwa? »Seit zehn Jahren.«

Bolós, ein Freund. Júlia, meine Arbeitskollegin. Sie sieht fantastisch aus, Miquel. Wo hast du sie aufgetrieben?

Bolós, du Arschloch, du hast mir alle deine Träume erzählt und eines Tages damit aufgehört, weil ich die Nase rümpfte, sooft du von der sozialistischen Partei anfingst, denn ich hatte immer noch einen Kater vom Krieg und der Blutlache und dem Handtuch und fand, dass die Politik ein stinkender Misthaufen ist. Verdammtes Arschloch, Bolós, obwohl wir uns so sehr geliebt haben, haben wir uns nie erzählt, was in unseren Herzen vorging, weil die Männer, mit Ausnahme von Rovira, immer merkwürdig schamhaft sind, was ihre Herzensangelegenheiten betrifft, und so tun, als lebten sie ihr Leben ohne Herz, und sich irgendwelche Theorien zurechtzimmern, um nicht sagen zu müssen, vor ein paar Tagen habe ich eine Frau kennengelernt, bei der ich weiche Knie bekomme, und ich weiß nicht, was ich tun soll, weil ich Maria liebe. Stell dir das vor, Bolós. Ich habe dir dieses unberührte, zarte zwanzigjährige Mädchen vorgestellt, das mir acht Stunden am Tag gehörte und das ich nicht anzurühren wagte. Verdammt, Franklin, du hast mich verraten, du hast zehn Jahre lang meine Arbeitskollegin gevögelt, und keiner von euch beiden hat es mir erzählt; ihr habt es vor mir geheim gehalten. Und Miquel kam sich lächerlich und betrogen vor, wie Don Maur II Gensana, der durch Onkel Mauricis Fantasiegeschichte Gehörnte, weil er fühlte, dass er ein moralisches Herrenrecht auf Júlia hatte. Und Maria, Bolós? Du bist also Maria untreu gewesen? Dieses ganze Gequatsche über sozialistische Ethik, aber wenn es dann zur Sache geht … Verzeih mir, Franklin, das ist nicht fair. Aber ich bin neidisch auf dich, denn ich muss dir gestehen, dass ich mir mehr als einmal oder zweimal gewünscht habe, Júlia ins Bett zu bekommen. Und du bist gestorben, ohne Maria und deinem Freund die Wahrheit zu sagen. Und jetzt stricken deine Geliebte und ich an einem falschen Nachruf für dich, in dem keines der Geheimnisse, die dir im Leben wichtig waren, Erwähnung finden wird und auch nicht der Grund für deinen Tod oder die Angst in deinen letzten Stunden.

»Das wusste ich schon.« Ich lächelte. »Er hat es mir erzählt.«

Erst jetzt bemerkte ich, dass Júlia lautlos weinte, und versuchte erfolglos, ihren bislang verborgenen Schmerz wegzulächeln. Es dauerte ein paar Sekunden, viele Sekunden, Tausende Sekunden, bis Júlias Schmerz allmählich nachließ, und Miquel schämte sich, als ihm bewusst wurde, dass er nur an sich gedacht hatte, als Júlia sagte, dein Bolós und ich, wir waren ein Paar, dass er keinen Augenblick lang an Júlia gedacht hatte, an ihre Fähigkeit zu lieben, an ihr Privatleben, das offenbar doch nicht so wild war, wie ich geglaubt hatte, und an ihr Recht, unglücklich zu sein. Ich dachte daran, wie lächerlich meine Klagen vor einer so starken Frau waren, deren Seele trotz ihrer Jugend verwundet war und die mir eine Lektion darin erteilte, aus ihrer Tragödie kein Drama zu machen. Ich schlug ihr vor, dass wir vielleicht besser aufhören und gehen sollten.

»Findest du nicht, Júlia?« Ich berührte ihre Hand, zum ersten Mal mit tief empfundener Herzlichkeit.

»Nein.« Sie wirkte entschlossen wie Großmutter Amèlia. »Wir sind hierhergekommen, um über Josep Maria zu reden, und das werden wir auch tun.«

»Warum hast du Duran nicht gesagt, dass er den Artikel schreiben soll?«

»Weil ich ihn schreiben will. Als Hommage.«

»Ich habe den Eindruck, du weißt mehr über Bolós als ich«, sagte Miquel. Er war verwirrt und niedergeschlagen.

»Du weißt, dass das nicht so ist. Er war sehr verschlossen.« Wütend wischte sie sich eine Träne ab. »Erzähl weiter, Miquel. Es ist egal, worüber, erzähl mir von dir.« Und nach einer kurzen Pause: »Bitte.«

»In Ordnung. Aber es gab einen Moment in meinem Leben, an dem alles nur Teresa war.«

»Dann erzähl mir von Teresa.« Mit dem Taschentuch verschmierte sie sich die Wimperntusche und setzte ein falsches Lächeln auf: »Erzähl mir irgendwas. Bitte, Miquel. Hör jetzt nicht auf zu reden.«

13

»Hallo, Vater.«

»Ja?«

»Hier spricht Miquel.«

»Miquel?«

Ein sehr weit entferntes Schweigen, stoßweises Atmen. Warum bist du einfach so verschwunden, warum hast du Mutter nichts gesagt, warum hast du uns niemals eine Erklärung gegeben, warum haben wir aufgehört, für dich zu existieren? Warum eine andere Familie?

»Vater?«

»Ja. Was willst du?«

»Habe ich einen Bruder?«

»Warum rufst du an?« Mit harter Stimme: »Woher hast du die Nummer?«

»Onkel Maurici ist gestorben. Er ist in dem Jahr gestorben, in dem du fortgegangen bist.«

Wieder Tausende und Abertausende Seemeilen Stille zwischen Vater und mir. Wahrscheinlich zwischen Vater und einer Vergangenheit, die für ihn nicht mehr existierte. Dann kam vom anderen Ende der Welt seine raue Stimme: »Das wusste ich schon, es hat mich sehr erschüttert.«

»Warum hast du alle deine Spuren verwischt, Vater?«

»Soll das hier eine Gewissensprüfung sein?«

»Mutter ist am Donnerstag gestorben.«

Jetzt war die Stille gellend. Mir schien, Vater versuchte,

ein Keuchen zu unterdrücken, um sich seine Gefühle nicht anmerken zu lassen, wie immer.

»Die Arme«, sagte er mit noch rauerer Stimme.

Dieser Bastard: die Arme. Mich packte rasende Wut: »Du hast einen Enkel: Er heißt Maurici und sieht dir ähnlich.«

Und Miquel II Gensana der Erfinder von Realitäten legte auf, ohne seinem Vater zu sagen, dass Onkel Maurici ihm einen langen Brief in ein schwarz eingebundenes Heft geschrieben hatte; ohne ihm zu sagen, dass sie es geschafft hatten, obwohl er sie ohne einen einzigen Céntimo hatte sitzen lassen; ohne ihm zu sagen, dass die Mutter allein, einsam und traurig gestorben war, ohne ihre Miquels und immer noch von der Frage umgetrieben, warum hat Pere mir das angetan.

Noch mit dem Hörer in der Hand überkam ihn auf einmal die Erinnerung an all die Toten, die er in der Familie erlebt hatte und die ihm einen bitteren Nachgeschmack hinterlassen hatten, der stärker war als die Bitterkeit über die Unerklärlichkeit des Todes. Als Großvater Ton starb, war er noch zu klein, um sich daran zu erinnern. Aber der Tod der Menschen, die er geliebt hatte, hatte ihn immer auf dem falschen Fuß erwischt: Immer war er gerade weit weg oder mit anderen Dingen beschäftigt gewesen, und das drückte auf sein Gewissen. Lange vor dem Projekt Equus, als Simó der Heidenapostel noch Bannerträger der revolutionären Avantgarde war, hatte seine Familie ihn nicht benachrichtigen können, dass Großmutter Amèlia gestorben war. Er erfuhr es erst zwei Tage später aus der Zeitung, als er auf die Todesanzeige stieß, in der er als Trauernder Enkel aufgeführt war und gebeten wurde, von Trauerkränzen und persönlichen Beileidsbekundungen Abstand zu nehmen. Die Familie hatte ihn nicht informieren können, weil sie keine Möglichkeit hatte, mit ihm in Kontakt zu treten; denn zu dieser Zeit zog er gerade alle vierzehn Tage mit den Büchern, der Pistole und einem dreifachen Satz Wäsche von einer Wohnung in die nächste. Niemand sagte mir Bescheid, Julia. Niemand. Deshalb fühlte ich mich miserabel, mir wurde fast schlecht, als ich in einer nach ranzigem Fett stinkenden Bar die Todesanzeige in *La Vanguardia* entdeckte, während ich gerade in ein Croissant biss. Donya Amèlia Eroles, Witwe von Antoni Gensana, ist in den Frieden des Herrn eingegangen, nachdem sie viele Jahre lang geduldig ihren übellaunigen Ehemann ertragen hatte, den die überbordende Fantasie ihres zu Beginn des Jahrhunderts angenommenen Adoptivsohns verbittert hatte; Donya Amèlia, Mama Amèlia, Großmutter Amèlia, die Inniggeliebte, die mit dem sanften Blick, die lernte, den Tod zweier Töchter und ihres ersten Enkels zu tragen, ohne daran zu zerbrechen, die an einem Novembermorgen erlosch wie ein Lämpchen ohne Öl, in Anwesenheit ihres Adoptivsohns, ihres leiblichen Sohns, ihrer Schwiegertochter und in der schändlichen Abwesenheit ihres einzigen Enkels, der mit einer Pistole in der Sporttasche die Welt in Ordnung brachte und dem niemand eine verschlüsselte Nachricht zukommen lassen konnte, Simó, deine Großmutter ist gestorben, sie starb im Alter von fünfundachtzig, nachdem sie den Trost der Letzten Ölung und den apostolischen Segen empfangen hatte. Ihre liebenden Kinder, Pere der Flüchtige und Maria die Schweigsame, Maurici Ohneland, ihr Enkel Simó der Bekehrte und die gesamte Familie bitten euch, sie in eure Gebete einzuschließen. Das war der Moment, in dem Vater ihn endgültig abschrieb: Wenn er nicht einmal zur Beerdigung seiner Großmutter, meiner Mutter, kommen will, hat er kein Herz. Und Miquel kam nicht zu der Beerdigung. Er besuchte den Friedhof am Tag darauf, einem nebligen Mittwoch, immer noch mit dem Geschmack des Croissants im Mund. Und nach dem Friedhofsbesuch stattete er unter Missachtung sämtlicher Sicherheitsvorkehrungen, die er seinen Jüngern predigte, seinem Elternhaus einen Besuch ab. Er traf auf einen feinen Schleier des Vorwurfs in den Augen des Onkels und der Mutter; Vater war in der Fabrik. Und in Miquels Herzen tat sich eine Wunde schlechten Gewissens auf.

Und nachdem er wieder mit Onkel Maurici ins Gespräch gekommen war, schickte ihn der launische Zwitter zu einem Interview mit Martin Amis – obwohl es zu der Zeit bei der *Revista* noch keine regelmäßigen Interviews gab –, weil der Onkel sterben musste. Auch der Tod der Mutter erwischte ihn weit weg von ihrem Sterbebett; die Mutter war schwach, vor allem aber wollte sie nicht mehr, und so starb sie allein in ihrer Wohnung in Feixes, während er in Barcelona irgendeinem Traum hinterherjagte. Genauer gesagt, während er zu Hause saß und an einem Essay über Foix schrieb. Wenn jemand stirbt, bin ich nie zur Stelle, Júlia; und das tut mir sehr weh. Deshalb wünschte ich meinem Vater, als ich auflegte und bevor ich ihn losließ, noch eine ordentliche Portion schlechten Gewissens, weil er den Tod meiner Mutter verpasst hatte. Ich weiß sehr wohl, dass ich alles andere als perfekt bin, Júlia.

14

Und somit komme ich zum Ende dieses düsteren Werks, geliebter Miquel. Die Seiten des schwarz eingebundenen Hefts neigen sich dem Ende zu wie mein Leben. Wenn ich den dunkelsten Teil dieser Beichte niedergeschrieben habe, wird es schon Nacht sein. Ich werde sie wachend verbringen, bei gelöschtem Licht, damit der Feldwebel mich nicht anschreit. Und morgen, wenn die Sonne bereits über dem Horizont steht, werde ich, bevor man mich zum täglichen lästigen Frühstück holt, das tun, was alle Männer unserer Familie getan haben: Ich werde mich hinsetzen, auf die Landschaft hinausblicken und plötzlich sterben.

Ich muss dir gestehen, dass ich das bin, als was du eines Tages enden wirst: ein Mann, den eine unerbittliche, gescheiterte Existenz hat furchtsam werden lassen. Man hat mir nicht erlaubt, so zu lieben, wie ich wollte; man hat mich gezwungen, die Dinge aus einer gewissermaßen weiblichen Perspektive von zuhause aus zu betrachten und zu erleiden; tiefer zu betrachten und tiefer zu erleiden, wie eine Frau. Und man hat es damit gerechtfertigt, dass ich verschwenderisch war, dass mir das Geld in meiner Leidenschaft für Roulette und Poker durch die Finger rann. Es stimmt schon: Ich habe viel Geld verloren, indem ich das Schicksal herausforderte; und es stimmt, dass ich das war, was die Ärzte spielsüchtig nennen. Aber es stimmt auch, dass man mich für harmlos hielt, weil ich Zuflucht in den Büchern und dem Klavier fand.

Und das war der Punkt, an dem sie irrten, Miquel. Denn ich habe hinter meinen Büchern und meinem Klavier ganz alleine mehr Böses vollbracht als mein verhasster Stiefvater. In den Chroniken steht, dass ich den Verstand verlor, als dein Vater verschwand. Und so war es auch. Aber ich trug bereits die Saat des Wahnsinns in mir, als ich verstand, dass ich niemals ein normales Leben an der Seite meines Liebsten würde führen können. Die Verzweiflung trieb mich dazu, ein wahres Kunstwerk zu erschaffen, das meine Erlösung sein sollte; ich habe die alte alchimistische Formel gefunden, die dem *dur désir de durer*, von dem meine faustische Seite besessen ist, einen Sinn verleiht. Und weißt du, wie ich es geschafft habe? Weißt du, was dieses Kunstwerk ist? Es ist die hübsche Geschichte über die Liebe deine Urgroßmutter Pilar Prim de Gensana, Miquel. Ich habe sie nie gut genug gekannt, um etwas über ihr Innenleben zu erfahren; ich habe nie ein schwarz eingebundenes Heft gefunden, das sie in ihren Momenten moralischer Verzweiflung schrieb. Diese leidenschaftliche, traurige Pilar ist meine Erfindung, Miquel; sie ist meine große Schöpfung. Ich habe mir ihre Liebesgeschichte mit einem farblosen Industriellen, der zum Freundeskreis der Familie gehörte, nur ausgedacht. Sie hat ihren Ehemann, den berühmten Dichter Maur II den Göttlichen, fälschlicher- und ungerechterweise auch der Gehörnte genannt, nie betrogen.

Ich schrieb diese schöne Geschichte innerhalb von zwei Nächten wie im Rausch nieder und weinte bitterlich, weil die Worte auf dem Papier nicht zum Leben erwachten. Aber mich tröstete der Gedanke, dass ebenso wie ein Kunstwerk vom ersten Moment seiner Existenz an Einfluss auf das Leben nimmt, diese Seiten Einfluss auf das Leben meiner Figuren genommen haben: auf die Mitglieder meiner Familie und folglich auch auf dich, sodass alle Gensanas meine Geschöpfe sind. Ein Spiel? Ich weiß es nicht. Wenn es ein Spiel war, dann war es ein fürchterliches Spiel, weil es das Axiom ignorierte, laut dem die Kunst Wahrheit ist und in der Kunst die Wahrheit der Kunst steckt, die oft mächtiger ist als das Leben. Sicherheitshalber versteckte ich das unvollendete Heft, in das ich mit weiblicher Handschrift und im weitschweifigen Stil einer Frau geschrieben hatte, zwischen ein paar Bänden Kanonischem Recht, von denen ich sicher war, dass niemand sie jemals anrühren würde. Aber wie es der Zufall so will, rührte der Dichter sie eines Tages doch an und fand das Heft. Ist es möglich, dass Maur II der Göttliche vorzeitig starb, weil er dieses Heft entdeckte? Auf jeden Fall hat er mit seiner echten Reaktion aus dieser falschen Geschichte eine echte gemacht. Zweifellos war er der Einzige, der es hätte tun können: Als Dichter, der in den Wolken lebte, fiel es ihm nicht schwer, ein paar geschriebenen Worten – die gelogen waren, aber eine literarische Wahrheit bildeten – mehr Glauben zu schenken als der Realität, die er so viele Jahre lang an der Seite deiner Urgroßmutter erlebt hatte. So sind die Künstler, Miquel: Ihre Wahrheit liegt in der Welt, die sie erfinden. Deshalb ist das Zusammenleben mit einem Dichter auch so schwer. War die hübsche Geschichte auch nicht echt, so war es doch die Reaktion des Göttlichen: Sein Glaube an das Heft machte es zur Wirklichkeit und mich unsterblich. Seine darauffolgenden Reaktionen (den Notar kommen lassen, das Testament ändern, sich in die Bildergalerie setzen und sterben) waren wirklich echt. Und sehr literarisch. Ich sehe ihn vor mir, wie er an seinem Schreibtisch in der Bibliothek sitzt und mit wachsendem Entsetzen in dem Heft liest. Und ich bin mir sicher, dass ihn weniger die Untreue seiner Gattin

traf als vielmehr die Gewissheit, dass seine Nachkommenschaft (Oh, ausgesätes Samenkorn, Samen von Jasmin / in
deiner Mutter sicherem Schoß) nicht von ihm abstammte,
sondern von dem elenden Pere Rigau.

Und die Reaktionen auf die echte Reaktion des bislang
in meinen Chroniken zu Unrecht Maur II der Gehörnte
Gensana bezeichneten Dichters waren ebenfalls echt. Vor
allem der Hass deines Großvaters Ton, meines Stiefvaters.
Damals beschloss ich – den die Macht des Wortes von
Maurici Ohneland zu Maurici dem Besitzer von Allem gemacht hatte –, diese echten Reaktionen zu bestätigen:
durch das Wort, in ihm und mit ihm wurde ich als Sohn
der inniggeliebten Carlota zum einzig wahren Gensana.
Und ihr anderen stammtet alle von dem illegitimen Spross
ab, der Großvater Ton war; es gefiel mir, dafür zu sorgen,
dass er als Antoni II Gensana der Bastard in die Annalen ein-
ging, denn seine Reaktion auf das abgeänderte Testament
war die eines Bastards, als er nach dem suchte, was mir am
meisten schaden konnte, um das zurückzubekommen, was
die Kunst ihm genommen hatte. Und wenn die echte
Reaktion meines Adoptivvaters Antoni III Auf Dessen
Grab Ich Gespuckt Habe die eines Bastards war, so war
es die Reaktion deines Vaters, Pere I des Flüchtigen, nicht
minder. Die verletzte mich tatsächlich sehr und wird deshalb auch vom Chronisten als Ursache der Sechs Großen
Symphonien angesehen. Denn Pere hatte den Stil seines Vaters übernommen und zwang mich, euch zu verraten, indem ich ihm bei der Flucht half. Und darüber habe ich
den Verstand verloren. Und wenn ich auch manchmal stolz
auf mein literarisches Werk war, so habe ich doch zu anderen Zeiten gelitten, weil ich, der Zauberlehrling, mir die
fürchterlichen Konsequenzen der Macht des Wortes niemals hätte vorstellen können. Ist dir das noch nie im Leben

so ergangen, Miquel, dass deine Taten deine Absichten übersteigen?

(Und Miquel dachte, ja, Toro, ja. Und Júlia hörte ihm mit regloser Miene zu.)

Das ist der Grund, warum ich hier im Sanatorium diese Beichte vor dir ablegen wollte, mündlich, wann immer du zu Besuch kamst; schriftlich jetzt, da du nicht da bist und ich sterben muss: damit du weißt, wie ich war; damit du nicht denkst, dass der Hass, der die Wände deines Elternhauses durchdrang und den du erleben musstest, ohne dass ihn der jemand erklärte, allein die Schuld derer war, die hassten, und weil ich hoffe, so in deiner Erinnerung fortzuleben. Warum schreibst du es nicht auf, Miquel? In den Worten eines anderen werde ich noch stärker fortleben.

Es ist nur richtig und angemessen, zum Originalstammbaum zurückzukehren, dem biologischen, der ebenso echt ist wie der Wahre und Echte, der aus der Literatur entstanden ist. Du wirst bemerken, mein Lieber, dass eine ganze Reihe unserer Vorfahren in meiner Chronik keinen Platz findet. Die Geschichte wählt sich, wie die Kunst, ihr Material aus. Das Einzige, was mich noch umtreibt, ist der Gedanke, dass uns vielleicht ein Miquel Galceran i Gensana oder eine Mercè Gensana eine noch leidenschaftlichere Geschichte geliefert hätten. In meiner menschlichen Beschränktheit werde ich diese von der Geschichte Angeschmierten – wahrscheinlich zu Unrecht – aus der Geschichte und somit aus der bleibenden Erinnerung auslassen, denn wie du merkst, sind meine Tage gezählt.

Und ich habe mir erlaubt, an meinem Kästchen im Stammbaum ein paar kleine Korrekturen vorzunehmen, Júlia.

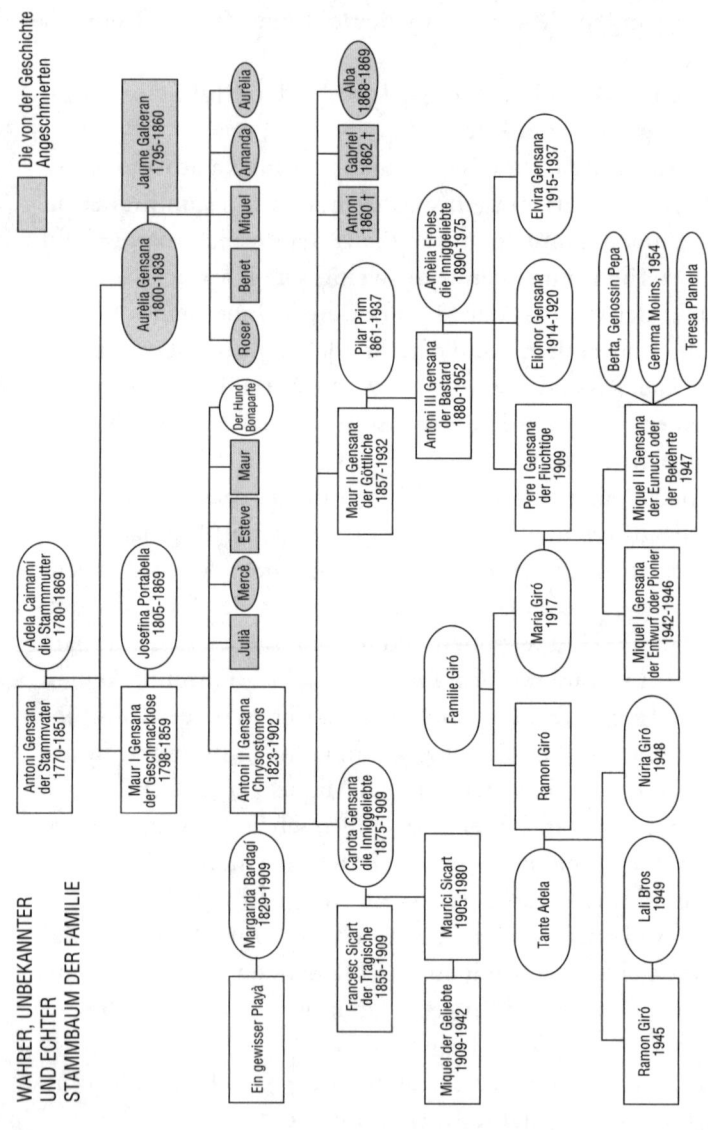

WAHRER, UNBEKANNTER
UND ECHTER
STAMMBAUM DER FAMILIE

Die von der Geschichte
Angeschmierten

Adela Cairnami
die Stammmutter
1780–1869

Antoni Gensana
der Stammvater
1770–1851

Josefina Portabella
1805–1869

Maur I Gensana
der Geschmacklose
1798–1859

Aurèlia Gensana
1800–1839

Jaume Galceran
1795–1860

Roser   Benet   Miquel   Amanda   Aurèlia

Antoni   Gabriel   Alba
1860 †   1862 †   1868–1869

Julia   Mercè   Esteve   Maur   Der Hund
(Bonaparte)

Antoni II Gensana
Chrysostomos
1823–1902

Maur II Gensana
der Göttliche
1857–1932

Pilar Prim
1861–1937

Amèlia Eroles
die Inniggeliebte
1890–1975

Antoni III Gensana
der Bastard
1880–1952

Elionor Gensana
1914–1920

Elvira Gensana
1915–1937

Margarida Bardagí
1829–1909

Carlota Gensana
die Inniggeliebte
1875–1909

Ein gewisser Playà

Francesc Sicart
der Tragische
1855–1909

Maurici Sicart
1905–1980

Miquel der Geliebte
1909–1942

Familie Giró

Pere I Gensana
der Flüchtige
1909

Maria Giró
1917

Ramon Giró

Tante Adela

Miquel I Gensana
der Entwurf oder Pionier
1942–1946

Miquel II Gensana
der Eunuch oder
der Bekehrte
1947

Berta, Genossin Pepa

Gemma Molins, 1954

Teresa Planella

Núria Giró
1948

Lali Bros
1949

Ramon Giró
1945

Die Sonne ist untergegangen, und der Himmel verdunkelt sich zu schnell. Ich habe mich ein paar Minuten lang damit unterhalten, dir einen Löwen zu falten. Schade um das Japanpapier, das noch übrig ist, ich bin sicher, der Feldwebel wird es als Toilettenpapier benutzen. Und jetzt beende ich meine Beichte auf der letzten Seite des Hefts.

Ganz gewiss liebe ich dich, Miquel II Gensana, mein einziger Erbe, auch wenn du mir all diese Wahrheiten und all diese echten Reaktionen wohl nicht wirst verzeihen können, denn sie sind wahrscheinlich der Grund dafür, dass du ohne Vater und ohne Haus bist.

Du sollst wissen, dass ich mein Leben lang Menschen begraben musste. Mit meinem Tod wirst du ebenfalls damit anfangen, Miquel: Die Deinen zu begraben ist ein Zeichen dafür, dass du nicht länger jung bist; denn das Leben besteht aus den Toten der Familie: deinen Toten, die dich mit jedem Tod ein wenig ungeschützter zurücklassen. Und wenn du alt wirst, wirst du auch verstehen, dass im Leben eines alten Mannes alles, wenn er darüber nachdenkt, Vergangenheit ist. Und als Vergangenheit ist in dem Moment, in dem ich mich an etwas erinnere, völlig gleichgültig, wie lange es gedauert hat. Meine Vergangenheit ist reine Tat, weil sie zur Erinnerung geworden ist, die plötzlich über mich hereinbricht, punktuell, einzigartig und global. Sie hält nicht an und lässt sich nicht wiederholen. Mein Leben, Miquel, ist jetzt, da ich am Gestade des dunklen Sees stehe, ein gewaltiger Aorist.

»Und hier endet das düstere Werk, in dem ich seit mehr als siebzig Jahren begraben bin und dessen fürchterliche Finsternis ich trotz allem, was zu tun mir eingefallen ist, nie habe durchdringen können.«

JEAN-JACQUES MAURICE OHNELAND

VIERTER SATZ

Adagio (Choral: Es ist genug!)

I

Ich war nicht dabei, Júlia. Am Tag der Premiere des Konzerts für Violine und Orchester von Alban Berg, mit Teresa Planella an der Geige und dem Orchestre de Paris unter der Leitung von Daniel Barenboim, unterhielt ich mich mit Lawrence Durrell über seinen Roman *Mountolive*. Nicht dass ich es bedauere, denn Durrell hat mich tief beeindruckt. Aber ich wäre lieber in Teresas Nähe gewesen. Später erzählte sie mir, sie hätten nicht ins Procope zum Austernessen gehen können, weil Armand Tickets nach San Sebastián gebucht habe, ohne zu bedenken, dass Musiker Menschen seien, die manchmal unbedingt eine Pause brauchten, um mit Barenboim und dem bezaubernden, schweigsamen Mädchen an seiner Seite Austern zu essen; und Armand habe vor seinem aufgeschlagenen Terminkalender gesessen, Reiserouten studiert und gerechnet. Bis heute verstehe ich nicht, warum Teresa sich diese Tyrannei ihres Ex-Liebhabers gefallen ließ. Ich verpasste auch das Tschaikowski-Trio, das ihr Ensemble in San Sebastián und Zaragoza aufführte. Teresa habe ich es nie spielen hören. Es hätte mich sehr gefreut, denn Tschaikowski soll Klaviertrios gehasst und sich zu seinem einzigen, das ganz entzückend ist, nur herabgelassen haben, weil seine engelsgleiche Gönnerin die Krallen ausgefahren und ihm ein Ultimatum gestellt hatte.

Im Leben zu einem Gleichgewicht zu finden, ist fast ein Ding der Unmöglichkeit. Zu jener Zeit befand sich Teresa auf dem Höhepunkt ihres Schaffens, sie hatte sich ein umfangreiches Repertoire erarbeitet, und es war zum Verzweifeln mitanzusehen, wie selbstverständlich sie ihr Leben, jeden Ortswechsel, alle ihre Sorgen Armand übertrug, der ihr kaltblütig die Agenda vollpackte, viel Geld an ihr verdiente und sie nie zur Ruhe kommen ließ. Miquel Penelope Gensana wartete indessen zu Hause auf das Läuten des Telefons und die Stimme, die sagte, Miquel, ich bin eben gelandet, ich bin am Flughafen. Und solange der Anruf nicht kam, webte er am Tuch der Treue und zog das Gewebte wieder auf, während er diesen Aufsatz über die Dichtung von Joan Vinyoli verfasste, den du bestimmt nicht gelesen hast.

»Doch, den habe ich gelesen.«

»Und?«

»Gut.«

Gut. Zwei Monate Arbeit, gut. Und als uns aus heiterem Himmel Espriu wegstarb, spielte Teresa in Palma, und ich war mit ihr dort. Da bedauerte ich es sehr, nicht zur Beisetzung des Dichters auf seinem Friedhof gehen zu können.

»Du bedauerst ständig, etwas nicht getan zu haben.«

»Stimmt.«

»Und warum passt du dann nicht besser auf, was du machst?«

»Das hat Teresa auch immer gesagt. Ich bin chronisch unzufrieden. Darin war Bolós klüger, der wusste, sich allem, was er tat, mit Leib und Seele zu verschreiben.«

»Josep Maria war nicht glücklich.«

»Irrtum. Bolós hatte seinen Spaß und redete unentwegt über das, was er machte. Dieser optimistische Ton bekäme deinem Artikel gut.«

»Er hat bloß so getan.«

502

»Meine Liebe, ich kenne ihn.«

Júlia rückte sich auf dem Stuhl zurecht.

»Wie schon gesagt, Josep Maria hat dich beneidet.«

»Mich?«

Na, fabelhaft. Bolós beneidete Miquel den Unzufriedenen; er beneidete einen Mann, der Teresa Planella zu umschwirren begann wie eine Motte das Licht, immerzu auf ihre Rückkehr wartete, sich nach ihr sehnte, verliebt war in ihre Musik, in ihre Stimme, in ihre Geduld …

»Worüber sprechen denn Freunde überhaupt, wenn sie sich sehen?«

»Über alles.«

Von wegen über alles. Nicht einmal die Geschichte mit Júlia hatte er mir erzählt, geschweige denn über seine Ängste, Zweifel oder möglichen Illusionen in diesem Zusammenhang gesprochen. Was heißt hier, über alles. Quatsch. Über nichts, Freunde sprechen über nichts. Bis zum ersten Krach mit Teresa. Ich hatte Armand zu mir nach Hause gebeten, um ihm zu sagen, er solle ihr nicht die Luft abschnüren und gelegentlich mal daran denken, dass Teresa auch persönliche Bedürfnisse hat. Du meinst, durch sie wirst du zum Millionär.

»Red keinen Unsinn, Miquel.«

»Such dir gefälligst andere Musiker zum Ausbeuten.«

Armand stellte sein Bierglas auf den Tisch und grinste.

»Ist das ein Befehl?«

»Versteh es, wie du willst.«

»Dann habe ich es lieber gar nicht gehört. Misch dich da nicht ein.«

»Das muss ich aber. Du überspannst den Bogen, und irgendwann klappt dieses Mädchen zusammen.«

»Du hast ja keine Ahnung.«

Armand sah mich an, als haderte er, ob er mich zum Teu-

503

fel jagen oder Mitleid mit mir haben, mir eine Hand auf die Schulter legen und ein bisschen den Pädagogen spielen sollte. Er entschied sich für Letzteres:

»Weißt du, wie das Leben von Elitemusikern aussieht?«

Natürlich wusste Miquel das. Andauernd üben, ständig unterwegs sein, die Fingerspitzen in steter Berührung mit der Kunst, mit dem Glück quasi; die Welt kennenlernen, Menschen kennenlernen, die dich bereichern, Miquel Gensana kennenlernen, der zwar nicht viel taugt, aber na ja; dauernd in dem Gefühl leben, dass deine Arbeit Bewunderung weckt, Applaus erntet, de facto et in situ. Stell dir mal vor, Júlia, ich würde eine Kritik über *Die Geschichte vom Soldaten* verfassen, und in dem Moment, in dem ich den Schlusspunkt daruntersetzte, brächen alle Leser der *Revista* in tosenden Beifall aus. Gott, was für ein Gefühl! Und der unendlich weite Horizont in der Tiefe ihres edelmütigen Blickes einer Elitemusikerin.

Armand legte mir die Hand auf die Schulter und sagte in diesem väterlichen Tonfall, den er sich hätte schenken können, nein, Gensana, das stimmt nicht ganz.

»Hör mal, ich kenne Teresa und weiß, wie sie lebt.« Miquel war entrüstet.

In Armands Grinsen blitzte ein Funken Spott. Genug, um allmählich anzufangen, ihn zu hassen. Ohne seine herablassende Pose aufzugeben, erklärte mir Armand, das Leben einer Ausnahmekünstlerin wie Teresa basiere auf einer Kindheit und Jugend, die sich von der aller übrigen Sterblichen unterscheide; während sich andere in ihrem Alter mit dem Springseil vergnügt hätten, habe sie Kilometer um Kilometer mit ihrem Bogen auf den Saiten zurückgelegt und pfundweise Kolophonium verbraucht, sei verzweifelt, wenn sie nach einem bestimmten Griffwechsel den

Ton nicht exakt traf, verzweifelt, wenn sie keinen gleich-
mäßigen Klang hinbekam, verzweifelt, weil ihr die Hände
weh taten, das Kinn, der Nacken, der Rücken und die Seele,
weil sie nicht mit Beatriu, Montserrat und Mila draußen
habe Seil springen können. Als sie dann größer geworden
sei, habe sie auf diese wundervollen Momente nach der
Schule verzichten müssen, in denen Mädchen zusammen
mit der besten Freundin die Straße auf und ab schlenderten
und über ihre Träume und die Blicke der Jungen schwatz-
ten; und wenn sie sich nicht vorsah, würde sie es nicht einmal zu einer besten Freundin bringen, denn nach Schul-
schluss spielte sich ihr Leben in den Unterrichtsräumen
des Konservatoriums ab, aufmerksam beobachtet von der
Trullàs oder Marçal, bei denen es sich nicht um beste Freundinnen, sondern um eine exzellente Geigenlehrerin sowie
einen exzellenten Kammermusiklehrer handelte. Und dann
das beklemmende Gefühl, als es hieß, dieses Mädchen ist
sehr begabt, daraus wird man etwas machen müssen. Also
fuhr ihr Bogen vorsichtshalber weiterhin Kilometer um
Kilometer über die Saiten. Als sie zum ersten Mal ihre Periode bekam, übte sie gerade die dämonischen Etüden von
Joseph Joachim, eine Qual für die Finger. Sie aufzuklären,
hatte ihre Mutter keine Zeit gefunden, so beschäftigt war
sie mit der Reiseplanung ihrer begnadeten Tochter. Alle
Welt behandelte sie wie ein Genie, und sie sah sich zunehmend von lächelnden Mienen umgeben. Sie musste sich
mächtig anstrengen, um die Bodenhaftung nicht ganz zu
verlieren und nicht zu vergessen, dass die anderen lächelten, weil sie froh waren, nicht selbst diese vielen Stunden
und Kilometer mit dem Bogen auf den Saiten verbringen
zu müssen. Unter diesen Umständen würde ich auch lächeln. Sie lernte, den netten Herrn oder die nette Dame,
die zu jedem Konzert kamen und jedes Mal sagten, ach,

Kind, was gäbe ich dafür, nur halb so gut spielen zu können wie du, nicht schnöde abzuservieren. Normalerweise nahm sie sich natürlich zusammen, aber eines Tages riss ihr der Geduldsfaden und sie sagte zu dem netten Herrn, Sie sind ein Lügner, weil sie gar nicht bereit sind, auch nur das Allergeringste dafür zu tun, um halb so gut Geige spielen zu können wie ich. Der erbleichte, das Lächeln gefror ihm, er begann zu stammeln und blickte sich nach Teresas Mutter um, in der Hoffnung, dass sie es gehört hätte und ihrer Tochter eine tüchtige Ohrfeige verpassen würde. Teresa jedoch warf wütend einen ihrer Zöpfe über die Schulter und setzte ihre Tirade fort: Wissen Sie, was ich alles geopfert habe, um so zu spielen, wie ich spiele? Tausende und Abertausende von Stunden meiner Lebenszeit. Dafür muss man die Musik schon sehr lieben. Und ich glaube nicht, dass Sie mit Ihrem schwachsinnigen Grinsen das auch nur annähernd begreifen oder einen einzigen Schritt auf diesem mühsamen Weg gehen könnten. Und ihrem Gegenüber fiel das gefrorene Lächeln aus dem Gesicht und zersprang in viele kleine Stücke.

»Ist ja gut, Armand, hör zu, ich …«

»Nein, jetzt hörst du mir zu.«

Und ob ich mir das anhören musste, Júlia. Denn er schilderte mir, wie schon bald die Zeit der Zweifel begann und du dich mit fünfzehn, sechzehn Jahren anfingst zu fragen, ob ich alles richtig mache und ob das Leben auf diese Weise einen Sinn bekommt. Hätte ich nicht genauso viel Freude an der Musik, wenn wir die Sache mit etwas weniger Druck angingen? Aber Teresas Mutter war nun einmal fest überzeugt, dass ihre Tochter es nach ganz oben schaffen konnte.

»Und ihr Vater? Warum erwähnst du mit keinem Wort ihren Vater?«

»Sag mal …« Armand sah mich düster an. »Worüber redet ihr eigentlich, Teresa und du?«

»Wie bitte?«

Nach einem langen peinlichen Schweigen entschied Armand, dass es sich nicht lohnte, das Thema zu vertiefen, trank sein Bier aus, wischte sich mit der Papierserviette die Lippen ab und sagte, und dann sei die Zeit reif gewesen, ins Ausland zu gehen und einige Monate in Budapest zu verbringen, um bei Konty die Kunst des Bogens zu erlernen und sich durchdringen zu lassen von dem unglaublichen Können ungarischer Streicher; da habe sie sich sehr allein gefühlt, so allein, dass … Hat sie dir das nicht erzählt?

»Nein.«

»Dann kann ich es dir auch nicht erzählen. Im Anschluss studierte sie an der Juilliard School in New York. Und immerzu die Kilometer, die vielen einsamen Kilometer des Bogens auf den Saiten. Damals war Teresa eine Ausnahmegeigerin mit sehr viel Talent und einem großartigen Repertoire. Doch dann wandte sie sich verstärkt der Kammermusik zu. Und so habe ich sie kennengelernt.«

»Bist du Musiker?«

»Nein.« Er betrachtete mich trübsinnig. »Aber ich habe sie kennengelernt. Und seither kümmere ich mich um das Geschäftliche, begleite jeden ihrer Triumphe und jeden ihrer Misserfolge; ich weiß, was sie erreichen will, und erkenne, wenn sie kurz vor dem Zusammenbruch steht, denn hinter ihrem selbstsicheren Lächeln leiden Musiker genau wie Schlittschuhläufer, die kunstvolle Pirouetten vollführen und lächelnd gegen die Panik ankämpfen, beim nächsten Dreifachsprung aufs Eis und in Ungnade zu fallen. Es ist ein übermenschlich hartes Leben. Vor allem die letzten Stunden vor einem Konzert. Das Lampenfieber. Teresa hat

Phasen, in denen sie unter solchem Lampenfieber leidet, dass sie Angstattacken bekommt und am liebsten davonrennen würde. Aber die Bühne betritt sie immer mit einem Lächeln. Damit will ich nichts weiter sagen, als dass man eine derartige Nervenanspannung mit den Jahren teuer bezahlt.«

»Warum dann aber …«

»Warte, ich bin noch nicht fertig.«

Nein, er war noch nicht fertig. Mit einem frostigen Lächeln befahl mir Armand, mich aus Teresas Berufsleben herauszuhalten. Ich glaube, am liebsten hätte er mich aufgefordert, mich auch aus ihrem Privatleben herauszuhalten. Aber das traute er sich nicht.

»Armand war immer noch verliebt in sie«, schlussfolgerte Júlia.

»Ich weiß es nicht«, log ich. Und um meiner Lüge mehr Gewicht zu verleihen: »Der Gedanke ist mir noch gar nicht gekommen.«

Als ich Teresa kennenlernte, beherrschte sie bereits das, was Armand, als wäre er Onkel Maurici, das Große Repertoire nannte. Sie spielte Beethoven, Mendelssohn, Tschaikowski, Brahms, Schumann und Saint-Saëns. Und versuchte sich an Sibelius. Und nahm sich erstmals Berg vor. Ihr internationales Ansehen wuchs. Und dann kam der unvergessliche Tag, an dem …

»Schon wieder ein unvergesslicher Tag.«

»Das mit Teresa waren unvergessliche Jahre, Júlia.« Er setzte noch einmal neu an: »Der Tag, an dem wir beschlossen … Also: Du weißt doch, dass ich Höhenangst habe.«

Statt zu antworten, sah Júlia nur zu, wie er an seinem Armagnac Torres 5 nippte, und mir blieb nichts anderes übrig, als fortzufahren:

»Ganz oben auf dem Aussichtsturm vom Tibidabo, dort haben wir einander unsere Liebe erklärt.«

»Wow. Ihr habt euch eure Liebe erklärt?«

»Genau das. Und ich habe weder den Wind noch das Schwanken des Korbes bemerkt.«

»Aber das macht doch kein Mensch mehr.«

»Was macht kein Mensch mehr?«

»Feierliche Liebeserklärungen.«

Aus der Tiefe ihres edelmütigen Blickes einer Elitemusikerin, in dem sich der unendlich weite Horizont et cetera, schaute Teresa mich an und sprach, liebst du mich?, darauf ich, du weißt, dass ich dich liebe. Und sie: Weide meine Lämmer. Und dann noch mal: Simó, Sohn Peres des Flüchtigen, liebst du mich? Und Miquel: Ja, du weißt, dass ich dich liebe. Und sie: Weide meine Lämmer. Und beim dritten Mal ward Peres Sohn traurig, dass sie zum dritten Mal zu ihm sagte: Liebst du mich?, und nachdem er auf dieselbe Weise geantwortet hatte, richtete sie sich auf und sagte: Folge mir nach. Und Miquel folgte ihr bis zum Tod. Das war die glücklichste Zeit meines Lebens, Júlia, eine Zeit der Erfüllung. Ich musste vierzig Jahre alt werden, um zu begreifen, dass die Liebe unser Dasein rechtfertigt und *le dur désir de durer* durch dauerhafte Liebe verwirklicht werden kann.

»Na ja, ich weiß nicht. Sehr poetisch jedenfalls.«

So poetisch, wie ich es wiedergab, war es nicht. Denn inmitten all der Glückseligkeit schob sich doch immer wieder mit Macht das Bild des verblutenden Toros in den Vordergrund, und aus der Tiefe von Miquels Gewissen drang eine Stimme, die sagte, wie ist das möglich, Miquel Scharfrichter Gensana, der du sonst so sensibel bist ... Einmal redete ich mit Bolós darüber. Zwanzig Jahre nach der Kritik ins Genick des Verräters kamen Simó und Franklin zu einer gruppentherapeutischen Sitzung zusammen und fragten sich gegenseitig, und du?, wie hast du es erlebt?, und zuerst wollten wir nicht raus mit der Sprache, was ist, Mann, wir haben unsere Pflicht getan, wir waren wie Soldaten. Und wir mussten den Tod des armen Genossen Mingo rächen. Nein, Mann, wir *waren* Soldaten, wir haben nur Befehlen gehorcht, dafür kann uns niemand verurteilen und so weiter. Doch nach dem zweiten Bier rückte Bolós damit heraus, dass er niemals den Moment habe vergessen können, als er ihm den Lauf in den Mund steckte, weil Xato und Cunillera, diese Mistkerle, keine saubere Arbeit geleistet hatten, und es verfolge ihn noch heute bis in seine Träume, er habe aber mit keinem je darüber gesprochen.

»Mir hat er nie etwas gesagt.« Júlia erwachte aus ihrer Gedankenverlorenheit.

»Er hat niemandem etwas gesagt. Es gibt Taten, die wir nicht aus unserem Gedächtnis tilgen können und die uns peinigen bis zum Schluss. Und in keinem Nachruf erwähnt werden können, Júlia.«

»Glaubst du an die Sünde?«

»Ich weiß es nicht.«

»Verdammt, Miquel. Aber du glaubst doch nicht mal an Gott!«

»Meines Erachtens hat das eine nichts mit dem anderen zu tun. Wie schon gesagt, ich habe eine Neigung, mich schuldig zu fühlen.«

Júlia las einen Brotkrümel auf, der dem gewissenhaften Kellner entgangen war, und rollte ihn zwischen den Fingern.

»Bolós machte die Erinnerung an Toro auch zu schaffen.« Sie schnippte das Kügelchen in Richtung des unermüdlichen Springbrunnens. »Bloß dass ich von der Erinnerung an Toro nichts wusste.« Tapfer sah sie Miquel ins Gesicht. »Es tut weh, wenn dir der Mensch, den du liebst, nicht alles sagt.«

»Es ist unmöglich, alles zu sagen.«

2

Das Trio von Tschaikowski ist sehr ungewöhnlich. Er schrieb es für die von Meck, die ihm keine Ruhe ließ, weil sie unbedingt eines haben wollte. Und nachdem er sich schließlich dazu durchgerungen hatte, entschied er sich für ein Thema mit Variationen. Siehst du? Und Teresa, die in der Ecke beim Geigenschrank auf dem Boden saß, begann das Thema zu spielen, einwandfrei, als störte die ungeeignete Haltung sie nicht im Geringsten. Und ich dachte, Júlia, du spielst so gut, du könntest auch im Schlaf spielen.

»Du hast Júlia gesagt.«

»Wie bitte?«

»Du hast gesagt, Júlia, du spielst so gut.«

»Entschuldige. Ich bin müde. Vielleicht sollten wir …«

»Nein, sei so gut …«

Es war fast ein Aufheulen. Miquel hob den Finger und schaute den Kellner an, denn der Maître verabschiedete soeben die von Tisch *treize*, die, seinem Lächeln nach zu urteilen, ein beachtliches Trinkgeld hinterlassen haben mussten.

Sein dritter Kaffee. Júlia wollte keinen mehr. Er würde heute Nacht nicht schlafen. Aber er würde auch ohne Kaffee nicht schlafen, denn er hatte in gerade mal zwei Stunden sein ganzes Leben aufgeblättert. Das putscht stärker auf als Koffein. Und ich konnte mein Glück kaum fassen, als Teresa mich zum musikalischen Berater erkor und mich in ihre Zweifel einweihte, ob das Konzert von Wieniawski noch zeitgemäß war, und ich sagte, aber ja, ich fände die Romantiker aus der zweiten Reihe hinreißend, und gab ihr etwas von Vieuxtemps zu lesen, das sie überzeugte. Sie nahm das zweite Violinkonzert von Wieniawksi in ihr Repertoire auf. Das war mir zu verdanken. Was jedoch ihre Terminplanung anging, war meine Meinung nicht gefragt. Dafür schloss sie sich mit Armand ein, und ich verzehrte mich vor Eifersucht. Die glücklichsten Jahre, ja. Ich wohnte zwar zu Hause, verbrachte meine Tage aber bei Teresa, wo ich auch häufig über Nacht blieb und sie morgens in aller Frühe auf ihrem Heimtrainer radeln hörte. Ich kenne niemanden, der zu so eiserner Disziplin fähig wäre wie Teresa. Im Lauf der Zeit, ich habe den Eindruck, dass sich keiner von uns beiden dessen bewusst war, ließ ich mal ein Kleidungsstück bei ihr liegen, mal ein Buch oder eine Platte, sodass ich mich bei Teresa, auch wenn ich nicht dort lebte, bald wohler fühlte als bei mir zu Hause. Bis die *Novelletten* erklangen, war mir nicht klar, was für eine Unmenge von Sachen ich schon zu ihr geschafft hatte.

»Die hast du vorhin schon mal erwähnt. Was ist das?«

»Was ist was?«

»Die *Novelletten*.«

Eine Sammlung von Spaßhaftem, Egmontgeschichten, Familienszenen mit Vätern, einer Hochzeit, kurz äußerst Liebenswürdigem. *Novelletten*, kleine Erzählungen, Notizen, kleine Liebesbeweise für dich, Clara. Acht Liebesbeweise, von denen ich mich davongetragen fühle. In der ersten, *Markiert und kräftig*, besteht der Liebesbeweis in einem Wechselspiel der Tonarten, und im *Trio* – ob in F-Dur oder, nachher, magisch kontrastiert, in A-Dur – ist die Kraft der Schubert-Melodien zu erkennen. Schumann wurde nicht müde zu wiederholen, Bach, Beethoven und Schubert sind das Paradies, und das möchte ich zum Ausdruck bringen, indem ich Melodien erfinde, die so schön sind wie diese oder die des *Intermezzos* in der zweiten, *Äußerst rasch und mit Bravour,* das ein Nocturne von Field oder Chopin sein könnte, hingekauert inmitten eines Feuerwerks. *Etwas langsamer, durchaus zart.* Immer so süß, meine Clara, meine Teresa. Als Schumann sich für einige Monate nach Wien verzog, weil Claras Vater den Verliebten strikt verboten hatte, sich zu sehen, ging er zum Währinger Friedhof, um auf den Gräbern von Beethoven und Schubert eine Blume niederzulegen. Und wie Robert Schumann Schubert und Clara bewunderte, bewundere ich dich, Teresa. Weil du imstande gewesen bist, mich wahrzunehmen und etwas an mir zu finden, weil du mir, langsam, auf Zehenspitzen, Eintritt in dein Leben gewährt hast und in meines hast eintreten wollen, und das alles ganz still, beinahe wortlos, wie *Lieder ohne Worte*, nur mit der Melodie der Gesten. Oh, wie schön ist dieses *Intermezzo,* das mich dem Glück so nahe bringt. Und so vergingen Tage, Wochen, Monate fortgesetzter Seligkeit, du, meine über alles Geliebte, und ich, die wir nur Augen füreinander hatten, und Armand, der dich seinerseits nicht aus den Augen ließ, mit einer Unerbittlichkeit, die mir grausam erschien, das sagte ich schon; und die du für unentbehrlich hieltest, das sagtest du schon. Und dann nahmst du dir eine Woche Urlaub, und wir beschlossen, uns in kein Flugzeug, keinen Zug und kein Taxi zu setzen, sondern es uns bei dir zu Hause gemütlich zu machen, mit vielen Flaschen von diesem Weißwein, den du so mochtest, und uns der Musik oder der Faulheit hinzugeben, je nachdem, wonach uns gerade war. Und eines Tages zogst du dich nackt vor mir aus und sagtest, ich bin Robert, und du bist Clara, und auf Diese Idee werde ich Mein Glück bauen. Zum dritten Mal wurde mir ein geheiligter Name verliehen, Miquel, Simó, Clara I. der Frischbekehrte, der rückfällige Apostat. Und du sagtest, zieh dich auch aus, und dein Musikzimmer verwandelte sich in den Himmel. Du setztest dich auf den Klavierdeckel, splitternackt, und wir stießen mit dem Rheinwein an. Still, wortlos, bestätigten wir einander, dass das Leben es gut mit uns meinte. Miquel Gensana war euphorisch über diese unvorhersehbare Flutwelle von Glück. Halb hinter seinem Glas verborgen, wollte er ihr gerade sagen, wie sehr er sie liebte. Fast hätte er es ausgesprochen, doch im selben Augenblick sprang sie vom Klavier auf, weil ihr etwas eingefallen war.

»Musik. Das müssen wir feiern.«

Es ertönte das *Markiert und kräftig*, und Adolf Plas Klavier klang herzzerreißend. Teresa und Miquel fassten sich bei den Händen wie zum Tanz, nackt, in der freien Hand das Weinglas, lauschten sie den kleinen musikalischen Erzählungen, einander sehr nah, er ihr und sie ihm. Dann sagte sie, sie wolle in der Küche die Flasche holen, um nachzuschenken.

Kaum war ich allein, läutete das Telefon, die *Novelletten* nahmen ihren Lauf, ich griff zum Hörer, sagte hallo und hörte Armand sagen, er müsse Teresa sprechen, es sei dringend; und ich, sie kann jetzt nicht ans Telefon kommen, sie macht Ferien.

»Ich muss wissen, was ich der Alten Oper in Frankfurt antworten soll. Und wir müssen über London reden.«

»Jetzt hör mir mal gut zu, mein Junge, Teresa hat Kopfschmerzen. Und Ferien.«

»Wenn ich denen nicht heute Bescheid gebe, streichen sie den Termin.«

»Ruf morgen noch mal an.«

Und damit legte er auf. Miquel II Gensana der Unbesonnene beendete das Gespräch, entnervt von der wohlerzogenen Stimme dieses Idioten.

»Das Telefon hat geklingelt, oder?«, fragte Teresa, als sie mit der Flasche in der Hand wieder hereinkam.

»Ja, die Schmeißfliege …«

»Welche Schmeißfliege?« Teresas Ton schlug um; sie war plötzlich in Alarmbereitschaft. »Sag schon! Welche Schmeißfliege?«

»Ach, komm, lass doch.« Ich grinste verschwörerisch, in der Hoffnung, sie werde darauf eingehen. Doch als Teresa todernst blieb, dachte Miquel, jetzt hast du verspielt, mein Lieber. Teresa stellte die Flasche auf den Boden und trat vor ihn hin, nackt, die Beine leicht gegrätscht, die Hälfte des Gesichts von ihrem Haar verdeckt.

»Armand.«

»Und warum hast du mir das Telefon nicht gegeben?«

»Ich habe ihm gesagt, er soll später noch mal anrufen. Morgen.«

»Aber was wollte er denn?«

»Irgendwas mit Frankfurt.« Immer noch mit stupidem Grinsen. »Ich habe ihm gesagt, du hättest Ferien. Ah, und schlimme Kopfschmerzen.«

»Ich?«

»Und dass er morgen anrufen soll.«

Teresa, schön, geliebt und nackt, drückte mir einen Finger gegen die Brust und – ihre Nacktheit ignorierend, sodass ich mich der meinen schämte – sagte mit tiefer Verachtung, es stehe mir nicht zu, mich in ihre beruflichen Belange einzumischen, nur sie und ihr Manager dürften ja oder nein sagen oder eine Entscheidung aufschieben. Hast du mich verstanden? Wenn nicht jeder von uns seine Grenzen kennt, hat es keinen Sinn, dass …

Verzagt erkannte Miquel, dass das Wunder, das für eine Weile sein Leben bestimmt hatte, soeben zerplatzt war wie eine Seifenblase.

»Ich rufe ihn sofort zurück und …«

Ihr Blick ließ keinen Zweifel daran, dass Rückzug meine einzige ehrenhafte Option war. Stumm und mit Tränen in den Augen biss ich mir auf die Unterlippe und ging ins Schlafzimmer, wo meine Kleider lagen. Die *Novelletten* waren in diesem Augenblick verklungen, und aus dem Musikzimmer drang nur noch Stille. Wieder angezogen, ging ich dorthin zurück. Noch bevor ich nach der Klinke greifen konnte, hörte ich Teresas Geige. Die Zweite Partita von Bach. Ich öffnete lautlos die Tür. Teresa stand mit dem Rücken zur Tür mitten im Raum, immer noch nackt; die Augen geschlossen, die Wange sanft an die Geige geschmiegt, diese Geste, die mich immer so eifersüchtig machte, konzentrierte sie sich ganz auf die Musik. Ihre breitbeinige Haltung. Geliebte Teresa. Leise, um das Zwiegespräch der Geige mit Teresa nicht zu stören, sagte ich, ich gehe, Teresa. Sie öffnete die Augen nicht, zögerte bei keiner Note, gab mir durch nichts zu verstehen, dass sie mich gehört hatte. Begehrlich betrachtete Miquel sie noch eine halbe Sekunde lang und dachte, Scheiße, Scheiße, du hast doch gewusst, du Trottel, dass es unmöglich war, ein Wunder, das an einem seidenen Faden hing. Hättest du nicht vorsichtiger sein können, verflucht noch mal?

Er sandte ihr noch einen letzten Blick, noch immer voller Liebe. Es war keine Laune von ihr, es war ihr Beruf, und ich hatte mich wie ein Vollidiot benommen. Punkt. Er lächelte traurig, weil ihm im selben Moment einfiel, dass er an diesem Tag noch gar keine Gelegenheit gehabt hatte, ihr zu sagen, dass er sie liebte. Unhörbar schloss er die Tür wieder. Die *Novelletten*, acht Klavierstücke, von Schumann im Zustand höchster Euphorie geschrieben, weil Clara Wieck ihn erhört hatte, die *Novelletten* – die, wie Schumann Clara erzählt hatte, ursprünglich *Wiecketten* heißen sollten, was ihm dann aber doch nicht recht gefallen hatte –, die acht Klavierstücke, in denen die Freuden einer beginnenden Liebe zum Ausdruck gebracht werden, hatten dazu gedient, der keimenden Liebe zwischen Teresa und mir den Garaus zu machen. Und Bach und Schumann und die Chance, Teresas Version des Zweiten Violinkonzertes von Bartók zu hören, das sie gerade einzustudieren begann, oder ihre als ausgezeichnet geltende Interpretation des Konzerts von Alban Berg, lösten sich im Nichts auf. Und mit ihnen verschwand die geliebte Teresa aus meinem Leben. Einfach so, Júlia. Knall auf Fall. Als wäre sie gestorben.

3

In den folgenden Wochen unternahm ich viele Versuche, Kontakt zu Teresa aufzunehmen. Aber entweder war sie unterwegs oder sie wollte nicht einmal mit mir reden. Ihre kategorische Kompromisslosigkeit – so gut kannte ich sie – war ihr wichtigster Schutzschild gegen das Leben.

Es war Miquel unmöglich, sich die Gedanken an Teresa und diese Wochen heiteren Glücks aus dem Kopf zu schlagen, die zu einer Art Union, zu einer Verbindung in gegenseitigem Einvernehmen, hätten führen müssen. Nie würde er vergessen können, dass just in dem Moment, in dem es so weit gewesen wäre, der Alarm schrillte. Der Alarm, der für Teresa bedeutete: Achtung, sei auf der Hut vor diesem Miquel Gensana, hinter all seinem Prestige ist er ein Dummkopf, der zwischen Arbeit und Privatleben nicht trennen kann, sondern beides durcheinanderwirft und nicht merkt, dass alles, was mit meinem Beruf zu tun hat, für mich elementar und unantastbar ist. Und wer Kurzschlüsse verursacht, muss es entweder hinbekommen, sich neu zu positionieren wie Armand, oder verschwinden wie Miquel. Schade, aber so läuft das nun mal bei mir.

Die ersten Tage war ich sprachlos und wie vor den Kopf geschlagen. Hatte diese Frau nicht ein wenig zu dick aufgetragen? War es die Sache wert, dass ich … Ein sehr versteckter Rest von Stolz in mir nötigte mich, einen gewissen Abstand zu halten und zu warten, dass sie mich anrufen und sagen würde, meine Güte, Miquel, ich glaube, ich habe ein bisschen übertrieben, aber wenn es um meinen Beruf geht, verstehe ich einfach keinen Spaß. Und ich würde nachdenklich meinen Kaffee austrinken, traurig lächeln und sagen, ja, vielleicht bist du etwas zu weit gegangen, aber ich habe mich ja auch nicht gerade elegant verhalten. Dann würde ich ihr großmütig einen Waffenstillstand anbieten, sie würde annehmen, und schon würden wir wieder abtauchen in die Glückseligkeit, in Ewigkeit, amen. Doch Teresa rief nicht an, so unbegreiflich mir ihr Schweigen auch war. Sie rief nicht an, sie hinterließ mir keine Nachricht, sie tat keinen Schritt auf mich zu. Und die Wochen vergingen. Miquel musste also etwas unternehmen, und er beschloss, für seinen Traum zu kämpfen. Als einzige Reaktion kam eine hastig bekritzelte Karte, auf der stand, stell mir nicht nach, und bedränge mich nicht. Ich habe drei enorm wichtige Engagements vor mir, und du destabilisierst mich. Hör auf, mir Botschaften zu schicken, ruf mich nicht mehr an, halt dich aus meinem Leben raus, vergiss mich; es hat nicht geklappt mit uns und basta. Adéu. T.

Überspannte Diva. Aus jeder Mücke ein Elefant. Alle Diven sind launisch, verklemmt und eingebildet. Da kannten wir uns nun schon so lange, und bis zum Tag der *Novelletten* war sie nicht zärtlich. Falsch: Sie war immer zärtlich zu mir. Eine Diva weiß einfach nicht, was sie will; sie ist einzig und allein daran interessiert, mit ihrer Arbeit zu glänzen, und alle um sie herum stehen ausschließlich im Dienst dieser Arbeit. Scheiß drauf. Ich, Miquel II Gensana der Destabilisator, bin für Teresa so wichtig wie eine D-Saite. Soll heißen, sie hatte Verwendung für mich, ich war ihr nützlich. Teresa ist eine Egoistin. Teresa, die so hübsch nun auch wieder nicht ist, mit diesen wüsten Haaren und dem Geigerfleck am Kinn, wie eine beständige Mahnung, hey, ich bin eine große Geigenvirtuosin, pass auf, welchen Wein du für mich bestellst, denn wenn er nicht vom Rhein ist, bäh. Und diese goldglänzenden Kleider zu silbernen Schuhen, geschmacklos. Und den lieben langen Tag das Gerede über Musik, Literatur und Kunst. Wie konnte ich mich nur in so eine geballte Ladung von Fehlern verlieben, Bolós?

Beim drittem Whisky sah mir Bolós in die Augen und sagte, Miquel, werde ja nicht wie Rovira. Ich schwöre dir, dieser Schmerz wird vergehen.

»Niemals. Ausgeschlossen.« Ein Schluck Whisky. »Ich will sie wiederhaben.«

»Wie du weißt, ist das unmöglich.«

»Warum eigentlich?«

»Das hast du mir gerade selbst gesagt.«

Miquel schaute Bolós an, als wäre er schuld an seinem Leid.

»Scheiße.«

»Sprich mit ihr.«

»Sie will doch nicht!«

»Gib ihr mehr Zeit.«

»Kann ich nicht. Es ist, als bekäme ich keine Luft. Im Ernst, das geht nicht!«

»Dann trink.«

Bolós, segensreicher Franklin, immer zur Stelle, wenn es hart auf hart ging. Und gleichzeitig war der Sauhund mit dir liiert und sagte kein Wort davon.

»Hat er dir erzählt von meiner Geschichte mit Teresa?«

»Nein. Geheimnisse anderer hat er mir nie erzählt. Und deine erst recht nicht.«

Bolós, verschlossene Auster. Du hättest nicht sterben dürfen. Ich frage mich, wieso ich mir das alles hier von der Seele rede, vor dieser Frau, die ich kaum kenne, die seit

Jahren in meiner Nähe ist und einen kohlschwarzen Blick hat, in dem ich mich verlieren könnte. Bestimmt liegt das daran, dass ich nicht weiß, wann genau mein Leben den ersten Sprung bekommen hat.

»Ich erzähle dir überhaupt nichts von Bolós, Júlia.«

Und zum zweiten Mal in dieser Nacht sagte Júlia, ich bitte dich, Miquel, erzähl weiter, denn du erzählst mir mehr von Bolós, als du ahnst.

»Das ist nicht wahr.«

»Bolós und du wart euch zum Verwechseln ähnlich.«

Als sie das sagte, wurden ihre Augen noch dunkler. Und Bolós, obwohl er mir geraten hatte, mich zu besaufen, zog mir das Glas vor der Nase weg, hieß mich aufstehen und wanderte mit mir zwei Stunden lang die Ramblas auf und ab, als spionierten wir einem Mädchen von der Lestonnac-Schule nach, doch schien er mir wesentlich besorgter um mein Gleichgewicht.

»Er hat mich sogar in seinen Familienurlaub mitgenommen.«

»Das wusste ich.« Sie drehte den Kopf, als hielte sie Ausschau nach dem Maître. »Aber ich wusste nicht, dass es wegen deiner seelischen Verfassung war.«

»Wollen wir zahlen?«

»Warte!«, fuhr sie auf. Es brach förmlich aus ihr heraus, und Júlias Interesse erfüllte Miquel mit einem gewissen Stolz. Noch mehr gefiel ihm die gehobene Braue des Maître, der es gar nicht erwarten konnte, dass sich das Gesindel an Tisch *dix-huit* endlich verzog. Tatsache ist, dass Miquel, trotz Bolós' Unterstützung, drei Tage und drei Nächte lang bitterlich weinte und nicht aufhören konnte, an Teresa zu denken, sich zu fragen, was sie wohl gerade tat, welches Kleid sie heute trug, vielleicht das hübsche mit den Goldsprenkeln?, was für Sorgen sie hatte und, oh, mittlerweile dürfte sie das Zweite von Bartók perfekt beherrschen und sich mit dem von Berg schon ziemlich sicher fühlen, denn einen menschlichen Zug hatte Teresa, die Erhabene, die Göttliche, dennoch: Sie arbeitete auf unmenschliche Weise. Und ich gelangte zu dem Schluss, dass das Leben unter diesen Umständen zu schwierig war. Meine Rettung war wahrscheinlich Júlias kühle, sachliche Stimme am Telefon, die mich warnte, dass man bei der *Revista* sauer auf mich sei und Duran die Wände hochgehe, weil ich nichts von mir hören ließ. Also ging ich wieder an die Arbeit und nahm mir die neuen Interviews vor. Júlias Anruf hatte mich in letzter Sekunde gerettet, Júlia. Miquels Blick jedoch blieb seit jenem Tag für immer traurig. Aus Tagen wurden Wochen, aus Wochen Monate, und die Hitze löste die Kälte ab. Und eines Tages, nachdem ich fast ein Jahr lang die Wüste der Liebe durchquert hatte, kehrte ich nach Hause zurück. Einer dieser spontanen Entschlüsse, weißt du?, die man umsetzt, ohne groß darüber nachzudenken. Um meine Mutter und Onkel Maurici wiederzusehen und ein wenig meinem eigenen Echo nachzuspüren.

»War das Haus nicht verkauft?«

»Doch, aber allein und verlassen.«

»Wie ein Fels in der Brandung.«

Ich mag Júlias spöttische Art. Doch in Wahrheit versetzte es mir einen Stich zu sehen, wie ungepflegt und verwildert der Erdbeerbaum war und wie der Rosenstock, auf den mein Onkel geklettert war, unbeschnitten in alle Richtungen wucherte. Während die geschlossenen Fensterläden dafür sorgten, dass keines der Geheimnisse von fünf oder sechs Generationen, die dort geweint hatten, zu den Wolken entfloh.

»Ja«, gab Miquel zurück, »aber irgendwie war es das ja auch.«

»Sollten es nicht Wohnungen werden?«

»Nein. Es war völlig verwahrlost. Vermutlich stieg der Preis von ganz allein. Wie beim Wein.«

Miquel konnte nicht umhin, immer wieder zu dem abscheulichen Springbrunnen hinüberzustarren.

»Ich glaube, seit es verloren ist, bin ich verliebt.«

»Wovon sprichst du?«

»Vom Haus. Es ist Teil meiner chronischen Unzufriedenheit.«

Denn Miquel hatte bereits erkannt, dass ein etwas liebevollerer Umgang mit den Dingen ein Zeichen von Reife darstellt. Man leidet mehr, denn je klarer man sieht, desto skeptischer wird man, insbesondere, wenn man sich bewusst wird, dass das Leben unweigerlich zum Tod führt. Und Verliebtheit führt unweigerlich zu Einsamkeit und dem sehnsüchtigen Verlangen nach diesem irren, gewaltigen, unsinnigen Gefühl, das dem Glück so sehr zu ähneln scheint.

»Vielleicht trinke ich doch noch einen Kaffee, Miquel.«

4

Im folgenden Herbst meines Lebens wurde es chaotisch. Ich hatte einen lethargischen Sommer verbracht, viel gelesen und systematisch daran gearbeitet, Teresa zu vergessen. Miquel betrank sich nicht, reiste allein nach Salzburg, um Musik zu hören, las das komplette Werk von Steiner in Vorbereitung auf das Interview im Oktober und beauftragte Júlia, erste Schritte für die Kontaktaufnahme zu Personen im Umfeld von Salman Rushdie einzuleiten. Es sah ganz so aus, als hätte ich mich wieder gefangen. Von Teresa hörte ich nichts. Sie war so absolut aus meinem Leben verschwunden, wie sie eine Zeitlang zu meinem Alltag gehört hatte. Ich nahm an, dass sie weiterhin mit den Moliners im Trio spielte, als Solistin unterwegs war und Armand um Rat fragte, selbst wenn es nur um die Farbe ihrer Strümpfe für das Konzert in Madrid ging. Eine Zeit vollkommener Glückseligkeit, die ich mit einem falschen Schritt zerstört hatte und die mir eine Ahnung davon vermittelt hatte, wie wenig verlässlich die Gunst des Schicksals ist. Gegenüber Bolós, mit dem ich mich noch ein paarmal traf, erwähnte ich meine Liebesangelegenheiten nicht mehr, und er tat, als hätten wir das Thema nie berührt. Und Rovira, ich weiß nicht, seine hemmungslose Heulerei wurde mir langsam lästig. Ein Mann weint ja bekanntlich nicht leicht, wenn er aber einmal damit angefangen hat, verliert er jedes Maß, seine Augen verwandeln sich in Schwämme und seine Freunde in Trostspender, die rund um die Uhr bereitstehen müssen.

Die letzte Septemberwoche hat für mich, den dekadenten, eigenbrötlerischen Schöngeist, der ich aus der Erinnerung ein lebenserhaltendes Vitamin gewinne, eine besondere Bedeutung, denn mein Onkel Maurici und ich haben im Abstand von sieben Tagen Namenstag. Ausgerechnet in dieser Woche flog Miquel nach London. Wegen des Interviews musste er zwei Tage in Cambridge zubringen, und er hoffte, von London aus Kontakt zu Rushdies innerem Kreis aufzunehmen, denn auf erste Anfragen hatte man ihm die Chance in Aussicht gestellt, mit dem Mann, dem die Wüstensöhne nach dem Leben trachteten, ein persönliches Gespräch führen zu können. Das Interview mit Steiner verlief ausgesprochen angenehm. Ich fühlte mich wohl in seiner Gegenwart, selbst in den wenigen Momenten, in denen wir schwiegen und die mit Worten zu füllen keiner von beiden das Bedürfnis hatte. Steiner redet viel, gestikuliert wenig, kommt immer wieder auf seine Argumente zurück, um sie noch ausführlicher darzulegen, und entwirft ein Konzept nach dem anderen. Ich war beinahe glücklich, denn man darf nicht vergessen, dass intellektuelle Genüsse dieser Art zwar reservierter, unbestimmter, aber nicht so flüchtig sind wie emotionale. Nachdem ich Cambridge wieder verlassen hatte – mit Steiners Zusage, uns zwei Tage später in London weiter zu unterhalten, weil er mir zum Thema Antisemitismus noch Dokumente zeigen wollte, die in Cambridge nicht zur Hand waren –, schloss ich mich in meinem Hotelzimmer ein, um das Material zu ordnen, solange meine Erinnerung noch frisch war, und das Telefon zu bewachen, für den Fall, dass Rushdies Leute tatsächlich an mich dachten. Und um einen Anruf von Júlia entgegenzunehmen (die sich im Lauf der Jahre die Finger wund gewählt hatte, um mich zu erreichen), mit dem sie mir bestätigte, dass Duran für die drei oder vier

Tage aufkommen würde, die ich vergeblich auf Rushdie gelauert hatte. Danke, Júlia, alles klar bei dir? Und sie: alles bestens, und bei dir? Bestens. Also dann, mach's gut. Ja, tschüss, du auch.

Mittelklassehotels haben eine erstaunliche Gemeinsamkeit mit Bauernhäusern. Die diversen Wandlampen sind einzig dazu gedacht, dass man überhaupt sieht. Will man sich etwas anschauen, fangen die Schwierigkeiten schon an. Und das Lesen kann man ganz vergessen. Da ich jedoch in der Nähe des einzigen Telefons bleiben musste, das ich in London zu meiner Verfügung hatte, kaufte ich eine biegsame Klemmlampe und eine Sechzig-Watt-Birne und stellte fest, dass das Tischchen mit der Bibel in der Schublade ideal war, um meine Papiere darauf auszubreiten und zu schreiben. Und wieder verstrichen die Stunden fast mit der gleichen Behaglichkeit wie in Cambridge. Dann kam der Anruf. Wie erwartet, sagte man mir weder zu noch ab, sondern informierte mich lediglich, dass man sich in den nächsten Tagen wieder melden werde, um zu- oder abzusagen. Laute die Antwort ja, solle ich in einer Minute abfahrbereit sein, denn sie kämen mich unmittelbar nach dem Anruf abholen, lautete sie nein, war's das. Ich fühlte mich wie das jüdische Volk, dass, schon im Aufbruch zum Gelobten Land, auf seinem Gepäck hockend Passah feierte. Und dann nahmen die Ereignisse an Fahrt auf. Das Treffen mit Steiner (zum Essen auf Durans Rechnung) war erst am Abend. Mittags aber hatte ich schon keine Lust mehr, Passagen zu überarbeiten und Bänder abzuhören; ich gönnte mir einen freien Nachmittag und überlegte, ob ich am Piccadilly Circus Schallplatten kaufen oder lieber ins Kino gehen sollte. Oder vielleicht in ein Musical? Während ich noch darüber nachdachte, durchquerte ich bereits die Hotelhalle und sah an der Rezeption Veranstaltungsprospekte des Purcell Room: *Tribute to Art Collemann*. Mit Art Collemann *in person*. Das Art Collemann Quartett live. Miquel wäre fast ein Lächeln entwischt.

Auf dem Weg zu dem Gebäudekomplex mit den drei Konzertsälen am Ufer der Themse musste er zwangsläufig an Teresa denken. Mit ihr (und Armand) war er zwei Mal hier gewesen. In der Royal Festival Hall. Und beide Male hatte sie im Publikum neben mir gesessen und an ihrer anderen Seite Armand. Teresa, schon wieder denke ich an dich, obwohl ich dich doch unter all meiner Geschäftigkeit begraben glaubte; du vermisst mich doch nicht etwa? Art Collemanns Klarinette jedenfalls war die Mühe wert. Sofern es noch Karten gab.

Es gab noch welche, wie er den Bemerkungen der anderen in der Warteschlange entnehmen konnte, wenn auch nicht mehr viele. Eilig verzog er sich aus dem Bereich der Kassen, um keinem Zuspätkommer ins verzweifelte Gesicht sehen zu müssen, und stieg ins Foyer hinauf, wo er sich die beiden vorigen Male mit Teresa (und Armand) bei einem Tee die Zeit vertrieben hatte. Er fand einen freien Tisch neben den Fahrstühlen und nahe der Terrasse mit Blick auf die Themse und fühlte sich einigermaßen im Reinen mit sich.

An ebendiesem Tisch hatte Teresa ihm erklärt, sie habe vor jedem Konzert Lampenfieber, das könne sie sich einfach nicht abgewöhnen. Immer. Armand hatte geschwiegen und weggeschaut. Nach all den Jahren war sie genau so ein Nervenbündel wie beim ersten Mal. Deshalb pflegte sie sich fünf oder sechs Tage vor einem Soloauftritt mit den Partituren zurückzuziehen, was Miquel oft erlebt hatte, und wie besessen Passagen zu wiederholen, die bereits perfekt saßen, mit dem unsinnigen Ehrgeiz, sich noch einmal zu übertreffen. Ihn machte das ganz krank, weil er mitansehen musste, wie sie sich in diesen Phasen, abgesehen davon, dass sie nichts von ihm wissen wollte, von der Musik entfernte und dem Wahnsinn näherte. Ein Schluck Tee, trübe Gedanken, Teresa unverrückbar in meinem Herzen. Und da fiel sein Blick auf das Programmheft, das auf einem Stuhl lag.

Purcell Room, Art Collemann. Queen Elizabeth Hall, keine Vorstellung. Royal Festival Hall, John Kickox und das Liverpool Orchestra. Erster Teil, *Les Hébrides* und das Konzert für Violine von Alban Berg. Geige: Teresa Planella. Er las den Rest nicht. Er sprang auf, ließ den Tee stehen und rannte hinunter zu den Kassen, im Geist nur noch beim *Andenken eines Engels*.

Während er schweißtriefend über die Hungerford Bridge in Richtung Charing Cross rannte, dachte er, dass es ein Fehler sei, wenn er sich wieder in ein Leben zu drängen versuchte, aus dem er bereits verjagt worden war. Teresa und ich im selben Gebäude, und mein Herz hatte es nicht gemerkt ... Zurück im Konzerthaus, durchgeschwitzt, die Brust fast am Zerspringen, stand sein Entschluss fest. Mit Mühe gelang es ihm, sein Anliegen vorzubringen; er musste auf Englisch lügen, sich als Cousin von Miss Planella ausgeben und behaupten, es gehe um Leben und Tod. Doch wundersamerweise nahm der Verantwortliche für die Künstlergarderoben das Päckchen entgegen und versprach, es Miss Planella in spätestens fünf Minuten zu übergeben. Dabei zwinkerte er Miquel verschmitzt zu. Perfekt: Er hatte ihm nicht geglaubt. Und als filmreife Pointe steckte ihm der falsche Cousin einen Fünfpfundschein zu, den der blonde Aufpasser mit höchst britischer Verachtung verschwinden ließ.

»Fünf Minuten«, erinnerte ich ihn.

»In drei Minuten hält sie es in den Händen.«

Das war schon schwieriger, denn Teresa pflegte sich in

ihrer Garderobe einzuschließen, wo sie in Gedanken das Konzert durchging, sich zu entspannen versuchte, Hände und Finger lockerte, die Geige an die Raumtemperatur gewöhnte, noch mehr Fingerübungen machte, wie eine Löwin im Käfig auf und ab wanderte und sich fragte, wie sie nur auf die Idee verfallen konnte, Solistin zu werden, statt bequem in der dritten Reihe bei den zweiten Geigen zu sitzen. Bye-bye, Art Collemann.

Das Konzert begann pünktlich auf die Minute mit *Les Hébrides*. Miquel saß seitlich über der Bühne, denn im Parkett war nicht mehr die kleinste Lücke. Mendelssohn, Berg, Mahler, Kickox und Planella hatten den grandiosen Royal-Festival-Saal bis auf den letzten Platz gefüllt. Gut, Mendelssohn war gut. Aber er wartete ungeduldig auf das Hauptgericht. Nach dem Beifall betrat John Kickox erneut die Bühne, diesmal führte er Teresa galant am Arm. Wundervoll. Das grüne Kleid, das Taille und Po so schön zur Geltung brachte. Wundervoll. Ich applaudierte nicht, sondern starrte nur gebannt auf den Engel aus meiner Erinnerung; ich litt nicht, ich fühlte mich ruhig, gleich würde ich einem Geheimnis Teresas auf die Spur kommen (hinreißend, mit welcher Eleganz sie grüßte) und feststellen, dass sie während meiner Einjährigen Durchquerung Der Wüste Der Einsamkeit gearbeitet hatte wie gewohnt. Graziös neigte sie sich dem Konzertmeister zu und ließ ein leises A erklingen. Aus dem Hintergrund antwortete die Oboe, und Teresa zog sich auf sich selbst zurück, weil alles so war, wie es sein sollte. Kaum merkliche, physische, notwendige Gesten, die uns erinnern, dass wir keine Götter sind und zum Musizieren immer noch Instrumente brauchen, nicht nur die Kraft des Geistes. Teresa schaute Kickox an, der senkte den Kopf zu einer höflichen Verbeugung, und mich packte die Eifersucht. Das Publikum hatte schon vor einer Weile aufgehört zu klatschen, und alle warteten, ich weiß nicht, ob mit der gleichen Gier wie ich, auf das erste Thema. Das Orchester setzte ein, und Teresa folgte. Die Geige klang ausgesprochen gut, und im Dialog mit dem Orchester begann sie in schwierigen Arpeggien den Aufstieg, bis die Ebene erreicht war, wo zuerst die Bläser und dann auch die Geige in ihrem Element waren. Teresa ging vollkommen auf in dieser Musik, machte sich die verzweifelten, ahnungsvollen Wehklagen Bergs zu eigen. Sie spielte, als handelte es sich um ihre ganz persönliche Trauer. Und ich krallte die Finger in die Brüstung und ließ mir keine ihrer Bewegungen entgehen, als wären wir allein in der Royal, als könnten wir im leeren Raum zwischen uns den Engel schweben sehen, den Geist der kleinen Manon. Manon Gropius, Mizzi, Hanna, Alban Berg, Teresa Planella und Miquel Gensana der Goldgräber. Beim Allegro des zweiten Satzes hatte Miquel das deutliche Gefühl, dass Teresa nur für ihn spielte. Und beim vierten Satz, dem Bach-Choral *Es ist genug*, war ihm, als richtete sie die flehentliche Bitte nicht an Gott, sondern spräche zu ihm, Miquel, hör zu, es reicht, einmal muss Schluss sein. *Es ist genug, Michael, es ist genug*. Auch das Orchester schien dieser Meinung zu sein, und Michael Enzian erwiderte flüsternd, *es ist genug, Therese, es ist genug*, und die Dame neben ihm, entsetzt über eine solche Respektlosigkeit, warf ihm einen mörderischen Blick zu.

Es endete mit dieser Art Coda, in der sich die Geige des gesamten poetischen Ausdrucks bemächtigt und sich, durchzogen von Streiflichtern des Bach-Chorals, auf magische Weise immer höher und höher schraubt, um den Choral wieder in das Arpeggio des Anfangs münden zu lassen, wie ein umfassendes Resümee des Konzertes – ähnlich den

Visionen Sterbender, von denen es ja heißt, sie sähen ihr ganzes Leben in wenigen Sekunden vorüberziehen –, bis zu diesem unmöglichen G, das Teresa außerordentlich klangvoll, sicher, einwandfrei hielt, während das Orchester sich in Huldigungen erging, erst die Streicher, dann die Bläser, und alle zusammen erreichten sie den langen, langen Schlussakkord ... Teresa schmiegte sich geradezu um dieses extrem hohe G, das sie immer weiter erklingen ließ, als hätte ihr Bogen kein Ende. Und als Teresa und das Orchester bei den letzten beiden Takten angelangt waren, verwandelte sich der Geigenton in einen weißen Schmetterling, der taumelnd umherflatterte und den ich als Einziger sehen konnte. Alles war, wie Berg es sich besser nicht hätte wünschen können, und wie Kickox und meine geliebte Teresa es besser nicht hätten machen können. Die zwei Sekunden andächtigen Schweigens nutzten Kickox und Teresa, um einen Blick zu tauschen, erlöst, dankbar, du lieber Himmel, ist das zu fassen?, und vielleicht ein wenig zu verdrängen, dass dieses bezaubernde Konzert ein steter Gedanke an den Tod war. Und dann brach das Publikum in einhelligen Beifall aus. Alle außer Miquel, der nicht die Kraft dazu hatte. Er merkte, dass er weinte, während er zusah, wie Teresa sich verbeugte, die Geige in den Armen, und der Begeisterungssturm nicht nachließ.

Teresa musste noch ein paarmal herauskommen und bat mit gefalteten Händen, man möge auf eine Zugabe verzichten. Das Publikum verstand, hörte aber trotzdem nicht auf zu klatschen. Sie war wirklich fantastisch gewesen, und John Kickox, kein bisschen neidisch auf den Erfolg der Kollegin, drängte sie, noch einmal auf die Bühne zu kommen. Miquel dachte, Armand rechne nach diesem überwältigenden Londoner Auftritt sicher schon mit einem Dutzend lukrativer Verträge auf der ganzen Welt sowie dem Durchbruch auf dem Plattenmarkt. Teresa musste noch ein weiteres Mal auf die Bühne kommen. Und diesmal hielt sie etwas in der Hand, das Miquel sofort erkannte: eine Schachtel Likörpralinen. Und die schwenkte sie fast frenetisch vor dem Publikum, als wollte sie sagen, ich weiß, dass du hier bist, Miquel, ich würde gern mit dir reden, Miquel, es ist genug, komm! Der Beifall verebbte, die Pause begann, und ihre Augen hatten sich nicht gefunden. Minutenlang rührte ich mich nicht von der Stelle; aufgewühlt von dem Konzerterlebnis und der Überraschung, ihr wiederbegegnet zu sein. Doch dann war ich, noch ehe das Orchester zur ersten Mahler-Symphonie ansetzte, bereits die Treppe hinunter, aus dem Gebäude und auf dem Weg zum Hotel, möglichst weit weg von meinen Gedanken. Und Teresa, in ihrer Garderobe, wartete auf den weißen Schmetterling.

Im Hotel lag eine Nachricht von Steiner für mich, mit der er unser Abendessen auf morgen vertagte, ich solle ihn anrufen. Doch als ich es versuchte, erreichte ich ihn nicht. Miquel, du Idiot, man hätte dich zu den Künstlergarderoben vorgelassen, Cousin! Sie dürfte jetzt auf mich warten, und ich nichts wie weg, genau wie mein Vater. Ich nahm den Koffer und warf ihn aufs Bett. Wütend stopfte ich meine Sachen hinein, während ich mit lauter Stimme verkündete, als führte ich für irgendjemanden ein Stück auf, für irgendeinen Gott: Wenn ich schon die Flucht ergreife, dann richtig. Das Herz fest mit Mull umwickelt, fuhr Miquel zum Flughafen Heathrow, um rasch einen möglichst großen Abstand zwischen Teresa und mich zu legen. Kurz vor der Sicherheitskontrolle jedoch machte er wieder kehrt, als hätte er Angst, mit seinem gebrochenen Herzen unter diesem Gerät hindurchzugehen. Ein Taxi brachte ihn nach

London zurück, wo er sich im Hotel (Mister Ginseina, sorry, haben Sie Ihr Flugzeug verpasst?) sofort ans Telefon hängte und nicht lockerließ, bis ihm jemand verriet, wo Teresa abgestiegen war. Ein halbes Päckchen Camel später hörte er ihre Stimme »hello?« sagen.

»Miss Planilla?«

»Speaking.«

»Ich bin's.«

Stille. Ihr Atem. Unser beider Atem.

»Miquel?«

»Speaking.«

»Wo bist du?«

Sie trafen sich eine halbe Stunde später in Marble Arch. Sie hatte ein paar Anrufe und andere Erledigungen aufgeschoben, worüber Armand, der vor ihrer Abreise aus London alles geregelt haben wollte, schier verzweifelte.

Sie setzten sich auf eine Bank mit Blick auf den Hyde Park. Sie mit einem schüchternen Lächeln. Er mit so ungebärdig und laut schlagendem Herzen, dass es fast schmerzte und den Verkehr auf der Oxford Street übertönte.

»Wie geht es dir?«, sagte einer von beiden. Und der andere antwortete, na ja, geht so. Und als sich das Trommeln seines Herzens und die Schüchternheit ihres Lächelns auf der Bank wiederfanden, errötete im Westen die Sonne. Ein Jahr lang hatten sie sich nicht gesehen, seit den *Novelletten*, und jetzt fiel es ihnen schwer zu sagen, warum hast du mir die Pralinen geschenkt, was machst du hier in London, geht es dir gut, fehle ich dir, hast du mir verziehen?, ich sollte dich um Verzeihung ... Weshalb hast du mich nicht in meiner Garderobe besucht? Oh, ich bin geflüchtet, weil ich nicht will, dass ... Und wieso hast du mich am Ende doch angerufen, und darauf konnte er nicht antworten, denn er wusste selbst nicht, warum er das getan hatte. Die Sonne wurde dunkelrot, so lange hatte sie ihren Untergang schon hinausgezögert, und begann zu verschwinden.

»Ich freue mich, dich zu sehen«, sagte sie.

»Ich mich auch. Sieh mal, die Sonne.«

»Ja, was für ein Rot.«

Sie schlenderten die Oxford Street entlang, scheu an den Händen gefasst, und erzählten sich, was sie seit jenem Tag getan hatten, wie es ihnen ergangen war, wie sehr sie einander vermisst, wie sehr sie einander gehasst hatten, was für einen Unsinn wir da gemacht haben! Es waren viele Monate vergangen, vielleicht hatten andere Leben ihr Leben gekreuzt, und das zuzugeben, ist nicht leicht. Doch Tatsache war, dass Teresa und ich händchenhaltend über die Oxford Street spazierten. Ich kaufte ihr einen Strauß unbekannter Blumen an einem der vielen Straßenstände. An einer Ecke setzten wir uns in ein Lokal und bestellten Tee, und er musste an den Tee denken, den er vor ein paar Stunden, kurz vor Konzertbeginn getrunken hatte, es ist fast zu schön, um wahr zu sein.

»Was?«

»Dass wir uns wiedergetroffen haben und miteinander reden.« Er ergriff ihre Hand und küsste sie; ein gewagter Vorstoß. »Du warst großartig heute. Weißt du, ob es aufgezeichnet wurde?«

»Danke.« Und mit einem gleichgültigen Abwinken: »Keine Ahnung. Ja.«

Ich war nahe daran, ihr zu sagen, dass ich sie liebte, brachte es dann aber doch nicht über die Lippen. Ich hatte Hemmungen, weil ich fürchtete, eine falsche Bewegung könnte die Magie des Augenblicks zerstören. Ich sprach es nicht aus, obwohl der Glanz in ihren Augen mich zu ermuntern schien. Sie nahmen ihren Spaziergang wieder auf und tauschten sich in aller Selbstverständlichkeit über ihre Pläne aus. Sie würde in diesem Monat noch zwei Konzerte geben, und er, abgesehen von der Rushdie-Geschichte, das Interview mit Steiner ins Reine bringen.

»Mit wem?«

»Ich lade dich zum Abendessen ein. Hast du Zeit?«

Umweht von den Curry-Düften des indischen Restaurants wagte Miquel, ein Rendezvous für den nächsten Tag vorzuschlagen, Teresa, was hältst du davon?

»Nein.«

»Wie lange bleibst du noch?«

»Ich reise morgen nach Prag.«

»Aber das Konzert ist doch erst in zwanzig Tagen, das hast du gesagt, oder?«

»Ja, aber ich fahre mit dem Auto. Mit einer Freundin.«

»Im Auto. Das ist aber kein Spaß.«

»Doch, ich freue mich riesig darauf. Armand fliegt mit der Geige direkt nach Prag. Und ich mache Urlaub.«

»Bleib doch einfach noch zwei Tage in London. Wir könnten …« Ich wusste nicht genau, was wir könnten. »Ich habe noch zwei Tage hier zu tun.«

»Das geht nicht, Miquel. Ich bin verabredet.«

»Bleib.«

Die Art, wir sie ihn anschaute, erinnerte ihn ein wenig an die *Novelletten*. Sie holte Luft und sagte sehr ruhig:

»Wie gesagt, ich bin schon verabredet. Wir haben einen Wagen gemietet und die Route geplant. Komm zu meinem Konzert nach Prag.«

»Das kann ich nicht. Und ich habe kein Geld.«

Statt einer Antwort zog Teresa eine Europakarte aus der Tasche. Sie hatte die Strecke eingezeichnet und das Ankunftsdatum zu jeder Station notiert: Paris, Straßburg, Frankfurt, Prag. Voller Vorfreude, weil sie noch nie in Prag gewesen war. Ich dagegen war alles andere als begeistert, denn diese Reise würde mich gleich wieder von Teresa trennen, wo wir doch gerade erst …

»Komm schon, Teresa.«

»Wir sehen uns auf jeden Fall hinterher. Am achtundzwanzigsten bin ich in Barcelona.«

Teresa hatte sich nicht verändert. Ihr Leben wurde von einem Terminkalender diktiert, den dieser vermaledeite Armand führte. Und wie glücklich sie war über ihre exakte Planung. Zufrieden lächelnd faltete sie die Karte zusammen.

»Ist das dein letztes Wort?« Der Eigensinn dieser Frau verdross ihn, doch wollte er sich nichts anmerken lassen.

»Ja. Ich kann es nicht absagen, glaub mir.«

Es dauerte eine Zeitlang, bis die Missstimmung überwunden war, doch ihr Gespräch ging weiter, der Ton wurde wieder friedlich und weich, und Miquel hätte ihr beinahe gesagt, ich liebe dich, Teresa, ich habe nie aufgehört, dich zu lieben. Doch dann mochte ich es doch nicht sagen, aus Angst, das Glück dieses Zusammentreffens zu sehr herauszufordern, und auch, weil mich ihr stures Beharren auf diese Prag-Reise kränkte. Wir redeten über alles Mögliche. Sie sagte mir auch nicht, dass sie mich liebte, obwohl ich glaube, sie war kurz davor; was sie davon abhielt, weiß ich nicht. Als sie bezahlt hatten und der Kellner sie wieder allein ließ, lehnte Miquel sich zurück und steckte sich eine Zigarette an.

»Magst du einen Kaffee?«

»Nein. Abends nie. Außerdem ist der hier scheußlich. Und ich bin in Eile, Miquel, ich muss morgen früh aufstehen.«

Das erste Stück Arlington Street gingen sie schweigend. Ich überlegte, was für diese Frau am meisten zählte: ich,

Prag, die Geige, die Musik, sie selbst? Mir wurde klar, dass ich in diesem Vergleich ziemlich schlecht abschnitt. Aber nicht aufgeben durfte. Die Idee mit der Rangordnung verdarb mir die Laune. Und als sie sagte, lass uns über alles reden, wenn ich zurückkomme, erwiderte er nichts. Am Piccadilly Circus angekommen, hundert Yard vom Ritz entfernt, blieben sie stehen.

»Ich gehe in mein Hotel«, sagte ich, fast ohne zu begreifen, was ich da sagte. Ich glaube, ich sagte es aus Rache, als Strafe für das Getue um Mietwagen, Reiserouten und den ganzen Mist.

»Ich schreibe dir aus Prag.«

»Gute Reise, Teresa.«

»Danke.«

Sie küssten sich auf die Wangen. Herzlich und distanziert, hoffnungsvoll und misstrauisch. Es hatte etwas eigenartig Elektrisierendes.

»Wenn du wieder in Barcelona bist, rufst du mich an?«

»Ja.«

»Versprochen?«

»Ja, Miquel. Wenn ich es dir doch sage.«

Teresa griff in die Handtasche. Mit ihrem Honigblick offerierte sie mir das Unterpfand ihres Versprechens:

»Für dich.« Sie schenkte mir das Isaac-Stern-Feuerzeug. Dieses Feuerzeug hier, Júlia.

»Soll nicht lieber ich dich anrufen?« Das Feuerzeug in meinen Händen.

»Nein. Ich melde mich. Ich schwöre es dir.« Beide dachten an das Feuerzeug.

Ohne jede Ankündigung streifte sie meine Lippen mit einem raschen Kuss. Einem Kuss, der mich erbeben ließ. Ich überspielte es, ich weiß nicht, warum. Vielleicht meinte ich immer noch schmollen zu müssen.

»Adéu, Teresa.«

Teresa ging auf das Hotel zu und ich in die entgegen-
gesetzte Richtung, ohne mich nach ihr umzuwenden, zu-
versichtlich, sie zwanzig Tage später wiederzusehen, und
dachte, dass dieser Frau, die mein Leben beherrschte und
mir den Verstand raubte, ganz recht geschah, wenn ich ihr
gegenüber mal ein wenig den harten Mann gab. Es lag
Würde in diesem Davongehen ohne einen Blick zurück,
ich hatte das in meinem Leben schon öfter getan. Und
um es noch perfekter zu machen, ließ ich das Feuerzeug
ein paarmal aufflammen. Mein Pfand. Doch dreißig Schritte weiter fühlte ich mich wie ein ausgewachsener Trottel.
Hatte sie etwa Einwände gegen ein Wiedersehen erhoben?
Nein. Hatte sie sich nicht gefreut, ihn getroffen zu haben?
Doch. Hatte sie ihm nicht tausendfach für die Likörpralinen gedankt? Ja. Hatte sie seine Kritik ihres Auftritts nicht
mit unendlicher Geduld bis zum Ende angehört? Ja. Mit
unendlicher Geduld und dieser Bescheidenheit, die ich
so sehr an ihr bewunderte. Hatte sie mich nicht zum Abschied (schnell und flüchtig) auf den Mund geküsst? Und
mir ein kostbares Pfand hinterlassen? Ja. Und ich hatte trotzdem immer weiter auf sie einreden müssen, fahr nicht nach
Prag, bleib noch zwei Tage, fahr nicht weg, komm schon,
Teresa. Du bist ein Idiot, Miquel, Simó, Clara.

Miquel wendete und rannte zurück. Teresa war bereits
an der hell erleuchteten Fassade des Ritz angelangt, ihre
Silhouette zeichnete sich dunkel davor ab. Die Hälfte der
Strecke hatte Miquel hinter sich. Doch dann hielt er inne,
um Atem zu schöpfen. Er wollte nicht japsend vor ihr stehen und keuchend hervorstoßen, ich liebe dich, Teresa, ich
liebe dich über alles. Und während ich mich verschnaufte,
wandte Teresa sich um und verharrte reglos. Das Licht des
Ritz-Portals fiel auf eine Hälfte ihres Gesichtes, und ich

fand sie wunderschön, wie einem La Tour oder einem Caravaggio entstiegen. Teresa lächelte, und ich stand ganz still. (Was jetzt? Soll ich hinüberschreien, ich liebe dich, Teresa? Oder zu ihr gehen und es ihr ins Ohr flüstern?) Es waren zwei Sekunden, die wir beide bewegungslos abwarteten, und zugleich eine kosmische Ewigkeit wie die im Visier von Leutnant Samuel Goldsteins Skyhawk A-4N, ehe ich mich unter seinen Schüssen wegduckte. Eine nur wenige Sekunden währende Ewigkeit, die mein ganzes Leben geprägt hat. Wobei diese Ewigkeit vor dem Ritz mein Leben vermutlich noch sehr viel mehr geprägt hat als die am Qurnat as-Sauda. Bevor meine Unentschlossenheit alles zunichtemachte, lächelte Teresa mir noch einmal zu, und ich dachte, es wäre wohl ein bisschen albern, ihr vor den Augen des blasierten Hotelportiers zu sagen, Teresa, ich liebe dich von ganzem Herzen und mit all meiner Kraft, liebste Teresa, ich sehe ein, dass ich kein Recht hatte, mich über deine Reisepläne so aufzuregen. Und im selben Moment kam mir die Idee, dass ich ihr ja auch noch sagen könnte, wie sehr ich sie liebte, wenn sie aus Prag zurück wäre. Dieser Gedanke lähmte mich vollends. Ich, Eunuche in zweierlei Hinsicht, beschränkte mich darauf, ihr Lächeln zu erwidern. Ja, ich hatte Teresas langes Zögern sehr wohl bemerkt, bevor sie sich abwandte und ins Hotel ging. Und wieder sah ich zu, wie sie aus meinem Leben verschwand, eingesogen von all diesem unnützen Licht.

5

Er war im Büro der *Revista*, und er war außer sich, weil
Duran zwei seiner Londoner Restaurantquittungen abgelehnt hatte. Heftig gestikulierend, was gar nicht seine Art
war, fragte er, was willst du eigentlich, hätte ich mich
von Themsewasser ernähren sollen?, und Duran schüttelte
den Kopf und betrachtete lächelnd die Rechnungen vor
sich auf dem Tisch.

»Ich kann es nicht leiden, wenn man mich ausnutzt.«

»Ich glaube, wir müssen mal ein paar Takte miteinander
reden.«

Ich setzte mich, bereit, den Job zu schmeißen und mir
anderswo mein Auskommen zu suchen. Ich bin sicher,
dass mein entschlossenes Auftreten nicht zuletzt mit der
realistischen Aussicht zu tun hatte, wieder mit Teresa
zusammen zu sein. Das gab mir Kraft und machte mich
kühn.

»Was ist?«

»Misstraust du mir?«

»Nein.«

»Hast du an meiner Arbeit etwas zu bemängeln?«

»Nein.«

»Also?«

»Niemand sonst legt mir diese irrwitzigen Spesenab-
rechnungen vor.«

»Ich darf dich daran erinnern, dass ich ein gewöhnlicher
Sterblicher bin, Duran.«

»Was bedeutet?«

»Dass ich zu Mittag und zu Abend esse.«

»Aber doch nicht im Maharihi mit vier Falstaff-Gabeln und zu zweit!« Er grinste höhnisch. »Schon mal was von einer Pizza Vier Jahreszeiten gehört?«

Ich empfand es als demütigend, das Abendessen mit Teresa zum Gegenstand einer dienstlichen Auseinandersetzung zu machen, aber ich würde nicht einen Fingerbreit nachgeben. Duran nahm die Rechnung in die Hand und sah mir in die Augen.

»Wer war die andere Person?«

»Steiner.«

Womit der Beweis erbracht war, dass Miquel Gensana i Giró nicht nur ein gewöhnlicher Sterblicher, sondern ein Mensch mit Fehlern und Schwächen war. Dass er Geheimnisse hatte, wie jeder andere auch, und log, wie jeder andere auch. Aber Teresas geheiligte und verheißungsvolle Präsenz in seinem Leben musste unter allen Umständen privat bleiben. Ich wies auf das Streitobjekt.

»Ich habe fünf Tage in London verbracht, ein sehr gutes Interview geführt und Vorbereitungen für ein weiteres getroffen, und du willst dich wegen einer Rechnung über fünfzig Pfund mit mir anlegen?«

»Dreiundsechzig.«

»Gib her.«

Ich stellte meine wackeren Rechtfertigungsversuche ein, riss ihm das Papier aus der Hand und steckte es mit Märtyrermiene in die Tasche.

»Dann übernehme ich das Abendessen mit Steiner eben selbst.« Und damit schritt ich aus seinem Büro, in der etwas naiven Hoffnung, ihn so zumindest mit einem schlechten Gewissen zurückzulassen. Der Anruf erwartete mich an meinem Schreibtisch.

»Wer, sagst du, ist dran?«

»Hab ich nicht verstanden.« Lali reichte mir den Apparat und stand auf, um mich zum Telefonieren allein zu lassen. »Klingt ausländisch.«

»Du kannst ruhig hierbleiben.«

Aber sie bedeutete ihm, das sei schon in Ordnung, sie gehe derweil einen Kaffee trinken. Von ihrem Tisch weiter hinten warf mir Júlia einen Blick zu, der mich erschreckte.

»Hallo?«

Ich nehme an, die großen Momente im Leben eines Individuums ereignen sich zumeist in Situationen, die niemandem angemessen oder weihevoll genug erscheinen, um ungeschminkt ins Geschichtsbuch aufgenommen zu werden. Die Nachricht von der Kapitulation der deutschen Wehrmacht hatte Onkel Maurici auf dem Dachboden von Can Gensana überrascht, wo er seinen Miquel betrauerte. Remeis Gezeter hatte ihn aufgestört. Für Gaston Laforgue war es das hysterische Gelächter der Nachbarn, durch das er erfuhr, dass Dreyfus wegen Hochverrats verurteilt worden war. Und Miquel II Gensana stand nach einer unangenehmen, kleinlichen Diskussion mit seinem Chef hinter seinem Schreibtisch, schaute geistesabwesend zu Júlia hinüber und mühte sich unter Verrenkungen, mit einer Hand eine Zigarette aus dem Päckchen zu angeln, als ihm Armands fremd klingende, heisere Stimme ans Ohr drang und sagte, Miquel, bist du's?

»Ja. Was ist?«

»Teresa ist tot.«

Zuerst glaubte ich, mich verhört zu haben. Aber innerlich taumelte ich. Die Zigarette zerkrümelte in meiner Hand und ich sagte, was sagst du da, oh Gott, was sagst du da, ohne laut zu werden, aber mit blutender Stimme, und Armand wiederholte, Teresa ist tot, und ich sah den weißen Schmetterling mit müdem Flügelschlag auf einem Heizkörper landen, wo er reglos sitzen blieb. Teresa, der Grund meines Daseins. Offenbar war ein Lastwagenfahrer in den frühen Morgenstunden am Steuer eingenickt und auf die Gegenfahrbahn geraten. Die beiden Frauen fuhren arglos auf der rechten Spur, unterhielten sich, vermutlich über Musik oder was weiß ich was, hatten ihre Sonnenbrillen auf, genossen ihre Freiheit, Thelma und Louise, die Fenster weit offen, um den Wind zu spüren, bis ihnen auf einer böhmischen Landstraße siebenundfünfzig Kilometer vor Prag der Tod den Weg abschnitt. Ich sah mich meine freie Hand auf den Kopf legen, als müsste ich nachhelfen, damit ein so brutaler Gedanke überhaupt hineinging, und Armand sagte mit monotoner, trauriger Stimme, am Abend ihrer Abreise hat mir Teresa erzählt, dass ihr wohl wieder zusammen seid, deshalb rufe ich dich überhaupt an, denn das heißt ja, dass ihr euch in letzter Zeit gesehen habt … Der arme Armand war am Boden zerstört, und ich, mit Augen wie Schwämme, dachte, wie schade, nicht einmal die Karlsbrücke oder das Jüdische Viertel hat sie mehr kennenlernen dürfen. Oder den Vyšehrad und die Neruda-Gasse. Und als ich auflegte, hätte nicht viel gefehlt und ich wäre zu Boden gegangen. Ich sackte auf meinen Stuhl, und Júlia ließ mich nicht aus den Augen, aber ich nahm sie gar nicht wahr. Miquel bedeckte sein Gesicht mit beiden Händen, weil ihm ein entsetzlicher Gedanke gekommen war, ein Gedanke, den er sein Leben lang nicht mehr loswerden sollte. Teresa, Liebste, ich habe es nie geschafft, dir zu sagen, dass ich dich liebe; nun bist du gestorben, bevor ich es dir sagen konnte; du bist gestorben, ohne meine Große Wahrheit zu erfahren, dass nämlich, was auch immer geschehen sein mag, das Wichtigste für mich meine Liebe zu dir ist. Ich weiß nicht, ob ich das überstehe, Teresa. Du bist gestorben, ohne dass ich es dir je gesagt habe. Verstehst du, Júlia?

Ich wollte Armand und Teresas Bruder bei der Überführung der Toten unterstützen. Der Leichnam der Freundin wurde nach London verschifft. Ich besuchte den tschechischen Konsul, fuhr sogar nach Prag, in dieses abstoßende, unnötige Prag – so schön, so zart und mir so lieb –, um Teresas Sarg zu begleiten, und lernte nach und nach die vielfältigen Dimensionen von Schmerz und Fassungslosigkeit im Angesicht des Todes kennen. Seite an Seite mit einem erschütterten Armand brachte ich die Kraft auf, sie noch einmal anzuschauen – bleich, unbeweglich, mit fast erstaunter Miene –, bis die Tränen mir die Augen verschleierten und sie für immer aus meinem Blickfeld und meinem Leben verschwand. Falsch: Ich trage sie im Kopf und im Herzen und weiß jetzt, wie fürchterlich die Reglosigkeit des Todes ist, Teresa, jetzt kannst du nicht mehr Geige spielen und auch die Melodien nicht mehr singen, die dir aus der Seele kamen. Wie ein gefühlloser Roboter nahm ich an den absurden, tränenreichen Abschiedszeremonien teil, immer vom Rand aus, hinter den stillen Moliners, denn letzten Endes war ich ja kein Angehöriger. Miquel hörte sich die Ansprachen einiger Generaldirektoren der Branche an, posthumen Laudatoren der bekannten Interpretin, die uns so unerwartet verlassen hat, die schon kein vielversprechendes junges Talent mehr war, sondern solide Realität; eine Botschafterin unseres Landes, eine strahlende Zukunft, die uns mit dem Tod Teresa Planellas entrissen wurde; unser Fachbereich überlegt, einen Preis für Musikinterpreten auszuschreiben, der ihren Namen tragen soll, et cetera. Und ich dachte, ja, ja, schwatzt ihr nur, in meiner Trauerrede würde es um ganz andere Dinge gehen, denn sie liebte mich, und ich liebte sie über alle Maßen; wir hatten uns ausgesöhnt, und das Einvernehmen, das zwischen uns herrschte, zeigte sich noch in den allerkleinsten Gesten, und auch wenn wir nicht zusammenlebten, verband uns eine sehr tiefe Liebe, ich betete sie an; sie erlebte Musik geradezu körperlich, und sie lehrte mich, die Kammermusik als eines der exquisitesten aller Himmelsgeschenke zu lieben, und, das Allerwichtigste, wie sehr ich bereue, dir vor dem Ritz am Piccadilly nicht gesagt zu haben, dass ich dich liebe. Mit einer raschen Handbewegung bat Miquel den Maître um die Rechnung und wischte sich zugleich verstohlen eine Träne weg. Du bist gestorben, ohne meine Liebeserklärung gehört zu haben, Teresa. Seither, und inzwischen ist viel Zeit vergangen, versuche ich, mit diesem stechenden Schmerz in meinem Gedächtnis zu leben, aber es will mir nicht gelingen.

Auch das ist ein Grund, warum mich nicht einmal die Drohungen der rauen Stimme ängstigen, denn irgendwann kommt der Moment, in dem dir klar wird, dass du nach dem Sterben einfach nur tot bist. Und dann fürchtest du dich nicht mehr, aber das werde ich dir nie erzählen, Júlia, denn für dich, für Maria, für Bolós' Tochter und für seine Partei ist sein Tod ein bedauerlicher Unfall und wird es immer bleiben.

CODA

Miquel Gensana musste seine Brille aufsetzen, um die Rechnung zu entziffern. Schauerlich, feststellen zu müssen, dass man bei dir zu Hause die Haut bei lebendigem Leib abgezogen bekam. Er tat, als ließe ihn der Betrag kalt, und zog die Brieftasche. Der Maître, *du côté de la claire fontaine*, überwachte jede Bewegung Miquels. Ich öffnete die Brieftasche, um zu Ehren der Aufkleber, die die Eingangstür entehrten, die Kreditkarte zu zücken, doch stattdessen purzelte das Kondom heraus, das ich auf meiner Toilette erstanden hatte. Verlegen blickte Miquel auf: Weder Júlia noch dem Maître war es entgangen. Sie gestattete sich ein Schmunzeln, und Miquel fragte sich, was das wohl heißen sollte, wie meinst du das, Júlia, machst du dich lustig über den Kerl, der sich einbildet, nach dem Abendessen gehe es vielleicht zur Sache, oder freust du dich, weil du jetzt meinst, freie Bahn zu haben, um Miquel als Lückenbüßer für Bolós herhalten zu lassen, von dem ich niemals angenommen hätte, dass er auch dein Josep Maria und nicht nur mein Bolós war? Was der Maître dachte, interessierte mich einen feuchten Dreck.

»War es sehr teuer?« Sie wies auf den Maître, der mit der Rechnung und meiner Kreditkarte davonging wie ein zufriedenes Kind.

»Unanständig teuer. Den Großkotzen, die hier einmal gewohnt haben, wäre die Spucke weggeblieben.«

»Miquel.«

»Was.«

»Das hier war dein Elternhaus, stimmt's?«

»Nein, wie kommst du darauf?«

»Aber es war so ähnlich, nach allem, was du erzählt hast.«

»Nein.« Nervös schaute Miquel zu dem protzigen Spring-brunnen hinüber. »So was hätte es bei uns zu Hause nie ge-geben.« Und er lachte unsicher.

»Aber du hast die gekannt, die hier gewohnt haben. Da bin ich mir sicher.«

»Das fragst du mich nun schon zum dritten Mal.« Miquel, unwirsch. »Ich weiß nicht, wer das war, Júlia.«

Im selben Augenblick krähte ein Hahn, und da dachte Simon Petrus an die Worte des Herrn und weinte bitter-lich, denn mit dieser Verleugnung radierte er vom Le-ben der Toten in seiner Erinnerung ein bisschen mehr aus. Nachdem er allerdings vor Júlias Augen sein Innerstes nach außen gekehrt hatte, brauchte er etwas, das nur er al-lein wusste, um sich daran klammern zu können. Und wie-der wurde Miquel Gensana zu Simó.

»Oh ja, Josep Maria war tatsächlich wie du.«

»Bolós?«

Franklin würde immer Bolós sein, wie auch immer ihn seine Geliebten getauft haben mochten.

»Bolós. Aber fröhlicher.« Sie lächelte traurig. »Er konnte lachen.«

»Vermutlich. Aber ich muss seinen Tod ertragen.«

»Ich auch.«

»Ich weiß, Júlia.«

»Und du, warum lachst du nie?«

Worüber haben wir die ganze Zeit geredet, Júlia, dachte Miquel. Aber da der Maître gerade mit der Quittung zu-rückkam, nutzte er die Gelegenheit, um so zu tun, als hät-te er ihre Frage überhört. Während Miquel den Beleg unterschrieb, schwiegen sie. Danach steckte er den Kugelschreiber ein, und der Maître forderte ihn vor allen Leuten laut auf, ihm seinen Stift wiederzugeben. Ostentativ grinsend ließ ich nicht einen roten Heller *pourboire* zurück. Der konnte mich mal.

»Kannst du das, was ich erzählt habe, für deinen Artikel gebrauchen?«

»Nein.«

»Na toll. Ich habe zu viel von mir und nicht genug von Bolós geredet.«

»Du weißt, dass es das nicht ist.« Sie nahm die letzte Zigarette aus der Packung. »Ich bin müde, Miquel. Dein Bolós ist auch mir gestorben.«

»Ich bin sicher, die Partei hat biografisches Material, fix und fertig zum Veröffentlichen.« Ich gab ihr Feuer und verwahrte feierlich das Feuerzeug von Stern, das mich mit dem Leben verband.

»Und mein Nachruf wird einer von vielen, die in diesen Tagen erscheinen«, seufzte sie und blies Rauch aus.

»Ja. Gehen wir?«

Mein Haus war jetzt so voll besetzt, dass es eine Freude war. An einem Tisch in der Mitte des Salons saß ein Mann, der Onkel Maurici zum Verwechseln ähnlich war, und im Vorbeigehen meinte Miquel, ihn schelmisch zwinkern zu sehen. Noch ein paar Sekunden zur Betrachtung von zwei Jahrhunderten der Maurs und Antonis, Amèlias, Pilars, Marias und Carlotas in diesem Haus der Trübsal und Sehnsucht, denen Miquel II Gensana, der *Cul-de-sac* oder Die Sackgasse oder Das Ende einer Ära oder Der Letzte Spross, nun ein kurzes, schmerzloses Ende bereiten würde. Der letzte gekappte Ast, mit dessen Tod der gesamte Baum absterben würde, die ganze Eiche, bis hinunter zu Antoni I. dem Urkeim. Als einziges Andenken gäbe es dann nur noch die Eiche auf dem Logo des Restaurants. Amen.

»Gehen wir?«

Ich nahm Júlia beim Arm, als wären wir ein Ehepaar. Wir gingen hinaus. Das gelbe Licht, in dem der Parkplatz blass wirkte, ließ den Rest meines Gartens in Dunkelheit versinken. Es fiel mir schwer, Júlia nicht zu sagen, dass hier mein Garten und mein Haus und ein Stück meines Lebens war. Doch wenigstens ein Geheimnis brauchte ich, um ein bisschen von meiner persönlichen Freiheit zu wahren.

»Ich habe den Glauben an die Vernunft verloren, mir bleibt nur das Emotionale«, sagte Miquel als eine Art Zusammenfassung. »Und ich fühle mich steril.«

»Du bist doch kein Eunuche, Miquel.«

»Ach, nein?«

»Nein. Allenfalls ein Abtrünniger. Deine ganze Generation besteht aus Abtrünnigen.«

»Schön gesagt, aber ich glaube das nicht.« Er rieb sich die Stirn mit der flachen Hand, als erwachte er aus einem Traum.

»Was machen wir jetzt?«, fragte sie. Verdutzt sah er sie an. Dachte sie etwa an das Kondom?

»Keine Ahnung.« Und ich übergab ihr die Schlüssel für mein Auto und für mein Leben.

Miquel Gensana i Giró atmete tief durch, um ein seltsames Schluchzen zu unterdrücken, das sich seinem tiefsten Inneren zu entringen drohte und ihm das Herz zusammenpresste. Rechts in der Dunkelheit stand der sorgsam gestutzte Erdbeerbaum, an dessen Fuß Onkel Mauricis Geheimnisse begraben lagen, und beobachtete ihn aufmerksam, vielleicht liebevoll. Es war unmöglich, einen weißen Schmetterling dort herumflattern zu sehen. Als Júlia ihm die Wagentür öffnete, stieg Miquel ein, ohne sich umzudrehen und einen letzten Blick auf das Haus zu werfen, wie er es bei seinen früheren Fluchten aus Can Gensana immer getan hatte. Und er empfand tiefes Heimweh nach allem.

INHALT